루공가의 행운

루공가의 행운

에밀 졸라

박명숙 옮김

루공가의 행운

2024년 12월 1일 제1판 제1쇄 찍음
2024년 12월 10일 제1판 제1쇄 펴냄

지은이 | 에밀 졸라
옮긴이 | 박명숙
펴낸이 | 박우정

기획 | 천정은
편집 | 천정은·오경철
전산 | 한향림

펴낸곳 | 도서출판 길
주소 | 06032 서울시 강남구 도산대로25길 16 우리빌딩 201호
전화 | 02)595-3153 팩스 | 02)595-3165
등록 | 1997년 6월 17일 제113호

ⓒ 박명숙, 2024. Printed in Seoul, Korea
ISBN 978-89-6445-284-4 03860

차례

서문   7

제1장   9
제2장   49
제3장   95
제4장   147
제5장   209
제6장   283
제7장   377

옮긴이의 말   407
에밀 졸라 연보   429
루공마카르 가문의 계통수   436

일러두기

- 이 책은 1871년 출간된 에밀 졸라의 『루공가의 행운』(*La Fortune des Rougon*)을 옮긴 것이다.
- 번역 대본으로는 Collection Folio Classique 판(Henri Mitterand 편집, Gallimard, 1981)을 사용했다.
- 주는 모두 옮긴이 주다.

서문

내가 설명하고자 하는 것은 인간의 작은 집단인 가족이 사회에서 어떻게 행동하는가이다. 가족은 날로 번성하면서 열 명, 스무 명의 개인을 탄생시킨다. 그들은 언뜻 보면 각각 전혀 다른 것처럼 보이지만 분석 결과 서로 연결돼 있음을 알 수 있다. 유전에도 중력처럼 고유의 법칙이 있는 것이다.

나는 기질과 환경이라는 이중의 문제를 분석하여 필연적으로 한 사람을 다른 사람으로 이끄는 끈을 찾아내 따라가고자 한다. 그리하여 모든 끈을 파악하고 사회적 집단 전체를 손안에 넣게 되면, 그 집단이 한 역사적 시대의 행위자로서 작동하는 모습을 보여주고, 다양한 노력 속에서 행동하는 집단을 창조하며, 각 구성원의 의지의 총합과 집단 전체의 일반적인 경향을 동시에 분석할 것이다.

내가 연구하려는 집단이자 가족인 '루공마카르'는 쾌락을 향해 질주하는 우리 시대의 엄청난 탐욕과 광범위한 봉기라는 특징을 보여준다. 생리학적으로 그들은 하나의 일족에서 발견되는, 최초의 기질적 손상에서 비롯된 신경과 혈액의 이상 증상이 점진적으로 쌓인 연속체라고 할 수 있다. 이러한 이상 증상은 환경에 따라, 일족의 개개인에게서 감정, 욕망, 열정, 즉 인간의 자연적이고 본능적인 모든 발현을 결정지으며, 이런 과정에서 미덕과 악덕이라는 합의된 이름으로 불리는 것들이 생겨났다. 루공가(家)와 마카르가(家)는 역사적으로 민중에서 출발해 현대 사회 전체로 퍼져나가며, 하층 계급이 사회적 집단을 통과해 나아가면서 느끼는, 본질적으로 현대적인 충동에 의해 모든 지위에 오른다. 그리고 각자가 겪는 드라마를 통해 쿠데타의 음모부터 스당에서의 패배에 이르기까지 제2제정기[1]의 이야기를 들려준다.

나는 3년 전부터 이 방대한 작품을 위한 자료들을 모아왔다. 그리고 이 첫 권은 보나파르트 황제의 추락이 내 작품에 비극적이면서 필연적인 결말을 선사해준 바로 그 시기에 쓰였다. 그의 실각은 예술가로서의 내게 필요한 것이었고, 이 이야기의 끝에서 운명적으로 필히 만나게 될 터였지만 이렇게 빨리 닥쳐올 것이라고는 감히 기대하지 못했다. 이제 나의 작품은 완성되었다. 나의 이야기는 닫힌 원 안에서 요동치면서, 끝나버린 통치, 광기와 수치스러움으로 점철된 기이한 시대의 풍경을 그리게 될 것이다.

따라서 다양한 에피소드로 이루어질 나의 작품은 내 관점에서는 '제2제정기 한 가문의 자연사와 사회사'라고 할 수 있다. 그리고 그 첫 번째 에피소드인 『루공가의 행운』은 그 과학적 이름인 『기원들』(les Origines)로 불려야 마땅하다.

1871년 7월 1일, 파리에서
에밀 졸라

---

[1] 나폴레옹 1세의 조카 루이나폴레옹(나폴레옹 3세)이 1852년에 황제로 즉위한 후부터 프로이센·프랑스 전쟁의 스당 전투에서 포로가 된 직후(1870년 9월 4일)까지의 정치 체제를 가리킨다.

제1장

도시의 남쪽에 위치한 포르트[1] 드 롬을 통과해 플라상을 벗어난 뒤 교외의 처음 보이는 집들을 지나치면 니스로(路)의 오른편에 공터 하나가 나타난다. 그 고장 사람들은 그곳을 에르 생미트르(aire Saint-Mittre)라고 불렀다.

에르 생미트르는 꽤 큰 직사각형 땅으로, 인접한 도로의 보도와 이어져 있었는데, 오랫동안 다져진 풀들의 띠가 도로와 그곳을 구분했다. 한편 공터의 오른쪽으로는 누옥 몇 채가 늘어선 막다른 골목이 있고, 왼쪽과 안쪽은 이끼로 뒤덮인 담벼락으로 막혔으며, 담장 너머로는 자메프랑(Jas-Meiffren)의 높다란 뽕나무 가지들만이 언뜻언뜻 보였다. 커다란 사유지인 자메프랑은 그곳에서 더 멀리 떨어진 교외의 입구를 통해서만 들어갈 수 있었다. 이렇게 삼면이 막혀 있는 공터는 아무 데로도 통하지 않는 곳, 오직 산책하는 사람들만이 오가는 곳이었다.

과거에 이곳은 이 고장에서 크나큰 존중을 받는 프로방스의 수호성인 생미

---

[1] '포르트'(porte)는 프랑스어로 '문'을 뜻하며, 여기서는 도시의 성문을 가리킨다.

트르[2]의 보호하에 있던 묘지였다. 1851년에도 플라상의 노인들은 오랫동안 폐쇄된 묘지의 담장이 서 있던 것을 여전히 기억하고 있었다. 100년 넘게 시체들로 넘쳐났던 땅에서는 죽음의 냄새가 짙게 풍기는 터라 도시의 반대편 끝에 새로운 묘지를 열어야 했다. 버려진 옛 묘지는 해마다 봄이 오면 거무스름하고 무성한 풀들로 뒤덮이면서 스스로를 정화해나갔다. 무덤을 파는 인부들이 삽질을 할 때마다 인간의 조각을 조금씩 뱉어내는 이 기름진 땅은 엄청난 생식력을 자랑했다. 5월의 비나 6월의 햇빛이 지나간 뒤에는 멀리 도로에서도 담장보다 높이 자라난 키 큰 풀들이 보였다. 그럴 때면 묘지 안은 군데군데 특이한 빛깔의 커다란 꽃들이 자라난 깊고 짙푸른 풀들의 바다로 변했다. 그 밑에서는 빽빽한 줄기들의 그늘 아래 축축한 부식토가 수액을 뿜어내며 부글부글 끓어올랐다.

당시 묘지의 가장 특이한 것 중 하나는 가지가 뒤틀리고 흉측한 옹이로 뒤덮인 배나무들이었다. 플라상의 어떤 여인네도 그 거대한 열매를 따려고 하지 않았다. 도시 사람들은 그 열매에 대해 이야기할 때마다 역겨움에 얼굴을 찌푸리곤 했다. 그러나 그런 거리낌이 없는 교외의 개구쟁이 소년들은 저녁마다 해 질 무렵이면 무리를 지어 채 익지도 않은 배를 훔치러 묘지 담장을 넘곤 했다.

왕성하게 자라난 초목들은 이내 생미트르 묘지의 모든 죽음을 삼켜버렸다. 꽃들과 열매들은 썩은 인간의 유해를 탐욕스레 먹어치웠다. 그리하여 이 정화조 옆을 지나가는 사람들은 속속들이 스며드는 야생 꽃무의 향기 말고는 더 이상 아무것도 느끼지 못하게 되었다. 고작 몇 번의 여름이 지나는 동안 일어난 일이었다.

---

2 생 미트르(433~466): 그리스에서 태어나 엑상프로방스에서 죽은 가톨릭 성인의 이름. 17세기에 엑상프로방스에 그의 이름을 딴 예배당이 세워졌다.

이 무렵 플라상은 오랫동안 방치된 시의 이 재산을 이용할 궁리를 하고 있었다. 그들은 도로에 면한 담장과 막다른 골목을 부수고 풀과 배나무들을 뽑아낸 뒤 묘지를 이전했다. 그리고 몇 미터 깊이로 땅을 파 내려갔으며, 땅이 기꺼이 다시 돌려주고자 하는 뼈들을 한구석에 쌓아놓았다. 배나무가 사라지는 것을 슬퍼하던 아이들은 한 달가량 두개골로 공놀이를 했다. 어느 날 밤에는 몇몇 장난꾸러기들이 도시의 모든 초인종 줄에 넓적다리뼈와 정강이뼈를 매달아놓기도 했다. 플라상 주민들이 아직도 기억하는 이 스캔들은 시가 새 묘지에 판 구덩이에 뼈 무더기를 던져 넣기로 결정한 날에야 잠잠해졌다. 하지만 지방에서는 모든 일이 아주 차분하게 진행되는 편이어서, 주민들은 일주일 넘게 단 한 대의 짐수레가 마치 공사장의 잔해를 치우듯 인간의 유해를 옮기는 광경을 때때로 지켜봐야만 했다. 최악은, 이 짐수레가 플라상을 길게 통과해야만 했는데, 길이 포장되지 않아 수레가 덜컹거릴 때마다 뼛조각과 기름진 흙이 조금씩 흘러내린 것이었다. 종교 의식 같은 것은 찾아볼 수도 없었고, 인간의 유해를 실은 짐수레가 거칠고 느릿하게 오갈 뿐이었다. 도시는 지금껏 이보다 역겨운 광경을 본 적이 없었다.

그 뒤로 수년간 옛 생미트르 묘지의 터는 두려움의 대상으로 남아 있었다. 대로변에 있어 아무나 드나들 수 있었지만 새로운 풀들에 점령당한 채 황폐해져 있었다. 아마도 그 땅을 팔아 집들이 지어지는 모습을 보고 싶어 했을 시는 마땅한 구매자를 찾지 못했다. 어쩌면 뼈 무더기와 홀로 길을 오가던 짐수레의 기억과 더불어 계속해서 마음을 짓누르는 악몽이 사람들을 단념하게 했는지도 몰랐다. 또 어쩌면 지방 사람들의 선천적인 게으름이나 기존의 것을 파괴하고 새로 짓는 것을 꺼리는 그들의 성향 때문일 수도 있었다. 어쨌거나 시는 그 땅을 계속 소유했고, 마침내는 팔고자 했던 생각마저 더 이상 하지 않게 되었다. 심지어 울타리조차 두르지 않은 채 아무나 오가게 놔두었다. 그리고 점차 시간이 흐르면서 사람들은 이 텅 빈 땅에 익숙해져갔고, 가장자리의 풀 위에 앉거나 공터를 가로지르거나 그곳으로 모여들곤 했다. 풀들이 산책자들의 발에 밟히고 땅이 단단하게 다져져 회색빛이 되자 옛 묘지는 땅이 고르지 못한 광장처럼 보였다. 역겨운 모든 기억을 더 잘 지워버리기 위해 주민들은 자신들도 모르게 그 땅의 이름을 서서히 바꿔나갔다. 그들은 수호성인의 이름만을 간직했고, 공터의 한구석에 남아 있는 막다른 골목에도 새로 이름을 붙여주었다. 이렇게 해서 에르 생미트르와 앵파스 생미트르[3]가 생겨났다.

  그러나 이것은 이미 오래전의 일이었다. 30여 년 전부터 에르 생미트르는 특별한 모습을 띠었다. 무관심하고 게을러 그 땅을 잘 활용하려는 생각이 조금도 없었던 시는 푼돈에 그곳을 교외의 수레 제작자들에게 빌려주었다. 그들은 그곳을 목재 저장소로 사용했다. 그곳에는 오늘날에도 여전히 길이가 10미터에서 15미터에 이르는 거대한 통나무들이 바닥에 넘어진 높다란 기둥들처럼 여기저기 무더기로 쌓여 있다. 이 통나무 더미, 돛대를 닮은 통나무들은 공터의 끝에서 끝으로 나란히 이어져 있어 아이들에게 끝없는 놀잇감을 제공해주었다. 쌓아둔 통나무들이 미끄러져 내리면 어떤 부분은 마치 마룻바닥처럼 둥근 목재들로 완전히 뒤덮여 뛰어난 균형 감각 없이는 그 위를 걸을 수 없었다. 아이들은 무리를 지어 하루 종일 다양한 놀이에 몰두했다. 커다란 판자들을 뛰어넘거나 한 줄로 선 채 뾰족한 나무 모서리를 따라 걷거나 통나무에 걸터앉기도 했다. 그리고 이 모두는 으레 떼밀기나 울음으로 끝났다. 혹은 여남은 명의 아이들이 높이 1미터쯤 되는 통나무 위에서 서로 바짝 붙어 앉은 채 몇 시간이고 몸을 좌우로 흔들곤 했다. 이처럼 에르 생미트르는 사반세기가 넘게 교외의 개구쟁이들이 바지 엉덩이 부분이 닳도록 놀다 가는 좋은 놀이터가 되어주었다.

---

3 '에르'(aire)와 '앵파스'(impasse)는 각각 '공터'와 '막다른 골목'이라는 의미이다.

이 외진 곳은 습관적으로 집시들이 그곳에 머묾으로써 더욱더 특이한 양상을 띠게 되었다. 일가족을 실은 이동식 주택은 플라상에 도착하면 으레 에르생미트르 한구석에 자리를 잡곤 했다. 따라서 공터는 한 번도 비어 있던 적이 없었다. 그곳에는 언제나 모습이 독특한 사람들이나 야성적인 남자들 혹은 무서우리만치 마른 여자들로 이루어진 무리가 있었으며, 사랑스러운 아이들이 그들 사이에서 뒹굴며 놀고 있었다. 그들은 아무런 수치심 없이 한데서 살면서, 모두가 보는 앞에서 냄비에 음식을 끓이고, 뭔지 모를 것을 먹고, 구멍 난 옷을 과시하고, 잠자고, 서로 다투고, 키스하고, 악취와 가난을 풍겼다.

예전에는 짓누르는 태양의 적막 속에서 말벌들만이 풍성한 꽃들 주위에서 윙윙거리던 죽은 듯 황폐했던 땅이 이젠 집시들의 다툼과 교외의 어린 악동들의 요란한 외침으로 가득 찬 시끄러운 장소가 되어버린 것이다. 공터 한쪽 구석에서는 제재소가 통나무를 잘라 목재를 생산해냈는데, 나무를 자를 때 나는 소음은 사람들의 날카로운 목소리에 은근하고 지속적인 배경음이 되어주었다. 제재소의 작업 방식은 지극히 원시적이었다. 양옆으로 놓인 높다란 두 개의 가대(架臺) 위에 통나무를 걸쳐놓고 한 사람은 나무 위에 올라타고, 다른 한 사람은 그 아래에서 떨어지는 톱밥에 눈에 멀 지경인 채로 강력하고 커다란 톱을 끊임없이 아래위로 움직이는 식이었다. 이들은 마치 줄로 연결된 꼭두각시처럼 몇 시간이고 규칙적이고 건조하게 기계적인 동작을 반복했다. 그들이 잘라내는 목재는 공터 구석의 담장을 따라 길게 놓였다. 2~3미터 높이로 차곡차곡 질서정연하게 쌓인 판자들은 완벽한 입방체를 이루었다. 사각형의 장작더미처럼 보이는 판자들은 종종 그곳에서 여러 계절을 나느라 그 아래쪽에는 잡초가 무성했고, 이는 에르 생미트르에서만 볼 수 있는 독특한 광경 중 하나였다. 판자 더미 사이로 난 신비하고 은밀한 좁은 통로를 따라가면 목재와 담장 사이의 좀 더 너른 오솔길이 나왔다. 아무것도 없이 오직 초록의 띠만으로 이루어진 그곳에서 보이는 것이라고는 하늘의 조각들뿐이었다.

주변 담장이 이끼로 뒤덮이고 땅에는 기다란 양털 카펫이 깔린 듯한 오솔길은 여전히 옛 묘지의 왕성한 풀들과 으스스한 정적이 지배하고 있었다. 플라상 외곽에서 이보다 더 온기와 적막과 사랑으로 요동치면서 흥분을 선사하는 곳은 없었다. 무엇보다 연인들에게는 사랑을 나누기에 최적의 장소였다. 묘지를 비울 때 이곳 구석에 유골들을 쌓아놓았던 게 분명했다. 지금도 여전히 축축한 땅을 발로 뒤적거릴 때마다 종종 두개골 조각들이 발견되곤 했다.

하지만 이젠 그 풀들 아래 잠들어 있던 죽음들을 떠올리는 사람은 아무도 없었다. 낮에는 아이들이 판자 더미 뒤에서 숨바꼭질을 하고 놀았다. 초록으로 뒤덮인 오솔길은 기억에서 잊힌 채 사람들의 발길이 닿지 않는 곳으로 남아 있었다. 보이는 것은 오직 통나무로 가득하고 잿빛 먼지로 뒤덮인 작업장 풍경뿐이었다. 아침과 오후에 따사로운 햇빛 아래 공터 전체가 들끓을 때면, 이런 부산함 너머로, 판자 더미 사이에서 노는 아이들과 냄비에 불을 지피는 집시들 너머로 통나무 위에 올라탄 제재공의 야윈 실루엣이 하늘 가득히 두드러져 보였다. 그는 마치 영원한 안식처였던 옛 묘지에서 새롭게 자라난 뜨거운 삶에 모종의 규칙성을 부여하려는 듯 시계추처럼 왕복 운동을 반복했다. 오직 노인들만이 통나무 위에 걸터앉아 석양빛을 쬐면서 과거에 플라상의 거리를 오가던 전설적인 유골 운반 수레와 뼈에 대해 이야기를 나누곤 했다.

어둠이 내리자 사람들이 모두 빠져나간 에르 생미트르는 텅 빈 커다란 검은 구멍처럼 보였다. 안쪽 구석에서 집시들이 피운 불의 꺼져가는 빛이 언뜻 언뜻 보일 뿐이었다. 때로 칠흑 같은 어둠 속으로 그림자들이 말없이 사라지곤 했다. 특히 겨울이면 그곳은 음산하기까지 했다.

어느 일요일 저녁 7시 무렵, 앵파스 생미트르에 살며시 모습을 드러낸 한 청년이 담장에 바짝 붙어 걸어가 작업장 통나무 더미 사이로 미끄러져 들어갔다. 때는 1851년 12월 초였다. 건조하게 추운 날씨였다. 만월이었던 달은 겨울 달답게 날카롭게 빛났다. 그날 밤 텅 빈 작업장은 비 내리는 밤처럼 을씨년스러워 보이지 않았다. 새하얀 빛이 널리 밝히는 그곳은 고요히 정지한 추위 속에 길게 펼쳐져 기분 좋은 우울감을 불러일으켰다.

청년은 공터 가에서 잠깐 멈춰 선 채 경계하는 눈빛으로 앞쪽을 바라보았다. 그는 웃옷 아래 기다란 소총의 개머리판을 감추고 있었다. 아래쪽으로 향한 총신이 달빛에 빛났다. 그는 총을 품에 꼭 껴안은 채 판자 더미가 공터 안쪽에 드리운 사각의 짙은 어둠 속을 주의 깊게 살폈다. 땅이 마치 흑과 백의 그림자와 빛으로 명확하게 칸이 나뉜 체스판처럼 보였다. 공터 한가운데 벌거벗은 회색빛 땅 위에 서 있는 제재공의 가대는 종이에 잉크로 그린 기괴한 기하학적 형태를 닮은 가늘고 긴 기이한 그림자를 드리웠다. 작업장의 나머지, 통나무 바닥은 달빛이 잠든 거대한 침대에 지나지 않았다. 커다란 판자들의 모서리가 길게 드리우는 그림자들만이 간간이 달빛에 가느다란 검은색 줄무늬를 그렸다. 이 겨울의 달빛 아래 차가운 침묵 속에서 잠과 추위로 굳어버린 듯 꼼짝 않고 누워 있는 돛대들의 물결은 오래된 묘지의 주검들을 떠올리게 했다. 청년은 이 텅 빈 공간을 재빨리 훑어보았다. 아무도, 숨소리 하나도, 어떤 위험도 보이거나 들리지 않았다. 오히려 그를 더 두렵게 하는 것은 구석의 짙은 그림자들이었다. 하지만 잠시 주위를 살펴본 뒤 그는 용기를 내 잰걸음으로 작업장을 가로질러 갔다.

안전하다고 느끼자 청년은 걸음을 늦추었다. 그는 이제 판자 더미 뒤에 담장을 따라 나 있는 초록색 오솔길로 접어들었다. 그곳에서도 그는 자신의 발소리조차 들을 수 없었다. 발밑에서는 얼어붙은 풀이 바스락거리는 소리가 희미하게 들려올 뿐이었다. 형언할 수 없는 행복감이 그를 감싸는 듯했다. 그는 그곳을 사랑하는 게 분명했다. 그곳에서는 어떤 위험도 두렵지 않았다. 그가 찾고자 하는 것은 오직 달콤함과 평온함뿐이었다. 그는 더 이상 소총을 감추지 않았다. 오솔길은 어둠의 참호처럼 길게 뻗어 있었다. 때때로 두 판자 더미 사이로 미끄러져 들어온 달빛이 풀에 줄무늬를 그리곤 했다. 어둠과 빛, 모든 것이 깊이, 달콤하고 스산하게 잠들어 있었다. 이 오솔길의 평온함에 비할 것은 아무것도 없었다. 청년은 오솔길을 따라 죽 걸어갔다. 그리고 자메프랑의 담장이 모퉁이를 이루는 그 끝에서 멈춰 선 채 이웃 사유지에서 무슨 소리가 들려오지나 않는지 가만히 귀를 기울였다. 아무 소리도 들리지 않자 그는 몸을 숙여 판자 하나를 치우고 나무 더미 속에 소총을 감췄다.

모퉁이에는 옛 묘지를 이전할 때 미처 수습되지 못한 낡은 묘석이 하나 있었다. 땅에 약간 비스듬히 놓인 묘석은 일종의 높다란 벤치 역할을 했다. 묘석의 가장자리는 빗물에 부서져 내렸고, 이끼가 묘석을 서서히 잠식해나갔다. 하지만 달빛이 비칠 때면 아직도 묘석의 앞면 아래쪽에 새겨진 비문의 일부를 읽을 수 있었다. "여기… 마리가… 잠들어 있다…." 그 나머지는 세월이 지워버렸다.

소총을 감춘 청년은 또다시 귀를 기울여보고는 여전히 아무 소리도 들리지 않자 묘석 위로 올라가기로 했다. 담장이 낮아서 갓돌 위에 팔을 올려놓을 수 있었다. 담장을 따라 길게 늘어선 뽕나무들 너머로 보이는 것은 빛의 벌판뿐이었다. 나무 한 그루 없는 평평한 땅 자메프랑은 염색하지 않은 거대한 리넨처럼 달빛 아래 너르게 펼쳐져 있었다. 100여 미터 떨어진 곳에 있는 소작인의 농가와 부속 건물들이 더욱더 새하얀 조각처럼 빛났다. 청년이 불안한 눈빛으로 그쪽을 주시하고 있을 때 이웃 마을의 시계가 엄숙하고 느릿하게 7시를 치기 시작했다. 그는 수를 세고는 놀라면서도 안도한 듯 묘석에서 내려왔다.

그는 오랜 기다림에 동의한 사람처럼 묘석 위에 걸터앉았다. 추위조차 느끼지 않는 듯했다. 그는 30분 가까이 그림자 덩어리에 시선을 고정한 채 깊은 생각에 잠겨 있었다. 어두운 구석에 앉아 있었지만 점차 떠오른 달이 그를 비추면서 얼굴이 환히 드러났다.

그는 건장하게 생긴 청년이었다. 그의 섬세한 입술과 아직 부드러운 피부가 어린 나이를 짐작게 했다. 청년은 열일곱 살쯤 되어 보였고 독특한 아름다움으로 돋보였다.

그의 마르고 긴 얼굴은 뛰어난 조각가의 손끝에서 빚어진 듯 보였다. 튀어나온 이마, 두둑한 눈두덩, 매부리코, 넓적한 턱, 두드러진 광대뼈와 살짝 꺼진 뺨은 그의 얼굴에 특별한 활기를 부여했다. 시간이 흐르면 그의 얼굴은 마치 유랑하는 기사의 그것처럼 뼈가 더욱 불거져 보일 터였다. 그러나 뺨과 턱에 솜털이 날락 말락 하는 사춘기인 이 시기에는 매력적인 연약함과 여전히 모호하고 아이 같은 면모가 거친 면을 보완해주었다. 그의 힘 있는 얼굴에서 부드러움이 느껴지는 건 아직 청년기의 순수함이 가득하면서 옅은 검은 빛을 띤 눈 때문이었다. 모든 여자들이 그를 좋아하지는 않을 터였다. 그는 이른바 잘생긴 남자와는 거리가 멀었기 때문이다. 하지만 그의 얼굴에는 강렬하고 호감 가는 활력 그리고 열정과 힘이 나타내는 아름다움이 공존하고 있어서, 그의 고장의 여자들, 남프랑스의 햇볕에 그을린 여자들은 7월의 무더운 여름밤, 그가 그들의 집 앞을 지나갈 때면 어김없이 그에 관한 꿈을 꾸곤 할 터였다.

여전히 묘석 위에 앉아 생각에 잠겨 있던 청년은 달빛이 그의 가슴에서 다리까지 흘러내리는 것을 느끼지 못하는 듯했다. 그는 보통 키에 살짝 다부진 체격이었다. 지나치게 근육이 발달한 팔 끝, 노동자의 손은 노역으로 일찌감치 단련돼 탄탄함을 자랑했다. 끈 달린 커다란 구두를 신은 그의 발 역시 단단해 보였고 발끝은 네모났다. 관절과 손발, 둔중한 손놀림으로 미루어볼 때 그는 민중임이 분명했다. 그러나 고개를 뒤로 젖히는 모습과 생각에 잠긴 듯한 눈빛과 그의 내면에서는 그의 몸을 숙이게 하는 육체노동의 가혹함에 대한 은밀한 반항심이 엿보였다. 그는 분명 그가 속한 부류와 계층의 무게 깊은 곳에 숨겨진 지적 성향, 온몸 가득히 깃든 다감하고 세련된 정신을 지닌 이들 중 하나였다. 그는 자신을 가두고 있는 두꺼운 껍질을 뚫고 나와 한껏 빛날 수 없음에 고통받았다. 따라서 강건한 듯한 외양에도 그는 소심하고 불안해 보였다. 마치 자신의 불완전함을 느끼면서 어떻게 완전해질 수 있는지 모른다는 사실에 무의식적인 수치심을 느끼는 것 같았다. 그는 선량하고 정직한 젊은 이로 그의 무지는 열정이 되었고, 청년의 마음은 어린 소년의 이성에 지배를 받았다. 또한 그는 여인네처럼 순종적이기도 하고, 영웅처럼 용감하게 굴 줄도 알았다. 그날 저녁 그는 바지와 촘촘한 줄무늬의 푸르스름한 코르덴 재킷을 입고 있었다. 살짝 뒤로 젖힌 부드러운 펠트 모자는 그의 이마에 희미한 그림자를 드리웠다.

이웃 마을의 시계가 7시 30분을 알리자 그는 꿈에서 깨어난 듯 소스라치게 놀랐다. 그리고 달빛이 자신을 환히 비추고 있음을 깨닫고는 걱정스러운 얼굴로 앞쪽을 살폈다. 그는 화들짝 놀라며 다시 어둠 속으로 들어갔지만 몽상의 끈을 되찾을 수는 없었다. 그제야 자신의 손과 발이 꽁꽁 얼어 있음을 느끼면서 다시 초조해졌다. 그리고 또다시 묘석 위로 올라가 여전히 고요하고 텅 빈 자메프랑을 쓱 둘러보았다. 그런 다음 더 이상 어떻게 시간을 죽여야 할지 몰라 다시 내려온 그는 판자 더미 사이에 감춰둔 소총을 꺼내 공이치기를 만지작거리며 놀았다. 이 무기는 길고 무거운 기총(騎銃)으로 아마도 어떤 밀수꾼의 것이었던 듯했다. 두꺼운 개머리와 총신의 튼튼한 노리쇠로 미루어 짐작할 때, 본래 부싯돌로 격발되던 총을 그 고장의 무기 제작자가 피스톤을 사용하는 총으로 개조한 것 같았다. 그 지방의 농가들에서는 벽난로 선반 위에 걸린 기총을 종종 볼 수 있었다. 청년은 자신의 무기를 사랑스럽게 어루만졌다. 스무 번도 넘게 공이치기를 뒤로 당겨보고, 총신에 작은 손가락을 갖다 대고, 개머리를 유심히 살펴보았다. 그러는 동안 점차 일종의 치기가 뒤섞인 젊은 열정이 되살아났다. 마침내 그는 훈련을 받는 신병처럼 소총을 들어 허공을 겨누었다.

이제 곧 8시가 울릴 참이었다. 그가 뺨에 총을 대고 있은 지 1분이 넘었을 때 자메프랑에서 숨결처럼 가냘프고 나직이 헐떡이는 목소리가 들려왔다.

"거기 있는 거야, 실베르?" 목소리가 물었다.

실베르는 소총을 내리고 단숨에 묘석 위로 뛰어 올라갔다.

"응, 응." 그도 마찬가지로 숨죽인 목소리로 대답했다. "잠깐만, 내가 도와줄게."

그가 채 팔을 뻗기도 전에 담장 위로 한 소녀의 머리가 보였다. 소녀는 아주 날렵한 몸짓으로 뽕나무 몸통에 의지해 새끼 고양이처럼 담장을 기어올랐다. 자신감 넘치는 편안한 동작으로 보아 이 특별한 길에 익숙한 듯했다. 소녀는 눈 깜짝할 사이에 갓돌 위로 올라왔다. 실베르는 그녀를 안아 묘석 위에 올려놓았다. 하지만 그녀는 그에게서 벗어나기 위해 버둥거렸다.

"놔줘. 놔달라고. 나 혼자서도 내려갈 수 있다니까." 소녀는 장난치는 아이처럼 웃음을 터뜨리며 말했다.

그러고는 묘석 위에 앉아 물었다.

"언제부터 기다린 거야?… 나 막 뛰어왔어, 그래서 너무 숨차."

실베르는 아무 대답도 하지 않았다. 웃음기가 전혀 없는 슬픈 얼굴로 소녀를 응시하던 그는 그녀 옆에 앉아 말했다.

"널 꼭 보고 싶었어, 미예트. 밤새도록이라도 기다렸을 거야…. 나 내일 아침 날 밝는 대로 떠날 거야."

미예트는 풀 위에 놓인 소총을 알아보고는 굳은 얼굴로 중얼거렸다.

"아!… 그렇게 된 거구나…. 저게 네 총인가 보네…."

잠시 침묵이 흘렀다.

"응, 내 총이야…." 실베르는 여전히 불안한 목소리로 대답했다. "오늘 저녁에 집에서 꺼내놓는 게 좋을 것 같아서. 내일 아침에는 탕트 디드[4]한테 들킬지

---

[4] '탕트 디드'는 아델라이드 푸크의 애칭이다. '탕트'(tante)는 프랑스어로 백모, 숙모, 고모, 이모, 외숙모, 아주머니를 두루 일컫지만 사실 아델라이드 푸크는 실베르 무레의 할머니다. 여기서는 탕트가 애칭으로 쓰이고 있으므로 그대로 표기하기로 한다.

도 모르니까. 총을 꺼내는 걸 보면 걱정하실 거야…. 그래서 여기 숨겨뒀다가 내일 떠나기 전에 찾으러 오려고."

실베르가 아무렇게나 풀 위에 놔둔 총에서 미예트가 눈길을 떼지 않자 그는 일어나 다시 판자 더미 사이에 그것을 감추었다.

"오늘 아침에 라 팔뤼와 생마르탱드보의 봉기군이 행진을 하고 있다는 소식을 들었어. 간밤에 알부아즈를 지났대." 그는 묘석 위에 다시 걸터앉으며 말했다. "우리도 그들과 합류하기로 했어. 오늘 오후에 플라상의 노동자 일부가 이미 떠났고. 남은 사람들도 형제들을 만나러 갈 거야."

그는 '형제들'이라는 말을 청년다운 열정으로 힘주어 발음했다. 그리고 차츰 활기를 띠면서 더욱더 떨리는 목소리로 덧붙였다.

"싸움은 피할 수 없어. 하지만 정의가 우리 편이니까 우린 반드시 승리할 거야."

미예트는 눈앞의 허공에 시선을 고정한 채 실베르의 말에 귀를 기울였다. 그리고 그가 말을 멈추자 "그렇구나."라고 짤막하게 맞장구를 쳤다.

또다시 침묵이 흐른 뒤 그녀가 이어 말했다.

"그럴 거라고 얘기했었으니까…. 하지만 그래도 난 혹시나 했거든…. 어쨌든 이미 결정된 거니까 뭐."

그들은 더 이상 다른 할 말을 찾지 못했다. 작업장의 황량한 구석, 초록 오솔길은 다시 음울한 고요함을 되찾았다. 생생한 달빛으로 인해 풀 위에 판자 더미의 그림자가 조금씩 돌아갈 뿐이었다. 묘석 위의 두 젊은이는 희미한 달빛 아래 하나가 된 듯 꼼짝하지 않고 침묵을 지켰다. 실베르는 팔로 미예트의 허리를 감싸안았고, 미예트는 그의 어깨에 머리를 기댔다. 그들은 키스를 하는 대신 형제애 같은 다정함이 깃든 순수한 애정으로 서로를 꼭 껴안았다.

미예트는 후드가 달린 커다란 갈색 망토를 입고 있었다. 발목까지 내려와 몸 전체를 감싸는 망토였다. 보이는 것은 그녀의 머리와 손뿐이었다. 프로방스의 민중, 그중에서도 특히 농촌의 여성들과 노동자 여성들은 유래가 오래된 '펠리스[5]'라는 커다란 망토를 여전히 애용했다. 미예트는 에르 생미트르에 도착하자 후드를 벗었다. 늘 야외에서 살아가는, 피가 뜨거운 이의 후손인 그녀는 보닛을 쓰는 법이 없었다. 그녀의 맨머리가 달빛이 새하얗게 비추는 담장을 배경으로 선명하게 드러났다. 미예트는 아직 어린아이였지만 여인이 되어가는 어린아이였다. 그녀는 소녀에서 처녀로 변모해가는 미묘하고 사랑스러운 시기를 지나는 중이었다. 모든 청춘기의 여성에게는 새싹 같은 섬세함과 지극히 매력적으로 머뭇거리는 모습이 공존한다. 어린아이의 순수한 호리호리함 속에서 사춘기 소녀의 둥글고 관능적인 윤곽이 드러나기 시작하는 것이다. 이 시기에는 반쯤은 여전히 어린 소녀의 몸을 간직한 여인이 최초의 수줍은 당혹감과 함께 여성으로서의 특징을 온몸으로 서툴게 표현하곤 한다. 그런데 이때가 어떤 소녀들에게는 아주 어려운 시기가 될 수도 있다. 너무 빨리 자라는 식물들처럼 갑자기 자라면서 못생겨지고 누렇고 허약해 보일 수 있기 때문이다. 미예트처럼 혈기 왕성하고 야외에서 살다시피 하는 소녀들에게는 평생 다시 오지 않을 강렬한 매력으로 가득한 시기였다. 미예트는 열세 살이었다. 체격이 좋은 편이었지만 그렇다고 나이가 더 들어 보이지는 않았다. 때때로 웃음을 터뜨릴 때면 여전히 맑고 순진한 웃음이 그녀를 더욱 빛나게 했다. 하지만 미예트는 나이에 비해 몸이 성숙했다. 그 지방의 기후와 거친 삶 덕분에 그녀는 빠르게 여인으로 피어났다. 키는 실베르와 비슷했고, 약간 통통하고 생기가 넘쳤다. 그녀는 자신의 연인처럼 보편적이지 않은 아름다움을 지녔다. 결코 못생겼다고 할 수는 없지만, 많은 잘생긴 젊은이들 사이에서는 약간 특이해 보일 수도 있었다. 무엇보다 그녀는 머릿결이 더없이 탐스러

---

5 pelisse: 소매가 있거나 없는 망토 형태의 외투로 발목까지 덮는 길이에 안에는 털이 덧대어져 있다.

웠다. 이마 위로 똑바로 투박하게 뻗은 머리카락은 마치 솟아오르는 파도처럼 힘차게 뒤로 젖혀져 목덜미까지 길게 흘러내렸다. 칠흑같이 검은 머리가 부글부글 끓어오르는 바다를 연상시키며 구불구불 물결쳤다. 그녀는 지나치게 많은 머리숱을 어떻게 해야 할지 몰랐다. 머리가 여간 성가신 게 아니었다. 그래서 머리를 몇 가닥으로 나눈 다음 어린아이의 손목 굵기로 최대한 촘촘하게 꼬아 뒤로 한데 틀어 올렸다. 사실 미예트는 머리를 매만질 시간이 별로 없었다. 하지만 그녀의 손길은 거울도 없이 서둘러 꼰 거대한 머리에 강력한 우아함을 부여했다. 살아 있는 투구 같은 머리와 마치 갈기처럼 관자놀이와 목덜미까지 넘쳐흐르는 곱슬머리를 보면 그녀가 왜 비와 서리에도 아랑곳없이 맨머리로 다니는지 이해할 수 있었다. 짙은 머리카락 아래 가느다란 초승달을 닮은 납작한 이마는 달처럼 금빛을 띠었다. 툭 튀어나온 커다란 눈, 커다란 콧구멍에 끝이 살짝 들린 조그만 코, 두꺼운 붉은 입술을 하나씩 따로 떼어 놓고 보면 매력적으로 보이지 않을 수도 있을 터였다. 하지만 삶에 대한 열정이 엿보이는 경쾌하고 둥근 얼굴에서는 세세한 부분들이 이루는 특별하고 인상적인 아름다움이 느껴졌다. 미예트가 머리를 뒤로 젖히거나 오른쪽으로 살짝 기울이며 웃을 때면, 낭랑한 웃음소리에 부풀어 오르는 목, 어린아이처럼 둥그스름한 뺨, 커다랗고 새하얀 이, 즐거움을 표출할 때마다 포도나무 잎 관처럼 목덜미에서 요동치는 곱슬머리가 고대 바쿠스 신의 여제관(女祭官)을 떠올리게 했다. 그녀가 아직 열세 살밖에 안 된 소녀라는 것을 깨달으려면 그녀의 여성스럽게 다정하고 애교스러운 웃음에 가려진 순진무구함과 무엇보다 아직 아이처럼 섬세한 턱과 부드러운 순수함을 지닌 관자놀이를 주목해야 할 터였다. 햇볕에 그을린 그녀의 얼굴은 어떤 날은 호박(琥珀)빛을 띠었다. 미세한 검은 솜털은 벌써부터 그녀의 윗입술에 희미한 그림자를 드리웠다. 과도하게 사용하지 않았더라면 부르주아 여성의 손처럼 사랑스럽게 포동포동했을 수도 있는 작은 손은 고된 노동 탓에 변형돼 있었다.

미예트와 실베르는 한참 동안 아무 말도 하지 않았다. 그들은 서로의 불안한 생각을 읽을 줄 알았고, 다음 날에 대한 미지의 두려움이 커질수록 서로를 더 꼭 껴안았다. 그들은 서로의 심장 고동 소리까지 들을 수 있었고, 큰 소리로 두려움을 이야기하는 게 아무 소용 없는, 잔인하기까지 한 일임을 알고 있었다. 하지만 미예트는 더 이상 참을 수가 없었다. 그녀는 숨이 막히는 듯 자신들이 함께 느끼는 두려움을 재빨리 내뱉었다.

"돌아올 거지, 꼭?" 그녀는 실베르의 목에 매달리며 더듬더듬 말했다.

목이 멘 실베르는 그녀처럼 울게 될까 봐 아무 대답도 하지 못한 채 다른 위안거리를 찾지 못한 형제처럼 그녀의 볼에 키스했다. 두 사람은 포옹을 풀고 또다시 침묵 속으로 빠져들었다.

잠시 후 미예트는 몸을 떨었다. 그녀는 더 이상 실베르의 어깨에 머리를 기대지 않았고, 몸이 얼어붙는 것을 느꼈다. 전날 밤만 해도 그녀는 이 황폐한 오솔길 구석의 묘석 위에서 이처럼 떨지 않았다. 그곳에서 그들은 여러 계절 동안 망자들의 평온함 가운데서 행복한 시간을 보내곤 했다.

"나 너무 추워." 미예트는 망토의 후드를 다시 쓰면서 말했다.

"우리 좀 걸을까?" 청년이 물었다. "아직 9시가 안 돼서 조금 걸어도 괜찮을 것 같아."

미예트는 이제 한참 동안 이런 만남의 기쁨을 누리지 못하리라는 생각이 들었다. 그녀는 밤마다 이렇게 정담을 나누는 순간을 위해 온종일을 견디곤 했다.

"응응, 좋아." 미예트는 신이 나서 말했다. "방앗간 있는 데까지 가자…. 네가 원한다면 난 밤새도록이라도 있을 수 있어."

그들은 묘석에서 내려와 판자 더미의 어둠 속에 몸을 숨겼다. 거기서 미예트는 망토를 펼쳤다. 조그만 방패꼴 무늬들이 새겨진 망토에는 핏빛 옥양목 안감이 대어져 있었다. 그녀는 이 따뜻하고 커다란 망토를 실베르의 어깨 위로 둘러 그를 온전히 감쌌고, 그를 끌어당겨 자기 몸에 꼭 붙였다. 두 사람은 하나의 옷 속에서 한 팔로 서로의 허리를 감싸안음으로써 하나가 되었다. 망토 자락 속에서 사람처럼 보이지 않을 만큼 한 덩어리가 된 그들은 조금씩 길 쪽으로 걷기 시작했다. 그들은 달빛이 환히 비추는 작업장의 텅 빈 공간을 두려움 없이 가로질렀다. 미예트는 실베르를 감쌌고, 그는 지극히 자연스럽게 순순히 그에 응했다. 마치 그녀의 망토가 매일 밤 똑같은 일을 해온 것처럼.

1851년, 양옆으로 교외의 마을이 들어선 니스로에는 아주 오래된 느릅나무들이 길가에 늘어서 있었다. 거대한 유물 같은 나무들은 여전히 생생해 보였다. 그러나 도시 미관을 해친다는 이유로 시의회는 몇 해 전부터 조그만 플라타너스들로 그것들을 교체해나갔다. 길가의 나무들은 달빛을 받아 보도에 거대한 나뭇가지들의 그림자를 길게 드리우고 있었다. 나무 아래로 들어선 실베르와 미예트는 여러 차례 집들 가까이로 조용히 움직이는 어두운 덩어리들과 만났다. 그들처럼 망토 자락 안에 몸을 꽁꽁 숨긴 채 어둠 속에서 은밀한 사랑을 나누는 연인들이었다.

남프랑스 도시의 연인들은 이러한 산책 방식을 채택했다. 언젠가 결혼하기로 돼 있어서 조금 일찍 키스하는 것을 꺼리지 않는 평민 처녀 총각은 세인의 입방아에 오르내리지 않도록 숨어서 마음 편히 키스할 수 있는 장소를 찾기가 힘들었다. 마을에서는 아무리 부모가 그들에게 전적인 자유를 허용한다고 해도 둘이서만 있기 위해 따로 방을 얻거나 하면 그다음 날 당장 구설에 오를 게 뻔했다. 다른 한편으로는, 매일 밤 한적한 시골로 갈 시간을 내기 힘들었다. 그리하여 절충안으로 주로 교외, 공터, 도로의 곁길 등 지나다니는 사람이 적고 어두컴컴한 구석이 많은 곳을 찾아다녔다. 게다가 모든 주민이 서로 잘 아는 터라, 세인의 눈에 띄지 않도록 한 가족이 족히 들어갈 만한 커다란 망토 속으로 숨어들었다. 부모들도 이 같은 어둠 속의 산책을 눈감아주었다. 지방의 엄격한 도덕관념에도 불구하고 그다지 개의치 않는 듯했다. 연인들로서는 어느 한구석에서 머뭇거리거나 공터 같은 데 머물지만 않으면 되었다. 그것만으로도 그곳 사람들의 까다로운 예의범절을 충분히 만족시킬 수 있었다. 따라서 연인들은 계속 걸었고, 그사이 키스 말고는 달리 할 게 없었다. 그러다 가끔씩 여자가 힘들어하면 그제야 잠시 앉아 쉬곤 했다.

사실 이런 연인들의 산책보다 근사한 것은 없었다. 남프랑스인들의 독창적이고 감미로운 상상력이 그 안에 모두 들어 있었다. 이는 가난한 이들도 언제라도 참여할 수 있는, 소소한 행복과 기쁨으로 가득한 일종의 가장행렬과도 같았다. 여자는 언제라도 망토를 벌리기만 하면 그곳에 자기 연인을 위한 안식처를 마련할 수 있었다. 그녀는 프티부르주아[6] 여성들이 침대나 옷장 속에 연인을 숨기듯 따뜻한 옷자락 속에, 자신의 품에 그를 숨겼다. 금단의 열매는 이곳에서 한층 더 달콤하게 느껴졌다. 연인들은 야외에서, 모르는 사람들 가운데서, 길을 가면서 그 열매를 맛보았다. 그들이 나누는 키스를 더 짜릿하고 감미롭게 만드는 것은, 사람들 앞에서도 아무 거리낌 없이 입을 맞추고, 사람들에게 들키거나 손가락질을 당하지 않고도 밤새 서로 꼭 안고 다닐 수 있다는 확신이었다. 연인들은 하나의 짙은 덩어리에 지나지 않았고 또 다른 연인들과 닮아 있었다. 밤늦게 산책을 하는 이들에게 어렴풋이 움직이는 덩어리는 단지 지나가는 또 하나의 사랑일 뿐이었다. 이름 없는 사랑, 짐작은 되지만 눈에 보이지는 않는 사랑이었다. 연인들은 자신들을 잘 감출 줄 알았다. 그들은 나직하게 속삭였고, 그들만의 집에 있는 듯 느꼈다. 하지만 대부분은 서로 아무 말도 하지 않은 채 발길 닿는 대로 몇 시간이고 걸었다. 조그만 옥양목 자락 안에서 서로를 느낄 수 있음에 행복해하면서. 이는 매우 관능적이면서 동시에 더없이 순결한 행위였다. 이 모든 것의 장본은 날씨였다. 무엇보다

---

6 노동자와 자본가의 중간 계층에 속하는 소상인, 수공업자, 하급 봉급생활자, 하급 관리 등을 일컫는 말.

날씨가 연인들로 하여금 둘만의 안식처를 찾아 교외 구석구석을 돌아다니게 했다. 날씨가 좋은 여름날 밤에 플라상을 한 바퀴 돌다 보면 어김없이 담장 그림자 속에서 후드를 덮어쓴 연인들을 발견하곤 했다. 어떤 곳들, 그중에서도 에르 생미트르 같은 곳은 평온한 밤의 온기 속에서 말없이 느리게 움직이며 서로를 스치고 지나가는 어두운 망토들로 가득했다. 마치 별들이 가난한 이들의 사랑을 위해 마련한 신비한 가장무도회에 초대된 사람들 같았다. 날씨가 너무 더워 여자가 더 이상 망토를 걸칠 수 없게 되면 입고 있던 오버스커트를 걷어 올리기만 하면 되었다. 겨울에도 열렬히 사랑하는 연인들은 서리도 아랑곳하지 않았다. 니스로를 따라 내려오는 동안 실베르와 미예트는 12월의 추운 밤을 불평할 생각 따위는 조금도 하지 않았다.

두 사람은 서로 한마디도 하지 않은 채 잠든 교외를 가로질렀다. 그들은 포옹의 달콤한 온기 속에서 말 없는 기쁨을 누렸다. 그러나 그들의 마음에서는 슬픔이 느껴졌다. 서로를 꼭 껴안는 데서 느껴지는 지고한 행복감에는 임박한 이별이 주는 고통이 뒤따랐다. 그들의 발걸음을 가만히 달래주는 침묵의 달콤함과 쓰라림이 언제까지나 이어질 것만 같았다. 이내 집들이 뜸해지면서 그들은 교외의 끝자락에 이르렀다. 그곳에 자메프랑의 정문이 있었다. 열린 철문을 사이에 두고 양옆에 튼튼한 기둥이 서 있고, 창살 너머로는 기다란 뽕나무 오솔길이 보였다. 그 길을 지나치면서 실베르와 미예트는 본능적으로 사유지 안을 흘끔거렸다.

자메프랑부터 대로는 완만한 내리막길로 변했고, 그 길은 작은 강 비오른의 하상(何床) 역할을 하는 계곡까지 이어졌다. 비오른 강은 여름에는 개울에 불과하지만 겨울이면 급류를 이루었다. 길 양옆으로 계속 이어지는 느릅나무들은 이 시기의 도로를 근사한 가로수 길로 변모시켰다. 거대한 나무들의 커다란 띠는 밀과 빈약한 포도나무가 심긴 언덕을 가로지르며 뻗어 있었다. 이 12월의 밤을 비추는 투명하고 차가운 달빛 아래 길 양옆까지 닿아 있는 밭들은 막 경작을 끝낸 듯 대기 중의 모든 소리를 누그러뜨리는 거대한 회색 솜 침대를 연상시켰다. 오직 멀리서 들려오는 비오른 강의 둔탁한 속삭임만이 농촌의 지극한 평온함을 흩트리고 있었다.

두 사람이 가로수 길을 내려가기 시작했을 때 미예트의 생각은 그들이 막 지나온 자메프랑으로 되돌아갔다.

"오늘 밤은 집에서 빠져나오기가 너무 힘들었어." 그녀가 말했다. "고모부가 못 가게 자꾸 붙잡아서. 글쎄 지하 저장고에 틀어박혀서는 나오시질 않는 거야. 거기 돈이라도 숨겨놨는지. 오늘 아침에는 요즘 일어나는 일들 때문에 잔뜩 겁먹으신 얼굴이었다니까."

실베르는 좀 더 다정하게 그녀를 껴안았다.

"힘내!" 그가 말했다. "이제 곧 아무 때나 자유롭게 볼 수 있는 날이 올 거야…. 그러니까 너무 우울해하지 마."

"솔직히 난 잘 모르겠어…." 미예트는 고개를 흔들면서 말했다. "너는 희망을 갖고 있는 것 같지만, 어떤 날은 너무 슬퍼지거든. 일이 힘들어서 그런 건 아니야. 오히려 고모부가 나한테 일을 많이 시키는 게 다행이다 싶을 때가 많으니까. 고모부 말대로 난 농사일이나 거들며 살까 봐. 안 그럼 나쁜 길로 빠질지도 모르거든. 있잖아, 난 내가 저주를 받았다고 느낄 때가 많아…. 그래서 차라리 죽는 게 나을지도…. 넌 내가 지금 누구 얘길 하는지 알 거야…."

마지막 말을 하면서 소녀는 어린아이처럼 울음을 터뜨렸다. 실베르는 단호하게 그녀의 말을 가로막았다.

"그만해! 이제 그런 생각 안 하기로 약속했잖아. 그건 네 잘못이 아니라고."

그리고 좀 더 부드러운 어조로 덧붙였다.

"우린 서로 사랑하잖아, 안 그래? 우리가 결혼하면 더 이상 나쁜 생각 같은 건 하지 않아도 될 거야."

"나도 알아." 미예트가 나직이 말했다. "너는 정말 좋은 사람이야. 나에게 힘이 되는. 하지만 나도 어쩔 수가 없어. 때로는 겁이 나고 반항심이 생기거든. 사람들이 부당하게 나를 비난할 때면 못되게 굴고 싶은 마음이 생겨. 너한테니까 솔직히 말하는 거야. 사람들이 내 앞에서 아버지 이름을 들먹일 때마다 온몸이 화끈거려. 심지어 내가 지나갈 때마다 아이들까지 '어, 저기 샹트그레유의 딸이 가네!'라고 소리치곤 한다니까. 그럼 정말 미쳐버릴 것 같아. 아이들을 붙잡아 마구 두들겨 패주고 싶어진다고."

잠시 무거운 침묵이 흐른 뒤 미예트가 이어 말했다.

"넌 남자니까 그럴 때 총을 쏘면 되겠지만…. 그래서 난 네가 부러워."

실베르는 그녀가 이야기를 계속하게 놔두었다. 몇 걸음 더 걸어간 뒤 그는 슬픈 목소리로 말했다.

"그런 생각은 잘못된 거야, 미예트. 그런 식으로 화풀이를 하면 안 돼. 법을 어길 수는 없어. 난 우리 모두의 권리를 위해 싸우려는 거야. 개인적인 복수 같은 건 할 생각이 없어."

"그래도 난 내가 남자였으면 좋겠어." 미예트가 다시 말했다. "총을 쏘면 기분이 좋아질 것 같거든."

실베르가 아무 말도 하지 않자 그녀는 자신이 그를 언짢게 했음을 깨달았다. 순간 흥분이 가라앉으면서 미예트는 애원하듯 더듬더듬 말했다.

"나한테 화난 거 아니지? 네가 떠난다고 하니까 슬퍼져서 그런 생각이 든 것뿐이야. 네 말이 맞다는 거 나도 알아. 아무 말이나 하지 말았어야 하는데…."

그녀는 울음을 터뜨렸다. 미예트의 눈물에 감동받은 실베르는 그녀의 두 손에 키스했다.

"그만 울어." 그가 다정하게 말했다. "어린아이처럼 화냈다가 울고 그러지 마. 이젠 철없이 굴면 안 돼. 난 널 꾸짖는 게 아니야, 미예트…. 네가 행복해지는 걸 보고 싶을 뿐이라고. 그리고 그건 너한테 달려 있어."

조금 전 미예트가 언급한 비극에 대한 기억 탓에 두 연인은 잠시 우울해했다. 그들은 각자의 생각으로 혼란스러워하며 고개를 숙인 채 계속 걸었다. 잠시 후 자신도 모르게 다시 입을 연 실베르가 물었다.

"나는 너보다 훨씬 행복할 거라고 생각해? 할머니가 나를 거둬서 키워주시지 않았더라면 난 어떻게 되었을까? 나처럼 노동자이면서 공화국을 사랑하게 만들어준 앙투안 삼촌만 빼고 다른 친척들은 내가 가까이 가기만 해도 움찔하곤 한다니까. 나한테 물들까 봐 겁나서 말이지."

그는 이야기를 하면서 점차 활기를 띠었다. 그러다 걸음을 멈추고 미예트를 길 한복판에 세워둔 채 이어 말했다.

"신에게 맹세컨대 난 아무도 부러워하지 않고 아무도 미워하지 않아. 하지만 우리가 승리한다면 저 잘난 사람들한테 똑바로 말해줄 거야. 뭐가 옳은지. 앙투안 삼촌은 그런 걸 아주 잘 알고 있어. 우리가 돌아오게 되면 너도 알게 될 거야. 그럼 우린 모두 자유롭고 행복하게 살 수 있을 거라고."

미예트는 그를 가만히 이끌었다. 그들은 다시 걷기 시작했다.

"너는 공화국을 정말 사랑하는 것 같아." 소녀는 농담처럼 말했다. "나도 공화국만큼 사랑해?"

그녀는 미소를 지었다. 그러나 그 미소 가운데는 일말의 쓸쓸함이 깃들어 있었다. 그녀는 실베르가 전장을 누비기 위해 자신을 아주 쉽게 떠날지도 모른다고 생각하는 것 같았다. 청년은 엄숙한 어조로 대답했다.

"넌 내 여자야. 난 너한테 마음을 모두 주었어. 내가 공화국을 사랑하는 건 너를 사랑하기 때문이라고. 결혼하면 우린 많이 행복해야만 해. 내일 아침 내가 떠나려는 것도 그 행복의 일부를 위해서야…. 그런데도 나한테 가만히 집에 있으라고 하진 않겠지?"

"오, 물론 절대 아니야." 미예트는 큰 소리로 말했다. "남자는 강해야 하니까. 용기는 멋진 거야!… 질투해서 미안해. 나도 너처럼 강했으면 좋겠어. 그럼 네가 날 더 좋아할 텐데, 안 그래?"

잠시 침묵을 지키던 미예트는 매력적인 경쾌함과 순수함으로 덧붙였다.

"네가 돌아오면 내가 멋지게 키스해줄 거야!"

그녀의 사랑과 용기의 외침에 실베르는 가슴이 뭉클했다. 그는 미예트를 품에 안고 볼에 거듭 키스했다. 소녀는 버둥거리며 웃었고, 눈에는 기쁨의 눈물이 가득 고였다.

연인들 주위의 전원은 깊은 정적과 추위 속에 여전히 잠들어 있었다. 그들은 이제 언덕의 중턱에 이르렀다. 그곳의 왼편에는 꽤 높은 언덕이 있었고, 그 꼭대기에 새하얀 달빛이 비추는 방앗간의 잔해가 보였다. 한쪽이 무너져 내린 채 풍차의 탑만 덩그러니 서 있는 방앗간은 그들이 산책을 시작할 때 목표로 삼은 곳이었다. 그들은 교외로 들어서면서부터 자신들이 가로지르는 들판에는 눈길조차 주지 않고 곧장 앞으로만 걸었다. 실베르는 미예트의 볼에 하던 키스를 멈춘 뒤 고개를 들었다. 그는 방앗간을 알아보았다.

"우리 정말 많이 걸어왔구나!" 그가 소리쳤다. "저길 봐, 방앗간이야. 벌써 9시 30분 가까이 된 것 같아. 이제 돌아가야겠어."

미예트는 아쉬움이 가득한 얼굴로 애원하듯 말했다.

"조금만 더 걷자, 조금만 더. 샛길까지만이라도…. 진짜로 딱 거기까지만, 응?"

실베르는 미소를 지으며 그녀의 허리를 안았다. 그들은 다시 언덕을 내려가기 시작했다. 호기심 많은 이들의 시선 따위는 더 이상 두렵지 않았다. 마지막 집들을 지나온 뒤로는 길에서 사람의 그림자조차 찾을 수 없었기 때문이었다. 그럼에도 그들은 여전히 망토로 몸을 감싸고 있었다. 그들의 공동 의복인 커다란 망토는 그들의 사랑을 위한 자연스러운 둥지나 다름없었다. 그 속에서 그들은 얼마나 많은 행복한 밤을 보냈던가! 나란히 서서 걸었더라면 그들은 광활한 전원 속에서 자신들이 아주 작고 고립돼 있다고 느꼈을 터였다.

하지만 한 덩어리가 되어 걸음으로써 그들은 편안한 마음으로 스스로를 더 큰 존재로 여기게 되었다. 그들은 망토 자락 사이로 길가까지 뻗어 있는 들판을 바라보았다. 그러면서도 거대하고 무심한 지평선이 인간의 마음을 압도하는 듯한 위압감을 느끼지 않았다. 그들은 마치 자신들의 집을 함께 지니고 다니는 것 같았고, 창문으로 바라보듯 전원 풍경을 즐겼다. 평온한 고독, 너르게 퍼져 잠든 빛, 겨울과 밤의 수의(壽衣) 아래 어렴풋이 펼쳐진 자연 한 자락. 그들은 자신들을 매혹하면서도 연인들의 강렬한 포옹을 방해하지는 않는 계곡의 모든 풍경을 사랑했다.

게다가 이제 그들은 더 이상 이야기를 하지 않았다. 다른 사람들이나 자신들에 대해서도 말하지 않았다. 오직 현재의 순간에 충실하면서, 서로의 손을 꼭 잡은 채 눈앞의 풍경에 감탄하거나 서로의 온기에 취한 듯 간간이 짧은 말을 웅얼거릴 뿐이었다. 실베르는 공화파로서의 열정을 잊었다. 미예트는 한 시간 후면 자신의 연인이 오랫동안, 어쩌면 영영 자신을 떠날지도 모른다는 생각을 더 이상 하지 않았다. 그리하여 평소처럼 이별의 고통이 만남의 평온함을 망치지 않게 되자 그들은 사랑이 선사하는 황홀경에 빠져들었다.

그들은 계속 걸어갔다. 이윽고 미예트가 이야기한 샛길이 나왔다. 들판을 통과해 비오른 강가의 마을까지 이어지는 작은 길이었다. 하지만 그들은 거기서 멈추지 않고 계속 언덕을 내려갔다. 지나치지 않기로 서로 약속한 샛길을 보지 못한 척하면서. 몇 분을 더 가서야 비로소 실베르가 나직하게 말했다.

"너무 늦은 것 같아. 피곤하겠다."

"아냐, 아냐, 난 하나도 안 피곤해." 미예트가 말했다. "이렇게 한참 더 걸어도 끄떡없다니까."

그리고 애교스러운 목소리로 덧붙였다.

"생트클레르 초원까지 가면 안 될까, 응?⋯ 진짜 더 이상은 가잔 소리 안 할게. 거기서 되돌아오면 되잖아."

실베르는 미예트의 리드미컬한 발소리에 취해 눈을 뜬 채로 잠든 듯 아무런 반대도 하지 않았다. 그들은 다시 황홀경에 빠져들었고, 뒤돌아 언덕을 다시 올라가야 할 순간을 두려워하듯 느릿느릿 걸었다. 앞으로 나아가는 동안은 이처럼 영원히 하나가 될 수 있을 것 같았다. 그러나 되돌아간다는 것은 헤어짐과 잔인한 이별을 의미했다.

내리막길이 점차 완만해졌다. 계곡 아래로는 비오른 강까지 뻗어 있는 목초지가 보였다. 강은 나지막한 언덕들을 따라 반대편 끝까지 이어지고 있었다. 산울타리로 대로와 구분돼 있는 초지가 생트클레르 초원이었다.

"까짓것, 내친김에 다리까지 가지 뭐." 이번에는 초지의 풀밭을 알아본 실베르가 외쳤다.

미예트는 경쾌한 웃음을 터뜨리며 그의 목에 매달려 요란한 키스를 퍼부었다.

당시 산울타리가 시작되는 곳에는 긴 가로수 길이 끝났음을 알려주는 두 그루의 느릅나무가 서 있었다. 다른 나무들보다 훨씬 거대한 기둥 같은 나무들이었다. 도로변에서부터 강가의 버드나무들과 자작나무들이 있는 곳까지 뻗은 초지는 커다란 초록색 양모의 띠를 연상케 했다. 마지막 느릅나무들에서 다리까지의 거리는 기껏해야 300미터 정도에 불과했다. 연인들은 이 거리를 가로지르는 데 15분이나 걸렸다. 엄청 천천히 걸었음에도 불구하고 마침내 그들은 다리 위에 이르렀고, 거기서 걸음을 멈췄다.

그들 앞으로는 계곡의 반대편 오르막길인 니스로가 보였다. 하지만 그들은 도로의 끝부분만 조금 볼 수 있었다. 다리에서 500미터쯤 떨어진 곳에서 도로가 급커브를 이루면서 숲이 우거진 언덕들 사이로 모습을 감추기 때문이었다. 뒤로 돌면 그들이 조금 전에 지나온 길의 또 다른 끝이 보였다. 플라상에서 비오른 강까지 일직선으로 이어지는 도로였다. 투명하고 아름다운 겨울 달빛 아래 펼쳐진 길은 기다란 은빛 띠처럼 보였고, 길게 늘어선 느릅나무들이 짙은 색 가두리로 양옆을 장식하고 있었다. 오른쪽과 왼쪽으로는 언덕의 경작지들이 너른 회색 바다를 이루고 있었다. 서리에 덮인 새하얀 길이 윤나는 금속처럼 반짝이는 띠가 되어 그 바다를 가로질렀다. 더 먼 곳에서는, 아직 불이 켜져 있는 교외의 창문들이 생생한 불꽃처럼 지평선 가까이에서 빛나고 있었다. 미예트와 실베르는 어느덧 수 킬로미터를 걸어왔다. 그들은 지금까지 온 길을 돌아보며 하늘가까지 가 닿은 거대한 계단식 지형을 말없이 감탄하며 바라보았다. 마치 푸르스름한 빛이 하늘가에서부터, 거대한 폭포의 층진 바위들 위에서처럼 층층이 흘러내리는 듯했다. 죽음 같은 고요와 침묵 가운데 이 기이한 배경, 거대하고 찬란한 풍경이 펼쳐져 있었다. 이보다 지고한 장엄함을 느끼게 하는 것은 없을 터였다.

두 사람은 다리 난간에 몸을 기댄 채 발아래를 내려다보았다. 빗물에 불어난 비오른 강이 둔탁한 소리를 내며 그들 아래로 지나고 있었다. 계곡을 가득 채운 어둠에도 불구하고 그들은 상류와 하류의 강가에 자라난 나무들의 짙은 윤곽을 알아볼 수 있었다. 미끄러지듯 여기저기를 비추는 달빛이 살아 있는 짐승의 비늘을 닮은 강물 위를 비추자, 녹아내린 주석의 흔적들이 흔들리며 반짝였다. 신비롭게도 달빛은 회색빛 급류를 따라 흘러내리다가 유령처럼 부유스름한 수풀들 사이로 사라지곤 했다. 마치 계곡 전체가 마법에 걸린 듯, 어둠과 빛의 사람들이 함께 기이한 삶을 살아가는 놀라운 은신처럼 보였다.

두 연인은 강의 이 한 자락을 잘 알고 있었다. 무더운 7월의 밤이면 종종 이곳으로 와서 열기를 식히곤 했기 때문이었다. 그들은 강 오른편의 버드나무들 사이, 생트클레르 초원이 강가까지 초록 카펫을 펼친 그곳에 몸을 숨긴 채 몇 시간이고 머물렀다. 그들은 강물의 작은 굽이들, 비오른 강의 물이 개울처럼 줄어들 때마다 건너편으로 가기 위해 뛰어넘던 돌들, 함께 사랑을 꿈꾸던 풀숲의 구덩이까지 모든 것을 기억하고 있었다. 그리하여 다리 위에서 미예트는 그리움 가득한 눈으로 오른쪽 강가를 응시했다.

"날이 좀 더 따뜻했더라면…." 그녀는 한숨을 내쉬었다. "다시 돌아가기 전에 내려가서 잠시 쉬면 좋을 텐데…."

여전히 강가를 응시하던 그녀는 잠시 후 이어 말했다.

"저길 봐, 실베르. 저기, 수문 앞에 시커먼 덩어리 같은 거 보여?… 생각 안 나?… 작년 성체축일[7]에 같이 앉아 있던 덤불이잖아."

"그래, 그 덤불이 맞네." 실베르가 나직하게 대답했다.

거기서 그들은 용기를 내 처음으로 서로의 뺨에 키스를 했다. 미예트가 떠올린 기억은 두 사람 모두에게 더없는 감미로움을 선사했다. 그것은 전날의 기쁨과 내일에 대한 희망이 뒤섞인 감정이었다. 그들은 마치 번갯불에 비춰 보듯 둘이 함께 보낸 행복한 저녁들의 풍경을 다시 떠올렸다. 특히 성체축일 저녁의 세세한 것들, 따뜻하고 광대한 하늘, 비오른 강가의 시원한 버드나무 그늘, 그곳에서 속삭였던 사랑의 밀어들을. 그러자 과거의 일들이 달콤한 기억으로 떠오르는 동시에 미지의 앞날도 눈앞에 환히 보이는 듯했다. 자신들의 꿈이 이루어져, 조금 전 큰길을 함께 걸어온 것처럼 현실의 삶에서도 하나의 망토로 따뜻하게 몸을 감싼 채 나란히 걸어갈 수 있을 것 같았다. 두 사람은 또다시 황홀경에 빠졌고, 말 없는 달빛 아래 서로의 눈을 바라보며 미소 지었다.

그러다 갑작스레 실베르가 고개를 들었다. 그는 망토 자락을 젖히고 귀를 기울였다. 놀란 미예트는 어째서 그가 느닷없이 자신에게서 멀어지는지 알지 못한 채 그를 따라 했다.

조금 전부터 니스로가 통과하는 언덕들 뒤에서 어렴풋한 소리가 들려오고 있었다. 멀리서 짐수레의 행렬이 지나가는 소리 같았다. 비오른 강의 거센 물

---

7 성체에 대한 신앙심을 고백하는 가톨릭의 축일. 매년 삼위일체 대축일 후의 목요일이며, 이때 성체강복과 성체행렬을 한다.

결 소리 때문에 아직 불분명한 소리가 더 희미하게 들렸다. 그러다 점점 커진 소리는 행진 중인 군대의 발소리처럼 들렸다. 그들은 지속적으로 커지는 우르릉 소리 가운데서 군중의 웅성거림과, 돌풍처럼 율동적이고 리드미컬한 거친 숨결을 구별할 수 있었다. 빠르게 다가오는 이 모두는 잠든 대기를 어지럽히는 폭풍우의 천둥소리를 연상시켰다. 실베르는 주의를 기울여 들어봤지만 그의 앞을 가로막고 있는 언덕들 때문에 우렁찬 목소리를 제대로 알아들을 수가 없었다. 그러다 갑자기 길모퉁이에 시커먼 무리가 모습을 드러냈다. 복수심에 불타는 분노와 함께 「라 마르세예즈」[8]가 공중에 힘차게 울려 퍼졌다.

"그들이야!" 실베르는 기쁨과 흥분을 감추지 못한 채 소리쳤다.

그는 미예트를 잡아끌며 언덕을 뛰어 올라갔다. 도로의 왼편에는 초록 떡갈나무가 심긴 비탈이 있었다. 그들은 군중의 요란한 물결에 휩쓸리지 않기 위해 함께 그곳을 기어올랐다.

비탈 위에 오른 두 사람이 덤불 뒤에 몸을 숨기고 나자 미예트는 창백하고 슬픈 얼굴로 행진하는 사람들을 바라보았다. 그들이 멀리서 부르는 노래는 실베르를 자신의 품에서 앗아 가기에 충분했다. 마치 무리 전체가 그들 사이로 끼어든 듯했다. 몇 분 전까지만 해도 그들은 너무나 행복했고, 서로를 꼭 안은 채 깊은 정적과 은밀한 달빛 아래 오직 자신들뿐이지 않았던가! 그런데 이제 실베르는 고개를 돌린 채, 그녀의 존재조차 잊은 듯, 그가 형제들이라고 부르는 저 낯선 이들만 바라보고 있었다.

---

8 프랑스 혁명 직후인 1792년 4월 독일 등의 연합군이 프랑스를 침공하려 했을 때 알자스 지방의 스트라스부르에 주둔하고 있던 공병 대위 루제 드 릴이 작사, 작곡한 행진곡이다. 그는 프랑스가 오스트리아를 상대로 선전포고를 했다는 소식을 듣고 자신의 숙소에서 하룻밤 사이에 가사와 곡조를 썼다고 한다. 「라 마르세예즈」라는 이름은 마르세유의 의용군들이 이 노래를 부르며 파리로 진군해온 데서 비롯되었다. 1795년에 국민공회가 프랑스 최초의 국가(國歌)로 채택했고, 정식 국가로 채택된 것은 1879년의 일이다.

무리는 무엇으로도 막을 수 없을 놀라운 기세로 언덕을 내려왔다. 죽음 같은 고요함과 얼어붙은 풍경 속에서 수천 명의 남자들이 불쑥 모습을 드러낸 것보다 장엄한 광경은 찾아보기 힘들 터였다. 급류로 변한 도로는 결코 멈추지 않을 듯한 생생한 물결을 이루며 흘러갔다. 길모퉁이에서는 계속해서 새로운 시커먼 무리가 나타났다. 그들이 부르는 노래에 이 인간 폭풍우의 목소리가 점점 더 커졌다. 마지막 부대가 등장하자 귀를 먹먹하게 하는 함성이 터져 나왔다.「라 마르세예즈」가 하늘을 가득 채우고 있었다. 마치 거인의 입이 거대한 나팔에 숨결을 불어넣은 뒤 나팔이 그 소리를 금관악기의 건조한 떨림으로 계곡의 구석구석에 울려 퍼지게 하는 듯했다. 그러자 잠든 전원이 소스라치며 깨어났고, 채로 두드리는 북처럼 몸을 부르르 떨었다. 그리고 국가의 열렬한 곡조를 메아리로 반복하면서 깊은 곳 구석구석에까지 반향을 일으켰다. 그러자 이제 노래를 부르는 것은 대열의 무리뿐만이 아니었다. 지평선의 한 자락부터 먼 곳의 바위, 경작지, 초원 그리고 작은 수풀과 덤불까지도 인간의 목소리를 내는 듯했다. 강에서 플라상까지 위로 뻗어 있는 광대한 계단식 지형, 푸르스름한 달빛이 흘러내리는 거대한 폭포는 봉기군에게 환호를 보내는 보이지 않는 수많은 군중으로 가득 찬 듯 보였다. 비오른 강의 계곡 깊숙이, 녹아내린 주석의 신비한 반영이 줄무늬를 그리는 강물을 따라, 어두컴컴한 구석마다 몸을 숨긴 이들이 점점 더 커지는 분노를 실어 매 후렴구를 반복하는 듯했다. 대기와 땅이 요동치는 가운데 전원의 모든 것이 복수와 자유를 소리 높여 외치고 있었다. 작은 군대가 언덕을 내려오는 동안 이처럼 수많은 함성이 낭랑하게 사방으로 퍼져나가면서 길가의 돌멩이까지도 흔들어놓았고, 때때로 터져 나오는 격정적인 외침만이 그 흐름을 깨뜨리곤 했다.

실베르는 감격에 겨워 창백해진 얼굴로 여전히 귀를 기울이며 지켜보고 있었다. 점점 커지는 요란한 긴 흐름의 맨 앞을 차지한 봉기군은 여전히 어둠에 가려진 불분명한 무리일 뿐이었다. 그들은 빠른 걸음으로 어느새 다리 가까이에 이르렀다.

"너희 부대는 플라상을 지나가지 않는 줄 알았는데." 미예트가 나직하게 말했다.

"작전 계획을 바꾼 것 같아." 실베르가 대답했다. "우린 플라상과 오르셰르의 왼편으로 툴롱가(街)를 통해 도청으로 향하기로 돼 있었어. 형제들은 오늘 오후 알부아즈를 떠나 저녁에 레 튈레트를 지났을 거야."

이제 대열의 선두가 두 사람 바로 앞에 이르렀다. 작은 군대는 훈련을 받지 못한 사람들 무리에게 기대할 수 있는 것보다 훨씬 질서가 잡혀 있었다. 각 도시와 마을의 의용군들은 개별적인 부대를 이룬 채 서로 몇 걸음씩 떨어져서 걷고 있었다. 각각의 부대는 그들의 지휘관의 지시를 따르는 듯 보였다. 그리고 그 순간 그들은 언덕의 내리막길을 서둘러 내려오게 한 열기 덕분에 무적의 힘을 지닌 촘촘하고 견고한 덩어리를 이룰 수 있었다. 3,000명가량의 남자들이 분노의 바람에 휩쓸린 채 하나가 돼 있었다. 그런데 가파른 비탈이 길에 그림자를 드리우는 바람에 그 광경의 기이한 부분을 알아보기는 힘들었다. 그러나 두 사람이 몸을 숨기고 있던 덤불에서 왼편으로 대여섯 걸음 떨어진 곳은 비탈의 경사가 낮았기 때문에, 비오른 강을 따라 난 조그만 길이 그들의 눈에 들어왔다. 그리고 그 틈새로 미끄러져 들어온 달빛이 커다란 밝은 띠처럼 길을 비추었다. 새하얀 빛줄기가 그곳으로 들어선 봉기군의 첫 번째 무리를 환히 밝히자 그들의 얼굴 윤곽과 옷의 세세한 부분까지도 또렷이 드러났다. 봉기군의 대열이 이어짐에 따라 두 젊은이는 마치 끊임없이 새로 생겨나듯 어둠 속에서 불쑥 튀어나오는 거친 남자들을 바로 눈앞에서 볼 수 있었다.

처음 등장한 남자들이 달빛 속을 통과하자, 몸을 꽁꽁 숨긴 터라 그들의 눈에 띄지 않으리라는 걸 알면서도 미예트는 본능적으로 실베르에게 바짝 달라붙었다. 그리고 연인의 목에 한 팔을 두른 채 그의 어깨에 머리를 기댔다. 망토의 후드로 창백한 얼굴을 가린 그녀는 열기로 변모된 기이한 얼굴들이 빠르게 가로지르는 사각형의 빛을 응시했다. 커다랗게 벌어진 시커먼 입들이 복수를 갈구하듯 힘차게 「라 마르세예즈」를 외치고 있었다.

미예트가 옆에서 떨고 있음을 느낀 실베르는 몸을 숙여 그녀의 귀에 입을 바짝 갖다 댔다. 그리고 다양한 부대들이 모습을 드러낼 때마다 하나씩 그들의 이름을 일러주었다.

봉기군의 각 대열은 팔 열 종대로 걷고 있었다. 선두에는 각진 얼굴의 건장한 사내들이 보였다. 그들은 헤라클레스의 힘과 거인들의 원초적인 믿음을 지닌 듯 보였다. 분명 공화국의 맹목적이고도 용감한 수호자들일 터였다. 그들은 새로 간 날이 달빛에 빛나는 커다란 도끼를 어깨 위에 메고 있었다.

"세유 숲의 나무꾼들이야." 실베르가 말했다. "공병 부대의 임무를 맡았지…. 대장이 신호만 하면 그 즉시 파리까지 달려갈 사람들이라고. 산에서 오래된 코르크참나무를 쓰러뜨리듯 도끼로 도시의 성문들을 단숨에 부수면서 말이지…."

청년은 형제들의 커다란 주먹이 자랑스럽다는 듯 말했다. 그는 나무꾼들 뒤로 노동자 무리와 햇볕에 그을린 거친 수염의 사내들이 도착하는 것을 보면서 이야기를 계속했다.

"라 팔뤼의 부대야. 제일 먼저 들고일어난 마을이지. 작업복을 입은 사람들은 코르크참나무를 베는 나무꾼들이야. 벨벳 재킷을 입은 이들은 필시 세유 협곡에 사는 사냥꾼과 숯꾼 들일 거고…. 사냥꾼들은 네 아버지하고도 가까웠어, 미예트. 다양한 무기를 아주 잘 다루는 사람들이지. 다른 부대도 저들처럼 무장할 수 있으면 얼마나 좋을까! 우리한테는 소총이 부족해. 저길 봐, 노동자들이 가진 거라곤 몽둥이밖에 없으니."

미예트는 그 광경을 지켜보면서 아무 말 없이 듣기만 했다. 그러다 실베르가 그녀의 아버지 이야기를 꺼내자 갑자기 피가 거꾸로 솟는 것처럼 얼굴이 벌게졌다. 그녀는 얼굴이 화끈거리는 걸 느끼면서 분노와 야릇한 공감이 뒤섞인 표정으로 사냥꾼들을 주시했다. 그때부터 그녀는 봉기군의 합창이 그녀에게 일깨운 열기의 떨림에 점차 생기를 띠는 듯했다.

대열은 다시「라 마르세예즈」를 부르며 계속해서 언덕을 내려왔다. 마치 미스트랄의 매서운 바람이 그들을 후려치기라도 하는 것처럼. 라 팔뤼 부대 다음으로는 또 다른 노동자 무리가 보였는데, 그중에는 짤막한 외투 차림의 부르주아들이 상당수 섞여 있었다.

"저들은 생마르탱드보에서 온 사람들이야." 실베르가 이어 말했다. "라 팔뤼랑 거의 동시에 봉기한 마을이지…. 글쎄, 주인들마저 일꾼들에게 동조를 한 거야. 개중엔 부자들도 있다니까. 자기 집에서 얼마든지 편안하게 살 수 있는 사람들이 자유를 지키기 위해 목숨 걸고 나선 거라고. 그러니까 그 사람들은 존중받아 마땅해…. 하지만 그들도 무기가 부족한 건 마찬가지야. 사냥총 몇 자루가 고작이니까…. 미예트, 저기 왼팔에 붉은 완장을 찬 사람들 보이지? 저들이 대장들이야."

하지만 실베르는 대열의 속도를 따라갈 수 없었다. 군대는 그의 말보다 훨씬 빨리 언덕을 내려왔다. 그가 생마르탱드보의 사람들 이야기를 하는 동안 또 다른 두 부대가 달빛이 환히 밝히는 길을 지나갔다.

"봤어?" 그가 물었다. "방금 지나간 건 알부아즈하고 레 튈레트 부대야. 대장장이 뷔르가가 그중에 있었거든…. 오늘 중으로 나머지 부대와 합류하게 될 거라고…. 저것 봐, 마치 달리는 것처럼 빨리 걷고 있잖아!"

이제 미예트는 몸을 숙여 실베르가 가리키는 작은 군대를 한참 동안 눈으로 좇았다. 온몸에 전율이 느껴지면서 가슴이 벅차오르고 목이 메어왔다. 그때 다른 부대보다 수가 많고 훨씬 훈련이 잘된 듯 보이는 부대가 등장했다. 부대원들은 대부분이 파란 작업복에 허리에는 붉은 띠를 두르고 있었다. 마치 유니폼을 입은 듯했다. 그들 한복판에는 허리에 군도를 차고 말을 탄 남자가 보였다. 즉흥적으로 모여든 부대원들 대부분은 소총과 기총 혹은 국민군[9]의 구식 화승총을 지니고 있었다.

"저 사람들은 누군지 잘 모르겠어." 실베르가 말했다. "아마 말을 탄 남자가 사람들이 이야기하던 그 대장일 거야. 파브롤과 주변 마을의 부대를 이끌고 온 것 같아. 모든 대열이 저렇게 무장을 하면 좋을 텐데."

그는 미처 숨을 고르지도 못한 채 외쳤다.

"오! 저기 농촌 부대들이 오고 있어!"

파브롤의 부대 뒤로 기껏해야 일이십 명에 불과한 작은 무리들이 전진하고 있었다. 그들 모두가 남프랑스의 농민들이 입는 짧은 재킷 차림으로 노래를 부르며 쇠스랑과 낫을 흔들어 보였다. 심지어 그중 몇몇은 토목공의 커다란 삽만 들고 있었다. 농촌의 각 마을에서 가장 건장한 사내들을 뽑아 보냈던 것이다.

실베르는 우두머리들로 그 무리를 알아보고는 흥분된 목소리로 이름을 낱낱이 열거했다.

"샤바노의 부대야!" 그가 말했다. "여덟 명밖에 안 되지만 강한 사람들이지. 앙투안 삼촌도 잘 아는 이들이고…. 그다음은 나제르! 푸졸! 다들 왔어, 한 사람도 빠짐없이 부름에 응한 거야…. 발케이라 사람들도 있어! 저길 봐, 신부님도 함께 오셨어. 사람들한테 들었는데, 골수 공화파래."

그는 자신의 말에 취한 듯 보였다. 이젠 각각의 부대원이 몇 명밖에 되지 않아 서둘러 이름을 불러야 했다. 그 바람에 그의 얼굴과 몸짓에서 광기마저 느껴졌다.

"아, 미예트, 저 아름다운 행렬을 좀 봐! 로장! 베르누! 코르비에르! 아직 더

---

9 1789년 7월 프랑스 대혁명 당시 파리에서 조직된 민병 조직으로 1871년 8월 파리코뮌의 붕괴 후 법에 의해 해체되었다.

올 거야, 두고 봐…. 저들은 무기라곤 낫밖에 없지만 풀을 베어내듯 적들을 베어내고 말 거야…. 생퇴트로프! 마제! 레 가르드! 마르산! 모두 세유의 북쪽 사면에 있는 곳들이지!… 우린 분명 승리할 거야! 이렇게 많은 사람들이 우리와 함께하니까. 저들의 팔을 좀 보라고. 마치 무쇠처럼 검고 단단하잖아…. 이게 끝도 아니고 말이야. 봐, 저기 프뤼나, 레 로슈누아르도 오고 있잖아! 레 로슈누아르 사람들은 밀수꾼들이야. 그래서 기총을 갖고 있지…. 그다음에 오는 이들은 여전히 낫과 쇠스랑밖엔 없지만. 저길 봐, 카스텔르비외, 생탄, 그라유, 에스투르멜, 뮈르다랑이 오고 있어!"

그는 감격으로 목이 멘 채 이름 열거를 마쳤다. 그가 부대를 하나씩 호명할 때마다 회오리바람이 그들을 휩쓸어 가는 듯했다. 그는 몸을 곧추세우고 상기된 얼굴로 열에 들떠 부대원들을 가리켰다. 미예트는 그가 가리키는 곳으로 시선을 향했다. 마치 절벽의 심연에 이끌리듯 아래쪽 길에 이끌리는 것을 느꼈다. 그녀는 비탈로 미끄러지지 않기 위해 실베르의 목에 매달렸다. 스스로의 외침과 용기와 신념에 도취된 무리들로부터 야릇한 취기 같은 것이 전해져 왔다. 달빛에 언뜻언뜻 보이는 작은 군대, 청년들, 중년의 사내들, 낯선 무기들을 흔드는 노장들. 노동자의 작업복에서 부르주아의 프록코트에 이르기까지 다양한 차림을 한 사람들. 어떤 시기와 상황으로 인해 광적인 에너지와 열기로 가득 찬 잊지 못할 얼굴들의 끝없는 행렬. 어느 순간에는 그들이 걷는 게 아니라, 거칠면서도 거대한 울림을 주는 노래,「라 마르세예즈」의 물결에 휩쓸려 가는 듯 보였다. 미예트는 더 이상 그들의 말소리를 알아들을 수 없었다. 들리는 것이라고는 띄엄띄엄 살을 찌르는 바늘 같은 날카로움과 둔탁함을 반복하면서 지속적으로 이어지는 우르릉 소리뿐이었다. 이러한 항거의 함성, 투쟁과 죽음으로의 부름은 분노의 폭발과 자유에 대한 뜨거운 갈망, 살육과 고귀한 충동의 놀라운 뒤섞임과 더불어 그녀의 가슴을 끊임없이 두드렸고, 노래의 거친 리듬이 느껴질 때마다 더욱더 깊숙이 마음을 파고들었다. 미예트는 박해와 채찍질 아래에서도 미소 지으며 우뚝 서는 순결한 여인의 관능적 고뇌에 사로잡힌 듯했다. 봉기군 무리는 거침없이 흐르는 물결처럼 여전히 흘러갔다. 행렬은 겨우 몇 분간 이어졌을 뿐이지만 두 젊은이에게는 결코 끝나지 않을 것처럼 보였다.

사실 미예트는 아직 어린아이였다. 그녀는 무리들이 다가오자 창백해진 얼굴로 날아가버린 자신의 사랑을 생각하며 눈물 흘렸다. 그러나 그녀는 용감한 소녀였고, 열기에 쉽게 휩쓸리는 뜨거운 성정을 지녔다. 그리하여 차츰 그녀를 휘젓기 시작한 격정은 급기야 그녀를 통째로 뒤흔들었다. 그녀는 자신이 저기 보이는 청년들이 된 것 같았다. 할 수만 있다면 기꺼이 무기를 들고 봉기군을 따라나섰을 터였다. 소총과 낫의 행렬이 지나감에 따라 그녀의 붉은 입술 사이로 보이는 새하얀 이가 무언가를 물어뜯고 싶어 하는 늑대 새끼의 송곳니처럼 점차 더 길어지고 더 날카로워졌다. 실베르가 점점 더 서두르듯 농촌 부대들의 이름을 열거하자 그의 말소리에 따라 대열의 행진 속도도 점점 더 빨라지는 듯 보였다. 격정적인 봉기군의 대열은 이내 폭풍우가 휩쓸어 가는 인간 먼지로 변했다. 미예트의 눈앞에서 모든 것이 소용돌이치기 시작했다. 그녀는 눈을 감았다. 그녀의 두 뺨 위로 뜨거운 눈물방울이 뚝뚝 떨어져 내렸다.

실베르도 눈가에 그렁그렁 눈물이 맺혀 있었다.

"오늘 오후에 플라상을 떠났다는 사람들이 안 보이는 것 같아." 그가 중얼거렸다.

그는 여전히 어둠 속 대열의 끝 쪽을 살펴보고자 했다. 그리고 의기양양한 기쁨을 드러내며 소리쳤다.

"오, 그들이야!… 깃발을 들고 있어, 저들이 기수가 된 거야!"

그는 자기 동료들과 합류하기 위해 비탈에서 뛰어내리려고 했다. 하지만 바로 그 순간 행렬이 멈춰 섰고, 대열을 따라 지시가 전달되었다.「라 마르세예즈」가 마지막 웅얼거림과 함께 잦아들면서 들리는 것이라곤 여전히 떨림이 느껴지는 무리들의 웅성거림뿐이었다. 실베르는 귀를 기울여보았지만 부대원들이 차례로 전달하는 지시를 들을 수 없었다. 아마도 플라상의 부대원들을 대열 앞쪽으로 부르는 듯했다. 기수가 지나갈 수 있도록 다른 부대들이 길가에 정렬해 있을 때 실베르는 미예트의 손을 잡고 비탈을 다시 오르기 시작했다.

"얼른 가자, 저 사람들보다 먼저 다리 반대편으로 가 있어야 해."

경작지가 있는 언덕 꼭대기에 이른 두 사람은 방앗간이 있는 곳까지 달려 내려갔다. 수문으로 가로막힌 강물 위에 방앗간 주인들이 던져놓은 판자가 하나 있었다. 그들은 판자를 밟고 비오른 강을 건넜다. 그런 다음 여전히 손을 잡은 채 아무 말 없이 생트클레르 초원을 비스듬히 가로질러 뛰어갔다. 봉기군의 대열은 대로 위에 그은 짙은 줄처럼 길가의 산울타리를 따라 전진했다. 산사나무 사이에는 틈새들이 있었다. 실베르와 미예트는 그 구멍 중 하나를 통해 도로로 뛰어내렸다. 우회를 했음에도 그들은 플라상의 부대와 거의 동시에 도착했다. 실베르는 몇몇 사람들과 악수를 했다. 그들은 그가 자신들의 행진 계획이 바뀐 것을 알고 자신들을 만나러 왔다고 생각하는 듯했다. 그들은 망토의 후드로 얼굴을 반쯤 가린 미예트를 호기심 어린 눈으로 살펴보았다.

"이런, 이게 누구야! 샹트그레유의 딸이잖아." 교외에 사는 한 남자가 말했다. "자메프랑의 소작농인 레뷔파의 조카 말이야."

"어디서 갑자기 튀어나온 거지, 이 잡년이?" 또 다른 목소리가 외쳤다.

아직 흥분이 채 가시지 않았던 실베르는 노동자들의 악의에 찬 농지거리 앞에서 자신의 연인이 어떻게 반응할지는 미처 생각지 못했다. 당황한 미예트는 도움을 간청하는 눈길로 그를 바라보았다. 하지만 그가 입을 열기도 전에 또 다른 목소리가 거칠게 소리쳤다.

"저 계집의 아비는 도형장의 죄수라고. 도둑인 데다 살인까지 한 자의 딸년과 함께할 수는 없어."

미예트는 얼굴이 백지장처럼 새하얘졌다.

"거짓말이에요." 그녀가 작은 소리로 대꾸했다. "내 아버진 사람은 죽였어도 도둑질은 하지 않았다고요."

실베르가 그녀보다 더 하얘진 얼굴로 주먹을 꼭 쥔 채 몸을 떨자 그녀가 말했다.

"그러지 마, 이건 내 일이야…."

미예트는 무리를 돌아보며 커다란 목소리로 거듭 말했다.

"거짓말하지 말아요! 거짓말 말라고요! 내 아버지는 누구에게서도 한 푼도 훔치지 않았어요. 그건 당신들도 잘 알잖아요. 그런데 왜 아버지가 없는 데서 욕을 하는 거예요?"

몸을 곧추세운 소녀는 분노로 인해 더욱 당당해 보였다. 야성적이리만치 뜨거운 성정을 지닌 그녀는 살인에 대한 비난을 제법 차분하게 받아들이는 듯했다. 그러나 도둑질을 했다는 비난은 어김없이 그녀의 분노를 돋우었다. 사람들도 그 사실을 알고 있었지만 종종 맹목적인 악의로 그녀의 면전에 대고 그 같은 비난을 쏟아대곤 했다.

게다가 미예트의 아버지를 도둑이라고 비난한 이는 수년 전부터 남들에게 들었던 이야기를 했을 뿐이었다. 그녀의 격렬한 태도 앞에서 노동자들은 이죽거리며 웃었다. 실베르는 여전히 주먹을 꼭 쥐고 있었다. 분위기가 험악해지려는 찰나 다시 행진하기를 기다리며 길가의 돌무더기 위에 앉아 있던 세유의 한 사냥꾼이 그녀를 돕고자 나섰다.

"아이의 말이 맞아. 샹트그레유는 우리 동료였어. 나하고도 가까이 지냈지. 그때 무슨 일이 있었는지 정확히 아는 사람은 아무도 없어. 난 그 친구가 판사들 앞에서 한 말을 의심해본 적이 없어. 그가 사냥을 하다가 헌병을 쏴 죽인 건 헌병이 먼저 그에게 총을 겨눴기 때문일 거야. 살기 위해선 그도 어쩔 수 없었을 거라고! 하지만 샹트그레유는 정직한 친구였어. 절대 도둑질 같은 걸 할 사람이 아니야."

이런 경우에 종종 그렇듯, 밀렵꾼의 말 한마디에 많은 이들이 미예트를 두둔하는 쪽으로 돌아섰다. 여러 노동자들이 너도나도 샹트그레유를 잘 알았노라고 말을 보탰다.

"맞아, 맞아, 그 말이 맞아. 그는 절대 도둑이 아니야. 플라상에는 그 친구 대신 도형장으로 보내야 할 나쁜 놈들이 천진데 말이야…. 샹트그레유는 우리의 동료였어…. 그러니까 이제 그만 진정하렴, 애야!"

지금까지 미예트는 자기 아버지에 대해 좋게 이야기하는 사람을 본 적이 없었다. 사람들은 대부분 그녀 앞에서 그를 가난뱅이나 흉악범으로 취급하곤 했다. 그런데 느닷없이 그를 정직한 사람으로 칭하며 호의적인 말을 늘어놓는 관대한 이들을 만난 것이었다. 미예트는 울음을 터뜨렸고, 「라 마르세예즈」를 처음 들었을 때처럼 또다시 목이 메어왔다. 그녀는 불행한 이에게 관대함을 보여준 사람들에게 어떻게 보답해야 할지 생각했다. 어느 순간, 사내아이처럼 모두에게 악수를 청할까 싶기도 했다. 하지만 그녀의 마음은 그보다 나은 것을 생각해냈다. 그녀 옆에는 깃발을 든 봉기군이 서 있었다. 미예트는 깃대에 손을 올려놓으며 감사하는 마음을 실어 간청하듯 말했다.

"저한테 주세요, 제가 들게요."

소녀가 표하고자 하는 감사의 순수한 고귀함이 순박한 심성을 지닌 노동자들의 가슴을 울렸다.

"그래 그거야." 그들은 이구동성으로 외쳤다. "샹트그레유의 딸이 깃발을 드는 거야."

하지만 한 나무꾼이 아이가 금세 지쳐서 멀리 가지 못할 것이라고 지적하고 나섰다.

"오, 아니에요, 제가 얼마나 힘이 센데요." 미예트는 소매를 걷어붙이고 성숙한 여인의 팔만큼이나 강인해 보이는 자신의 통통한 팔을 보여주었다.

깃발을 건네받자 그녀는 다시 말했다.

"잠깐만요."

미예트는 재빨리 망토를 벗더니 붉은 안감이 나오게 뒤집은 뒤 다시 입었다. 그러자 새하얀 달빛 아래 발목까지 늘어진 커다란 붉은빛 망토를 걸친 듯 보였다. 틀어 올린 머리 가장자리에 놓인 후드는 프리기아 모자[10]를 연상시켰다. 그녀는 깃발을 들더니 가슴에 깃대를 꼭 안은 채 자기 뒤로 펄럭이는 핏빛 깃발 자락 속에 우뚝 섰다. 비스듬히 하늘을 올려다보는 그녀의 도취된 얼굴, 곱슬곱슬한 머리, 촉촉이 젖은 커다란 눈, 미소로 살짝 벌어진 입술 등에서는 열렬한 자부심이 느껴졌다. 그 순간 그녀는 자유의 여신[11]이었다.

그러자 봉기군 사이에서 우레와 같은 박수가 터져 나왔다. 생생한 상상력을 지닌 남프랑스인들은 자신들의 깃발을 가슴에 꼭 안고 있는 붉은빛 소녀의 갑작스러운 등장에 열광했다. 모두가 큰 소리로 외쳤다.

"브라보, 라 샹트그레유![12] 라 샹트그레유 만세! 아이는 우리와 함께 있을 거야. 우리에게 행운을 가져다줄 거라고!"

다시 행진을 시작하라는 지시가 떨어지지 않았더라면 그들은 더 오래 그녀에게 환호를 보냈을 터였다. 대열이 다시 움직이기 시작하자 미예트는 옆에 있는 실베르의 손을 꼭 잡고 그의 귓전에 속삭였다.

---

10 고대 아나톨리아 중부의 프리기아에서 유래한 원뿔 모양의 부드러운 모자. 고대 로마에서 노예가 해방되어 자유민이 되면 이 모자를 썼기 때문에 자유의 상징으로 쓰이게 되었다. 프랑스 대혁명 이후 자유의 상징으로 썼던 데서 '자유의 모자'라고도 불린다.
11 외젠 들라크루아의 「민중을 이끄는 자유의 여신」(1830)을 빗댄 말. 그림의 부제는 '1830년 7월 28일'로, 왕정복고에 반대하여 파리에서 일어난 7월혁명을 그린 것이다.
12 '라 샹트그레유'는 프랑스어로 '샹트그레유의 딸'이라는 뜻이다.

"들었지! 난 너랑 함께 있을 거야. 기쁘지 않아?"

실베르도 아무 말 없이 그녀의 손을 꼭 잡았다. 그녀가 자신들과 합류하는 데 동의한 것이다. 그 또한 자신의 동료들만큼이나 감동받지 않을 수 없었다. 미예트는 너무도 아름답고, 너무도 크고, 너무도 성스러워 보였다! 언덕을 오르는 내내 그는 대열의 맨 앞에서 붉은빛 영광으로 찬란하게 빛나는 그녀에게서 눈길을 떼지 못했다. 마치 자신이 사랑하는 또 다른 연인 공화국과 그녀가 하나인 듯했다. 실베르는 얼른 그곳에 도착해 남들처럼 어깨에 총을 멜 수 있기를 바랐다. 그러나 봉기군은 느리게 전진했다. 최대한 소리가 나지 않게 하라는 지시가 내려진 터였다. 대열은 양옆으로 늘어선 느릅나무들 사이로 나아갔다. 그 모습이 각각의 몸마디가 기이하게 떨리는 거대한 뱀을 연상시켰다. 12월의 차가운 밤은 또다시 침묵 속으로 빠져들었고, 오직 비오른 강만이 더 큰 소리로 으르렁거리는 듯했다.

교외의 첫 번째 집들이 보이자마자 실베르는 생미트르 공터에 숨겨둔 총을 찾으러 가기 위해 앞으로 달려 나갔다. 그의 소총은 달빛 아래 고이 잠들어 있었다. 그가 다시 봉기군과 합류했을 때 그들은 포르트 드 롬 앞에 이르러 있었다. 미예트는 그에게로 몸을 숙여 천진한 미소를 지으며 말했다.

"마치 성체행렬을 하는 것 같지 않아? 거기서 내가 성모 마리아의 깃발을 들고 있는 것 같다니까."

제2장

　플라상은 약 1만 명의 주민이 살고 있는 도청[1] 소재지이다. 비오른 강을 굽어보는 고원 위에 세워져 북쪽으로는 알프스 산맥의 마지막 지맥 중 하나인 가리그 언덕을 등지고 있는 도시는 마치 막다른 골목의 끝에 위치한 듯한 형국이다. 1851년에는 단 두 개의 도로, 동쪽으로 내려가는 니스로와 서쪽으로 올라가는 리옹로를 통해서만 이웃한 지역들과 교류할 수 있었다. 두 도로는 서로 이어져 있으면서 거의 평행을 이루었다. 이 무렵부터 이곳에는 도시의 남쪽, 즉 옛 성벽에서 강까지 급경사를 이루는 언덕의 아래쪽을 지나는 철로가 건설되었다. 오늘날에는 작은 급류의 우안에 위치한 기차역을 나와 고개를 들면 정원이 테라스를 이루는 플라상의 첫 번째 집들이 보인다. 그 집들에 이르기 위해서는 족히 15분가량을 올라가야 한다.
　아마도 교류의 부재 덕분이겠지만, 20여 년 전만 해도 프로방스의 오래된 도시들의 독실하고 귀족적인 면모를 이보다 잘 간직하고 있는 도시를 찾아보

---

[1] 작품 속에서 도청과 군청, 도지사와 군수가 혼용되고 있어 도청과 도지사로 통일함을 밝혀둔다.

기 힘들었다. 게다가 플라상에는 그때와 마찬가지로 오늘날에도 여전히 루이 14세와 루이 15세 시대에 지어진 대저택들이 가득한 동네, 열두 개의 교회, 예수회와 카푸친 수도회의 집들, 다수의 수도원 등이 그대로 남아 있다. 주민들 간의 계층의 구별은 거주 구역의 구분으로 오랫동안 유지돼왔다. 플라상은 각각이 그 자체로 특별하고 완벽한 공동체를 이루는 세 개의 구역으로 나뉘어 있었다. 또한 각 구역에는 그곳만의 교회와 산책로, 고유한 풍습과 풍경이 있었다.

동네의 교구 교회 중 하나의 이름을 따서 카르티에[2] 생마르크로 불리는 귀족들의 구역은 일종의 작은 베르사유와도 같았다. 곧게 뻗은 도로들에는 풀이 무성했고, 커다란 사각의 집들은 너른 정원을 갖추고 있었다. 고원의 가장자리에서 남쪽으로 뻗어 있는 이곳의 몇몇 저택은 경사면에 지어졌고, 2층으로 된 테라스에서는 비오른 계곡이 훤히 내려다보였다. 주민들은 이곳에서 보이는 전망을 최고로 꼽았다. 북서쪽의 오래된 동네는 구시가지에 속하는 곳으로, 낡고 허름한 집들 사이로 좁고 구불구불한 골목길이 층을 이루고 있었다. 바로 그곳에 시청, 민사 재판소, 시장, 헌병대 등이 있었다. 플라상에서 가장 인구가 많은 이 동네에는 노동자와 상인을 비롯해 노역으로 생계를 이어가는 가난한 민중들이 모여 살았다. 마지막으로, 북동쪽에 직사각 모양으로 만들어진 새 동네에는 조금씩 재산을 축적한 부르주아들과 자유직업을 가진 이들이 잘 정렬된 연노랑 집들에 살고 있었다. 1851년에만 해도 고작 대여섯 개의 도로가 나 있었을 뿐인 이 구역을 돋보이게 하는 것은 흥하게도 회반죽칠에 원형 꽃무늬로 장식된 도청이었다. 도청은 비교적 최근에, 특히 철로의 건설과 더불어 생겨난 것으로 이 구역에서 유일하게 확장을 거듭했다.

오늘날까지도 플라상이 개별적이고 독립적인 세 구역으로 나뉘어 있는 것

---

2 quartier: 프랑스어로 구역, 지역, 지구라는 뜻.

은 각각의 구역이 대로들로 뚜렷하게 경계 지어져 있기 때문이다. 쿠르[3] 소베르와 그보다 좁고 긴 롬가(街)는 서쪽에서 동쪽으로, 즉 그랑포르트에서 포르트 드 롬까지 이어지면서 도시를 둘로, 귀족들의 구역과 또 다른 두 구역으로 나누고 있었다. 또한 뒤의 두 구역은 반가(街)를 사이에 두고 양쪽으로 나뉘어 있었다. 플라상에서 가장 아름다운 이 거리는 쿠르 소베르 끝에서 시작해 북쪽으로 이어져 있었다. 거리의 왼편에는 오래된 동네의 시커먼 집들이, 오른편에는 새 동네의 연노랑 집들이 있었다. 바로 그곳, 거리의 중간쯤 빈약한 나무들이 심긴 조그만 광장 한구석에 도청이 자리 잡고 있었고, 플라상의 부르주아들은 그 사실을 매우 자랑스럽게 여겼다.

  도시는 마치 더 철저히 고립되고 스스로를 더 잘 가두기 위한 것처럼 오늘날에는 그곳을 더욱 음울하고 좁아 보이게 만들 뿐인 오래된 성벽들로 둘러싸여 있었다. 하지만 성벽은 수도원 담장보다 높지도 튼튼하지도 않았다. 총 몇 방이면 담쟁이덩굴에 잠식당하고 꼭대기가 야생 꽃무로 뒤덮인 우스꽝스러운 이 성벽을 단번에 무너뜨릴 수 있을 터였다. 성벽들에는 성문이 여러 개 나 있었는데, 그중 가장 중요한 두 개의 성문은 포르트 드 롬과 그랑포르트였다. 포르트 드 롬은 니스로로, 그랑포르트는 도시의 반대편 끝에 있는 리옹로로 통했다. 1853년까지만 해도 이 성벽은 두 개의 문짝이 쇠막대로 강화되고 상부가 아치형인 커다란 나무 문을 갖추고 있었다. 성문은 여름에는 밤 11시, 겨울에는 밤 10시에 이중으로 잠겼다. 도시는 마치 겁 많은 소녀처럼 빗장을 걸어 잠근 뒤에야 안심하고 잠들 수 있었다. 성문 안쪽의 조그만 집에 사는 문지기는 늦게 도착한 이들에게 문을 열어주는 임무를 맡았다. 하지만 그러기 위해서는 장황한 이야기가 오가야 했다. 문지기는 문에 난 조그만 구멍을 통

---

3 cours: 프랑스어로 가로수가 있는 큰길이나 산책로를 의미한다. 쿠르 소베르에는 남쪽과 북쪽에 두 개의 오솔길이 나란히 나 있다.

해 초롱으로 사람들의 얼굴을 유심히 살펴보고서야 그들을 들여보냈다. 조금이라도 그의 심기를 거스르는 사람은 성문 밖에서 잠을 자야 했다. 비겁함과 이기주의, 인습, 폐쇄성, 은둔하는 삶에 대한 종교적 열망 등에서 비롯된 도시의 정신은 매일 밤 성문을 꽁꽁 걸어 잠그는 문지기의 몸짓으로 요약될 수 있었다. 플라상은 스스로를 잘 가둔 다음 '이젠 안심이야.'라고 중얼거리곤 했다. 자신의 금고는 안전하며 어떤 소음도 자신을 깨우지 않으리라고 확신하면서 기도문을 외운 뒤 기분 좋게 잠자리에 드는 독실한 부르주아의 만족감과 함께.

플라상의 주민은 세 개의 뚜렷한 구역에 따라 세 그룹으로 나뉘었다. 각자의 거주 구역에 따른 각자만의 작은 세상에서 살아가는 셈이었다. 그중에서 공무원, 도지사, 징세관, 저당권 관리인, 우체국장 등은 별개로 취급해야 한다. 이들은 그 지역에서 이방인이나 마찬가지로 자기만의 방식대로 살아가는 사람들이었다. 플라상의 주민들에게 그들은 존중받지 못하는 시샘의 대상일 뿐이었다. 이곳에서 나고 자라 뼈를 묻기로 결심한 진짜 주민들은 관습과 경계선을 너무나 철저히 지키는 터라 도시의 다른 구역에 발을 들여놓을 생각조차 하지 못했다.

귀족들은 스스로를 철저히 가두었다. 샤를 10세[4]가 왕위에서 물러난 뒤로 그들은 외출도 잘 하지 않았고, 마치 적국에 있는 것처럼 숨죽여 걸으며 자신들의 고요한 대저택으로 서둘러 돌아오곤 했다. 그들은 다른 사람의 집에도 가지 않았고 심지어 자기들끼리도 서로를 초대하는 일이 없었다. 그들의 살롱[5]에는 몇몇 사제들만이 정기적으로 드나들 뿐이었다. 그들은 여름에는 근

---

4 샤를 10세(1757~1836): 루이 16세와 루이 18세의 동생. 루이 18세의 사망 후 왕위(1824~1830)에 올랐으나 1830년 7월혁명의 발발로 퇴위해 외국으로 망명길에 올랐다.
5 본래는 응접실을 뜻하지만 의미의 확장으로 귀족이나 상류층의 접대실 혹은 응접실에서 열리는 사교적인 모임을 가리키는 경우가 많다.

교에 있는 자기들 소유의 성에서 지냈고, 겨울에는 집에서 난롯가에 머물렀다. 마치 죽은 것처럼 지루하기 짝이 없는 삶이었다. 그리하여 그들이 사는 동네에는 묘지의 무거운 침묵이 드리워 있었다. 저택의 문과 창문은 꼼꼼하게 판자로 둘러쳐져 있었다. 바깥의 모든 소음을 완벽하게 차단한 일련의 수도원을 연상시키는 광경이었다. 가끔씩 조심스러운 걸음걸이로 닫혀 있는 집들에 침묵을 더하는 신부 하나가 마치 그림자처럼 반쯤 열린 문 사이로 사라지는 모습이 눈에 띄곤 했다.

반면 은퇴한 상인, 변호사, 공증인 등 유복하고 야심 찬 이들로 이루어진 새 동네의 작은 세계는 플라상에 생기를 불어넣고자 애썼다. 그들은 도지사가 개최한 연회에 참석하면서 자신들도 그런 연회를 베풀 수 있기를 꿈꾸었다. 또한 주민들의 환심을 사기 위해 노동자를 '나의 친구'라고 부르고, 농부와는 수확에 대해 이야기하고, 신문을 읽고, 일요일에는 아내와 함께 산책을 나가곤 했다. 이들은 플라상 주민 중 진보적인 생각을 하면서 성벽을 두고 비웃듯 이야기할 수 있는 유일한 사람들이었다. 심지어 '구세대의 유물'인 오래된 성벽의 해체를 토목 담당관에게 요구하기도 했다. 다른 한편으로는 그들 중에서 가장 회의적인 사람들조차도 후작이나 백작이 자신에게 가볍게 인사라도 할라치면 기뻐서 어쩔 줄 몰라 했다. 새 구역에 사는 모든 부르주아들의 꿈은 카르티에 생마르크의 살롱에 받아들여지는 것이었다. 그들은 이런 꿈이 실현 불가능하다는 것을 잘 알았고, 그 때문에 자신들이 자유사상가임을 더욱더 큰 소리로 외치곤 했다. 그러나 그들은 실제로는 권력의 열렬한 추종자로, 민중이 조금이라도 불만을 표할라치면 어떤 구원자의 품에라도 제일 먼저 뛰어들 사람들이었다.

오래된 동네에 살며 노동을 하거나 무위도식하는 이들은 다른 구역의 사람들보다 그 구분이 명확하지 않았다. 주민의 대부분이 노동자들이었지만, 그중에는 소규모의 소매상과 규모가 큰 몇몇 도매상도 포함돼 있었다. 사실 플라상은 상업의 중심지와는 거리가 먼 도시였다. 이곳에서 이루어지는 거래는 이 지역에서 생산되는 기름, 포도주, 아몬드 등을 매매하는 정도에 그쳤다. 산업으로 말하자면, 오래된 동네의 거리에 악취를 풍기는 무두질 작업장 서너 개와 펠트 모자 제조업체, 교외의 한구석으로 밀려난 비누 제조소 정도로 대표될 뿐이었다. 이 상업적이고 산업적인 작은 세계는 대낮에는 새 동네의 부르주아들과 어울리지만 무엇보다 오래된 동네의 노동자들과 함께 살아갔다. 상인, 소매상, 장인(匠人) 등은 그들을 한 가족으로 이어주는 공동의 이해관계를 가지고 있었다. 오직 일요일에만 주인들이 성장(盛裝)을 하고 자기들끼리 따로 어울렸다. 전체 주민의 5분의 1이 될까 말까 한 노동자들은 동네 백수들과 한데 어울렸다.

날씨가 좋을 때는 일주일에 딱 한 번 플라상의 세 구역 사람들이 한군데서 만났다. 일요일 저녁 예배가 끝나면 모든 주민이 쿠르 소베르로 모여들었다. 심지어 귀족들까지도 그곳에 조심스럽게 얼굴을 내밀었다. 하지만 길 양옆에 플라타너스가 심긴 이 대로에는 뚜렷이 구분되는 세 개의 흐름이 형성되었다. 새 동네의 부르주아들은 그냥 지나가기만 했다. 그들은 그랑포르트에서 출발해 해가 질 때까지 오른편에 있는 마유 대로를 따라 오갔다. 그러는 사이 귀족과 민중은 쿠르 소베르를 공유했다. 100년 넘게 귀족들은 길가에 대저택이 늘어서 있고 해가 가장 먼저 지는 남쪽 오솔길로만 오갔다. 반면 하층 계급 사람들은 카페와 여인숙, 담배 가게가 늘어선 북쪽의 또 다른 오솔길에 만족해야 했다. 오후 내내 하층 계급과 귀족은 결코 다른 길로 갈 생각을 하지 않은 채 쿠르 소베르의 아래위를 오갔다. 그들은 고작 7~8미터쯤 떨어져 있을 뿐이었지만 마치 엄청난 거리로 서로 갈라져 있는 듯했다. 그들은 평생 동안 서로 만날 일이 없을 거라고 말하듯 어김없이 평행한 두 길을 오갔다. 심지어 혁명의 시대에도 각자 자기들만의 오솔길을 지켜나갔다. 이 같은 일요일의 정규적인 산책과 저녁마다 성문을 잠그는 열쇠 소리는 언제나 변함이 없었고, 플라상에 사는 1만 명의 주민들의 특성을 보여주기에 충분했다.

이런 특별한 배경 속에서 한 무명의 가문이 1848년까지만 해도 하찮은 취급을 받으며 무위의 삶을 살아가고 있었다. 그들 중 우두머리 격인 피에르 루공은 훗날 어떤 특별한 상황 덕분에 중요한 역할을 하게 될 터였다.

피에르 루공은 농부의 아들이었다. 그의 어머니의 가문인 푸크가(家)는 지난 세기 말경 교외의 옛 생미트르 묘지 뒤에 위치한 거대한 땅을 소유하고 있었다. 이 땅은 훗날 자메프랑에 합쳐졌다. 푸크가는 플라상에서 가장 부유한 채소 재배업자들로 도시의 전 구역에 채소를 공급했다. 그러나 이 가문의 이름은 혁명이 일어나기 몇 해 전에 사람들의 기억에서 완전히 잊혔고 오직 그 딸만이 끈질기게 살아남았다. 1768년생인 아델라이드는 열여덟 살에 고아가 되었다. 그녀의 아버지는 미쳐서 죽었다. 키가 크고 마르고 창백하며 늘 겁먹은 얼굴에 독특한 모습을 하고 있는 아이를 보고 사람들은 수줍음이 많아서 그런가 보다 생각했다. 하지만 아델라이드는 자라면서 점점 더 이상해졌다. 교외의 가장 똑똑한 사람들조차도 합리적으로 설명할 수 없는 기이한 행동들을 하기 시작했다. 그러자 그녀도 자기 아버지처럼 미친 게 아니냐는 소문이 나돌았다. 하지만 그녀는 물려받은 재산 덕분에 인기 있는 상속녀가 되었고, 고아가 된 지 여섯 달이 지나기도 전에 바스잘프[6]의 투박한 농부 출신인 루공이라는 정원사와 결혼했음이 알려졌다. 이 루공이라는 사내는 한 계절을 위해 그를 고용했던 푸크가의 마지막 남자가 죽은 뒤에도 고인의 딸을 위해 계속 머물렀다. 그리고 느닷없이 피고용인에서 남편이라는 부러운 지위에 올랐다. 이 결혼은 사람들에게 충격적인 사건이었다. 어째서 아델라이드가 오래전부터 그녀 주위를 맴도는 부농의 아들이나 또 다른 괜찮은 청년들 대신 내

---

[6] Basses-Alpes: 프랑스 남동쪽 프로방스알프코트다쥐르 레지옹에 있는 데파르트망. 알프드오트프로방스의 옛 이름.

세울 것 하나 없는, 땅딸막하고 거칠고 프랑스어도 잘 못하는 무지하고 가난한 사내를 선택했는지 아무도 이해하지 못했다. 하지만 지방에서는 어떤 것도 설명되지 못한 채로 남아 있을 수 없으므로, 사람들은 이 일에 어떤 비밀이 숨겨져 있는 게 분명하다고 믿기로 했다. 심지어 이 결혼은 두 남녀의 절대적인 필요 때문에 행해진 것이라고 주장하는 사람도 있었다. 그러나 그 후에 드러난 명백한 사실 앞에서 이런 험담들은 모두 자취를 감추었다. 열두 달이 지나 아델라이드가 아들을 낳았던 것이다. 교외 사람들은 난처해졌다. 그들은 자신들이 틀렸다는 것을 인정할 수 없어서 이른바 비밀이라는 것을 더 파고들기로 작정했다. 그리하여 모든 아낙네들이 루공 부부를 염탐하기 시작했고, 머지않아 충분한 수다거리를 찾아낼 수 있었다. 결혼한 지 15개월 만에 대낮에 당근 묘판의 잡초를 뽑던 루공이 일사병으로 느닷없이 세상을 떠난 것이다. 그 후 1년이 지나기도 전에 젊은 과부 아델라이드는 전대미문의 스캔들의 주인공이 되었다. 그녀에게 애인이 있다는 게 부인할 수 없는 사실로 받아들여졌고, 그녀 역시 그 사실을 애써 감추려 하지 않는 듯했다. 그녀가 그 가 없은 루공의 계승자에게 공공연하게 친근한 말투로 이야기하는 것을 봤노라고 단언하는 이들도 있었다. 남편이 죽은 지 고작 1년 정도밖에 안 됐는데 벌써 애인이라니! 예법의 그 같은 망각은 제정신을 가진 사람이라면 결코 할 수 없는 기막힌 일로 간주되었다. 게다가 스캔들을 더욱 부풀린 것은 아델라이드의 기이한 선택이었다. 앵파스 생미트르 구석에는 허름한 집이 한 채 있었는데, 집 뒤쪽은 푸크가의 땅에 면해 있었다. 그곳에는 평판이 별로 좋지 않은 한 사내가 살고 있었고, 사람들은 습관적으로 그를 '비렁뱅이 마카르'라고 불렀다. 문제의 사내는 몇 주씩 어디론가 자취를 감췄다가는 어느 날 저녁, 마치 짧은 산책에서 돌아온 듯 주머니에 손을 찔러 넣은 채 휘파람을 불며 다시 나타나곤 했다. 그가 지나가는 것을 본 여인네들은 자기 집 문간에 앉아 소리쳤다. "저길 봐! 비렁뱅이 마카르가 가네! 틀림없이 비오른 계곡 어디쯤에 짐 꾸러미랑 총을 감춰놨을 거야." 진실인즉 그는 아무런 수입이 없었고, 마을에 머무는 동안 팔자 좋은 한량처럼 마음껏 먹고 마셨다. 무엇보다 그는 마치 강박 관념에 사로잡힌 듯 미친 듯이 마셔댔다. 매일 저녁 선술집 구석에 혼자 앉아, 자신조차 잊어버린 듯 주위의 아무것도 듣지도 보지도 않고 멍하니 술잔만 응시하곤 했다. 그러다 술집 주인이 문을 닫으면 마치 취기가 몸을 일으켜 세운 것처럼 머리를 쳐들고 단호한 걸음으로 자리를 떴다. 사람들은 그가 돌아가는 것을 보며 수군거렸다. "세상에, 고주망태가 되어서도 저렇게 똑바로 걸을 수 있다니." 그는 술을 마시지 않을 때는 타고난 소심함으로 호기심 어린 눈길들을 피하려는 듯 등을 약간 구부린 채로 걸어 다녔다. 무두장이였던 아버지가 죽은 뒤로 그에게는 아무 친척도 친구도 없었다. 그의 아버지가 물려준 것이라고는 앵파스 생미트르의 허름한 집 한 채가 전부였다. 다른 지방과의 국경과 숲이 가까웠기에 이 게으르고 특이한 청년은 밀수꾼이자 밀렵꾼이 되었다. 지역의 행인들은 그와 같은 이들을 보며 이렇게 말하곤 했다. "오밤중에 숲속에서 저런 얼굴을 한 사람을 만나면 너무 무서울 것 같아." 큰 키에 텁수룩한 수염과 마른 얼굴의 마카르는 교외의 정숙한 여인들에게는 공포의 대상이었다. 그들은 그가 어린아이들을 산 채로 잡아먹는다고 수군거렸다. 그는 겨우 서른 살에 쉰 살은 족히 돼 보였다. 수염은 푸들의 털처럼 얼굴을 덮고 있었고, 머리 타래 아래로는 희미하게 빛나는 갈색 눈과, 떠돌이의 본능을 지닌 사내의 은밀하고 슬픈 눈빛, 술과 천민의 삶이 퇴색시킨 눈빛만을 알아볼 수 있었다. 아무도 그가 무슨 특별한 죄를 저질렀는지 밝힐 수 없었지만, 주변에서 도둑질이나 살인 사건이 발생할 때마다 맨 먼저 그에게로 의심의 눈길이 향하곤 했다. 아델라이드가 선택한 것은 바로 이런 식인귀, 강도, 비렁뱅이 마카르였던 것이다! 그리고 20개월 만에 그녀는 아들과 딸 하나씩을 얻었다. 그들 사이에 결혼이란 있을 수 없는 일이었다. 마을 주민들은 지금까지 이처럼 터무니없고 부끄러운 짓을 본 적이 없었다. 마카르 같은 사내가 아델라이드처럼 젊고 부유한 상속녀를 꿰찼다는 사실은 말 많은 여인네들의 믿음을 뒤집어엎고도 남음이 있었다. 그들은 기겁한 나머지 아델라이드를 동정하기에 이르렀다.

"가엾은 여자 같으니라고! 정말로 미친 게 분명해. 가족이 있었더라면 오래전에 집 안에 가둬두었을 거야." 그들의 기이한 사랑의 역사를 아는 사람은 아무도 없었으므로 비난은 언제나 천한 마카르의 몫이었다. 그가 아델라이드의 불안한 정신을 이용해 유산을 훔치려 한다는 것이었다.

적법한 아들인 어린 피에르 루공은 자기 어머니의 사생아들과 함께 자랐다. 아델라이드는 사람들이 늑대 새끼들이라고 부르는 앙투안과 위르쉴을 첫 번째 결혼에서 태어난 아이와 똑같이 대했다. 그들 중 누구를 더 사랑하거나 덜 사랑하지 않았다. 게다가 그녀에겐 이 가엾은 두 아이의 앞날에 어떤 삶이 기다리고 있을지에 대한 생각 같은 건 없는 듯했다. 그녀에게 그들은 그녀의 장남과 똑같은 자식들일 뿐이었다. 그녀는 때때로 한 손으로는 피에르를, 다른 한 손으로는 앙투안을 잡고 외출하면서도 벌써부터 그 둘을 바라보는 사람들의 전혀 다른 시선들을 깨닫지 못했다.

이들은 참으로 특이한 가족이었다.

이 집에서는 20년 가까이 어머니와 아이들 모두 자기 방식대로의 삶을 살아갔고, 모두가 자유롭게 자라났다. 아델라이드는 나이가 들어서도 열다섯 살 무렵의 야생성을 고스란히 간직한 묘한 여자로 남아 있었다. 그녀는 마을 사람들의 주장처럼 미친 것이 아니라, 피와 신경 사이의 균형이 부족하고, 마치 뇌와 심장이 고장 난 것처럼 보였다. 그 때문에 다른 사람들과는 다르게, 일상적 삶의 테두리 바깥에서 살았던 것이다. 그녀는 물론 스스로는 아주 자연스럽고 일관성이 있었다. 다만 그녀의 논리는 다른 사람들의 눈에는 순전한 광기로 비쳤다. 그녀는 너무 순진하게 자신의 자연스러운 충동을 따를 뿐이었지만, 그들은 그녀가 사악하게도 자기 기분대로 살면서 가정을 점점 더 망가뜨린다고 생각했다.

아델라이드는 첫 번째 출산 무렵부터 신경성 발작 증세를 보이면서 끔찍한 경련에 시달리곤 했다. 발작은 두세 달 간격으로 주기적으로 일어났다. 그녀를 진찰한 의사들은 아무런 치료법이 없으며, 나이가 들수록 발작이 줄어들 거라고 이야기할 뿐이었다. 그러면서 살짝 익힌 고기와 기나피가 든 포도주 처방을 내렸다. 하지만 반복해서 일어나는 발작은 그녀를 망가뜨리기에 이르렀다. 그녀는 어린아이처럼, 충동의 지배를 받는 어리광스러운 동물처럼 그날그날을 살았다. 마카르가 바깥으로 나돌 때면, 하는 일 없이 멍하니 시간을 보내거나 아이들에게 뽀뽀를 하고 함께 놀아주기도 했다. 그러다 연인이 돌아오면 사라지는 일이 반복되었다.

마카르의 집에 딸린 조그만 뒤뜰은 담장을 경계로 푸크가의 땅과 붙어 있었다. 어느 날 아침, 이웃들은 그 담에 전날 저녁까지만 해도 없었던 문이 나 있는 것을 보고는 깜짝 놀랐다. 한 시간 만에 마을의 온 주민이 이웃집 창가로 몰려들었다. 두 연인이 밤새도록 구멍을 뚫어서 문을 설치한 것이 분명했다. 이제 그들은 자유롭게 서로의 집을 오갈 수 있었고, 아델라이드는 또다시 스캔들의 주인공이 되었다. 마을의 더없는 수치가 돼버린 아델라이드에 대한 동정론도 자취를 감추었다. 이 문은 곧 공동의 삶에 대한 조용하고도 단호한 고백이나 다름없었고, 사람들은 그녀의 두 사생아에 대해서보다 더 거센 비난을 퍼부었다. "아무리 그래도 남부끄러운 줄은 알아야지." 가장 너그럽다는 부인네들까지도 수군거렸다. 하지만 아델라이드는 '남부끄럽다'는 게 무엇을 뜻하는지 알지 못했다. 그녀는 매우 행복했고, 자신이 만든 문을 자랑스러워했다. 그녀는 마카르를 도와 담장의 돌들을 뽑아냈고, 그가 일을 빨리 끝낼 수 있도록 회반죽을 개어주기까지 했다. 그리고 그다음 날 대낮에 신이 난 아이처럼 자신의 작품을 보러 왔다. 아직 칠이 덜 마른 문을 응시하는 그녀를 발견한 이웃의 세 아낙네는 이는 방탕의 극치를 보여주는 것이라며 분개했다. 그때부터 마카르가 나타나는 것과 동시에 아델리아드가 사라지는 것을 본 사람들은 그녀가 앵파스 생미트르의 집에서 그와 함께 살러 간 게 분명하다고 믿었다.

 밀수꾼은 매우 불규칙적으로, 거의 언제나 느닷없이 나타나곤 했다. 사람들은 두 연인이 마을에서 함께 보내는 이삼일 간의 삶이 어떤 것인지를 자세히 알지 못했다. 그들은 집 안에 틀어박혔고, 조그만 집은 아무도 살지 않는 듯 보였다. 마을 주민들은 마카르가 아델라이드의 돈을 먹어치우기 위해 그녀를 유혹한 거라고 생각하기로 했다. 그러나 한참이 지나서도 그가 예전과 다름없이 별 볼 일 없는 모양새로 끊임없이 떠돌아다니는 것을 보고는 무척 의아해했다. 어쩌면 그녀는 그를 아주 뜸하게만 볼 수 있어서 더 좋아하는지도 몰랐다. 혹은 어쩌면 모험적인 삶에 대한 절대적인 필요를 느끼는 남자가 그녀의 간청을 무시하는 것일 수도 있었다. 사람들은 오래도록 이어지는 그들의 기이한 관계를 합리적으로 설명하지 못한 채 무수한 이야기를 만들어냈다. 그들은 자신들만의 비밀을 간직한 채 앵파스 생미트르의 집을 꼭꼭 걸어 잠갔다. 사람들은 마카르가 아델라이드에게 손찌검을 하는 게 분명하다고 수군거렸다. 두 사람이 다투는 소리가 밖으로 새어 나온 적은 없지만, 그녀는 여러 번 얼굴에 멍이 들고 머리가 뽑힌 채로 나타나곤 했다. 하지만 그녀는 어떤 고통이나 슬픔의 흔적도 드러내지 않았고, 자신의 멍을 애써 감추려고 하지도 않았다. 그녀는 미소를 지었고 행복해 보였다. 찍소리도 못하고 두들겨 맞는 게 분명했다. 이런 삶이 15년 넘게 지속되었다.

 마카르의 집에 있다가 돌아온 아델라이드는 엉망이 돼 있는 집을 보고도 아무런 내색도 하지 않았다. 그녀는 삶에 대한 현실감각이 절대적으로 부족했고, 사물의 정확한 가치와 정돈의 필요성을 알지 못했다.

 그녀는 아이들을 길가에서 비를 맞거나 햇빛을 받고 자라는 자두나무들처럼 알아서 자라게 내버려두었다. 아이들은 낫도끼로 접붙이거나 가지치기를 하지 않는 자연목처럼 자연스레 열매를 맺었다. 이들만큼 본성에 아무런 제약을 받지 않고 본능을 마음껏 발산하면서 자라난 악동들도 없을 터였다. 아이들은 채소 묘판에서 뒹굴거나, 불량소년들처럼 온종일 야외에서 놀고 서로 다투면서 하루하루를 보냈다. 또한 집의 식량을 훔치고 푸크가의 땅에 있는 과일나무들을 망가뜨렸다. 그들은 이따금씩 광기가 발현되는 이 기이한 집의 정신을 대변하듯 끊임없이 훔치고 소리 질렀다. 그들의 어머니가 며칠씩 자취를 감출 때면 그 소란이 극에 달했고, 너무나 지독하게 사람들을 괴롭히는 아이들에게 이웃들이 매질을 하겠다고 위협을 하기에 이르렀다. 게다가 아델라이드는 아이들에게 전혀 위협이 되지 못했다. 그들은 어머니가 집에 있을 때면 다른 이들에게는 좀 덜 못되게 굴었는데, 이는 그녀를 제물로 삼았기 때문이었다. 아이들은 일주일에 대여섯 번씩 학교를 빼먹었고, 일부러 매를 벌어 마음껏 소리 지를 수 있도록 오만 짓을 다 했다. 하지만 아델라이드는 결코 아이들을 때리지도 화를 내지도 않았다. 그러한 소란 가운데서도 넋이 나간 듯 유순하고 평온하게 잘 지냈다. 그러다 종국에는 그녀의 뇌의 텅 빈 곳을 채우기 위해 악동들의 끔찍한 소란이 필요한 지경에 이르렀다. 아델라이드는 이웃들이 "언젠가는 자식들한테 두들겨 맞고 말 거야. 그래도 싸지 뭐."라고 해도 그저 가만히 웃을 뿐이었다. 누가 무슨 말을 해도 무심한 태도로 "아무려면 어때?"라고 대꾸하는 듯 보였다. 그녀는 아이들한테보다 자기 재산에 더 신경을 안 쓰는 듯했다. 오랜 세월 이 특이한 삶이 이어지는 동안 운 좋게 영리한 채소 재배업자에게 채소 재배를 맡기지 않았더라면 푸크가의 땅은 일찌감치 쓸모없는 빈 땅이 돼버렸을 터였다. 아델라이드는 자신과 이익을 나누기로 돼 있는 남자가 뻔뻔하게 자기 것을 도둑질했지만 그 사실을 전혀 알아차리지 못했다. 게다가 이는 한편으로는 잘된 일이었다. 남자는 그녀에게서 더 많이 훔치기 위해 최대한 땅을 잘 가꾸었고, 그럼으로써 땅의 가치를 거의 두 배나 높여놓았다.

적법한 자녀인 피에르는 은밀한 본능으로 알고 있었든 사람들이 자신들을 대하는 태도가 다른 데서 깨달았든 간에 어릴 적부터 자신의 형제들을 지배했다. 다툼이 있을 때면 앙투안보다 훨씬 힘이 약한 그가 주인으로서 앙투안을 두들겨 팼다. 작고 허약하며 창백한 낯빛의 위르쐴은 둘 다한테 거칠게 맞았다. 세 아이는 열대여섯 살 무렵까지 서로 우애로이 치고받으며 자랐다. 자신들의 모호한 증오를 이해하지도, 자신들이 서로 얼마나 다른지 명확히 깨닫지도 못한 채. 청소년기가 되어서야 그들은 의식적이고 확고한 자신들의 인격을 마주할 수 있었다.

열여섯 살이 된 앙투안은 키가 훌쩍 컸고 성격은 마카르와 아델라이드의 단점을 합쳐놓은 것 같았다. 그동안 마카르는 유별난 방랑벽으로 술에 대한 성향과 거친 기질을 억눌러왔다. 하지만 아버지에게서는 다혈질의 성격을 띠었던 단점들이 아델라이드의 신경증의 영향으로 아들에게서는 위선과 비겁함으로 가득한 음험함으로 나타났다. 앙투안은 의지력의 절대적 부족 및 향락적인 여인의 그것 같은 이기주의에서는 자기 어머니를 닮아 마음대로 뒹굴고 따뜻하게 잘 수만 있다면 어떤 부끄러운 침대도 마다하지 않았다. 사람들은 이런 그를 두고 이렇게 말하곤 했다. "저런 천하의 협잡꾼 같으니라고! 저놈은 제 아비 같은 당당함이 없어. 아마 누굴 죽이더라도 핀으로 찔러 죽이는 게 고작일 거야." 외모로 말하자면 앙투안은 아델라이드의 도톰한 입술밖에 닮지 않았다. 그의 또 다른 모습은 밀수꾼이었던 아버지의 모습을 닮았지만 좀 더 부드럽고 불안정해 보였다.

그와는 반대로 위르쐴은 아델라이드의 외모와 정신적인 면을 빼쏜 듯했다. 그녀 역시 두 사람의 성격이 은밀히 뒤섞여 있었다. 하지만 아델라이드의 애정이 이미 한층 차분해진 마카르의 사랑을 압도하는 시기에 둘째로 태어난 가엾은 소녀는 자신의 성(性)과 함께 어머니의 기질의 깊은 흔적을 물려받은 듯했다. 게다가 그녀의 성격은 서로 다른 두 성격의 융합이라기보다는 하나의 병치 혹은 긴밀한 접합 상태에 가까웠다. 위르쉴은 변덕스러웠고, 때로 수줍음과 우울함, 천민으로서의 분노를 폭발시키곤 했다. 그러나 그보다 자주 마음과 정신이 건강하지 못한 여자처럼 신경질적으로 웃음을 터뜨리거나 나른한 듯 몽상에 잠겼다. 때때로 아델라이드의 겁먹은 눈빛이 엿보이는 그녀의 눈은 크리스털처럼 투명해서 소모증(消耗症)으로 죽어가는 새끼 고양이의 눈을 연상시켰다.

이 두 사생아들 앞에서 피에르는 이방인처럼 보였다. 그의 존재의 근원을 꿰뚫어 보지 못하는 누구에게라도 그는 그들과 전혀 달라 보였다. 피에르만큼 부모의 성격을 균형 있게 고루 물려받은 아이는 없을 터였다. 그는 농부인 루공과 신경질적인 여자 아델라이드를 정확히 반반씩 닮았다. 그의 아버지의 거친 면은 어머니의 영향으로 약화되었다. 궁극적으로 한 종족의 개선이나 쇠퇴를 결정짓는 기질의 은밀한 작용이 피에르에게서 그 첫 번째 결과물을 만들어낸 듯했다. 그는 여전히 농부에 불과했지만, 덜 거친 피부와 덜 투박한 얼굴, 더 폭넓고 더 유연한 지성을 지닌 농부였다. 마치 그의 아버지와 어머니가 그의 안에서 서로를 바로잡기라도 한 것 같았다. 통제할 수 없는 신경증으로 더없이 예민해진 아델라이드의 기질이 루공의 거친 다혈질을 완화했다면, 루공의 묵직함은 아이가 어머니의 망가진 신경의 영향을 받지 못하게 하는 방패 역할을 했다. 피에르에게서는 마카르의 늑대 새끼들의 격한 성격과 병적인 몽상의 성향을 찾아볼 수 없었다. 아무런 구속 없이 자라는 모든 아이들처럼 제멋대로 소란스럽게 자랐음에도 그는 비생산적인 어리석음을 행하지 않게 하는 합리적인 지혜를 갖추고 있었다. 그의 결함과 게으름과 방종은 앙투안의 본능적이고 충동적인 그것들과는 거리가 멀었다. 그는 그것들을 잘 키워 공공연하고 존중받는 것이 되게 하고자 했다. 그는 보통 키에 살집이 있는 체격이었고, 기다랗고 창백한 얼굴은 그의 아버지의 이목구비에 아델라이드의 섬세함을 물려받은 듯 보였다. 그에게서는 벌써부터 음험하고 꾀바른 야망,

만족할 줄 모르는 욕망, 농부의 아들이면서 어머니의 재산과 신경질적인 기질로 부르주아가 된 이의 메마른 마음과 증오에 찬 시기심을 읽을 수 있었다.

열일곱 살에 아델라이드의 방탕한 삶과 앙투안과 위르쉴의 특별한 상황에 대해 알게 된 피에르는 슬프거나 분노한 듯 보이지 않았다. 그는 다만 자신의 이해를 따져 무엇을 해야 할지에만 골몰했다. 세 아이 중에서 학교를 꾸준히 다닌 것은 피에르가 유일했다. 교육의 필요성을 느끼기 시작한 농부는 종종 맹렬하게 계산을 하기 마련이다. 학교에서 동급생들이 자신의 형제를 야유하고 모욕적으로 대하는 것을 보면서 피에르는 처음으로 의문을 품게 되었다. 그리고 좀 더 시간이 지나 수많은 사람들의 눈빛과 말을 이해할 수 있었다. 그리고 마침내 앙투안과 위르쉴이 집안 살림을 훔치는 것을 눈앞에서 목격하기에 이르렀다. 그때부터 그들은 그에게는 파렴치한 기생충, 자신의 재물을 먹어치우는 입일 뿐이었다. 그는 자기 어머니에 관해서는 마을 주민들과 똑같은 눈길로 바라보았다. 그녀는 집 안에 가둬놓아야 할 여자, 자신이 대비책을 세우지 않으면 언젠가는 자신의 돈을 먹어치우고 말 여자였다. 결정적으로 그를 상심하게 한 것은 채소 재배업자의 도둑질이었다. 제멋대로 행동하던 아이는 하루아침에 재물을 아끼는 이기적인 소년으로 변모했다. 이제 그는 탕진을 일삼는 주변인들의 기이한 삶을 더 이상 용납할 수 없었고, 그의 본능은 그런 삶으로 인해 더욱 빨리 성숙해졌다. 판매의 가장 많은 이익을 채소 재배업자가 가져가는 채소는 본래 그의 것이었다. 자기 어머니의 사생아들이 먹어치우는 포도주와 빵도 자기 것이었다. 집의 모든 것과 모든 재산도 자기 것이었다. 농부로서의 그의 논리에 따르면 마땅히 합법적인 아들인 그 혼자 모든 것을 물려받아야 했다. 그런데 그의 재산이 위험에 처해 있었고, 모두가 탐욕스럽게 그의 미래의 재산을 물어뜯고 있었다. 따라서 그는 어머니, 형제들, 하인들을 포함한 모두를 집 밖으로 내쫓고 즉시 모든 것을 물려받을 묘책을 강구했다.

싸움은 더없이 냉혹했다. 피에르는 가장 먼저 자신의 어머니를 쳐야 한다는 것을 깨달았다. 그는 오랫동안 세부적인 것까지 숙고해온 계획을 집요한 인내로 하나씩 실행에 옮겼다. 그의 전략은 아델라이드 앞에 살아 있는 비난처럼 우뚝 서는 것이었다. 그녀의 비행에 대해 분노하거나 신랄한 말을 내뱉는 대신 아무 말 없이 그녀에게 두려움을 안겨주는 시선으로 그녀를 바라보는 식이었다. 마카르의 집에 잠시 머물다가 다시 나타날 때마다 그녀는 아들을 보며 전율하곤 했다. 강철 칼날처럼 차갑고 날카로운 그의 시선은 가차 없이 한참 동안 그녀의 심장을 파고들었다. 그녀가 그토록 빨리 잊어버린 남자의 자식인 피에르의 엄격하고 과묵한 태도는 그녀의 가엾은 병든 머리를 더욱 혼란스럽게 했다. 아델라이드는 자신의 방탕한 삶을 벌하기 위해 루공이 되살아난 것이라고 생각했다. 이제 그녀는 매주 신경성 발작을 일으켰고 그럴 때마다 있는 힘을 모두 소진했다. 피에르는 그녀가 홀로 싸우도록 내버려두었다. 그러다 다시 정신을 차린 아델라이드는 옷매무새를 매만지고 더욱 약해진 기력으로 바닥을 기어 다녔다. 밤이면 종종 두 손으로 머리를 감싼 채 흐느껴 울었고, 피에르에게서 입는 상처를 복수의 신이 가하는 벌로 받아들였다. 또 어떤 때는 그를 부인했다. 차가운 눈빛이 무서운 오싹함을 느끼게 하는 다부진 체격의 청년이 자신의 핏줄임을 인정하려 하지 않았다. 그런 식의 눈길을 견디느니 차라리 두들겨 맞는 게 백번 나을 터였다. 그녀는 자신이 가는 곳마다 따라다니는 그의 냉혹한 눈길을 더 이상 견딜 수가 없어 다시는 자신의 연인을 만나지 않으리라 여러 차례 결심하기도 했다. 하지만 마카르가 돌아오기만 하면 자신의 맹세를 까맣게 잊은 채 그에게로 달려갔다. 그리고 집으로 돌아오면 또다시 갈등이 시작되었다. 더욱더 깊은 침묵과 두려움을 동반한 채. 그렇게 몇 달이 지나자 그녀는 아들의 완전한 통제하에 놓이게 되었다. 그의 앞에서 그녀는 어떻게 처신해야 할지 모르는 어린 소녀처럼 굴었다. 마치 자신이 매 맞을 짓을 한 게 아닐까 늘 걱정하는 듯 보였다. 피에르는 교묘하게 그녀의 손발을 묶어놓은 채 한마디 말도 하지 않고, 어렵고 난처한 해명을 할 필요조차 없이 그녀를 유순한 하녀로 만들었다.

자신의 어머니를 손안에 있는 노예처럼 다룰 수 있음을 느낀 피에르는 그녀의 나약한 머리와 자신의 눈빛이 그녀에게 불러일으키는 두려움을 자신에게 유리하게 이용하기 시작했다. 집안의 주인이 된 그가 첫 번째로 한 일은 채소 재배업자를 해고하고 자기 사람으로 그 자리를 채우는 것이었다. 그는 집안의 실질적인 가장이었고, 모든 것을 팔고 사며 경제권을 손아귀에 넣었다. 게다가 그는 아델라이드의 행동을 통제하거나 앙투안과 위르쉴의 게으름을 고치려고 하지도 않았다. 아무래도 상관없었다. 그는 기회가 생기는 대로 그들을 치워버릴 생각을 하고 있었다. 지금으로서는 그들이 먹는 빵과 물을 제한하는 것으로 만족했다. 이미 집안의 재산을 모두 자기 것으로 만든 그는 그것을 마음대로 처분할 수 있는 기회가 주어지기만을 기다렸다.

게다가 모든 상황이 그에게 유리하게 흘러갔다. 그는 홀어머니의 장남이라는 이유로 징병을 피할 수 있었다. 그리고 2년 뒤 앙투안이 징병을 위한 제비뽑기 대상이 되었다. 하지만 그는 자신의 나쁜 운을 별로 걱정하지 않았다. 자신의 어머니가 자신을 위해 대리인을 사줄 것이라고 믿었기 때문이다. 실제로 아델라이드는 그가 징병을 면하게 해주고 싶어 했다. 그러나 가정의 경제권을 쥐고 있던 피에르는 그들을 외면했다. 동생의 강제된 출발은 그의 계획에 꼭 들어맞는 더없이 기쁜 일이었다. 아델라이드가 이 일에 대해 이야기하고자 했을 때 그는 그녀가 말을 잇지 못하게 만드는 눈빛으로 그녀를 바라보았다. 마치 '당신의 사생아 때문에 날 파산시키려고 하는 겁니까?'라고 말하는 것처럼. 무엇보다 평온과 자유가 필요했던 아델라이드는 이기적인 마음으로 앙투안을 포기했다. 폭력적인 방법을 좋아하지 않았던 피에르는 아무런 다툼 없이 동생을 내쫓을 수 있음을 기뻐했다. 그리고 자신은 절망한 아들의 역할을 담당해 다음과 같은 핑계를 댔다. 올해 농작물 수확이 나빠 집에 돈이 부족한데, 이는 파산의 징후라고 할 수 있다. 따라서 망하지 않으려면 땅 한 모퉁이라도 떼어 팔아야 할 터다. 그는 앙투안에게는 다음 해에 그를 되사 올 것이라고 다짐했다. 사실은 아무것도 할 생각이 없으면서. 그의 말을 믿은 앙투안은 반쯤 만족한 채 집을 떠났다.

피에르는 훨씬 더 예상치 못했던 방식으로 위르쉴을 치워버릴 수 있었다. 교외에 사는 무레라는 모자 제조공이 그녀에게 연정을 품었던 것이다. 무레가 보기에 위르쉴은 카르티에 생마르크의 고귀한 아가씨처럼 가냘프고 살결이 새하얬다. 그는 그녀와 결혼했다. 그로서는 아무런 계산속 없이 오로지 첫눈에 느낀 사랑으로 이루어진 결혼이었다. 그러나 위르쉴이 결혼을 승낙한 것은 큰오빠 때문에 삶이 견딜 수 없게 된 집에서 도망치고 싶었기 때문이었다. 자신의 쾌락에만 몰두하는 아델라이드는 스스로를 지키는 데 젖 먹은 힘까지 다하느라 딸한테는 철저한 무관심으로 일관했다. 심지어 그녀가 집을 떠나는 것을 다행스럽게 여겼다. 불만의 대상이 없어진 피에르가 자신을 평화롭게 마음대로 살도록 내버려두기를 기대하면서. 무레는 결혼을 하자마자 자신들이 플라상을 떠나야 한다는 것을 깨달았다. 그는 매일같이 자신의 아내와 장모에 대한 험담을 듣고 싶지 않았다. 그래서 위르쉴과 함께 마르세유로 떠나 그곳에서 모자 제조공으로 살아갔다. 게다가 그는 지참금을 한 푼도 요구하지 않았다. 그의 무욕(無慾)에 놀란 피에르가 더듬거리며 무슨 핑계를 대려 하자 그는 자기 아내의 빵값은 자신이 벌겠노라고 응수했다. 그럼에도 불구하고 농부 루공의 아들은 불안한 마음을 감추지 못했다. 그에게 이런 식의 행동은 어떤 계략을 감추고 있는 듯 보였기 때문이다.

이제 남은 것은 아델라이드뿐이었다. 피에르는 어떤 이유로도 그녀와 계속 살기를 원치 않았다. 그녀의 존재 자체가 그에게는 하나의 위협이었기 때문이다. 새 출발을 위해 그가 맨 먼저 해야 할 일은 그녀를 치워버리는 것이었다. 하지만 그는 매우 난처한 두 가지 선택의 기로에 서 있었다. 그녀와 함께 있는 것은 수치스러운 흙탕물을 뒤집어쓰고, 자신의 야망을 펼치는 데 걸림돌이 될 족쇄를 차는 것을 의미했다. 그러나 자기 어머니를 내쫓는다면 못된 아들이라고 사람들의 손가락질을 받을 게 분명하고, 그러면 선한 사람으로 보이려는 자신의 계획을 망칠 수도 있을 터였다. 그는 앞으로 자신한테 모든 사람이 필요하리라는 것을 예감하면서 자신의 이름이 플라상 전체에 선의로 빛날 수 있기를 바랐다. 이제 방법은 딱 하나밖에 없었다. 아델라이드로 하여금 스스로 집을 떠나게 만드는 것이었다. 피에르는 그 목적을 달성하기 위해 모든 노력을 기울였다. 그는 자기 어머니의 비행이 자신의 가혹함에 대한 완벽한 핑계가 되어줄 것이라 믿었다. 그는 마치 어린아이를 벌하듯 그녀를 벌했다. 역할이 뒤바뀐 것이었다. 그가 놓지 않는 회초리 앞에서 불쌍한 여인은 몸을 움츠리곤 했다. 그녀는 이제 겨우 마흔두 살이었지만 마치 노망이 난 늙은 여인처럼 멍하고 가련한 표정으로 겁에 질려 말을 더듬었다. 피에르는 언젠가 그녀가 더 이상 참지 못하고 도망쳐버리기를 바라면서 엄격한 눈빛으로 그녀를 계속 노려보았다. 가엾은 여인은 수치심과 억눌린 욕망과 받아들인 비굴함으로 끔찍한 고통을 겪으면서도 묵묵히 괴롭힘을 견뎠고 마카르에게로 다시 돌아갔다. 그를 포기하느니 당장 죽는 편이 나을 터였다. 어떤 날 밤에는 비오른 강으로 달려가 몸을 던지고 싶은 유혹에 시달리곤 했다. 그런 그녀를 가로막는 것은 죽음을 그토록 두려워하는, 신경증을 앓는 허약한 육체뿐이었다. 당장이라도 집에서 도망쳐 국경에 있는 연인을 만나러 가고 싶은 날 또한 수없이 많았다. 아들의 경멸적인 침묵과 은밀한 가혹 행위에도 불구하고 집을 떠나지 못하는 것은 어디로 가야 할지를 알지 못하기 때문이었다. 피에르는 그녀에게 도피처가 있었더라면 벌써 오래전에 자신을 떠났을 것임을 느끼고 있었다. 그가 어딘가에 그녀를 위한 작은 거처를 마련해줄 기회를 엿보고 있을 무렵 전혀 기대하지 않았던 한 사건이 그 계획의 실행을 앞당겼다. 제네바에서 한 보따리의 시계를 몰래 들여오던 마카르가 세관원의 총에 맞아 죽었다는 소문이 교외로 퍼져나갔다. 그리고 그것은 사실이었다. 밀수꾼의 시신은 고향으로 돌아오지도 못하고 어느 산중의 조그만 마을 묘지에 묻혔다. 아델라이드는 너무나 큰 고통으로 인사불성이 되다시피 했다. 피에르는 그녀를 유심히 관찰했지만 그녀가 눈물 흘리는 것을 보지 못했다. 마카르는 아델라이드를 자신의 유일한 유증 수혜자로 지정해놓았다. 그녀는 세관원의 총알을 피한 한 밀수꾼이 그녀에게 충성스럽게 가져다준 마카르의 기총과 앵파스 생미트르의 누옥을 물려받았다. 그리고 그다음 날 그녀는 조그만 집으로 물러났다. 그곳에서, 벽난로 위에 기총을 걸어두고 세상과 담을 쌓은 채 홀로 조용히 살아갔다.

 마침내 피에르 루공은 집의 유일한 주인이 되었다. 푸크가의 땅은 법적으로는 아닐지라도 사실상 그의 차지가 되었다. 하지만 그는 그곳에 정착할 생각이 전혀 없었다. 그곳은 그의 야심을 펼치기에는 너무 좁았다. 그는 땅을 경작하고 채소를 키우는 것을 자신의 능력에 어울리지 않는 천한 일로 여겼다. 그는 서둘러 농부의 신분에서 벗어나고자 했다. 자기 어머니의 신경질적인 기질로 인해 투박함이 완화된 그는 부르주아적 향락에 대한 억누를 수 없는 욕구를 느끼고 있었다. 따라서 계산을 할 때마다 그는 푸크가의 땅을 팔아치우는 것을 궁극적인 목표로 삼았다. 땅을 팔면 상당한 액수의 돈을 손에 쥐게 될 테고, 그 돈으로 자신의 동업자가 될 상인의 딸과 결혼할 수 있을 것이었다. 그 무렵 제1제정[7]이 일으킨 전쟁들 덕분에 결혼 적령기인 젊은 남자들의 주가가 급상승했다. 부모들은 사윗감을 고르는 데 예전보다 훨씬 덜 까다롭게 굴었다. 피에르는 돈이 모든 것을 해결해줄 것이며, 마을 사람들의 쑥덕공론도 쉬이 잦아들 것이라고 믿었다. 그는 스스로를 피해자로 보이게 하기

---

7 프랑스의 나폴레옹 1세(나폴레옹 보나파르트)가 이룩한 제국을 가리킨다. 1804년 5월부터 1814년 3월까지이다. 나폴레옹의 백일천하까지 포함해 1815년 6월까지로 보는 견해도 있다.

로 마음먹었다. 가족의 수치스러움으로 인해 고통받고 슬퍼하지만 그것에 물들지 않고 애써 변명하려 하지도 않는 용기 있는 사람으로 비치고자 했다. 그는 몇 달 전부터 기름 상인의 딸인 펠리시테 퓌에슈를 눈여겨보고 있었다. 오래된 동네의 어두컴컴한 골목길에 있는 퓌에슈와 라캉 상사(商社)의 가게들은 번성과는 거리가 멀었다. 상사의 평판은 미심쩍었고, 임박한 파산이 거론되고 있었다. 피에르가 이쪽에 눈독을 들인 것은 바로 이런 나쁜 소문 때문이었다. 잘나가는 상인이 그에게 딸을 줄 리 만무했다. 그는 늙은 퓌에슈가 막다른 길에 다다랐을 때 등장해 그에게서 펠리시테를 산 뒤 자신의 지략과 힘으로 상사를 다시 일으켜 세울 계획이었다. 이는 사다리를 한 단계 올라가 지금보다 높은 사회적 계층으로 진입하고자 하는 교묘한 전략이었다. 무엇보다 그는 자신의 가족에 대해 수군거리는 사람들이 있는 끔찍한 교외에서 벗어나고 싶었다. 그리하여 추악한 소문들과 푸크가의 땅의 이름까지도 모두 기억에서 지울 수 있기를 바랐다. 따라서 그에게는 오래된 동네의 악취가 풍기는 골목들이 마치 천국인 양 여겨졌다. 오직 그곳에서만 새로운 삶을 시작할 수 있을 것이기 때문이었다.

곧 그가 엿보던 기회의 순간이 닥쳤다. 퓌에슈와 라캉 상사는 마지막 숨을 몰아쉬고 있었다. 그러자 피에르는 매우 신중하고 노련하게 자신의 결혼에 대해 협상했다. 그는 구세주까지는 아니더라도 그들에게 꼭 필요하고 받아들일 만한 하나의 방편으로 환영받았다. 결혼이 결정되자 그는 땅을 매매하는 일에 적극적으로 나섰다. 이미 자메프랑의 주인이 자신의 땅을 넓히려는 목적으로 그에게 여러 차례 제안을 한 바 있었다. 두 땅을 갈라놓고 있는 것은 나지막하고 얇은 담장 하나뿐이었다. 피에르는 돈이 아주 많은 이웃의 욕망을 이용하고자 했다. 푸크가의 땅을 꼭 차지하고 싶었던 자메프랑의 주인은 5만 프랑까지 제안하기에 이르렀다. 그것은 시세의 두 배에 달하는 금액이었다. 게다가 피에르는 농부의 음험함을 발휘해 이웃으로 하여금 자신에게 매달리게 만들었다. 자신은 땅을 팔 의사가 없으며, 자기 어머니는 푸크가가 200년 가까이 대대로 살아온 땅을 파는 데 결코 동의하지 않을 것이라고 이야기했다. 그는 머뭇거리는 척하면서 땅을 팔 준비를 해나갔다. 그런데 한 가지 걱정이 있었다. 그의 단순한 논리에 따르면 푸크가의 땅은 그의 것이었고, 그는 자기 마음대로 그 땅을 처분할 권리가 있었다. 그러나 그러한 확신의 저변에는 법적인 문제에 대한 막연한 불안감이 존재했다. 그는 간접적으로 마을의 집행관에게 자문을 구하기로 했다.

그는 많은 것을 알게 되었다. 집행관에 따르면 그는 할 수 있는 게 아무것도 없었다. 오직 그의 어머니만이 푸크가의 땅을 양도할 수 있었고, 이는 그도 짐작하고 있던 일이었다. 하지만 그가 몰랐던 것, 그에게 결정타를 날린 것은 그녀의 사생아인 늑대 새끼들, 위르쉴과 앙투안 역시 그 땅에 권리가 있다는 사실이었다. 뭐라고! 그 천한 것들이 적법한 아들인 자신을 벗겨먹고 자신의 것을 훔친다니! 집행관의 설명은 상세하고 명확했다. 아델라이드는 부부공유재산법하에 루공과 결혼했고 재산은 땅이 전부였으므로, 남편의 사후에 그녀는 법적으로 그 땅의 주인이 된 것이다. 다른 한편으로 마카르와 아델라이드는 자신들의 아이들을 인정했으므로, 그들은 어머니의 유산을 정당하게 물려받을 수 있었다. 피에르에게 유일한 위안이 될 수 있는 것은 법전[8]이 적법한 자녀들에게 유리하게끔 사생아들의 몫을 삭감하도록 규정하고 있다는 사실이었다. 그러나 이 사실은 그에게 조금도 위로가 되지 않았다. 그는 전부를 원했다. 위르쉴과 앙투안하고는 한 푼도 나누고 싶지 않았다. 그리하여 그가 머리를 짜내 찾아낸 법망의 틈새는 그에게 새로운 지평을 열어주었다. 그는 영리한 사람은 언제나 법을 자신의 편으로 만들어야 한다는 것을 재빨리 깨달았

---

[8] 1804년 나폴레옹 1세가 제정, 공포한 프랑스의 민법전인 나폴레옹 법전을 가리킨다. 근대 법전의 기초가 되며 세계 3대 법전 중 하나다.

다. 그는 아무에게도 물어보지 않고 스스로 그 해결책을 찾아냈다. 의심을 불러일으킬까 두려워 집행관에게조차 이야기하지 않았다. 그는 자신의 어머니를 마치 물건 다루듯 할 줄 알았다. 어느 날 아침 그는 그녀를 공증인에게 데려가 매매 계약서에 서명하게 했다. 아델라이드는 앵파스 생미트르의 허름한 집만 자신에게 남겨준다면 플라상 전부라도 팔았을 터였다. 피에르는 그녀에게 연 600프랑의 연금을 지급할 것이며, 온갖 신의 이름을 들먹이며 자신의 형제들을 잘 돌보겠노라고 맹세했다. 그러한 맹세는 단순한 여인을 안심시키기에 충분했다. 그녀는 공증인 앞에서 자기 아들이 가르쳐준 말들을 그대로 읊어댔다. 그다음 날 청년은 아델라이드로 하여금 땅값으로 5만 프랑을 받았음을 증명하는 영수증 아래에 그녀의 이름을 쓰게 했다. 이야말로 사기꾼 뺨치는 기발한 술책이었다. 아델라이드는 돈을 한 푼도 만져보지 못한 채 그런 영수증에 서명해야 한다는 사실에 놀라는 기색이었다. 하지만 피에르는 이는 조금도 중요하지 않은 형식상의 문제일 뿐이라며 그녀를 안심시켰다. 그는 서류를 주머니에 집어넣으며 생각했다. '이제 늑대 새끼들이 해명을 요구해오겠지. 하지만 어머니가 탕진해버렸다고 하면 그뿐이야. 그들이 나한테 소송을 걸어오는 일 따윈 절대 없을 거라고.' 그로부터 일주일 뒤, 두 땅의 경계를 이루던 담장은 더 이상 존재하지 않았고, 쟁기가 채소밭을 모두 갈아엎었다. 젊은 루공의 바람대로 푸크가의 땅은 전설적인 기억으로 남게 될 것이었다. 몇 달 후 자메프랑의 주인은 채소 재배업자의 낡은 집마저 무너뜨려 폐허로 만들었다.

5만 프랑을 손에 쥔 피에르는 최대한 서둘러 펠리시테 퓌에슈와 결혼했다. 펠리시테는 프로방스에서 흔히 볼 수 있는, 조그맣고 가무잡잡한 피부의 여성이었다. 갑자기 날아올라 아몬드나무에 머리를 부딪치는 요란하고 메마른 갈색 매미를 연상시키는 모습이었다. 그녀는 마른 체격에 납작한 가슴, 좁은 어깨, 족제비를 닮은 뚜렷한 윤곽의 얼굴 때문에 나이를 가늠하기 어려웠다. 실제로는 남편보다 네 살 적은 열아홉 살이었지만 때로는 열다섯 살이나 서른 살로 보이기도 했다. 송곳 구멍을 연상시키는 조그맣고 새까만 눈에서는 암고양이의 영리함이 느껴졌다. 이마는 좁은 편에 가운데가 볼록 튀어나왔고, 코허리가 살짝 들어가고 콧구멍은 나팔처럼 벌어져 냄새를 더 잘 음미하려는 듯 미세하게 떨리곤 했다. 입술은 가느다랗고 붉었고, 돌출한 턱과 뺨 사이가 기이하게 패어 있었다. 꾀바른 난쟁이 같은 그녀의 모습은 모사와 시샘이 가득한 적극적인 야심의 살아 있는 본보기였다. 펠리시테는 못생긴 외모에도 불구하고 그녀를 유혹적으로 느끼게 하는 고유한 매력을 지닌 여자였다. 사람들 말에 따르면, 그녀는 자신이 원하는 대로 스스로를 어여쁘거나 못생겨 보이게 할 수 있었다. 그것은 탐스러운 머리를 어떻게 묶느냐에 달려 있었다. 하지만 그녀를 더욱더 매력적으로 보이게 하는 것은, 그녀가 누군가를 이겼다고 믿을 때 구릿빛 얼굴을 빛나 보이게 하는 의기양양한 미소였다. 운이 나쁘게 태어나 스스로 행운과는 거리가 멀다고 생각한 그녀는 자신이 못생겼다는 사실을 대체로 인정하는 편이었다. 하지만 그녀는 결코 싸움을 포기하지 않았고, 언젠가 당당한 행복과 화려함을 과시함으로써 플라상의 주민 전체가 부러워 죽게끔 하리라 결심했다. 앞으로 좀 더 너른 무대에서 삶을 펼칠 수 있다면, 그리하여 자유분방한 그녀의 정신이 마음껏 커나갈 수 있다면 틀림없이 그러한 꿈을 이룰 수 있을 터였다. 펠리시테는 그녀와 교육 수준이 비슷한 같은 계층의 여성들보다 훨씬 뛰어난 지성을 갖추고 있었다. 남의 말하기 좋아하는 사람들은 그녀를 낳고 몇 년 뒤에 죽은 그녀의 어머니가 결혼 초기에 카르티에 생마르크의 젊은 귀족인 카르나방 후작과 매우 친밀한 사이였다고 수군거렸다. 사실인즉슨 펠리시테는 그녀가 속한 노동자 계층이 아닌 후작 부인의 그것 같은 손발을 물려받았다.

플라상의 오래된 동네 주민들은, 한 달이 넘도록, 그녀가 피에르 루공과 결혼한 것에 매우 놀라워했다. 그는 아직 촌티를 채 벗지 못한 교외의 농부인 데다 가족의 평판마저 나쁜 남자였다. 펠리시테는 자기 친구들의 억지 축하에 야릇한 미소로 답하며 사람들이 떠들어대게 놔두었다. 그녀는 이미 나름대로의 계산을 마친 터였다. 그녀는 마치 공모자를 고르듯 피에르 루공을 남편으로 선택했던 것이다. 그녀의 아버지는 그를 받아들이면서 자신을 파산에서 구해줄 5만 프랑만을 생각했다. 그러나 펠리시테는 좀 더 나은 안목을 지니고 있었다. 그녀는 멀리 미래를 내다볼 줄 알았다. 그녀에게 필요한 것은 자신이 그 뒤에 숨어 마음대로 손발을 움직일 수 있는 건장하고 투박하기까지 한 남자였다. 그녀는 공증인의 말라빠진 서기, 추위에 떨며 고객을 기다릴 미래의 변호사 같은 지방의 보잘것없는 남자들을 지극히 경멸했다. 지참금 한 푼 없이, 부유한 상인의 아들과 결혼하지 못해 절망하느니 차라리 자신이 수동적인 도구처럼 부릴 수 있는 농부와 결혼하는 게 백배 천배 나았다. 그깟 바칼로레아[9]에 합격했다며 학문적 우월함으로 자신을 짓누르고, 평생 공허한 허영심이나 좇으며 자신을 불행하게 만들 나약한 남자 나부랭이는 그녀의 관심사가 아니었다. 그녀는 자신에게 소 치는 시골뜨기를 장관으로 만들 수 있는 힘이 있다고 믿었다. 피에르에게서 마음에 들었던 것은 딱 벌어진 가슴과 작지만 다부진 체격, 그러면서도 우아한 매력을 갖추었다는 점이었다. 이렇게 생긴 남자는 그녀가 그의 어깨 위에 올려놓기를 꿈꾸는 모사꾼들의 세계를 여유롭고 유쾌하게 짊어질 수 있을 터였다. 펠리시테는 남편의 힘과 건장함을 높이 평가했을 뿐만 아니라 그가 바보가 아니라는 것을 일찌감치 간파했다. 그의 투박한 겉모습 뒤에 음험하고 유연한 정신이 숨어 있음을 눈치 챘던 것

---

[9] 프랑스의 교육제도는 1년의 예비 과정을 포함한 5년간의 초등교육 및 콜레주(중학교) 4년과 리세(고등학교) 3년의 중등교육으로 이루어져 있다. 리세의 마지막 학년인 테르미날(terminale)을 마치면 프랑스의 후기 중등교육 종료를 증명하는 국가시험이자 대학입학자격시험인 바칼로레아를 치르게 된다. 이후 대학과 특수 대학으로 이루어진 고등교육 과정으로 진입할 수 있다. 바칼로레아가 국가시험으로 처음 시행된 것은 나폴레옹 1세 시대인 1808년이었다.

이다. 하지만 그녀는 사실 자신의 남편에 대해 잘 알지 못했고, 그를 실제보다 훨씬 어리석다고 평가했다. 결혼하고 며칠 뒤에 우연히 책상 서랍을 뒤지던 그녀는 아델라이드가 서명한 5만 프랑의 영수증을 발견했다. 그녀는 그것이 무엇인지 알았고 두려움을 느꼈다. 기본적인 정직함을 갖춘 그녀는 이런 술책에 역겨움을 느꼈다. 하지만 그녀의 두려움에는 남편에 대한 일말의 감탄이 포함돼 있었다. 이제 그녀의 눈에 피에르 루공은 매우 강한 남자였다.

젊은 부부는 보란 듯이 재산을 불려나가기 시작했다. 퓌에슈와 라캉 상사는 피에르가 생각했던 것보다 상태가 괜찮았다. 빚은 얼마 되지 않았고 가용 자본이 부족한 것뿐이었다. 지방의 상인들은 커다란 재앙에 대비해 사업의 확장에 신중에 신중을 기했다. 그중에서도 퓌에슈와 라캉 상사는 신중함의 대명사라고 할 만했다. 그들은 1,000에퀴[10]를 투자하면서도 벌벌 떨었다. 따라서 늘 적자를 면치 못하던 그들은 결코 커나갈 수 없었다. 그럴 때 피에르가 가져온 5만 프랑은 빚을 모두 갚고 사업을 확장하기에 충분했다. 사업은 날로 번창했다. 3년 연속 올리브 수확이 급증했다. 피에르와 늙은 퓌에슈의 우려에도 아랑곳없이 펠리시테는 놀라운 대담함으로 엄청난 양의 기름을 구매해 창고에 쌓아두게 했다. 그리고 그 뒤 그녀의 예측대로 2년 연속 올리브 수확이 급감함에 따라 기름 가격이 천정부지로 뛰어올랐다. 그들은 비축해두었던 기름을 유통하여 엄청난 이익을 남겼다.

이렇게 싹쓸이로 돈을 번 뒤 얼마 지나지 않아 늙은 퓌에슈와 라캉이 사업에서 손을 떼고 물러났다. 연금 생활자로 죽고 싶은 꿈을 버리지 못한 그들은 막 벌어들인 돈에 만족하며 살아가고자 했다.

이제 상사의 유일한 주인이 된 젊은 부부는 마침내 자신들이 행운의 기틀을 마련했다고 믿었다.

---

10 écu: 19세기에 사용된 5프랑짜리 은화.

"당신이 내게서 불운을 거둬 가주었어." 펠리시테는 때때로 자기 남편에게 이렇게 말하곤 했다.

활력이 넘치는 펠리시테의 드문 단점 중 하나는 자신이 불운의 저주에 걸렸다고 믿는 것이었다. 그녀의 말에 의하면, 지금까지 온갖 노력에도 불구하고 그녀도 그녀의 아버지도 어떤 것에서도 성공한 적이 없었다. 남프랑스의 미신을 믿는 그녀는 자신들을 목 조르고자 하는 사람과 맞서듯 자신들의 운명과 맞서 싸울 준비가 돼 있었다.

그리고 기이하게도 그녀의 불안은 이내 사실로 드러났다. 불운은 가차 없이 다시 돌아왔다. 매년, 새로운 재앙이 루공 부부를 뒤흔들었다. 한 파산자는 그들에게 수천 프랑의 손실을 입혔다. 큰 수확에 대한 기대는 뜻하지 않은 상황들로 인해 그 반대의 결과로 나타났다. 확실하다고 믿었던 예측들이 처참하게 무너져갔고, 휴전도 봐주기도 없는 싸움이 이어졌다.

"나는 불행을 타고난 게 분명하다니까." 펠리시테는 씁쓸하게 말했다.

하지만 그녀는 분노하며 악착같이 매달렸다. 어째서 첫 예측 때는 그토록 예리한 통찰력을 보여주었던 자신이 이젠 남편에게 한심한 조언만을 하는 건지 그 이유를 알지 못했다.

아내보다 끈기가 부족한 피에르는 크게 낙담했고, 그녀의 집요함이 없었더라면 이미 수없이 사업을 접고도 남았을 터였다. 펠리시테는 부자가 되고자 했다. 자신의 야망은 재물의 바탕 위에서만 이루어질 수 있음을 깨달았기 때문이다. 몇십만 프랑 정도만 수중에 넣게 되면 그들은 이 도시의 주인이 될 수 있을 것이었다. 그렇게 되면 남편을 중요한 자리에 앉히고 자신은 그 권력을 누리게 될 터였다. 명예를 차지하는 것은 그리 어려운 일이 아니었다. 그녀는 스스로 그 싸움을 위한 준비가 돼 있다고 믿었다. 그러나 그에 필요한 종잣돈을 마련하는 일이 막막하게만 느껴졌다. 사람을 다루는 일은 두렵지 않았지만, 꼼짝하지 않는 차갑고 새하얀 은화들을 생각할 때마다 무기력한 분노가

치솟곤 했다. 그녀의 것이 되기를 고집스레 거부하는 돈한테는 모사꾼을 능가하는 그녀의 지략도 먹히지 않는 듯했다.

이러한 싸움은 30년이 넘게 이어졌다. 펠리시테는 퓌에슈가 세상을 떠났을 때 마치 뒤통수를 얻어맞은 것 같은 충격을 받았다. 그녀는 자기 아버지가 죽으면 4만 프랑의 유산을 물려받으리라고 기대했다. 하지만 늙은 이기주의자인 그는 말년을 좀 더 즐기기 위해 얼마 되지 않는 돈을 종신연금에 넣어놓은 터였다. 이러한 사실을 알게 된 펠리시테는 앓아눕다시피 했다. 그녀는 차츰 더 성마르고 더 마르고 더 날카롭게 변해갔다. 사람들은 그녀가 아침부터 저녁까지 기름 단지 주위를 맴도는 것을 보고 마치 불안한 파리처럼 끊임없이 빙빙 돎으로써 기름 판매를 늘릴 수 있다고 믿나 보다 생각했다. 그녀와는 반대로 피에르는 점점 더 둔해졌다. 불운은 그를 살찌게 했고 더욱더 무기력하게 만들었다. 하지만 이 30년간의 싸움이 그들을 파산하게 하지는 못했다. 매년 결산을 할 때마다 그들은 간신히 수지의 균형을 맞춰나갔다. 한 계절에 손실을 보면 그다음 계절에 그것을 만회하는 식이었다. 펠리시테를 화나게 하는 것은 이처럼 근근이 이어나가는 삶이었다. 이렇게 살 바에는 차라리 확실하게 왕창 파산하는 게 나을 것 같았다. 그러면 하찮은 사업에 목을 매며 최소한의 생계만을 위해 온몸을 불태우는 대신 새로운 삶을 시작할 수 있을지도 몰랐다. 30여 년 동안 그들이 모은 돈은 5만 프랑이 채 되지 않았다.

루공 부부는 결혼 초기부터 대가족을 이루었고, 이는 훗날 그들에게 커다란 짐이 되었다. 몇몇 조그만 여성들이 그렇듯 펠리시테는 허약해 보이는 외양이 짐작게 하는 것과는 달리 다산하는 체질이었다. 그녀는 1811년부터 1815년까지 5년간 한 해 걸러 하나씩 세 아들을 낳았다. 그리고 뒤이은 4년간 두 딸을 더 낳았다.[11] 지방의 평온하고도 거친 삶은 아이들이 자라는 데 최적

---

11 이들의 다섯 자녀는 외젠, 파스칼, 아리스티드, 시도니, 마르트다.

의 환경을 제공했다. 루공 부부는 뒤늦은 두 딸의 탄생을 별로 반기지 않았다. 지참금이 없을 경우 그들은 처치 곤란한 애물단지가 되기 때문이었다. 피에르는 다섯으로 충분하며, 여섯째 아이가 태어난다면 그건 악마의 잔인한 장난일 거라고 떠들고 다녔다. 과연 펠리시테는 거기서 멈추었다. 그러지 않았다면 몇 명의 아이가 더 태어났을지 모를 일이었다.

그러나 그녀는 아이들을 파산의 원인으로 여기지 않았다. 그 반대로 그녀는 자신의 손안에서 무너져 내리는 행운의 왕국을 자기 아들들의 머리 위에 다시 세우고자 했다. 그리하여 그들이 열 살도 되기 전부터 그들의 미래를 머릿속에서 그려나갔다. 스스로는 결코 성공할 수 없다고 믿으면서 그들에게서 운명의 가혹함을 이길 수 있는 방법을 찾기를 바란 것이다. 그들은 절망한 그녀의 허영심을 만족시켜줄 것이며, 그녀가 끝내 손에 넣지 못한 부와 명성을 선사해줄 수 있을 터였다. 그때부터 그녀는 상업적 욕망으로 인한 싸움을 포기하지 않으면서 자신의 지배 본능을 만족시키기 위한 두 번째 전략에 돌입했다. 자신의 세 아들 중에 자신들 모두를 부자로 만들어줄 뛰어난 재목이 하나도 없을 리가 없었다. 펠리시테는 그것을 뼛속 깊이 느끼고 있었다. 그리하여 그녀는 어머니의 엄격함과 고리대금업자의 애정이 깃든 열렬함으로 아이들을 돌보았다. 그들을 훗날 커다란 이익을 가져다줄 자본처럼 여기며 사랑으로 살찌우기를 즐겼다.

"다 그만둬!" 피에르는 불평을 쏟아냈다. "그렇게 키워봤자 아무 소용 없어. 당신이 아이들을 망치고 있는 거라고. 그나마 있는 걸 다 말아먹을 작정이야?"

펠리시테가 아들들을 중학교에 보내려고 하자 그는 화를 냈다. 라틴어를 배우는 것은 아무짝에도 쓸모없는 사치였다. 가까운 기숙학교에 보내 수업을 듣게 하는 것으로 충분할 터였다. 하지만 펠리시테는 고집을 꺾지 않았다. 그녀는 잘 배운 자식들을 옆에 끼고 다니면서 으스대고 싶은 더 큰 야심을 가지고 있었다. 자기 아들들이 언젠가 높은 인물들이 되게 하기 위해서는 남편처럼 무지하게 놔두어서는 안 되었다. 그녀는 세 아들이 모두 파리로 올라가 어떤 높은 지위에 오르는 것을 상상하곤 했다. 마침내 남편이 항복하여 셋 모두가 중학교 3학년에 입학하자 펠리시테는 생전 처음 충족된 자신의 허영심을 마음껏 음미했다. 그녀는 아이들끼리 자신들의 선생과 공부에 대해 이야기하는 것을 엿들으며 황홀감에 빠지곤 했다. 언젠가 맏이가 그녀 앞에서 동생에게 '장미'를 뜻하는 라틴어 '로사'(rosa)의 격변화(格變化)를 시키자 그녀는 마치 감미로운 음악을 듣는 것처럼 즐거워했다. 그 순간 그녀의 기쁨은 아무런 계산속이 없는 순수한 것이었다. 피에르도 배움이 부족한 사람으로서 자기 아들들이 자기보다 똑똑한 것을 보면서 만족감을 드러냈다. 루공 부부는 자신들의 아들들과 플라상의 유력 인사들의 아들들이 자연스레 친구가 되는 것을 보면서 더욱더 기뻐했다. 그들의 아들들은 시장과 도지사의 자녀들, 심지어 황송하게도 플라상의 중학교에 아이들을 보내준 카르티에 생마르크의 몇몇 귀족 자제들과도 가깝게 지내는 사이가 되었다. 펠리시테는 그런 영광에 어떻게 보답해야 할지 몰랐다. 세 아들의 교육은 루공 부부의 가계를 휘청거리게 했다.

아들들이 바칼로레아를 치르기 전까지, 엄청난 희생으로 그들을 학교에 보냈던 부부는 그들이 성공하리라는 희망 속에서 살아갔다. 그들이 마침내 바칼로레아 합격증을 손에 쥐자 펠리시테는 자신의 작품을 완성하고 싶어 했다. 그녀는 남편을 설득해 세 아들을 파리로 보냈다. 두 아들은 법학을 공부했고, 둘째 파스칼은 의과대학에서 의학을 공부했다. 그리고 학업을 마치고 집안 살림이 거덜 나자 그들은 다시 플라상으로 돌아와 자리를 잡았고, 가엾은 부모들은 환상에서 깨어나야 했다. 이 시골구석은 또다시 먹잇감을 집어삼키는 듯 보였다. 세 젊은이는 점점 무기력해지고 뚱뚱해져갔다. 펠리시테는 또다시 자신의 쓰라린 불운이 목을 죄어오는 것을 느꼈다. 그녀의 아들들은 그녀를 파산으로 몰아넣었을 뿐만 아니라 그녀가 투자한 자본금의 이자조차도 돌려주지 못했다. 이러한 운명의 결정적인 타격은 여성으로서의 야심과 어머니로서의 허영심에 동시에 해를 입힌 만큼 더욱더 그녀를 아프게 했다. 피에르는 밤낮으로 거듭 "내가 그럴 거라고 했지!"라고 쏘아붙임으로써 그녀의 화를 더 돋우었다.

어느 날, 그녀가 쓸쓸한 어조로 그의 교육에 엄청난 돈을 쏟아부어야 했다고 맏아들인 외젠을 탓하자 그 역시 마찬가지로 쓸쓸하게 대꾸했다. "나중에 다 갚을 겁니다, 할 수만 있다면. 하지만 애초에 집에 돈이 없으면 노동이나 하고 살았어야 해요. 우린 어차피 천한 신세라고요. 이렇게 사는 거, 부모님보다 우리가 더 힘들단 말입니다."

펠리시테는 이 말의 깊은 뜻을 이해했다. 그때부터 그녀는 아들들을 탓하지 않고 자신을 끈질기게 괴롭히는 운명만을 원망했다. 그녀는 다시 예전처럼 푸념하기 시작했고, 항구에서 자신을 좌초하게 한 재물의 부족을 하소연했다. 피에르가 그녀에게 "당신 아들들은 죄다 한심한 게으름뱅이야. 우리가 가진 걸 몽땅 갉아먹고 말 거야."라고 할 때마다 그녀는 쌀쌀맞게 쏘아붙이곤 했다. "아이들에게 줄 돈이라도 있다면 좋겠어요. 저 불쌍한 녀석들이 무위도식하는 건 가진 게 아무것도 없기 때문이라고요."

2월혁명[12]의 전야인 1848년 초 피에르의 세 아들은 플라상에서 매우 불안정한 위치에 있었다. 그들은 같은 부모에게서 나왔지만 성격과 기질이 서로 판이했다. 결론적으로 그들은 자신들의 부모보다는 나았다. 루공가의 후손들은 여성들에 의해 정화되어가는 듯했다. 아델라이드는 피에르를 하찮은 야심에 만족하는 평범한 남자가 되게 했다. 그러나 펠리시테는 자기 아들들에게

---

12 1848년 2월 22~24일 프랑스 파리에서 일어난 혁명. 이 사건으로 1830년 7월혁명으로 왕위에 오른 오를레앙공 루이필리프 1세의 7월왕정이 끝나고 루이나폴레옹 보나파르트의 제2공화정이 수립되었다.

보다 큰 악덕과 더욱 훌륭한 미덕을 모두 행할 수 있는 더 뛰어난 지성을 물려주었다.

이 무렵 맏이인 외젠은 마흔 살에 가까웠다.[13] 그는 머리가 살짝 벗어지고 살이 찌기 시작한 보통 키의 남자였다. 그는 아버지 피에르를 닮은 길고 커다란 얼굴에, 피부 아래의 지방으로 인해 낯빛은 부드러우면서 밀랍처럼 누르스름한 흰빛을 띠었다. 커다랗고 각진 얼굴은 여전히 그가 농부의 후손임을 짐작게 했지만, 그가 두꺼운 눈꺼풀을 치켜뜨며 눈빛을 반짝일 때면 마치 몸속에 불이 켜진 것처럼 얼굴이 달라 보였다. 아버지의 둔중함이 아들에게서는 진중함으로 변모했다. 이 육중한 몸집의 남자는 대체로 조는 듯이 묵직한 태도를 보였다. 나른하고 커다란 그의 몸짓은 행동할 때를 기다리며 손발을 뻗어 기지개를 켜는 거인을 떠올리게 했다. 과학이 그 법칙들을 발견하기 시작한 자연의 변덕으로 인해, 외젠의 겉모습은 피에르를 쏙 빼닮았지만 펠리시테는 그에게 생각할 수 있는 머리를 물려준 듯했다. 외젠은 아버지의 투박한 외양에 깃든 어머니의 정신적이고 지적인 몇몇 자질들을 짐작게 하는 특이한 면모를 지니고 있었다. 그는 대단한 야심과 권위적인 본능을 지녔고, 보잘것없는 야심과 하찮은 재물을 몹시 경멸했다. 플라상 주민들은 펠리시테가 귀족의 피를 타고난 게 아닐까 의심했고, 어쩌면 외젠은 그런 생각이 틀리지 않았음을 보여주는 증거인지도 몰랐다. 루공가의 특징이자 이들 가족에게서 맹렬하게 커지는 쾌락에 대한 욕구는 외젠에게서 가장 두드러졌다. 그는 인생을 즐기고 싶어 했고, 지배욕을 충족함으로써 정신적인 쾌락 또한 맛보고자 했다. 이런 남자는 지방의 소도시에서 성공하기에 적합한 인물이 아니었다. 그는 기회를 엿보며 파리로 눈길을 향한 채 그곳에서 15년간 무위도식하다시피 했다. 부모의 재산을 거덜 내지 않기 위해 고향으로 돌아온 그는 변호사 명

---

13 외젠 루공은 1811년생이다.

부에 이름을 올렸다. 그리고 적당한 평범함 이상으로 돋보이지는 못한 채 겨우겨우 먹고살 정도로만 가끔씩 변론을 맡았다. 플라상 주민들에 의하면 그는 목소리가 걸쭉하고 몸짓은 둔한 편이었다. 그가 재판에서 승소하는 경우는 매우 드물었다. 전문가를 자칭하는 사람들에 따르면 그는 종종 본론에서 벗어나 횡설수설했다. 언젠가는 손해배상 청구 소송에서 변론을 하던 중에 정치적 논고를 펼치는 바람에 판사가 말을 중단시킨 적도 있었다. 그는 야릇한 미소를 지으며 즉시 자리에 앉았다. 그 바람에 그의 의뢰인이 상당한 액수의 배상금을 물어내야 했지만 그는 자신이 횡설수설했던 사실을 조금도 후회하지 않는 듯했다. 마치 자신의 변론을 훗날 자신에게 소용이 될 단순한 훈련 정도로 여기는 것 같았다. 바로 이런 것이 펠리시테를 당혹스럽게 하고 절망하게 하는 것이었다. 그녀는 자기 아들이 플라상의 민사 재판소에서 법을 호령하는 모습을 보고 싶어 했다. 그러다 마침내는 자신의 맏이에 대해 매우 부정적인 생각을 품게 되었다. 그녀가 보기에는 이토록 굼뜬 아들이 가문의 영광을 가져다줄 리가 만무했다. 그 반대로 피에르는 외젠을 절대적으로 믿었다. 자기 아내만큼 예리한 눈을 가지지 못한 그는 겉모습만을 중요하게 여겼고, 자신의 외모를 꼭 닮은 아들의 재능을 믿으며 우쭐했다. 2월혁명이 일어나기 한 달 전쯤부터 외젠은 초조해했다. 그의 뛰어난 육감이 위기가 다가오고 있음을 말해주었기 때문이다. 그때부터 그는 플라상을 떠나고 싶어 안달했다. 갈 곳 몰라 헤매는 영혼처럼 거리를 배회하는 그가 자주 목격되었다. 그러던 어느 날 그는 불쑥 파리로 떠나기로 마음을 정했다. 그때 그의 주머니에 있는 돈은 500프랑이 채 되지 않았다.

루공 부부의 세 아들 중 막내인 아리스티드는 외젠과 모든 것이 정반대였다. 그는 어머니의 얼굴 모습과 탐욕스러움을 물려받았고 저속한 모사에 능한 음험한 성격이었지만, 그 속은 그의 아버지의 본능이 지배하고 있었다. 자연은 종종 균형을 필요로 하는 법이다. 조그맣고 교활하게 생긴 아리스티드는 지팡이 손잡이에 새겨진 꼭두각시의 기이한 얼굴을 닮았다. 그는 쾌락을 누리고 싶은 조급한 마음에 신중하지 못하게 여기저기를 뒤지고 헤집고 다녔다. 그는 자신의 형이 권력을 사랑하는 것만큼이나 돈을 사랑했다. 외젠이 사람들을 자기 의지대로 움직이게 하려는 꿈을 꾸면서 미래의 자신이 지닐 강력한 힘에 취해 있었다면, 아리스티드는 백만장자가 되어 궁전 같은 저택에 살면서, 잘 먹고, 잘 마시고, 모든 감각과 모든 기관을 만족시키는 삶을 향유하길 꿈꾸었다. 무엇보다 그는 되도록 빨리 재물을 모을 수 있기를 바랐다. 그는 수시로 허공에 궁전을 지었고, 그것은 마치 마법이라도 부린 듯 그의 머릿속에서 금세 높이 솟아올랐다. 그는 하룻밤 새에 수많은 금을 손에 넣었다. 이러한 환상들은 그의 게으른 천성에 꼭 들어맞는 것이었다. 그것들을 실현하는 방식에 대해 걱정해본 적이 없는 그에게는 가장 빠른 방법이 가장 좋은 것이었다. 투박하고 탐욕스러우며 거친 욕망을 지닌 농부였던 루공의 후손 중 아리스티드에게서는 이러한 기질이 지나치게 빨리 무르익었다. 그의 안에서는 물질적 쾌락에 대한 모든 욕구가 활짝 피어났고, 성급한 교육으로 배가되었으며, 그것이 인생의 목표가 됨으로써 더욱더 만족시키기 힘든 위험한 것이 되어갔다. 펠리시테는 섬세한 여성의 직감에도 불구하고 이 아들을 가장 사랑했다. 그녀는 외젠이 얼마나 더 자신을 닮았는지 깨닫지 못했다. 그녀는 막내아들의 어리석음과 게으름에 대해 수시로 변명을 늘어놓았다. 그가 가문을 빛낼 훌륭한 재목이며, 훌륭한 재목은 그 능력이 지닌 힘이 드러날 때까지는 흐트러진 생활을 할 권리가 있다는 핑계를 대면서. 아리스티드는 그녀의 너그러움을 혹독하게 시험했다. 파리에서 그는 방탕하고 게으른 삶을 살았다. 그는 카르티에 라탱[14]의 맥줏집들에 등록한 학생들 중 하나였다. 게다가 그는 파리에 2년밖에 머물지 않았다. 그때까지 단 한 번도 시험에 통과하지

---

14 Quartier Latin: 파리의 5구와 6구 사이에 위치한 대학가.

못하는 그를 보고 경악한 피에르는 그를 플라상에 붙잡아두었다. 그리고 그에게 여자를 찾아보도록 했다. 아들이 결혼을 해 가장으로서의 책임감이 생기면 건실한 사람이 될 수 있으리라 기대했기 때문이었다. 아리스티드는 군소리 없이 결혼했다. 그 무렵 그는 자신의 야망이 어떤 것인지 뚜렷이 알지 못했을 뿐만 아니라 지방에서의 삶도 그다지 싫지 않았기 때문이었다. 그는 자신의 조그만 도시에서 먹고 잠자고 어슬렁거리며 살쪄갔다. 펠리시테는 그런 그의 입장을 열렬히 옹호했고, 피에르는 아리스티드가 집안 사업에 적극적으로 참여한다는 조건으로 그들 부부를 먹이고 재우는 데 동의했다. 그때부터 아리스티드에게는 진정한 백수의 삶이 시작되었다. 그는 수업을 빼먹는 학생처럼 아버지의 사무실을 빠져나와 온종일 혹은 대부분의 밤을 친구들과 어울렸고, 그의 어머니가 몰래 쥐여준 금화[15]를 도박으로 탕진했다. 지방 한구석에 파묻혀 살아본 사람만이 그가 이토록 어리석게 보낸 4년이 어땠는지를 이해할 수 있을 터다. 지방의 소도시에는 이처럼 부모의 등골을 빼먹고 살면서, 때때로 일하는 척하지만 사실은 종교적인 열렬함으로 게으름을 키워나가는 무리들이 있기 마련이다. 아리스티드는 지방의 한가로움 속에서 자아도취에 빠져 어슬렁거리는 고질적인 플라뇌르[16]의 전형이었다. 그가 4년 동안 한 것이라곤 에카르테라는 카드놀이가 전부였다. 그가 친구들과 어울려 쏘다니는 동안, 허약한 금발인 그의 아내는 화려한 옷차림에 대한 두드러진 취향과 그토록 나약한 여성에게는 아주 예외적인 놀라운 욕구로 루공가의 파산에 일조

---

15 액면가 20프랑으로 프랑스 국왕의 초상이 새겨져 있다.
16 flâneur: '산책자', '산보자' 등으로 번역되는 플라뇌르는 본래 '빈둥거리는 사람'이라는 부정적 의미로 쓰였으나, 샤를 보들레르와 발터 벤야민 등을 거치면서 '도시의 거리를 한가롭게 거니는 사람', '도시의 탐험가'라는 현대적 의미를 갖게 되었다. 보들레르는 19세기 파리의 대로를 거니는 플라뇌르를 근대적 메트로폴리스를 그리는 예술가이자 시인이라 불렀고, 발터 벤야민은 플라뇌르를 도시적, 현대적 경험의 상징적 전형으로 만들었다.

했다. 앙젤은 무엇보다 스카이블루 리본과 안심 로스트비프를 사랑했다. 그녀는 퇴역한 대위의 딸이었다. 시카르도 소령으로 불리는 그녀의 아버지는 평생 모은 1만 프랑을 딸의 지참금으로 주었다. 앙젤을 아들의 배우자로 선택한 피에르는 뜻하지 않은 거래를 매듭지은 기분이었다. 그만큼 그는 아리스티드를 하찮게 여겼다. 그러나 그의 결심을 굳히게 한 지참금 1만 프랑은 이내 그의 목에 매단 맷돌처럼 그를 짓눌렀다. 그의 아들은 이미 교활한 사기꾼이 되어 있었다. 아리스티드는 부모에 대한 지극한 애정을 과시하듯 한 푼도 남김없이 그 돈을 피에르에게 바쳤다. 자기 아버지의 동업자가 되는 조건이었다.

"우린 아무것도 필요 없어요." 그가 말했다. "두 분이 우릴 먹여 살리실 테니까요. 계산은 나중에 하자고요."

난처해진 피에르는 아리스티드의 무욕에 왠지 모를 불안감을 느끼면서도 그의 제안을 받아들였다. 아리스티드는 자기 아버지가 아마도 오랫동안 자신에게 1만 프랑을 갚지 못할 것이며, 자신과 아내는 동업이 유지되는 한 그에게 빌붙어 여유롭게 살 수 있을 거라 믿었다. 그것은 돈을 은행에 안전하게 맡겨놓은 것이나 다름없었다. 피에르가 자신이 얼마나 어리석은 거래를 했는지 깨달았을 때는 이미 너무 늦어버려 아리스티드를 떼어낼 수가 없었다. 피에르가 앙젤의 지참금을 어딘가에 투자했는데, 그 결과가 좋지 않아 돈을 회수할 수가 없었던 것이다. 그는 며느리의 왕성한 욕구와 아들의 게으름에 깊은 상처를 받고 분개하면서도 그들 부부를 데리고 있어야만 했다. 그 돈을 갚을 수 있었다면, 그의 생생한 표현처럼 그의 피를 빨아먹는 기생충 같은 저들을 이미 수없이 내쳤을 터였다. 펠리시테는 은근히 그들을 지지했다. 그녀의 야심 찬 꿈을 간파한 아들은 매일 저녁 머지않아 그가 실현할 근사한 계획들을 들려주었다. 게다가 아주 드문 우연의 일치로 그녀는 자신의 며느리와 아주 잘 지냈다. 앙젤은 자신의 의지라고는 없는 듯, 마치 가구처럼 마음대로 움직일 수 있는 사람 같았다. 피에르는 자기 아내가 막내아들의 미래의 성공에 관해 이야기할 때마다 불같이 화를 내곤 했다. 그 반대로 언젠가는 아리스티드가 그들 집안을 망치고 말 것이라며 비난했다. 아들 부부가 자신의 집에서 살던 4년간 피에르는 그들과 다툴 때마다 무기력한 분노를 쏟아냈지만 아리스티드와 앙젤은 언제나 미소와 평온함을 잃지 않았다. 그들은 그곳에서 계속 살면서 마치 움직일 수 없는 물체처럼 꼼짝도 하지 않았다. 마침내 피에르는 운 좋게도 아리스티드에게 1만 프랑을 돌려줄 수 있었다. 그가 그동안의 계산을 하려고 들자 아리스티드가 이런저런 트집을 잡는 바람에 식비와 주거비를 한 푼도 제하지 못한 채 그들을 그대로 보내야 했다. 그들 부부는 얼마 안 떨어진, 오래된 동네의 조그만 생루이 광장 부근에 자리를 잡았다. 그들이 가진 1만 프랑은 순식간에 사라졌다. 새집은 많은 것을 필요로 했다. 게다가 아리스티드는 집에 돈이 있는 한 평소 사는 방식을 하나도 바꾸려 하지 않았다. 그러다 마지막 100프랑이 남았을 때에야 초조해하기 시작했다. 그는 수상쩍은 얼굴로 동네를 맴돌았고, 평소처럼 친구들과 커피를 마시지도 않았다. 카드놀이에도 끼지 않은 채 남들이 하는 것을 지켜보기만 했다. 그렇다고 가난이 그를 더 나은 사람이 되게 하지는 못했다. 오히려 그 반대였다. 그는 오랫동안 아무것도 하지 않으면서 버텼다. 1840년에는 아들 막심이 태어났다. 할머니가 된 펠리시테는 남편 몰래 비용을 대주면서 그를 기숙학교에 보냈다. 아리스티드 부부로서는 입 하나를 던 셈이었다. 하지만 불쌍한 앙젤이 굶어 죽을 판이라 아리스티드는 무슨 일이든 해야만 했다. 마침내 그는 도청에 들어가는 데 성공했다. 그곳에서 10년 가까이 일했지만 연봉이 1,800프랑밖에 되지 않았다. 그는 증오와 불만으로 가득한 채 그동안 멀리했던 쾌락에 대한 욕구로 고통받았다. 그는 자신의 하찮은 지위에 분노했다. 매달 손에 쥐는 고작 150프랑의 돈이 운명의 아이러니로 여겨졌다. 그는 자신의 어머니에게 괴로움을 하소연했지만, 펠리시테는 그가 굶주리는 것을 보면서도 별로 안타까워하지 않았다. 가난이 그를 자극해 그의 게으름이 고쳐질지도 모른다고 생각했기 때문이다. 그는 마치 한탕을 노리는 도둑처럼 귀를 쫑긋 세운 채 주변을 둘러보았다. 1848년 초에 외젠이 파리로 떠날 때 그도 잠깐 동안 형을 따라갈 생각을 했었다. 하지만 외젠은 결혼을 하지 않은 독신이었다. 아리스티드는 주머니에 두둑한 밑천도 없이 아내를 그렇게 멀리까지 데려갈 수 없었다. 머지않아 커다란 재앙이 닥칠 것을 감지한 그는 첫 번째 먹잇감을 집어삼킬 준비를 하고 때를 기다리기로 했다.

  루공 부부의 둘째 아들 파스칼은 그들 가족에 속하지 않은 듯 보였다. 그는 유전의 법칙에 어긋나는 잦은 예외적 경우 중 하나였다. 자연은 이처럼 종종 하나의 가문 가운데 스스로의 창의력에서 비롯된 면모를 지닌 존재를 만들어 내곤 한다. 파스칼에게는 정신적이거나 신체적인 어떤 것도 루공가를 떠올리게 하는 게 없었다. 그는 큰 키에 얼굴이 부드러우면서도 엄격해 보였고, 그의 가족의 과열된 야심 및 부정직한 음모와는 기이한 대조를 이루는 올곧은 정신과 학문에 대한 사랑 그리고 겸손함을 지닌 인물이었다. 파리에서 의학 공부를 훌륭하게 마친 그는 교수들의 제안을 뿌리치고 자신의 선택에 따라 플라상으로 돌아왔다. 그는 지방의 평온한 삶을 사랑했다. 학자에게는 이런 삶이 정신없는 파리에서의 삶보다 낫다는 이유에서였다. 플라상에서조차도 그는 고객을 늘리는 데에는 아무 관심이 없었다. 매우 검소하고 재물을 경멸하는 그는 우연히 자신에게 오게 된 몇몇 환자들로 만족했다. 그가 누리는 사치라고는 새 동네에 위치한 밝은색의 작은 집에 머물며 경건한 마음으로 자연사(自然史)에 심취하는 것뿐이었다. 무엇보다 그는 생리학에 특별한 열정을 지니고 있었다. 플라상의 주민들은 그가 종종 시료원(施療院)의 산역꾼들에게서 시체를 사들이는 것을 알고 있었다. 이 사실은 예민한 부인네들과 겁 많은 부르주아들로 하여금 그를 두려워하게 만들었다. 다행히 그를 마법사라고 비난하는 사람은 없었다. 그러나 그의 고객은 점점 줄어들었고, 상류사회 사람들은 그를 괴이하게 여기면서 죽지 않으려면 그에게 손가락 하나도 맡겨서는 안 된다고 수군거렸다. 언젠가 시장의 부인이 하는 말을 들었다는 이들도 있었다.

"그 남자한테 진료를 받느니 차라리 죽는 편을 택할 거예요. 그에게서는 죽음의 냄새가 나거든요."

그때부터 파스칼은 요주의 인물로 통했다. 게다가 그는 자신이 불러일으키는 은근한 두려움을 즐기는 듯 보였다. 그로서는 환자가 적을수록 자신이 사랑하는 학문에 더 전념할 수 있을 터였다. 하지만 그의 왕진비가 아주 저렴했기 때문에 서민들은 여전히 그를 많이 찾았다. 그는 굶어 죽지 않을 정도로만 벌면서 자기만의 세상에서 탐구와 발견의 순수한 기쁨에 만족하며 살아갔다. 그러다 가끔씩 파리의 과학 아카데미에 논문을 보내기도 했다. 플라상의 주민들은 죽음의 냄새를 풍기는 이 괴이한 남자가 학자들 사이에서 널리 알려지고 존중받는 인물이라는 것을 꿈에도 몰랐다. 일요일마다 그가 식물학자의 통을 목에 걸고 지질학자의 망치를 손에 든 채 가리그 언덕으로 산책에 나설 때면, 사람들은 어깨를 으쓱하면서, 넥타이 차림에 옷에서 언제나 제비꽃 향기를 풍기며 부인네들에게 곰살맞게 구는 도시의 또 다른 의사와 그를 비교하곤 했다. 파스칼의 부모라고 해서 다른 사람들보다 그를 더 잘 이해하는 것도 아니었다. 그가 그토록 이상하고 보잘것없이 살아가는 것을 본 펠리시테는 기겁을 하면서 자신의 기대를 저버렸다고 그를 비난했다. 그녀가 아리스티드의 게으름을 용인한 것은 그의 잠재력을 믿었기 때문이었다. 하지만 부를 경멸하고 세상과 동떨어져 무명의 삶을 살아가는 파스칼의 한심한 태도에는 분개하지 않을 수 없었다. 분명한 것은, 그는 자신의 야심을 만족시켜줄 자식이 아니라는 사실이었다!

"넌 대체 누구 배 속에서 나온 거니?" 그녀는 가끔씩 그에게 쏘아붙였다. "넌 내 아들이 아닌 것 같아. 네 형하고 동생을 보렴. 걔들은 뭐라도 하려고 애를 쓰고 있잖아. 우리가 가르친 보람을 느끼게끔 말이지. 그런데 넌 이상한 짓만 하고 있으니. 이건 배은망덕이나 마찬가지야. 우린 널 키우기 위해 파산하다시피 했는데. 아니야, 아무리 봐도 넌 내 아들이 아니야."

언짢은 일이 있어도 그냥 웃어넘기곤 하는 파스칼은 미세한 아이러니를 곁들여 경쾌하게 대꾸했다.

"이런, 너무 그렇게 한심하게만 보지 마세요. 난 부모님을 완전히 망하게 하고 싶진 않거든요. 게다가 어디가 아프시기라도 하면 모두 공짜로 치료해드릴 거고요."

그는 가족에 대한 어떤 반감도 드러내지 않은 채 자신의 자연스러운 본능에 따라 아주 뜸하게만 그들을 만났다. 아리스티드가 도청에 들어가기 전까지는 여러 차례 그를 도와주기도 했다. 파스칼은 결혼을 하지 않았다. 아리스티드와는 달리 그는 곧 중대한 사건이 벌어지리라는 것을 짐작조차 하지 못했다. 이삼 년 전부터 인간과 동물의 비교를 통해 유전이라는 중요한 문제를 연구해온 그는 자신이 얻은 흥미로운 결과들에 매료되었다. 무엇보다 자신과 자신의 가족에 대한 관찰은 그의 연구의 출발점이 되어주었다. 서민들은 무의식적인 본능으로 그가 루공가의 다른 사람들과 얼마나 다른지 잘 알았고, 그런 이유로 그를 루공이라는 성을 빼고 파스칼이라고 불렀다.

1848년의 혁명이 일어나기 3년 전, 피에르와 펠리시테는 상사의 문을 닫았다. 어느덧 둘 다 쉰 살이 넘다 보니 더 이상 싸울 기력조차 남아 있지 않았다. 그들은 헤어날 길 없는 불운 앞에서 고집스럽게 버티다가 알거지가 될까 봐 두려웠다. 그들의 아들들은 그들의 기대를 저버리면서 그들에게 결정타를 날렸다. 이제 그들은 아들들 덕분에 부자가 될 수 있으리라는 희망을 포기하고 자신들의 노년을 위해 얼마간의 재산이라도 남겨두고자 했다. 그들이 은퇴할 때 수중에 남은 것은 4만 프랑이 전부였다. 이 돈으로 1년에 2,000프랑의 연금을 받을 수 있었다. 두 사람이 지방에서 간신히 살아갈 수 있는 금액이었다. 다행한 것은 두 딸 마르트와 시도니를 결혼시켰다는 것이었다. 이제 두 딸이 각각 마르세유와 파리에서 사는 터라 그들 부부는 군식구 없이 자기들끼리 살아가면 되었다.

그들은 사업을 정리한 뒤 은퇴한 상인들의 동네인 새 동네에서 살고 싶었다. 하지만 연금이 너무 적은 탓에 감히 엄두를 내지 못했다. 거기서 살았다가는 너무 초라해 보이기 십상일 터였다. 그들은 일종의 타협안으로 새 동네와 오래된 동네를 나누는 거리인 반가의 한 아파트에 세를 들었다. 그들의 아파트는 오래된 동네의 가장자리를 이루는 일련의 집들 가운데 있었으므로 그들은 여전히 가난한 서민들의 동네에 사는 것이었다. 다만 그들 집의 창문에서는 몇 걸음 떨어진 곳에 있는 부자들의 동네가 보였다. 말하자면 그들은 약속의 땅의 문간에 살고 있는 셈이었다.

3층에 위치한 그들의 아파트는 식당, 살롱, 침실의 커다란 세 개의 방으로 이루어져 있었다. 건물의 2층에는 집주인이 살았다. 그는 1층에 있는 가게에서 지팡이와 우산을 팔았다. 폭이 좁고 깊이가 깊지 않은 건물은 3층이 전부였다. 펠리시테는 이사를 하면서 가슴이 찢어지듯 아팠다. 지방에서 다른 사람 집에 세 든다는 것은 가난을 공공연하게 인정하는 것과 같았다. 플라상에서 웬만큼 사는 가정은 대부분 자기 집이 있었다. 집값이 아주 쌌기 때문이다. 피에르는 허리띠를 졸라맸다. 그는 집을 치장하는 문제에 대해서는 어떤 이야기도 들으려고 하지 않았다. 퇴색하고 낡고 삐걱거리는 오래된 가구들을 수선도 하지 않고 그대로 쓰려 했다. 그가 구두쇠처럼 구는 이유를 누구보다 잘 아는 펠리시테는 낡은 가구들을 새롭게 윤낼 궁리를 했다. 그녀는 유난히 망가진 몇몇 가구들에 손수 새로 못질을 했고, 안락의자의 해진 벨벳 천을 수선했다.

부엌과 함께 아파트 맨 뒤쪽에 있는 식당은 텅 비어 있다시피 했다. 식탁과 열두 개의 의자가 이 커다란 방의 어둠 속에서 길을 잃은 듯 놓여 있었다. 식당의 창문은 이웃집의 회색 담장을 마주하고 있었다. 침실에는 아무도 들어

오지 않는 터라 펠리시테는 쓰지 않는 가구들을 그곳에 감춰두었다. 그곳에는 침대 말고도 옷장, 책상, 화장대, 요람 두 개, 문짝이 떨어져 나간 찬장 그리고 노부인이 끝내 버릴 수 없었던 품격 있는 낡은 책장이 텅 빈 채 놓여 있었다. 그녀는 살롱을 가꾸는 데 모든 공을 들였고, 그곳을 지낼 만한 곳으로 만드는 데 거의 성공했다. 살롱의 가구는 새틴 꽃무늬가 새겨진 연노랑 벨벳으로 덮여 있었다. 살롱 한가운데에는 대리석 상판의 원탁이, 양쪽 끝에는 상판에 거울이 놓인 콘솔이 있었다. 카펫은 마룻바닥의 가운데 부분밖에 가리지 못했고, 샹들리에의 하얀 모슬린 덮개는 새까만 파리똥으로 얼룩져 있었다. 벽에는 나폴레옹의 주요 전쟁들을 묘사한 여섯 개의 석판화가 걸려 있었다. 살롱의 가구는 제1제정 초기의 것이었다. 펠리시테에게 허락된 장식이라고는 방을 커다란 꽃가지 무늬의 오렌지색 벽지로 바르는 것뿐이었다. 이렇게 루공 부부의 살롱은 눈부신 인위적인 빛으로 그곳을 가득 채우는 기이한 노란빛을 띠게 되었다. 가구, 벽지, 창문의 커튼도 노란색이었고, 카펫부터 원탁과 콘솔의 대리석 상판에 이르기까지 모두 노란빛을 띠었다. 창문의 커튼이 닫혀 있을 때는 색조가 그럭저럭 조화롭고 살롱이 깨끗해 보였다. 하지만 펠리시테는 또 다른 호사를 꿈꾸었다. 그녀는 서툴게 감춘 빈곤을 말 없는 절망감으로 바라보았다. 그녀는 습관적으로 집에서 가장 아름다운 공간인 살롱에서 시간을 보냈다. 그녀의 가장 달콤하면서 동시에 가장 씁쓸한 소일거리 중 하나는 반가에 면한 이 방의 창가에 서 있는 것이었다. 거기서는 도청이 있는 광장이 비스듬히 보였다. 그곳이 바로 그녀가 꿈꾸는 천국이었다. 주위에 밝은색 집들이 있는 텅 비고 깔끔한 작은 광장이 그녀에게는 마치 에덴동산 같았다. 그곳에 있는 집에 살 수만 있다면 자신의 수명을 10년은 떼어줄 수 있을 터였다. 그중에서도 징세관이 사는 왼쪽 모퉁이의 집이 그녀를 엄청나게 유혹했다. 그녀는 왕성한 식욕을 지닌 여인네처럼 그 집을 뚫어져라 바라보았다. 가끔씩 아파트의 열린 창문들 사이로 언뜻언뜻 보이는 값비싼 가구들과 호사스러움의 흔적들이 그녀의 피를 거꾸로 솟게 했다.

그 무렵 루공 부부는 허영심과 채워지지 않는 욕망으로 인한 야릇한 위기를 겪고 있었다. 그들은 스스로를 불운의 희생자로 여기면서도 결코 운명에 굴복하지 않은 채 더욱더 집요하게, 꿈을 이루기 전까지는 절대 죽지 않으리라 굳게 다짐한 터였다. 실제로 그들은 노년에 접어든 지금까지도 자신들의 기대를 조금도 버리지 않았다. 펠리시테는 자신이 부자로 죽을 거라는 예감이 들었다고 주장했다. 하지만 매일같이 겪는 가난의 무게는 그들을 점점 더 짓눌렀다. 무위로 돌아간 자신들의 노력을 되돌아보고, 30여 년의 싸움과 자식들에 대한 실망, 커튼으로 그 추함을 감춰야 하는 이 노란 살롱으로 자신들의 꿈이 귀결됨을 떠올릴 때마다 그들은 조용한 분노에 사로잡히곤 했다. 그럴 때마다 그들은 스스로를 달래기 위해 엄청난 재물을 모으는 계획을 세웠고 그 방책을 연구했다. 펠리시테는 복권에 당첨돼 10만 프랑을 버는 꿈을 꾸었고, 피에르는 어떤 기막힌 투자처를 찾아낼 수 있을 거라고 상상하곤 했다. 그들은 오직 한 가지 생각만으로 살았다. 재물을 모으는 것. 그것도 당장, 몇 시간 만에. 그리하여 단 1년만이라도 부자로 살면서 인생을 즐기는 것. 그것만이 그들의 지칠 줄 모르는 적나라한 꿈이었다. 게다가 그들은 여전히 막연하게나마 아들들에 대한 기대를 버리지 못하고 있었다. 아무런 보답을 바라지 않고 아이들을 교육시킨다는 생각에 결코 적응되지 않는 부모의 특별한 이기심 때문이었다.

펠리시테는 도무지 나이를 먹는 것 같지 않았다. 작고 가무잡잡한 여인은 늘 그랬듯이 한자리에 머물러 있지 못했고 매미처럼 시끄러웠다. 거리의 행인이 그녀를 등 뒤에서 봤더라면, 경쾌한 걸음걸이에 어깨와 허리가 가느다란 열다섯 살 소녀로 여겼을 터였다. 그녀는 얼굴 모습은 별로 변하지 않았지만 턱과 뺨 사이가 좀 더 패어서 점점 더 족제비의 얼굴을 닮아갔다. 마치 외양은 그대로인 채 피부가 쪼글쪼글해진 소녀의 얼굴 같았다.

피에르 루공은 그사이 배가 나왔고 점잖은 부르주아가 되었다. 그가 더없이 품위 있어 보이는 데 부족한 것은 넉넉한 연금뿐이었다. 그의 통통하고 희멀건 얼굴, 둔한 몸짓, 나른해 보이는 표정에서는 돈 냄새가 풍기는 듯했다. 어느 날 그는 그를 잘 알지 못하는 한 농부가 하는 말을 들었다. "저 뚱뚱한 친구가 제법 부자라고 하더군. 저녁 밥값 따위를 걱정하진 않는다는 거야!" 그의 말에 피에르는 충격을 받았다. 자신이 거부처럼 뚱뚱하고 여유롭게 근엄해 보이면서 여전히 가난한 사람으로 머물러 있다는 사실이 그에게는 운명의 잔인한 농담처럼 생각되었다. 일요일마다 창문의 문고리에 매단 5수[17]짜리 조그만 거울 앞에서 면도를 할 때면 흰색 넥타이에 정장 차림의 자신이 플라상의 다른 어떤 관리보다 도청에서 더 돋보일 거라는 생각이 들곤 했다. 사업에 대한 걱정으로 얼굴이 해쓱해지고 붙박이 삶으로 살이 찐 이 농부의 아들은 자연스러운 평온함 뒤에 맹렬한 욕구를 감추고 있었다. 게다가 무능하면서도 근엄해 보이는 모습 덕분에 그는 공식적인 살롱에서 한자리를 차지할 수 있었다. 사람들은 그의 아내가 그를 마음대로 조종한다고 주장했지만 사실은 그 반대였다. 그는 워낙 황소고집이라 다른 사람이 그의 고집을 꺾으려 할 때마다 불같이 화를 내곤 했다. 게다가 지극히 유연한 성격의 펠리시테는 결코 그를 대놓고 거스르지 않았다. 활달하고 나비처럼 팔랑거리는 이 작은 여인은 장애물과 정면으로 맞서는 전략을 택하지 않았다. 남편에게서 무언가를 얻어내려고 하거나 자신이 최선이라고 믿는 길로 그를 가게 하고자 할 때면, 매미처럼 그의 주위를 끊임없이 맴돌거나, 사방에서 그를 쏘아대거나, 그가 자신도 모르게 굴복할 때까지 계속해서 그를 공격하곤 했다. 게다가 그는 아내가 자신보다 현명함을 느끼면서 그녀의 잔소리를 꽤 잘 참아냈다. '마차의 파리'[18]보다 훨씬 유용한 펠리시테는 가끔씩 피에르의 귓가에서 윙윙거림

---

17 당시 1수(sou)는 20분의 1프랑인 5상팀과 맞먹었다.

으로써 자신이 하고자 하는 바를 이루었다. 특이하게도 이들 부부는 자신들의 실패를 서로의 탓으로 돌리는 법이 없었다. 유일한 시빗거리는 자식들의 교육과 관련한 문제였다.

따라서 1848년의 혁명이 일어날 무렵 루공가의 모든 이들은 자신들의 불운에 절망하고 분노하며 늘 경계 태세를 갖추고 있었다. 혹시라도 길모퉁이에서 운명이란 놈을 만난다면 혼쭐을 내줄 준비가 돼 있었다. 그들은 마치 약탈하고 빼앗기 위해 길가에 매복하고 있는 강도 가족 같았다. 외젠은 파리의 상황을 주시했고, 아리스티드는 플라상을 자신의 손아귀에 넣을 날을 꿈꾸었다. 아마도 그들 중 가장 탐욕스러울 아버지와 어머니는 자신들을 위해 궁리하면서 언젠가 아들들의 덕을 볼 수 있기를 기대했다. 오직 과학의 신중한 연인인 파스칼만이 새 동네의 조그만 밝은색 집에서 연인으로서의 아름답고 무심한 삶을 살아갔다.

18 프랑스의 우화 작가 장 드 라 퐁텐(1621~1695)의 우화 「마차와 파리」를 빗대고 있다. 말 여섯 마리가 끄는 마차를 움직일 수 있다고 믿는 파리가 윙윙거리며 여기저기에 끼어들면서 성가시게 군다는 이야기이다.

제3장

 1848년 당시 계층 간의 구분이 뚜렷했던 폐쇄적인 도시 플라상에서는 정치적 사건들의 여파가 아주 미미했다. 심지어 오늘날에도 민중의 목소리는 거의 들리지 않고, 부르주아들은 언제나 신중하며, 귀족들은 조용히 절망하고, 성직자들은 음험한 속내를 감추고 있다. 왕들이 서로의 왕좌를 빼앗거나 공화국들이 세워지거나 말거나 도시는 좀처럼 동요하는 일이 없다. 파리가 투쟁을 할 때 플라상은 잠들어 있는 것이다. 그러나 겉으로는 차분하고 무심해 보여도 그 속을 들여다보면 연구하기에 매우 흥미로운 일이 은밀히 진행되고 있다. 길거리에서 총소리는 거의 들리지 않지만, 새 동네와 카르티에 생마르크의 살롱에서는 음모들이 들끓는다. 1830년[1]까지만 해도 민중은 존재하지 않는 것과 같았다. 심지어 오늘날까지도 민중은 사람들의 안중에 없다. 모든 일이 성직자와 귀족과 부르주아 사이에서 일어났다. 그 수가 아주 많은 사

---

1 1830년 7월 27~29일에 프랑스 파리에서 일어난 7월혁명을 언급하고 있다. 혁명이 성공함에 따라 절대왕정을 추구하던 부르봉 왕조의 샤를 10세가 물러나고 자유주의자인 루이필리프 1세가 왕위에 올랐다. 7월왕정은 1848년 2월혁명이 일어나기 전까지 18년간 지속되었다.

제들은 도시의 정치에 특별한 색조를 부여했다. 그들은 마치 지하의 갱도에서처럼 어둠 속에서 일격을 가하거나, 학자연하는 조심스러운 술책으로 10년에 한 걸음씩 나아가거나 퇴보하곤 했다. 무엇보다 추문을 피하려는 이들의 비밀스러운 투쟁은 특별한 섬세함과 사소한 것을 잘 다루는 능력 그리고 열정이 없는 사람이 지녔을 법한 인내를 필요로 한다. 그리하여 파리지앵들에게 공공연한 비웃음을 사는 지방의 느릿함은 배신과 은밀한 목 조르기와 남모르는 패배와 승리로 가득하다. 파리에서는 사람들을 광장에서 대포로 죽이지만, 이 점잖은 사제들은 자신들의 이해가 걸려 있을 때마다 집에서 손가락을 움직여 죽인다.

프로방스의 다른 소도시들과 마찬가지로 플라상의 정치적 역사는 흥미로운 특이점을 지니고 있다. 1830년까지만 해도 플라상의 주민들은 충실한 가톨릭이자 열렬한 왕당파였다. 민중들조차도 적법한 혈통의 왕들과 신을 통해서만 맹세를 했다. 그런데 이런 상황에 기이한 변화가 생겨났다. 믿음은 사라졌고, 노동자들과 부르주아들은 정통주의[2]라는 대의를 버리고 점차 이 시대의 위대한 민주적 움직임에 동참하기 시작했다. 1848년에 혁명이 발발하자 귀족들과 성직자들만이 앙리 5세[3]의 승리를 위해 움직였다. 오랫동안 그들은 오를레앙 공[4]의 즉위를 머지않아 부르봉 왕조[5]를 복권시킬 우스꽝스러운 시

---

2 프랑스 혁명과 나폴레옹 전쟁으로 생긴 유럽 여러 나라의 변화를 일소하고 혁명 이전의 구체제(앙시앵레짐)로 돌아가고자 하는 정통 귀족의 사상. 빈회의(1814~1815)의 지도 이념의 하나로, 프랑스에서는 오를레앙파에 대항하여 루이 14세의 직계, 즉 부르봉 왕정의 복고를 꾀하는 움직임이 일었다.
3 샤를 10세의 손자인 샹보르 백작(1820~1883)으로 정통파의 우두머리가 되었다. 부르봉 왕조의 유일한 계승자 자격으로 왕위에 대한 권리를 주장했으며, 지지자들은 그를 앙리 5세라고 불렀다.
4 7월혁명으로 왕위에 오른 루이필리프 1세를 가리킨다.
5 나폴레옹 퇴위 후 1814~1830년 부르봉가의 루이 18세와 샤를 10세의 통치가 이어졌다. 1830년의 7월혁명으로 부르봉 왕조가 끝난 뒤에는 오를레앙가인 루이필리프 1세의 통치(1830~1848)가 시작되었다.

도로 여기고 있었다. 그들의 기대가 무참히 꺾이긴 했지만 그들은 투쟁을 멈추지 않았다. 예전 지지자들의 변절에 분노하면서 그들의 마음을 되돌리고자 했다. 카르티에 생마르크는 모든 교구의 도움으로 그 일에 뛰어들었다. 2월혁명이 일어나자 부르주아들, 특히 민중은 흥분을 감추지 못했다. 이 초짜 공화파들은 서둘러 자신들의 혁명적 열기를 쏟아놓았다. 그러나 이 뜨거운 불꽃은 새 동네의 연금 생활자들에게는 불타는 지푸라기만큼이나 그 열기가 지속되지 못했다. 반면 소지주와 은퇴한 상인 그리고 왕정하에서 편안한 삶을 누렸거나 재산을 불린 이들은 그 즉시 겁에 질렸다. 그들은 새로운 공화국의 동요하는 삶으로 인해 자신들의 재물과 소중한 개인주의적 삶을 잃을까 봐 두려워했다. 그리하여 1849년 성직자들이 반동적 움직임을 보이자 플라상의 모든 부르주아는 보수파의 편에 섰다. 부르주아들은 열렬한 환영을 받았다. 지금까지 새 동네가 카르티에 생마르크와 이토록 긴밀한 사이가 된 적이 없었다. 심지어 몇몇 귀족은 변호사들과 은퇴한 기름 장수들을 찾아가 악수를 청하기까지 했다. 이 뜻밖의 친근함은 새 동네를 열광하게 했고, 이는 공화주의 정부를 향한 치열한 싸움으로 이어졌다. 그런 친밀감을 자아내기 위해 성직자들은 더없는 간교함과 인내를 발휘했다. 사실 플라상의 귀족들은 빈사지경을 헤매는 사람처럼 극도의 무기력증에 빠져 있었다. 그들은 여전히 믿음을 버리지 않고 있었지만 지상의 잠에 취해 있었다. 그리하여 아무것도 하지 않으면서 모든 것을 하늘의 뜻에 맡기고자 했다. 자기들의 신은 죽어버렸음을 어렴풋이 느끼고 자신들이 할 일은 훗날 그를 만나러 가는 것뿐이라고 믿으면서. 따라서 그들은 침묵하는 것만으로도 얼마든지 자신들의 의사를 표현할 수 있다고 생각했다. 심지어 이 혼란의 시기에, 1848년의 파국이 잠깐 동안 부르봉 왕조의 귀환을 기대하게 했을 때조차도 그들은 무감각하고 무심했으며, 그 난투극 속으로 뛰어들겠다고 이야기하면서도 안락한 난롯가를 떠나기를 꺼렸다. 성직자들은 이러한 무기력과 체념의 감정과 끊임없이 열정적으로 싸웠다. 사제는 본래 절망감을 느낄 때면 더욱더 치열하게 투쟁하는 법이다. 교회의 모든 정치는 그럼에도 불구하고 똑바로 전진하는 데 있다. 필요하다면 그 목적의 달성을 몇 세기 후로 미루면서, 하지만 지속적인 노력을 한시도 멈추지 않고 언제나 앞으로 나아가면서. 따라서 플라상에서 반동적 움직임을 이끈 것은 성직자들이었다. 귀족들은 그들에게 이름을 빌려준 것에 불과했다. 성직자들은 귀족들 뒤에 모습을 숨긴 채 그들을 질책하고 조종했으며, 심지어 그들로 하여금 거짓 삶을 살게 하기까지 했다. 그리하여 그들이 마지못해 부르주아들과 뜻을 같이하기로 하자 자신들의 승리가 확실할 것으로 믿었다. 길은 기막히게 잘 닦아놓은 터였다. 오래된 왕당파의 도시에서 평온한 삶을 사는 부르주아와 겁 많은 상인으로 이루어진 주민들은 조만간 필연적으로 질서당[6]의 편에 서게 될 터였다. 성직자들은 약은 술책으로 사람들의 변절을 부추겼다. 새 동네의 집주인들을 자기들 편으로 만든 다음 오래된 동네의 소매상들까지도 설득해나갔다. 그러자 반동적 움직임이 도시를 지배했다. 반동파 가운데는 변질된 자유주의자, 정통파, 오를레앙파, 나폴레옹파, 성직자 지지파 등의 모든 정치적 주의(主義)들이 뒤섞여 있었다. 그러나 지금은 그런 건 아무 상관 없었다. 그들의 유일한 목표는 공화국을 죽이는 것이었다. 그리고 공화국은 마지막 숨을 몰아쉬고 있었다. 오직 얼마 안 되는 사람들, 기껏해야 1만 명의 주민 가운데서 1,000여 명의 노동자들만이 여전히 도청 광장 한가운데 심긴 '자유의 나무'[7]에 경의를 표할 뿐이었다.

---

6 Parti de l'Ordre: 1848년 혁명 세력에 맞서 생겨난 보수 정당.
7 Arbre de la liberté: 1789년 프랑스 대혁명 이후 자유와 평등의 상징이 된 '자유의 나무'는 1848년의 혁명 당시 민중과 급진적 공화파의 이해를 통합하는 해방의 상징으로 다시 등장했다. 노동자와 혁명파가 파리 전역과 몇몇 지방에 심은 나무들은 2월혁명 이후 교통의 흐름을 방해한다는 이유로 제거되었다. 1852년 루이나폴레옹 보나파르트는 제2공화정의 흔적을 남기지 않기 위해 파리에 남아 있는 자유의 나무들을 모두 없앨 것을 지시했다.

플라상에서 가장 꾀바른 정치인들, 반동적 움직임을 이끈 이들은 제2제정의 출현이 임박했음을 뒤늦게야 알아차렸다. 그들이 보기에 루이나폴레옹 왕자[8]의 인기는 금세 사그라질 대중의 일시적 열광일 뿐이었다. 그는 대단히 칭송받을 만한 그릇이 못 되었다. 그들은 그가 몽상가에 지나지 않으며, 프랑스를 손에 넣고 권력을 유지할 능력이 없다고 판단했다. 그는 먼저 길을 닦는 데 필요한 도구일 뿐이며, 적절한 때에 진정한 인물이 나타나면 내쫓기고 말 운명이었다. 하지만 시간이 흐르면서 그들은 초조해졌다. 그리고 그제야 자신들이 속았음을 어렴풋이 느꼈다. 하지만 무언가를 결정할 여유도 없이 쿠데타[9]가 일어났고 그들은 박수를 쳐야만 했다. 위대한 불순물인 공화국이 살해된 것이다. 이 또한 승리라고 할 수 있었다. 성직자들과 귀족들은 마지못해 현실을 받아들이면서 자신들의 계획의 실현을 훗날로 미뤄야 했다. 그리고 마지막 남은 공화파를 박살 내기 위해 나폴레옹파와 연합함으로써 자신들의 착각을 보상받았다.

이러한 일련의 사건들은 루공가의 운명을 결정하는 토대가 되었다. 그들은 위기의 다양한 국면과 뒤섞이면서 자유의 폐허 위에서 커나갔고, 매복 중인 강도들처럼 공화국을 훔치기 위해 기회를 엿보았다. 그들은 목 졸린 공화국을 약탈하는 데 일조했다.

2월혁명 다음 날 루공 가족 중에서 가장 예민한 후각을 지닌 펠리시테는 마침내 자신들에게도 기회가 왔음을 깨달았다. 그녀는 남편을 자극하고 행동하

---

8 샤를 루이나폴레옹 보나파르트(1808~1873)는 나폴레옹 1세의 조카이자 외손자로, 프랑스 초대 대통령이자 프랑스 제2제정의 유일한 황제. 대통령이 된 뒤에는 본래의 이름을 줄여 루이나폴레옹 보나파르트(Louis-Napoléon Bonaparte)로 칭했다. 여기서는 독자의 혼란을 막기 위해 대통령이 되기 전과 후의 이름을 모두 '루이나폴레옹 보나파르트'로 지칭하기로 한다.
9 1848년에 2월혁명 이후 수립된 제2공화정에서 국민투표를 통해 대통령으로 선출된 루이나폴레옹 보나파르트는 1851년에 쿠데타를 일으켜 의회를 해산했다. 이후 국민투표로 신임을 얻고, 1852년 12월 2일 쿠데타 1주년 기념일에 제2제정의 황제(나폴레옹 3세)로 즉위하였다.

게 하기 위해 그의 주위를 맴돌기 시작했다. 혁명에 대한 소문이 처음 나돌기 시작했을 때 피에르는 두려움을 느꼈다. 하지만 펠리시테가 이처럼 혼란스러운 시기에는 자신들이 잃을 것보다는 얻을 것이 훨씬 많다고 이야기하자 그는 즉시 그녀의 생각에 동의했다.

"당신이 뭘 할 수 있는지는 모르겠어요." 펠리시테는 거듭 말했다. "하지만 분명 할 수 있는 일이 있을 거예요. 언젠가 무슈 카르나방이 그랬잖아요. 앙리 5세가 돌아오기만 하면 자기 부자가 될 거라고요. 그 왕이 자기가 돌아오도록 도운 사람들에게 엄청난 보상을 해줄 거라고 말이죠. 어쩌면 우리 운명이 거기 달렸는지도 몰라요. 드디어 행운을 우리 편으로 만들 기회가 온 거라고요."

그 지역에서 떠도는 추문에 의하면 펠리시테의 어머니와 매우 가까운 사이였던 카르나방 후작은 가끔씩 그들 부부를 보러 왔다. 남의 말 하기 좋아하는 사람들은 루공 부인이 그와 닮았다고 수군거렸다. 일흔다섯 살의 그는 작은 키에 마르고 활동적인 남자였다. 실제로 펠리시테는 나이가 들어가면서 그의 모습과 행동거지를 닮는 듯했다. 후작이 그의 아버지가 망명 시절[10]에 축낸 재산의 나머지를 여자들 때문에 탕진했다는 소문마저 나돌았다. 게다가 그는 자신이 가난하다는 것을 고백하는 데 조금도 거리낌이 없었다. 그의 친척인 발케이라 백작이 거둬준 덕분에 후작은 그에게 기식하면서 그와 함께 식사를 하고 그의 저택 다락방 아래 있는 조그만 방에서 지냈다.

"얘야, 앙리 5세께서 날 부자로 만들어준다면 너에게 모두 물려주마." 그는 종종 펠리시테의 뺨을 톡톡 치면서 이렇게 다짐하곤 했다.

그는 쉰 살이 된 펠리시테를 여전히 '아이'라고 불렀다. 루공 부인이 자기 남편을 정치판으로 내몰고자 한 것은 바로 이런 가족적인 유대와 상속에 대

---

10   1789년 프랑스 대혁명의 여파로 수많은 귀족과 성직자가 프랑스를 떠나 외국으로 망명했다.

한 지속적인 약속을 믿었기 때문이다. 카르나방은 종종 그녀에게 도움이 될 수 없음을 몹시 안타까워했다. 어떤 영향력을 발휘할 수 있는 때가 온다면 그녀에게 아버지 역할을 톡톡히 할 터였다. 아내에게서 이러한 상황 설명을 넌지시 전해 들은 피에르는 그녀가 일러주는 길로 나아갈 준비가 되었음을 선언했다.

공화국 초기부터 후작은 자신의 특별한 입장을 고려해 플라상의 반동적 움직임에 적극 가담했다. 이 부산스러운 작은 남자는 정통파 왕들의 복귀에서 많은 것을 얻을 수 있으리라 기대하며 그들의 승리를 위해 맹렬히 싸웠다. 그는 동분서주하면서 사람들을 선동하고 동조자를 끌어모았다. 반면 카르티에 생마르크의 부유한 귀족들은 스스로를 위태롭게 해 또다시 망명길에 오르게 될지도 모른다는 두려움에 말없이 절망하며 잠들어 있었다. 카르나방 후작은 보이지 않는 손이 손잡이를 움켜쥔 무기와도 같았다. 그 무렵부터 그는 루공 부부를 매일같이 찾아갔다. 그에게는 일종의 본거지가 필요했다. 친척인 무슈 드 발케이라는 자신의 저택에서 동조자들과 모이는 것을 금한 터라 그는 펠리시테의 노란 살롱을 선택했다. 게다가 그는 피에르가 자신을 크게 도울 수 있음을 깨달았다. 그가 몸소 오래된 동네의 소매상들과 노동자들에게 왕조의 정통성을 설교할 수는 없는 노릇이었다. 그랬다가는 야유를 받기 십상이었다. 하지만 그들 가운데서 살았던 피에르는 그들의 언어로 말하고, 그들이 바라는 것을 알고, 친근한 방식으로 그들을 설득할 수 있을 터였다. 그렇게 그는 후작에게 없어서는 안 될 사람이 되었다. 보름도 채 안 돼 루공 부부는 왕보다 더 왕정을 지지하는 왕당파로 변모했다. 후작은 피에르의 열성을 보면서 교묘하게 그의 뒤로 숨었다. 건장한 어깨의 사내가 기꺼이 자신들의 어리석은 짓거리를 떠맡고자 하는데 뭣 때문에 앞으로 나서겠는가? 그는 피에르가 스스로의 역할을 부풀리면서 주인처럼 말하고 군림하게 놔두었다. 대의의 필요에 따라 피에르를 자제하게 하거나 앞으로 내달리게 하는 것으로 충분했다.

전직 기름 장수는 오래지 않아 플라상의 중요한 인물이 되었다. 저녁에 자기들끼리만 있을 때면 펠리시테는 그에게 이렇게 말하곤 했다.

"그렇게 계속 가면 돼요. 아무것도 겁내지 말고요. 우린 지금 옳은 일을 하고 있는 거라고요. 이렇게 가다 보면 우리 부자가 될 거예요. 그래서 징세관 집의 것과 같은 살롱에서 파티를 열 수도 있을 거라고요."

루공 부부의 집에서는 일단의 보수파 그룹이 매일 밤 노란 살롱에 모여 공화국에 대한 비난을 쏟아냈다.

그중에는 자신들의 연금을 잃게 될까 봐 염려하는 서너 명의 은퇴한 상인들도 있었다. 그들이 간절하게 바라는 것은 현명하고 강력한 정부였다. 전직 아몬드 장수이자 시의원인 무슈 이시도르 그라누는 이 그룹의 우두머리 격이었다. 코에서 오륙 센티미터 아래가 찢어진 결구(缺口)에 둥근 눈, 의기양양하면서 동시에 얼빠진 표정 등은 요리사에 대한 유익한 두려움 속에서 음식물을 소화시키는 살찐 거위를 연상케 했다. 그는 말이 별로 없었다. 무슨 말을 해야 할지를 모르기 때문이었다. 다른 이들이 공화파가 부자의 집을 약탈하려 한다며 비난할 때면 그들의 말을 듣기만 했다. 때로는 얼굴이 너무 벌게져서 뇌졸중이 아닌지 의심이 갈 정도였다. 그는 나직한 소리로 중얼거리면서 사이사이에 '게으름뱅이, 배신자, 강도, 살인자'와 같은 말들을 반복했다.

하지만 노란 살롱을 자주 드나드는 사람들 모두가 이 살찐 거위처럼 멍청하지는 않았다. 통통하고 호감 가는 얼굴의 부유한 지주 무슈 루디에는 그곳에서 몇 시간이고 열변을 토하곤 했다. 루이필프의 실각으로 열렬한 오를레앙파인 그의 계획이 어그러진 터였다. 파리에서 의류 잡화점을 운영하다가 은퇴해 플라상으로 돌아온 그는 예전에는 궁에도 물건을 납품했었다. 그는 루이필리프를 내세운 오를레앙파가 자기 아들을 높은 자리에 올려줄 거라 믿으며 아들을 법관으로 만들었다. 그러나 혁명은 그의 기대를 망쳐놓았고, 그는 필사적으로 반동적 움직임에 뛰어들었다. 그의 재물, 과거 튈르리 궁과의 우호적인 상업적 관계, 파리에서 번 돈을 지방의 소도시에서 쓰러 온 사람이 누리는 명성은 그에게 엄청난 영향력을 부여했다. 어떤 이들은 그가 마치 신탁을 내려주기라도 하듯 그의 말을 경청했다.

노란 살롱에서 단연 눈에 띄는 인물은 아리스티드의 장인인 시카르도 소령이었다. 건장한 체격에 흉터가 있고 회색 털이 난 붉은 벽돌색 얼굴의 그는 '위대한 군대'[11]에서 가장 무능한 군인이었다. 그는 2월혁명 당시 거리에서 치르는 전쟁에 분노하면서 밤새도록이라도 떠들어댈 기세였다. 그는 이런 식으로 싸우는 것은 부끄러운 일이라고 화를 내면서 나폴레옹의 위대한 통치를 자랑스럽게 떠올리곤 했다.

루공 부부의 집에는 축축한 손에 수상쩍은 눈빛을 한 뷔예라는 인물도 드나들었다. 그는 도시의 모든 독실한 여인들에게 성화와 묵주를 공급하는 서적상이었다. 뷔예는 고전 작품과 종교 서적을 취급했다. 그는 충실한 가톨릭이라는 이유로 많은 수도원과 교구의 고객을 확보할 수 있었다. 게다가 기발한 생각으로 기존의 사업에 더해 주 2회 발행하는 작은 신문을 창간했다. 《라 가제트 드 플라상》[12]은 순전히 성직자들의 이익만을 위해 탄생한 신문이었다. 신문의 발행에는 매년 1,000프랑의 돈이 들어갔다. 하지만 그로 인해 그는 교회의 대변자가 되었고, 그 덕에 서점에서 잘 팔리지 않는 희귀한 종교 서적을 팔아치울 수 있었다. 철자도 정확히 쓸 줄 모르는 문맹에 가까운 남자는 재능을 대신하는 겸손함과 집요함으로 직접 신문의 기사를 썼다. 활동을 개시한 카르나방 후작은 이 보잘것없는 우매한 독신자(篤信者)와 사욕이 담긴 거친 펜을 자신에게 유리하게 이용할 수 있음을 깨달았다. 후작은 원고를 손보았고, 그 덕분에 2월부터는 《라 가제트》의 기사에서 오류가 줄어들었다.

---

11 la Grande Armée: 나폴레옹 보나파르트가 일으킨 전쟁 중 나폴레옹이 지휘했던 전쟁의 프랑스 제국 군대를 가리킨다.
12 프랑스어로 '플라상의 신문'이라는 뜻.

이제 루공 부부의 노란 살롱에서는 매일 저녁 기이한 광경이 펼쳐졌다. 플라상의 온갖 견해를 지닌 사람들이 서로 어깨를 나란히 하면서 공화국에 대한 비난으로 목청을 높였다. 증오가 그들을 하나로 뭉치게 한 것이다. 한 번도 모임에 빠지지 않은 후작은 그 존재만으로 소령과 다른 참석자들 사이의 사소한 분쟁들을 잠재웠다. 대부분이 평민인 참석자들은 그가 오갈 때마다 자신들과 기꺼이 악수를 한다는 사실에 은밀한 자부심을 느꼈다. 오직 생토노레가(街)의 자유사상가를 자처하는 루디에만이 후작은 빈털터리라며 그를 비웃곤 했다. 그럼에도 후작은 귀족다운 상냥한 미소를 잃지 않았다. 그는 자신을 낮춰 부르주아들과 어울리면서도 카르티에 생마르크의 다른 주민들이 그래야 한다고 믿는 것과는 달리 얼굴을 찡그린 적이 단 한 번도 없었다. 기생하는 삶이 그를 유연하게 만들었던 것이다. 그는 모임의 핵심 인물로서 익명의 인물들의 이름으로 지시를 내렸다. 그러면서 그들이 누구인지를 결코 밝히지 않았다. "그들이 원하는 건 이거요, 이건 그들이 원하는 게 아니오."라고 말하는 식이었다. 대중의 일에 직접적으로 연관되는 것을 피해 구름 속에 숨은 채 플라상의 운명을 지켜보는 익명의 신들은 그 지역의 몇몇 성직자들과 지위가 높은 정치인들임이 분명했다. 후작이 말하는 '그들'이라는 모호한 호칭은 좌중에 깊은 존중심을 불러일으켰고, 그럴 때마다 뷔예는 경건한 태도로 자신은 그들을 아주 잘 안다고 고백했다.

이 모든 것에서 가장 행복한 사람은 펠리시테였다. 마침내 자신의 살롱에 사람들이 모이기 시작한 것이다. 그녀는 노란 벨벳이 덮인 자신의 낡은 가구를 부끄럽게 여겼다. 하지만 정당한 대의가 승리하게 되면 값비싼 가구를 살 수 있으리라 생각하며 스스로를 달랬다. 그리하여 루공 부부는 자신들이 표방하는 왕정복고를 진지하게 받아들이기 시작했다. 심지어 루디에가 없을 때면 펠리시테는 자신들이 기름 장사로 재산을 모으지 못한 것은 7월왕정의 잘못 때문이라고 주장하기까지 했다. 이런 식으로 그녀는 자신들의 가난에 정치적 색깔을 입힐 줄 알았다. 그녀는 모임의 참석자 모두에게 듣기 좋은 말을 했고, 심지어 매일 밤 살롱을 파할 때면 잠든 그라누를 새로운 정중한 방식으로 깨우기도 했다.

모든 파당으로 이루어진 이 보수파 집단의 핵심인 살롱은 나날이 그 참석 인원이 늘어나면서 이내 커다란 영향력을 지니게 되었다. 그 구성원의 다양함 및 성직자들이 그들 각자에게 은밀하게 행사하는 힘에 의해 살롱은 플라상 전체로 퍼져나가는 반동적 움직임의 중심이 되었다. 자신을 감춘 후작의 전략 덕분에 피에르 루공은 무리의 우두머리로 여겨졌다. 모임이 그의 집에서 열린다는 사실은 통찰력이 부족한 대중으로 하여금 그를 세인의 주목을 받는 그룹의 우두머리로 여기게 하기에 충분했다. 사람들은 모든 공을 그에게 돌렸다. 그는 점차 전날의 열렬한 공화파를 보수파로 변화시킨 움직임의 핵심 인물로 간주되었다. 어떤 상황들에서는 오직 부패한 사람들만이 이득을 보기도 한다. 그들은 더 신중하고 더 영향력 있는 사람들이 감히 모험을 하려 들지 않을 일에 자신의 운명을 걸기 때문이다. 분명 피에르보다는 루디에와 그라누 그리고 또 다른 누구처럼 부유하고 존중받는 위치에 있는 이들이 보수파를 이끄는 지도자로 더욱더 선호될 터였다. 그러나 그들 중 누구도 자신의 살롱이 정치의 중심이 되는 데 동의하지 않을 것이었다. 그들의 확신은 공공연하게 스스로를 위태롭게 할 정도로 굳건하지는 않았다. 한마디로 그들은 이웃집에서 공화국에 대한 비난을 늘어놓고는 그 책임을 이웃에게 전가하려는 지방의 떠버리와 험담꾼에 지나지 않았다. 이것은 너무나 위험한 게임이었다. 플라상의 부르주아들 가운데 그 속으로 뛰어들 수 있는 이들은 루공 부부밖에는 없었다. 그들은 자신들의 욕망을 채우기 위해서라면 극단적인 방법도 마다하지 않을 사람들이었다.

1849년 4월, 외젠은 느닷없이 파리를 떠나 보름간 아버지와 함께 지내러 왔다. 아무도 그가 플라상에 다니러 온 이유를 알지 못했다. 어쩌면 자신의 고향에서, 머지않아 국민제헌의회[13]를 대체하게 될 입법의회[14]의 후보로 나설 수 있을지를 타진하러 왔을지도 모른다는 추측이 나돌기도 했다. 그는 너무나 영리해서 결코 실패를 무릅쓰려고 하지 않을 것이기 때문이었다. 그러나 여론이 너무 좋지 않았는지 그는 모든 시도를 자제했다. 게다가 플라상 주민들은 그가 그사이 파리에서 무엇을 했는지, 어떻게 변했는지를 알지 못했다. 플라상으로 돌아온 그는 예전보다 살이 빠지고 덜 둔감해 보였다. 사람들은 그를 둘러싼 채 그의 입을 열게 하려고 했다. 하지만 그는 아무것도 모르는 척하면서 자신이 아닌 다른 사람이 대신 말하게끔 했다. 좀 더 예리한 사람이라면 그가 표면적인 무심함 뒤에 지역의 정치적 입장들에 대한 지대한 관심을 감추고 있음을 간파했을 터였다. 그는 자신을 위해서가 아니라 어떤 진영을 위해 상황을 파악하려는 듯 보였다.

  그는 개인적인 모든 기대를 접었음에도 4월 말까지 플라상에 머물면서 무엇보다 노란 살롱의 모임에 열심히 참석했다. 첫 번째 방문자를 알리는 초인종 소리가 울리면 등잔불에서 되도록 멀리 떨어진 창가의 구석진 곳에 자리를 잡고 앉았다. 거기에서 저녁 내내 오른 손바닥으로 턱을 받친 채 경건하게 다른 사람의 말을 경청했다. 그는 우스꽝스럽기 짝이 없는 이야기에도 결코 냉정함을 잃지 않았다. 겁먹은 그라누의 신음 소리를 포함해 모든 것에 동의한다는 듯 고개를 끄덕일 뿐이었다. 누군가가 그에게 의견을 물으면 공손하게 다수의 견해를 반복하곤 했다. 어떤 것도 그의 인내를 바닥나게 하지는 못했다. 1815년이 마치 어제라도 되듯 부르봉 왕조에 대해 이야기하는 후작의

---

13 프랑스 혁명의 첫해인 1789년 제3신분 대표자들에 의해 생겨난 의회로, 중세 이래의 신분제 의회인 삼부회와 달리 근대적 의회로서의 성격을 지닌다. 처음에는 국민의회로 불렸지만, 이후 국민제헌의회로 개칭되었다. 약칭으로 입헌의회라고도 한다.

14 1791년 헌법으로 소집된 프랑스 혁명기의 입법의회 또는 1848년 헌법으로 1849년에 구성된 프랑스 제2공화정 입법의회를 가리킨다.

공허한 꿈도, 과거에 시민 왕[15]에게 얼마나 많은 양말을 공급했는지를 이야기하면서 감상에 젖는 루디에의 부르주아다운 토로도 조금도 그를 흐트러뜨리지 못했다. 그 반대로 그는 이 바벨탑 한가운데서도 매우 편안해 보였다. 때때로 이 우스꽝스러운 참석자들이 공화국을 맹비난할 때도 그는 엄숙하게 입을 꼭 다문 채 눈웃음을 지어 보일 뿐이었다. 그의 차분히 경청하는 태도와 변함없는 상냥함은 모두의 호감을 샀다. 다들 그를 무능력하지만 좋은 사람이라고 생각했다. 소란스러운 와중에 전직 기름 장수나 아몬드 장수는 자신이 주인이 된다면 어떻게 프랑스를 구할 수 있을지 말할 기회를 잡지 못하자 외젠에게 달려가 그의 귀에 대고 자신의 기막힌 계획을 큰 소리로 말했다. 그러자 외젠은 자신이 마치 위대한 계획이라도 들은 듯 반색하며 가만히 고개를 끄덕였다. 오직 뷔예만이 수상쩍다는 표정으로 그를 바라보았다. 우매한 독신자이자 저널리스트인 서적상은 다른 사람들보다 적게 말하면서 더 많이 관찰했다. 그는 변호사 외젠이 때때로 구석에서 시카르도 소령과 대화하는 것을 주목했다. 그는 그들을 잘 살펴봐야겠다고 마음먹었지만 그들의 말을 한마디도 엿들을 수 없었다. 외젠은 그가 다가올 때마다 소령에게 입을 다물라는 눈짓을 보냈다. 이 무렵부터 시카르도는 나폴레옹가(家)에 대한 이야기를 할 때마다 수수께끼 같은 미소를 지어 보이곤 했다.

외젠은 파리로 돌아가기 이틀 전 쿠르 소베르에서 동생 아리스티드를 우연히 만났다. 아리스티드는 간절히 조언을 구하는 사람처럼 잠시 그와 함께 걸었다. 아리스티드는 매우 혼란스러운 상황에 놓여 있었다. 공화국이 선포되자마자 그는 새로운 정부를 두 팔 벌려 열렬히 환영했다. 파리에서 2년간 머무르며 더욱 예리해진 그의 정신은 플라상의 둔감한 이들보다 멀리 내다볼 줄

---

15 루이필리프 1세는 그의 부르주아적 매너와 옷차림 그리고 부르주아들의 강력한 지지 때문에 '시민 왕' 혹은 '부르주아 왕'으로 불렸다. 그러나 그의 정부는 하층 계급 시민들의 요구에는 대체로 무관심했다.

알았다. 그는 정통파와 오를레앙파의 무능함을 일찌감치 간파했지만 누가 나타나 어부지리로 공화국을 훔칠지는 명확하게 알 수 없었다. 그는 될 대로 되라는 심정으로 일단 승리자들의 편에 섰다. 그러느라 자기 아버지와 의절하다시피 하면서 귀족들의 농간에 놀아나는 바보 같은 늙은이라고 공공연하게 그를 비난했다.

"그래도 어머니는 현명한 분인데 말이지." 아리스티드는 덧붙여 말했다. "그런 분이 헛된 꿈을 꾸는 자들과 어울리도록 아버지를 부추길 줄은 몰랐어. 그러다간 두 분 다 알거지가 되고 말 거라고. 하긴 여자들은 본래 정치에 대해 아무것도 모르니까."

그는 자신을 가장 비싼 값에 팔고 싶어 했다. 그때부터 그의 가장 큰 관심사는 사태를 관망하면서, 승리의 순간이 왔을 때 자신에게 넉넉한 보상을 해줄 수 있을 이들의 편에 서는 것이었다. 하지만 불행히도 그는 어둠 속을 걷고 있었다. 나침반도 없이, 어디로 가야 할지도 모르는 채 촌구석에서 길을 잃고 헤매고 있었다. 사건의 흐름이 그에게 좀 더 명확한 길을 알려줄 때까지 그는 첫날부터 자신이 선택한 열렬한 공화파로서의 입장을 고수했다. 이러한 태도 덕분에 그는 도청에 머물 수 있었다. 심지어 급여가 인상되기까지 했다. 하지만 자신도 어떤 역할을 담당하고 싶다는 열망에 사로잡힌 그는 뷔예의 경쟁자인 한 서적상을 설득해 민주적 성격의 신문 《랭데팡당》[16]을 창간했다. 그는 신문의 가장 맹렬한 기고가로 활약했다. 그리고 타고난 추진력으로 《랭데팡당》을 통해 반동파에게 가차 없는 전쟁을 선포했다. 그러나 사건의 흐름이 점차 그가 가고자 했던 것보다 훨씬 멀리 그를 데려갔다. 그는 다시 읽을 때면 전율을 느끼게 하는 공격적인 기사들을 쓰기에 이르렀다. 아버지가 주최하는 유명한 노란 살롱에 매일 저녁 참석하는 이들을 그 아들이 신랄하게 공격한

---

16 프랑스어로 '독립적인 것(신문)'이라는 뜻.

다는 사실은 플라상의 화젯거리가 되었다. 루디에와 그라누 같은 이들이 소유한 부에 분노를 느낀 아리스티드는 신중함을 잃어갔다. 그는 굶주린 자의 질투 어린 신랄함으로 부르주아들을 결코 타협할 수 없는 적으로 간주했다. 그런 그가 파리에서 돌아온 외젠이 플라상에서 처신하는 방식을 보고 아연실색한 것은 당연한 일이었다. 아리스티드는 자신의 형이 매우 영리한 사람이라고 생각했다. 그에 따르면, 잠자는 듯한 이 뚱뚱한 남자는 마치 쥐구멍 앞에서 매복 중인 고양이처럼 언제나 한 눈을 뜬 채 잤다. 그런데 그런 사람이 매일 저녁 노란 살롱에서 시간을 보내며 아리스티드 자신이 맹비난하는 '우스꽝스러운 치들의 말에 경건하게 귀 기울이다니! 자신의 형이 그라누에게 먼저 악수를 청하고 후작이 내미는 손을 덥석 잡았다는 소문에 그는 자신이 무엇을 믿어야 할지 혼란스러웠다. 정말로 자신이 잘못 판단한 걸까? 과연 정통파나 오를레앙파가 승리할 가능성이 있는 것일까? 이런 생각은 그를 두렵게 했다. 균형을 잃어버린 그는, 종종 그러듯, 자신의 무지를 앙갚음하듯 더욱더 맹렬하게 보수파를 공격했다.

쿠르 소베르에서 우연히 외젠을 만나기 전날 그는 《랭데팡당》에 성직자들의 술책을 폭로하는 신랄한 글을 발표했다. 공화파가 교회를 파괴하려 한다고 비난한 뷔예의 짧은 글에 대한 답변이었다. 뷔예는 아리스티드에게는 눈엣가시 같은 존재였다. 두 저널리스트는 한 주도 거르지 않고 서로 독설을 주고받았다. 여전히 완곡한 어법이 유행하는 지방에서는 논쟁 중에 상스러운 말을 고상한 언어로 포장하는 일이 많았다. 아리스티드는 자신의 적수를 '유다 형제' 혹은 '성 안토니오의 종'[17]이라고 불렀고, 뷔예는 공화파를 '역겨운 단두대가 공급하는 피로 배를 불리는 괴물'로 취급하며 정중하게 대꾸했다.

---

17 '돼지'라는 뜻. 성 안토니오는 기독교 최초의 고독한 수행자로 알려진 이집트의 성인 안토니오 (251~356)를 가리키며, 종종 돼지와 함께 있는 모습으로 그려진다.

아리스티드는 자신의 두려움을 겉으로 드러내지는 못한 채 외젠의 속마음을 알아보기 위해 물었다.

"어제 실린 내 기사 읽어봤어? 어떻게 생각해?"

외젠은 어깨를 으쓱해 보이고는 간단하게 대답했다.

"넌 바보야, 동생."

"그럼 형은 뷔예가 옳다는 거야? 뷔예가 이길 거라 생각하는 거냐고." 아리스티드는 하얘진 얼굴로 소리쳤다.

"내 생각엔… 뷔예는…."

외젠은 '뷔예도 너처럼 어리석어.'라고 말하려던 참이었다. 그러나 아리스티드가 찡그린 얼굴을 자신에게 바짝 들이밀자 갑작스레 의문이 든 듯했다.

"어쩌면 뷔예의 생각이 맞을지도." 그는 차분하게 대꾸했다.

형과 헤어진 아리스티드는 이전보다 더 혼란에 빠졌다. 외젠이 자신을 놀린 게 분명했다. 뷔예는 자신이 아는 가장 비열한 인물이었다. 하지만 그는 앞으로는 더욱 신중을 기하면서 더 이상 어떤 편에도 가담하지 말아야겠다고 다짐했다. 그래야 혹시라도 언젠가 공화국을 끝장내려는 이들이 있다면 자유롭게 그들 편에 설 수 있을 터였다.

파리로 떠나는 날 아침, 역마차에 오르기 한 시간 전에 외젠은 침실로 아버지를 데리고 가 한참 이야기를 나누었다. 살롱에 머물던 펠리시테는 그들이 하는 이야기를 엿들으려고 했지만 허사였다. 두 남자는 자신들의 말이 밖으로 한마디라도 새어 나갈까 봐 나직하게 속삭였다. 마침내 방에서 나온 그들은 무척 들뜬 듯 보였다. 자기 아버지와 어머니에게 키스한 외젠은 평소의 느릿한 어조와는 달리 경쾌하게 말했다.

"내 말 아시겠지요, 아버지? 우리 가문의 운명이 달려 있는 일이에요. 그러니까 죽을힘을 다해 그 일을 꼭 해내야 한다고요. 나만 믿으시면 돼요."

"난 네가 하라는 대로만 할 거다." 피에르가 말했다. "다만 내가 하는 일에 대한 보상을 절대 잊으면 안 된다."

"우리가 성공하기만 하면 부모님이 바라는 바를 모두 이룰 수 있어요. 맹세해요. 게다가 앞으로 정세를 살펴보면서 아버지가 하실 일을 편지로 알려드릴 거예요. 그러니 겁먹을 것도 미리 흥분할 것도 없어요. 그냥 내가 하라는 대로만 하시면 돼요."

"두 사람이 대체 무슨 일을 꾸미는 거예요?" 호기심을 참지 못한 펠리시테가 물었다.

"어머닌…" 외젠은 미소를 지으며 대꾸했다. "늘 나를 믿지 못하셨잖아요. 그래서 내가 꿈꾸는 게 뭔지 미리 말씀드릴 수가 없어요. 아직은 예측에 불과한 거라서요. 나를 이해하려면 먼저 날 믿으셔야 해요. 그리고 때가 되면 아버지께서 다 말해주실 거예요."

펠리시테가 뾰로통한 모습을 보이자 그는 또다시 키스를 하고는 그녀의 귀에 대고 속삭였다.

"어머니가 아무리 부인하셔도 난 어머니를 닮았어요. 지금 너무 많이 아는 것은 좋지 않아요. 앞으로 위기가 닥치면 그 일을 해낼 사람은 바로 어머니라고요."

그는 파리로 떠나기 전 문을 열고는 고압적인 어투로 말했다.

"특히 아리스티드를 조심하세요. 그 바보 같은 녀석이 모든 걸 망칠지도 몰라요. 내가 한참을 지켜봤는데 어려운 일도 잘 헤쳐나가겠더라고요. 그러니 불쌍하게 생각하실 필요 없어요. 우리가 부자가 되면 알아서 자기 몫을 챙길 녀석이라고요."

외젠이 떠나자 펠리시테는 두 부자가 자신에게 감추고 있는 비밀이 무엇인지 알아내고자 했다. 하지만 남편을 너무 잘 아는 터라 결코 직설적으로 물어볼 수가 없었다. 그랬다가는 그녀와는 상관없는 일이라며 남편이 화를 낼 게 뻔했다. 펠리시테는 아무리 온갖 수를 써도 아무것도 알아낼 수가 없었다. 무엇보다 비밀스러움이 요구되는 이 혼란의 시기에 외젠은 그 일을 위한 조력자를 잘 선택한 셈이었다. 아들의 믿음에 우쭐해진 피에르는 도저히 뚫고 들어갈 수 없는 묵직한 덩어리처럼 소극적이고 과묵한 태도를 고수했다. 그에게서 아무것도 알아낼 수 없음을 깨달은 펠리시테는 더는 그의 주위를 맴돌지 않았다. 하지만 한 가지가 너무도 궁금해 견딜 수가 없었다. 그녀는 두 남자가 대화하던 중에 피에르가 어떤 보상 운운하는 것을 들은 터였다. 그 보상이란 게 대체 무엇일까? 펠리시테가 관심 있는 것은 오직 그것뿐이었다. 그녀는 정치에는 눈곱만큼도 관심이 없었다. 그녀는 자기 남편이 스스로를 비싸게 팔았으리라 믿었지만 그 거래가 어떤 것인지를 정확히 알고 싶어 미칠 지경이었다. 어느 날 밤 그들이 막 잠자리에 들었을 때, 피에르가 싱글벙글하는 것을 본 펠리시테는 자신들의 곤궁함에 대한 이야기로 대화를 유도했다.

"이제 그만 끝내야 할 때가 되었어요." 그녀가 말했다. "그 사람들이 우리 집에 드나든 후로 나무와 기름 값 때문에 망하게 생겼다고요. 그 돈을 누가 다 댈 건데요? 아무도 신경 쓰지 않을 거라고요."

피에르는 그녀의 꾀에 넘어갔다. 그는 다소 거만해 보이는 미소를 지으며 말했다.

"조금만 더 기다려봐."

그리고 야릇한 표정으로 그녀의 눈을 응시하면서 덧붙였다.

"당신은 징세관의 아내가 되면 좋을 것 같아?"

그 즉시 펠리시테의 얼굴이 뜨거운 기쁨으로 달아올랐다. 자리에서 다시 일어나 앉은 그녀는 늙고 앙상한 손으로 어린아이처럼 손뼉을 쳤다.

"정말이에요?…" 그녀는 더듬거리며 물었다. "플라상에서요?…"

피에르는 아무 말 없이 천천히 고개를 끄덕였다. 그는 아내가 놀라는 모습을 보고 즐거워했다. 펠리시테는 흥분으로 목이 메어왔다.

"하지만 그러려면 엄청난 공탁금을 내야 한대요." 그녀가 다시 말했다. "이

옷의 무슈 페로트가 재무부에 8만 프랑을 맡겨야 했다는 말을 지겹게 들었다고요."

"나는 그런 거 신경 쓰지 않아도 돼." 전직 기름 장수가 말했다. "외젠이 다 알아서 할 거거든. 파리의 은행에서 공탁금을 빌려줄 수 있다고 했어…. 중요한 건 돈을 엄청나게 벌 수 있는 자리를 선택했다는 거야. 외젠은 처음엔 난색을 보였지. 그런 자리는 돈 많은 부자들만 차지할 수 있다고 하면서. 주로 영향력 있는 사람들이 선택된다는 거야. 하지만 내가 끝까지 우기자 결국 내 뜻에 따르기로 했어. 징세관이 되는 데 라틴어나 그리스어를 알 필요는 없거든. 나도 무슈 페로트처럼 모든 일을 맡아서 처리할 사람을 두면 돼."

펠리시테는 넋 나간 얼굴로 그의 말을 듣고 있었다.

"난 우리 아들이 뭘 걱정하는지 잘 알고 있었어." 그가 이어 말했다. "우리가 여기서 별로 인기가 없잖아. 돈도 없는 걸 다들 알고 있으니 말들이 많을 테고. 하지만 신경 쓸 거 없어! 불안한 시기에는 무슨 일이든 일어날 수 있는 거야. 외젠은 나를 다른 도시에 임명하게 하려고 했지만 내가 거절했어. 난 무슨 일이 있어도 플라상에 남을 거야."

"그래요, 그래, 여기 있어야 해요." 펠리시테는 신이 나서 맞장구를 쳤다. "여기서 힘들게 살았으니 여기서 성공해야 한다고요. 두고 봐요, 그 여자들 코를 납작하게 만들어줄 테니까. 마유 대로에서 으스대며 내 모직 옷을 깔보듯 아래위로 훑어보던 것들을 절대 가만두지 않을 거라고요!… 난 사실 징세관은 한 번도 생각지 않았어요. 당신이 시장이 되고 싶어 하는 줄 알았거든요."

"시장이라니, 그건 안 될 말이야!… 시장은 돈이 안 되잖아!… 외젠도 시장 이야기를 하긴 했어. 하지만 난 이렇게 말했지. '좋아, 네가 1만 5,000프랑의 연봉을 받게 해준다면 기꺼이 하지.'"

이야기 중에 커다란 숫자들이 폭죽처럼 팡팡 터지자 펠리시테는 열광했다. 그녀는 안달하면서 입이 근질근질해 참을 수가 없었다. 그리고 애써 차분한 척하며 진지하게 말했다.

"그럼 계산을 한번 해보자고요. 당신 수입이 얼마나 될 것 같아요?"

"기본급이 3,000프랑 정도 되는 걸로 알고 있어." 피에르가 말했다.

"3,000프랑이라." 펠리시테가 반복해 말했다.

"그리고 징수된 세금에 대한 성과급이 있는데, 플라상에서는 1만 2,000프랑 정도 될 거야."

"그럼 합쳐서 1만 5,000프랑이군요."

"그렇지, 1만 5,000프랑쯤 되지. 페로트가 그 정도 버는 걸로 알고 있어. 게다가 그게 다가 아니야. 페로트는 자기 돈으로 돈놀이를 하고 있어. 지극히 합법적으로 말이지. 나도 기회가 되면 그럴 수 있을 거야."

"그럼 다 합쳐서 2만 프랑쯤 된다고 가정하면… 연봉이 2만 프랑이나 된다니!" 펠리시테는 믿을 수 없다는 듯 숫자를 반복해 말했다.

"하지만 은행에서 빌린 돈을 갚아야 하니까." 피에르가 지적했다.

"상관없어요." 펠리시테가 말했다. "우린 우리가 아는 신사들보다 훨씬 부자가 되는 거라고요…. 그런데 후작님이랑 다른 사람들하고 이익을 나눠야 하는 거예요?"

"아니, 천만에, 그건 모두 우리 거야."

그녀가 계속 물어 오자 피에르는 아내가 자신의 비밀을 캐내려 한다는 생각이 들었다. 그는 눈살을 찌푸리며 퉁명스럽게 말했다.

"이만하면 충분히 얘기했어. 늦었으니 그만 자자고. 미리부터 계산을 하다 보면 일이 틀어질 수도 있어. 아직 그 자리가 결정된 것도 아니고, 무엇보다 절대 아무한테도 이런 얘기를 하면 안 돼."

등불을 껐지만 펠리시테는 잠을 이룰 수가 없었다. 그녀는 눈을 감은 채 근사한 공중누각을 짓기 시작했다. 2만 프랑이 어둠 속에서, 그녀의 눈앞에서 미친 듯이 빙글빙글 돌았다. 그녀는 새 동네의 아파트에 살면서 무슈 페로트처럼 화려함을 즐기고, 매일 저녁 파티를 열고, 온 도시에 자신의 부를 과시했다. 무엇보다 그녀의 허영심을 자극한 것은 자기 남편이 차지하게 될 근사한 지위였다. 그는 마치 카페에 오듯 자신들의 집에 드나들면서 큰 소리로 떠들고 그날의 소식을 궁금해하는 그라누와 루디에 그리고 또 다른 부르주아들에게 연금을 지급하게 될 터였다. 그녀는 그들이 얼마나 당당하게 자신의 살롱에 출입하는지를 보면서 반감을 느꼈다. 냉소적인 예의를 차리는 카르나방 후작도 점점 꼴 보기가 싫어졌다. 따라서 그녀의 표현대로 홀로 승리하여 케이크를 독차지하는 것은 더없이 달콤한 복수가 될 터였다. 그리하면 훗날 저 무례한 치들이 징세관인 피에르 루공의 집에 찾아와 고개를 숙일 것이었다. 그때가 되면 그녀는 그들이 자신에게 그랬던 것처럼 그들을 경멸하리라 마음먹었다. 펠리시테는 밤새도록 이런 생각을 하고 또 했다. 다음 날 아침 덧창을 열자 그녀의 눈길은 본능적으로 길 맞은편 무슈 페로트의 창문들로 향했다. 그녀는 창문마다 늘어진 커다란 다마스크 커튼을 응시하며 미소 지었다.

이제 목표가 달라진 펠리시테의 기대는 더욱더 커져갔다. 대부분의 여자들처럼 그녀는 삶에 얼마간의 신비가 있는 것을 즐겼다. 그녀의 남편이 추구하는 감춰진 목표는 카르나방 후작이 정통파의 술책을 부릴 때보다 더욱더 그녀를 흥분시켰다. 이제 자기 남편이 또 다른 방법으로 엄청난 재물을 모을 수 있다고 선언한 지금 그녀는 후작의 성공에 근거해 세웠던 계획들을 별 아쉬움 없이 포기할 수 있었다. 게다가 그녀는 놀라운 신중함과 조심성을 보여주었다.

사실 펠리시테는 여전히 불안이 깃든 호기심에 시달리고 있었다. 그리하여 피에르의 사소한 몸짓 하나까지도 자세히 살피면서 무언가를 이해하고자 했다. 만약 그가 잘못된 길로 가는 거라면? 혹시라도 외젠이 그를 위험한 길로 이끌어, 그 결과 자신들이 더 굶주리게 되고 더 가난해진다면? 하지만 그녀는 믿음이 생기기 시작했다. 외젠이 너무도 단호하게 지시를 내리는 것을 보면서 마침내 그를 믿기에 이르렀다. 여기서 또다시 미지의 힘이 작동한 것이다. 피에르는 그녀에게 자신들의 큰아들이 파리에서 친분을 쌓은 높은 인물들에 대해 아리송하게 이야기했다. 펠리시테는 외젠이 거기서 뭘 할 수 있는지는 잘 몰랐지만, 아리스티드가 플라상에서 저지른 망동을 모른 척할 수는 없었다. 그녀 자신의 살롱에서 사람들은 그를 맹비난하는 데 거리낌이 없었다. 그라누는 나직한 소리로 그를 협잡꾼이라고 했고, 루디에는 일주일에 두세 번씩 펠리시테에게 반복해 말했다.

"부인 아드님이 아주 멋진 기사를 썼더군요. 어제 또다시 역겨운 냉소주의로 우리 친구 뷔예를 공격했단 말입니다."

살롱의 모든 참석자들이 이구동성으로 떠들어댔다. 시카르도 소령은 자기 사위의 뺨이라도 때릴 것처럼 이야기했다. 심지어 피에르는 자신은 그런 아들을 둔 적이 없다고까지 했다. 불쌍한 어머니는 고개를 숙인 채 눈물을 삼켰다. 때때로 그녀는 루디에를 향해 사랑하는 아들이 잘못이 있다고 해도 당신이나 또 다른 이들보다 백배는 낫다며 화내고 소리치고 싶었다. 그러나 그녀는 침묵하기로 맹세한 터였다. 그토록 힘들게 얻어낸 지금의 지위를 위태롭게 할 수는 없었다. 그녀는 플라상의 모든 사람들이 아리스티드를 공격하는 것을 보면서 그는 이제 끝났다고 생각하며 절망했다. 그리고 두 번이나 몰래 그를 만나 더 이상 노란 살롱을 위태롭게 하지 말고 자신들과 한편이 되어달라고 간청했다. 하지만 아리스티드는 어머니는 이런 것들에 대해 아무것도 모를 뿐만 아니라, 정작 커다란 잘못을 저지른 것은 남편으로 하여금 후작의 수하가 되게 한 그녀라고 쏘아붙였다. 펠리시테는 그를 내버려둬야만 했다. 그리고 외젠이 성공하게 되면 자신이 여전히 가장 사랑하는 가엾은 아리스티드에게 한몫을 떼어주게 하리라 굳게 마음먹었다.

장남이 떠난 뒤 피에르 루공은 그의 반동적 모의를 계속했다. 문제의 노란 살롱에서의 발언들도 조금도 달라지지 않았다. 매일 저녁 똑같은 사람들이 모여 늘 그랬듯 왕정을 찬양하는 선전을 했고, 집주인은 예전처럼 그들에게 찬동하며 열성적으로 그들을 도왔다. 외젠이 플라상을 떠난 것은 5월 1일이었다. 며칠 후 노란 살롱은 흥분으로 들끓었다. 참석자들은 우디노 장군에게 보내는 공화국 대통령의 편지에 대해 논평했다. 로마 점령[18]이 결정됐음을 알리는 편지는 반동파의 단호한 태도에 기인한 빛나는 승리로 여겨졌다. 1848년부터 의회는 로마의 문제에 대해 논의했다. 새로 태어난 로마의 공화국[19]을 자유 프랑스라면 결코 허용하지 않았을 개입으로 진압하러 가는 일은 보나파르트가의 인물이 해야만 했다. 카르나방 후작은 정통주의의 대의를 위해 이보다 잘하는 일은 없을 거라고 선언했다. 뷔예는 찬사를 곁들인 근사한 기사를 썼다. 그로부터 한 달 후, 저녁에 노란 살롱에 참석한 시카르도 소령이 프랑스 군대가 로마의 성벽 아래에서 싸우고 있음을 알리자 환호가 터져 나왔다. 모두가 흥분하고 있을 때 그는 피에르에게 가서 의미심장한 태도로 악수를 청했다. 그리고 자리에 앉자마자 공화국 대통령에 대한 찬사를 늘어놓기 시작했다. 그의 말에 따르면 오직 루이나폴레옹 보나파르트 왕자만이 혼란으로부터 프랑스를 구할 수 있었다.

"부디 하루빨리 프랑스를 구해주기를!" 후작이 끼어들어 말했다. "그리고 자신의 의무를 깨닫고 적법한 주인들의 손에 프랑스를 넘겨주기를!"

피에르는 이 멋진 답사에 뜨겁게 호응하는 듯했다. 이처럼 그는 자신이 열렬한 왕당파임을 입증하면서 이 문제에서 루이나폴레옹 보나파르트 왕자를 전적으로 지지한다고 말하기까지 했다. 그러자 그와 소령 사이에 짧은 코멘

18　1848년 이탈리아에서 새로 봉기한 혁명군은 로마에서 교황 비오 9세를 축출했다. 1849년 5월, 루이나폴레옹 보나파르트는 프랑스 원정군을 로마로 보내 혁명군을 몰아내고 교황을 복권시켰다. 프랑스 점령군은 1870년 9월까지 로마에 머물렀다.
19　1848년 건국된 이탈리아 북부의 산마르코 공화국을 가리킨다. 1848년 3월부터 1849년 8월까지 약 17개월간 존속했다.

트가 오갔다. 미리부터 준비하고 익힌 듯한, 대통령의 뛰어난 술책을 찬양하는 말들이었다. 이로써 처음으로 나폴레옹파가 노란 살롱에 공식적으로 입성하게 되었다. 게다가 12월 10일의 선거 이래로 그들은 루이나폴레옹 보나파르트를 좀 더 부드러운 눈으로 보기 시작했다. 카베냐크[20] 같은 사람보다는 그가 백배 낫다는 게 중론이었고, 모든 반동파가 그에게 표를 던졌다. 그러나 그들은 그를 친구가 아닌 공모자처럼 생각했다. 그러다 모든 이익을 독차지하려 한다고 그를 비난하는 사람들이 생겨나기 시작하자 반동파는 그에게 의혹의 눈길을 보냈다. 하지만 로마 원정 덕분에 그날 저녁만은 모두 피에르와 소령의 찬사에 맞장구를 치며 그들의 말을 경청했다.

그라누와 루디에 무리는 벌써부터 대통령이 저 사악한 공화파를 총살해야 한다고 주장했다. 후작은 벽난로에 몸을 기댄 채 생각에 잠긴 듯한 표정으로 카펫의 빛바랜 꽃무늬를 응시했다. 마침내 그가 고개를 들자, 남몰래 그의 얼굴에서 자기 말에 대한 반응을 살피던 피에르는 갑자기 하던 말을 멈추었다. 카르나방 후작은 야릇한 표정으로 펠리시테를 쳐다보며 미소를 지을 뿐이었다. 그곳에 있던 부르주아들은 이처럼 미묘한 교감이 오가는 것을 눈치채지 못했다. 오직 뷔예만이 신랄한 어조로 내뱉었다.

"난 당신들의 보나파르트를 파리가 아닌 런던에서 봤으면 좋겠소. 그럼 우리 일이 더 빨리 진행될 테니 말이오."

전직 기름 장수는 얼굴에 핏기가 가시면서 자신이 너무 앞서 나간 게 아닐까 두려운 생각이 들었다.

"난 보나파르트 대통령을 무조건 지지하려는 게 아니오." 그는 제법 단호하게 말했다. "내가 그의 주인이었다면 그를 어디로 보낼지는 말 안 해도 알 겁

---

20 루이외젠 카베냐크(1802~1857). 1848년 2월혁명 후에 공화정 정부에서 국방장관이 되었고, 6월 봉기에 직면하여 파리에 계엄령을 선포하고 의회로부터 모든 집행권을 위임받아 군사력으로 봉기를 진압했다. 1848년 12월의 대통령 선거에서 루이나폴레옹 보나파르트에게 참패했다.

니다. 난 다만 로마 원정은 잘한 일이라고 얘기하는 것뿐입니다."

펠리시테는 이 광경을 놀라움과 호기심으로 지켜보았고, 그 이야기를 다시 남편에게 하지 않았다. 그 광경은 그녀의 본능을 은밀히 부추기는 출발점이 되었다. 후작의 미소가 무엇을 의미하는지는 정확히 알지 못했지만 그것은 그녀에게 많은 생각거리를 던져주었다.

그날 이후로 피에르는 기회가 있을 때마다 슬쩍슬쩍 공화국 대통령에 대한 호의적인 말을 던지곤 했다. 그런 날 저녁이면 시카르도 소령은 그를 위해 친절한 동반자의 역할을 담당했다. 하지만 그때까지만 해도 노란 살롱을 지배하는 것은 여전히 성직자들의 견해였다. 그다음 해가 되어서야 비로소 파리에서의 복고적 움직임 덕분에 플라상의 반동파가 결정적인 영향력을 발휘할 수 있었다. 로마 원정의 국내 판이라고 일컬어지는 반자유적 조치들은 플라상에서 루공파의 결정적인 승리를 보장해주었다. 열성적인 공화파 부르주아들 중에서 마지막 남은 이들은 공화국이 마지막 숨을 몰아쉬는 것을 보고는 서둘러 보수파에 합류했다. 바야흐로 루공가의 시대가 온 것이다. 도청 앞 광장에 심은 자유의 나무를 톱으로 베어내는 날 새 동네의 주민들은 그들에게 환호를 보냈다. 자유의 나무, 비오른 강가에서 옮겨다 심은 어린 포플러나무는 점점 시들어갔다. 공화파 노동자들은 일요일마다 그곳에 찾아와 나무가 마르면서 서서히 죽어가는 이유를 알지 못한 채 몹시 낙담했다. 한 모자 제조업자의 수습공은 피에르의 집에서 나온 어떤 여인이 나무 발치에 독이 든 물 한 동이를 붓는 것을 보았다고 주장했다. 그러자 펠리시테가 직접 매일 밤 포플러나무에 황산을 뿌렸다는 소문이 공공연하게 나돌았다. 나무가 죽자 시에서는 공화국의 위엄에 해가 된다며 나무를 뽑아버릴 것을 지시했다. 하지만 노동자들의 불만을 염려해 밤늦게 그 일을 하도록 했다. 새 동네의 보수적인 연금 생활자들은 작은 기념식이 있을 거라는 소식을 들었다. 그들은 자유의 나무가 쓰러지는 모습을 보기 위해 도청 광장으로 속속 모여들었다. 노란 살롱의 일원들은 창가에서 지켜보았다. 어둠 속에서 포플러나무가 둔탁한 소리와 함께 우지끈 부러지는 모습이 치명상을 입은 영웅의 경직된 비극적 최후를 연상시켰다. 펠리시테는 하얀 손수건이라도 흔들어야 할 것 같은 생각이 들었다. 그녀가 손수건을 흔들자 군중이 환호했고, 구경꾼들도 똑같이 자신들의 손수건을 흔들었다. 심지어 창문 아래 있던 한 무리의 사람들이 "나무를 묻어주자, 나무를 묻어주자!"라고 외쳐대기까지 했다.

그들은 분명 공화국 이야기를 하는 것일 터였다. 펠리시테는 흥분해서 미쳐버릴 것 같았다. 노란 살롱에 이보다 아름다운 저녁은 없을 것이었다.

그사이 후작은 여전히 펠리시테를 향해 야릇한 미소를 짓고 있었다. 이 작고 늙은 남자는 그 노회함으로 프랑스가 어디로 가고 있는지를 일찌감치 예측하고 있었다. 그는 제국이 다가오고 있음을 느낀 최초의 인물 중 하나였다. 훗날 의회가 소모적이고 공허한 논쟁으로 시간을 보내고, 오를레앙파와 정통파가 암묵적으로 쿠데타의 가능성을 받아들이자 그는 이제 정말 자신들이 패배했음을 알았다. 게다가 이 모든 상황을 명백히 이해한 것은 후작뿐이었다. 뷔예는 자신의 신문에서 옹호했던 앙리 5세의 대의가 실현 불가능한 것이 되었음을 느꼈다. 하지만 그런 것은 아무래도 좋았다. 그에게 중요한 것은 성직자들에게 충실한 존재가 되는 것뿐이었다. 그의 모든 전략은 되도록 많은 묵주와 성화를 팔아치우는 데 있었다. 루디에와 그라누로 말하자면, 그들은 아무것도 알지 못한 채 앞날에 대한 두려움 속에서 살아갔다. 그들이 어떤 견해를 갖고 있는지도 확실하지 않았다. 그들이 바라는 것은 단지 편안하게 먹고 자는 것뿐이었다. 그들의 정치적 야심은 그것뿐이었다. 후작은 자신의 희망에 작별을 고한 뒤에도 정기적으로 루공 부부의 집을 찾아왔다. 거기서 그는 유쾌한 시간을 보냈다. 매일 저녁 각기 다른 야심들이 충돌하고 부르주아들의 어리석음이 펼쳐지는 광경을 보는 것만으로도 더없이 즐거웠다. 발케이라 백작의 자비로 조그만 거처에 틀어박혀 살아간다는 생각만으로도 진저리가 나는 터였다. 그는 사악한 즐거움을 느끼며 부르봉가의 시대가 아직 오지 않았다는 확신을 혼자만 간직했다. 그는 아무것도 모르는 척 예전처럼 성직자와 귀족 편에 서서 정통파의 승리를 위해 일했다. 사실 그는 처음부터 피에르의 새로운 전략을 꿰뚫어 보면서 펠리시테를 자신의 공모자로 여겼다.

어느 날 저녁, 루공 부부의 집에 첫 번째로 나타난 그는 살롱에 혼자 있는 펠리시테를 발견했다.

"잘 있었니, 얘야?" 그는 평소처럼 상냥하게 인사를 건넸다. "일은 잘되어 가는지?… 그런데 대체 왜 나한테는 비밀로 하는 거냐?"

"비밀이라뇨?" 펠리시테는 당황하며 되물었다.

"이런, 나 같은 늙은 여우를 속일 수 있다고 생각하다니! 사랑하는 펠리시테, 부디 날 친구로 대해주면 좋겠구나. 난 너희들을 은밀히 도울 준비가 돼 있단 말이다…. 그러니 솔직하게 말해보렴."

펠리시테는 갑자기 좋은 생각이 떠올랐다. 그녀는 아무 할 말이 없었다. 하지만 계속 입을 다물고 있으면 모든 걸 알게 될지도 몰랐다.

"왜 웃는 거냐?" 카르나방 후작이 다시 말했다. "마치 다 말하겠다는 것처럼. 난 그동안 네가 네 남편 뒤에 있다고 의심했다! 피에르처럼 둔한 남자가 너희들이 꾸미는 위험한 계략을 절대 스스로 생각해낼 리가 없으니까…. 나는 부르봉가가 너에게 줄 수 있기를 바랐던 것을 보나파르트가 너희 부부에게 줄 수 있기를 진심으로 바란단다."

이 몇 마디 말은 얼마 전부터 펠리시테가 의심하던 것이 옳았음을 확인해주었다.

"루이 왕자[21]는 분명 그럴 수 있겠지요, 그렇죠?" 그녀가 경쾌하게 물었다.

"내가 그럴 거라고 믿는다고 한다면 너는 나를 배신할 거냐?" 후작은 웃으

---

21 루이나폴레옹 보나파르트를 가리킨다.

며 물었다. "난 이미 모든 걸 포기했어. 이젠 죽은 거나 다름없는 늙은이일 뿐이지. 내가 뭔가를 하는 것은 모두가 너를 위해서란 말이다. 그런데 넌 나 없이도 좋은 길을 찾아냈으니, 나는 네가 승리해 나의 패배를 보상해주는 것으로 위안을 삼을 거야…. 그러니 더 이상 내게 감추려 하지 마라. 힘든 일이 있으면 언제라도 내게 도움을 청하란 말이다."

그는 영락한 귀족의 쓸쓸한 미소와 함께 덧붙였다.

"하지만 누가 알겠나! 나도 조금은 배신할 수 있을지도, 나 또한 말이지."

그때 전직 기름 장수와 아몬드 장수의 무리가 도착했다.

"아, 저기 반동파들이 오셨군!" 카르나방 후작이 나직하게 말했다. "내가 한 가지 알려주마. 정치에서 가장 중요한 기술은 다른 사람들이 보지 못할 때 두 눈을 크게 뜨고 있는 거야. 그렇게만 하면 게임에서 아주 유리한 패를 쥘 수 있게 되지."

다음 날, 이러한 대화에 자극받은 펠리시테는 어떤 확신을 갖고 싶어 했다. 때는 1851년 1월 초였다. 1년 6개월이 넘게 피에르는 외젠에게서 보름에 한 번씩 정기적으로 편지를 받았다. 그는 자기 방에 틀어박혀 편지를 읽은 뒤 낡은 책상 속에 감추고는 열쇠를 자신의 조끼 주머니에 잘 간직했다. 아내가 무슨 내용인지 물어보면 "외젠은 잘 지낸대."라고만 짧게 대답했다. 펠리시테는 오래전부터 아들의 편지를 보고 싶어 했다. 후작과 대화를 나눈 다음 날 아침 그녀는 피에르가 아직 자고 있을 때 가만히 자리에서 일어났다. 그리고 살금살금 걸어가 그의 조끼 주머니에 있는 책상 열쇠를 같은 크기의 서랍장 열쇠로 바꿔놓았다. 그녀는 남편이 외출하자마자 방에 틀어박혀 들뜬 호기심으로 서랍에 보관된 편지를 모두 꺼내 읽었다.

카르나방 후작의 생각은 틀리지 않았고, 그녀 자신의 의심도 사실로 드러났다. 외젠이 보낸 40여 통의 편지를 읽는 동안 그녀는 제정으로 귀결될 나폴레옹파의 주요 움직임을 좇을 수 있었다. 편지는 일종의 간략한 일기처럼 새로운 사건들을 순서대로 열거하면서 그 각각으로부터 기대와 교훈을 이끌어 냈다. 외젠에게는 굳건한 믿음이 있었다. 그는 자신의 아버지에게 혼란스러운 상황을 끝낼 운명을 타고난 유일한 인물, 이 시대에 꼭 필요한 인물로 루이 보나파르트 왕자를 소개했다. 그는 루이 보나파르트가 프랑스로 돌아오기 전부터, 나폴레옹주의가 우스꽝스러운 망상으로 여겨질 때부터 그를 믿고 있었다. 펠리시테는 자기 아들이 1848년부터 적극적인 비밀 요원으로 활동하고 있었음을 깨달았다. 편지에서 그는 자신이 파리에서 무슨 일을 하는지 정확히 설명하고 있진 않았다. 하지만 그가 친근하게 지칭하는 인물들의 지시 아래 제정을 위해 일하고 있음이 분명했다. 그의 각각의 편지는 그들의 대의가 점차 실현되면서 그 결말이 임박했음을 예고하고 있었다. 편지는 대체로 피에르가 플라상에서 취해야 할 입장과 태도에 대해 설명하는 것으로 끝났다. 그제야 펠리시테는 그동안 알지 못했던 남편의 말과 행동의 의미를 이해할 수 있었다. 피에르는 자신의 아들에게 순종하면서 맹목적으로 그의 지시를 따르고 있었던 것이다.

편지를 모두 읽은 펠리시테는 이 모든 일들을 납득할 수 있었다. 외젠의 모든 생각이 명확하게 들여다보이는 듯했다. 그는 이 혼탁한 싸움판 가운데서 정치적인 성공을 꿈꾸고 있었다. 그리하여 자신의 교육 때문에 부모에게 진 빚을 단번에 갚고, 그 이권의 한 조각을 그들에게도 나눠주고자 하는 것이었다. 그는 자기 아버지가 자신을 도와 대의의 실현에 조금이라도 유용한 사람이 되기를 바라고 있었다. 그리하면 아버지를 징세관으로 임명하게 하는 것쯤은 그리 어려운 일이 아닐 터였다. 가장 은밀한 일에 두 손을 담근 그의 아버지에게 무엇이든 거절할 사람은 없을 것이기 때문이다. 외젠의 편지는 아들로서 다정함을 표현하는 동시에 루공 부부가 행여 어리석은 짓을 하지 못하게 하는 수단이기도 했다. 펠리시테는 편지의 몇몇 구절을 여러 번 다시 읽었다. 그 속에서 외젠은 모호한 말들로 최후의 파국을 이야기하고 있었다. 그녀는 파국의 종류나 범위를 짐작할 수는 없었지만 마치 세상의 종말이 다가온 듯 느껴졌다. 신이 선택받은 이들을 자신의 오른쪽에, 단죄받은 자들을 왼쪽에 세운다면 그녀는 선택받은 이들 가운데 설 것이었다.

다음 날 밤 책상 열쇠를 다시 조끼 주머니에 넣는 데 성공한 그녀는 새로운 편지를 읽을 때도 똑같은 방법을 쓸 것이며 아무것도 모르는 체하기로 마음먹었다. 이는 훌륭한 전략이었다. 그날부터 펠리시테는 맹목적으로 남편을 돕는 척함으로써 그를 더 많이 도울 수 있었다. 피에르가 혼자 일한다고 믿을 때에도 종종 대화를 원하는 화제로 이끌고 결정적인 순간에 지지자들을 끌어모으는 것은 펠리시테였다. 그녀는 외젠이 자신을 믿지 못한다는 사실이 마음 아팠다. 그래서 모든 것이 성공한 뒤 그에게 이렇게 말할 수 있기를 바랐다. "나는 다 알고 있었어. 그리고 하나라도 망치기는커녕 내가 승리하게 도운 거야." 어떤 공모자도 그녀만큼 조용하면서 효율적일 수는 없을 것이었다. 후작은 그녀가 이런 이야기를 털어놓자 그녀에게 감탄해 마지않았다.

그러나 그녀를 여전히 불안하게 하는 것은 그녀가 사랑하는 아들 아리스티드의 운명이었다. 장남의 믿음을 공유하게 된 후로 펠리시테는《랭데팡당》의 과격한 기사가 더욱더 두렵게 느껴졌다. 그녀는 불운한 공화파인 아들을 나폴레옹파로 전향시키고 싶어 했다. 하지만 그녀로서는 그렇게 하는 신중한 방법을 알지 못했다. 또한 외젠이 아리스티드를 조심하라고 얼마나 강조했는지도 생각났다. 펠리시테는 카르나방 후작에게 의견을 물었고, 그 역시 그녀와 같은 생각이었다.

"정치에서는 이기주의자가 될 줄 알아야 한단다." 그가 말했다. "네 아들이 전향해서《랭데팡당》이 나폴레옹파를 옹호하기 시작하면 공화파에는 치명상을 안겨주게 될 거야. 그러면《랭데팡당》도 끝나는 거고. 그 이름만 들어도 플라상의 부르주아들이 분노하게 될 테니까. 아리스티드가 진창 속을 걸어 다니게 놔두렴. 젊은이란 그렇게 성장해가는 법이니까. 내가 보기에 그는 순교

자의 역할을 오래 감당하지는 못할 것 같구나."

이제 모든 진실을 알았다고 생각한 펠리시테는 자기 아들들에게 올바른 길을 알려주고픈 간절한 마음에 파스칼마저 변화시키고자 했다. 의사인 그는 학자의 이기주의로 자신의 연구에만 파묻힌 채 정치에는 아무런 관심을 두지 않았다. 그가 어떤 실험을 하는 동안 제국이 무너져 내린다고 해도 그는 고개조차 돌리지 않을 터였다. 하지만 마침내 그는 은둔자처럼 살아가는 것을 그 어느 때보다 거세게 비난하는 어머니의 간청에 굴복하고 말았다.

"사교계에 드나들면 상류사회의 고객들을 확보할 수 있어." 펠리시테가 말했다. "그러니 적어도 저녁에라도 우리 살롱에 들러보렴. 루디에, 그라누, 시카르도 같은 부자들과 친분을 쌓을 수 있으니까. 4~5프랑 정도의 왕진비는 그들에겐 아무것도 아니라고. 가난한 사람들이 널 부자로 만들어주지는 못하잖니."

일종의 편집광처럼 펠리시테는 모든 가족이 기필코 성공하여 부자가 되는 것을 보고자 했다. 파스칼은 어머니를 거스르지 않기 위해 일주일에 몇 번씩 노란 살롱에서 시간을 보냈다. 그곳에서 그는 걱정했던 것보다는 덜 지루했다. 그리고 처음으로, 멀쩡해 보이던 사람이 얼마나 많이 어리석어질 수 있는지를 보며 경악했다. 전직 기름 장수와 아몬드 장수, 심지어 후작과 소령까지도 그가 지금까지 연구할 기회가 없었던 특이한 동물들처럼 보였다. 그는 자연주의자로서 그들의 찡그린 듯 굳은 얼굴을 흥미롭게 관찰하는 동안 그 속에서 그들의 관심사와 욕구를 엿볼 수 있었다. 그는 마치 고양이 울음소리나 개 짖는 소리의 의미를 간파해내려는 사람처럼 그들의 공허한 대화에 귀를 기울였다. 그 무렵 그는 동물들에게서 유전이 어떻게 발현되는지를 관찰한 것을 인간에게 적용하는 비교 자연사에 골몰하고 있었다. 그리하여 노란 살롱에서 그는 마치 동물원에 와 있는 듯한 즐거움을 누릴 수 있었다. 그리고 그곳의 각각의 인물과 자신이 아는 동물 사이의 유사점을 찾아냈다. 바싹 마르고 날렵하고 약삭빠르게 생긴 후작은 정확히 커다란 초록 메뚜기를 연상시켰다. 뷔예는 새파랗게 질린 끈적끈적한 두꺼비 같은 인상을 주었다. 파스칼은 루디에는 좀 더 관대하게 살찐 양과, 소령은 이빨 빠진 늙은 개와 비교했다. 그들 중에서 그를 끊임없이 놀라게 한 것은 매혹적인 그라누였다. 그는 저녁 내내 그라누의 얼굴 각도를 헤아려보았다. 그라누가 피에 굶주린 공화파들을 향해 더듬거리며 모호한 욕설을 늘어놓을 때면 파스칼은 그가 송아지처럼 구슬픈 소리를 내기를 기대했다. 그리고 그가 자리에서 일어날 때마다 네 발로 기어서 살롱을 나가는 상상을 하곤 했다.

"가서 이야기해." 펠리시테가 아들에게 나직하게 말했다. "저 사람들을 네 고객으로 만들란 말이야."

"난 수의사가 아니에요." 궁지에 몰린 파스칼이 대답했다.

어느 날 저녁 펠리시테는 그를 구석으로 데리고 가 설득하고자 했다. 그녀는 자기 아들이 다시 세상으로 돌아왔다고 믿었고, 그가 부유한 사람들을 희화하는 데서 즐거움을 느낀다는 것은 전혀 짐작지 못했다. 그녀는 그를 플라상에서 가장 잘나가는 의사로 만들겠다는 은밀한 야심을 키워왔다. 그러려면 그라누와 루디에 같은 이들이 그를 띄워주는 데 동의하는 것으로 충분할 터였다. 무엇보다 그녀는 그에게 루공가의 정치적 입장을 밝히고자 했다. 공화국을 잇게 될 체제의 열렬한 지지자가 되기만 하면 의사로서 성공할 수 있다고 믿었기 때문이었다.

"파스칼, 네가 다시 정신을 차린 것 같아서 하는 말인데, 이제 너의 앞날을 생각해야 하지 않겠니…. 사람들이 너를 공화파라고 비난하는 걸 너도 알 거야. 네가 바보같이 무료로 온 동네 가난뱅이들을 치료해주니까 수군대는 거라고. 이제 솔직히 말해보렴. 넌 어느 편이 옳다고 생각하니?"

파스칼은 깜짝 놀란 듯 어머니를 바라보더니 웃으며 말했다.

"내 생각이요? 글쎄요, 잘 모르겠어요…. 사람들이 나를 공화파라고 욕한다고 했나요? 그러라죠 뭐! 난 아무렇지도 않으니까. 그 말이 모든 사람의 행복을 바라는 사람을 뜻하는 거라면, 그래요, 어쩌면 그런지도 모르겠네요."

"하지만 그랬다간 아무것도 이루지 못할 거야." 펠리시테가 재빨리 그의 말을 가로막고 말했다. "사람들이 널 짓밟고 말 거라고. 네 형과 동생을 좀 보렴. 다들 알아서 제 살 궁리를 하고 있잖니."

파스칼은 자신이 학자로서의 이기주의를 변명할 필요가 없음을 깨달았다. 그의 어머니가 비난하는 것은 단지 정치적 상황에 대해 깊이 생각하지 않는다는 점뿐이었다. 그는 씁쓸한 미소를 지으며 화제를 다른 데로 돌렸다. 그의 어머니는 결코 그로 하여금 당파의 운을 계산하게 하거나 앞으로 승리할 것 같은 정당과 합류하게 하지는 못할 터였다. 하지만 그는 계속해서 가끔씩 노란 살롱에서 저녁 시간을 보내곤 했다. 무엇보다 그라누가 마치 태곳적 동물처럼 그의 흥미를 끌었기 때문이었다.

그사이 일이 착착 진행되고 있었다. 1851년은 플라상의 정치인들에게는 불안과 두려움으로 점철된 한 해였고, 루공가는 그들이 은밀히 지지하는 대의의 득을 보고 있었다. 서로 대립하는 소식들이 파리로부터 전해져 왔다. 어떤 때는 공화파가 승리했고, 또 어떤 때는 보수파가 공화파를 박살 냈다. 의회를 갈기갈기 찢어놓은 싸움의 메아리는 머나먼 시골구석까지 가닿으면서 어느 날은 큰 소리로 울려 퍼졌다가 또 어떤 날은 잦아들었다. 그리하여 혜안을 지닌 이들조차도 캄캄한 어둠 속을 걷는 느낌이었다. 모두가 공통적으로 느끼는 것은 파국이 다가온다는 것이었다. 그 와중에 겁 많은 부르주아들을 가장 두렵게 하는 것은 그러한 파국이 어떤 것인지를 모른다는 사실이었다. 모두들 이 모든 게 어서 끝나기만을 바랐다. 불확실성은 모두를 병들게 했다. 튀르키예의 황제가 프랑스를 혼란으로부터 구할 수만 있다면 모두 그의 품 안으로 기꺼이 뛰어들 기세였다.

후작의 미소는 더욱더 야릇해져갔다. 어느 날 저녁, 노란 살롱에서 그라누의 신음 소리마저 두려움에 압도당해 있을 때 후작이 펠리시테에게 다가가 속삭였다.

"아무래도 이제 때가 무르익은 것 같구나…. 하지만 먼저 스스로 쓸모 있는 사람이 되어야만 해."

그동안 외젠의 편지를 계속 읽어온 펠리시테는 조만간 결정적인 위기가 닥칠 것을 감지했다. 그녀는 후작의 말이 뜻하는 바를 알 것 같았다. 쓸모 있는 사람이 되기. 펠리시테는 자신들이 어떻게 그럴 수 있을지를 후작에게 물었다.

"모든 건 일이 어떻게 진행되느냐에 따라 달라질 수 있겠지." 후작이 대답했다. "이 지역이 조용하고, 플라상에 봉기가 일어나 사람들을 두렵게 하지 않는다면 너희 부부가 돋보이거나 새로운 정부를 위해 무언가를 하긴 힘들 거야. 그런 경우라면 조용히 집에 머물면서 네 아들 외젠이 혜택을 나눠주기를 기다리는 수밖에. 하지만 민중이 들고일어나 부르주아들이 위협을 받는다고 느끼면, 그때는 분명 너희 부부가 할 일이 생길 테니…. 그런데 네 남편이 그런 면에서는 좀 둔한 것 같아서 말이지…."

"아, 그건 염려 마세요. 그이는 제가 알아서 할게요…." 펠리시테가 말했다. "그런데 이곳에서도 봉기가 일어나긴 할까요?"

"그건 분명해. 어쩌면 플라상은 꼼짝하지 않을지도 몰라. 이곳은 반동파가 득세하는 곳이니까. 하지만 인접한 도시들과 작은 마을, 특히 농촌에서는 오래전부터 진보적 공화파로 이루어진 은밀한 조직들이 활동하고 있거든. 아마도 쿠데타가 일어나면 세유 숲부터 생트루르 고원에 이르기까지 전역에 경종이 울려 퍼지게 될 거야."

펠리시테는 잠시 생각에 잠긴 듯 보였다.

"그러니까 우리가 잘되려면 봉기가 반드시 일어나야 한다는 말씀인가요?" 그녀가 물었다.

"내 생각엔 그래." 카르나방 후작이 대답했다.

그는 살짝 냉소적인 미소를 지으며 덧붙였다.

"투쟁 없이는 새로운 왕조가 세워질 수 없기 때문이지. 피는 훌륭한 비료인 셈이고. 다른 유명한 가문들처럼 루공가가 학살을 기반으로 일어서는 것을 상상해보라고! 얼마나 근사한 일인가 말이야."

히죽거리는 후작의 말에 펠리시테는 등골이 서늘해지면서 몸이 떨려왔다. 하지만 그녀는 강인한 여자였다. 게다가 매일 아침 경건하게 바라보는 무슈 페로트의 아름다운 커튼이 그녀의 투쟁욕을 북돋았다. 마음이 약해지는 것을 느낄 때마다 그녀는 창가로 가 징세관의 집을 응시했다. 그것은 그녀만의 튈르리 궁이었다. 펠리시테는 새 동네에 입성할 수만 있다면 어떤 위험도 감수하겠다고 마음먹었다. 오래전부터 그녀는 그 약속의 땅의 입구에서 욕망으로 불타올랐다.

후작과 나눈 대화로 그녀는 작금의 상황을 분명히 알게 되었다. 며칠 후 외젠은 편지로 자신은 쿠데타를 위해 일하고 있으며, 그의 아버지를 높은 지위로 올리기 위해 봉기가 일어나기를 기대하고 있음을 알려 왔다. 그는 결정적인 순간에 루공가가 도시를 장악할 수 있게끔 노란 살롱의 반동파가 되도록 많은 영향력을 발휘할 수 있게 하라고 조언했다. 그리고 그의 바람대로 1851년 11월, 노란 살롱은 플라상을 지배했다. 루디에는 그곳의 부유한 부르주아들을 대변했다. 그의 일거수일투족은 새 동네의 모든 주민에게 영향을 끼칠 것이었다. 그라누는 더욱 중요한 인물이었다. 시의회를 등에 업고 있던 그는 그중에서도 가장 큰 영향력을 발휘했다. 이 사실은 시의회의 다른 구성원들이 어떤 사람들일지를 가늠하게 했다. 마지막으로, 후작이 힘을 써 국민군의 통솔자로 임명되게 한 시카르도 소령을 통해 노란 살롱은 군대를 움직일 수 있게 되었다. 불운하고 가난한 루공가는 이런 식으로 주위에 자신들의 행운을 위한 도구들을 모으는 데 성공했다. 노란 살롱의 구성원들은, 비겁함 때문이든 어리석음 때문이든, 루공가의 입신출세를 위해 맹목적으로 그들의 뜻에 따라야 했다. 루공 부부가 두려워하는 것은, 똑같은 목적을 지닌 또 다른 세력들이 자신들에게서 승리에 기여한 몫을 앗아 가는 것뿐이었다. 그것이 그들이 가장 두려워하는 것이었다. 그들은 오직 자신들만이 구세주의 역할을 하기를 바랐다. 그들은 성직자들과 귀족들이 자신들을 방해하기보다는 도움이 되어줄 것을 미리 알고 있었다. 하지만 도지사와 시장 그리고 또 다른 관리들이 나서서 봉기를 즉시 진압한다면, 영향력이 줄어든 그들은 가던 길에서 멈춰 설 수밖에 없을 것이었다. 그리되면 그들은 쓸모 있는 사람이 될 기회도 방법도 모두 잃게 될 터였다. 그들이 꿈꾸는 것은 관리들의 철저한 회피와 전반적인 공포가 만연하는 상황이었다. 도시의 모든 일상적인 행정이 사라지고, 단 하루만이라도 그들이 플라상의 운명을 좌우하는 주인이 된다면 그들은 탄탄한 행운을 거머쥐게 될 것이었다. 다행히 플라상에는 그들의 거사를 위태롭게 할 만큼 신념이 강하거나 부지런한 관리가 없었다. 도지사는 자유로운 정신을 지닌 인물로, 아마도 플라상의 좋은 평판 때문인지 정부에서 그에게 별다른 신경을 쓰지 않는 듯했다. 소심한 데다 과도한 권력을 다룰 능력이 없는 그는 봉기가 일어나면 몹시 놀랄 게 분명했다. 그가 민주적 대의에 호의적이라는 것을 아는 루공 부부는 그의 열정을 두려워하지는 않으면서도 그가 어떤 태도를 취할지 몹시 궁금해했다. 시의회에 관해서는 걱정할 게 없었다. 1849년에 카르티에 생마르크 주민들의 입김으로 임명된 가르소네 시장은 정통파였다. 그는 공화파를 몹시 싫어했고 경멸적인 태도로 그들을 대했다. 하지만 한편으로는 몇몇 성직자들과 친밀한 관계를 유지하고 있어서 루이나 폴레옹의 쿠데타에 적극 참여할지는 알 수 없었다. 또 다른 관리들도 마찬가지였다. 성직자들의 반동적 움직임에 찬동하는 치안판사, 우체국장, 세리 그리고 징세관 무슈 페로트 등이 새로운 제국을 두 팔 벌려 환영할 리 만무했다. 루공 부부는 어떻게 이들을 치워버리고 자신들을 위한 길을 깨끗이 닦을 수 있을지 그 방법을 알지 못했다. 그럼에도 불구하고 자신들과 구세주의 역할을 놓고 다툴 인물이 없다는 사실에 크나큰 기대를 가졌다.

파국이 다가오고 있었다. 11월 말에 쿠데타에 대한 소문이 퍼져나가자 사람들은 왕자 대통령이 스스로 황제가 되려 한다고 비난했다.

"그를 뭐라고 부르든 알 게 뭐야." 그라누가 소리쳤다. "그가 저 날강도 같은 공화파들을 총살할 수만 있다면 말이지!"

평소 말이 별로 없던 그라누의 일성은 노란 살롱을 동요하게 했다. 후작은 아무것도 못 들은 체했다. 하지만 모든 부르주아들은 고개를 끄덕이며 전직 아몬드 장수의 말에 동의를 표했다. 부자인 루디에는 큰 소리로 박수 치는 것을 겁내지 않았다. 그는 카르나방 후작을 곁눈질하면서, 지금은 변화가 필요하며, 되도록 빨리 강력한 누군가가 프랑스를 변화시켜야 한다고 선언했다.

후작은 여전히 침묵을 지켰고, 이는 동의로 받아들여졌다. 보수파는 정통주의를 포기하면서 제국을 향해 열렬한 지지를 보내기에 이르렀다.

"동지들…." 시카르도 소령이 자리에서 일어나며 말했다. "오직 나폴레옹의 후손만이 오늘날 위협받는 사람들과 재산을 지킬 수 있습니다…. 조금도 두려워할 필요가 없습니다. 플라상의 질서를 유지하기 위해 내가 모든 조치를 취해놓았으니까요."

과연 소령은 루공 부부와 공모하여 성벽 근처의 마구간에 탄알과 상당수의 소총을 숨겨놓은 터였다. 그와 동시에 자신을 도울 수 있다고 믿는 국민군의 협조를 확보해놓았다. 그의 말은 모두를 안심시키기에 충분했다. 그날 밤, 노란 살롱의 평온한 부르주아들은 '붉은 군대'가 조금이라도 낌새를 보인다면 서슴지 않고 그들을 모두 죽이리라 다짐하며 집으로 돌아갔다.

12월 1일, 외젠에게서 편지 한 통을 받은 피에르는 평소처럼 신중하게 침실로 가서 그것을 읽었다. 펠리시테는 방에서 나오는 그가 몹시 동요하고 있음을 알았다. 그녀는 온종일 책상 주위를 맴돌았다. 밤이 되자 더 이상 참을 수가 없었다. 남편이 잠들자마자 살그머니 일어나 조끼 주머니에서 열쇠를 꺼냈다. 편지를 손에 든 그녀는 최대한 소리를 안 내려고 애썼다. 외젠은, 단 열 줄로, 곧 위기가 닥칠 것이니 어머니에게 상황을 알려주기를 청하고 있었다. 이제 그녀에게도 알릴 때가 되었으며, 피에르에게 그녀의 조언이 필요할지도 모르기 때문이었다.

다음 날 펠리시테는 남편이 자신에게 이야기해주기를 마냥 기다렸다. 자신의 호기심을 드러내지 못한 채 여전히 아무것도 모르는 척하면서 그의 어리석은 경계심에 대해 분노했다. 아마도 그는 그녀가 다른 여인네들처럼 수다스럽고 나약하다고 생각하는 듯했다. 피에르는 자신이 더 우월하다고 믿는 남편의 자만심으로 지난날의 모든 불운을 아내 탓으로 돌렸다. 자신이 홀로 일을 처리한다고 생각한 이후로 모든 게 순조로운 듯 보였다. 따라서 그는 자기 아내의 조언을 완전히 무시하기로 마음먹었다. 아들의 충고에도 불구하고 그녀에게 아무것도 말하지 않기로 했다.

펠리시테는 그런 남편을 보며 마음이 상했다. 그녀 자신도 피에르만큼이나 승리를 갈구하지 않았더라면 그가 하는 일을 방해하고 싶을 정도였다. 그녀는 성공을 위해 여전히 적극적으로 일하면서도 한편으로는 복수할 기회를 엿보고 있었다.

'남편을 벌벌 떨게 할 수만 있다면….' 그녀는 생각했다. '혹시라도 그가 엄청난 실수를 저지른다면!… 그래서 그 때문에 나한테 조언을 구한다면, 두고 봐, 그땐 내 뜻대로 하게 할 거야.'

펠리시테를 불안하게 하는 것은, 자신의 도움 없이 승리한다면 기고만장할 게 분명한 남편의 태도였다. 공증인의 서기가 아닌 농부의 아들과 결혼했을 때 그녀는 튼튼한 꼭두각시를 다루듯 그를 마음대로 조종할 수 있기를 기대했다. 그런데 그 꼭두각시가 결정적인 때에 맹목적인 어리석음으로 혼자 걸으려고 하다니! 약빠르고 기운이 넘치는 펠리시테는 마음속으로 맹렬히 반발

했다. 그녀는 피에르가 언제라도 과격한 결정을 내릴 수 있음을 알고 있었다. 그는 자기 어머니로 하여금 5만 프랑의 영수증에 서명하게 한 전력이 있었다. 말하자면 그는 도구로서는 훌륭했지만 세심함이 부족했다. 펠리시테는 지금처럼 유연함이 절실히 요구되는 상황에서는 더욱더 그를 통제할 필요를 느꼈다.

쿠데타의 공식적인 소식은 12월 3일 목요일 오후에야 플라상에 도착했다. 저녁 7시경에는 노란 살롱에 사람들이 꽉 들어찼다. 열렬히 기다려온 위기가 닥쳤음에도 대부분의 얼굴에는 왠지 모를 불안감이 엿보였다. 참석자들은 장황한 말들로 쿠데타에 대해 논했다. 다른 사람들처럼 다소 창백한 낯빛의 피에르는 지나친 신중함을 발휘해 정통파와 오를레앙파에게 루이 왕자의 결정적 행위를 변호할 필요가 있다고 믿었다.

"앞으로 국민투표가 실시될 거라고 합니다." 그가 말했다. "국민은 자신들이 원하는 정부를 선택할 수 있을 거고 말입니다…. 대통령은 정통파 왕이 나타난다면 언제라도 기꺼이 물러날 분입니다."

오직 귀족다운 냉정함을 잃지 않은 후작만이 미소로써 그의 말에 답했다. 다른 이들은 현재의 격앙된 상태 때문에 나중 일 같은 것은 생각할 겨를이 없었다! 그동안 개진되었던 온갖 견해들이 일순간에 침묵했다. 전직 상점 주인인 루디에는 오를레앙파를 향한 열렬함을 잊은 듯 거칠게 피에르의 말을 중단시켰고, 모두들 이구동성으로 외쳤다.

"그런 잘잘못은 따지지 말자고요. 지금 중요한 건 어떻게 도시의 질서를 유지하느냐 하는 겁니다."

이 호인들은 공화파를 엄청나게 두려워했다. 그러나 파리에서 일어난 사건의 소식에도 플라상에는 별다른 동요가 없었다. 도청 문 앞에 붙인 게시문 앞으로 사람들이 모여들었고, 수백에 이르는 노동자들이 작업을 중단한 채 항전을 준비 중이라는 소문이 나돌았다. 그게 다였다. 어떤 심각하고 혼란스러운 상황이 발생할 것 같지는 않았다. 이웃한 도시들과 농촌들의 분위기는 이보다 염려스러웠다. 하지만 그들이 쿠데타 소식을 어떻게 받아들였는지는 아직 알려진 바가 없었다.

저녁 9시경 그라누가 숨을 몰아쉬며 들어왔다. 그는 긴급히 소집된 시의회에 참석하고 오는 길이었다. 흥분으로 목이 멘 그는 시장인 무슈 가르소네가 과격한 방식을 동원해서라도 도시의 질서를 유지할 것을 조심스럽게 선언했음을 알렸다. 하지만 노란 살롱을 가장 들끓게 한 것은 도지사의 사임 소식이었다. 그는 내무성에서 보내온 공문을 플라상 주민들에게 알리기를 단호하게 거부했다. 그라누의 말에 따르면 그는 조금 전에 플라상을 떠났고, 공문을 게시할 수 있었던 것은 시장 덕분이었다. 어쩌면 그는 프랑스에서 자신의 민주적 신념을 드러낼 용기를 지닌 유일한 도지사였는지도 몰랐다.

루공 부부는 가르소네 시장의 단호한 태도에 은밀한 두려움을 느꼈지만 그들에게 빈자리를 제공하는 도지사의 사임 소식에는 반색했다. 이 기념비적인 저녁에 노란 살롱의 참석자들은 쿠데타를 기정사실로 받아들이고 공공연하게 자신들의 지지를 표명했다. 뷔예는 즉시 이런 의미로 기사를 써서 다음 날 《라 가제트》에 발표하기로 했다. 그와 후작은 아무런 반박도 하지 않았다. 어쩌면 그들은 가끔씩 경건하게 언급하던 의문의 인물들에게 모종의 지시를 받았는지도 몰랐다. 성직자들과 귀족들은 공동의 적인 공화국을 무찌르기 위해 승리자들에게 협조하기로 결의한 터였다.

그날 저녁, 노란 살롱에서 열띤 토론이 벌어지고 있을 때 아리스티드는 불안해하며 식은땀을 흘리고 있었다. 카드놀이에 자신의 마지막 금화를 거는 도박꾼도 그렇게까지 두려워하진 않을 터였다. 그의 상관인 도지사의 사임은 그에게 온종일 생각할 거리를 안겨주었다. 아리스티드는 쿠데타는 실패할 수밖에 없다고 하는 그의 말을 여러 차례 들은 터였다. 편협한 정직성을 지닌 이 관리는 민주주의의 결정적 승리를 굳게 믿으면서도 그를 위해 저항하며 싸울 용기는 갖추지 못했다. 아리스티드는 정확한 정보를 얻기 위해 도지사의 사무실 문 뒤에서 몰래 엿듣는 습관이 있었다. 그는 자신이 무엇을 향해 나아가고 있는지 알지 못했고, 따라서 몰래 엿듣는 공식적인 소식에 일희일비했다. 그는 도지사의 사임 소식에 큰 충격을 받았고, 당혹감과 함께 의문이 들었다. '그렇게 왕자 대통령의 실패를 확신했으면서 어째서 사임을 한 걸까?' 어쨌거나 어느 한편을 들어야만 했기에 그는 자신의 저항을 계속하기로 했다. 그는 쿠데타에 매우 적대적인 기사를 쓴 뒤 다음 날 아침 호에 싣기 위해 저녁에 《랭데팡당》의 사무실로 가지고 갔다. 그리고 기사의 교정쇄를 수정한 뒤 간신히 진정된 마음으로 집으로 돌아갔다. 그는 반가를 지나던 중 무심코 고개를 들어 루공 부부의 아파트 창문을 바라보았다. 창문은 환하게 불이 밝혀져 있었다.

'대체 저기서 무슨 음모를 꾸미는 걸까?' 아리스티드는 불안한 호기심을 느끼며 생각했다.

그러자 최근의 일들에 대해 노란 살롱의 참석자들은 어떤 생각을 하는지 몹시 알고 싶어졌다. 그는 이 반동파 그룹이 하찮은 지성을 지녔다고 여겼다. 하지만 자꾸만 의문이 들었다. 이처럼 불안한 시기에는 네 살짜리 아이에게도 조언을 구하고 싶은 법이다. 그는 그라누와 또 다른 이들에게 전쟁을 선포한 이래로 자기 아버지의 집에 들어갈 엄두를 내지 못했다. 그러나 아리스티드는 계단에서 아버지와 부딪친다면 그가 어떤 얼굴을 할지를 생각하며 계단을 올라갔다. 피에르의 집 문 앞에 이르자 안에서 웅성거리는 소리가 들려왔다.

"어린아이처럼 무서워하다니." 아리스티드가 중얼거렸다. "난 왜 겁이 나면 바보가 되는 건지."

그가 다시 계단을 내려가려고 할 때 누군가를 배웅하는 어머니의 목소리가 들려왔다. 그는 아파트의 다락방으로 통하는 조그만 계단 아래 어두운 구석에 급히 몸을 숨겼다. 문이 열리자 후작이 나오고 펠리시테가 그 뒤를 따랐다. 카르나방 후작은 보통 새 동네의 연금 생활자들보다 먼저 그곳을 떠났다. 길에서 그들과 악수를 나눠야 하는 번거로움을 피하기 위한 것인지도 몰랐다.

"우리끼리 얘기지만, 저치들은 내가 생각했던 것보다 훨씬 더 겁쟁이들인 것 같아." 층계참에서 그는 조그맣게 속삭였다. "저런 자들만 있다면 프랑스는 언제라도 또다시 힘 있는 누군가의 차지가 되고 말 거야."

그는 혼잣말을 하듯 씁쓸하게 덧붙였다.

"왕정은 지나치게 정직해서 요즘 시대하곤 맞지 않아. 이제 그런 시대는 지나갔어."

"외젠이 자기 아버지한테 나라에 곧 위기가 닥칠 거라고 했어요." 펠리시테가 말했다. "루이 왕자가 반드시 이길 거라고요."

"오, 물론 무모하게 전진하는 건 자유니까." 후작이 계단을 내려가며 말했다. "하지만 이삼 일 후면 온 나라의 손발이 묶이고 입에는 재갈이 물리게 될 거야. 그럼 내일 보자고."

펠리시테는 다시 문을 닫았다. 어두운 구석에서 엿듣고 있던 아리스티드는 머리가 어질어질할 정도로 큰 충격을 받았다. 그는 후작이 거리로 나서기도 전에 쏜살같이 계단을 내려와 정신없이 바깥으로 내달았다. 그는 《랭데팡당》의 인쇄소를 향해 달려갔다. 수많은 생각들로 머리가 빙빙 돌았다. 그는 자신의 가족이 자기를 속인 것에 마구 분노했다. 어떻게 그럴 수가! 외젠이 부모님에게 모든 상황을 미리 알려주었는데도 그의 어머니는 형의 편지에 대해 한마디도 하지 않았다니! 미리 알았더라면 그는 형의 충고를 무조건 따랐을 터였다! 그런데 이제야, 그것도 우연히 자신의 큰형이 쿠데타의 성공을 기정사실로 여겼음을 알게 되다니! 게다가 이는 어리석은 도지사 때문에 따르지 못한 그의 어떤 예감이 옳았음을 확인해주었다. 그는 무엇보다 자기 아버지에 대해 분노했다. 정통파의 편을 들 만큼 어리석다고 생각한 아버지가 적절한 순간에 나폴레옹파로 전향한 것이었다.

"그런데 나만 바보짓을 하게 놔두다니!" 그는 달려가면서 중얼거렸다. "난 이제 망했어. 진작 눈치챘어야 하는 건데! 그라누 그 작자가 나보다 더 똑똑했던 거야."

그는 요란한 소리를 내며《랭데팡당》의 사무실로 들어가 목멘 소리로 자신의 기사를 요구했다. 기사는 이미 조판이 끝나 있었다. 그는 조판을 해체하게 하고, 도미노 게임 판처럼 미친 듯이 기사의 글자들을 뒤섞은 뒤에야 겨우 진정할 수 있었다. 신문을 이끄는 서적상은 놀란 얼굴로 그를 쳐다보았다. 사실 그는 아리스티드의 이런 행동에 내심 기뻐했다. 기사가 매우 위험해 보였기 때문이다. 하지만 신문이 나오려면 무슨 글이든 있어야 했다.

"다른 글을 줄 건가요?" 그가 물었다.

"물론입니다." 아리스티드가 대답했다.

그는 탁자에 앉아 쿠데타를 칭송하는 글을 써 내려갔다. 첫 줄부터 그는 루이 왕자가 공화국을 구했음을 강조했다. 하지만 그다음부터는 매 구절을 쓸 때마다 무슨 말을 할지 한참을 고민해야 했다. 그런 식으로는 한 페이지를 채우는 것조차 힘들었다. 족제비를 닮은 그의 얼굴에 초조함이 가득했다.

"아무래도 집에 가서 써야겠어요." 마침내 그가 말했다. "기사는 잠시 후에 보내드릴게요. 어쩌면 신문 발행을 좀 늦춰야 할지도 모르겠네요."

그는 생각에 잠긴 채 천천히 집으로 돌아왔다. 또다시 어떤 의문이 그를 사로잡았다. 이렇게 서둘러 어느 한편을 들 필요가 있을까? 형 외젠이 똑똑한 것은 사실이었다. 하지만 어쩌면 자신의 어머니가 그의 편지 속의 단순한 문장의 의미를 확대 해석한 것은 아닐까? 어쨌든 좀 더 사건의 추이를 살피면서 기다리는 게 낫겠다는 생각이 들었다.

그로부터 한 시간 뒤 앙젤이 서적상에게 달려가 몹시 놀란 척 말을 전했다.

"남편이 많이 다쳤어요. 집에 들어오다가 문틈에 손을 찧었지 뭐예요. 그래서 몹시 아파하면서도 이 메모를 받아 적게 했어요. 이걸 내일 신문에 실어달라고 부탁드리랬어요."

다음 날, 대부분 잡보로 채워진 《랭데팡당》의 첫 번째 칼럼 앞에는 몇 줄의 공고문이 실렸다.

"우리의 훌륭한 기고가 아리스티드 루공이 유감스러운 사고를 당해 당분간 기사를 쓰지 못할 것임을 알립니다. 작금의 엄중한 상황에서 침묵을 지키는 것보다 그에게 더 고통스러운 일은 없을 것입니다. 그러나 우리 독자들은 프랑스의 행복을 기원하는 그의 애국심이 소망하는 것이 무엇인지 누구보다 잘 아시리라 믿습니다."

이 애매모호한 짧은 글은 오랫동안 숙고하여 쓰인 것이었다. 특히 마지막 문장은 모든 파당들에 유리하게 해석될 수 있었다. 아리스티드는 승리자에 대한 찬사로써 승리 후의 멋진 복귀를 위한 여지를 마련해두었다. 다음 날 그는 온 동네에 팔에 붕대를 감은 모습을 드러냈다. 기사를 보고 놀란 그의 어머니가 달려왔지만 그는 자기 손을 보여주기를 거부하면서 다소 쌀쌀맞게 말했다. 펠리시테는 그의 말뜻을 알아차렸다.

"다행히 많이 다친 것 같진 않구나." 마음을 놓은 그녀는 약간 빈정대듯 말했다. "한동안 푹 쉬면 나을 거야."

《랭데팡당》은 이 거짓 사고와 도지사의 사임 덕분에 그 지역 대부분의 공화파 신문들처럼 불안해하지 않을 수 있었다.

플라상의 12월 4일은 비교적 평온하게 지나갔다. 저녁에는 민중의 시위가 있었지만 헌병이 나타나자 즉시 흩어졌다. 일단의 노동자들이 가르소네 시장에게 파리에서 보내온 공문을 보여줄 것을 요구했지만 단호하게 거절당했다. 그들은 시청을 떠나면서 "공화국 만세! 헌법 만세!"라고 큰 소리로 외쳤다. 그리고 모든 것이 다시 예전으로 돌아갔다. 노란 살롱은 이처럼 무해한 시위에 대해 한참 동안 토론을 벌인 끝에 모든 것이 잘될 거라고 결론지었다.

그러나 12월 5일과 6일에는 사태가 더욱 불안한 양상을 띠었다. 인근 소도시들에서 연이어 봉기가 일어났다는 소식이 들려온 것이다. 데파르트망[22] 남쪽 지역에서는 사람들이 무기를 들었다. 라 팔뤼와 생마르탱드보가 가장 먼저 봉기했고, 그 뒤를 이어 샤바노, 나제르, 푸졸, 발케이라, 베르누 같은 마을도 들고일어났다. 그제야 노란 살롱은 진정한 공포를 느끼기 시작했다. 무엇보다 그들을 두렵게 하는 것은 플라상이 봉기군에게 둘러싸인 채 고립돼 있음을 느끼는 것이었다. 분명 봉기군 무리가 주변 농촌들을 휘젓고 다니면서 모든 통신수단을 단절할 것이기 때문이었다. 그라누는 겁에 질린 얼굴로 시장도 아무 소식을 못 들었다고 반복해 말했다. 몇몇 참석자들은 마르세유에서 유혈 사태가 일어났으며, 파리에서는 대규모 혁명이 발발했다고 수군거렸다. 시카르도 소령은 부르주아들의 비겁함에 분노하며 자신은 부하들보다 먼저 죽을 것이라고 단언했다.

12월 7일 일요일, 공포는 극에 달했다. 일종의 반동 위원회가 상시적으로 열리던 노란 살롱은 저녁 6시부터 창백한 낯빛의 신사들로 가득 찼다. 그들은 마치 죽은 자의 방에 있는 것처럼 나직한 소리로 이야기를 나누었다. 그날 낮에 그들은 3,000여 명에 이르는 봉기군이 알부아즈에 모여 있다는 소식을 들었다. 알부아즈는 플라상에서 12킬로미터 정도밖에 떨어지지 않은 커다란 마을이었다. 사실 그들의 행렬은 왼편에 있는 플라상을 놔둔 채 또 다른 도청 소재지로 향하기로 돼 있었다. 하지만 작전 계획은 언제라도 바뀔 수 있었다. 게다가 겁쟁이 연금 생활자들은 봉기군이 몇 킬로미터 떨어진 곳에 있음을 아는 것만으로도 노동자들의 거친 손이 자신의 목을 죄는 광경을 상상하곤 했다. 아침마다 그들은 반란의 기운을 미리 맛보았다. 플라상의 일부 공화파들은 그곳에서는 아무것도 진지하게 시도할 수 없음을 알고 라 팔뤼와 생마르

---

22 행정구역의 하나로 우리나라의 도(道)에 해당한다.

탱드보의 동료들과 합류하기로 마음먹었다. 첫 번째 그룹은 11시경 「라 마르세예즈」를 부르고 몇몇 유리창을 부수면서 포르트 드 롬을 통해 떠났다. 그라누 집의 유리창 하나도 피해를 입었다. 그는 겁에 질린 채 더듬거리며 그 일을 들려주었다.

그사이 노란 살롱은 크게 동요하고 있었다. 시카르도 소령은 하인을 보내 봉기군이 어디까지 왔는지를 알아보게 했고, 참석자들은 황당한 상상들을 하면서 그가 돌아오기를 기다렸다. 살롱은 모여든 사람들로 발 디딜 틈이 없었다. 루디에와 그라누는 각자 안락의자에 몸을 파묻은 채 침통한 눈빛으로 서로를 바라보았다. 그들 뒤에 서 있던 은퇴 상인 그룹은 망연자실한 얼굴로 신음 소리를 냈다. 비교적 침착해 보이는 뷔예는 자신과 가게를 지키기 위해 무엇을 할 것인지 곰곰 생각했다. 곳간과 지하의 포도주 저장고 중 어디에 숨을지를 고민하던 그는 지하 저장고가 낫겠다고 결론 내렸다. 피에르와 소령은 계속 서성거리면서 가끔씩 짧은 말을 주고받았다. 전직 기름 장수는 자신의 사돈인 시카르도의 용기를 조금이라도 빌리려는 듯 그에게 매달렸다. 그토록 오랫동안 위기가 닥치기를 기다려온 피에르는 목이 메게 하는 흥분에도 불구하고 태연한 척하려고 애썼다. 평소보다 말쑥하고 다정해 보이는 후작은 아주 기분이 좋아 보이는 펠리시테와 구석에서 한담을 나누고 있었다.

마침내 초인종이 울렸다. 모든 남자들이 마치 총소리라도 들은 것처럼 전율했다. 펠리시테가 문을 열어 가는 동안 살롱에는 죽음 같은 침묵이 감돌았다. 창백하고 불안해 보이는 얼굴들이 일제히 문으로 향했다. 문간에 모습을 드러낸 소령의 하인이 숨을 몰아쉬며 불쑥 말했다.

"소령님, 한 시간 후면 봉기군이 이곳으로 들이닥칠 겁니다."

청천벽력 같은 소식이었다. 모두들 자리에서 몸을 일으키며 탄식과 함께 두 팔을 위로 향했다. 몇 분간 서로의 말소리조차 알아들을 수 없었다. 참석자들은 소령의 하인을 둘러싼 채 계속 질문을 퍼부었다.

"이런 맙소사!" 마침내 소령이 소리쳤다. "소리 좀 지르지 마시오. 조용히, 제발 조용히 좀 하라고요. 안 그러면 더 이상 아무 대답도 하지 않을 거요!"

그러자 모두 다시 자리에 주저앉아서는 깊은 한숨을 내쉬었다. 그제야 비로소 좀 더 자세한 이야기를 들을 수 있었다. 하인은 레 튈레트에서 대열을 발견한 뒤 서둘러 돌아온 것이었다.

"적어도 3,000명은 돼 보였어요." 그가 말했다. "마치 군인들처럼 행진하고 있었고요. 여러 부대로 나뉘어서요. 그중엔 죄수들도 있는 것 같았어요."

"죄수들이라고!" 겁에 질린 부르주아들이 외쳤다.

"그럴 수도 있을 거요!" 후작이 끼어들며 새된 소리로 말했다. "봉기군이 보수적 성향을 지닌 사람들을 체포했다고 들었소."

이 소식은 결정적으로 참석자들을 아연실색하게 했다. 몇몇 부르주아들은 자리에서 일어나 슬그머니 문으로 향했다. 너무 늦기 전에 안전하게 숨을 곳을 찾아야 했다.

공화파가 반대파를 체포했다는 소식은 펠리시테에게 충격을 안겨주었다. 그녀는 후작을 구석으로 데리고 가 물었다.

"체포한 사람들은 어떻게 한대요?"

"아마도 같이 데려가지 않을까 싶은데." 카르나방 후작이 대답했다. "유용한 인질이 될 테니까."

"아!" 펠리시테는 야릇한 어조로 답했다.

그녀는 극심한 공포가 번져나가는 살롱을 생각에 잠긴 얼굴로 응시했다. 부르주아들은 하나둘씩 자리를 떴다. 이제 남은 사람은 뷔예와 루디에뿐이었다. 다가오는 위험이 오히려 그들에게 용기를 심어준 듯 보였다. 그라누 역시 자기 자리에서 꼼짝도 하지 않았다. 그는 다리가 후들거려 일어서기조차 힘들었다.

"흠, 차라리 없는 게 더 낫군." 다른 참석자들이 달아난 것을 알고는 시카르도 소령이 말했다. "안 그래도 겁쟁이들 때문에 짜증이 나던 참인데. 2년 넘게 공화파들을 총살해야 한다고 떠들어댔으면서도 막상 그들 앞에서는 1수짜리 폭죽 하나도 터뜨리지 못할 자들이란 말이지."

그는 모자를 집어 들고는 문으로 향하며 말했다.

"이제 시간이 별로 없소…. 피에르, 같이 갑시다."

펠리시테는 이 순간을 기다린 듯했다. 그녀는 문과 자기 남편 사이로 뛰어들었다. 게다가 피에르도 무시무시한 시카르도를 따라나서고 싶어 하지 않는 듯했다.

"당신이 여길 나가게 할 수 없어요." 그녀는 갑작스러운 절망감을 흉내 내며 외쳤다. "절대 당신이 날 떠나게 놔두지 않을 거라고요. 저 미치광이들이 당신을 죽이고 말 거예요."

소령은 깜짝 놀라며 멈춰 섰다.

"맙소사!" 그가 투덜거렸다. "여자들이 질질 짜기 시작하면…. 이런 순간에…. 얼른 갑시다, 피에르."

"아니, 아니, 절대 안 돼요." 펠리시테는 점점 더 겁먹은 얼굴로 다시 소리쳤다. "내 남편은 당신을 따라가지 않을 거예요. 내가 그의 옷을 잡고 놓아주지 않을 거라고요."

이 광경에 몹시 놀란 후작은 미심쩍은 얼굴로 펠리시테를 바라보았다. 저 여자가 조금 전에 나와 기분 좋게 이야기하던 그 아이가 맞는가? 대체 무슨 연극을 하는 걸까? 펠리시테가 남편을 잡고 있는 동안 피에르는 그녀를 억지로 뿌리치고 나가려는 척했다.

"절대 가게 놔두지 않을 거예요." 펠리시테는 그의 팔에 매달리며 말했다.

그리고 소령을 돌아보며 덧붙였다.

"어떻게 그들과 맞설 생각을 할 수 있죠? 그들은 무려 3,000명이나 된다고요. 당신들 편에서 기꺼이 싸울 사람은 100명도 안 될 거예요. 당신들 목숨만

헛되이 바치는 격이 될 거라고요."

"하지만 이건 우리 의무란 말입니다." 시카르도는 다급하게 외쳤다.

펠리시테는 울음을 터뜨렸다.

"그들이 당신을 죽이지 않는다면 포로로 붙잡아둘 거라고요." 그녀는 남편을 뚫어져라 바라보며 계속 말했다. "그럼 난 어떻게 살아요, 혼자서, 버려진 도시에서요!"

"하지만 봉기군이 여길 평화롭게 들어오게 놔둔다고 해서 그들이 우릴 그냥 둘 것 같소?" 소령이 외쳤다. "장담하건대 한 시간도 안 돼서 시장과 모든 관리들이 붙잡힐 거요. 당신 남편과 이 살롱의 참석자들은 차치하고라도."

펠리시테가 겁먹은 얼굴로 대답하는 동안 후작은 그녀의 입가에 희미한 미소가 번지는 것을 본 듯했다.

"정말요?"

"물론이오!" 시카르도가 다시 말했다. "공화파들은 적들을 뒤에 남겨둘 만큼 어리석지 않아요. 내일이면 플라상에는 관리들과 선량한 시민들이 하나도 남아 있지 않을 거란 말입니다."

펠리시테는 자신이 교묘하게 이끌어낸 이 말에 남편의 팔을 잡았던 손을 놓았다. 피에르도 더 이상 나가려는 시늉을 하지 않았다. 그는 자신이 아내의 은밀한 공모자가 되었음을 알지 못했다. 그가 알아차리지 못한 아내의 꾀바른 계략 덕분에 그는 어떤 작전 계획을 떠올릴 수 있었다.

"아무래도 어떤 결정을 내리기 전에 좀 더 생각을 해봐야 할 것 같습니다." 그가 소령에게 말했다. "어떤 게 우리 가족들을 위하는 것인지 생각지 않는다는 아내의 말이 틀린 것 같지 않아요."

"맞습니다, 지당해요, 부인 말이 옳습니다." 펠리시테의 겁에 질린 외침을 들으며 겁쟁이로서의 은밀한 기쁨을 느끼던 그라누가 외쳤다.

시카르도 소령은 단호한 몸짓으로 모자를 눌러쓰고는 큰 소리로 말했다.

"옳든 그르든 상관없소. 난 국민군 대장으로서 벌써 시청에 가 있었어야 할 몸이오. 당신들은 겁이 나서 그런다는 걸 솔직히 인정하고 날 혼자 가게 놔두시오…. 그럼, 잘들 계십시오."

그가 문손잡이를 돌리자 피에르가 재빨리 그를 붙들었다.

"시카르도, 내 말 좀 들어봐요." 그가 말했다.

피에르는 뷔예가 귀를 쫑긋 세우는 걸 보고는 구석으로 소령을 데려갔다. 거기서 그는 봉기군이 지나간 뒤 도시의 질서를 바로잡을 수 있는 몇몇 건장한 남자들을 남겨두는 것이 현명하지 않겠냐며 소령을 설득하고자 했다. 시카르도가 자신의 부대를 이탈할 수 없다고 버티자 피에르는 자신이 예비부대의 앞장을 서겠다고 나섰다.

"무기와 탄약이 보관된 창고의 열쇠를 내게 주시오. 그리고 50명 정도에게 내가 신호를 보낼 때까지 꼼짝 말고 기다릴 것을 지시해주시오."

마침내 시카르도는 이 신중한 전략에 동의했다. 그는 피에르에게 창고의 열쇠를 건네주었다. 그는 저항이 소용없다는 것을 알았지만 결사 항전할 것을 다짐했다.

두 남자가 이야기를 주고받는 동안 후작은 뭔가를 아는 듯한 얼굴로 펠리시테에게 귀엣말로 속삭였다. 아마도 그녀의 연기에 대해 칭찬하는 듯했다. 노부인은 웃음을 참지 못하고 입가에 옅은 미소를 지었다. 시카르도가 피에르와 악수를 하고 나가려는 찰나 그녀가 혼란스러운 얼굴로 다시 물었다. "정말로 가시는 거예요?"

"나폴레옹과 함께 전쟁을 치른 군인이 폭도들 때문에 겁먹는 법은 없지요." 그가 대답했다.

그가 층계참에 이르자 그라누가 달려가 소리쳤다.

"시청에 가게 되면 시장님에게 지금 일어나는 일을 꼭 알려주시오. 나는 집으로 가서 아내를 안심시켜야겠소."

이번에는 펠리시테가 후작의 귀에 대고 은밀한 기쁨과 함께 속삭였다.

"어휴, 차라리 소령이 포로로 붙잡혔으면 좋겠어요. 저이는 지나치게 열정적인 게 탈이라고요."

그사이 피에르는 그라누를 살롱으로 다시 데리고 왔다. 루디에는 구석에서 이 모든 광경을 말없이 지켜보다가는 피에르가 제안하는 신중한 방식에 열렬한 동의를 표했다. 그가 그들과 다시 합류하자 후작과 뷔예도 자리에서 일어섰다.

"이제 여긴 우리하고 비무장 상태인 주민들뿐입니다." 피에르가 입을 열었다. "그들이 분명 우릴 체포하려 들 테니 어디든지 꼭꼭 숨어 계세요. 우리 편이 우세해지면 그때 다시 움직이면 됩니다."

그라누는 그를 껴안을 뻔했다. 루디에와 뷔예는 한결 편하게 숨을 쉴 수 있었다.

"곧 여러분이 필요할지도 모릅니다." 전직 기름 장수가 힘주어 말했다. "플라상이 질서를 회복할 수 있게 하는 영예로운 일이 우리에게 맡겨진 것입니다."

"우리만 믿으세요." 열정적으로 호응하는 뷔예를 보며 펠리시테는 불안한 생각이 들었다.

시간이 얼마 없었다. 도시를 더 잘 수호하기 위해 몸을 숨기려는 플라상의 기이한 수호자들은 서둘러 떠나 어딘가로 꼭꼭 숨어들었다. 아내와 둘만 남은 피에르는 그녀에게 문을 걸어 잠그는 실수를 하지 말 것과, 누군가가 그녀에게 자신의 행방을 물으면 잠깐 여행을 떠났다고 대답할 것을 당부했다. 펠리시테가 그의 말을 이해 못 하는 척하면서 겁먹은 얼굴로 앞으로 어떻게 될지 묻자 그는 퉁명스럽게 대답했다.

"당신은 모르는 게 나아. 내가 다 알아서 할 거야. 그러는 게 좋아."

몇 분 뒤 그는 재빨리 반가를 따라 내려갔다. 쿠르 소베르에 이르자 오래된 동네에서 무장을 한 한 무리의 노동자들이「라 마르세예즈」를 부르며 나오는 게 보였다.

'이런 젠장! 이럴 줄 알았어.' 그는 생각했다. '마침내 도시 전체가 들고일어난 거라고.'

그는 포르트 드 롬 쪽으로 걸음을 재촉했다. 그곳에서 문지기가 굼뜨게 성문을 열어주는 동안 그의 얼굴에는 식은땀이 흘렀다. 성문을 통과해 니스로로 들어서자마자 달빛 아래 교외의 또 다른 끝에 있는 봉기군 대열이 보였다. 그들이 든 소총에서는 새하얀 불꽃이 뿜어져 나왔다. 피에르는 앵파스 생미트르로 달려가 오랫동안 찾지 않았던 그의 어머니 집으로 향했다.

제4장

앙투안 마카르는 나폴레옹이 실각한 뒤 플라상으로 돌아왔다. 운 좋게도 그는 제국의 마지막 살인적인 전쟁들을 피해 갈 수 있었다. 그는 이 병영 저 병영을 전전하며 거칠고 의미 없는 군인의 삶을 이어갔다. 이러한 삶은 그의 타고난 악덕을 더욱 발전시켰다. 이제 그는 의도적으로 나태한 삶을 살았다. 그로 하여금 수많은 처벌을 받게 했던 음주벽은 이제 그에게는 하나의 진정한 종교가 되었다. 하지만 그를 최악의 무뢰한이 되게 한 것은 무엇보다 그날그날 먹고사는 가난한 사람들에 대한 지독한 경멸이었다.

"나는 고향에 재산이 있어." 그는 종종 동료들에게 말했다. "제대를 하면 부르주아로 살게 될 거라고."

그는 이러한 믿음과 철저한 무지 때문에 상병 계급에도 오르지 못했다.

플라상을 떠나온 뒤로 그는 단 하루도 그곳에서 휴가를 보내지 못했다. 그의 형이 온갖 핑계를 대며 그가 오는 것을 막았기 때문이었다. 그리하여 앙투안은 피에르가 어떤 교묘한 방식으로 자기 어머니의 재산을 가로챘는지 전혀 모르고 있었다. 철저한 무관심 속에서 살아가던 아델라이드가 그에게 편지를, 그것도 잘 지낸다는 단순한 안부 편지를 보낸 것은 세 번도 되지 않았다. 그가 수차례 돈을 요구할 때마다 그녀가 침묵으로 답한 것도 그에게 별다른 의심을 불러일으키지 않았다. 그는 피에르의 구두쇠 행각을 익히 알고 있는 터였다. 그가 가끔씩 피에르에게 도움을 청할 때면 20프랑짜리 동전 하나를 받아내는 것조차 힘들었다. 이 모든 것은 형에 대한 그의 원망을 더욱더 커지게 했다. 피에르는 그를 다시 사 오겠다고 단단히 약속했음에도 내내 그를 목이 빠지게 기다리게 했다. 그는 집으로 돌아가면 다시는 어린 소년처럼 순종하지 않고 당당하게 자기 몫의 재산을 받아내 자기 마음대로 살겠다고 결심했다. 그는 자신을 집으로 데려다주는 역마차 안에서 달콤한 무위의 삶을 꿈꾸었다. 자신의 그런 꿈이 산산조각 나는 것을 보는 것은 그에게는 엄청난 충격이었다. 교외에 도착한 그는 더 이상 푸크가의 땅이 보이지 않는 데 경악했다. 그는 어머니의 새 주소를 물어야 했다. 그곳에서 두 사람 사이에 살벌한 광경이 연출되었다. 아델라이드는 그에게 땅을 처분했음을 차분하게 알려주었다. 격분한 앙투안은 손을 쳐들기까지 했다.

불쌍한 여인은 거듭 말했다.

"네 형이 모두 가져갔다. 걔가 널 돌봐줄 거야. 그러기로 약속했어."

그는 그곳에서 나와 피에르의 집으로 달려갔다. 앙투안이 돌아온다는 소식을 들은 피에르는 거친 말이 한마디라도 나오면 그와 영영 끝내기로 마음을 먹은 터였다.

"이봐요." 전직 기름 장수는 더 이상 그와 말을 놓지 않기로 했음을 보여주고자 했다. "날 화나게 하지 마시오. 안 그럼 당신을 쫓아낼 테니까. 무엇보다 난 당신이 누군지 모릅니다. 우린 성이 다르잖소. 내 어머니란 사람이 그토록 방탕하게 산 것만으로도 역겹기 짝이 없는데 그 사생아들까지 날 찾아와 모욕하다니. 난 당신한테 아무런 유감이 없소. 그런데 내게 이렇게 무례하게 굴다니. 난 당신한테 해줄 게 아무것도 없단 말이오, 아무것도."

분노한 앙투안은 그의 목을 조를 뻔했다.

"그럼 내 돈은 어쩔 건데?" 그는 소리를 질렀다. "이 도둑놈, 그 돈을 내게 돌려줘. 안 그럼 널 법정에 세울 거야."

피에르는 어깨를 으쓱해 보였다.

"난 당신에게 줄 돈이 없소." 그는 한층 더 차분한 얼굴로 대답했다. "내 어머니는 자기 마음대로 재산을 처분했고, 난 어머니의 일에 끼어들 생각이 없소. 유산을 물려받을 거라는 기대도 버린 지 오래요. 그러니 당신한테 비난받을 이유가 전혀 없단 말입니다."

그의 침착한 태도에 더욱 격분한 앙투안은 더 이상 무엇을 믿어야 할지 몰라 말을 더듬었다. 피에르는 아델라이드가 서명한 영수증을 그에게 내밀었다. 종이쪽지를 읽은 앙투안은 망연자실했다.

"좋아." 그는 착 가라앉은 목소리로 말했다. "내가 어떻게 하는지 두고 보라고."

사실 그는 무엇을 어떻게 해야 할지 몰랐다. 자기 몫을 되찾고 복수할 수 있는 즉각적인 방법을 알지 못한다는 사실은 그의 분노를 더욱 돋우었다. 그는 자기 어머니 집으로 돌아가 그녀에게 치욕적인 방식으로 질문을 해댔다. 불행한 여인이 할 수 있는 것이라고는 그를 다시 피에르의 집으로 보내는 것뿐이었다.

"날 계속 이리 갔다 저리 갔다 하게 할 셈이오?" 그는 무례하게 소리쳤다. "당신들 중에 누가 돈을 갖고 있는지 내가 꼭 알아내고 말 거요. 설마 벌써 다 탕진한 건 아니겠지, 혹시 어머니가?…"

그는 그녀의 과거의 비행을 들먹이며 혹시 어떤 놈팡이에게 돈을 다 줘버린 것은 아닌지 물었다. 그는 그가 '주정뱅이 마카르'라고 부르는 자기 아버지도 마찬가지로 비난했다. 마카르는 죽을 때까지 자기 어머니에게 빌붙어 살면서 자식들을 가난으로 내몰았다. 가엾은 여인은 넋 나간 얼굴로 앙투안의 말을 듣고 있었다. 그녀의 뺨 위로 굵은 눈물이 흘러내렸다. 어린아이처럼 겁에 질린 아델라이드는 판사의 질문에 답하듯 아들의 질문에 답했다. 그녀는 스스로를 옹호하면서 자신은 아무것도 잘못한 게 없으며, 피에르가 한 푼도 남겨두지 않고 모든 것을 가져갔다고 거듭 말했다. 앙투안은 마침내 그녀의 말을 믿기에 이르렀다.

"이 죽일 놈 같으니라고!" 그가 중얼거렸다. "그래서 나를 되사지 않았던 거야."

자기 어머니 집에서 앙투안은 구석의 짚 더미 위에서 잠을 자야 했다. 그는 알거지나 다름없는 상태로 고향으로 돌아왔다. 그를 더욱 분노케 한 것은 그의 형은 아주 잘나가는 듯 배에 기름이 끼도록 잘 먹고 잘 자는 반면 그는 거리의 버려진 개처럼 정처 없이 떠돌아야 한다는 사실이었다. 옷을 살 돈조차 없었던 그는 다음 날 군복 바지와 군모 차림으로 집을 나섰다. 운 좋게도 그는 옷장 깊숙한 곳에서 여기저기를 수선한 마카르의 오래된 누런 벨벳 재킷을 발견했다. 그는 이 우스꽝스러운 옷차림으로 온 동네를 돌아다니면서 자신의 사연을 들려주고 정의를 요구했다.

하지만 그가 조언을 구한 사람들은 그를 냉대했고 그는 분노의 눈물을 쏟아야 했다. 지방 사람들은 몰락한 집안에 동정심 따위는 느끼지 않았다. 루공 마카르가는 혈통을 속이지 못하고 서로를 잡아먹을 거라는 게 일반적인 중론이었다. 구경꾼들은 그들을 갈라놓기보다는 서로를 물어뜯도록 부추기곤 했다. 그러나 피에르는 벌써부터 자신의 태생적 결함을 씻어내기 시작했다. 사람들은 그의 사기 행각에 너그러운 웃음을 지어 보였다. 심지어 그가 잘한 것이라고, 그가 정말로 자기 어머니의 돈을 차지한 거라면 방탕한 삶을 사는 도시의 또 다른 이들에게도 좋은 본보기가 될 거라고 말하기까지 했다.

앙투안은 낙담하여 집으로 돌아왔다. 한 변호사는 그가 소송 비용을 댈 수 있는지를 몰래 알아본 뒤 역겹다는 얼굴로 추잡한 일은 가족끼리 해결하라고 충고했다. 그의 말에 따르면 사건이 몹시 복잡하여 길고 긴 싸움이 될 것이며, 그럼에도 성공을 보장할 수 없었다. 무엇보다 소송에는 돈이, 아주 많은 돈이 필요했다.

그날 저녁 앙투안은 자기 어머니에게 더욱더 가혹하게 굴었다. 그는 누구에게 화풀이를 해야 할지 몰라 그녀에게 또다시 전날의 비난을 되풀이했다. 그는 수치심과 두려움으로 몸을 떠는 불행한 여인을 한밤중까지 붙들고 있었다. 마침내 아델라이드는 피에르가 자신에게 연금을 지급하고 있다고 고백했고, 앙투안은 비로소 자기 형이 5만 프랑을 가로챘음을 확신했다. 하지만 그는 분노하는 가운데서도 꾀를 내어 여전히 의심하는 척했다. 자기 어머니가 자신의 정부들과 함께 재산을 탕진했다고 믿는 척하면서 그녀에게 질문을 계속 해댔다.

"다 알고 있다고요. 내 아버지가 유일한 남자가 아니었잖아요." 그는 잔인하게 내뱉었다.

이 마지막 한 방에 비틀거리던 그녀는 낡은 옷상자 위로 쓰러져 밤새 흐느껴 울었다.

앙투안은 아무것도 가진 것 없이 혼자서는 자신의 형과 싸울 수 없음을 깨달았다. 그는 먼저 아델라이드를 자기편으로 만들고자 했다. 그녀가 피에르를 고소한다면 자신에게 유리한 결과를 끌어낼 수 있을 터였다. 하지만 나약하고 무기력한 여인은 앙투안이 말을 꺼내자마자 자신의 장남을 위태롭게 할 수 없다며 거절했다.

"난 불행한 여자야." 그녀는 더듬더듬 말했다. "네가 화내는 건 당연해. 하지만 내 자식 중 하나를 감옥에 가게 할 수는 없어. 그건 너무 가혹한 일이야. 그럴 바엔 차라리 너한테 맞는 게 나아."

자기 어머니에게서 눈물밖에 끌어낼 게 없다고 느낀 앙투안은 그녀가 벌을 받는 것은 당연하며 자신은 아무런 동정심도 느끼지 않는다고 덧붙였다. 그

제4장 | 151

날 밤 아들의 끊임없는 괴롭힘에 충격을 받은 아델라이드는 신경성 발작을 일으켜 마치 죽은 사람처럼 눈을 뜬 채 온몸이 뻣뻣해지기에 이르렀다. 앙투안은 그녀를 침대 위에 던져놓은 뒤 옷을 벗길 생각도 하지 않았다. 혹시 숨겨둔 돈이 있나 해서 온 집 안을 뒤진 그는 40프랑을 찾아냈다. 그리고 몸이 굳은 채로 숨도 제대로 못 쉬는 어머니를 내버려둔 채 태연히 마르세유로 가는 역마차를 타러 갔다.

그는 자신의 동생 위르쉴과 결혼한 모자 제조공 무레를 생각해냈다. 어쩌면 그는 피에르의 사기 행각에 분노하면서 자기 아내의 몫을 되찾으려 할지도 몰랐다. 그러나 그는 앙투안이 기대했던 사람이 아니었다. 무레는 오래전부터 위르쉴을 고아로 여기고 있다고 말하면서, 어떤 이유에서라도 가족 간의 분쟁에 끼어들고 싶지 않음을 분명히 했다. 부부의 사업은 번창했다. 그들에게서 냉대를 받은 앙투안은 다시 서둘러 역마차를 타야 했다. 하지만 무레의 눈빛에서 은밀한 경멸을 읽은 그는 떠나기 전에 되갚아주고자 했다. 자신의 동생이 더욱 창백하고 쇠약해져 있음을 본 앙투안은 잔인한 말로 인사말을 대신했다.

"조심하는 게 좋을 겁니다. 내 누이는 늘 병약했어요. 이제 보니 상태가 더 나빠진 것 같군요. 그러다 죽을지도 몰라요."

무레의 눈에 눈물이 고이는 것을 본 앙투안은 자신이 아픈 상처를 건드렸음을 알았다. 그들 부부는 지나치게 자신들의 행복을 과시하고 있었던 것이다.

플라상으로 되돌아온 앙투안은 자신이 아무것도 할 수 없다는 확신으로 인해 더욱더 위협적인 존재가 되어갔다. 한 달간 그는 쉼 없이 도시 곳곳을 누비고 다녔다. 그러다 길거리에서 아무나 붙잡고 자기 이야기를 들려주곤 했다. 아델라이드에게서 20수짜리 동전이라도 받아낼라치면 아무 선술집에나 가서 술을 마셨다. 그리고 자기 형은 사기꾼이며 절대 가만두지 않겠다고 소리치곤 했다. 그런 장소에서 싹트는 술꾼들 사이의 동료애는 그에게 호의적인 청중을 제공해주었다. 온 도시의 가난한 이들이 그의 편을 들고 나섰다. 그들은 용맹한 군인에게 한 푼도 남겨주지 않은 사기꾼 피에르 루공을 신랄하게 비난했고, 그러다 마지막에는 언제나 부자들을 싸잡아 욕하곤 했다. 앙투안은 복수의 효과를 높이기 위해 계속해서 군복 바지와 군모, 낡은 누런색 벨벳 재킷 차림으로 돌아다녔다. 그의 어머니가 좀 더 나은 옷들을 사주겠다고 했음에도 그는 자신의 누더기를 고수했고, 일요일마다 쿠르 소베르에서 그것을 과시했다.

그의 가장 달콤한 즐거움 중 하나는 하루에 열 번씩 피에르의 가게 앞을 지나는 것이었다. 그는 손가락으로 재킷의 구멍을 더 넓히고는 천천히 그 앞을 오갔다. 때로는 그 문 앞에서 이야기를 나누면서 더 오래 머물기도 했는데, 그럴 때면 그의 공모자 역할을 하는 술꾼을 데려오곤 했다. 앙투안은 5만 프랑을 도둑맞은 이야기를 하면서 욕설과 위협을 빼놓지 않았고, 거리의 모든 사람들에게 들리도록 더욱 목청을 높였다. 그리하여 그의 거친 말들은 상점 안쪽까지 또렷이 들려왔다.

"그는 머지않아 구걸을 하러 우리 집에까지 찾아올 거예요." 펠리시테는 절망하며 말했다.

오만한 작은 여인은 이 스캔들 때문에 몹시 고통스러워했다. 이 무렵 그녀는 피에르와 결혼한 것을 남몰래 후회한 적이 있었다. 게다가 그의 가족은 정말 끔찍했다. 그녀는 앙투안이 누더기 차림으로 시위하는 것을 그만두게 할 수만 있다면 무엇이든 주었을 터였다. 하지만 자기 동생의 행동에 경악한 피에르는 자기 앞에서 그의 이름조차 언급하지 못하게 했다. 차라리 그에게 몇 푼 쥐여줘서 입을 다물게 하는 게 낫지 않냐고 이야기하는 펠리시테에게 화를 내며 소리쳤다.

"아니, 절대 안 돼. 그놈한테는 한 푼도 줄 수 없어. 굶어 죽든 말든 내 알 바

아니라고!"

 그러나 그런 그도 결국에는 앙투안의 막무가내식 짓거리를 더는 참기 힘들다고 털어놓기에 이르렀다. 어느 날 펠리시테는 이 일을 끝내기로 마음먹고 그 남자를 불렀다. 그녀는 앙투안을 지칭할 때면 입을 삐죽거리며 '그 남자'라고 부르곤 했다. 그 남자는 자신보다 더 초라한 차림을 한 동료와 함께 거리 한복판에서 펠리시테가 못된 여자라고 욕하고 있었다. 두 남자 모두 술에 취해 있었다.

 "들어가자고, 안에서 우릴 부르잖아." 앙투안은 빈정거리는 목소리로 동료에게 말했다.

 펠리시테는 뒤로 물러나며 나직이 말했다.

 "우린 당신한테만 볼일이 있어요."

 "흠! 하지만 이 친군 좋은 사람이에요." 앙투안이 말했다. "이이 앞에선 아무 말이나 해도 돼요. 게다가 내 증인이 되어줄 거라고요."

 이른바 증인은 의자 위에 털썩 주저앉았다. 그는 모자도 벗지 않은 채 주위를 둘러보면서 자신이 무례한 줄 아는 술꾼과 상스러운 사람이 지을 법한 바보 같은 웃음을 지어 보였다. 당황한 펠리시테는 자신이 이상한 사람들과 함께 있는 것을 들키지 않도록 가게 입구를 막고 서 있었다. 다행히 그녀의 남편이 그녀를 구하러 나타났고, 그와 그의 동생 사이에 격렬한 언쟁이 오갔다. 말발이 달리는 앙투안은 욕설이 오가는 중에 이성을 잃고 똑같은 불평을 스무 번도 넘게 반복했다. 심지어 울음을 터뜨리기까지 하는 바람에 그의 동료까지 따라 울 뻔했다. 피에르는 위엄 있는 태도로 스스로를 변호했다.

 "이봐요, 나도 당신이 안됐고 불쌍하다고 생각해요. 당신이 날 무자비하게 모욕했지만 우리가 같은 어머니를 가졌다는 사실을 잊지 않고 있다고요. 하지만 내가 당신한테 무언가를 해준다면 그건 선의로 하는 거지 당신이 무서워서가 아니란 걸 알아야 합니다…. 내가 100프랑을 주면 문제가 해결되겠소?"

갑작스러운 100프랑의 제안은 앙투안의 동료를 현혹했다. "신사께서 100프랑을 주신다면 더 이상 욕을 하면 안 되는 거야." 하지만 앙투안은 자기 형의 속뜻을 따져보고자 했다. 그는 피에르에게 자신을 놀리느냐면서, 자신이 원하는 것은 자신의 정당한 몫인 1만 프랑임을 단호하게 말했다. "이러면 안 돼, 이러면 안 된다고." 그의 동료가 더듬거렸다.

마침내 짜증이 난 피에르가 두 사람을 문밖으로 내치겠다고 하자 앙투안은 금액을 낮춰 1,000프랑을 요구했다. 이 금액을 놓고 15분가량 더 언쟁이 오갔다. 그러자 펠리시테가 끼어들었다. 사람들이 상점 앞으로 모여들기 시작했다.

"내 말 잘 들어요." 그녀는 다급하게 말했다. "내 남편이 200프랑을 주고, 거기에 더해서 내가 정장 한 벌을 사주고 1년 치 집세를 내줄게요."

그녀의 말에 피에르는 화를 냈다. 앙투안의 동료는 반색하며 소리쳤다.

"좋아요, 친구도 좋다고 할 겁니다."

과연 앙투안은 마지못한 듯 제안을 수락했다. 그는 그 이상 받아내긴 힘들다는 것을 느꼈다. 그들은 돈과 옷은 그다음 날 보내주고, 앙투안은 펠리시테가 집을 구하는 대로 들어가 살기로 합의했다. 앙투안과 동행한 술주정뱅이는 그곳을 떠나면서 앞서 무례했던 것만큼이나 공손한 태도를 보였다. 그는 겸손하고 서툰 몸짓으로 열 번도 넘게 고개를 숙이면서 루공 부부의 선물이 자신을 위한 것인 양 더듬더듬 모호한 감사의 말을 전했다.

그로부터 일주일 뒤 앙투안은 오래된 동네에 세낸 커다란 방으로 들어갔다. 펠리시테는, 그가 자신들을 더 이상 괴롭히지 않겠다고 맹세하는 조건으로, 자신이 약속한 것에 더해 침대와 탁자 그리고 의자 몇 개를 들여놔주었다. 아델라이드는 자기 아들이 떠나는 것을 조금도 아쉽게 생각하지 않았다. 그는 그곳에서 얼마 머물지 않았지만 그 때문에 그녀는 석 달 넘게 빵과 물만으로 살아야 했다. 앙투안은 먹고 마시느라 펠리시테가 준 200프랑을 순식간에 날려버렸다. 그는 생계를 잇게 해줄 소규모 장사에 그 돈을 투자할 생각 같은 것은 단 한순간도 하지 않았다. 그러다 또다시 빈털터리가 되자 아무 기술도 없고 일도 하기 싫었던 그는 또다시 루공 부부의 지갑을 털 생각을 했다. 하지만 상황이 바뀌어 그는 더 이상 그들에게 위협적인 존재가 되지 못했다. 오히려 피에르는 그런 상황을 그를 내쫓을 기회로 삼아 다시는 자기들 집에 발을 들여놓지 말라고 그에게 경고했다. 앙투안은 또다시 자신의 형을 비난하고 나섰지만 아무 소용이 없었다. 펠리시테로부터 피에르의 관대함에 대해 익히 전해 들은 주민들은 앙투안을 욕하면서 한심한 놈팡이로 취급했다. 하지만 배고픔은 그를 절박하게 만들었다. 그는 자기 아버지처럼 밀수입을 하고 가문의 이름을 더럽힐 나쁜 짓을 하겠노라고 위협했다. 하지만 루공 부부는 어깨를 으쓱해 보일 뿐이었다. 그들은 그가 목숨을 무릅쓰기에는 너무 비겁하다는 것을 잘 알고 있었다. 자신의 가족과 사회 전체에 대한 원망으로 가득했던 앙투안은 마침내 일거리를 찾아 나서기로 마음먹었다.

앙투안은 교외의 선술집에서 집에서 바구니 만드는 사람을 만난 적이 있었다. 그는 일손을 거들겠다고 제안했다. 그는 단기간에 바구니 짜는 법을 익혔다. 저렴하고 조악한 제품들은 손쉽게 내다 팔 수 있었다. 그는 이내 스스로를 위해 일하기 시작했다. 그는 별로 까다롭지 않은 이 일이 마음에 들었다. 그는 여전히 게으른 삶에 탐닉했고, 그것이 그의 가장 큰 관심사였다. 그는 더 이상 빈둥거리기가 힘들 때만 일을 하면서, 돈이 궁할 때마다 급히 바구니 열두 개를 짜서 시장에 내다 팔곤 했다. 수중에 돈이 남아 있는 동안은 거리를 한가로이 거닐거나 포도주 가게로 달려갔다가 양지쪽에서 술을 홀짝거리곤 했다. 그러다 온종일 굶게 되면 그제야 아무것도 하지 않고 사는 부자들을 마음속으로 욕하면서 버들가지를 집어 들었다. 이런 식으로 해나가는 바구니 짜기는 별로 돈이 되지 않았다. 버들가지를 싸게 구입할 방법을 찾지 못한다면 그의 술값조차 지불하기 힘들 터였다. 그는 플라상에서 버들가지를 구입한 적이 한 번도 없었고, 이웃 도시에서 더 싸게 살 수 있다고 주장하면서 매달 그곳으로 간다고 했다. 하지만 사실은 어두운 밤에 비오른 강의 버드나무 숲에서 몰래 버들가지를 훔쳐 오곤 했다. 한번은 그곳을 지키는 감시인에게 붙잡혀 며칠 동안 옥살이를 하기도 했다. 그 무렵부터 그는 열렬한 공화파로 자처하고 나섰다. 그는 감시인에게 붙잡혔을 때 강가에서 조용히 파이프 담배를 피우고 있었다고 주장했다. 그리고 이렇게 덧붙였다.

"저들은 나를 없애버리려고 해. 내가 어떤 생각을 갖고 있는지 알기 때문이지. 하지만 난 빌어먹을 부자들 따위는 하나도 무섭지 않다고!"

이렇게 10년간 빈둥거리며 산 끝에 앙투안은 자신이 일을 너무 많이 했다고 생각하게 되었다. 그의 변함없는 꿈은 아무것도 하지 않고 잘사는 법을 찾아내는 것이었다. 그의 나태함은 빈둥거릴 수만 있다면 굶는 것도 개의치 않는 몇몇 게으름뱅이들과는 달리 빵과 물만으로는 만족되지 않았다. 그는 맛있는 음식과 더불어 진정 여유로운 나날을 보내고 싶어 했다. 언젠가는 카르티에 생마르크에 사는 귀족의 집에 하인으로 들어갈까 생각한 적도 있었다. 하지만 그와 친하게 지내는 한 마부가 주인들이 얼마나 까다로운지를 들려주면서 그에게 겁을 주었다. 바구니 짜기에 진저리가 난 앙투안은 버들가지를 사야 할 때가 다가오는 걸 보면서 대리 군인으로 자신을 팔러 갈 생각을 하고 있었다. 노동자로 사느니 그 편이 백번 나을 것이었다. 그런데 그때 우연히 한 여인을 알게 되면서 그의 계획이 바뀌었다.

사람들에게 '핀'이라는 약칭으로 불리는 조제핀 가보당은 서른 살쯤 된, 큰 키에 몸집이 건장한 여성이었다. 남자처럼 각진 얼굴의 턱과 입술에는 놀랍도록 기다란 털이 드문드문 나 있었다. 그녀는 필요할 때면 크게 한 방을 먹일 수 있는 여장부로 알려져 있었다. 그녀의 너른 어깨와 굵은 팔은 지역의 소년들에게 엄청난 존중심을 불러일으켜서 아이들은 그녀의 털을 보고 웃을 엄두조차 내지 못했다. 하지만 겉보기와는 달리 핀은 마치 어린아이처럼 조그맣고 가냘프며 맑은 목소리를 지니고 있었다. 그녀를 잘 아는 사람들의 말에 의하면 그녀는 무서운 외모와는 달리 양처럼 순하고 부드러운 여자였다. 게다가 매우 부지런한 일꾼이라 술만 아니었다면 얼마든지 저축을 할 수도 있었을 터였다. 그녀는 아니스 술을 몹시 사랑했다. 그 때문에 일요일 저녁이면 종종 누군가의 등에 업혀서 집으로 돌아가야 했다.

그녀는 일주일 내내 짐승처럼 일하면서 서너 가지 일을 함께 했다. 계절에 따라 중앙 시장에서 과일이나 삶은 밤을 팔거나, 연금 생활자들의 집안일을 돌보거나, 부르주아들의 파티가 있는 날 설거지를 하기도 했다. 그러다 시간이 남으면 낡은 의자의 짚을 가는 일을 했다. 그녀는 무엇보다 온 도시에 밀짚 의자 수선공으로 잘 알려져 있었다. 남프랑스에서는 밀짚 의자가 널리 사용되어 빨리 닳기 일쑤였다.

앙투안 마카르는 중앙 시장에서 핀을 알게 되었다. 겨울에 그곳에 바구니를 팔러 갈 때마다 그는 그녀가 밤을 익히던 화덕 옆에서 몸을 덥히곤 했다. 작은 일에도 질색하곤 하는 그로서는 그녀의 근면함이 놀라울 뿐이었다. 그는 점차 이 강인한 여인의 거친 외면 뒤에 감춰져 있는 수줍음과 선함을 알게 되었다. 김이 나는 냄비 앞에서 넋을 잃고 서 있는 불쌍한 아이들에게 밤을 한 줌씩 쥐여주는 그녀의 모습이 종종 그의 눈에 띄었다. 시장 감독관이 그녀를 괴롭힐 때면 그녀는 자신이 커다란 주먹을 가진 것조차 의식하지 못한 채 곧 눈물을 쏟을 듯 보였다. 앙투안은 자신에게 필요한 여자는 바로 이런 여자라고 생각했다. 그녀는 두 사람을 위해 일하고 자신은 집의 주인으로 군림할 수 있을 것이었다. 핀은 그의 짐바리 짐승이자 지칠 줄 모르는 순종적인 동물 같은 존재가 될 터였다. 술에 대한 그녀의 애정은 그에게는 지극히 당연한 것으로 여겨졌다. 그는 그녀와의 결혼의 장점들을 신중하게 숙고한 뒤 그녀에게 자신의 마음을 고백했다. 핀은 그의 제안에 반색했다. 지금까지 어떤 남자도 감히 그녀에게 관심을 보인 적이 없었다. 사람들이 아무리 앙투안이 천하의 망종이라고 말해도 그녀는 그의 청혼을 거절할 용기가 나지 않았다. 사실 오랫동안 그녀는 강인해 보이는 겉모습 뒤에 결혼에 대한 욕구를 감추고 있던 터였다. 결혼식 날 저녁 앙투안은 곧바로 중앙 시장 부근 시바디에르가(街)의 핀의 집으로 들어왔다. 방이 세 개인 그녀의 집은 그의 집보다 가구가 훨씬 안락하게 갖추어져 있었다. 그는 침대에 놓인 두 개의 탄탄한 매트리스 위에 드러누우며 만족과 안도의 한숨을 내쉬었다.

처음 며칠간은 모든 게 잘되어나갔다. 핀은 여전히 예전처럼 다양한 일들을 해나갔다. 앙투안은 스스로도 놀라는 남편으로서의 자존심 덕분에 한 달간 짰던 것보다 더 많은 바구니를 일주일 만에 짜낼 수 있었다. 하지만 일요일만 되면 부부 싸움이 터졌다. 그사이 집에 꽤 많은 돈이 쌓인 터라 부부는 그 돈을 마음껏 써댔다. 밤이면 술에 취한 두 사람은 서로를 격렬하게 때렸고, 다음 날에는 싸움이 어떻게 시작되었는지조차 기억하지 못했다. 그들은 밤 10시 정도까지는 서로에게 매우 다정하게 굴었다. 그러다 앙투안이 먼저 그녀를 때리기 시작했고, 핀 역시 언제 그랬냐는 듯 돌변해 그에게 따귀를 맞은 만큼 그를 향해 주먹질을 해댔다. 그리고 그다음 날이 되면 그녀는 아무 일도 없었다는 듯 다시 씩씩하게 일터로 나갔다. 하지만 그녀의 남편은 꽁한 마음으로 늦게 일어나 햇볕 속에서 파이프 담배를 피우며 시간을 죽여나갔다.

그때부터 마카르 부부는 똑같은 양상의 삶을 죽 이어갔다. 그들 사이에는 아내가 피땀 흘려 일해 남편을 먹여 살리기로 한 듯한 암묵적 합의가 존재했다. 천성적으로 일하기를 좋아하는 핀은 아무런 불평도 하지 않았다. 술만 마시지 않는다면 성인군자처럼 참을성이 많은 그녀는 자신의 남편이 게으른 것을 지극히 자연스럽게 여겼고, 아주 사소한 일로도 그를 성가시게 하지 않으려고 애썼다. 그녀의 귀여운 죄악인 아니스 술은 그녀를 고약하게 만드는 대신 합리적인 사람이 되게 했다. 그녀가 가장 좋아하는 술 앞에서 자신을 잊곤

하는 밤에 앙투안이 시비를 걸어오면 그녀는 즉각 공격적인 태도로 그의 게으름과 배은망덕을 나무랐다. 이웃 사람들은 부부의 방에서 주기적으로 들려오는 요란한 다툼 소리에 익숙해져 있었다. 서로를 때릴 때면 두 사람은 인정사정 봐주는 법이 없었다. 아내는 못된 아들의 버릇을 고치려는 엄마처럼 남편을 때렸다. 악의적이고 은혜를 모르는 남편은 횟수를 세가면서 아내를 구타했고, 여러 번 그녀를 불구로 만들 뻔했다.

"내 팔다리를 분질러놓으면 퍽이나 좋겠다." 그녀가 말했다. "그땐 누가 당신을 먹여 살릴 거냐고, 이 천하의 게으름뱅이야!"

이처럼 격렬한 부부 싸움을 제외하면 앙투안은 자신의 새로운 삶이 마음에 들었다. 그는 말끔히 차려입고, 배불리 먹고, 실컷 마셨다. 바구니 짜는 일은 더 이상 하지 않았다. 때때로 너무 지루할 때면 다음번 장을 위해 바구니 열두 개를 짜겠노라고 다짐하곤 했다. 하지만 종종 첫 번째 바구니조차 끝내지 못했다. 그는 20년간 사용하지 않은 버들가지 다발을 소파 아래에 보관해두었다.

마카르 부부는 세 자녀를 두었다. 딸 둘과 아들 하나였다.

결혼 1년 뒤인 1827년에 태어난 큰딸 리자는 집에 머무는 시간이 별로 없었다. 크고 아름다우며 매우 건강하고 다혈질인 아이는 자신의 어머니를 많이 닮았다. 하지만 어머니처럼 미친 듯이 일에 몰두하는 성향은 물려받지 않은 듯했다. 앙투안은 딸에게 안락한 삶에 대한 확고한 욕망을 심어주었다. 아주 어릴 때부터 리자는 과자 하나를 얻기 위해 온종일 일하기를 마다하지 않았다. 그녀는 일곱 살도 되기 전부터 이웃인 우체국장 부인과 가까이 지냈다. 부인은 어린 리자를 하녀로 삼았고, 1839년에 남편이 죽자 파리로 이사를 가면서 아이를 함께 데리고 갔다. 실상은 리자의 부모가 그녀에게 딸을 거저 준 것이나 다름없었다.

그다음 해인 1828년에 태어난 둘째 딸 제르베즈는 태어날 때부터 다리를 절었다. 아마도 부부가 취해 서로 치고받고 하던 어느 부끄러운 밤에 잉태된 듯 오른쪽 넓적다리가 휘고 말랐다. 그녀의 어머니가 다툼과 주정으로 인해 감당해야 했던 난폭함의 기이한 유전적 결과물인 셈이었다. 제르베즈는 자라는 내내 연약했고, 너무 파리하고 약한 딸이 안타까웠던 핀은 기운을 북돋아준다는 핑계로 그녀에게 아니스 술을 처방했다. 그 후 제르베즈는 더 말라갔다. 언제나 지나치게 헐렁한 그녀의 옷은 그 속이 비어 있는 것처럼 펄럭였다. 그녀의 마르고 변형된 몸 위로 인형처럼 어여쁘고 우아한 섬세함을 지닌, 조그맣고 창백한 둥근 얼굴이 돋보였다. 게다가 그녀의 신체장애마저 일종의 매력으로 작용하여 그녀가 걸음을 내디딜 때마다 몸 전체가 부드럽고 리드미컬하게 흔들리는 듯 보였다.

마카르 부부의 아들인 장은 제르베즈보다 3년 늦게 태어났다. 그는 제르베즈의 마른 몸을 전혀 떠올리게 하지 않는 건장한 사내아이였다. 외모를 제외하면 그는 큰누나인 리자처럼 어머니를 많이 닮은 편이었다. 그는 루공마카르가에서는 처음으로 나타난 균형 잡힌 통통한 얼굴에, 진지하지만 전혀 영리해 보이지는 않는 냉정함을 지닌 인물이었다. 이 소년은 언젠가는 독립적인 지위를 스스로 만들어내겠다는 강인한 의지와 함께 자라났다. 그는 학교를 열심히 다녔고, 둔한 머리로 산술과 철자법을 익히기 위해 무진 애를 썼다. 그런 다음 다시 똑같은 노력으로 도제 교육을 받기 시작했다. 그는 남들이 한 시간 만에 배우는 것을 하루가 걸려 배우는 터라 이러한 끈기는 더욱더 칭찬받아 마땅했다.

이 가엾은 아이들이 부모 밑에서 사는 동안 앙투안은 허구한 날 불평을 해댔다. 그들은 그의 몫을 축내는 쓸모없는 입들일 뿐이었다. 그는 자기 형처럼 더는 아이를 갖지 않겠다고 맹세했다. 자식은 부모를 가난으로 내모는 식충이 같은 존재였다. 다섯 명이 식탁에 앉아 자기 아내가 장, 리자, 제르베즈에게 가장 맛있는 음식을 나눠줄 때마다 그의 불평이 시작되곤 했다.

"잘하는 짓이다. 그렇게 녀석들 입에 자꾸만 쑤셔 넣어보라고. 배가 터져 죽는 꼴을 보게 될 테니까!"

핀이 아이들에게 옷과 신발을 사줄 때마다 그는 며칠 동안 뚱해 있었다. 아! 이럴 줄 진작 알았더라면 절대 아이들을 낳지 않았을 것이다. 그들 때문에 그는 하루에 담배를 4수어치밖에 피우지 못했고, 저녁으로 그가 가장 싫어하는 감자 스튜를 종종 먹어야 했다.

시간이 지나 장과 제르베즈가 처음으로 그에게 20수짜리 동전 몇 개를 가져다주자 그는 자식도 쓸모가 있다고 생각했다. 리자는 이미 그곳에 없었다. 앙투안은 예전에 자기 아내 덕으로 먹고살았던 것처럼 아무 거리낌 없이 남아 있는 두 자녀를 뜯어먹고 살았다. 이는 그의 치밀한 계산에 따른 것이었다. 어린 제르베즈는 여덟 살 때부터 이웃 상인의 집에 아몬드 껍질을 깨러 다녔다. 그렇게 해서 하루에 10수를 벌었고, 그녀의 아버지는 그 돈을 당당하게 자기 주머니에 넣었다. 핀은 그 돈이 어디로 갔는지 물어볼 엄두조차 내지 못했다. 그 후 제르베즈는 세탁부 밑으로 들어가 일을 배웠다. 그리고 그녀 자신이 세탁부로 일하기 시작하면서 하루에 2프랑을 벌었고, 그 돈 역시 똑같은 방식으로 앙투안의 주머니 속으로 들어갔다. 소목장(小木匠) 일을 배운 장 역시 급여일마다 빈털터리가 되기는 마찬가지였다. 그 돈을 자기 어머니에게 주기도 전에 중도에 앙투안에게 빼앗기곤 했다. 가끔씩 돈을 자기 수중에 넣지 못할 때면 앙투안은 극도로 침울한 모습을 보였다. 그는 일주일 내내 화난 얼굴로 아이들과 아내를 뚫어져라 바라보았고, 자신이 왜 짜증을 내는지 그 이유를 대놓고 말하지는 못하면서 아무것도 아닌 일로 트집을 잡곤 했다. 그는 다음번 급여일에는 잘 지켜보고 있다가 아이들의 돈을 빼앗아 며칠이고 사라져버리겠노라고 다짐하곤 했다.

길에서 두들겨 맞으며 이웃의 사내아이들과 함께 자란 제르베즈는 열네 살에 임신을 했다. 아이의 아버지는 열여덟 살도 채 되지 않았다. 그는 무두장이로 일하는 랑티에라는 청년이었다. 앙투안은 불같이 화를 냈다. 그러다 정직한 여성인 랑티에의 어머니가 아이를 맡아 키우겠다고 나서자 그제야 화를 가라앉혔다. 하지만 그는 여전히 제르베즈를 자기 곁에 두었다. 그녀가 이제 25수씩을 벌어 오자 앙투안은 결혼에 관해 이야기하는 것을 피했다. 그로부터 4년 뒤 제르베즈가 둘째 아들[1]을 낳자 랑티에의 어머니는 또다시 아이를 맡겠다고 나섰다. 이번에도 앙투안은 모른 척 두 눈을 질끈 감았다. 말 많은 이 상황에 대해 무두장이와 상의해봐야 하지 않겠냐며 핀이 조심스럽게 말을 꺼내자 그는 자기 딸이 떠나는 일은 없을 거라고 단호하게 말했다. 앙투안은 '랑티에가 딸에게 걸맞은 상대가 되고 가구를 살 돈이 있을 때에야' 그에게 딸을 줄 것이었다.

앙투안 마카르에게는 이 시기가 가장 좋은 때였다. 그는 부르주아처럼 프록코트와 섬세한 나사 바지를 입고 다녔다. 통통하게 살이 오른 그는 더 이상 선술집을 제 집처럼 드나들던 마르고 초라한 망나니가 아니었다. 그는 카페에 다니고, 신문을 읽고, 쿠르 소베르에서 산책을 했다. 그는 주머니에 돈이 있는 동안에는 신사 흉내를 냈다. 그러다 돈이 떨어지면 자신이 즐기는 커피를 마시러 가지 못하고 누추한 집에 갇혀 있어야 한다는 사실에 불같이 화를 내곤 했다. 그런 날이면 그는 자신의 가난을 인류 모두의 탓으로 돌리면서 분노와 질투를 폭발시켰다. 그의 이러한 행태를 보다 못한 핀은 카페에서 저녁 시간을 보내도록 집에 남은 마지막 은화를 그에게 쥐여주었다. 이 못 말리는 사내는 지독한 이기주의자였다. 제르베즈가 매달 집에 60프랑을 가져오면서 얇은 면으로 된 옷을 입고 다닐 때 그는 플라상의 일류 재단사에게 검은 새틴 조끼를 주문했다. 하루에 3, 4프랑씩을 벌던 장은 어쩌면 제르베즈보다 더

---

[1] 제르베즈는 『목로주점』의 주인공이며, 여기서 언급되는 그녀의 두 아들은 클로드 랑티에(『파리의 배 속』과 『작품』에 다시 등장)와 에티엔 랑티에(『제르미날』의 주인공)이다.

한 착취를 당했다. 그의 아버지가 온종일 빈둥거리던 카페는 그가 일하던 가게 맞은편에 있었다. 대패나 톱으로 작업을 하는 동안 장은 맞은편에서 '무슈' 마카르가 몇몇 연금 생활자들과 피켓[2]을 하면서 커피에 설탕을 넣는 것을 목격하곤 했다. 저 늙은 백수가 축내고 있는 것은 그의 돈이었다. 그는 카페에는 한 번도 가본 적이 없고, 글로리아[3] 한 잔을 마시는 데 필요한 5수조차 가져본 적이 없었다. 앙투안은 그를 계집아이처럼 취급하면서 1상팀도 남겨주지 않았고, 그가 시간을 보내는 방식을 엄격하게 관리했다. 혹시라도 불행한 청년이 친구들과 한적한 시골 혹은 비오른 강가나 가리그 언덕에서 한나절을 보내게 되면 앙투안은 화를 내면서 손찌검을 했고, 2주에 한 번씩 받는 급여에서 4프랑이 모자란 데에 오랫동안 앙심을 품기도 했다. 이처럼 그는 자신의 속셈을 위해 아들을 종속 상태로 두었고, 심지어 때로는 그가 구애하는 여자들을 자기 것인 양 바라보곤 했다. 앙투안 마카르의 집에는 제르베즈의 친구들이 종종 찾아왔다. 16~18세의 노동자들인 사춘기 소녀들은 잘 웃고 대담했으며 도발적인 열정을 거리낌 없이 발산했다. 어떤 날 저녁에는 온 집 안이 그들의 젊음과 유쾌함으로 가득 찬 듯 보였다. 모든 즐거움을 박탈당한 채 돈이 없어 집에 머물러야 했던 가엾은 장은 탐욕으로 빛나는 눈으로 그들을 바라보았다. 강제적으로 살아야 했던 어린애 같은 삶은 그를 극도로 소심하게 만들었다. 그는 누이의 친구들과 놀면서도 그들의 손가락을 스칠 엄두조차 내지 못했다. 앙투안은 딱하다는 듯 어깨를 으쓱했다.

"사내새끼가 저렇게 순진해빠져서야 원!" 그는 냉소적인 우월감을 드러내며 중얼거렸다.

그리고 자기 아내가 등을 돌릴 때마다 소녀들의 목덜미에 키스를 하는 것

---

[2] 두 사람이 32매의 패를 가지고 하는 카드놀이.
[3] 커피에 설탕과 럼주를 섞은 음료.

은 바로 그였다. 심지어 그는 장이 유독 눈독을 들이고 있던 어린 세탁부에게 더욱더 추근거렸다. 어느 날 저녁에는 장의 품에 안겨 있는 여자를 빼앗다시피 했다. 그러면서도 늙은 망나니는 자신의 추잡한 행태를 자랑스러워했다.

세상에는 여자한테 빌붙어 살아가는 남자들이 있기 마련이다. 앙투안 마카르 역시 파렴치한처럼 자기 아내와 아이들의 덕으로 살아갔다. 그는 살림을 거덜 내 집이 텅 비게 되면 밖으로 나가 흥청망청 먹고 마시며 놀았다. 그리고 그럴 때마다 더욱더 고고한 사람인 양 굴었다. 카페에서 돌아온 뒤에는 집에서 자신을 기다리고 있는 가난을 신랄하게 조롱했다. 저녁 식사는 역겹기 짝이 없고, 제르베즈는 멍청하고, 장은 결코 남자다운 남자가 되지 못할 거라며 비아냥거렸다. 이기적인 쾌락에 탐닉하는 그는 음식의 가장 맛난 부분을 먹을 때에야 비로소 만족감을 드러냈다. 불쌍한 두 자녀가 진이 빠진 채 식탁 위에서 잠드는 동안 그는 파이프 담배를 뻑뻑 빨아댔다. 그의 나날은 이처럼 빈둥거리며 즐기는 가운데 흘러갔다. 그는 여유로운 부잣집 여인네처럼 카페의 벤치에서 뒹굴뒹굴하거나 시원한 날에 쿠르 소베르나 마유 대로를 어슬렁거리는 것을 자신의 자연스러운 권리처럼 여겼다. 심지어 아들 앞에서 자신의 연애 행각을 떠벌리기까지 했다. 장은 굶주린 자의 탐욕스러운 눈빛으로 귀를 쫑긋 세우고 그의 이야기를 들었다. 자신들의 어머니가 남편의 충실한 종처럼 구는 것을 보고 자란 앙투안의 아이들은 결코 불평하거나 항의하는 법이 없었다. 부부가 같이 취했을 때는 남편을 사정없이 두들겨 패는 여장부 핀은 맨정신일 때는 여전히 그의 앞에서 몸을 떨었고 그가 집안의 폭군으로 군림하게 놔두었다. 그녀가 낮에 시장에서 벌어 온 돈을 그가 밤마다 빼앗아 갈 때도 그녀는 속으로만 그를 욕할 뿐이었다. 그는 때때로 일주일 치 생활비를 미리 다 써버린 뒤, 죽도록 일만 하는 그녀를 요령이 없는 아둔한 여자라며 비난했다. 그러면 핀은 어린 양처럼 순한 얼굴로 자신은 이제 스무 살이 아니며, 돈 벌기가 너무 힘에 부친다고 변명했다. 그녀의 건장한 몸에서 나오는 낭랑하고 여린 목소리는 기이한 효과를 불러일으켰다. 그런 뒤 핀은 스스로를 달래기 위해 아니스 술 1리터를 사서 저녁마다 딸과 함께 술잔을 기울였고, 그 사이 앙투안은 카페로 되돌아갔다. 이는 그들에게 허락된 유일한 일탈 행위였다. 장이 먼저 잠자리에 들면 두 여자는 식탁에 앉아 술을 마시다가 작은 소리만 나도 재빨리 술병과 잔들을 감췄다. 앙투안의 귀가가 늦으면 그들은 홀짝홀짝 마시면서 조금씩 취해갔다. 그러다 정신이 몽롱해진 모녀는 서로에게 야릇한 미소를 지어 보이면서 더듬더듬 말했다. 제르베즈의 뺨에는 분홍빛 얼룩들이 생겨나 있었다. 인형처럼 작고 섬세한 그녀의 얼굴은 단순한 행복감에 젖어 있었다. 이처럼 연약하고 창백한 낯빛의 소녀가 취기로 달아오른 채 축축한 입가에 술꾼들의 멍청한 웃음을 띠고 있는 것보다 딱한 광경은 없을 터였다. 핀은 의자에 앉은 채 점점 잠 속으로 빠져들었다. 그들은 가끔씩 망보는 것을 깜빡했고, 앙투안이 계단을 올라오는 소리를 들으면서도 기운이 없어 술병과 잔들을 치우지도 못했다. 그런 날이면 부부는 어김없이 서로 치고받고 싸웠다. 그럴 때마다 장이 일어나 부모를 서로 떼어놓고 누이가 맨바닥에서 잠들지 않도록 침대로 데리고 가야 했다.

  모든 정당은 그 나름의 비열하고 우스꽝스러운 면들을 지니고 있기 마련이다. 질투와 증오에 사로잡힌 앙투안 마카르는 사회 전체에 대한 복수를 꿈꾸면서 공화국의 도래를 열렬히 환영했다. 그에게 공화정은 이웃의 돈주머니를 털어 자신의 주머니를 채우고, 이웃이 조금이라도 불만을 표출하면 그를 목 졸라 죽여도 되는 행복한 시대가 될 터였다. 카페에서 보낸 그의 일상과 이해도 못 한 채 읽었던 신문 기사들은 그를 세상에서 가장 기이한 정치적 이론을 떠벌리는 엄청난 수다꾼으로 만들었다. 앙투안이 얼마나 사악한 어리석음의 경지에 이르렀는지를 알려면 지방의 아무 카페에서나 자신이 읽는 것을 잘못 이해한 불평꾼들의 말을 들어보면 될 터다. 그는 말이 많았고, 군 복무를 마쳤으며, 자연스레 정력적인 남자로 여겨진 터라 그의 주위에는 그의 말에 귀 기울이는 단순한 사람들이 넘쳐났다. 그는 정당의 우두머리는 아니었지만 시샘어린 울분을 정직하고 소신 있는 분노로 여기는 노동자 무리를 자기 주위로 모이게 할 줄 알았다.

그는 2월혁명 직후부터 플라상은 자기 것이라고 확신했다. 그가 거리를 지나며 가게 문간에 겁에 질린 채 서 있는 작은 소매상들을 바라볼 때면 그의 비아냥거리는 눈빛이 이렇게 말하는 듯했다. '드디어 우리의 날이 온 거야. 불쌍한 친구들이여, 우리가 당신들을 혼쭐내줄 테니 기대하라고!' 그의 무례함은 극에 달했다. 그는 마치 정복자이자 독재자처럼 굴면서 더 이상 카페에서 커피 값도 내지 않았다. 순진한 카페 주인은 눈을 부라리는 그의 앞에 계산서를 내밀 엄두조차 내지 못했다. 그 무렵 그가 마신 커피는 셀 수도 없었다. 그는 자신의 친구들을 초대하기도 했고, 민중이 굶어 죽어가고 있으니 부자들은 재물을 나눠줘야 한다고 몇 시간씩이나 소리치곤 했다. 하지만 정작 그는 가난한 이에게 단 1수도 주지 않을 것이었다.

그가 맹렬한 공화파가 된 것은 무엇보다 마침내 루공 부부에게 복수할 수 있을 거라는 기대 때문이었다. 루공 부부는 공공연하게 반동파의 편에 선 터였다. 아, 언젠가 피에르와 펠리시테를 자기 앞에 무릎 꿇릴 수 있다면! 이 얼마나 멋진 승리가 될 것인가! 루공 부부는 사업에서 상당한 실패를 맛보았음에도 부르주아가 되었고, 앙투안 자신은 여전히 노동자로 머물러 있었다. 그 사실은 그를 몹시 분노하게 했다. 그에게 더욱 굴욕감을 느끼게 하는 것은 그들 부부의 아들들이 각각 변호사, 의사, 도청 직원이라는 사실이었다. 반면 앙투안 자신의 아들 장은 소목장 밑에서 일했고, 제르베즈는 한낱 세탁부에 불과했다. 루공 부부와 자기들 부부를 비교할 때마다 그는 시장에서 밤을 팔고 저녁에는 동네의 낡고 때 묻은 밀짚 의자를 수선하는 자신의 아내를 보는 게 더욱더 수치스러웠다. 하지만 피에르는 자신의 형제였다. 자신처럼 그도 연금을 받으며 풍족하게 살아갈 권리가 없었다. 게다가 지금 그는 자신에게서 훔친 돈으로 신사 흉내를 내고 있었다. 이런 이야기만 나오면 앙투안은 끓어오르는 울분을 주체하지 못했다. 그는 지칠 줄 모르고 끊임없이 해묵은 비난과 험담을 반복하면서 이렇게 말하곤 했다.

"내 형이 원래 있어야 할 곳에 있었다면 그가 아닌 내가 부자가 되었을 거야."

그의 형이 원래 있어야 할 곳이 어디냐고 묻는 사람에게 그는 소리치듯 대답했다.

"어디긴 어디야, 도형장이지!"

루공 부부가 주위의 보수파들을 끌어모아 플라상에서 자신들의 세력을 구축하게 되자 그의 증오는 더욱더 커져갔다. 저 유명한 노란 살롱은 카페에서의 그의 부적절한 떠벌림 속에서 강도들의 소굴, 매일 밤 자신들의 단검을 두고 민중들의 목을 따리라 맹세하는 악당들의 회합으로 변질되었다. 거기에 더하여 앙투안은 피에르를 향한 가난한 이들의 분노를 북돋기 위해, 전직 기름 장수는 그가 주장하는 만큼 가난하지 않으며, 그의 탐욕과 도둑에 대한 두려움 때문에 보물을 숨겨두고 있다는 소문을 퍼뜨렸다. 그의 전략은 이처럼 가난한 이들에게 황당무계한 이야기를 들려주며 그들을 선동하는 것이었다. 그러다 종종 그 자신마저도 그 이야기를 믿기에 이르렀다. 그는 순수한 애국심의 가면 뒤에 개인적인 원한과 복수에 대한 욕구를 숨기는 데 서툴렀다. 하지만 어찌나 도처에서 큰 소리로 떠들어댔던지 아무도 그의 진실성을 의심하지 않았을 터였다.

사실 이 가문에 속한 이들은 하나같이 거친 욕망을 지니고 있었다. 앙투안 마카르의 과장된 이야기들이 사실은 억눌린 분노와 변질된 질투의 표출임을 이해한 펠리시테는 그를 매수해서라도 입을 다물게 하고 싶어 했다. 하지만 유감스럽게도 그녀에게는 그럴 돈이 없었다. 무엇보다 그녀는 앙투안이 그녀의 남편이 하고 있는 위험한 게임에 관심을 가지게 되는 것을 원하지 않았다.

그들 부부는 앙투안의 일로 새 동네의 연금 생활자들에게 엄청난 해를 끼친 셈이 되었다. 그들이 그의 혈족이라는 사실만으로도 그러기에 충분했다. 그라누와 루디에는 가족 중에 그런 사람이 있다는 사실을 들먹이며 경멸과 비난의 눈초리로 그들을 쏘아보곤 했다. 시달리다 못한 펠리시테는 어떻게 하면 이 오점을 씻어낼 수 있을지 자문하기에 이르렀다.

피에르 루공에게 밤 장수 아내를 둔 천박한 백수 동생이 있음이 뒤늦게 알려진다면 이는 가문의 끔찍한 수치가 될 것이었다. 펠리시테는 앙투안이 마음껏 훼방을 놓는 한 그들의 비밀스러운 책략이 결코 성공할 수 없으리라는 두려움에 사로잡혔다. 그가 대중 앞에서 노란 살롱을 비난했다는 소식이 전해져 올 때마다 그녀는 그가 결코 포기하지 않고 종국에는 스캔들로 자신들의 희망을 죽이고 말리라는 생각에 몸서리를 쳤다.

앙투안은 자신의 행동이 얼마나 루공 부부를 당혹스럽게 하는지 잘 알고 있었다. 그가 나날이 더욱더 극단적인 확신을 가장하는 것은 오직 그들의 인내를 바닥내기 위해서였다. 그는 카페에서는 모두가 돌아보게 하는 다정한 목소리로 피에르를 "형"이라고 불렀다. 하지만 길에서 노란 살롱의 반동파와 마주치면 조그만 소리로 욕설을 퍼부었다. 그런 무례함에 분개한 점잖은 부르주아는 그날 저녁 루공 부부에게 그 말을 그대로 전하면서 자신의 불쾌한 만남을 그들 탓으로 돌렸다.

어느 날은 그라누가 씩씩거리며 도착했다.

"이젠 더 참을 수가 없소!" 그는 문간에서부터 소리를 질렀다. "걸어가면서도 모욕을 당해야 하다니."

그는 피에르를 향해 말했다.

"이봐요, 아무리 동생이라고 해도 그런 자는 이 사회에서 없애버려야 하는 거요. 내가 도청 광장을 조용히 걷고 있는데 그 망할 놈이 지나가면서 뭐라고 중얼거리더란 말이오. 나한테 분명 늙은 악당이라고 했단 말이지."

펠리시테는 얼굴이 창백해지면서 그라누에게 사과를 해야겠다고 생각했다. 하지만 그가 아무 말도 들으려 하지 않고 집으로 돌아가겠다고 하자 카르나방 후작이 재빨리 나서서 사태를 수습했다.

"그거 참 놀라운 일이군요." 그가 말했다. "그가 당신에게 늙은 악당이라고 했다니 말입니다. 정말로 당신한테 욕한 것 맞습니까?"

당황한 그라누는 말을 바꾸어 앙투안이 "또 그 늙은 악당 집에 가는 거요?"라고 했음을 인정했다.

카르나방 후작은 자신도 모르게 나오는 웃음을 감추기 위해 턱을 쓰다듬었다.

피에르는 더없이 침착한 얼굴로 말했다.

"그럴 줄 알았어요. 늙은 악당은 나를 두고 한 말입니다. 오해가 풀려서 다행입니다. 여러분, 지금 말한 남자와는 절대 부딪치지 마시길 바랍니다. 나하고는 아무 상관 없는 사람이니까요."

하지만 펠리시테는 남편처럼 냉정하게 처신하기가 힘들었다. 그녀는 앙투안에 대한 추문이 들려올 때마다 돌아버릴 것 같았다. 그 때문에 며칠 밤을 지새우면서 저 신사들이 어떻게 생각할지를 자문하곤 했다.

쿠데타가 일어나기 몇 달 전 루공 부부는 익명의 편지 한 통을 받았다. 세 쪽짜리 편지에는 차마 입에 담기 힘든 욕설과 함께 그들을 협박하는 내용이 담겨 있었다. 만약 그들의 당파가 승리한다면 아델라이드의 과거 애정 행각과 더불어 정신이 온전치 못한 자기 어머니에게 피에르가 서명을 강제해 5만 프랑을 훔친 일을 신문에 내겠다고 씌어 있었다. 이 편지는 피에르에게 결정타를 가했다. 펠리시테는 그의 수치스럽고 추잡한 가족을 비난했다. 이 편지는 앙투안의 작품인 게 분명했기 때문이었다.

"무슨 수를 써서라도 이놈을 치워버려야만 해." 피에르는 어두운 얼굴로 말했다. "안 그러면 우리 일을 망치고 말 거라고."

그사이 앙투안은 예전의 책략을 다시 떠올리며 가족 중에서 함께 루공 부부와 맞서 싸울 수 있는 공모자를 찾았다. 그는 먼저 《랭데팡당》에 실린 아리스티드의 신랄한 기사를 읽고 그를 자기편으로 만들어야겠다고 생각했다. 그러나 아리스티드는 비록 질투로 눈이 멀긴 했지만 자기 삼촌 같은 남자와 한배를 탈 만큼 어리석지는 않았다. 심지어 그는 앙투안의 감정조차 배려하지 않고 언제나 거리를 두었다. 그리하여 앙투안은 그를 의혹의 눈길로 바라보면서, 자신이 활개 치는 카페들에서 그가 선동가가 아닌지 의심된다고 떠들곤 했다. 아리스티드에게 냉대받은 앙투안은 자신의 누이 위르쉴의 아이들에게 기대를 거는 수밖에 없었다.

위르쉴은 앙투안의 불길한 예언을 실현하듯 1840년[4]에 세상을 떠났다. 그녀의 어머니의 신경증이 그녀에게서는 폐결핵으로 나타나 그녀를 조금씩 좀먹었다. 위르쉴은 세 자녀를 남겼다. 열여덟 살인 딸 엘렌은 사무원과 결혼했고, 장남인 프랑수아는 스물세 살이었다.[5] 여섯 살밖에 되지 않은 가엾은 막내아들의 이름은 실베르였다. 아내를 몹시 사랑했던 무레에게 그녀의 죽음은 청천벽력과도 같았다. 그는 1년 동안 사업도 돌보지 않고 모은 돈을 다 까먹으면서 허송세월했다. 그리고 어느 날 아침 아직도 위르쉴의 옷이 걸려 있는 작은방에서 목을 매 자살했다. 장사에 대한 교육을 잘 받은 그의 장남 프랑수아는 외삼촌인 피에르의 가게에 서기로 들어갔다. 마침 아리스티드가 집을 떠나 사람이 필요하던 참이었다.

피에르는 마카르의 식구들을 몹시 싫어했지만 근면하고 절제할 줄 아는 자신의 조카를 기꺼이 받아들였다. 그는 자기 사업의 재건을 도와줄 성실한 젊은이가 필요함을 느끼고 있었다. 게다가 그는 무레 부부가 잘나갈 때 돈을 잘

---

4   인물들의 생몰 연도와 관련한 작가의 오류 때문에 1839년을 1840년으로 수정했다.
5   엘렌은 『사랑의 한 페이지』, 프랑수아는 『플라상의 정복』에 다시 등장한다.

버는 부부에게 깊은 존경심을 느끼고 단번에 자신의 누이와 화해를 했던 터였다. 어쩌면 프랑수아를 직원으로 받아들이면서 그에게 일종의 보상을 하려는 심리인지도 몰랐다. 그의 어머니를 가난하게 만든 장본인인 피에르는 그 아들에게 일자리를 줌으로써 스스로를 탓하기를 피하고자 했다. 악당들도 때로는 양심적으로 보이고 싶어 하는 법이다. 게다가 이는 피에르에게도 득이 되는 일이었다. 그의 조카는 그에게 꼭 필요한 도움이 되어주었다. 그 무렵 피에르의 사업이 잘되지 못한 것은 그의 조카 탓이 아니었다. 조용하고 세심한 청년은 마치 식료품점의 카운터 뒤에서, 기름병과 마른 대구 더미 가운데서 살아가기 위해 태어난 듯 보였다. 그는 외모는 어머니를 많이 닮았지만 그의 아버지로부터 엄격하고 정확한 머리를 물려받았고, 본능적으로 소상인의 규칙적인 생활과 계산적인 면을 좋아했다. 그가 집에 들어온 지 석 달이 지나자 피에르는 지속적인 보상 체계에 따라, 처치 곤란이었던 자신의 막내딸 마르트와 그를 결혼시켰다. 두 젊은이는 며칠 만에 단번에 사랑에 빠졌다. 아마도 특별한 상황이 그들의 사랑을 결정짓고 키운 듯했다. 두 사람은 놀라우리만치 마치 남매처럼 서로를 닮았다. 프랑수아는 어머니 위르쉴을 통해 할머니 아델라이드의 얼굴을 물려받았다. 마르트의 경우는 더욱 흥미로웠다. 피에르 루공의 얼굴에서는 그의 어머니와 닮은 점을 찾아보기 힘들었음에도 그녀는 프랑수아만큼이나 아델라이드를 꼭 닮아 있었다. 아마도 외적 유사성이 피에르를 건너뛰어 그의 딸에게서 더욱 뚜렷하게 나타난 듯했다. 하지만 두 사람의 유사성은 얼굴에서 그쳤다. 프랑수아가 모자 제조공 무레의 자랑스러운 아들로서 성실하고 진중한 면모를 지녔다면, 마르트는 세대를 건너뛰어 할머니의 기질을 물려받은 듯 신경과민과 불안한 정신 상태를 보였다. 어쩌면 그들의 외적 유사성과 정신적 차이점이 그들을 서로의 품속으로 던져 넣은 것인지도 몰랐다. 그들은 1840년에서 1844년 사이에 세 아이[6]를 낳았다. 프랑수아는 외삼촌 피에르가 은퇴할 때까지 그의 집에 머물렀다. 피에르는 자기 조카에게 사업을 물려주고 싶어 했지만, 프랑수아는 플라상에서 장사로 돈을 벌 가능성이 희박하다는 것을 잘 알고 있었다. 그는 피에르의 제안을 거절하고 그동안 모은 돈을 가지고 마르세유로 떠나 그곳에 정착했다.

앙투안은 이 덩치 크고 근면한 젊은이를 루공 부부와의 싸움에 끌어들이는 것을 즉각 포기할 수밖에 없었다. 그는 게으름뱅이의 자격지심으로 프랑수아가 인색하고 엉큼한 데가 있다고 흉보곤 했다. 그리고 자신에게 필요한 공모자를 열다섯 살밖에 안 된 무레의 둘째 아들 실베르에게서 찾았다고 믿었다. 자기 아내의 스커트로 목을 맨 무레를 사람들이 발견했을 때 어린 실베르는 아직 학교에 들어가지도 않은 터였다. 그의 형은 어린 동생을 어떻게 해야 할지 몰라 외삼촌 집에 함께 데리고 갔다. 피에르는 아이를 보며 얼굴을 찡그렸다. 그는 불필요한 입을 먹이는 데까지 자신의 보상을 확대할 생각이 조금도 없었다. 펠리시테에게도 환영받지 못했던 실베르는 버림받은 불행한 아이처럼 눈물 바람 속에서 자라났다. 루공 부부를 뜸하게 찾아오던 그의 할머니는 아이를 불쌍히 여겨 자신이 데려가겠다고 나섰다. 반색한 피에르는 아이를 가게 놔두면서도 아델라이드에게 지급하던 미미한 연금을 인상하겠노라는 말조차 꺼내지 않았다. 이제 두 사람은 없는 돈을 쪼개 살아야 했다.

아델라이드가 일흔다섯 살일 무렵의 일이었다. 수도사 같은 삶 속에서 늙어간 그녀는 더 이상 밀렵꾼 마카르의 품속으로 뛰어들던 과거의 마르고 열정적인 여자가 아니었다. 그녀는 앵파스 생미트르의 초라한 집에 파묻혀 경직되고 기계적인 삶을 살아갔다. 정적에 감싸인 음울한 오막살이에서 철저하게 홀로 지내며 한 달에 한 번도 외출하지 않고 감자와 마른 야채만을 먹고 살았다. 누군가가 자동인형 같은 몸짓으로 지나가는 그녀를 보게 된다면 아

---

6 옥타브 무레(『여인들의 행복 백화점』에 등장), 세르주 무레와 데지레 무레(둘 다 『플라상의 정복』, 『무레 신부의 과오』에 등장)를 가리킨다.

마도 세상과 담을 쌓고 살아온 수도원의 늙고 창백한 수녀쯤으로 여겼을 터였다. 언제나 새하얀 머리 싸개로 반듯하게 감싼 파리한 얼굴은 마치 죽어가는 여인의 얼굴, 극도의 무심함으로 일관된 공허하면서 평온한 가면처럼 보였다. 오랜 침묵의 습관은 그녀의 말문을 막아버렸다. 집의 어둠과 매일 똑같은 사물만을 대하는 삶은 그녀의 눈빛을 꺼뜨렸고, 그로 인해 그녀의 눈에는 샘물 같은 투명함이 생겨났다. 이는 절대적인 포기이자 육체적이고 정신적인 느릿한 죽음으로, 사랑에 미친 여인을 점차 근엄한 노부인으로 변모시켰다. 그녀의 고정된 눈동자가 무언가를 보지 않고 그저 기계적으로 바라볼 때면 그 투명하고 깊은 동공 속에서 내면의 공동(空洞)이 엿보였다. 과거의 관능적인 격정에서 그녀에게 남은 거라고는 물러진 살과 떨리는 노년의 손뿐이었다. 그녀는 한때 암컷 늑대처럼 거칠게 사랑했지만, 벌써부터 관에 들어갈 준비가 된 듯한 그녀의 낡은 육체에서는 마른 나뭇잎의 무미한 냄새가 풍겨 나올 뿐이었다. 마치 신경의 기이한 작용인 양 그녀의 맹렬한 욕망은 강요된 순결함 속에서 스스로를 갉아먹었다. 그녀의 삶에 없어서는 안 될 남자였던 마카르의 죽음 이후 사랑에 대한 그녀의 욕망은 그녀 안에서 불타올랐다. 그녀는 마치 수도원에 은거한 여인처럼 그런 욕망을 만족시킬 생각은 단 한순간도 하지 못했다. 어쩌면 수치스럽게 사는 것이 그녀를 지금보다 덜 무기력하고 덜 얼빠지게 했을지도 몰랐다. 충족되지 못한 욕망은 은밀하게 서서히 그녀를 황폐하게 하고 기관(器官)마저 변형시키면서 스스로를 충족해나갔다.

 때로는 한 방울의 피도 남아 있지 않은 듯한 빈사 상태의 창백한 노파의 몸속에 강력한 전류가 흐르는 것처럼 신경성 발작이 지나가기도 했다. 그럴 때마다 그녀는 충격으로 한 시간씩 끔찍한 고통에 시달렸고, 경직된 몸으로 눈을 크게 뜬 채 침대에 누워 있어야 했다. 그러다 갑자기 딸꾹질이 나기 시작하면 온몸을 뒤틀며 괴로워했다. 그녀는 벽에 머리를 부딪치지 않도록 꽁꽁 묶어두어야 하는 히스테릭한 여자처럼 놀라운 힘을 보여주었다. 예전의 열렬함으로의 회귀와 갑작스러운 발작은 비통한 방식으로 그녀의 고통스러운 육체를 흔들어놓았다. 마치 그녀의 젊은 시절의 뜨거운 열정이 수치스럽게도 70대의 차가운 몸속에서 또다시 폭발한 듯했다. 그녀가 몸을 일으켜 넋이 나간 듯 비틀거릴 때면 그녀의 섬뜩한 모습을 본 교외의 수다스러운 아낙네들이 이구동성으로 수군거렸다. "또 술을 마신 게 분명해, 저 미친 여자가!"

어린 실베르의 순수한 미소는 아델라이드에게 얼음장 같은 손발에 온기를 전해주는 희미한 마지막 햇살과도 같았다. 외로움에 지친 그녀는 발작을 일으키며 홀로 죽어갈 생각에 두려움을 느껴 아이를 달라고 했다. 그녀의 주위를 맴도는 아이는 죽음으로부터 그녀를 지켜주는 듯했다. 그녀는 여전히 침묵을 지키고 여전히 기계적으로 움직이는 삶을 살면서도 무한한 애정으로 그를 사랑했다. 뻣뻣한 몸으로 말없이 몇 시간이고 아이가 노는 것을 지켜보거나, 낡은 누옥을 가득 채우는 엄청난 소음에도 한없이 즐거워했다. 무덤 같은 집에 온갖 요란한 소리가 울려 퍼졌다. 실베르는 빗자루에 걸터앉은 채 온 집 안을 돌아다니고, 문에 머리를 부딪쳐 울음을 터뜨리고 소리를 질러댔다. 아이는 아델라이드를 다시 세상으로 나오게 했다. 그녀는 서툴지만 살뜰히 그를 돌보았다. 젊었을 때는 연인이기 위해 어머니임을 잊었던 그녀가 마치 산모처럼 관능적인 신성함으로 그 연약한 존재를 씻기고 입히며 끊임없이 보살폈다. 이는 사랑의 소생(蘇生)이자, 사랑에의 욕구로 황폐해진 여인에게 하늘이 선물한 완화된 마지막 열정인 셈이었다. 더없이 강렬한 욕망 속에서 살다가 어린아이를 향한 애정 속에서 죽어가는 마음의 감동적인 종말이었다.

그러나 이미 죽어가는 그녀로서는 건강하고 살찐 보통 할머니들처럼 요란하게 애정을 표현할 수가 없었다. 그녀는, 수줍어하는 소녀처럼, 아이를 어떻게 안아줘야 하는지도 몰라 마음속으로만 사랑할 뿐이었다. 때로는 그를 자기 무릎에 앉힌 채 흐릿한 눈으로 한참 동안 바라보기도 했다. 그러다 그녀의 말 없는 희멀건 얼굴에 겁먹은 아이가 울음을 터뜨리면 자신이 한 짓에 당황하며 뽀뽀할 생각도 하지 못하고 재빨리 그를 바닥에 다시 내려놓았다. 어쩌면 아델라이드는 아이에게서 밀렵꾼 마카르와 닮은 점을 조금이라도 발견하고 싶어 한 건지도 몰랐다.

실베르는 자라는 동안 거의 대부분의 시간을 아델라이드와 단둘이 보냈다. 그는 어리광을 부리며 그녀를 '탕트 디드'라고 불렀고, 이는 그녀의 애칭으로 굳어졌다. 프로방스에서 탕트라는 명사를 이렇게 사용할 때는 순수한 애정을 나타내는 표현이 된다. 아이는 공손함이 깃든 두려움과 더불어 특별한 애정으로 자신의 할머니를 사랑했다. 실베르가 아주 어렸을 때는 아델라이드가 신경성 발작을 일으킬 때마다 그녀의 일그러진 얼굴에 겁먹고 울면서 달아나곤 했다. 그런 다음 마치 가엾은 노인이 그를 때릴 수 있기라도 하듯 여전히 달아날 준비를 한 채 조용히 집으로 되돌아왔다. 좀 더 시간이 지나 열두 살이 된 실베르는 용감하게 집에 머물면서 아델라이드가 침대에서 떨어져 다치는 일이 없는지를 살폈다. 그는 그녀의 팔다리를 뒤틀리게 하는 갑작스러운 발작을 제어하기 위해 몇 시간이고 그녀를 꼭 안고 있었다. 그리고 경련이 멈춘 동안에는 그녀의 일그러진 얼굴과 말라빠진 육체를 안타까운 듯 바라보았다. 그녀의 스커트가 마치 수의처럼 야윈 몸에 착 달라붙어 있었다. 이처럼 누옥의 어둠 속에서 매달 반복되는 비극과, 몸이 시체처럼 뻣뻣한 노파, 그리고 말없이 그녀를 굽어보며 그녀의 생명이 다시 돌아오는지 지켜보는 아이는 음산한 두려움과 가슴 아픈 사랑이 뒤섞인 기이한 양상을 띠었다. 탕트 디드는 다시 정신이 돌아올 때면 힘겹게 몸을 일으켜 스커트를 매만진 뒤 실베르에게는 아무것도 묻지 않고 다시 일을 하기 시작했다. 그녀는 아무것도 기억하지 못했고, 아이는 본능적인 신중함으로 자신이 목격한 것에 대한 언급을 피했다. 그로 하여금 자기 할머니에게 더욱더 깊은 애정을 느끼게 한 것은 바로 이처럼 반복되는 발작이었다. 하지만 그녀가 수다스럽지 않은 애정으로 그를 사랑한 것처럼 실베르 또한 그녀에 대한 애정이 수치스러운 것인 양 남몰래 그녀를 사랑했다. 사실 그는 그녀가 자신을 거두어 키워준 것을 감사하게 생각하면서도 여전히 그녀를 미지의 병을 앓고 있는, 자신이 동정하고 존중해야 하는 특별한 존재로 여기고 있었다. 어쩌면 아델라이드에게는 아무런 인간미가 남아 있지 않은 것인지도 몰랐다. 그녀는 너무 창백하고 너무 경직돼 있어서 실베르는 차마 그녀의 목에 매달릴 엄두를 내지 못했다. 이처럼 그들은 음울한 침묵 속에서 살아가는 가운데 서로를 향한 무한한 애정으로 전율했다.

 실베르는 어렸을 때부터 호흡해온 무겁고 우울한 공기로 인해 모든 열정이 집약된 듯한 강인한 영혼을 지니게 되었다. 그는 일찌감치 고집스럽게 배움을 추구하는 진지하고 사려 깊은 소년이 되어 있었다. 도제 교육을 받느라 열두 살에 그만두어야 했던 가톨릭 학교에서는 약간의 철자법과 산술밖에 배우지 못했다. 따라서 그는 언제나 기초 지식이 부족했다. 하지만 닥치는 대로 모든 책들을 읽었고, 그렇게 기묘한 지식을 쌓아나갔다. 그의 머릿속에는 많은 것들에 대한 정보가 축적돼 있었지만, 그 대부분은 명확히 분류되지 않거나 불완전하고 제대로 소화가 안 된 것들이었다. 아주 어렸을 적에 그는 종종 비앙이라는 한 수레 제작자를 찾아가서 놀곤 했다. 정직하기로 평판이 난 그의 작업장은 에르 생미트르 맞은편, 앵파스 생미트르 어귀에 있었다. 그는 에르 생미트르에 작업용 목재를 쌓아두곤 했다. 실베르는 수선 중인 짐수레의 바퀴 위에 올라가거나 그의 조그만 손이 겨우 들어 올리는 무거운 연장들을 끌며 놀았다. 당시 그의 가장 큰 즐거움 중 하나는 일꾼들을 도와 판자를 함께 들거나 그들에게 필요한 철제 부품들을 가져다주는 것이었다. 시간이 흘러 그는 자연스레 비앙의 작업장에 수습생으로 들어갔다. 끊임없이 자신의 가랑이 사이로 파고드는 개구쟁이에게 애정을 느낀 비앙은 어떤 숙식 비용도 받지 않고 아델라이드에게 그를 달라고 했다. 실베르는 벌써부터 불쌍한 탕트 디드가 자신을 위해 쓴 것을 되갚을 순간을 그려보면서 그의 제안을 열렬히 반겼다. 그는 짧은 시간에 훌륭한 일꾼으로 성장했다. 하지만 그는 자신에게 더 높은 야망이 있음을 느꼈다. 플라상의 사륜마차 제작자의 작업장에서 반짝반짝 윤이 나는 근사한 새 사륜마차를 본 뒤로는 언젠가는 자신도 그와 비슷한 마차를 만들겠노라고 다짐했다. 이제 그의 머릿속에서 그 사륜마차는 수레 제작자로서의 그의 야심이 추구하는 하나의 이상처럼 귀하고 유일한 예술품으로 여겨졌다. 그가 비앙의 작업장에서 만드는 짐수레들, 그가 그토록 애정을 쏟아부었던 짐수레들은 이젠 그럴 만한 가치가 없어 보였다. 그는 데생 학교를 다니기 시작했고, 그곳에서 중학교를 일찍 그만둔 한 청년과 친분을 쌓았다. 청년은 그에게 오래된 기하학 개론서를 빌려주었다. 실베르는 누구의 도움도 없이 공부에 몰두했고, 더없이 간단한 것들을 이해하기 위해 몇 주일씩 머리를 쥐어짜야 했다. 이렇게 그는 할 줄 아는 거라고는 자기 이름을 겨우 적어 넣거나, 마치 박식한 전문가인 양 대수에 관해 이야기하는 것이 전부인 유식한 일꾼들 중 하나가 되었다. 이처럼 튼튼한 기초에 근거하지 않은 두서없는 배움만큼 정신을 혼란스럽게 하는 것도 없을 터다. 종종 이렇게 습득된 지식의 조각들은 지고한 진실에 대해 전적으로 잘못된 생각을 심어주고, 빈약한 정신의 소유자들을 참을 수 없을 만큼 어리석은 존재가 되게 한다. 실베르의 경우에는 마치 여기저기서 훔친 듯한 지식의 단편들이 그의 자유로운 감정들을 더욱 배가했다. 그는 지금까지 자신에게 닫혀 있던 세상을 엿보았다. 그리고 자신의 손이 닿을 수 없는 것에 대해 신성한 생각을 품게 되었다. 그리하여 그는 여전히 그 의미를 이해하지는 못한 채 열망하는 고귀한 생각들과 고귀한 말들을 심오하고 순수한 종교적 방식으로 바라보게 되었다. 그는 단순한 청년이었지만, 신전의 입구에 머물면서 멀리 바라보이는 촛불을 별로 착각하고 무릎을 꿇는 숭고한 단순함을 지닌 청년이었다.

앵파스 생미트르의 집에는 거리에 면한 출입문이 달린 커다란 방이 하나 있었다. 바닥에 돌이 깔린 방은 부엌과 식당을 겸했고, 가구라고는 밀짚 의자,

가대로 만든 식탁 그리고 낡은 궤짝 하나가 전부였다. 아델라이드는 궤짝의 뚜껑 위에 모직 천을 깔아 소파로 사용했다. 커다란 벽난로 위 왼쪽 구석에는 조화로 둘러싸인 성모 마리아 석고상이 놓여 있었다. 성모 마리아는 프로방스 노부인들의 전통적인 대모였다. 그들이 얼마나 독실한 신자인지는 상관이 없었다. 큰 방에서는 복도를 통해 집 뒤의 조그만 뜰로 나갈 수 있었는데, 뒤뜰에는 우물이 하나 있었다. 복도의 왼쪽에는 탕트 디드의 방이 있었다. 철제 침대와 의자 하나만 달랑 놓여 있는 조그만 방이었다. 그보다 좁은 복도 오른쪽 방에는 간신히 야전침대 하나를 놓을 자리밖에 없었다. 그곳에서 잠을 자는 실베르는 천장까지 닿는 선반을 고안해내야 했다. 푼돈을 모아 가까운 고물상에서 하나씩 사 모은 책들을 보관하기 위해서였다. 짝이 맞지 않는 책들이었지만 그에게는 더없이 소중한 것들이었다. 그는 밤마다 못에 등잔을 걸어놓은 채 침대 머리맡에서 책을 읽었다. 그러다 할머니가 발작을 일으키면 신음 소리가 들리자마자 한달음에 그녀에게 달려가곤 했다.

그의 청년으로서의 삶은 어린아이의 그것에 머물러 있었다. 그는 이 후미진 곳에서 모든 시간을 보냈다. 그는 자기 아버지처럼 선술집과 일요일의 산책을 몹시 싫어했다. 그의 친구들은 거친 장난으로 그의 섬세함을 거스르곤 했다. 실베르는 책을 읽거나 아주 단순한 기하학 문제들과 씨름하는 것을 더 좋아했다. 탕트 디드는 집안일로 그에게 잔심부름을 시키기 시작한 뒤로는 더 이상 집 밖으로 나가지 않았고 가족을 보러 가지도 않았다. 청년은 때때로 그녀의 고립된 삶에 대해 생각해보았다. 가엾은 노파는 자녀들과 지척에 살고 있었지만 그들은 마치 그녀가 죽기라도 한 듯 그녀를 잊고자 했다. 그런 생각이 들 때마다 그는 그녀를 더욱더 사랑하게 되었고, 또 다른 이들의 몫까지 더해 그녀를 사랑했다. 때로는 탕트 디드가 지난날의 과오를 속죄하고 있다는 생각이 어렴풋이 들기도 했다. 그럴 때마다 그는 '나는 할머니를 용서하기 위해 태어난 거야.'라고 생각했다.

이처럼 열정적이면서도 억눌린 삶을 사는 이들은 자연스레 공화주의적 이념들에 사로잡히기 마련이다. 실베르는 밤마다 초라한 자기 방에서 루소의 책을 읽고 또 읽었다. 이웃 고물상의 오래된 자물쇠들 틈에서 발견한 책이었다. 이러한 독서는 그를 새벽까지 깨어 있게 했다. 불행한 이들에게 소중한 보편적 행복에 대한 꿈 가운데서 자유, 평등, 박애라는 말들은 신도들을 무릎 꿇게 하는 교회의 신성하고 낭랑한 종소리와 함께 그의 귓전에 울려 퍼졌다. 그는 또한 프랑스에 공화정이 막 선포되었음을 알게 되었을 때 모두가 천상에서의 행복 같은 삶을 살게 되리라고 믿었다. 그의 어설픈 배움은 다른 일꾼들보다 멀리 보게 했고, 그의 열망은 그날그날의 빵에 그치지 않았다. 그러나 타고난 순진함과 인간에 대한 철저한 무지로 인해 그는 영원한 정의가 지배하는 에덴동산에서처럼 순전히 이론적인 꿈에서 계속 머물렀다. 오랫동안 그에게 천국이란 자신을 잊어버릴 수 있는 달콤한 어떤 곳이었다. 그러다 공화국의 최고의 삶 속에서도 모든 게 이상적으로 흘러가지는 않는다는 것을 알게 되자 그는 몹시 괴로워했다. 그리하여 그는 또 다른 꿈을 꾸기 시작했다. 그는 강제로라도, 무력을 사용해서라도 사람들이 행복해지게 하고 싶었다. 민중의 이익에 반하는 듯한 모든 행위는 그에게 분노와 복수심을 불러일으켰다. 그는 어린아이처럼 유순한 심성을 지녔음에도 맹렬한 정치적 증오심으로 불타올랐다. 파리 한 마리도 못 죽일 것 같은 그가 걸핏하면 무기를 들어야 한다고 부르짖었다. 그에게 자유는 말로는 설명할 수 없는 절대적인 열정이자 그의 피를 끓어오르게 하는 열정이었다. 열정으로 눈이 먼 그는 관대함을 알기에는 너무 무지하면서 동시에 아는 것이 너무 많았다. 그에게 인간의 불완전함은 고려 대상이 아니었다. 그가 꿈꾸는 것은 전적인 정의와 완전한 자유를 펼칠 수 있는 이상적인 정부였다. 그의 외삼촌 앙투안 마카르가 루공 부부와의 싸움에 뛰어들도록 그를 부추긴 것은 바로 이 무렵이었다. 앙투안은 적절한 자극만 주어진다면 이 열정적인 청년이 굉장한 일을 해내리라고 믿었다. 그리고 이러한 계산에는 섬세한 지략이 동반되었다.

앙투안은 실베르의 생각들에 과도한 감탄사를 연발하면서 그를 자기편으로 만들고자 했다. 하지만 앙투안은 처음부터 모든 계획을 망칠 뻔했다. 그는 공화국의 승리를 개인적인 이해와 관련지어 마음껏 빈둥거리며 먹고 놀 수 있는 기회로 여겼고, 이는 정신적인 순수한 야망을 지닌 실베르의 심기를 거슬렀다. 앙투안은 이내 자신이 방향을 잘못 잡았음을 깨달았다. 그리하여 그는 공허하고 듣기 좋은 말들과 함께 감상적이고 감동적인 표현들을 남발했고, 실베르는 그런 것들을 시민 정신의 충분한 증거로 여기고 그의 제안을 받아들였다. 이내 외삼촌과 조카는 일주일에 두세 번씩 만나는 사이가 되었다. 그들은 자신들이 마치 나라의 운명을 결정하기라도 하듯 오랜 시간 토론을 이어갔고, 그러는 동안 앙투안은 실베르에게 루공 부부의 살롱이 프랑스의 행복에 가장 큰 걸림돌임을 이해시키고자 했다. 그러나 그는 또다시 조카 앞에서 자신의 어머니를 '늙은 탕녀'라고 부르는 실수를 저질렀다. 심지어 조카에게 가엾은 노부인의 해묵은 스캔들을 들려주기까지 했다. 실베르는 수치심으로 얼굴이 달아오른 채 그의 말을 가로막지 않고 끝까지 들었다. 실베르는 앙투안의 속내 이야기가 몹시 불편하게 느껴졌다. 그는 그런 이야기를 들려달라고 요구한 적이 없었다. 마치 탕트 디드를 향한 그의 존중 어린 애정이 모욕당하는 느낌이었다. 그때부터 그는 자신의 할머니를 더욱더 극진하게 보살폈고, 용서를 의미하는 선한 미소와 함께 그녀를 바라보곤 했다. 자신이 멍청한 짓을 했음을 깨달은 앙투안은 아델라이드를 향한 실베르의 애정을 이용하고자 그녀의 고립과 가난을 루공 부부의 탓으로 돌렸다. 그의 이야기대로라면 그는 언제나 가장 착한 아들이었고, 그의 형은 비열하기 짝이 없는 아들이었다. 피에르는 어머니의 재산을 몽땅 차지해 그녀를 알거지로 만들었고, 이젠 그런 어머니를 부끄럽게 여겼다. 이 이야기만 나오면 그는 멈출 줄을 몰랐다. 실베르는 피에르 외삼촌에 대해 커다란 분노를 느꼈고, 그런 그를 바라보며 앙투안은 속으로 몹시 흐뭇해했다.

그 뒤로 실베르가 앙투안의 집을 방문할 때마다 똑같은 광경이 반복되었다. 그는 주로 마카르 가족이 저녁 식사를 하는 중에 찾아갔다. 앙투안은 감자 스튜를 삼키면서 투덜대곤 했다. 그는 돼지비계 조각을 골라냈고, 장과 제르베즈에게 음식 그릇을 넘기면서 그것을 계속 눈으로 좇았다.

"이걸 보라고, 실베르." 그는 냉소적인 무심함으로도 잘 감춰지지 않는 은근한 분노를 드러내며 말했다. "허구한 날 감자, 매일같이 지겹게 감자뿐이라니! 하지만 이게 우리가 먹을 수 있는 전부라고. 고기? 그건 부자들이나 맛볼 수 있는 거야. 우리처럼 아귀같이 먹어대는 애새끼들이 있으면 입에 풀칠하기도 힘들단 말이지."

제르베즈와 장은 더 이상 빵을 잘라 먹을 엄두도 내지 못하고 고개를 숙인 채 접시에 코를 박고 있었다. 하지만 언제나 꿈속의 천상에서 살아가던 실베르는 그런 상황을 전혀 이해하지 못했다. 그는 차분한 목소리로 엄청난 말을 뱉어냈다.

"하지만 외삼촌, 외삼촌도 일을 하셔야 하잖아요."

"오, 물론이지!" 폐부를 찔린 앙투안은 비아냥거리듯 말했다. "너도 내가 일하기를 바라지, 그렇지? 저 빌어먹을 부자들이 나를 착취하도록 말이지. 죽도록 일하면 하루에 20수쯤 벌 수 있을지도 모르지. 굉장하지 않냐?"

"자기가 벌 수 있을 만큼 버는 거죠." 실베르가 대답했다. "20수는 얼마 안 되지만 그래도 집에 도움이 되잖아요…. 그리고 외삼촌은 예전에 군인이셨다면서요? 그런데 왜 이젠 일자리를 찾지 않으시는 거예요?"

그때 재빨리 핀이 끼어들었고, 그녀는 이내 자신이 경솔했음을 후회했다.

"내가 맨날 하는 말이 그거라니까." 그녀가 말했다. "시장 감독관이 조수가 필요하다고 하더라고요. 그래서 당신 이야기를 했더니 관심이 있어 보였는데…."

앙투안은 그녀를 쏘아보며 말을 가로막았다.

"입 닥치지 못해!" 그는 화를 억누르며 나직이 말했다. "여자들은 알지도 못하면서 아무 말이나 지껄인다니까! 그 작자가 날 반길 것 같아? 내가 무슨 생각을 하고 사는지 너무나 잘 아는데 말이지."

누군가가 그에게 일자리를 제안할 때마다 그는 이처럼 심하게 짜증을 내곤 했다. 그럼에도 그는 계속 일거리를 찾아다녔고, 일자리를 제안받을 때마다 온갖 이상한 핑계를 대며 거절했다. 누구라도 일자리와 관련해 그를 몰아붙이면 버럭 화를 내기 일쑤였다.

혹시라도 장이 저녁 식사 후에 신문을 집어 들기라도 하면 그는 즉시 이렇게 소리쳤다.

"얼른 가서 자빠져 자지 못하겠니? 그러다 내일 또 늦게 일어나서 하루를 망치려고 작정한 게야? 이렇게 게으름을 피우니까 지난주에 8프랑이나 적게 가져왔잖아! 그래서 내가 네 주인한테 말해두었다. 더 이상 너한테 돈을 주지 말라고. 이제부터 네 봉급은 내가 직접 받을 거니까 그리 알아라."

장은 아버지의 잔소리를 듣지 않으려고 얼른 자러 갔다. 그는 실베르와는 통하는 데가 별로 없었다. 정치 이야기는 지루하기 짝이 없었고, 그의 사촌인 실베르는 어디가 좀 '이상한' 것 같았다. 여자들이 식탁을 치운 뒤 자기들끼리 조그맣게 이야기라도 할라치면 앙투안은 즉시 이렇게 소리쳤다.

"아, 저 한심한 여자들 좀 보게! 이젠 꿰맬 게 더 이상 없는 거야? 내가 지금 누더기를 걸치고 있는 게 안 보이냐고…. 제르베즈, 내가 네 주인에게 갔었는데 희한한 이야기를 하더구나. 널 남자 꽁무니나 쫓아다니는 쓸모없는 계집애라고 하더란 말이지."

이제 스무 살이 넘은 처녀로 성장한 제르베즈는 실베르 앞에서 꾸중을 듣는 것에 얼굴을 붉혔다. 그녀의 맞은편에 앉아 있던 실베르도 불편하기는 마찬가지였다. 언젠가 밤늦게 앙투안이 집에 없을 때 찾아온 그는 어머니와 딸이 빈 술병을 앞에 둔 채 만취해 있는 것을 발견했다. 그날 이후로 실베르는 제르베즈를 볼 때마다 조그맣고 하얀 그녀의 얼굴에 붉은 얼룩이 커다랗게 번진 모습과 그녀가 걸쭉하게 웃던 부끄러운 광경이 떠오르곤 했다. 그는 또한 그녀에 관해 나도는 추잡한 이야기들에 큰 충격을 받았다. 수도승 같은 순결함 속에서 자라난 그는 때때로 그녀를 흘끗거리면서 여자와 처음으로 마주한 중학생처럼 놀라움과 두려움을 동시에 느끼곤 했다.

두 여자가 바늘로 그의 낡은 셔츠들을 꿰매느라 눈을 혹사하는 동안 앙투안은 가장 편한 자리에 앉아 느긋하게 몸을 뒤로 젖히거나 술을 홀짝거리고 담배를 피우면서 자신의 게으름을 한껏 즐겼다. 그럴 때마다 늙은 망나니는 부자들이 민중의 피를 빨아먹고 살아간다고 비난했다. 그는 특히 가난한 이들 덕분에 마음껏 게으름을 누리며 살아가는 새 동네의 신사들을 향해 분노를 쏟아냈다. 그가 아침 신문에서 접한 공산주의적 이념의 조각들은 그의 입을 거치면서 괴기하고 엉뚱한 것으로 변모했다. 그는 머지않아 누구도 강제로 일하지 않아도 되는 시대가 도래할 것이라며 열변을 토했다. 무엇보다 그는 루공 부부에 대해 여전히 맹렬한 증오심을 품고 있었다. 그들을 생각하면 먹던 감자조차 체할 지경이었다.

"펠리시테 그 망할 여편네가 오늘 아침 중앙 시장에서 닭고기를 사고 있더라고…." 그가 말했다. "닭고기라니, 그것도 훔친 내 유산으로 말이지!"

"하지만 탕트 디드는 피에르 외삼촌이 앙투안 외삼촌한테 잘해줬다고 하던데요. 외삼촌이 군대에서 돌아왔을 때요." 실베르가 끼어들어 말했다. "외삼촌 옷값이랑 집세랑 다 내주느라 돈을 엄청 많이 썼다고 하던데요. 아닌가요?"

"돈을 엄청 많이 썼다고!" 앙투안은 흥분하며 소리쳤다. "네 할머니가 미쳤구나!… 그 날강도 같은 작자들이 내 입을 막으려고 그런 소문을 낸 거라고. 난 아무것도 받은 게 없어."

핀은 또다시 서툴게 끼어들어서는 그가 200프랑과 정장 한 벌 그리고 1년치 집세를 받았음을 상기시켰다. 앙투안은 그녀에게 입을 다물라고 소리치고는 점점 더 화를 내며 떠들어댔다.

"200프랑이라고! 기가 막히는군! 내가 원하는 건 내 몫인 1만 프랑이었어. 그래! 그들은 마치 개한테 던져주듯 허름한 집을 얻어주고, 형이란 작자는 낡아빠진 프록코트를 내게 주었지. 더럽고 구멍이 나서 더 이상 입지 못하는 옷을 내게 준 것뿐이라고!"

그는 거짓말을 하고 있었다. 하지만 아무도 길길이 날뛰는 그에게 반박할 생각을 하지 못했다. 그는 이번에는 실베르를 돌아보며 말했다.

"너야말로 멍청하구나, 실베르, 그런 작자들을 옹호하고 나서다니! 그들은 네 엄마 몫의 돈을 훔친 거야. 병을 치료할 돈이 있었더라면 네 엄마는 죽지 않았을 거라고."

"아니에요, 그건 외삼촌이 잘못 알고 계신 거예요." 실베르가 반박했다. "어머닌 치료를 받지 못해서 돌아가신 게 아니에요. 아버진 어머니 집안의 돈을 절대 받지 않았을 거라고요."

"알았다! 됐으니 그만 이야기하자고! 네 아버지도 다른 사람들처럼 돈을 받았을 거야. 우린 부당하게 재산을 빼앗겼고, 이젠 우리 것을 되찾을 때가 된 거란 말이지."

앙투안은 수없이 되풀이했던 5만 프랑 이야기를 또다시 끄집어냈다. 그가 제멋대로 바꾸고 윤색해 들려주는 이야기를 외우다시피 한 실베르는 짜증스레 그의 말을 듣고 있었다.

"네가 진정한 남자였다면…" 앙투안은 결론짓듯 말했다. "나하고 그 집에 가서 한바탕 난리를 칠 수 있을 텐데 말이지. 우리한테 돈을 주기 전까지는 절대 그 집에서 나오지 않고 버티면 되는 거야."

그 말에 실베르는 얼굴이 굳어지면서 힘주어 대답했다.

"그 사람들이 우리 몫을 훔쳐 간 게 사실이라면 정말 나쁘네요! 하지만 난 그들의 돈을 원하지 않아요. 난 말이죠, 외삼촌, 자기 가족을 공격하는 건 좋지 않다고 생각해요. 그들이 잘못을 저질렀다면 언젠가는 반드시 벌을 받게 될 거라고요."

"이런, 이렇게 순진해빠진 놈을 봤나!" 앙투안이 소리쳤다. "높은 데 있는 분들이 그런 하찮은 일까지 직접 할 거라고 생각하다니. 하늘의 신은 우리 같은 사람들한테는 눈곱만큼도 관심이 없어! 더구나 우리 가족처럼 비열하기 짝이 없는 사람들한테! 내가 당장 굶어 죽는다 해도 아무도 나한테 마른 빵 한 조각 던져주지 않을 거라고!"

이 문제를 꺼낼 때마다 앙투안은 이야기를 끝없이 이어갔다. 그러면서 자신의 욕망이 야기한 피 흘리는 상처를 고스란히 보여주었다. 그는 가족 중에서 자기만 운이 없었고, 다른 이들은 고기를 배 터지게 먹는데 자신은 감자나 먹어야 한다는 생각만 하면 화가 치밀어 견딜 수가 없었다. 그가 자신의 종손(從孫)들에 이르기까지 모든 친척의 이름을 하나씩 거론할 때마다 그의 입에서는 불평과 위협적인 말이 터져 나왔다.

"그럴 거야, 분명 그럴 거라고." 그는 씁쓸하게 거듭 말했다. "다들 나를 거리의 개처럼 굶어 죽게 놔둘 게 분명해."

고개를 숙인 채 계속 바늘을 잡아당기던 제르베즈는 가끔씩 머뭇머뭇 말했다.

"하지만 아빠, 내 사촌 파스칼은 우리한테 잘해줬잖아요. 작년에 아빠가 아팠을 때도 그랬고요."

"돈 한 푼 받지 않고 당신을 치료해줬죠." 핀은 또다시 끼어들어 딸의 역성을 들었다. "심지어 당신한테 수프라도 끓여주라고 종종 5프랑짜리 동전을 쥐여주기도 했고요."

"파스칼이 잘해줬다고! 내가 튼튼한 몸을 타고나지 않았다면 그 녀석 역시 날 그냥 죽게 놔뒀을 거야!" 앙투안은 또다시 격앙된 어조로 말했다. "다들 입

닥치지 못해, 멍청한 것들! 아무것도 모르는 애들처럼 속아 넘어가기 딱 좋겠군. 그치들은 모두 내가 죽길 바라고 있어. 그러니 혹시 내가 병이 들더라도 절대 내 조카를 부르지 말라고. 예전에 걔한테 진료를 받아본 적이 있는데 왠지 마음이 놓이질 않더란 말이지. 파스칼은 싸구려 의사야. 그 녀석 고객 중에는 잘사는 사람이 하나도 없다고."

일단 입을 연 앙투안은 줄줄이 이야기를 쏟아냈다.

"다들 저 음흉한 아리스티드처럼 형제인 척하는 배신자들이라고. 실베르, 혹시 너도 아리스티드 그놈이 쓴 《랭데팡당》의 기사에 홀린 건 아니겠지? 그랬다면 넌 한심한 바보가 틀림없어. 걔의 기사들은 제대로 된 프랑스어로 쓰이지도 않았다고. 걔는 가짜 공화파야. 실제로는 잘난 자기 아버지랑 똑같이 우릴 조롱하고 있는 거라고. 그놈이 얼마나 쉽게 변절할지는 두고 보면 알 거다…. 걔의 형, 그 말 많은 외젠은 또 어떻고! 루공 부부가 입에 침이 마르게 자랑하는 그 뚱뚱한 아들놈 말이다! 뻔뻔하게도 자기가 파리에서 높은 자리에 있다고 떠들고 다닌다지. 하지만 난 그 높은 자리가 어떤 건지 잘 알지. 기껏해야 예루살렘가(街)[7]에서 끄나풀로 일하는 주제에…."

"누가 그래요? 외삼촌은 아무것도 모르시잖아요." 부당한 것을 못 참는 실베르가 앙투안의 거짓 비난에 분개하며 그의 말을 가로막았다.

"내가 아무것도 모른다고? 그렇게 생각하냐? 다시 말하지만 걔는 끄나풀이 틀림없어…. 그놈하고 가까이 지내다간 언젠가는 털 깎인 어린 양 신세가 되고 말 거다. 넌 아직 어려서 잘 모르겠지만. 난 네 형 프랑수아는 욕하고 싶지 않다. 하지만 내가 너라면 말이다, 네 형이 너한테 그토록 짠돌이처럼 구는 걸 생각하면 화가 안 날 수가 없을 것 같구나. 네 형은 마르세유에서 제법 돈을 잘 버는 걸로 알고 있다. 하지만 너한테 용돈으로 그 흔한 20프랑짜리 동전 하

---

[7] 1935년 이전까지 프랑스 경찰청이 있던 곳.

나 보내줄 리가 만무하지. 그러니 혹시 앞으로 몹시 곤궁한 지경에 처하더라도 네 형한테는 아무것도 기대하지 않는 게 좋을 거다."

"난 누구의 도움도 필요 없어요." 실베르는 살짝 달라진 어조로 당당하게 대꾸했다. "내가 하는 일로 나하고 탕트 디드가 충분히 살아갈 수 있으니까요. 하지만 외삼촌은 너무 잔인해요."

"난 단지 진실을 말하는 것뿐이야…. 네가 바로 볼 수 있게 말이지. 한마디로 우린 끝장난 가족이야. 슬프지만 사실이 그렇단다. 심지어 아리스티드의 아들인 아홉 살짜리 막심도 날 볼 때마다 혀를 내밀면서 놀리곤 하지. 그 아인 언젠가는 자기 엄마를 때릴지도 몰라. 자업자득인 게지. 그러니 네가 무슨 말을 하건 그 사람들은 행복해질 자격이 없어. 하지만 뭐 가족이란 게 본래 그런 거니 누굴 탓하겠니. 착한 사람들은 가난하게 살고, 나쁜 사람들은 부자가 되기 마련이거든."

실베르는 앙투안이 자기 앞에서 비아냥거리며 가족에 관한 온갖 험담을 늘어놓는 것을 보면서 역겨워 죽을 지경이었다. 그는 다시 자신의 꿈속 세계로 돌아가고 싶었다. 실베르가 심하게 짜증스러운 기색을 보일 때마다 앙투안은 온갖 수단을 동원해 그에게 가족에 대한 적대감을 심어주고자 했다.

"그래, 실컷 두둔해! 얼마든지 두둔하라고!" 그는 차분한 척하며 말했다. "난 더 이상 그들을 안 보고 살아도 아무 상관 없으니까. 내가 너한테 이런 이야기를 하는 건 불쌍한 내 어머니를 사랑하기 때문이야. 그 사람들이 다 같이 작당해서 네 할머니한테 얼마나 비열한 짓을 했는지 넌 모를 거다."

"정말 나쁜 사람들이네요." 실베르가 나직이 말했다.

"오, 넌 아무것도 몰라, 아무것도 이해할 수 없을 거야. 피에르 외삼촌 부부가 네 할머니를 흉본 게 다가 아니란 말이다. 아리스티드는 자기 아들한테 할머니에게 인사도 하지 말라고 했어. 펠리시테 그 여편네는 네 할머니를 정신병원에 가두겠다고 위협하기까지 했고."

얼굴이 백지장처럼 하얘진 실베르는 거칠게 앙투안의 말을 가로막았다.

"제발 그만하세요!" 그가 소리쳤다. "더 이상 알고 싶지 않아요. 이젠 그런 일들이 없어야 하잖아요."

"네가 언짢아하니 더 이상은 말하지 않으마." 늙은 악당은 선한 사람을 흉내 내며 이야기를 이어갔다. "하지만 네가 꼭 알아야 하는 것들이 있다. 네가 철저한 바보가 되고 싶지 않다면 말이다."

앙투안은 실베르를 부추겨 루공 부부와의 싸움판에 뛰어들게 했다. 마치 그의 눈에서 고통의 눈물이 흘러나오게 하는 데서 커다란 희열을 느끼는 듯했다. 어쩌면 앙투안은 실베르를 다른 이들보다 더 싫어하는지도 몰랐다. 그는 훌륭한 일꾼인 데다 결코 술을 마시지 않기 때문이었다. 그리하여 잔인하게도 앙투안은 가엾은 조카의 마음을 아프게 하는 새빨간 거짓말들을 꾸며내기에 이르렀다. 그러면서 자신의 먹잇감을 정확히 맞힐 줄 아는 사악한 사냥꾼처럼 그의 창백한 얼굴빛과 손 떨림과 슬픈 눈빛을 흐뭇하게 바라보았다. 그러다 그를 충분히 부추기고 아프게 했다는 생각이 들었을 때 비로소 정치 이야기를 꺼냈다.

"확실한 소식통에게 들은 건데," 그는 속삭이듯 말했다. "루공 부부가 어떤 음모를 꾸미고 있다는 거야."

"음모요?" 갑자기 호기심이 발동한 실베르가 물었다.

"그래, 조만간 어느 날 밤에 플라상의 선한 시민들을 모두 체포해서 감옥에 가둔다고 하더라고."

실베르는 처음에는 그의 말을 의심했다. 하지만 앙투안은 상세한 디테일을 제시했다. 그는 작성된 명단과 그 명단 속 사람들에 관해 이야기했고, 그 음모가 언제 어떤 상황에서 어떻게 실행에 옮겨질지를 설명해주었다. 실베르는 차츰 이 허황된 이야기를 믿게 되었고 공화국의 적들을 향해 분노를 쏟아냈다.

"그 사람들이 나라를 자꾸만 배신한다면 우리가 그러지 못하게 해야지요." 그가 외쳤다. "그들의 힘을 빼앗아야 한다고요. 그런데 그 사람들은 시민들을 체포해서 어떻게 할 생각일까요?"

"시민들을 체포해서 어떻게 하느냐고!" 앙투안은 헛기침을 하고는 대답했다. "아마도 감옥 구덩이에 몰아넣고 총으로 쏴 죽이겠지."

그는 자신의 말에 경악하는 실베르를 보면서 한동안 할 말을 찾지 못했다.

"거기서 사람을 죽이는 게 처음도 아니고 말이지." 그는 이야기를 이어갔다. "밤에 재판소 뒤를 어슬렁거리다 보면 가끔씩 총소리와 비명 소리가 들려오곤 하거든."

"아, 정말 나쁜 사람들이네요!" 실베르가 나직이 말했다.

이제부터 외삼촌과 조카는 본격적으로 정치 이야기를 하기 시작했다. 그들이 언쟁을 벌이는 것을 본 펠과 제르베즈는 조용히 자러 갔다. 두 남자는 자정이 될 때까지 파리로부터의 소식에 대해 논평하고 피할 수 없는 임박한 싸움에 관해 이야기했다. 앙투안은 자기편 사람들을 신랄하게 비난했고, 실베르는 혼자서 꿈꾸는 이상적인 자유를 혼잣말처럼 이야기했다. 기이한 대화였다. 이야기를 하는 동안 외삼촌은 술잔을 조금씩 계속 채워나갔고, 조카는 자신의 열정에 취해 얼근해졌다. 하지만 앙투안은 젊은 공화파로부터 자신이 원하는 사악한 계산이나 루공 부부에 대한 공격 계획을 이끌어내지 못했다. 그의 지속적인 부추김에도 불구하고 실베르는 조만간 악한들을 벌줄 영원한 정의를 반복해 이야기할 뿐이었다.

순진한 실베르는 무기를 들어 공화국의 적들을 몰살해야 한다고 열띤 어조로 이야기하곤 했다. 그러나 막상 그 적들이 그의 꿈속을 벗어나 피에르 외삼촌이나 자신의 지인으로 구체화되면 유혈 참극을 피하기 위해 신을 찾았다. 사실 앙투안의 질투 어린 분노는 그를 몹시 불편하게 했다. 그럼에도 그는 자신이 사랑하는 공화국에 대해 자유롭게 이야기하는 즐거움을 포기하지 못하고 앙투안의 집을 계속 찾아갔다. 어쨌거나 그의 외삼촌은 실베르의 운명에 결정적인 영향을 주었다. 앙투안은 끊임없이 독설을 퍼부음으로써 그를 자극했고, 그로 하여금 무력에 의한 보편적인 행복의 쟁취를 갈망하게 했던 것이다.

실베르가 열여섯 살이 되자 앙투안은 그를 남프랑스 전역에 널리 퍼져 있던 강력한 집단인 산사람들의 비밀 모임[8]에 들어가게 했다. 그때부터 공화파 청년은 아델라이드가 벽난로 선반 위에 걸어둔 밀수꾼의 기총을 선망의 눈빛으로 살피곤 했다. 어느 날 밤 그는 할머니가 잠들어 있는 동안 그것을 닦아서 다시 작동할 수 있게 했다. 그리고 다시 못에 걸어둔 뒤 때를 기다렸다. 실베르는 달콤한 몽상에 빠져 머릿속에서 호메로스풍의 싸움과 기사도적 시합 등을 이상적으로 그려나갔다. 이 모든 것에서 궁극적인 승리자가 되어 온 세상 사람들의 환호를 받을 이들은 그와 같은 자유의 수호자들일 터였다.

앙투안은 자신의 노력이 무위로 돌아갔음에도 실망하지 않았다. 그는 루공 부부를 으슥한 구석으로 몰아넣을 수만 있다면 혼자서도 얼마든지 그들을 목 졸라 죽일 수 있을 거라고 믿었다. 그리고 그로 하여금 다시 일을 할 수밖에 없게 만든 일련의 사고들 이후 질투와 가난에 찌든 게으름뱅이의 분노는 더욱 커져갔다. 1850년 초, 핀이 느닷없이 폐렴으로 세상을 떠난 것이다. 어느 날 저녁 그녀는 비오른 강에 가족들의 옷을 빨러 갔다가 젖은 세탁물을 등에 지고 돌아왔다. 엄청난 무게에 짓눌린 채 온몸이 물과 땀에 흠뻑 젖은 그녀는 다시 일어나지 못했다. 이 죽음은 앙투안에게 커다란 충격으로 다가왔다. 그

---

[8] 산악파를 빗대어 이야기하는 듯하다. 산악파 혹은 몽타뉴파(La Montagne)는 프랑스 대혁명 당시 국민공회에서 활동하던 가장 급진적인 정치 파벌로 혁명에 대해 온건적 입장이었던 지롱드파와 대립하였다. 프랑스 혁명 기간에 벌어진 공포정치의 주도 세력이었으며, 1794년 7월 테르미도르의 반동으로 몰락하였다. 그 후 산악파는 1848년 프랑스 제2공화정이 수립되었을 때 '민주적 사회주의자'로 불리는 사람들과 함께 보수파인 질서당과 대립하는 정당이 되었다.

의 가장 확실한 수입원이 사라진 것이었다. 며칠 뒤 그녀가 밤을 삶던 냄비와 밀짚 의자 수선용 작업대를 내다 팔면서 그는 자신에게서 아내를 앗아 간 신에게 욕설을 퍼부으며 그를 원망했다. 비록 생전에 그녀를 수치스럽게 여기긴 했지만 이젠 아내의 커다란 가치를 깊이 깨달은 터였다. 이제 그는 더욱더 탐욕스럽게 자기 자식들의 벌이에 집착했다. 하지만 그로부터 한 달 뒤, 그의 끈질긴 요구에 진저리가 난 제르베즈는 자신의 두 아이를 데리고 어머니를 잃은 랑티에와 함께 떠났다. 두 연인이 파리로 도망치자 당황한 앙투안은 길길이 날뛰며 자신의 딸을 향해 행실 나쁜 여자들처럼 구빈원에서 뒈져버리라고 저주를 퍼부었다. 그러나 과도한 욕설이 그의 상황이 결정적으로 나빠지는 것을 막아주지는 못했다. 장 또한 이내 자기 누이의 전철을 밟았다. 그는 봉급날을 기다려 자신이 직접 돈을 챙겼다. 장은 집을 떠나면서 친구에게 자기는 더 이상 천하의 농땡이인 아비를 먹여 살릴 의사가 없으며, 그가 헌병을 시켜 자신을 잡아 온다면 다시는 톱이나 대패를 잡지 않을 것이라고 했고, 친구는 그 말을 그대로 앙투안에게 전했다. 다음 날 앙투안은 장을 찾아보았지만 허사였다. 그는 이제 땡전 한 푼 없는, 완전한 혼자가 되었다. 20년간이나 남의 덕으로 여유롭게 살았던 그는 텅 빈 집에서 극렬한 분노에 휩싸인 채 가구들을 발로 차며 끔찍한 욕설을 쏟아냈다. 그리고 털썩 주저앉았다가 마치 병자처럼 발을 질질 끌고 신음 소리를 내며 집 안을 돌아다녔다. 자신의 생계를 스스로 해결해야 한다는 사실에 대한 두려움이 그를 실제로 병들게 한 것이었다. 실베르가 그를 보러 왔을 때 그는 눈물을 흘리면서 자식들의 배은망덕을 한탄했다. 그는 언제나 좋은 아버지이지 않았던가? 장과 제르베즈는 그가 그들을 위해 했던 모든 것에 대한 은혜를 저버린 천하의 후레자식들이었다. 이제 그들은 그를 버렸다. 그가 늙고 더 이상 빼먹을 게 없다는 이유로 말이다.

"하지만 외삼촌," 실베르가 반박했다. "아직 더 일하실 수 있는 나이잖아요."

앙투안은 자신은 조금만 피곤해도 쓰러질 것이라고 말하려는 듯 기침을 하고 몸을 숙이면서 힘없이 고개를 저었다. 그리고 자기 조카가 집으로 돌아가려고 하자 그에게 10프랑을 빌렸다. 앙투안은 자녀들의 낡은 물건들을 하나씩 고물상에 내다 팔면서 한 달을 버텼고, 자잘한 살림살이들도 조금씩 팔아치웠다. 이제 집에는 탁자 한 개와 의자 하나, 그의 침대와 그가 입고 있는 옷 외에는 아무것도 남아 있지 않았다. 급기야 그는 호두나무 침대를 단순한 야전침대로 바꾸기에 이르렀다. 집 안에 더 이상 팔아먹을 게 없자 앙투안은 분에 못 이겨 눈물을 흘렸다. 그리고 죽기로 결심한 사람처럼 창백해진 얼굴로 사반세기 동안 한구석에 처박아두었던 버들가지 다발을 가지러 갔다. 버들가지 다발을 들어 올리는 것이 마치 산을 들어 올리는 것 같았다. 그는 자신을 버린 인류를 원망하며 다시 바구니를 짜기 시작했다. 그가 부자들과 부를 나눠 가져야 한다고 역설한 것은 바로 그 무렵이었다. 그는 점점 더 공격적으로 변해갔다. 그의 맹렬한 연설은 선술집을 열기로 가득 채웠고, 그의 노기등등한 눈빛은 사람들에게 무한한 신뢰를 심어주었다. 게다가 그는 실베르나 친구에게서 100수짜리 동전 하나라도 받아낼 수 없을 때만 일을 했다. 그는 더 이상 매일 면도를 하고 말끔한 옷을 차려입은 채 부르주아 흉내를 내던 '무슈' 마카르가 아니었다. 그는 자신의 누더기 옷을 이용해 무언가를 얻어내려던 과거의 추레한 모사꾼으로 되돌아갔다. 이제 그가 거의 모든 시장마다 나타나 바구니를 파는 터라 펠리시테는 더 이상 중앙 시장에 갈 엄두를 내지 못했다. 루공 부부에 대한 그의 증오는 가난과 비례해 더욱 커져갔다. 그는 끔찍한 협박과 함께 스스로 정의를 실현할 것이라고 맹세하곤 했다. 그는 부자들이 자신을 원치 않는 노동으로 내몬다고 믿었다.

이런 정신 상태의 앙투안은 사냥한 짐승의 고기 냄새[9]에 미쳐 날뛰는 사냥

---

[9] 이 이미지는 루공마카르 총서의 두 번째 작품 『쟁탈전』(*La Curée*)을 예고하고 있다. 'La curée' (라 퀴레)는 사냥한 짐승의 고기를 사냥개에게 나눠주는 것을 의미한다.

개처럼 열렬하고 요란스럽게 쿠데타를 환영했다. 게다가 한데 뜻을 모으지 못한 플라상의 몇몇 점잖은 자유주의자들이 멀찌감치 떨어져 방관하는 터라 앙투안은 자연스레 봉기에 가장 적극적으로 참여하는 선동가 중 하나가 되었다. 이 천하의 백수건달을 결코 좋게 보지 않던 노동자들조차도 때가 되자 그를 선봉장으로 삼을 수밖에 없었다. 그러나 봉기의 처음 며칠간 여전히 평온해 보이는 도시를 보면서 앙투안은 자신의 계획이 수포로 돌아갔다고 믿었다. 그가 다시 희망을 갖기 시작한 것은 농촌에서 봉기가 일어났다는 소식을 접하고 나서였다. 하지만 그는 무슨 일이 있어도 플라상을 떠날 생각이 없었다. 따라서 일요일 아침 라 팔뤼와 생마르탱드보의 봉기군 무리와 합류하러 가는 노동자들을 따라나서지 않기 위해 어떤 핑계를 만들어냈다. 같은 날 저녁 그는 그를 따르는 몇몇 이들과 오래된 동네의 허름한 선술집에서 시간을 보내고 있었다. 그때 한 동료가 달려와 봉기군이 플라상에서 몇 킬로미터 떨어진 곳에 이르렀음을 알려주었다. 이 소식을 전해준 것은 봉기군에게 성문을 열어주는 임무를 띠고 플라상에 잠입한 한 연락병이었다. 이내 승리의 함성이 터져 나왔다. 앙투안은 마치 황홀한 꿈을 꾸는 듯했다. 봉기군의 뜻밖의 출현이 그를 위한 신의 섬세한 배려처럼 느껴졌다. 이제 루공 부부의 목숨이 그에게 달려 있다는 생각이 들자 손이 덜덜 떨려왔다.

앙투안과 그의 동료들은 서둘러 선술집을 나섰다. 아직 도시를 떠나지 않은 모든 공화파들이 이내 쿠르 소베르로 모여들었다. 피에르가 자기 어머니 집으로 몸을 숨기러 달려가면서 언뜻 본 것은 바로 이들 무리였다. 그들이 반가의 맨 끝에 이르렀을 때 뒤에 처져 있던 앙투안은 자신의 동료 넷을 뒤에 남게 했다. 그는 선술집에서의 허풍으로 커다란 덩치에 머리가 나쁜 그들을 지배했다. 더 큰 불행을 막기 위해 공화국의 적들을 당장 체포해야 한다고 그들을 설득하는 것은 어려운 일이 아니었다. 사실 그가 염려하는 것은 봉기군의 입성으로 야기될 혼란 중에 피에르가 자신의 손아귀에서 벗어나는 것이었다.

덩치 큰 네 사내는 고분고분하게 그를 따라가 루공 부부의 집 문을 세게 두드렸다. 이 위기의 순간에 펠리시테는 놀라운 용기를 보여주었다. 그녀는 아래층으로 내려가 도로에 면한 문을 열었다.

"집에 좀 올라가봐야겠소." 앙투안이 퉁명스럽게 말했다.

"그러시구려, 얼마든지 올라가보시구려." 펠리시테는 자신의 시동생을 못 알아본 척 냉소적인 예의를 차리며 대답했다.

위층에 이른 앙투안은 그녀에게 남편을 데려오라고 지시했다.

"남편은 여기 없어요." 그녀는 한층 더 차분하게 말했다. "사업차 여행을 갔거든요. 오늘 저녁 6시 마차를 타고 마르세유로 떠났어요."

펠리시테의 당당한 말에 앙투안은 격분했다. 그는 거칠게 살롱을 거쳐 침실로 들어가 침대를 뒤집고 커튼 뒤와 가구 아래를 살폈다. 네 사내도 그를 도왔다. 그들은 15분가량 아파트를 샅샅이 뒤졌다. 그사이 펠리시테는 자다가 놀라 깨어나는 바람에 제대로 옷을 챙겨 입지 못한 사람처럼 살롱의 소파에 앉아 속치마의 끈을 여몄다.

"거짓말은 아닌 것 같군. 벌써 달아나버렸어, 비겁한 자 같으니라고!" 앙투안은 살롱에서 돌아오면서 더듬거렸다.

그럼에도 그는 의심하는 눈빛으로 계속 주위를 두리번거렸다. 그는 피에르가 결정적인 순간에 도망을 쳤다는 사실을 믿을 수 없었다. 그는 하품을 하고 있는 펠리시테에게 다가가 말했다.

"당신 남편이 숨은 곳을 말해주시오. 그를 절대 해치지 않겠다고 약속하겠소."

"난 사실을 말했을 뿐이에요." 그녀는 짜증스레 대답했다. "여기 없는 사람을 어떻게 내놓으란 거예요? 이미 사방을 뒤지지 않았나요? 그러니 제발 날 좀 그냥 내버려두라고요."

그녀의 침착함에 화가 솟구친 앙투안은 그녀를 정말로 때리기라도 할 것 같았다. 그때 거리에서 둔탁한 소음이 들려왔다. 반가로 막 들어선 봉기군의 대열이었다.

앙투안은 자기 형수에게 욕설을 퍼붓고 주먹을 보이며 곧 다시 돌아올 거라고 위협한 뒤 서둘러 노란 살롱을 떠났다. 층계 맨 아래에 이른 그는 함께 갔던 동료 중에서 가장 건장한 카수트라는 토목공을 따로 불렀다. 그리고 첫 번째 계단에 앉아 새로운 지시가 있을 때까지 꼼짝하지 말라고 지시했다.

"위층에 사는 불한당이 돌아오면 즉시 나한테 알려야 해."

사내는 머뭇거리며 그 자리에 앉았다. 보도로 나온 앙투안이 고개를 들자 노란 살롱 창문에 기댄 채 호기심 어린 눈빛으로 봉기군 대열을 바라보는 펠리시테가 보였다. 그녀는 마치 밴드를 앞세우고 도시를 가로지르는 군인들의 행렬을 구경하는 듯했다. 앙투안은 더할 나위 없이 평온한 그녀의 모습에 화가 더 치밀어 올랐다. 심지어 다시 올라가 그녀를 창밖으로 내던지고 싶은 충동마저 느껴졌다. 그는 대열을 따라가면서 나직한 소리로 중얼거렸다.

"그래, 그래, 우리 행렬을 마음껏 구경하라고. 내일도 그렇게 발코니에서 한가롭게 구경할 수 있을지 두고 보잔 말이지."

봉기군이 포르트 드 롬을 통해 도시로 진입한 시각은 밤 11시경이었다. 그들에게 두 개의 문짝으로 된 성문을 열어준 것은 플라상에 남아 있던 노동자들이었다. 그들은 문지기의 한탄에도 불구하고 그에게서 강제로 열쇠를 빼앗았다. 자기 일에 자부심이 매우 강했던 문지기는 밀려드는 무리 앞에서 망연자실했다. 평소에는 한 사람씩만 얼굴을 한참 들여다본 뒤에야 통과시키던 터였다. 그는 자신이 치욕을 당했다고 중얼거렸다. 플라상의 노동자들은 대열의 앞에서 다른 이들을 이끌었다. 대열의 첫 번째 줄에는 미예트가, 그녀의 왼쪽에는 실베르가 서 있었다. 미예트는, 닫힌 덧창들 뒤로, 놀라 잠에서 깬 부르주아들의 겁에 질린 눈빛을 느끼고는 더욱 당당하게 깃발을 높이 쳐들었다. 봉기군은 천천히 신중하게 롬가와 반가를 따라 걸었다. 교차로를 지날 때마다 그들은 주민들의 온화한 성정을 잘 알면서도 어디선가 총알이 날아오지 않을까 두려워했다. 그러나 도시는 쥐 죽은 듯 고요했다. 집집마다 창가에서 숨죽인 탄식 소리만 가끔씩 들려올 뿐이었다. 대여섯 개의 덧창만이 열려 있는 가운데 한 늙은 연금 생활자가 잠옷 차림으로 손에 촛불을 든 채 몸을 숙여 바깥을 내다보고 있었다. 그는 검은 악마들의 무리를 이끄는 듯한 붉은색 처녀의 놀라운 출현에 기겁하며 재빨리 창문을 닫았다. 도시의 침묵은 봉기군을 안심시켰다. 더욱 대담해진 그들은 오래된 동네의 골목길을 거쳐 짧고 너른 길로 서로 이어져 있는 시장 광장과 시청 광장에 이르렀다. 빈약한 나무들이 심겨 있는 두 광장을 달빛이 환히 비추고 있었다. 최근에 새로 단장한 시청이 맑은 하늘을 배경으로 새하얗고 커다란 얼룩처럼 보였고, 그 때문에 2층 발코니를 이루는 연철 아라베스크 장식의 섬세하고 검은 선이 더욱 돋보였다. 봉기군은 발코니 위에 서 있는 몇몇 사람을 또렷이 알아볼 수 있었다. 시장, 시카르도 소령, 시의원 서너 명 그리고 또 다른 관리들이었다. 건물의 아래층 문은 잠겨 있었다. 두 광장을 가득 메운 3,000여 명의 공화파들은 걸음을 멈춘 채 단번에 문을 부서뜨릴 듯한 기세로 위를 올려다보았다.

이런 시각에 봉기군 대열이 도착하자 당국은 기겁했다. 시카르도 소령은 시청에 오기 전에 자신의 군복을 갖춰 입으러 갈 시간이 있었다. 그런 다음 달려가 시장을 깨워야 했다. 봉기군이 놓아준 포르트 드 롬의 문지기가 달려와 악당들이 도시로 들어왔음을 알렸을 때 소령은 고작 스무 명 정도의 국민군만을 모았을 뿐이었다. 가까운 곳에 병영이 있는 헌병들은 아직 소식조차 모르고 있었다. 그들은 논의를 하기 위해 서둘러 시청 문을 걸어 잠가야 했다. 그리고 5분 뒤 들려온 둔탁하고 지속적인 굉음이 봉기군 대열이 가까이 왔음을 알렸다.

공화국을 증오하는 가르소네 시장은 맹렬하게 저항하기를 바랐을 터였다. 하지만 신중한 편인 그는 아직 잠결인 희멀건 얼굴들을 둘러보고는 싸우는 게 의미가 없음을 깨달았다. 논의는 오래 이어지지 않았다. 오직 시카르도 만이 고집을 꺾지 않았다. 그는 싸우기를 원하면서, 3,000명의 악당들을 정신 차리게 하는 데는 국민군 스무 명이면 충분하다고 주장했다. 무슈 가르소네는 어깨를 으쓱해 보이면서, 자신들이 유일하게 할 수 있는 일은 명예롭게 항복하는 것이라고 선언했다. 군중의 웅성거림이 점점 커지자 그는 발코니로 향했고 그 자리에 있던 모두가 그를 뒤따랐다. 점차 함성이 잦아들었다. 아래쪽에서는 전율하는 봉기군의 검은 무리 가운데서 소총들과 낫들이 달빛을 받아 반짝거렸다.

"당신들은 누구요? 원하는 게 뭐요?" 시장이 큰 소리로 물었다.

그러자 짤막한 외투 차림의 한 남자가 앞으로 나섰다. 그는 라 팔뤼의 지주였다.

"문을 열어주시오." 그는 무슈 가르소네의 질문에는 대답하지 않고 말했다. "동족끼리의 싸움은 피해야 하지 않겠소."

"시장으로서 당장 물러갈 것을 촉구하는 바이오." 시장이 다시 말했다. "그대들의 요구에는 법의 이름으로 결코 응할 수 없소."

시장의 말에 군중은 커다란 소리로 웅성거리기 시작했다. 소란이 어느 정도 잦아든 뒤에야 분노에 찬 외침이 발코니까지 가닿을 수 있었다. 여기저기서 목소리들이 터져 나왔다.

"우리도 법의 이름으로 여기 온 것이오.

— 관리로서 당신들이 져야 할 의무는 심각하게 침해된 이 나라의 근본적인 법, 헌법을 존중하는 것이오.

— 헌법 만세! 공화국 만세!"

가르소네 시장이 관리로서의 자신의 역할을 상기시키면서 그들을 설득하려고 하자 발코니 아래쪽에 서 있던 라 팔뤼의 지주가 격렬하게 그의 말을 가로막았다.

"당신은 이제 몰락한 관리일 뿐이오. 우린 당신을 그 자리에서 끌어내리기 위해 온 거요."

그때까지 시카르도 소령은 자신의 콧수염을 씹으며 욕설을 안으로 삼키고 있었다. 그의 화를 더욱 돋운 것은 봉기군이 손에 든 몽둥이와 낫이었다. 그는 각자 소총 하나씩도 갖추지 못한 하찮은 군인들을 우습게 여기지 않으려고 무진 애를 쓰고 있던 참이었다. 하지만 남루한 외투 차림의 남자가 감히 현장(懸章)을 두른 시장의 직위를 박탈하겠다고 하는 말을 들었을 때 그는 더 이상 참지 못하고 소리쳤다.

"빌어먹을 거지새끼들 같으니라고! 지금 나한테 병사 넷과 하사 한 명만 있다면 당장 내려가 혼꾸멍을 내줄 텐데! 저들에게 존중이 뭔지 알게 해줄 텐데!"

그때 심각한 사건이 발생했다. 분노의 함성이 퍼져나가기가 무섭게 봉기군이 시청 문으로 일제히 달려들었다. 당황한 가르소네 시장은 서둘러 발코니를 떠나면서 시카르도에게 그들을 모두 죽일 생각이 아니라면 부디 합리적으로 처신할 것을 간청했다. 문은 2분 만에 무너졌고, 봉기군은 시청을 점령한 뒤 국민군의 무장을 해제했다. 시장과 그 자리에 있던 관리들은 체포되었다. 시카르도는 자신의 검을 넘기기를 거부해 몇몇 봉기군을 격분케 하는 바람에 냉정하기로 소문난 레 튈레트 부대 대장의 보호를 받아야 했다. 시청을 점령한 공화파들은 시장 광장의 조그만 카페에 포로들을 몰아넣고 감시했다.

봉기군 부대의 대장들이 그들의 병사들에게 약간의 음식과 휴식이 절대적으로 필요하다고 판단하지 않았다면 그들이 플라상을 가로지르는 일은 없었을 터였다. 곧장 또 다른 도청 소재지로 향하는 대신 그들은 급하게 임명된 총대장의 변명의 여지가 없는 미숙함과 나약함 탓에 왼쪽으로 방향을 바꾸었다. 그리고 이처럼 멀리 우회하는 행진은 그들을 패배로 이끌게 될 것이었다. 생트루르 고원으로 향하던 중인 봉기군은 아직도 40킬로미터를 더 가야 했다. 늦은 시각에도 불구하고 그들이 플라상으로 들어온 것은 바로 이런 오랜 행진에 대한 예상 때문이었다. 시각은 밤 11시 30분을 가리키고 있었다.

봉기군 무리가 식량을 요구한다는 것을 알게 된 무슈 가르소네는 자신이 그것을 제공하겠다고 나섰다. 이 관리는 이처럼 어려운 상황에서 사태를 정확하게 파악하는 영민함을 보여주었다. 저 굶주린 3,000명의 허기를 채워주어야 했다. 다음 날 그가 잠에서 깨어났을 때 그들이 여전히 플라상의 거리를 차지하고 있어서는 안 되었다. 날이 밝기 전에 떠난다면 그들은 단지 새벽이 사라지게 하는 나쁜 꿈처럼 잠든 도시를 통과하는 것뿐이었다. 여전히 포로의 신분인 무슈 가르소네는 두 경비병이 뒤따르는 가운데 도시의 빵집들 문을 일일이 두드려 자신이 구할 수 있는 모든 식량을 봉기군에게 공급했다.

새벽 1시경 땅바닥에 쪼그려 앉은 3,000명의 무리는 무기를 다리 사이에 낀 채 식사를 했다. 시장 광장과 시청 광장은 거대한 식당으로 변모해 있었다. 매서운 추위에도 불구하고 이 웅성거리는 무리 사이에는 유쾌한 말들이 오갔고, 환한 달빛이 작은 그룹까지도 생생히 비춰주었다. 굶주린 가엾은 이들은 곱은 손을 호호 불어가며 기분 좋게 자신들의 몫을 삼키고 있었다. 이웃한 골목들 안쪽으로는 집들의 새하얀 계단 위에 앉아 있는 희미한 형체들이 보였다. 그러다 느닷없이 어둠 속에서 터져 나오는 거친 웃음소리가 소란스러운 군중 속으로 잦아들곤 했다. 집들의 창가에서는 머리에 스카프를 두른 호기심 어린 대담한 여인네들이 무시무시한 봉기군이 식사하는 광경을 구경하고 있었다. 예의 그 흡혈귀 같은 이들은 차례로 시장의 펌프에서 오므린 두 손에 물을 받아 마셨다.

시청이 점령당하는 동안 가까운 캉쿠앵가(街)에 중앙 시장을 면해 있는 헌병대 막사도 마찬가지로 민중의 수중에 떨어졌다. 잠자다 기습을 받은 헌병대는 몇 분 만에 무장 해제를 당했다. 미예트와 실베르도 군중에 떠밀려 이쪽으로 왔다. 여전히 깃대를 가슴에 꼭 껴안고 있던 미예트는 막사의 벽에 찰싹

달라붙었다. 인간의 물결에 휩쓸려 막사 안으로 들어간 실베르는 동료들을 도와 헌병들이 서둘러 집으려던 소총을 빼앗았다. 무리의 열기에 취해 사나워진 그는 랑가드라는 덩치 큰 헌병에게 달려들어 한동안 엎치락뒤치락했다. 그는 거친 몸짓으로 랑가드에게서 소총을 빼앗는 데 성공했다. 그러던 중에 소총의 총열이 랑가드의 얼굴을 세게 쳐 그의 오른쪽 눈에 상처가 났다. 흐르는 피가 실베르의 손에 튀자 그는 정신이 번쩍 들었다. 실베르는 자신의 손을 바라보고는 소총을 떨어뜨렸다. 그리고 손을 털어대면서 밖으로 뛰쳐나갔다.

"다쳤잖아!" 미예트가 소리쳤다.

"아니야, 그런 게 아니야." 실베르가 목멘 소리로 대답했다. "내가 헌병을 죽인 것 같아."

"정말 죽은 거야?"

"잘 모르겠어. 얼굴이 온통 피투성이야. 이리 와봐."

그는 미예트를 끌고 갔다. 그리고 중앙 시장의 돌 벤치에 그녀를 앉힌 뒤 거기서 기다리라고 했다. 그는 더듬거리며 자꾸만 자기 손을 들여다보았다. 미예트는 두서없는 그의 말에서 그가 떠나기 전 할머니에게 키스를 하러 가고 싶어 한다는 것을 알았다.

"뭘 망설여! 얼른 가봐." 그녀가 말했다. "내 걱정은 하지 마. 손을 씻어야지."

그는 손가락을 벌린 채 재빨리 멀어져갔고, 가까운 급수전들을 지나치면서도 손 씻을 생각조차 하지 못했다. 자신의 피부에서 랑가드의 피의 온기가 느껴지자마자 그는 오직 한 가지 생각만으로 탕트 디드의 집으로 달려갔다. 실베르는 그곳의 조그만 뜰 구석에 있는 우물의 물통에서 손을 씻고 싶었다. 오직 그곳에서만 핏자국을 씻어낼 수 있을 것 같았다. 평화롭고 안온했던 어린 시절이 다시 떠올랐고, 잠시라도 할머니의 스커트 속으로 숨어들고 싶은 강렬한 욕구가 느껴졌다. 실베르는 헐떡거리며 집에 도착했다. 탕트 디드는 아직 잠자리에 들지 않았다. 다른 때 같았으면 그는 놀랐을 터였다. 하지만 그는 집 안으로 들어서면서 외삼촌 피에르가 구석의 낡은 궤짝 위에 앉아 있는 것조차 알아차리지 못했다. 실베르는 가엾은 노파가 물어보기도 전에 서둘러 말했다.

"할머니, 미안해요…. 다른 사람들하고 같이 떠나야 해요…. 이것 보세요, 피가 묻었어요…. 내가 헌병을 죽인 것 같아요."

"네가 헌병을 죽였다고, 네가!" 탕트 디드는 야릇한 목소리로 반복해 말했다.

붉은 얼룩을 뚫어져라 바라보던 그녀의 눈이 한순간 반짝였다. 그녀는 느닷없이 벽난로 선반을 돌아보았다.

"네가 총을 가져갔지." 그녀가 말했다. "지금 어디 있어?"

미예트에게 총을 맡겨둔 실베르는 안전한 곳에 잘 있다고 거듭 말했다. 아델라이드는 처음으로 자기 손자 앞에서 밀수꾼 마카르 이야기를 꺼냈다.

"총을 다시 가져다줄 거지? 그러겠다고 약속해!" 그녀는 놀랍도록 힘찬 목소리로 말했다. "그 사람한테서 남은 건 그게 다야…. 넌 헌병을 죽였어. 그 사람을 죽인 것도 헌병들이야."

그녀는 잔인한 만족감을 느끼는 듯 실베르를 붙잡을 생각조차 하지 않고 계속 뚫어지게 바라보았다. 그녀는 그에게 어떤 해명도 요구하지 않았고, 손주들에게 조금만 생채기가 나도 큰일이라도 난 것처럼 구는 인자한 할머니들처럼 울지도 않았다. 머릿속이 온통 한 가지 생각으로 가득한 그녀는 마침내 열렬한 호기심을 드러내며 그에게 물었다.

"그 총으로 헌병을 죽인 거지?"

어쩌면 실베르는 그녀의 질문을 잘 못 들었거나 이해하지 못했는지도 몰랐다.

"네…." 그가 대답했다. "가서 손을 씻어야겠어요."

그는 우물에서 돌아온 뒤에야 자신의 외삼촌을 알아보았다. 피에르는 실베르의 이야기를 들으면서 낯빛이 창백해졌다. 펠리시테의 말이 옳았다. 그의 가족이란 사람들은 그를 위태롭게 하는 것을 즐기는 게 분명했다. 그리고 이젠 조카 한 놈이 헌병을 죽였다고 하지 않는가! 이 미친놈이 봉기군과 합류하는 것을 막지 못하면 자신이 징세관 자리를 얻을 일은 결코 없을 터였다. 그는 실베르를 붙들어두기로 결심하고 문 앞에 버티고 섰다.

"내 말 좀 들어보렴." 그가 거기 있는 것을 보고 몹시 놀란 실베르에게 피에르가 말했다. "나는 집안의 가장으로서 네가 이 집을 떠나지 못하게 할 거야. 이건 너와 우리 가족의 명예가 달린 문제야. 내일 내가 너를 국경 너머로 데려다주마."

실베르는 어깨를 으쓱해 보였다.

"날 가게 놔두세요." 그는 차분하게 대답했다. "나는 끄나풀이 아니에요. 외삼촌이 숨어 있는 곳을 말하진 않을 거라고요. 그러니까 안심하세요."

피에르는 가족의 위엄과 장자의 자격이 부여하는 권위에 대해 계속 떠들어댔다.

"내가 당신들 가족이긴 한 건가요!" 실베르가 항변하듯 말했다. "당신들은 계속 나를 부인했어요…. 오늘 여기도 무서워서 온 거잖아요. 마침내 정의의 날이 왔다고 느껴서요. 얼른 비켜주세요! 나는 비겁하게 숨지 않아요. 해야 할 일이 있다고요."

피에르는 꼼짝도 하지 않았다. 그러자 실베르의 열렬한 말에 도취된 듯 듣고 있던 탕트 디드가 자기 아들의 팔에 메마른 손을 올려놓으며 말했다.

"비켜주렴, 피에르. 아이는 가야만 해."

실베르는 자기 외삼촌을 가볍게 밀치고 밖으로 내달았다. 다시 문을 꼼꼼히 닫은 피에르는 분노와 위협이 잔뜩 느껴지는 목소리로 자기 어머니에게 말했다.

"저 녀석한테 무슨 일이 생기면 다 어머니 탓인 줄 아세요…. 어머닌 미쳤어요. 자신이 지금 무슨 짓을 한 건지도 모른다고요."

그러나 아델라이드는 그의 말이 들리지 않는 듯했다. 그녀는 꺼져가는 불에 포도나무 가지 하나를 던져 넣고는 희미한 미소를 띠며 중얼거렸다.

"그게 뭔지 잘 알고말고…. 그 사람도 몇 개월씩 밖에 머무르곤 했지. 그런 뒤에는 더 건강해져서 내게 돌아왔어."

그녀는 필시 마카르 이야기를 하는 것일 터였다.

그사이 실베르는 중앙 시장을 향해 달려갔다. 그가 미예트를 남겨둔 곳에 가까이 가자 어디선가 요란한 목소리가 들려왔다. 실베르는 사람들이 모여 있는 것을 보고는 걸음을 재촉했다. 험악한 일이 막 벌어졌던 것이다. 봉기군이 조용히 식사를 하는 동안 호기심 많은 이들이 그들 사이를 돌아다니고 있었다. 그중에는 소작농 레뷔파의 아들인 쥐스탱도 있었다. 스무 살쯤 된 청년으로 허약하고 어딘가 수상쩍어 보이는 그는 자신의 사촌 미예트를 극도로 싫어했다. 집에서 그는 미예트가 빵을 먹는 것조차 비난하면서 그녀를 마치 경계석 모퉁이에서 주워 온 거지처럼 취급했다. 아마도 그녀가 자기 애인이 되는 것을 거부했기 때문인 듯했다. 마르고, 생기 없고, 손발이 지나치게 길고 얼굴이 비뚤어진 그는 자신의 추함과, 아름답고 강인한 미예트가 자신에게 드러내는 경멸에 복수하고자 했다. 그의 은밀한 꿈은 자신의 아버지에 의해 그녀가 집에서 내쫓기는 것이었다. 그리하여 그는 그녀를 끊임없이 염탐해왔다. 얼마 전부터는 그녀가 실베르와 만나는 것을 알게 되었고, 그 모두를 레뷔파에게 고자질하기 위해 결정적인 기회만을 엿보고 있었다. 그리고 그날 저녁 8시경 미예트가 집에서 몰래 빠져나오는 것을 발견한 그는 증오심에 불타올라 더 이상 입을 다물고 있을 수가 없었다. 그의 이야기를 전해 들은 레뷔파는 불같이 화를 내면서 그 헤픈 계집이 감히 집으로 돌아오면 발로 차서 내쫓겠다고 소리쳤다. 쥐스탱은 다음 날 보게 될 흥미로운 장면을 미리 음미하면서 잠자리에 들었다. 그런데 문득 자신의 복수를 앞당겨 즉각 맛보고 싶다는 강렬한 욕구가 느껴져 다시 옷을 입고 밖으로 나갔다. 어쩌면 미예트를 만날 수 있을지도 몰랐다. 그는 그녀를 매우 거칠게 대하리라고 맹세했다. 이렇게 해서 그는 봉기군의 입성을 지켜본 뒤 시청까지 그들을 따라갔다. 왠지 그곳에서 연인들을 만날 수 있을 것 같은 막연한 예감이 들었기 때문이었다. 과연 그는 벤치에 앉아 실베르를 기다리는 자기 사촌을 알아볼 수 있었다. 커다란 망토를 입은 그녀가 옆에 붉은 깃발을 놔둔 채 중앙 시장의 기둥에 몸을 기대고 있었다. 쥐스탱은 이죽거리면서 그녀에게 상스러운 농담을 하기 시작했다. 그를 보고 놀라 말문이 막힌 미예트는 그가 퍼붓는 욕설에 눈물을 쏟아냈다. 그녀가 얼굴을 가리고 고개를 숙인 채 흐느끼는 동안 쥐스탱은 그녀에게 도둑의 딸이라고 하면서, 그녀가 자메프랑으로 돌아오기라도 하면 자기 아버지 레뷔파가 혼쭐을 내줄 것이라고 소리쳤다. 그는 15분가량 그녀를 떨게 하면서 모욕을 주었다. 그들 주위로 모여든 사람들이 이 고통스러운 광경을 보며 바보처럼 히죽거렸다. 급기야는 몇몇 봉기군이 끼어들어 미예트를 그만 괴롭히지 않으면 가만두지 않겠다고 쥐스탱을 위협했다. 하지만 그는 뒤로 물러서면서 자신은 그들이 무섭지 않다고 소리쳤다. 바로 그 순간 실베르가 나타났다. 그를 알아본 쥐스탱은 뒤로 돌아 도망을 가려고 했다. 실베르가 자기보다 훨씬 힘이 센 것을 알고는 그를 겁냈기 때문이었다. 그런데도 쥐스탱은 마지막으로 한 번 더 그녀의 연인 앞에서 미예트를 모욕하고 싶은 강렬한 욕구를 참을 수 없었다.

"오! 난 알고 있었지." 그가 소리쳤다. "수레쟁이가 가까운 데 있을 거라는 걸! 저 미친놈을 따라가려고 우릴 떠난 거였어? 참 딱하기도 하지! 아직 열여섯 살도 안 된 계집애가! 아이 세례는 언제 받을 건가?"

그는 실베르가 주먹을 쥐는 것을 보고는 몇 걸음 더 뒤로 물러섰다.

"미리 말해두는데…" 그는 역겹게 히죽거리며 이야기를 계속했다. "행여 우리 집에서 아이를 낳을 생각일랑 하지 마. 그랬다가는 산파도 필요 없이 아버지가 네 엉덩이를 걷어차서 아이를 나오게 할 테니까. 알아들어?"

그때 실베르가 달려들어 주먹으로 얼굴을 힘껏 때리자 그는 얼굴에 멍이 든 채 비명을 지르며 달아났다. 하지만 실베르는 그를 따라가지 않고 미예트에게 돌아왔다. 그녀는 선 채로 손바닥으로 힘껏 눈물을 닦고 있었다. 실베르가 다정한 눈빛으로 바라보며 위로하려고 하자 미예트는 활기를 되찾으며 말했다.

"괜찮아, 이젠 울지 않을 거야…. 차라리 잘됐어. 떠난 걸 더 이상 후회하지 않아도 되니까. 난 이제 자유야."

그녀는 다시 깃발을 들고는 실베르를 봉기군 가운데로 이끌었다. 시간은 새벽 2시를 가리키고 있었다. 살을 에는 듯한 추위 때문에 봉기군은 선 채로 빵을 마저 먹은 뒤 제자리에서 뛰면서 몸을 덥히려고 애쓰고 있었다. 마침내 대장들이 출발 신호를 알렸다. 그들은 다시 대열을 이루었고, 포로들을 대열 중앙으로 한데 몰아넣었다. 봉기군은 가르소네 시장과 시카르도 소령 외에도 징세관 무슈 페로트와 또 다른 몇몇 관리들을 체포해 함께 데리고 갔다.

그 순간 무리들 사이를 돌아다니는 아리스티드가 보였다. 이 영악한 사내는 이런 굉장한 봉기 앞에서 공화파의 친구로 남지 않는 것은 경솔한 일이라고 생각했다. 그러나 다른 한편으로 그는 그들 때문에 자신이 위태로워지는 것을 원치 않았다. 그는 한 팔에 팔걸이 붕대를 맨 채 그들에게 작별 인사를 하면서 망할 상처 때문에 무기를 들 수 없음을 한탄했다. 그는 무리 속에서 수술용 도구통과 조그만 구급함을 든 형 파스칼과 우연히 마주쳤다. 의사는 차분한 목소리로 봉기군을 따라갈 것이라고 말했다. 아리스티드는 혼잣말로 그는 멍청이라고 중얼거렸다. 아리스티드는 행여 엄청나게 위험해 보이는 도시 경비를 맡게 될 것이 두려워 슬며시 자리를 떴다.

봉기군은 플라상을 점령할 생각을 하지 않았다. 도시가 반동적인 성격이 너무 강한 탓에 다른 곳에서 했던 것처럼 민주적 위원회를 설치할 엄두를 내지 못했기 때문이었다. 그들은 그냥 그대로 멀어져갔을 터였다. 개인적인 증오심으로 대담해진 앙투안이 강단 있는 사내들 스무 명만 내주면 플라상을 자신이 통제하겠노라고 제안하지만 않았더라면. 봉기군은 그에게 스무 명을 내주었고, 그는 앞장서서 그들을 데리고 의기양양하게 시청을 점령하러 갔다. 그사이 봉기군 대열은 쿠르 소베르를 내려가 그랑포르트를 통해 도시를 떠났다. 마치 폭풍우처럼 가로질러 온 고요하고 한적한 거리들을 뒤로한 채. 멀리 새하얀 달빛 아래 길게 뻗은 길이 보였다. 미예트는 실베르의 팔을 뿌리쳤다. 그녀는 손가락을 시퍼레지게 하는 매서운 추위에도 아랑곳없이 두 손으로 붉은 깃발을 꼭 잡은 채 단호하고 당당하게 앞으로 나아갔다.

제5장

  멀리 새하얀 달빛 아래 길게 뻗은 길이 보였다. 봉기군 무리는 차갑고 환한 들판에서 또다시 영웅적인 행진을 시작했다. 마치 커다란 열정의 물결이 흘러가는 듯한 광경이었다. 사랑과 자유에 목마른 다 큰 아이들, 미예트와 실베르를 이끄는 서사적 숨결은 그 성스러운 관대함으로 마카르가와 루공가의 저열한 코미디 사이를 헤치고 나아갔다. 간간이 들려오는 민중의 우렁찬 목소리가 노란 살롱의 객설과 앙투안 삼촌의 독설 사이로 울려 퍼졌다. 저속하고 비열한 통속극이 역사의 위대한 드라마로 변모하는 중이었다.
  플라상을 벗어난 봉기군은 오르셰르로 향하는 길로 접어들었다. 아침 10시경에는 이 도시에 도착해야만 했다. 도로는 아래쪽에 급류가 흐르는 언덕의 중턱을 돌아 비오른 강을 거슬러 나 있었다. 왼쪽으로는 거대한 초록빛 카펫처럼 펼쳐진 들판에 드문드문 회색 얼룩 같은 마을들이 보였다. 오른쪽으로는 가리그 산맥의 황량한 봉우리들과 돌투성이 고원, 마치 햇볕에 그을린 듯 적갈색을 띤 바위들이 보였다. 강 쪽에 면한 큰길은 커다란 바위들 사이로 나 있어서 한 걸음씩 나아갈 때마다 계곡 자락이 언뜻언뜻 보였다. 언덕 중턱을 통과하는 이 길보다 더 야성적이고 기이하게 웅대한 것은 없을 터였다. 밤에는 특히 신성한 두려움마저 느껴졌다. 부연 달빛 아래 봉기군은 마치 파괴된 도시의 대로를 지나듯 앞으로 나아갔다. 길 양옆으로는 무너진 신전의 파편처럼 보이는 돌들이 있었고, 달빛이 비추는 바위들은 신비한 주랑의 무너진 기둥 몸체와 부서진 기둥머리 그리고 구멍이 뚫린 담장을 연상시켰다. 저 높은 곳에서는 가리그 산맥의 산들이 부연 우윳빛을 띤 채 잠들어 있었고, 높이 솟은 탑과 방첨탑(方尖塔),[1] 높다란 테라스가 딸린 집 들이 하늘을 반쯤 가린 거대한 도시를 연상시켰다. 발아래로는 끝없이 너르게 펼쳐진 희미한 빛의 바다가 보였고, 환한 안개가 층층이 그 위를 떠다녔다. 봉기군 대열은 빛을 발하는 바다의 가장자리에 만들어진 거대한 둘레길을 따라 미지의 바벨탑 주위를 맴도는 듯했다.

그날 밤 비오른 강은 길가의 바위들 아래쪽에서 거친 소리를 내며 흘러갔다. 급류의 지속적인 우르릉 소리 가운데서 조종(弔鐘)의 쓰라린 탄식이 들려오는 듯했다. 강 반대편에서는 들판에 흩어져 있는 마을들이 잠에서 깨어나 불을 켜고 경종을 울렸다. 새벽까지 행진을 계속한 봉기군은 마치 기다란 화약의 흔적처럼 봉기가 계곡을 따라 길게 퍼져나가는 것을 볼 수 있었다. 그러는 가운데 어둠 속에서 끈질기게 울리는 조종이 그들 뒤를 따라오는 듯했다. 집들의 불빛은 어둠을 핏빛 점들로 물들였다. 멀리서 노랫소리가 가늘고 희미하게 들려왔다. 희끄무레한 달빛의 안개 속에 잠긴 거대한 평원이 갑작스러운 분노의 떨림과 함께 어렴풋이 꿈틀거리고 있었다. 봉기군이 수십 킬로미터를 행진할 때까지도 똑같은 광경이 이어졌다.

파리에서 일어난 일들이 공화파의 가슴속에 불어넣은 맹목적인 열정 속에서 전진하던 그들은 기다란 띠 모양의 대지가 온통 반란의 기운으로 요동치

---

1 고대 이집트에서 태양 숭배의 상징으로 세웠던 기념비. 보통 오벨리스크라고 한다.

는 광경에 흥분을 감추지 못했다. 자신들이 꿈꾸던 총봉기의 열기에 취한 그들은 프랑스 전체가 자신들을 뒤따르고 있다고 믿었다. 비오른 강 너머로 거대하고 희뿌연 빛의 바다 속에서 그들처럼 공화국의 수호를 위해 달려온 사람들의 끝없는 행렬이 눈에 보이는 듯했다. 순진한 환상을 지닌 군중이 그러하듯 단순한 그들은 승리가 손쉽고 확실할 거라고 믿었다. 이 순간 누구라도 그들에게 오직 그들만이 의무에 대한 용기를 지녔으며, 다른 나머지 국민들은 겁에 질려 비겁하게 굴복하고 말 것이라고 한다면, 그들은 그를 배신자로 간주해 붙잡아 총살했을지도 몰랐다.

봉기군은 행진 중에 가리그 언덕의 경사면에 세워진 몇몇 촌락을 지나치면서 그들이 보여준 환대에서 새로운 용기를 얻어 나아갔다. 작은 군대가 다가오자 주민들은 한꺼번에 잠에서 깨어났다. 여인들은 그들의 신속한 승리를 기원하며 달려 나왔고, 옷을 대충 걸친 남자들은 손에 닿는 아무 무기나 집어 들고 그들과 합류했다. 새로운 마을을 지날 때마다 새로운 환호와 환영의 외침 그리고 오랫동안 반복되는 작별 인사가 그들을 맞이했다.

새벽이 되자 달이 가리그 산맥 뒤로 자취를 감추었다. 봉기군은 겨울밤의 짙은 어둠 속에서 빠른 걸음으로 행진을 계속했다. 그들은 더 이상 계곡과 언덕을 구분하지 못했다. 단지 깊은 어둠 속에서 울려 퍼지는 구슬픈 탄식 같은 종소리를 들을 수 있을 뿐이었다. 마치 눈에 보이지 않는 북들이 어딘가에 모습을 감춘 채 절망적인 부름으로 그들을 끊임없이 채찍질하는 듯했다.

그사이 미예트와 실베르는 무리의 열정에 휩쓸려 걸어갔다. 새벽 무렵 미예트는 기진맥진한 상태였다. 그녀는 이제 자기 주위의 남자들처럼 큰 걸음이 아닌 종종걸음으로 따라가고 있었다. 하지만 그 때문에 불평하는 일이 없도록 모든 용기를 그러모았다. 자신이 사내아이처럼 강하지 않음을 고백하는 것은 있을 수 없는 일이었다. 실베르는 처음 몇 킬로미터를 걸어갈 때부터 그녀의 팔을 부축했다. 그리고 깃발이 그녀의 곱은 손에서 점차 미끄러지는 것을 보고는 그것을 대신 들어 그녀의 짐을 덜어주고자 했다. 하지만 미예트는 발끈하면서 어깨에 깃발을 얹은 채 그가 한 손으로 깃대를 잡는 것만을 허락했다. 이처럼 그녀는 어린아이의 고집스러움과 함께 영웅적인 태도를 고수했다. 그리고 실베르가 자신에게 애정 어린 염려의 눈길을 보낼 때마다 미소를 지어 보였다. 그러나 달이 모습을 감추자 그녀는 어둠에 자신을 내맡겼다. 실베르는 자신이 부축하고 있는 미예트의 팔이 점점 더 무겁게 느껴졌다. 그녀가 비틀거리는 것을 막기 위해서는 자신이 깃발을 들고 그녀의 허리를 감싸 안아야 했다. 그녀는 여전히 힘들다는 말을 하지 않았다.

"힘들지 않아, 미예트?" 실베르가 물었다.

"조금." 그녀가 착 가라앉은 목소리로 대답했다.

"좀 쉬었다 갈까?"

그녀는 아무 말도 하지 않았다. 하지만 실베르는 미예트가 비틀거리고 있음을 알 수 있었다. 그는 봉기군 중 하나에게 깃발을 맡긴 뒤 대열에서 벗어나 그녀를 품에 안다시피 하며 데리고 갔다. 미예트는 자신이 그토록 약한 아이라는 사실이 부끄러워 잠시 버둥거렸다. 실베르는 그녀를 진정시킨 뒤 시간을 반이나 단축할 수 있는 지름길을 알고 있다고 말했다. 그들은 한 시간쯤 휴식을 취한 뒤 다른 이들과 동시에 오르셰르에 도착할 수 있을 터였다.

시간은 오전 6시쯤 된 듯했다. 비오른 강에서 옅은 안개가 올라온 때문인지 밤이 더욱더 짙어 보였다. 두 젊은이는 더듬더듬 가리그 언덕의 경사면을 기어올라가 한 바위 위에 자리를 잡았다. 그들 주위로 어둠의 깊은 바다가 생겨난 듯했고, 그들은 마치 허공 위의 암초 꼭대기에 고립된 느낌이었다. 그 허공 속으로 작은 부대의 둔탁한 발소리가 잦아들었다. 그들의 귀에 들리는 것이라고는 그들의 발아래, 길가에 면한 마을에서 들려오는 종소리와, 구슬프게 떨리는 앞선 종소리에 응답하듯 멀리서 들려오는 흐느낌 같은 숨죽인 종소리뿐이었다. 마치 두 종이 허공 속에서 세상의 음울한 종말을 서로에게 이야기하는 듯했다.

서둘러 걷느라 몸이 달아오른 미예트와 실베르는 처음에는 추위를 느끼지 못했다. 그들은 형언할 수 없는 슬픔 속에서 아무 말 없이 어둠마저 전율하게 하는 조종 소리에 귀 기울였다. 두 사람은 서로를 볼 수도 없었다. 겁이 난 미예트는 실베르의 손을 찾아 꼭 쥐고 있었다. 몇 시간 동안 그들을 이끌어온 열기가 가라앉은 뒤 느닷없이 멈춰 선 그들은 나란히 앉은 채 막막함과 고립감에 휩싸였다. 마치 요동치는 꿈에서 화들짝 깨어나 놀란 듯 진이 빠진 느낌이었다. 바닷물이 그들을 휩쓸어 와 길가에 던져놓고 다시 물러나기라도 한 것 같았다. 실베르와 미예트는 알 수 없는 강력한 힘에 이끌린 듯 무의식적인 마비 상태에 빠져들었다. 그들은 자신들의 열정도 잊었고, 자신들이 합류해야 할 무리도 더 이상 생각지 않았다. 그리고 야생의 어둠 한가운데서 서로의 손을 꼭 잡은 채 오직 자신들만 존재하는 달콤한 고독에 몸을 내맡겼다.

"나한테 화난 거 아냐?" 이윽고 미예트가 물었다. "난 밤새도록이라도 너랑 걷고 싶었어. 그런데 사람들이 너무 빨리 뛰어가서 숨을 쉴 수가 없었어."

"내가 왜 너한테 화가 나?" 실베르가 대답했다.

"그냥 그런 생각이 들었어. 네가 나를 더 이상 안 좋아할까 봐 걱정돼. 나도 너처럼 빨리빨리 걷고, 멈추지 않고 계속 갈 수 있으면 좋겠어. 네가 나를 어린아이처럼 생각하는 게 싫거든."

실베르는 어둠 속에서 미소를 지었고 미예트도 그것을 느꼈다. 그녀는 단호한 목소리로 이야기를 계속했다.

"언제까지나 나를 여동생 취급 하지 않았으면 좋겠어. 난 너의 아내가 되고 싶단 말이야."

그녀는 실베르를 자기 앞으로 끌어당겨 가슴에 꼭 안은 채 속삭였다.

"곧 추워질 거야, 이렇게 몸을 덥혀야 해."

침묵이 이어졌다. 이 혼탁한 시간이 오기까지 두 젊은이는 형제애 같은 애정으로 서로를 사랑했다. 무지한 그들은 끊임없이 서로를 서로의 품 안으로 끌어당겨 형제자매가 그러는 것보다 오래도록 포옹하게 하는 이끌림을 깊은 우정쯤으로 여겼다. 그러나 이들의 순수한 사랑 깊은 곳에서는 미예트와 실베르의 뜨거운 피가 폭풍우처럼 나날이 더 맹렬히 끓어오르고 있었다. 이처럼 목가적인 사랑에서 나이와 경험과 함께 남프랑스의 뜨겁고 열정적인 사랑이 꽃피게 될 터였다. 소년의 목에 매달리는 소녀는 이미 여인인 셈이다. 연인의 다정한 손길이 일깨울 수 있는, 스스로도 알지 못하는 여인인 것이다. 연인들이 서로의 뺨에 키스를 하는 것은 서로의 입술을 더듬어 찾기 때문이다. 단 한 번의 키스가 연인들을 탄생시키기도 한다. 차갑고 어두운 12월의 밤, 쓰라린 탄식 같은 조종 소리가 울려 퍼지는 가운데 미예트와 실베르는 심장의 모든 피를 입술로 몰리게 하는 키스를 나누었다.

그들은 서로를 꼭 껴안은 채 아무 말도 하지 않았다. 미예트는 "이렇게 있으면 몸이 따뜻해질 거야."라고 했고, 그들은 순진하게 몸이 더워지기를 기다렸다. 그리고 이내 그들의 옷 사이로 서로의 온기가 전해져 왔다. 그들은 점차 포옹으로 인해 몸이 뜨거워지면서 서로의 호흡이 하나가 됨을 느낄 수 있었다. 나른함이 몰려오면서 두 사람은 열기 어린 비몽사몽 상태에 빠져들었다. 그들은 이제 더웠다. 그들의 감긴 눈꺼풀 위로 빛이 휙 스쳐 지나가고 머릿속에서는 윙윙 소리가 들려왔다. 이처럼 고작 몇 분간 지속되었을 뿐인 고통스러운 황홀경의 상태가 끝없이 이어질 것만 같았다. 그리고 마침내 마치 꿈속에서처럼 그들의 입술이 만났다. 그들의 키스는 길고 탐욕스러웠다. 지금까지 한 번도 키스를 한 적이 없었던 것처럼. 그들은 혼란스러워하며 서로의 몸에서 떨어졌다. 밤의 한기가 그들의 열기를 식혀주었고, 두 사람은 어쩔 줄 몰라 하며 서로 얼마간 떨어져 앉아 있었다.

두 개의 종은 연인들 주위에 생겨난 짙은 어둠 속에서 여전히 음울한 이야기를 주고받았다. 겁에 질려 몸을 떠는 미예트는 더 이상 실베르에게 다가갈 엄두를 내지 못했다. 그녀는 이제 그가 거기 있는지조차 알지 못했고, 그가 움직이는 소리도 더 이상 들리지 않았다. 그들은 키스의 달콤 씁쓸한 느낌에 취해 있었다. 무슨 말인가를 하고 싶어 입술이 간질간질했고, 서로에게 감사하는 의미로 한 번 더 키스를 하고 싶었다. 하지만 자신들의 강렬한 행복을 수치스럽게 여긴 그들은 그것에 대해 큰 소리로 말하기보다는 차라리 그것을 맛보지 않는 편을 택할 터였다. 대열의 빠른 걸음이 그들의 피를 휘젓지 않고, 짙은 어둠이 그들의 공범이 되어주지 않았더라면, 그들은 좋은 동료처럼 서로의 뺨에 키스했을 것이었다. 미예트는 당혹스러움을 느꼈다. 다행스러운 어둠 속에서 마음을 열고 실베르와 뜨거운 키스를 나눈 뒤 그녀는 쥐스탱의 거친 행동을 떠올렸다. 몇 시간 전만 해도 그녀는 자신을 행실 나쁜 여자로 취급하는 그의 말을 들으면서도 얼굴을 붉히지 않았다. 쥐스탱은 그녀에게 아이 세례식은 언제 할 거냐고 하면서, 행여 자메프랑에 다시 돌아오면 자기 아버지가 그녀의 엉덩이를 걷어차서 아이를 나오게 할 거라고 소리쳤다. 그때 그녀는 그의 말뜻을 이해하지 못한 채 울었다. 단지 그가 말한 것이 추한 것임을 짐작했기 때문이었다. 이제 여자가 된 미예트는 마지막 남은 순수한 마음으로 생각했다. 어쩌면 아직도 그 뜨거움이 느껴지는 키스만으로도 자신은 사촌이 비난하는 수치스러운 여자가 되어버린 게 아닐까. 그녀는 고통스럽게 흐느껴 울었다.

"왜 그래? 왜 우는 거야?" 실베르가 불안한 목소리로 물었다.

"아니야, 아무것도 아니야." 미예트가 더듬거리며 말했다. "나도 몰라, 왜 그러는지."

그리고 눈물 바람 가운데 억눌렀던 말들이 터져 나왔다.

"나처럼 불행한 여자도 없을 거야. 열 살 때 사람들이 내게 돌을 던졌어. 그런데 이젠 나더러 헤픈 여자래. 쥐스탱이 사람들 앞에서 나를 비웃은 건 당연해. 우린 큰 잘못을 한 거야, 실베르."

당황한 실베르는 그녀를 다시 품에 안고 위로하고자 했다.

"널 사랑해!" 그가 나직하게 말했다. "나는 네 형제나 다름없어. 그런데 어째서 우리가 잘못을 했다는 거야? 우린 다만 추워서 키스를 한 것뿐이야. 매일 저녁 헤어질 때도 키스를 하고 말이지."

"하지만 아까처럼은 아니었어." 미예트는 들릴락 말락 하게 말했다. "다신 그러면 안 돼. 그건 분명 잘못된 거야. 기분이 정말 이상했거든. 이제 내가 지나가면 남자들이 웃을 거야. 하지만 난 그러지 말라고 할 수가 없어. 그 사람들이 그러는 게 옳으니까."

실베르는 더 이상 할 말을 찾지 못했다. 사랑의 첫 키스에 겁먹고 전율하는 이 열세 살 큰 아이의 놀란 마음을 진정시킬 수 있는 말이 생각나지 않았다. 그는 미예트를 가만히 꼭 껴안았다. 자신들의 포옹이 선사하는 포근한 마비 상태를 다시 느끼게 할 수 있다면 그녀를 진정시킬 수 있으리라 생각하면서. 그러나 미예트는 그를 거부하면서 이야기를 계속했다.

"네가 원하면 멀리 갈 수도 있어. 함께 여기를 떠날 수도 있어. 하지만 플라상으로 다시 돌아갈 수는 없어. 그랬다간 고모부가 나를 때려죽일 거야. 온 동네 사람들이 나한테 손가락질을 할 거라고…."

그러다 갑작스레 짜증이 난 듯 말했다.

"아니, 그러면 안 돼, 난 저주받은 아이야. 그러니까 탕트 디드를 떠나 나를 따라오면 안 돼. 차라리 날 한길에 버려줘."

"미예트, 미예트, 제발 그런 말은 하지 말아줘!" 실베르는 애원하듯 말했다.

"아냐, 날 그냥 두고 가. 제발 정신 좀 차려. 사람들은 나를 헤픈 여자 취급하면서 쫓아냈어. 내가 너와 함께 돌아간다면 넌 매일 맞고 살아야 할 거야. 난 그런 걸 원치 않아."

실베르는 그녀의 입술에 다시 키스한 뒤 나직이 말했다.

"너는 내 아내가 될 거야. 더 이상 아무도 널 해치지 못할 거야."

"제발 부탁이야." 그녀는 힘없이 소리쳤다. "다시는 이렇게 키스하지 말아 줘. 너무 힘들단 말이야."

그리고 한동안 침묵을 지킨 끝에 이어 말했다.

"내가 너의 아내가 될 수 없다는 걸 너도 잘 알잖아. 우린 둘 다 너무 어려. 넌 내가 더 클 때까지 기다려야 하는데, 아마 난 그사이 창피해서 죽고 말 거야. 네가 아무리 싫다고 해도 넌 결국 나를 어딘가에 버려두고 가야만 할 거라고."

그러자 힘이 부친 실베르는 흐느끼기 시작했다. 남자의 흐느낌에서는 메마른 비통함이 느껴지는 법이다. 미예트는 가엾은 실베르가 자신의 품 안에서 떨고 있음을 느끼고는 당황하여 그의 얼굴에 키스를 했다. 그럼으로써 자신의 입술이 뜨거워진다는 사실을 잊은 채. 이 모두는 그녀의 잘못이었다. 그녀는 포옹의 강렬한 달콤함에 저항하지 못하는 바보였다. 미예트는 연인이 처음으로 자신에게 키스를 한 바로 그 순간에 슬픈 일들을 떠올린 자신을 책망했다. 그녀는 그를 슬프게 한 데 대해 용서를 구하듯 그를 더욱더 힘껏 껴안았다. 두 연인은 자신들의 불안한 팔로 서로를 껴안음으로써 12월의 캄캄한 밤에 또 하나의 절망을 더했다. 멀리서 더욱더 숨차하듯 끊임없이 구슬프게 우는 종소리가 들려왔다.

"차라리 죽는 게 낫겠어." 실베르는 흐느끼는 가운데 반복해 말했다. "차라리 죽는 게 나아…."

"울지 마, 내가 잘못했어." 미예트가 더듬거리며 말했다. "더 강한 사람이 될게. 네가 원하는 건 뭐든지 할게."

실베르는 눈물을 닦고는 말했다.

"네 말이 맞아. 우린 플라상으로 되돌아갈 수 없어. 하지만 이제 와서 비겁한 사람이 될 수도 없어. 우리가 싸움에서 이기면 탕트 디드를 데리러 갈 거야. 우린 할머니랑 멀리 떠날 거야. 하지만 우리가 진다면…."

그는 말을 멈추었다.

"우리가 진다면?…." 미예트가 다정하게 반복했다.

"그땐 신의 뜻을 따를 수밖에!" 실베르는 더 나직한 목소리로 이어 말했다. "아마도 난 여기 없을 테니 네가 불쌍한 할머니를 위로해줘. 그렇게 해주면 좋겠어."

"그럴 바엔 네가 말한 대로 차라리 죽는 게 나아." 미예트가 조그맣게 말했다.

그들은 죽음을 언급하면서 서로를 더욱더 힘껏 껴안았다. 미예트는 실베르와 함께 죽기로 마음을 먹은 터였다. 실베르는 자신에 관해서만 이야기했지만 그녀는 그가 기꺼이 자신을 땅속으로 데려갈 것임을 느끼고 있었다. 그들은 그곳에서 햇빛 아래에서보다 자유롭게 서로 사랑할 수 있을 터였다. 탕트 디드도 죽으면 그곳에서 그들과 만나게 될 것이었다. 그것은 조종의 절망적인 목소리로 하늘이 그들에게 머지않아 만족시켜주리라 약속하는, 스쳐 지나가는 예감 혹은 기이한 관능에의 욕망 같은 것이었다. 죽음이여! 죽음이여! 종들은 점점 더 격렬한 소리로 이 말을 반복했고, 연인들은 어둠의 부름에 자신들을 내맡겼다. 그들은 따뜻해진 손발과 막 다시 만난 입술의 뜨거움으로 나른해진 상태에서 삶의 마지막 잠을 미리 맛보는 것만 같았다.

미예트는 더 이상 실베르를 뿌리치지 않았다. 이번에는 그녀가 먼저 그의 입술에 자신의 입술을 갖다 댔다. 그리고 처음에는 불타는 듯한 느낌을 참을 수 없었던 그 즐거움을 말없이 열렬하게 찾아 나섰다. 임박한 죽음에 대한 생각이 그녀를 들뜨게 했던 것이다. 그녀는 더 이상 자신의 얼굴이 붉어지는 것을 느끼지 못한 채 연인에게 매달렸다. 마치 이제야 자신의 입술이 맛본 새로운 관능에 탐닉하고 싶은 것처럼, 그로 인한 미지의 강렬한 감각을 즉시 느끼지 못하는 것이 답답하기라도 한 것처럼. 그녀는 깨어난 자신의 감각들이 요동치는 가운데 키스를 넘어선 무언가가, 그녀를 겁먹게 하고 끌어당기는 또

다른 무언가가 있음을 간파했다. 그리고 그런 것들에 자신을 내맡겼다. 마치 순결한 소녀의 순수한 대담함으로 실베르에게 베일을 찢어주기를 간청하는 것처럼. 미예트의 열렬한 포옹에 정신이 아득해진 실베르는 완벽한 행복감으로 가슴이 터질 것 같았다. 온몸의 힘이 빠져나간 채 더 이상의 어떤 것도 바라지 않게 된 그는 이보다 커다란 관능이 존재한다는 것을 믿지 못하는 듯했다.

미예트는 더 이상 숨이 가쁘지 않자 첫 번째 포옹의 강렬한 기쁨이 줄어드는 것을 느꼈다.

"나는 네가 날 사랑한다는 걸 알기 전에는 죽고 싶지 않아." 그녀는 중얼거리듯 말했다. "네가 나를 더 많이 사랑했으면 좋겠어…."

미예트는 더 이상 말을 잇지 못했다. 부끄럽다는 생각이 들어서가 아니라 자신이 원하는 게 무엇인지 알지 못했기 때문이었다. 그녀는 자신이 내밀한 반항심과 무한한 기쁨에 대한 욕구를 동시에 느끼는 것이 당혹스러울 뿐이었다.

여전히 순수함을 간직한 그녀는 마치 장난감을 얻지 못한 아이처럼 발을 굴렀을 수도 있었다.

"널 사랑해, 널 사랑해." 실베르는 아득한 소리로 반복해 말했다.

하지만 미예트는 고개를 저었다. 마치 그것은 사실이 아니며, 그가 자신에게 무언가를 숨기고 있다고 말하는 듯했다. 그녀의 열정적이고 자유로운 기질은 삶의 다산성(多産性)에 대한 은밀한 본능을 지니고 있었다. 그 때문에 그녀는 죽기를 거부했다. 삶을 알지 못한 채 죽어야 한다면 결코 죽을 수 없다고 생각했다. 그녀는 피와 신경으로부터 우러나오는 반항심을 자신의 뜨겁게 헤매는 손길과 더듬거리는 말과 애원으로 솔직하게 드러냈다.

그리고 다시 차분해지면서 실베르의 어깨 위에 머리를 기댄 채 아무 말도 하지 않았다. 실베르는 고개를 숙여 오랫동안 키스했다. 미예트는 천천히 키스를 음미하면서 그 의미와 은밀한 맛을 알고자 했다. 자신들의 키스가 혈관

속을 지나는 것을 느끼면서 그 의미가 무엇인지, 그것이 온통 사랑인지 혹은 단순한 열정인지를 자문했다. 그러다 갑자기 나른해지면서 가만히 잠 속으로 빠져들었다. 끊임없이 실베르의 애정 어린 손길을 느끼면서. 그는 커다란 붉은 망토로 그녀를 감쌌고, 망토의 한 자락으로 자신도 감쌌다. 그들은 더 이상 추위를 느끼지 않았다. 실베르는 미예트의 규칙적인 숨소리에 그녀가 잠들었음을 알았고, 그들이 활기차게 길을 계속 갈 수 있게 해줄 휴식을 다행스럽게 여겼다. 그는 그녀가 한 시간쯤 잘 수 있게 놔두리라 마음먹었다. 하늘은 여전히 칠흑같이 어두웠고, 동쪽에 날이 밝아오는 것을 알려주는 희끄무레한 선이 어렴풋이 보일 뿐이었다. 연인들 뒤로는 소나무 숲이 있는 게 분명했다. 새벽의 미풍에 소나무들이 음악적으로 깨어나는 소리가 실베르의 귀에 들려왔다. 미예트의 사랑의 열기를 동반했던 종들의 탄식 소리는 떨리는 공기 속에서 그녀를 흔들어 재우듯 더욱더 크게 울려 퍼졌다.

두 젊은이는 이 혼란스러운 밤이 오기 전까지는 노동자들 가운데서 생겨나는 순수하고 목가적인 사랑을 하고 있었다. 이 단순하고 불우한 이들의 사랑에서는 때로 고대 그리스의 이야기에서 발견되는 원초적 사랑이 엿보였다.

사냥총으로 헌병을 쏴 죽였다는 죄목으로 아버지가 도형장에 보내졌을 때 미예트는 겨우 아홉 살이었다. 샹트그레유의 재판에 대해서는 인근에서 모르는 사람이 없었다. 밀렵꾼은 자신이 사람을 죽였음을 당당하게 자백했다. 하지만 그는 헌병이 먼저 자신에게 총을 겨누었다고 주장했다. "난 그에게 겁을 주려고 했을 뿐이오. 나 자신을 방어한 거란 말입니다. 그건 살인이 아니라 결투였어요." 그는 이러한 논리를 고집했다. 재판장은 헌병은 밀렵꾼을 쏠 권리가 있지만 밀렵꾼은 헌병을 쏠 권리가 없음을 그에게 이해시키지 못했다. 샹트그레유는 확신에 찬 태도와 그간의 선행들 덕분에 단두대를 피할 수 있었다. 그는 툴롱으로 떠나기 전 자기 딸을 만났을 때 어린아이처럼 울었다. 갓난 아기 때 어머니를 잃은 미예트는 세유 협곡의 마을 샤바노에 사는 할아버지

집에서 지냈다. 밀렵꾼 아버지가 없어지자 노인과 아이는 이웃의 도움으로 근근이 살아갔다. 모두가 사냥꾼인 샤바노의 주민들은 도형수가 남기고 간 불쌍한 식구들에게 도움의 손길을 내밀었다. 그러나 상심한 노인은 세상을 떠났고, 이웃 부인들이 미예트에게 플라상에 사는 고모가 있음을 떠올리지 않았더라면 아이는 거리에서 구걸이라도 해야 했을 터였다. 마음씨 좋은 한 이웃이 미예트를 그 고모 집으로 데려다주었고, 욀랄리는 아이를 달가워하지 않았다.

소작농 레뷔파와 결혼한 욀랄리 샹트그레유는 큰 키에 피부가 가무잡잡한 여성으로 강인한 의지와 권위로 살림을 꾸려나갔다. 교외 주민들의 말을 빌리면 그녀는 자기 남편을 쥐고 흔들었다. 그러나 사실인즉슨, 구두쇠인 데다 돈에 민감한 레뷔파는 보기 드문 활력과 검소함과 절약 정신의 소유자인 이 여인에게 일종의 존중심을 느끼고 있었다.

그녀 덕분에 살림은 날로 나아졌다. 그러던 어느 날 저녁 일터에서 돌아온 소작농은 미예트를 발견하고는 불평을 늘어놓았다. 그러나 그의 아내는 단호한 목소리로 그의 말문을 막히게 했다.

"그만해요! 아이가 아주 튼튼하게 생겼잖아요. 하녀가 할 일을 대신 할 수 있을 거예요. 먹여주기만 하면 우린 급여를 절약할 수 있다고요."

그녀의 계산속에 레뷔파는 미소를 지어 보였다. 심지어 아이의 팔을 만져 보고는 나이에 비해 아주 튼실하다며 만족스러워했다. 당시 미예트는 아홉 살이었다. 그는 다음 날부터 아이에게 일을 시켰다. 남프랑스 여성 농민의 일은 북프랑스의 그것보다는 훨씬 덜 힘들었다. 남프랑스에서는 여성이 땅을 파거나 무거운 짐을 나르거나 남성의 일을 하는 경우를 보기 힘들었다. 여자들은 주로 곡식 단을 묶거나 올리브나 뽕나무 잎을 땄다. 그들이 하는 일 중 가장 힘든 것은 잡초 뽑기였다. 미예트는 즐거운 마음으로 일했다. 야외에서의 삶은 그녀를 즐겁게 했고 건강에도 좋았다. 고모가 살아 있는 동안에는 그녀의 얼굴에서 웃음이 떠나지 않았다. 여장부 같은 여인은 퉁명스럽게 굴면서도 미예트를 자기 딸처럼 사랑했다. 그녀는 가끔씩 남편이 아이에게 무거운 짐이라도 지울라치면 그 즉시 소리치면서 아이를 두둔하고 나섰다.

"제발 생각 좀 하고 살아요! 오늘 아이를 피곤하게 하면 내일은 아무 일도 못 할 거라는 생각을 왜 못 하느냐고요!"

그녀의 논리는 그 즉시 효력을 발휘했다. 레뷔파는 아내의 말에 수긍하고는 아이의 어깨에 지우려던 짐을 자신이 지었다.

미예트는 사촌인 쥐스탱의 괴롭힘만 아니었다면 고모 욀랄리의 은밀한 보호 아래 완벽하게 행복한 나날을 보냈을 터였다. 당시 열여섯 살이었던 쥐스탱은 빈둥거리는 시간을 미예트를 몰래 미워하고 괴롭히는 데 사용했다. 쥐스탱이 가장 즐거울 때는 거짓말이 잔뜩 섞인 고자질로 미예트를 야단맞게 할 때였다. 때로 미예트를 못 본 척하면서 그녀의 발을 밟거나 그녀를 거칠게 밀고는 다른 이들의 불행을 즐기는 사람처럼 음흉한 기쁨을 음미하곤 했다. 그럴 때마다 미예트가 분노와 말 없는 경멸로 빛나는 커다란 검은 눈으로 그를 노려보면 비겁한 쥐스탱은 그 즉시 비웃기를 멈추었다. 사실 그는 자신의 사촌을 몹시 두려워하고 있었다.

그러다 미예트가 열한 살이 될 무렵 고모 욀랄리가 갑자기 세상을 떠났다. 그날부터 그 집의 모든 것이 바뀌었다. 레뷔파는 점차 미예트를 농장의 하인처럼 취급했다. 그녀에게 거친 일들을 시키고 그녀를 가축처럼 부려먹었다. 하지만 미예트는 자신이 갚아야 할 감사의 빚이 있다고 생각해 한마디 불평도 하지 않았다. 저녁마다 진이 빠진 그녀는 세상을 떠난 고모를 그리워하며 눈물지었다. 이제야 그녀의 숨겨진 선한 마음이 절실하게 느껴졌기 때문이었다. 게다가 미예트는 힘든 일이 싫지 않았다. 그녀는 자신이 힘이 센 것이 좋았고, 자신의 튼튼한 팔과 강인한 어깨를 자랑스럽게 여겼다. 그녀를 상심하게 하는 것은 고모부의 의심과 경계심, 끊임없는 비난 그리고 불만스러운 주인 같은 태도였다. 전혀 낯선 사람이라 할지라도 그녀만큼 박대를 당하지는 않았을 터였다. 레뷔파는 자신의 자비로 어린 친척 소녀를 계속 데리고 있음을 주장하면서 그녀에게 더없이 매몰차게 굴었다. 미예트는 이 가혹한 친절을 열 배도 넘는 노동으로 갚았다. 레뷔파는 하루도 빠짐없이 그녀가 먹는 빵에 대해 불평을 늘어놓았다. 쥐스탱은 무엇보다 그녀에게 상처를 주는 데 능했다. 그녀의 방패막이였던 자신의 어머니가 없어지자 온갖 악행으로 그녀가 그곳에서의 삶을 못 견디게 만들었다. 그가 생각해낸 가장 교묘한 고문은 미예트에게 그녀의 아버지에 대해 들려주는 것이었다. 고모의 보호 아래 세상과 동떨어져 살았던 가엾은 소녀는 도형장이나 도형수라는 말의 의미를 알지 못했다. 레뷔파 부인은 평소 그녀 앞에서 그런 말을 하는 것을 금했기 때문이었다. 그녀에게 그런 것을 가르쳐준 것은 쥐스탱이었다. 그는 헌병의 죽음과 샹트그레유의 재판에 관해 멋대로 지어내 이야기하면서 끔찍한 디테일을 더하는 것도 서슴지 않았다. 도형수들은 발에 쇠공을 매달고 있으며, 하루에 열다섯 시간씩 일하고, 모두가 복역 중에 죽는다는 것이었다. 그가 무시무시한 일들을 세세하게 묘사하는 도형장은 세상에서 가장 무서운 곳이었다. 미예트는 눈에 눈물이 그렁그렁한 채 넋 나간 얼굴로 그의 이야기를 듣곤 했다. 그러다 그녀가 느닷없이 주먹을 불끈 쥐면서 과격한 반응을 보일 때면 쥐스탱은 화들짝 놀라 뒤로 물러섰다. 그는 처음으로 미예트에게 도형장의 삶에 대해 일러주면서 마치 식도락가처럼 잔인한 즐거움을 맛보았다. 그의 아버지가 사소한 일로 미예트에게 화를 낼 때면 아무 위험 없이 그녀를 모욕할 수 있음을 기뻐하면서 맞장구를 쳤다. 그리고 어쩌다 그녀가 변명이라도 할라치면 이렇게 말하곤 했다.

"그것 봐! 피는 못 속인다니까. 너도 언젠가는 네 아버지처럼 감옥에 가게 될 거라고."

이 말에 깊은 상처를 입고 맥이 빠진 미예트는 수치심에 짓눌려 흐느끼곤 했다.

 이 무렵 미예트는 이미 여자가 되어 있었다. 사춘기를 일찍 맞은 그녀는 놀라운 강단으로 박해를 견뎌냈다. 사촌의 지독한 모욕에 타고난 자존심이 무너져 내릴 때를 제외하고는 뭐든 쉽사리 포기하는 법이 없었다. 오래지 않아 그녀는 눈물을 흘리지 않고 자신에게 가해지는 끊임없는 모욕을 견뎌낼 수 있게 되었다. 미예트의 비겁한 사촌은 그녀가 덤벼들까 봐 말하는 중에도 그녀의 눈치를 살피곤 했다. 게다가 그녀는 그를 뚫어져라 응시함으로써 그의 입을 다물게 할 줄 알았다. 미예트는 수차례 자메프랑에서 달아나고 싶었지만 그러지 않았다. 자신이 겪는 괴롭힘에 굴복했음을 스스로 인정하고 싶지 않았기 때문이었다. 그녀는 분명 자신이 먹는 빵을 자기 힘으로 벌었고, 레뷔파 가족의 친절을 남용한 적이 없었다. 이런 확신은 그녀의 자존심을 충족하기에 충분했다. 그리하여 그녀는 결코 굴복하지 않으리라 단단히 마음먹은 채 계속 그곳에 머물렀다. 그녀의 계획은 조용히 자신의 일을 하고, 무언의 경멸로 악담들에 복수하는 것이었다. 미예트를 몹시 유용한 존재로 여기는 레뷔파는 그녀를 집 밖으로 내쫓고 싶어 하는 쥐스탱의 비방에 쉽게 흔들리지 않았고, 그녀도 그 사실을 알고 있었다. 그래서 그녀는 스스로는 절대 떠나지 않는 것을 일종의 도전으로 삼았다.

 미예트의 자발적인 오랜 침묵은 기이한 몽상들로 가득했다. 그녀는 세상과 동떨어져 사유지에서만 시간을 보내면서 반항적 기질을 갖추게 되었고, 교외의 점잖은 이웃들을 놀라게 할 법한 생각들을 키워나갔다. 무엇보다 자기 아버지의 운명에 대해 많은 생각을 했다. 쥐스탱이 했던 나쁜 말들이 하나씩 다시 떠올랐다. 미예트는 아버지가 살인자라는 사실을 받아들이면서, 아버지가 그를 죽이려고 한 헌병을 죽인 것은 잘한 일이라고 생각하기에 이르렀다. 그녀는 예전에 자메프랑에서 일했던 한 토목공으로부터 사건의 진상을 전해 들었다. 그때부터 그녀는 아주 가끔씩 밖으로 나갈 때 교외의 무뢰한들이 따라

다니면서 소리쳐도 더 이상 고개를 돌리지 않았다.
"저길 봐, 샹트그레유의 딸이야!"
미예트는 분기가 서린 검은 눈을 크게 뜨고 입을 꼭 다문 채 걸음을 재촉했다. 그리고 다시 사유지로 들어가면서 철책을 닫기 전 무리를 한참 동안 쏘아보곤 했다. 때때로 그녀의 아이다운 천성이 우세하지 않았더라면 그녀는 점차 과격해져 천민 취급을 받는 이들의 거친 행동을 따라 했을지도 몰랐다. 게다가 열한 살이라는 미예트의 나이는 소녀의 나약함을 드러내게 했다. 그리하여 그녀는 자신과 아버지에 대해 수치심을 느끼며 눈물을 터뜨리곤 했다. 미예트는 마음껏 울기 위해 마구간 구석으로 달려가 숨었다. 누군가가 자신이 우는 것을 본다면 더욱더 괴롭힐 것을 알았기 때문이었다. 충분히 울고 난 뒤에는 부엌에서 눈을 씻고는 다시 말 없는 얼굴로 돌아갔다. 미예트가 숨어서 우는 것은 단지 자신을 보호하기 위해서만은 아니었다. 자신의 조숙한 힘을 자랑스럽게 여기던 그녀는 더 이상 어린아이처럼 보이고 싶어 하지 않았다. 시간이 흐르면 미예트 또한 세상의 때가 묻게 되어 있었다. 하지만 다행스럽게도 그녀는 다정한 본성을 잃지 않고 여전히 순수함을 간직할 수 있었다.

탕트 디드와 실베르가 살던 집의 뜰에 있던 우물은 양쪽 땅에 걸쳐 있었다. 자메프랑의 담장이 우물을 둘로 나누고 있는 형국이었다. 예전에 푸크가의 땅이 이웃의 커다란 땅과 합쳐지기 전까지 채소 재배업자들은 매일 이 우물을 사용했다. 그러나 땅이 팔린 데다 외부와는 멀리 떨어져 있다 보니 거대한 물탱크를 보유하고 있는 자(Jas)의 주민들은 거기서 한 달에 한 양동이의 물도 퍼내지 않았다. 그러나 그 반대편에서는 매일 아침 도르래가 삐걱거리는 소리가 들려왔다. 실베르가 탕트 디드를 위해 살림에 필요한 물을 긷는 소리였다.

어느 날, 도르래가 부러졌다. 젊은 수레 제작자는 직접 아름답고 튼튼한 떡갈나무 도르래를 만들어 일이 끝난 뒤 그것을 설치했다. 그러기 위해서는 담장 위로 올라가야 했다. 설치가 끝나자 그는 담장의 갓돌 위에 걸터앉아 쉬면서 자메프랑의 너른 땅을 호기심 어린 눈으로 바라보았다. 그러던 중 거기서 몇 미터 떨어진 곳에서 잡초를 뽑고 있는 한 소녀가 그의 눈길을 끌었다. 이미 해가 지평선을 넘어가고 있었지만 아직 몹시 더운 7월의 어느 날이었다. 새하얀 보디스 차림에 어깨에 색 스카프를 두른 소녀는 셔츠 소매를 팔꿈치까지 걷어 올린 채 등 뒤의 교차 멜빵으로 고정된 파란색 면 스커트의 주름들 가운데 쪼그리고 앉아 있었다. 그러다 무릎으로 기어가면서 가라지를 힘껏 뽑아 들어 광주리에 던져 넣곤 했다. 청년의 눈에 보이는 것이라고는 어쩌다 놓친 잡초를 뽑기 위해 양옆으로 번갈아 뻗는, 햇볕에 탄 그녀의 맨 팔뿐이었다. 그는 소녀의 움직임을 흥미롭다는 듯 지켜보았다. 어린 소녀의 팔이 그토록 탄탄하고 재빠른 것을 보는 데서 야릇한 즐거움이 느껴졌다. 그가 더 이상 일을 하지 않는 것을 알아챈 소녀는 살짝 위를 올려다보고는 그가 얼굴을 보기도 전에 다시 재빨리 고개를 숙였다. 겁에 질린 듯한 그녀의 동작이 더욱더 그의 관심을 끌었다. 호기심 많은 청년인 실베르는 소녀가 누구인지 궁금해졌다. 그는 손에 든 장도리로 박자를 맞추며 기계적으로 휘파람을 불다가 장도리를 떨어뜨렸다. 장도리는 자메프랑의 반대편, 우물의 테두리 돌 위로 떨어졌다가 담장에서 몇 미터 떨어진 데로 튀었다. 그 광경을 지켜보던 실베르는 몸을 숙인 채 내려갈까 말까 머뭇거렸다. 소녀는 곁눈질로 그를 살핀 듯 아무 말 없이 일어나 장도리를 주워 그에게 건넸다. 그제야 그는 소녀가 생각보다 어리다는 것을 알았다. 그는 놀랐고 약간 주눅이 들었다. 석양의 붉은빛 아래 소녀는 그를 향해 손을 뻗었다. 담장의 이 지점은 낮은 편이긴 했지만 그녀에겐 여전히 높았다. 실베르는 갓돌 위에 엎드렸고, 소녀는 발돋움을 했다. 그들은 아무 말도 하지 않은 채 쑥스러워하며 서로에게 미소를 지어 보였다. 실베르는 할 수만 있다면 소녀의 아이 같은 모습을 더 오래 볼 수 있기를 바랐다. 커다란 검은 눈에 붉은 입술을 지닌 그녀가 사랑스러운 얼굴로 올려다보자 실베르는 몹시 놀라고 동요했다. 지금까지 그는 여자를 이토록 가까이에서 본 적이 한 번도 없었다. 그는 입술과 눈을 바라보는 게 이토록 기분 좋은 일인 줄 알지 못했다. 모든 것이 그에게는 낯선 매력으로 다가왔다. 색 스카프, 새하얀 보디스, 어깨를 움직일 때마다 멜빵으로 당겨지는 파란색 면 스커트. 그는 자신에게 연장을 건네주는 소녀의 팔을 눈으로 죽 훑어 내렸다. 그녀의 팔은 마치 그을음의 옷을 입은 듯 금빛이 나는 갈색이었다. 하지만 걷어 올린 셔츠 소맷자락 아래로 통통한 우윳빛 살결이 언뜻 보였다. 실베르는 당황하면서 몸을 더 숙여 장도리를 집어 들었다. 소녀도 당황한 빛이 역력했다. 두 사람은 여전히 서로에게 미소를 지어 보이며 한동안 그렇게 머물렀다. 소녀는 아래쪽에서 그를 향해 고개를 든 채, 실베르는 담장의 갓돌에 엎드린 채로. 그들은 어떻게 헤어져야 할지 몰랐고, 내내 서로 한마디도 하지 않았다. 실베르는 고맙다는 인사를 하는 것조차 잊었다.

"넌 이름이 뭐야?" 이윽고 그가 물었다.

"마리." 소녀가 대답했다. "하지만 모두들 미예트라고 불러."

그녀는 어깨를 으쓱해 보이고는 또렷한 목소리로 물었다.

"넌?"

"나? 난 실베르야." 그가 대답했다.

잠시 침묵이 흘렀다. 그들은 서로의 이름을 음악처럼 음미하는 듯했다.

"난 열다섯 살이야." 실베르가 다시 말했다. "넌?"

"나는 만성절에 열한 살이 돼." 미예트가 말했다.

실베르는 놀란 듯한 몸짓을 했다.

"세상에!" 그는 웃으며 말했다. "생각보다 훨씬 어리구나!… 그런데 팔이 참 튼튼해 보이네."

소녀도 따라 웃으면서 자신의 팔을 내려다보았다. 그들은 더 이상 아무 말도 하지 않았다. 그렇게 한동안 서로를 바라보며 미소 지었을 뿐이었다. 실베르가 더 이상 물어볼 게 없는 듯하자 미예트는 있던 자리로 되돌아가 고개도

들지 않은 채 다시 잡초를 뽑기 시작했다. 실베르는 잠시 담장 위에 머물렀다. 해가 지고 있었고, 비스듬한 햇살이 자메프랑의 노란 대지 위로 쏟아져 내렸다. 마치 대지 전체가 불타오르는 듯했다. 실베르는 이 불타는 대지 가운데 쪼그려 앉아 맨 팔을 재빨리 움직이는 소녀를 바라보았다. 파란색 면 스커트가 하얘 보였고, 그녀의 구릿빛 팔을 따라 햇살이 흘러내렸다. 이윽고 그는 그곳에 계속 있는 게 창피하다는 생각이 들어 담에서 내려왔다.

그날 저녁 그 일이 머릿속에서 떠나지 않던 실베르는 탕트 디드에게 물어보고자 했다. 그녀는 어쩌면 그토록 검은 눈과 그토록 붉은 입술을 지닌 미예트가 누구인지 알지도 몰랐다. 그러나 탕트 디드는 앵파스의 집에 살기 시작한 이후로 조그만 뜰의 담장 너머로는 눈길조차 주지 않았다. 그녀에게 그 담장은 자신의 과거를 가둬놓는, 넘을 수 없는 성벽과도 같았다. 그녀는 그 담장 너머, 자신의 사랑과 마음과 육체를 묻은 푸크가의 예전 사유지에 지금 무엇이 있는지 알지 못했고, 알고 싶어 하지도 않았다. 실베르가 질문을 하기 시작하자 그녀는 아이처럼 겁먹은 얼굴로 그를 바라보았다. 자신의 아들 앙투안이 그랬던 것처럼 꺼져버린 날들의 재를 휘저어 자신을 울릴 셈인가?

"난 아무것도 모른다." 그녀는 재빨리 말했다. "내가 집 밖에도 안 나가고 아무도 만나지 않는 걸 너도 알잖니…."

실베르는 초조하게 다음 날을 기다렸다. 그리고 자신의 작업장에 도착하자마자 그곳의 동료들에게 이야기를 들려달라고 했다. 그는 미예트를 만난 사실을 숨긴 채 자메프랑에서 언뜻 본 한 계집아이에 대해 막연하게 이야기했다.

"아, 샹트그레유의 딸 말이로군!" 일꾼 중 한 명이 소리쳤다.

실베르가 자세히 물어볼 필요도 없었다. 그들은 천민 취급을 받는 이들에 대한 맹목적인 증오심과 함께 밀렵꾼 샹트그레유와 그의 딸 미예트의 이야기를 하기 시작했다. 무엇보다 그들은 미예트를 함부로 취급하면서 걸핏하면 도형수의 딸이라며 모욕하곤 했다. 마치 천진하고 순수한 존재를 자동적으로 단죄하여 영원히 수치스럽게 살아가게 하려는 것처럼.

그때 호인으로 소문난 수레 제작자 비앙이 나서서 그들의 입을 다물게 했다.

"이런! 입들 닥치지 못해, 어떻게 그렇게 험한 말들을!" 그는 살피고 있던 수레의 막대를 손에서 놓으며 말했다. "어린아이를 괴롭히는 게 부끄럽지도 않은가? 난 그 아이를 어릴 적부터 봐왔어. 미예트는 아주 정직하고 성실한 아이야. 힘든 일도 불평하지 않고 벌써부터 서른 살 여인네의 몫을 해낸다는 거야. 여기만 해도 그 아이보다도 못한 게으름뱅이들이 있는 걸로 아는데. 미예트한테 훗날 든든한 남편이 생겨서 고약한 자들의 입을 다물게 해주면 좋으련만."

실베르는 일꾼들의 거칠고 상스러운 농담과 욕지거리에 몸이 얼어붙는 것 같았다. 그리고 비앙의 마지막 말에 그의 눈에 눈물이 그렁그렁 맺혔다. 하지만 그는 아무 말 없이 옆에 놓아두었던 망치를 집어 쇠를 씌우는 바퀴의 바퀴통을 있는 힘껏 다시 두드리기 시작했다.

그날 저녁, 그는 작업장에서 돌아오자마자 달려가 담장 위로 올라갔다. 전날처럼 일을 하고 있는 미예트가 보였다. 그는 그녀를 불렀다. 눈물 바람 속에서 자란 아이의 야성적인 사랑스러움을 간직한 미예트는 수줍은 미소를 띠며 그에게 다가왔다.

"너 샹트그레유의 딸이지, 그렇지?" 실베르가 불쑥 물었다.

미예트는 흠칫 놀라 물러서면서 입가에서 미소를 거두었다. 그녀의 검은 눈이 경계심으로 빛나며 더욱 어두운 눈빛을 띠었다. 그러니까 이 남자애도 다른 이들처럼 자신을 모욕하려는 것이란 말인가! 미예트가 아무런 대꾸 없이 뒤돌아서자 그녀의 갑작스러운 얼굴빛 변화에 당황한 실베르가 서둘러 덧붙였다.

"가지 마, 제발…. 너한테 상처 주려던 것은 아니었어…. 너한테 하고 싶은 말이 많아!"

미예트는 여전히 경계하는 눈빛을 띤 채 되돌아왔다. 슬픔으로 가슴이 터질 것 같았던 실베르는 서서히 마음을 비워내리라 마음먹고는 잠시 동안 아무 말도 하지 않았다. 그는 무슨 말부터 해야 할지 몰랐다. 또다시 실수를 저지를까 두려웠기 때문이었다. 마침내 그는 자신의 온 마음을 한 문장 안에 담아냈다.

"내가 너의 친구가 되어도 될까?" 그는 떨리는 목소리로 말했다.

놀란 미예트가 다시 촉촉해진 눈과 미소 띤 얼굴로 그를 쳐다보자 그는 재빨리 말을 이어갔다.

"사람들이 널 아프게 하는 걸 알아. 그런 건 이제 그만해야 해. 이젠 내가 널 지켜줄게. 그래도 될까?"

소녀의 얼굴에 환한 미소가 번졌다. 이러한 우정의 제안은 그녀를 말 없는 악의로 가득한 모든 악몽에서 깨어나게 했다. 하지만 그녀는 고개를 저으며 말했다.

"아니, 난 네가 날 위해 싸우기를 원치 않아. 그건 너무 힘든 일이야. 네 힘으로는 어쩌지 못할 사람들도 있고 말이지."

실베르는 자신이 온 세상과 맞서서 그녀를 지켜줄 것이라고 소리치고 싶었다. 하지만 그녀는 다정한 손짓으로 그의 입을 막으며 덧붙여 말했다.

"네가 내 친구가 되어주는 것으로 충분해."

그런 다음 그들은 되도록 나직한 목소리로 몇 분간 이야기를 나누었다. 미예트는 자신의 고모부와 사촌에 대해 들려주었다. 무엇보다 그녀는 실베르가 이처럼 담장 갓돌 위에 걸터앉아 있는 것을 그들에게 들키지 않기를 바랐다. 쥐스탱은 그 사실을 무기 삼아 가차 없이 그녀를 괴롭힐 게 분명했다. 그녀는 자기 어머니가 함께 어울리지 말라고 한 친구를 만난 어린 학생처럼 겁에 질린 채 자신의 두려움에 대해 이야기했다. 실베르는 미예트를 자유롭게 만날 수 없다는 것을 이해했을 뿐이었다. 그 사실은 그를 몹시 슬프게 했다. 하지만 그는 다시는 담장 위에 올라가지 않겠다고 약속했다. 그들이 서로 만날 수 있는 방법을 궁리하고 있을 때 미예트는 그에게 가달라고 애원했다. 방금 사유지를 가로질러 우물 쪽으로 오고 있는 쥐스탱을 발견했던 것이다. 실베르는 서둘러 담장을 내려왔다. 그는 어쩔 수 없이 도망쳐야 한다는 사실에 기분이 상한 채 조그만 뜰의 담장 아래에서 귀를 기울였다. 몇 분 후 그는 다시 담장을 올라가 자메프랑을 흘끗 둘러보았다. 그러다 미예트와 이야기를 하고 있는 쥐스탱을 발견하고는 얼른 고개를 숙였다. 다음 날 그는 자신의 친구를 볼 수 없었다. 멀리까지 살폈지만 그녀는 어디에도 보이지 않았다. 아마도 자의 이 구역에서 할 일을 모두 끝낸 듯했다. 그렇게 일주일이 흘러가도록 두 사람은 한마디 말도 나눌 기회를 갖지 못했다. 실베르는 몹시 낙담했다. 그는 레뷔파의 집으로 직접 미예트를 찾아갈 생각을 했다.

중간에 걸쳐 있는 우물은 꽤 넓은 편이었지만 깊지는 않았다. 담장의 양편으로는 우물의 테두리 돌이 커다란 반원을 이루고 있었다. 우물의 깊이는 기껏해야 삼사 미터밖에 되지 않았다. 이 고요한 물은 우물의 두 입구, 담장 그림자가 검은 선으로 나누는 두 개의 반달을 비추고 있었다. 우물 속으로 몸을 기울이면 희미한 빛 속에서 아주 투명하게 빛나는 두 개의 거울이 보이는 듯했다. 아침 햇살이 비치고 두레박줄에서 떨어지는 물이 우물의 표면을 흩뜨리지 않을 때면, 이 거울들, 이 하늘의 반영은 우물 위로 담장을 따라 길게 자라난 담쟁이덩굴의 잎들을 신기할 정도로 똑같이 비추면서, 푸른 물 위로 새하얗게 두드러졌다.

어느 날 아침, 매우 이른 시각에 실베르는 탕트 디드가 쓸 물을 길으러 왔다. 기계적으로 몸을 숙여 두레박줄을 붙잡은 그는 소스라치게 놀라 몸을 숙인 채 꼼짝하지 않았다. 물속 깊은 곳에서 미소를 띤 채 그를 바라보는 소녀의 얼굴이 보인 듯했기 때문이었다. 하지만 그가 줄을 흔들자 물도 흔들리면서 아무것도 또렷이 비치지 않는 흐릿한 거울로 변했다. 그는 심장이 쿵쾅거리는 것을 느끼면서 꼼짝 않고 다시 물이 잠잠해지기를 기다렸다. 잔물결이 점점 퍼져나가면서 잦아듦에 따라 다시 어떤 형체가 보이기 시작했다. 물은 한참을 흔들리는 동안 모호한 우아함을 지닌 유령의 모습을 띠었다. 그러다 마침내 흔들림이 멈추자 미소를 짓고 있는 미예트의 얼굴이 보였다. 그녀의 상반신과 색 스카프, 새하얀 보디스, 파란색 멜빵도 보였다. 실베르는 또 다른 쪽 거울에 비치는 자신의 모습도 볼 수 있었다. 그러자 서로를 보고 있음을 안 두 사람은 서로를 향해 고개를 끄덕였다. 그들은 처음 한동안은 상대에게 말을 걸 생각을 하지 못했다. 그러다 동시에 인사했다.

"안녕, 실베르."

"안녕, 미예트."

목소리의 기이한 울림이 그들을 놀라게 했다. 이 축축한 은신처에서 들리는 서로의 목소리는 은밀하고도 야릇한 감미로움을 느끼게 했다. 마치 밤에 전원에서 들려오는 목소리들의 경쾌한 노래처럼 아주 멀리서 들려오는 듯했다. 그들은 속삭이듯 말하는 것만으로도 충분히 서로의 이야기를 들을 수 있다는 것을 알게 되었다. 우물은 작은 숨소리에도 커다랗게 울렸다. 두 사람은 테두리 돌에 팔꿈치를 괸 채 몸을 숙여 서로를 바라보면서 이야기를 이어갔다. 미예트는 일주일 동안 얼마나 슬펐는지 이야기했다. 그녀는 자의 반대쪽에서 일하게 되어 이른 아침을 빼고는 빠져나올 수가 없었다. 이 말을 하면서 미예트는 몹시 애석해하는 표정을 지었고, 그 모습을 또렷이 알아본 실베르는 자신도 마찬가지였다고 말하듯 힘차게 고개를 끄덕였다. 그들은 마치 얼굴을 마주 보고 있는 것처럼, 언어가 필요로 하는 몸짓과 얼굴 표현과 함께 서로의 마음속 이야기를 주고받았다. 은밀하고 깊은 물속에서 서로를 볼 수 있는 지금 그들을 갈라놓고 있는 담장은 아무런 문제가 되지 않았다.

"나는 네가 매일 같은 시각에 물을 긷는 걸 알고 있었어." 미예트는 맹랑해 보이는 얼굴로 이야기를 계속했다. "집에서도 도르래가 삐걱거리는 소리가 들리거든. 그래서 핑계를 생각해냈지. 이 우물의 물이 채소를 더 잘 자라게 한다고 했거든. 매일 아침 너랑 같은 시각에 물을 길으러 와서는 아무도 눈치 채지 못하게 인사를 해야겠다고 생각했지."

그녀는 자신의 꾀를 자랑스럽게 여기는 순진한 어린아이처럼 미소를 지으며 말했다.

"하지만 우리가 물속에서 만날 거라고는 상상도 못 했어."

과연 그 일은 그들에게 뜻하지 않은 커다란 기쁨을 안겨주었다. 그들은 서로의 입술이 움직이는 것을 보기 위해서만 조금씩 이야기했다. 이 새로운 놀이는 아직 그들 안에 있는 어린아이를 즐겁게 해주었다. 그들은 또한 온갖 방법을 동원해 아침의 만남을 결코 빼먹지 않겠노라고 서로에게 굳게 다짐했다. 마침내 미예트는 이제 가야 한다고 하면서 실베르에게 두레박을 끌어 올려도 된다고 말했다. 하지만 실베르는 줄을 움직일 엄두를 내지 못했다. 미예트가 여전히 몸을 숙이고 있는 터라 그는 여전히 그녀의 미소 띤 얼굴을 볼 수 있었다. 그 미소를 지워버리는 것은 너무 마음 아픈 일이었다. 그가 두레박을 살짝 움직이자 물이 흔들리면서 미예트의 미소가 희미해졌다. 실베르는 이상한 두려움에 사로잡혀 동작을 멈추었다. 그는 자신이 미예트의 마음을 상하게 해 그녀가 우는 모습을 상상했다. 그러나 소녀는 그에게 소리쳤다. "계속해! 계속하란 말이야!" 우물 속으로 미예트의 웃음소리가 더 길고 더 낭랑하게 울려 퍼졌다. 이번에는 그녀 자신이 두레박을 힘차게 내려보냈다. 한바탕 소용돌이가 일었다. 모든 것이 시커먼 물속으로 사라졌다. 그러자 실베르는 자신이 가지고 온 두 개의 단지에 물을 채우기로 했다. 그가 물을 긷는 동안 담장의 반대쪽으로 점점 멀어져가는 미예트의 발소리가 들려왔다.

그날 이후 두 젊은이는 하루도 거르지 않고 만났다. 그들은 맑은 거울처럼 고요한 물에 비친 자신들의 모습을 응시했고, 이는 그들의 만남에 무한한 매력을 부여하면서 아이 같은 그들의 장난스러운 상상력을 한껏 충족해주었다. 그들은 서로를 마주 보고 싶다는 생각이 조금도 들지 않았다. 우물을 거울 삼아 그 메아리에 자신들의 아침 인사를 실어 보내는 것이 훨씬 재미있는 것 같았기 때문이었다. 그들은 몸을 숙여 녹은 은을 떠올리게 하는 묵직하고 잠잠한 수면을 내려다보는 것을 좋아했다. 아래쪽에서 신비한 어스름 가운데 푸르스름한 빛이 반짝일 때면 축축한 은신처가 잡목 숲 깊은 곳의 외딴 안식처로 변모하는 듯했다. 이처럼 두 사람은 신선한 물과 나뭇잎으로 둘러싸이고 이끼로 뒤덮인 초록빛 둥지에서 서로를 알아보곤 했다. 그들이 서로에게 이끌려 가벼운 전율과 함께 몸을 숙이는 미지의 깊은 물, 이 텅 빈 탑은 서로에게 미소 짓는 기쁨과 더불어 은밀하고도 감미로운 두려움마저 느끼게 했다. 그들은 때때로 아래로 내려가, 수면 몇 센티미터 위로 빙 둘러 놓여 일종의 원형 벤치처럼 보이는 커다란 돌들 위에 앉고 싶다는 황당한 생각을 하기도 했다. 그리하면 물속에 발을 담근 채 아무의 눈에도 띄지 않고 몇 시간이고 이런저런 이야기를 할 수도 있을 터였다. 그러다 거기서 무엇을 할 수 있을까를 자문하다 보면 막연한 두려움이 다시 느껴졌다. 그리하여 돌들 위에 야릇한 그림자를 어른거리게 하는 푸르스름한 빛과 캄캄한 구석에서 올라오는 기이한 소리 가운데로 자신들의 모습을 내려보내는 것으로 충분하다는 생각을 하곤 했다. 무엇보다 보이지 않는 곳에서 올라오는 소리들이 그들을 두렵게 했다. 때때로 그 소리들이 자신들의 목소리에 응답하는 것처럼 느껴졌기 때문이었다. 그럴 때면 그들은 말하기를 멈추고 자신들이 알지 못하는 수많은 구슬픈 이야기에 귀를 기울였다. 습기의 은밀한 작용, 공기의 한숨, 돌들 위로 떨어지면서 흐느낌처럼 나직하고 투명한 소리를 내는 물방울들. 두 사람은 서로를 안심시키기 위해 서로에게 다정한 고갯짓을 해 보였다. 그들로 하여금 우물의 테두리 돌에 기대어 머물게 하는 이끌림에는 이처럼 강렬한 매력과 더불어 일말의 은밀한 두려움이 깃들어 있었다. 그러나 우물은 그들의 오랜 친구로 남아 있었다. 그들의 만남에 얼마나 훌륭한 핑계가 되어주었는가 말이다! 미예트의 일거수일투족을 몰래 엿보던 쥐스탱도 그녀가 매일 아침 서둘러 물을 길으러 가는 것에 조금도 의심을 품지 않았다. 때로는 그녀가 한참을 몸을 숙이고 있는 것을 멀리서 지켜보면서 이렇게 중얼거리기도 했다. "아, 저 게으름뱅이 좀 봐! 꾸물거리는 걸 즐기는 거야 뭐야!" 담 반대편에서 한 사내아이가 물에 비친 그녀의 미소를 바라보며 이렇게 말하는 것을 그가 어떻게 짐작할 수 있었겠는가. "그 멍청한 빨간 머리 쥐스탱이 널 괴롭히면 말만 해, 내가 혼내줄 테니까!"

그들의 이런 놀이는 한 달 넘게 이어졌다. 때는 7월이었다. 햇볕이 환히 내리쬐는 아침은 찌는 듯이 더웠고, 이 축축한 구석으로 달려가는 것은 커다란 즐거움이었다. 우물의 차가운 숨결을 얼굴로 느끼며, 머리 위의 하늘이 불타고 있을 때 이러한 샘물 속에서 사랑을 나누는 것은 더없이 기분 좋은 일이었다. 미예트는 밭의 그루터기들을 지나 숨을 헐떡이며 도착하곤 했다. 정신없이 뛰어오는 바람에 그녀의 이마와 관자놀이의 작은 머리카락들이 마구 뒤엉켰다. 그녀는 발개진 얼굴과 헝클어진 머리로 까르르 웃으며 물 단지를 내려놓기가 무섭게 우물 속으로 몸을 숙였다. 거의 언제나 먼저 그곳에 와 있던 실베르는 이렇게 정신없이 달려온 미예트가 웃음을 터뜨리며 물속에 나타날 때면, 마치 어느 오솔길 모퉁이에서 느닷없이 그녀가 자신의 품속으로 뛰어드는 것 같은 강렬한 느낌을 받곤 했다. 그들 주위로는 눈부신 아침이 경쾌한 노래를 흥얼거렸고, 벌레들이 윙윙거리는 소리로 가득한 따사로운 빛의 물결이 오래된 담장과 말뚝과 우물의 테두리 돌까지 흘러넘쳤다. 하지만 그들의 눈에는 환한 아침 햇살도 보이지 않았고, 그들의 귀에는 땅에서 올라오는 수많은 소리도 들리지 않았다. 그들은 땅 밑의 초록빛 은신처 깊은 곳에서, 신비하고 막연한 두려움을 안겨주는 그곳에서 상쾌함과 어스름한 빛을 마음껏 누리면서 기쁨으로 몸을 떨었다.

그러나 한참 동안 가만히 있는 게 체질에 맞지 않았던 미예트는 어느 날 아침 실베르를 골려줄 생각을 했다. 그녀는 일부러 줄을 흔들어 물방울이 떨어지게 했다. 그러자 투명한 거울에 주름이 잡혀 거기에 비친 자신들의 모습이 일그러졌다. 실베르는 그녀에게 가만히 있어달라고 애원했다. 좀 더 과묵한 열정을 지닌 그에게는 수면에 비친 그녀의 순수한 모습을 바라보는 것보다 더 큰 기쁨은 없었다. 하지만 미예트는 그의 말을 무시하고 장난을 계속했다. 그녀가 유령처럼 나직하고 커다란 목소리로 이야기하자 거칠면서도 부드러운 메아리가 우물 속에 울려 퍼졌다.

"싫어, 싫어." 그녀는 구시렁대듯 말했다. "오늘은 너를 좋아하지 않아. 그래서 인상을 쓸 거야. 봐, 내가 얼마나 못생겼는지."

그녀는 물 위에서 춤을 추는 자신들의 모습이 점점 커지면서 기이한 형태를 띠는 것을 보며 즐거워했다.

어느 날 아침 미예트는 정말로 화를 냈다. 우물 속에서 실베르를 발견하지 못한 그녀는 괜스레 도르래를 삐걱거리게 하면서 15분가량을 기다렸다. 마음이 상한 그녀가 자리를 떠나려고 할 때 그가 도착했다. 그를 알아보자마자 미예트는 우물 속에 진정한 폭풍우를 일으켰다. 그녀가 짜증스레 두레박을 흔들자 시커먼 물이 소용돌이를 치며 솟구쳐 돌들에 부딪쳤다. 실베르가 탕트 디드 때문에 늦었다고 아무리 설명해도 소용이 없었다. 그의 거듭된 변명에도 미예트는 단호하게 대꾸했다.

"넌 나를 아프게 했어. 다시는 널 보지 않을 거야."

가엾은 청년은 절망감에 사로잡혀 애처로운 소리로 가득한 음울한 구멍을 내려다보았다. 다른 때는 고요한 물의 정적 속에서 즐거운 전망이 그를 기다리곤 하던 그곳을. 그는 미예트를 보지 못하고 그곳을 떠나야 했다. 다음 날 그는 보통 때보다 일찍 도착해 우울한 마음으로 우물 속을 들여다보았지만 아무 소리도 들을 수 없었다. 화가 난 소녀는 아마도 오지 않을 것이었다. 그

때 이미 반대편에 와 있으면서 그가 도착하는 것을 몰래 살피던 미예트가 갑자기 몸을 숙이면서 웃음을 터뜨렸다. 그 순간 모든 것이 잊혔다.

이처럼 우물은 그들의 소소한 기쁨과 슬픔이 펼쳐지는 무대이자, 그들이 만들어가는 드라마의 공동 주연이었다. 이 행복한 은신처는 투명한 거울과 음악 같은 메아리로 그들의 사랑을 놀랍도록 빨리 무르익게 했다. 그들은 우물에 기이한 생명력을 부여했고, 자신들의 젊은 사랑으로 그곳을 가득 채웠다. 그리하여 한참 뒤 그들이 더 이상 우물의 테두리 돌에 몸을 기대지 않을 때에도 실베르는 매일 아침 물을 길으러 갈 때마다 그곳의 어른거리는 희미한 빛 속에서 여전히 미예트의 웃는 얼굴을 보는 듯했다. 그럴 때마다 그는 자신들이 그곳에서 나누었던 기쁨을 떠올리며 가슴 벅차했다.

이렇게 장난스러운 애정을 나누며 보낸 한 달은 말 없는 절망으로부터 미예트를 구해주었다. 그녀는 그동안 증오에 찬 고독 속에서 살아가느라 억눌러야 했던 어린아이의 행복하고 밝은 천성과 다정함이 자기 안에서 되살아나는 것을 느꼈다. 자신이 누군가에게 사랑받고 있으며, 더 이상 세상에서 혼자가 아니라는 확신은 쥐스탱과 교외의 짓궂은 사내아이들의 괴롭힘까지도 견딜 수 있게 했다. 이제 그녀의 마음속에서는 사람들의 야유를 듣지 못하게 하는 노래가 들려왔다. 미예트는 애정 어린 연민으로 자신의 아버지를 떠올렸고, 가차 없는 복수에 대한 몽상에도 예전처럼 자주 빠져들지 않았다. 새로이 생겨난 그녀의 사랑은 그녀를 힘들게 하는 나쁜 열기를 식혀주는 상쾌한 새벽과도 같았다. 그와 동시에 미예트는 사랑에 빠진 여자의 영리함도 갖추게 되었다. 쥐스탱의 의심을 피하려면 지금까지의 말 없는 반항아적인 태도를 유지해야만 했다. 그러나 그러한 노력에도 불구하고 그가 그녀에게 상처를 줄 때조차도 그녀의 눈에서는 부드러운 다정함이 엿보였다. 미예트는 이제 예전처럼 어둡고 매서운 눈빛으로 그를 바라보지 않았다. 그러던 어느 날, 아침 식사 시간에 쥐스탱은 그녀가 나직하게 노래를 흥얼거리는 것을 들었다.

"어라, 기분이 아주 좋아 보이는걸, 라 샹트그레유!" 그는 의심이 가득한 얼굴로 그녀를 살펴보면서 말했다. "네가 뭔가 나쁜 일을 꾸미고 있는 게 분명해."

미예트는 어깨를 으쓱해 보였지만 마음속으로는 떨고 있었다. 그리고 재빨리 예전처럼 반항적인 순교자의 역할을 연기하고자 애썼다. 게다가 쥐스탱이 자기 제물의 은밀한 즐거움을 눈치채고 있긴 했지만 미예트가 자신의 감시에서 어떻게 벗어났는지를 알게 되기까지는 오랜 시간이 걸렸다.

그사이 실베르는 지극한 행복을 맛보고 있었다. 미예트와의 일상적 만남은 그가 집에서 보내는 무료한 시간들을 채우기에 충분했다. 그의 외로운 삶, 탕트 디드와의 말 없는 오랜 대면의 시간은 아침의 기억들을 돌이켜보면서 그 세세한 것들까지 음미하는 데 사용되었다. 그때부터 그는 충만한 느낌과 더불어 자신의 할머니와 함께하는 폐쇄된 삶 속으로 더욱더 빠져들었다. 실베르는 기질적으로 은밀한 곳과, 마음껏 자신의 생각과 함께 살아갈 수 있는 고독한 삶을 사랑했다. 이 무렵 그는 이미 교외의 고물 장수들에게서 짝이 맞지 않는 중고 서적들을 구해 독서에 탐닉하고 있었다. 그가 읽는 책들은 그를 고결하고 기이한 사회적 종교의 세계로 이끌었다. 충분히 소화되지 못하고 탄탄한 기초가 없는 독서는 그로 하여금 무엇보다 여자와 관련한 허영과 열렬한 관능의 세계에 눈뜨게 했다. 그의 마음이 충족된 상태가 아니었더라면 그는 심각한 혼란에 빠졌을지도 몰랐다. 그의 삶에 미예트가 나타났을 때 그는 처음에는 그녀를 한 사람의 동료로, 그다음에는 삶의 기쁨과 열망으로 여겼다. 저녁마다 그가 머무는 골방으로 물러난 실베르는 야전침대 머리맡에 등잔을 매단 뒤 책을 읽곤 했다. 그는 머리 위 선반에서 무작위로 집어 든 낡고 먼지 낀 책을 경건하게 읽을 때마다 매 페이지에서 미예트를 다시 만났다. 책 속에서 아름답고 선한 젊은 여성의 이야기를 읽을 때마다 그 즉시 그녀를 자신의 연인으로 대체하곤 했다. 그러면서 자신도 그녀와 함께 이야기 속에 등장했다. 연애소설을 읽을 때면 그는 마지막에 미예트와 결혼하거나 함께 죽었다. 그 반대로 정치에 관한 소책자나 사회 경제학에 대한 진지한 소논문 등(배움이 어설픈 이들이 어려운 책들을 좋아하는 경향이 있다.)을 읽을 때면 그는 그녀로 하여금 자신도 잘 이해하지 못하는 죽도록 지루한 것들에 흥미를 느끼게 할 방법을 궁리하곤 했다. 그럴 때마다 그는 자신들이 결혼하게 될 때 그녀에게 자상하고 사랑스러운 남편이 되는 법을 배우는 것이라고 스스로를 납득시켰다. 이처럼 그는 자신의 몽상에 그녀를 뒤섞곤 했다. 두 사람의 순수한 사랑이 그의 수중에 들어온 18세기 이야기책의 음담패설로부터 그를 보호하는 가운데 실베르는 무엇보다 그녀와 함께 인도주의적인 이상향(보편적인 행복이라는 망상에 사로잡힌 몇몇 대학자(大學者)들이 오늘날 꿈꾸는) 속에 틀어박히는 것을 좋아했다. 그의 머릿속에서 미예트는 절대적 빈곤의 말살과 혁명의 결정적 승리에 없어서는 안 될 존재가 되었다. 그가 열띤 독서에 빠지는 밤이면 책 속의 이야기가 그의 머릿속을 떠나지 않아 책을 내려놓았다가 다시 집어 들기를 수십 차례 반복해야 했다. 그러나 이런 밤은 사실 관능적인 흥분으로 가득한 밤이었다. 그는 비좁은 골방의 벽들 사이에 몸을 웅크린 채 마치 금지된 열정에 사로잡힌 듯 날이 밝아올 때까지 그 시간을 즐겼다. 깜빡거리는 등잔의 누런 불빛에 눈앞이 흐려진 채 불면의 뜨거운 쾌락에 자신을 내맡기면서 터무니없이 관대한 새로운 사회의 건설을 꿈꾸었다. 그런 사회에서는 언제나 미예트의 모습으로 나타나는 여성이 그 앞에 무릎을 꿇은 온 나라 사람들에게 추앙을 받았다. 그는 어떤 유전의 영향으로 이상향에 대한 사랑을 다분히 타고났다. 그의 할머니의 신경증으로 인한 혼란이 그에게는 만성적인 열정, 웅대하고 불가능한 모든 것들을 향한 충동으로 나타났다. 그의 외로웠던 어린 시절과 어설픈 배움은 그의 타고난 성향을 더욱더 심화했다. 그러나 실베르는 아직 어떤 고착된 생각이 머릿속에 뿌리내릴 나이는 아니었다. 아침에 한 양동이의 물로 머리를 식히고 나면 그는 간밤의 환영들을 희미하게 떠올리면서, 그의 몽상들 가운데서 순진한 믿음과 형언할 수 없는 애정으로 가득한 순수한 꿈만을 간직했다. 그리하여 그는 또다시 어린아이가 되곤 했다. 그는 오직 연인의 미소를 다시 보면서 눈부신 아침의 기쁨을 맛보고 싶다는 바람만으로 우물가로 달려갔다. 그리고 낮 동안에 미래에 대한 생각에 골몰하게 될 때면 종종 갑작스러운 충동에 사로잡혀 탕트 디드의 두 뺨에 열렬한 키스를 퍼붓곤 했다. 노파는 그토록 커다란 기쁨으로 반짝거리는 그의 눈을 응시하면서 왠지 모를 불안감에 사로잡혔다. 그녀 역시 그러한 기쁨이 어떤 것인지를 잘 안다고 믿었기 때문이었다.

그러나 미예트와 실베르는 서로의 그림자만을 봐야 하는 데에 싫증을 느끼기 시작했다. 자신들의 장난감을 다 가지고 논 그들은 우물이 선사해줄 수 없는 더욱 강렬한 즐거움을 꿈꾸기에 이르렀다. 그들은 실재하는 것에 대한 욕구를 느끼면서, 서로의 얼굴을 마주 보고, 함께 들판을 달린 뒤 숨을 헐떡이며 돌아올 수 있기를, 서로를 꼭 껴안고 서로의 애정을 더 잘 느낄 수 있기를 바랐다. 어느 날 아침 실베르는 그냥 담장을 넘어 자에서 미예트와 산책을 하겠다고 이야기했다. 하지만 미예트는 그런 미친 짓은 하지 말라고 간청했다. 그랬다가는 쥐스탱이 자신을 가만두지 않을 것이기 때문이었다. 실베르는 또 다른 방법을 찾기로 약속했다.

우물이 박혀 있는 담장은 우물에서 몇 걸음 떨어진 곳에서 급격한 커브를 이루면서 움푹 들어가 있었다. 그곳으로 몸을 숨길 수만 있다면 어린 연인들은 다른 이들의 눈을 피해 만날 수 있을 터였다. 문제는 어떻게 그곳까지 갈 것인가였다. 실베르는 겁먹은 미예트를 보면서 담을 넘으려는 계획을 포기해야 했다. 그 대신 그는 은밀히 또 다른 궁리를 하고 있었다. 오래전에 마카르와 아델라이드는 이웃한 거대한 땅 한 모퉁이에 하룻밤 만에 조그만 문을 만들었는데, 그 문이 아직 그대로 남아 있었던 것이다. 사람들은 기억에서 잊힌 그 문을 폐쇄할 생각조차 하지 않았다. 습기로 시커메지고, 초록빛 이끼로 뒤덮이고, 자물쇠와 돌쩌귀가 녹이 슬고 부식된 문은 마치 오래된 담의 일부처럼 보였다. 아마도 열쇠는 잃어버린 지 오래일 터였다. 문짝 아래쪽에 자라난 풀들과 살짝 경사진 흙더미는 오래전부터 그곳으로 아무도 드나들지 않았음을 말해주고 있었다. 실베르는 그 잃어버린 열쇠를 되찾을 생각을 하고 있었다. 그는 탕트 디드가 얼마나 경건한 마음으로 과거의 유물들을 한자리에서 썩어가게 놔두는지를 잘 알고 있었다. 그러나 일주일 동안 온 집 안을 뒤져도 예의 그 열쇠를 찾을 수 없었다. 그는 낮 동안에 찾아낸 열쇠가 맞는 열쇠인지 확인하기 위해 밤마다 몰래 그곳으로 가곤 했다. 그는 푸크가의 오래된 땅에서 왔음 직한 열쇠들을 서른 개도 넘게 꽂아보았다. 집 안 여기저기에, 벽에 죽 걸려 있거나, 마룻바닥에 널브러져 있거나, 서랍들 깊숙한 곳에 방치돼 있던 열쇠들이었다. 그가 희망을 잃어갈 무렵 마침내 소중한 열쇠를 찾을 수 있었다. 그것은 현관 열쇠에 끈으로 묶인 채 자물쇠에 꽂혀 있었다. 무려 40년 가까이를 그곳에 매달려 있었던 것이다. 탕트 디드는 매일 그것을 손으로 어루만졌을 게 분명했다. 이제 그녀의 죽어버린 관능을 고통스럽게 떠올리게 할 뿐인 그것을 영영 던져버릴 마음을 먹지 못한 채. 그 열쇠로 조그만 문을 열 수 있음을 확인한 실베르는 깜짝 선물로 미예트를 기쁘게 해줄 것을 꿈꾸면서 다음 날을 기다렸다. 그때까지는 그녀에게 그 사실을 비밀로 했다.

　다음 날 미예트가 물 단지를 내려놓는 소리가 들리자 그는 입구에 길게 자라난 풀들을 한 손으로 밀어서 치운 뒤 가만히 문을 열었다. 고개를 길게 빼자, 우물의 테두리 돌 위로 몸을 숙인 채 만남을 기다리며 우물 속을 들여다보고 있는 미예트가 보였다. 두 걸음 만에 그는 담장의 움푹 들어간 곳에 이르러 거기서 다정하게 그녀를 불렀다. "미예트! 미예트!" 그녀는 소스라치게 놀라면서, 그가 담장의 갓돌 위에 있는 줄 알고 고개를 들어 위를 쳐다보았다. 그러다 그가 자의 땅으로 들어와 자신과 몇 걸음 떨어진 곳에 있는 것을 보고는 놀라 조그맣게 소리를 지른 뒤 달려왔다. 그들은 서로의 손을 잡고는 마주 보았다. 서로 이토록 가까이 있다는 사실에 기쁨을 감추지 못한 채, 따사로운 햇빛 아래 이렇게 만나는 것이 훨씬 더 좋다는 생각을 하면서. 때는 8월 중순이었고, 그날은 성모 승천 대축일이었다. 멀리서 들려오는 종소리가 황금빛 즐거움의 특별한 숨결을 뿜어내는 듯한 대축일의 투명한 대기 속으로 아득하게 울려 퍼졌다.

"안녕, 실베르!"

"안녕, 미예트!"

서로에게 아침 인사를 하는 그들의 목소리는 서로를 놀라게 했다. 지금까지 그들은 우물의 메아리로 뒤덮여 희미해진 소리만을 들었을 뿐이었다. 그런데 이제 서로의 목소리가 마치 종달새 노래처럼 청아하게 들렸다. 아! 이 축제의 대기 속에서, 이 포근한 안식처에서 함께 있는 것이 이토록 좋은 것이었다니! 그들은 여전히 서로의 손을 잡고 있었다. 실베르는 담장에 등을 기댄 채, 미예트는 뒤로 조금 몸을 젖힌 채로. 그들의 미소가 그들 사이의 공간을 밝혀주었다. 그들이 우물의 메아리에 차마 털어놓지 못했던 모든 이야기를 하려는 찰나 어디선가 조그만 소리가 들렸다. 놀라서 뒤를 돌아본 실베르는 얼굴이 하얘지면서 재빨리 미예트의 손을 놓았다. 그의 앞에 탕트 디드가 서 있었다. 그녀가 조그만 문의 입구에 선 채 그들을 지켜보고 있었던 것이다.

탕트 디드는 우연히 우물가에 오게 되었다. 그리고 오래된 시커먼 담장에서 환한 틈새를 발견했다. 실베르가 문을 활짝 열어놓았던 것이다. 그녀는 느닷없이 가슴에 격렬한 통증을 느꼈다. 그 환한 틈새는 그녀의 과거에 갑작스레 생겨난 빛의 심연처럼 보였다. 아침 햇살을 받으며 달려가, 열렬한 사랑의 떨림과 함께 문턱을 넘어서는 그녀 자신의 모습이 보이는 듯했다. 그곳에서 마카르가 그녀를 기다리고 있었다. 그녀는 그의 목에 매달린 채 한참을 그의 품에 안겨 있었다. 그사이 환한 햇살이 그녀가 미처 닫지 못한 문으로 안마당까지 따라 들어와 비스듬히 그들을 비춰주었다. 이 갑작스러운 환영이 그녀를 노년의 잠으로부터 잔인하게 끌어냈다. 마치 뜨거웠던 기억을 그녀 안에 일깨우는 극한의 형벌을 가하는 것 같았다. 그녀는 이 문이 다시 열리리라는 생각을 한 번도 해본 적이 없었다. 마카르의 죽음이 그녀의 마음속에서 그 문을 영원히 막아버렸던 것이다. 우물과 담장 전체가 땅속으로 빨려 들어간다고 해도 이보다 더 큰 충격을 받지는 않았을 터였다. 그리고 그녀의 놀라움 가운데서, 감히 이 문턱을 침범하고 마치 아가리를 벌린 무덤 같은 환한 틈새를 남겨둔 불경한 손에 대해 깊은 분노가 치밀어 올랐다. 그녀는 무언가에 이끌린 듯 앞으로 나아갔다. 그리고 문틀 공간에 멈춰 선 채 미동도 하지 않았다.

그곳에서 그녀는 자신의 눈앞에 펼쳐진 광경에 놀라움과 고통을 동시에 느꼈다. 그녀는 푸크가의 땅이 자메프랑과 합쳐졌다는 것을 사람들에게 들어 알고 있는 터였다. 하지만 그녀의 젊은 시절의 풍경이 이토록 남김없이 사라져버렸을 거라고는 생각지 못했다. 마치 거대한 바람이 그녀의 기억에 소중하게 남아 있는 모든 것을 휩쓸어 가버린 것 같았다. 오래된 허름한 집, 푸른 채소들이 사각으로 자라던 커다란 채소밭이 모두 사라져버린 것이다. 예전의 돌멩이 하나, 나무 한 그루도 남아 있지 않았다. 그녀가 젊은 시절에 알았던 그곳, 아직도 눈을 감으면 마치 어제 본 것처럼 생생하게 떠오르는 그곳은 황무지처럼 황량하고 군데군데 그루터기들만 보이는 벌거벗은 땅으로 변해 있었다. 이제는 눈을 감고 지나간 날들을 떠올리려고 할 때마다 그녀는 자신의 젊음이 묻힌 땅 위에 던져놓은 누런색의 거친 수의를 닮은 그루터기를 떠올리게 될 터였다. 이 평범하고 무심한 풍경 앞에서 그녀는 마음이 두 번 찢어지는 것 같았다. 이제는 정말로 모든 게 끝난 것이었다. 그녀에겐 더 이상 지난날을 꿈꾸는 것조차 허락되지 않았다. 그녀는 자신을 영영 사라져버린 날들로 데려다주는 듯한 열린 문에, 그 환한 틈새에 매료되었던 자신을 원망했다.

그녀는 누가 그 문을 침범했는지 알려고 하지 않은 채 저주스러운 문을 다시 닫고 그곳을 떠나려고 했다. 바로 그때 미예트와 실베르가 그녀의 눈에 들어왔다. 탕트 디드가 자신들을 알아볼까 봐 고개를 숙인 채 전전긍긍하고 있는 어린 두 연인이 그녀의 발길을 다시 붙잡았다. 또다시 충격을 받은 그녀는 더욱더 큰 고통에 사로잡혔다. 그녀는 이제 모든 것을 이해했다. 그녀는 마지막까지, 햇살이 환한 아침에 그곳에서 마카르와 함께 있도록, 그의 품에 안겨 있도록 운명 지어졌음을. 예의 그 문이 또다시 사랑의 공모자가 되어, 과거에 사랑이 지나다녔던 곳으로 또 다른 사랑이 오갔던 것이다. 이것은 현재의 기쁨과 미래의 눈물이 함께하는 영원한 되풀이였다. 그러나 탕트 디드의 눈에는 눈물밖에 보이지 않았고, 언뜻 스쳐 가는 예감 속에서 가슴에 총을 맞고 피 흘리며 죽어가는 두 아이들이 보였다. 이 장소가 일깨운 고통스러운 삶의 기억에 동요를 느낀 그녀는 자신의 소중한 실베르를 생각하며 눈물 흘렸다. 오직 그녀만이 죄인이었다. 과거에 자신이 담장에 틈을 내지 않았더라면, 실베르가 이 외진 곳에서, 한 소녀의 발밑에서, 죽음을 도발하고 질투하게 만드는 행복에 취하는 일은 없었을 터였다.

　잠시 침묵을 지키던 그녀는 앞으로 나아가 아무 말 없이 실베르의 손을 잡았다. 어쩌면 그녀 자신이 그처럼 치명적인 달콤함의 공모자처럼 느껴지지 않았더라면 그들을 담장 아래서 속삭이도록 놔두었을지도 몰랐다. 실베르를 데리고 집으로 돌아오던 탕트 디드는 바스락거리는 경쾌한 발소리에 뒤를 돌아보았다. 서둘러 물 단지를 집어 든 미예트가 그루터기를 지나 달아나고 있었다. 소녀는 아무런 꾸중을 듣지 않고 그 자리를 벗어날 수 있었음을 다행으로 여기면서 미친 듯이 뛰어갔다. 탕트 디드는 달아나는 염소처럼 들판을 가로지르는 소녀를 보면서 자신도 모르게 미소를 지었다.

　"아이가 많이 어리네." 그녀는 혼잣말처럼 중얼거렸다. "아직 시간이 많아."

　어쩌면 그녀는 미예트에게 앞으로 고통받고 눈물 흘릴 시간이 많다는 이야기를 하고 싶은 건지도 몰랐다. 그녀는 투명한 햇빛 아래에서 달려가는 소녀를 황홀한 눈빛으로 좇는 실베르를 바라보며 짧게 덧붙였다.

"조심해라 얘야, 사랑은 사람을 죽게 하기도 한단다."

그녀는 단지 이 말밖에 하지 않았다. 이 사건이 그녀의 존재 깊숙이 잠들어 있던 고통을 온통 다시 일깨웠음에도 불구하고, 탕트 디드는 침묵을 자신의 종교로 삼았다. 실베르가 집으로 돌아가자 그녀는 담장의 문을 이중으로 잠근 뒤 열쇠를 우물 속으로 던졌다. 그렇게 하면 다시는 그 문이 공모자가 되는 일은 없을 거라고 믿은 그녀는 다시 돌아와 잠시 문을 살펴보았다. 그리고 문이 다시 예전의 어둡고 침묵하는 모습으로 되돌아간 것에 안도했다. 무덤은 다시 닫혔고, 습기로 시커메지고 초록빛 이끼와 달팽이들의 은빛 눈물로 뒤덮인 문짝이 환한 틈새를 영영 막아버렸다.

그날 저녁 탕트 디드는 여전히 때때로 그녀를 뒤흔들어놓는 신경성 발작을 일으켰다. 발작을 일으킬 때면 그녀는 마치 악몽을 꾸듯 종종 큰 소리로 두서없는 이야기를 늘어놓곤 했다. 그날 저녁, 실베르는 이 가엾은 뒤틀린 육체에 대한 연민으로 가슴 아파하며 침대에서 그녀를 붙들고 있던 중에 그녀가 '세관원', '총소리', '살인'이라고 헐떡거리며 말하는 것을 들었다. 그녀는 발버둥을 치면서 살려달라고 애원하는 듯했고, 큰 소리로 복수를 꿈꾸었다. 얼마 후 발작이 잦아들기 시작하자 그녀는 늘 그랬듯이 엄청난 두려움에 사로잡혀 온몸을 떨고 이를 딱딱 부딪쳤다. 그리고 몸을 반쯤 일으켜서는 넋 나간 표정으로 방의 구석구석을 돌아본 뒤 긴 한숨을 내쉬며 베개 위로 털썩 쓰러졌다. 아마도 어떤 환영을 본 것 같았다. 그녀는 실베르를 자기 쪽으로 끌어당겼고, 그를 알아보는 듯했다. 그녀는 때때로 그를 다른 사람과 혼동하곤 했다.

"그들이 여기 있어." 그녀는 더듬더듬 말했다. "그 사람들이 널 데려갈 거야, 너마저 죽일 거라고…. 난 그들이 너를…. 여기서 그들을 내보내, 내가 그냥 두지 않을 거라고 말해. 이렇게 쳐다보면서 날 아프게 하지 말라고 해…."

그녀는 자신이 말하는 사람들을 보지 않으려고 벽 쪽으로 고개를 돌렸다. 그리고 한동안 말이 없다가 다시 이어 말했다.

"넌 내 곁에 있을 거지, 그렇지? 날 떠나면 안 돼…. 조금 전에 난 죽는 줄 알았어…. 담장에 문을 만드는 게 아니었어. 그날부터 난 고통스러운 삶을 살아왔어. 그 문은 우리에게 또다시 불행을 가져다줄 거야…. 오! 가엾은 어린 영혼들! 그들도 결국은 죽고 말 거야, 개처럼 총에 맞아서."

또다시 몸이 뻣뻣해진 그녀는 실베르가 거기 있다는 것조차 알지 못했다. 그러다 다시 벌떡 몸을 일으키더니 두려움으로 일그러진 얼굴로 침대 발치를 바라보았다.

"왜 저 사람들을 내보내지 않았어?" 그녀는 실베르의 품에 새하얀 머리를 파묻으며 소리쳤다. "그들이 아직 저기 있잖아. 총을 든 남자가 나한테 신호를 보냈어, 총을 쏠 거라고…."

잠시 후 그녀는 발작을 마무리하듯 깊은 잠 속으로 빠져들었다. 다음 날 아침 그녀는 모든 것을 잊은 듯 보였다. 그리고 담장 뒤에서 실베르가 연인과 함께 있는 것을 발견한 그날 아침에 관한 이야기를 다시는 꺼내지 않았다.

두 젊은이는 이틀 동안 만나지 못했다. 미예트가 용기를 내 우물로 돌아왔을 때 그들은 다시는 전전날의 무모한 짓을 되풀이하지 말자고 서로에게 다짐했다. 그러나 둘만의 만남이 느닷없이 끊겨버리자, 오붓한 외진 곳에서 다시 얼굴을 보며 만나고 싶다는 강렬한 욕구가 그들을 괴롭혔다. 우물이 선사하는 즐거움에 싫증이 난 데다, 또다시 담 너머에서 미예트를 만남으로써 탕트 디드를 걱정시키고 싶지 않았던 실베르는 그녀에게 또 다른 곳에서 만나자고 간청했다. 게다가 그녀를 설득할 필요도 없었다. 미예트는 일이 잘못될 거라고 생각지 못하는 어린아이처럼 천진하게 웃으며 그의 생각에 동의했다. 무엇보다 그녀를 웃게 한 것은 자신을 염탐하는 쥐스탱을 골려줄 수 있다는 생각이었다. 그 생각에 동의한 연인들은 만남의 장소를 고르느라 오랫동안 토론을 해야 했다. 실베르는 말도 안 되는 은신처들을 제안했다. 그는 먼 곳을 오가거나 자정에 자메프랑의 헛간에서 만나기를 꿈꾸었다. 그보다 좀 더 현실적인 미예트는 어깨를 으쓱하면서 이번에는 자신이 찾아보겠노라고 선언했다. 다음 날 그녀는 우물 속에서 그에게 잠깐 미소를 지어 보인 뒤 그날, 밤 10시경 에르 생미트르 안쪽에서 만날 것을 제안했다. 실베르가 늦는 일은 결코 없을 터였다! 그는 온종일 미예트가 고른 곳이 궁금해 미칠 지경이었다. 공터 안쪽의 판자 더미 사이로 난 좁은 오솔길로 접어들자 그는 더욱 궁금해졌다. "미예트는 분명 이쪽으로 올 거야." 그는 니스로 쪽을 바라보며 혼잣말을 했다. 그때 담 너머에서 나뭇가지들이 부스럭거리는 소리가 들려왔다. 그리고 갓돌 위로 머리카락이 헝클어진 채 환하게 웃는 얼굴이 나타나 경쾌한 목소리로 그에게 외쳤다.

"나야!"

정말로 미예트가 왔던 것이다. 그녀는 오늘날까지도 자메프랑의 담장을 따라 길게 나 있는 뽕나무 위로 개구쟁이처럼 기어올랐다. 그리고 두 번을 뛰어내린 끝에 오솔길 안쪽의 담장 모퉁이에 반쯤 파묻혀 있는 묘석 위에 이르렀다. 실베르는 그녀를 도울 생각조차 하지 못한 채 놀라고 기뻐하는 얼굴로 그녀가 내려오는 것을 지켜보았다. 그리고 그녀의 두 손을 잡고 말했다.

"너 정말 날렵하구나! 나보다 더 담을 잘 타는 것 같아."

그들은 이렇게 처음으로 이 외진 곳에서 만나 행복한 몇 시간을 함께 보냈다. 그날 밤 이후 그들은 거의 매일 밤 그곳에서 만났다. 우물은 이제 그들의 만남에 생긴 뜻밖의 장애물이나 약속 시간의 변경, 사소하지만 그들이 보기에는 중요한 소식들, 서둘러 말하지 않아도 되는 소식들을 서로에게 알리는 데 사용될 뿐이었다. 그러기 위해서는 전할 소식이 있는 사람이 도르래를 움직이기만 하면 되었다. 그 날카로운 소리가 멀리까지 퍼져나가기 때문이었다. 어떤 날에는 엄청나게 중요한 사소한 것들을 서로에게 말하기 위해 두세 번씩 서로를 불렀어도 진정한 기쁨은 오직 밤에, 은밀한 오솔길에서만 맛볼 수 있었다. 미예트는 칼같이 정확하게 시간을 지켰다. 그녀는 다행히 부엌 위쪽에 있는 다락방에서 머물고 있었다. 겨울이 오기 전에 식량들을 쌓아두는 그곳에는 밖으로 통하는 조그만 계단이 있었다. 그런 이유로 그녀는 레뷔파나 쥐스탱의 눈에 띄지 않고 아무 때나 집을 빠져나올 수 있었다. 게다가 혹시라도 귀가하는 모습을 쥐스탱에게 들키게 되면 그의 입을 다물게 할 단호한 눈빛으로 그를 응시하면서 그럴듯한 핑계를 둘러댈 생각까지 하고 있었다.

아! 얼마나 행복하고 따뜻한 밤들이었던가! 때는 프로방스의 따사로운 햇살이 비치는 9월 초순이었다. 연인들은 밤 9시경에나 만날 수 있었다. 미예트는 담장을 넘어 그곳으로 왔다. 그녀는 이내 장애물을 능숙하게 넘는 법을 익혀 언제나 실베르가 두 팔을 내밀기도 전에 오래된 묘석 위로 내려서곤 했다. 머리가 헝클어진 채 가쁜 숨을 쉬는 그녀는 자신의 묘기에 웃음을 터뜨린 뒤 잠시 그곳에서 뒤집힌 스커트를 바로잡았다. 실베르는 웃으면서 그녀를 '악동'이라고 불렀다. 사실 그는 그녀의 대담함을 사랑했다. 그는 마치 어린 동생의 묘기를 감독하는 형처럼 미소 지으며 미예트가 담에서 뛰어내리는 것을 지켜보았다. 두 사람의 싹트는 사랑에는 어린애 같은 유치함이 가득했다! 그들은 언젠가 비오른 강가로 새알을 찾으러 가자고 여러 번 이야기하기도 했다.

"내가 얼마나 나무에 잘 오르는지 보여줄게!" 미예트는 자랑스럽게 말했다. "샤바노에 있을 때는 앙드레 아저씨네 호두나무 꼭대기에도 올라갔었어. 너 까치 알 꺼내본 적 있어? 그거, 엄청 힘든 거야!"

그리고 포플러나무 위에 오르는 법에 대한 토론이 벌어지자 미예트는 사내아이처럼 당당하게 자기 생각을 이야기했다.

이제 실베르는 미예트의 무릎을 안아 그녀를 땅에 내려놓았다. 두 사람은 팔로 서로의 허리를 감싸안은 채 나란히 걷기 시작했다. 그들은 나뭇가지의 약한 부분에는 손과 발을 어떻게 올려놓아야 하는지에 대해 의견을 주고받으면서 서로를 더 꼭 껴안았고, 그럴 때마다 기이한 기쁨이 낯선 열기로 자신들을 달아오르게 하는 것을 느꼈다. 우물은 그들에게 이런 기쁨을 선사해준 적이 한 번도 없었다. 그들은 여전히 아이들이었고, 어린아이들의 놀이와 수다를 즐겼으며, 사랑의 언어를 알지 못한 채 서로의 손끝이 닿는 것만으로도 사랑의 기쁨을 맛보았다. 미예트와 실베르는 자신들의 마음과 감각이 어디로 향하는지 알지 못한 채 본능적으로 서로의 손의 온기를 갈구했다. 행복하게 순수한 시절의 두 연인은 서로의 몸이 조금만 닿아도 야릇한 기분이 느껴지는 것을 서로에게 말하지 않았다. 그들은 서로의 몸이 닿을 때마다 자신들 사이에 흐르는 달콤함에 놀라며 새로운 감각의 감미로움에 은밀히 자신들을 내맡겼다. 어린 학생들처럼 손이 잘 안 닿는 까치집에 관해 재잘재잘 이야기를 주고받으면서.

　그들은 오솔길의 침묵 속에서 판자 더미와 자메프랑의 담장 사이를 오갔다. 그렇게 매번 갔던 길을 되돌아오면서도 좁다란 막다른 길의 끝을 넘어설 생각은 한 번도 하지 않았다. 그곳은 그들의 집과 같았다. 오직 자신들만의 보금자리에 있을 수 있다는 생각에 기분이 좋아진 미예트는 종종 걸음을 멈추고 스스로의 발견을 자찬하곤 했다.

　"내가 정말 좋은 생각을 해냈지!" 그녀는 환히 웃으며 말했다. "아무리 멀리까지 가봐도 여기보다 숨기 좋은 데는 절대 못 찾을 거야!"

　발밑의 무성한 풀들은 그들의 발소리를 죽여주었다. 그들은 마치 두 어두운 연안 사이의 검은 물결 속에 잠긴 듯 가만히 흔들리며 같은 곳을 계속 오갔다. 그들의 머리 위로는 점점이 별들이 흩뿌려진 짙푸른 띠 모양의 하늘이 보일 뿐이었다. 그들이 오가는 공터에서, 금빛으로 빛나는 검은 하늘 아래 흐르는 짙은 개울을 닮은 오솔길에서 그들은 형언하기 힘든 감정의 동요를 느꼈고, 아무도 그들의 말을 들을 수 없는데도 목소리를 낮추곤 했다. 그들은 떠다니는 몸과 마음을 말 없는 밤의 물결에 내맡긴 채 사랑의 떨림과 함께 하루 동안의 수많은 사소한 일들을 서로에게 들려주었다.

또 다른 날, 맑은 날 밤 달빛에 담장과 판자 더미의 윤곽이 선명히 드러날 때면 미예트와 실베르는 어린아이들처럼 무사태평한 시간을 보냈다. 환한 빛이 밝히는 가운데 경쾌하게 뻗은 오솔길에서는 신비함이 조금도 느껴지지 않았다. 두 연인은 장난치는 아이들처럼 서로를 쫓아다녔고, 판자 더미 위를 기어오르기도 했다. 실베르는 미예트를 멈추게 하기 위해 어쩌면 쥐스탱이 담장 뒤에서 엿듣고 있을지도 모른다고 겁을 줘야 했다. 그제야 달리기를 멈춘 그들은 여전히 숨을 헐떡이며 나란히 서서 걸어갔다. 언젠가는 생트클레르 초원을 함께 달리며 누가 더 빨리 쫓아갈 수 있는지 알아보자고 약속하면서.

새로 생겨나는 그들의 사랑은 이처럼 어두운 밤과 투명한 밤 모두에 익숙해져갔다. 그들의 감각은 언제나 깨어 있었고, 약간의 어둠이 드리우는 것만으로도 그들의 포옹은 더욱 달콤하고, 그들의 웃음은 더욱 부드럽게 관능적으로 느껴졌다. 달빛 아래에서는 그토록 경쾌하고, 어둠 속에서는 그토록 야릇한 흥분을 느끼게 하는 그들의 소중한 안식처는 커다란 기쁨과 말 없는 감동의 무궁무진한 보고처럼 느껴졌다. 그들은 자정 무렵까지, 도시가 잠에 빠져들고 교외 창문들의 불빛이 하나둘씩 꺼질 때까지 그곳에 머물렀다.

그들의 고독을 방해하는 것은 아무것도 없었다. 이 늦은 시각에는 판자 더미 뒤에서 숨바꼭질을 하는 아이들도 없었다. 가끔씩 길을 지나가는 노동자들의 노랫소리나 인접한 보도에서의 말소리가 들려올 때면 그들은 에르 생미트르를 재빨리 살펴보았다. 그러나 그곳에는 드문드문 그림자가 보이는 통나무 더미가 들판처럼 길게 뻗어 있을 뿐이었다. 날이 좀 더 포근한 저녁에는 언뜻언뜻 연인들의 그림자와 대로변의 판자들 위에 걸터앉은 노인들의 모습을 볼 수 있었다. 날이 좀 더 추워지면 스산하고 황량한 공터에 보이는 것은 집시들이 피우는 모닥불과 그 앞으로 지나다니는 커다란 검은 그림자들뿐이었다. 어렴풋한 말들과 소리들, 문을 닫는 부르주아의 저녁 인사, 삐걱거리는 덧창 소리, 진중하게 울리는 괘종시계 소리 등등, 잠자리에 드는 시골 마을의 잦아드는 모든 소리들이 밤의 차분한 공기에 실려 그들에게로 전해져 왔다. 플라상이 잠들어 있을 때도 여전히 집시들이 다투는 소리, 그들의 모닥불이 타닥거리는 소리가 들려왔고, 그러는 사이사이 젊은 집시 여인들이 거친 억양의 낯선 언어로 목청 높여 노래를 부르는 소리가 들려오곤 했다.

그러나 두 연인은 에르 생미트르에서 일어나는 일에는 별 관심을 기울이지 않았다. 그들은 서둘러 자신들의 보금자리로 돌아와 다시 자신들만의 소중하고 은밀한 오솔길을 따라 걷기 시작했다. 그들은 다른 사람들이나 마을 전체를 전혀 개의치 않았다! 심술궂은 사람들로부터 그들을 갈라놓는 몇몇 판자들이 그들에게는 난공불락의 요새처럼 여겨졌다. 그들은 교외 한가운데 위치한 은신처에서 자기들끼리 마음껏 자유를 누릴 수 있었다. 포르트 드 롬에서 쉰 걸음밖에 떨어지지 않은 그곳에서 그들은 때로 아주 멀리, 비오른 강의 계곡이나 허허벌판에 있는 자신들을 그려보곤 했다. 그들에게 가닿는 소리들 중에서 오직 하나만이, 느릿하게 밤공기를 흔드는 시계 소리만이 그들을 불안하게 했다. 시계가 울릴 때면 그들은 가끔씩 못 듣는 척하거나, 또 때로는 마치 항의를 표하듯 갑자기 멈춰 서기도 했다. 하지만 그들이 아무리 10분만 더 유예할 수 있기를 바라더라도 작별 인사를 해야 할 시간은 어김없이 다가왔다. 그들은 이 숨 막힐 듯한 흥분과 함께 끝없는 놀라움을 안겨주는 야릇한 달콤함을 맛보기 위해서라면 다음 날 아침까지라도 서로 팔짱을 꼭 낀 채 노닥거릴 수 있었을 것이었다. 그러나 미예트는 마지못해 담장 위로 다시 올라가야 했다. 하지만 그게 끝이 아니었고, 작별 인사는 15분가량을 더 끌었다. 담 위로 올라간 미예트는 사다리 역할을 하는 뽕나무 가지에 발을 딛고 갓돌에 팔꿈치를 기댄 채 계속 머물렀다. 실베르는 묘석 위에 올라선 채 그녀의 두 손을 잡고 나직이 속삭였다. 그들은 열 번도 더 "내일 봐!"라고 인사하고는 계속 새로운 이야깃거리를 생각해냈다. 실베르는 마침내 그녀를 꾸중하듯 말했다.

"이제 그만 내려가, 벌써 자정이 지났다고."

하지만 미예트는 어린 소녀다운 고집을 부리며 그가 먼저 내려가기를 원했다. 그가 가는 것을 보고 싶다는 것이었다. 그러나 실베르가 계속 버티고 서 있자 그녀는 마치 그를 벌주기 위해서인 듯 퉁명스레 말했다.

"나 뛰어내릴 거야, 정말로."

그녀는 기겁한 실베르가 보는 앞에서 뽕나무에서 뛰어내렸다. 미예트가 쿵 하고 떨어지는 소리가 들려왔다. 그녀는 실베르의 마지막 인사에 대답하지 않은 채 까르르 웃으며 달려갔다. 실베르는 미예트의 희미한 그림자가 어둠 속으로 완전히 사라져버릴 때까지 기다렸다가 천천히 묘석을 내려와 다시 앵파스 생미트르로 향했다.

그들은 2년간 하루도 빠짐없이 그곳에서 만났다. 처음 만났을 때는 아직 훈훈한 아름다운 밤들을 즐겼다. 그들은 마치 수액이 차오르는 달인 5월을 사는 듯한 느낌이었다. 대지와 새 나뭇잎들의 기분 좋은 내음이 따뜻한 대기를 가득 채우는 듯했다. 뒤늦게 다시 찾아온 봄은 그들에겐 하늘의 은총과도 같았다. 미예트와 실베르는 오솔길을 마음껏 뛰어다니며 그들의 끈끈한 우정을 키워나갔다.

그리고 비와 눈과 서리가 내렸다. 그러나 이 고약한 겨울 날씨도 그들을 떼어놓지는 못했다. 미예트는 이제 늘 커다란 갈색 망토를 입고 왔고, 두 연인은 심술궂은 날씨 따위에는 아랑곳하지 않았다. 밤이 맑고 건조하여 발밑의 서리가 새하얀 가루가 되어 날리며 잔가지처럼 그들의 얼굴을 때릴 때면 그들은 자리에 앉지 않았다. 그리고 망토로 함께 몸을 감싼 채 뺨이 새파래지고 추위로 눈물을 흘리면서 더 빠른 걸음으로 오솔길을 오갔다. 어린 연인들은 차가운 대기 속에서 빨리 걷는 게 재미있어 죽겠다는 듯 깔깔거리며 웃었다. 눈이 내리던 어느 날 밤은 한쪽 구석에서 눈을 굴려 커다란 눈덩이를 만들며 놀았다. 눈덩이는 한 달 동안이나 녹지 않고 그대로 있어서 만날 때마다 그들을 놀라게 했다. 비 또한 그들을 단념시키지 못했다. 그들은 뼛속까지 젖게 하는 엄청난 비가 내리는 날에도 만남을 그만두지 않았다. 실베르는 미예트가 설마 이 빗속을 뚫고 오지는 않을 거라고 생각하면서 달려왔다. 그리고 뒤이어 그녀가 도착하는 것을 보면서 더 이상 그녀를 나무랄 엄두를 내지 못했다. 사실 그는 그녀를 기다렸다. 마침내 그는 궂은 날씨를 대비한 은신처를 찾기에 이르렀다. 비가 올 때는 밖에 나오지 말자고 서로 약속했음에도 불구하고 그들은 나오고 말 것임을 잘 알았기 때문이다. 은신처를 마련하기 위해서는 판자 더미 아래에 조그만 공간을 만들기만 하면 되었다. 그는 판자 더미에서 판자 몇 개를 빼내어 옆으로 치워놓았다가 손쉽게 다시 제자리에 갖다놓을 수 있게 했다. 이제 그들은 낮고 비좁은 초소를 연상케 하는 네모난 구덩이를 마음대로 이용할 수 있게 되었다. 그곳에서는 구덩이 안쪽에 남겨둔 두꺼운 판자 조각 위에 앉은 채 서로 꼭 붙어 있을 수밖에 없었다. 비가 내리는 날이면 먼저 도착한 사람이 그곳으로 피신했다. 그리고 둘이 함께 있게 되면 그들은 마치 둔탁한 북소리처럼 판자 더미를 줄기차게 두드리는 빗줄기 소리에 넋 나간 얼굴로 귀를 기울였다. 칠흑 같은 어둠 속에서, 그들 앞과 주위로, 그들에게는 보이지 않는 엄청난 물줄기가 끊임없이 흘러내렸다. 그칠 줄 모르는 그 소리가 마치 성난 군중의 외침처럼 울려 퍼졌다. 그곳에서는 세상의 끝이나 바닷속 깊은 곳에 있는 것처럼 오직 그들 둘만이 존재했다. 그들은 폭우가 내리는 가운데 세상과 동떨어진 채, 판자 더미 속에서, 언제 급류에 휩쓸릴지 모르는 위협을 느낄 때만큼 행복하다고 느낀 적이 없었다. 그들의 구부러진 무릎은 입구까지 나와 있었고, 둘 다 최대한 뒤로 물러나 앉았음에도 안개 같은 물보라가 그들의 뺨과 손을 적셨다. 그들의 발밑에서는 판자에서 떨어지는 굵은 물방울들이 리드미컬하게 찰랑거렸다. 갈색 망토가 그들을 따뜻하게 지켜주었고, 은신처가 너무 좁은 탓에 미예트는 실베르의 무릎 위에 걸터앉다시피 했다. 재잘재잘 이야기를 하던 그들은 포옹이 전해주는 온기와 단조로운 빗소리에 나른해져서는 깜빡 선잠이 들기도 했다. 그들은 그곳에서 몇

제5장 | 253

시간이고 머물 수 있었다. 폭우가 내리는 날에 우산을 든 채 엄숙하게 걷는 것을 즐기는 소녀들처럼 그들도 비에 매료되었다. 이윽고 그들은 비 오는 저녁을 더 좋아하기에 이르렀다. 단 한 가지 문제는, 이별이 더욱 힘들어졌다는 것이었다. 미예트는 쏟아지는 비 속에서 담장을 넘어 캄캄한 어둠을 뚫고 자메프랑의 물웅덩이들을 건너가야 했다. 그녀와 헤어지자마자 실베르는 칠흑 같은 어둠과 요란한 물소리 속에 멀어져가는 그녀를 더 이상 알아볼 수 없었다. 귀를 기울여보았지만 그녀의 발소리도 들을 수 없었고 아무것도 보이지 않았다. 하지만 이 갑작스러운 헤어짐이 야기하는 불안감은 그들에겐 또 하나의 즐거움이 되었다. 그들은 다음 날까지 이 고약한 날씨에 서로에게 아무 일도 없는지를 염려했다. 가다가 미끄러지지는 않았는지, 길을 잃어버리지는 않았는지 등등 서로에 대한 걱정이 그들을 온통 사로잡았고, 그로 인해 다음 만남이 더욱더 달콤하게 느껴졌다.

마침내 화창한 날씨가 돌아왔다. 4월은 온화한 밤들을 선사해주었고, 오솔길의 풀들은 쑥쑥 자라났다. 이처럼 하늘로부터 내려오고 땅에서 올라오는 생명의 물결과 젊은 계절의 환희 속에서 연인들은 때로 겨울의 고독감과 비가 내리던 저녁과 몹시 추웠던 밤을 그리워했다. 그런 날들에는 모든 잡다한 인간사에서 아주 멀리, 외따로 떨어져 있을 수 있었기 때문이다. 이제는 그때처럼 날이 빨리 저물지 않았고, 그들은 오래 머뭇거리는 석양을 저주했다. 미예트가 눈에 띄지 않고 담장을 기어오를 수 있을 만큼 날이 충분히 어두워지고, 남몰래 두 사람만의 소중한 오솔길에 이를 수 있을 때에도 그들은 천진하고 순수한 사랑을 키워가게 해줄 고립 상태를 더 이상 유지할 수가 없었다. 에르 생미트르는 사람들로 붐볐고, 교외의 개구쟁이들은 밤 11시까지 통나무 위를 뛰어다니고 소리를 지르며 놀았다. 심지어 판자 더미 뒤로 몸을 숨기러 온 한 소년이 미예트와 실베르를 흘끗거리며 열 살짜리 악동다운 미소를 지어 보인 적도 있었다. 날이 점점 더워짐에 따라 사람들에게 들킬지도 모른다는 두려움과, 소생하는 생명과 그들 주위에서 커져가는 소음들이 그들의 만남을 불안하게 했다.

게다가 그들은 좁은 오솔길에서 숨이 막히기 시작했다. 그곳은 그 어느 때보다 뜨거운 열기로 끓어올랐다. 옛 묘지의 마지막 남은 뼈들이 잠들어 있는 부식토는 그 어느 때보다 그들을 괴롭게 하는 악취를 풍겼다. 여전히 어린아이의 천진함을 간직한 미예트와 실베르는 봄의 열기로 달아오른 이 외진 구석의 관능적 매력을 음미할 수 없었다. 그들은 무릎까지 자라난 풀 때문에 힘겹게 오솔길을 오갔다. 그러다 어린 풀들을 밟게 되면 어떤 풀은 그들을 취하게 하는 자극적인 향기를 풍겼다. 그러면 그들은 기이한 나른함에 사로잡힌 채 다리가 풀들에 얽어매인 듯 어질어질 현기증을 느꼈다. 그리하여 더 이상 앞으로 나아가지 못하고 눈을 반쯤 감은 채 담장에 기대서곤 했다. 마치 하늘의 모든 나른함이 그들 안으로 들어온 것 같았다.

어린 학생 같은 그들의 혈기는 이처럼 갑작스러운 나른함과는 어울리지 않았다. 마침내 그들은 숨이 막힐 듯한 비좁은 은신처를 탓하면서 좀 더 먼 들판으로 나아가 자신들의 애정을 마음껏 펼치기로 마음먹었다. 그리하여 매일 밤 새로운 만남이 이어졌다. 미예트는 매번 망토를 입고 왔다. 두 연인은 커다란 망토로 온몸을 감싼 채 담장을 따라 걷다가 대로로 나섰다. 너르고 탁 트인 들판에서는 높은 파도의 물결 같은 거센 바람이 불어왔다. 그곳에서 그들은 더 이상 숨이 막히지도 않았고, 그들의 어린 시절로 되돌아갈 수 있었다. 머리를 어지럽게 했던 현기증도, 에르 생미트르의 높다란 풀들이 일으키는 취기도 더 이상 느껴지지 않았다.

그들이 들판을 누비는 동안 두 번의 여름이 지나갔다. 이내 조그만 바위 하나, 잔디밭 하나까지 친근하게 느껴졌고, 나무숲, 산울타리, 덤불 모두가 그들의 친구가 되었다. 그들의 꿈이 실현된 것이었다. 그들은 생트클레르 초원을 미친 듯이 달렸고, 미예트가 너무 빨리 달리는 바람에 실베르는 그녀를 따라잡기 위해 더 빨리 달려야 했다. 그들은 때로는 까치집을 찾으러 가기도 했다. 미예트는 고집스럽게 자신이 샤바노에서 어떻게 나무에 올랐는지를 보여주고자 했다. 그리고 끈으로 스커트를 질끈 묶고는 가장 높은 포플러나무 위로 올라갔다. 실베르는 미예트가 미끄러지면 받을 태세로 두 팔을 앞으로 내민 채 나무 아래에서 떨고 있었다. 이 놀이는 그들의 열기를 식혀주었고, 어느 날 저녁 그들은 마치 방과 후의 두 소년처럼 서로 치고받으며 싸울 뻔했다. 그런데 너른 들판에는 그들이 몸을 감추기에 적절하지 않은 곳들도 있었다. 걸어가는 동안 그들은 큰 소리로 웃음을 터뜨리거나 서로를 떠밀며 장난을 쳤다. 때로는 아주 좁은 오솔길을 지나고 밭을 가로질러 멀리 가리그 산맥까지 가기도 했다. 온 나라가 그들의 것인 듯했다. 그들은 마치 정복자처럼 땅과 하늘이 제공하는 모든 것을 마음껏 누렸다. 미예트는 여성 특유의 대담함으로 지나는 길에 스치는 포도나무와 아몬드나무에서 포도송이와 푸른 아몬드 가지를 거리낌 없이 땄다. 실베르는 그런 그녀의 행동이 못마땅했지만 그녀에게 싫은 소리를 할 엄두를 내지 못했다. 가끔씩 그녀가 토라진 표정을 지을 때면 어찌할 바를 몰랐기 때문이었다. '저런 못된 계집애 같으니라고!' 그는 겁먹은 어린아이처럼 상황을 부풀려 생각했다. '나까지 도둑으로 만들 셈인 거야, 뭐야.' 미예트는 그가 무슨 말을 하려고 할 때마다 훔친 과일을 그의 입에 밀어 넣었다. 그는 길게 이어진 포도밭을 지나는 동안 미예트를 과일나무에서 떨어뜨려놓기 위해 그녀의 허리를 감싼 채 자신을 따라오게 했다. 하지만 이내 상상력이 다한 그는 그녀를 강제로 앉혔다. 그러자 그들은 또다시 숨이 막혀오기 시작했다. 비오른 계곡은 무엇보다 열기가 느껴지는 그늘로 가득한 곳이었다. 나른해져 다시 강가를 찾은 그들에게서는 더 이상 어린아이다운 천진한 즐거움을 찾아볼 수 없었다. 버드나무 아래에는 여인의 드레스의 향기로운 크레이프[2]를 닮은 회색빛 어둠이 떠다녔다. 두 연인은 밤의 관능적인 어깨에 걸친 향기롭고 포근한 크레이프가 그들의 관자놀이를 스치고, 주체할 수 없는 나른함으로 그들을 감싸는 것을 느꼈다. 멀리 생트클레르 초원에서는 귀뚜라미 노랫소리가 들려왔고, 그들의 발밑에 있는 비오른 강은 축축한 입술에서 나오는 연인의 속삭임 같은 소리를 내며 흘러갔다. 말없이 잠든 하늘에서는 별들의 뜨거운 비가 쏟아져 내렸다. 이 하늘과 이 강물과 이 어둠의 떨림 가운데 실베르와 미예트는 풀밭에 나란히 누운 채 몽롱한 기분으로 캄캄한 어둠을 응시하다가는 서로의 손을 더듬어 아주 잠시 꼭 쥐었다가 놓았다.

　이러한 황홀경의 위험을 어렴풋이 느낀 실베르는 때때로 벌떡 일어나 낮은 수위로 인해 강물 한가운데에 드러난 조그만 섬들 중 하나로 갈 것을 제안했다. 그들은 위험을 무릅쓰고 맨발로 물속으로 들어갔다. 미예트는 자갈을 우습게 보면서 실베르가 붙잡아주는 것을 거부했다. 그러다 한번은 강물 한가운데서 주저앉은 적도 있었다. 그러나 수심이 20센티미터밖에 되지 않아 미예트는 페티코트를 적시는 것으로 그칠 수 있었다. 섬에 다다른 그들은 혀 모양의 모래톱 위에 배를 깔고 엎드린 채 강물의 수면과 같은 눈높이로 먼 곳을 바라보았다. 투명한 어둠 속에서 은빛 비늘들이 떨리는 게 보였다. 그러자 미예트는 자신이 배에 올라탔음을 선언했다. 섬이 분명 움직이고 있었다. 그녀는 섬이 자신을 싣고 가는 것을 느낄 수 있었다. 그들의 눈을 가득 채운 잔물결들이 현기증을 일으키면서 한동안 그들을 즐겁게 했다. 그들은 노를 젓는 뱃사공처럼 물가에 머물면서 나직하게 노래를 불렀다. 그러다 섬 주위의 수위가 더욱 낮아질 때면 그곳이 풀밭이라도 되는 양 앉아 맨발을 물속에 늘어뜨리곤 했다. 그렇게 몇 시간이고 이야기하고, 발꿈치로 물을 튀기거나 다리를 흔들거렸다. 그들의 열기를 식혀준 상쾌하고 평온한 강물에 작은 폭풍우를 일으키는 것을 즐기면서.

　이렇게 물에 발을 담그고 있다 보니 미예트는 그들의 아름답고 순수한 사

2　비단이나 가는 모직의 주름진 천을 가리킨다.

랑을 망칠 뻔한 엉뚱한 생각을 하게 되었다. 그녀는 기필코 물속에서 수영을 하고 싶어 했다. 미예트는 비오른 강의 다리 약간 위쪽에 아주 적절한 장소가 있다고 했다. 깊이 1미터 안팎에 아주 안전한 곳이었다. 날도 더워서 어깨까지 물에 잠그고 있어도 괜찮을 터였다. 게다가 그녀는 오래전부터 수영을 배우고 싶었던 터라 실베르가 그녀에게 가르쳐줄 수 있을 것이었다. 하지만 실베르는 밤에 수영을 하는 것은 신중하지 못한 일이며, 누군가의 눈에 띌 수도 있고, 감기에 걸릴 수도 있다며 반대했다. 그러나 그는 자신이 그러는 진짜 이유는 말하지 못했다. 그는 이 새로운 놀이에 대해 본능적으로 두려움을 느끼고 있었다. 그는 어떻게 서로 옷을 벗어야 할지, 어떻게 물속에서 맨 팔로 미예트를 붙잡고 있어야 할지 걱정이 되었다. 하지만 미예트는 그의 이런 고민을 전혀 눈치채지 못하는 듯했다.

어느 날 저녁 미예트는 낡은 드레스를 잘라 만든 수영복을 가지고 왔다. 실베르는 탕트 디드의 집으로 돌아가 수영 팬티를 찾아와야 했다. 놀이는 아주 단순했다. 미예트는 옷을 갈아입기 위해 다른 곳으로 가지 않았고 자연스럽게 버드나무 그늘 아래에서 옷을 벗었다. 나무 그늘이 너무 짙어서 어린아이 같은 그녀의 몸은 언뜻 어렴풋한 흰빛처럼 보였을 뿐이었다. 밤의 어둠 속에서 구릿빛 피부의 실베르는 어린 떡갈나무의 짙은 몸통을 닮아 있었고, 소녀의 통통한 맨 팔과 다리는 강가 자작나무의 우윳빛 줄기를 연상시켰다. 주위의 높은 나뭇잎들이 짙은 그림자를 드리운 가운데 물속으로 들어간 그들은 물의 차가움에 놀라 소리치며 서로의 이름을 불렀다. 조심성, 말하지 못하는 부끄러움, 은밀한 수치심은 금세 잊혔다. 그들은 물속에서 한 시간을 족히 머물면서 첨벙거리거나 서로의 얼굴에 물을 끼얹었다. 미예트는 화를 냈다가는 다시 웃음을 터뜨렸고, 실베르는 그녀가 물에 익숙해지도록 가끔씩 그녀의 머리를 물속으로 밀어 넣었다. 그가 그녀의 수영복 허리춤을 한 손으로 잡고 다른 한 손으로는 그녀의 배를 받치고 있는 동안 미예트는 격렬하게 팔과 다리를 움직였고, 그러면서 자신이 헤엄을 친다고 믿었다. 하지만 실베르가 손을 놓는 순간 그녀는 발버둥을 치며 소리를 질렀다. 두 손을 앞으로 내민 채 허우적거리면서 실베르의 허리나 손목을 마구 움켜잡았다. 그리고 숨을 헐떡이며 물이 뚝뚝 떨어지는 상태로 한동안 그에게 기댄 채 쉬곤 했다. 물에 흠뻑 젖은 그녀의 수영복이 소녀티가 채 가시지 않은 가슴 선을 어렴풋이 드러나게 했다. 그러다 미예트는 다시 소리치곤 했다.

"한 번 더 할래. 그런데 너 일부러 그러는 거지, 날 부러 빠트리는 거 아냐?"

실베르가 그녀를 받쳐주기 위해 몸을 숙이며 포옹하는 것과 미예트가 물에 빠지지 않으려고 그의 목에 미친 듯이 매달리는 것은 조금도 수치스러울 게 없었다. 차가운 물속에서 헤엄치기는 그들로 하여금 크리스털 같은 명징함을 느끼게 했다. 포근함이 느껴지는 밤에, 황홀한 나뭇잎들로 둘러싸인 곳에서, 두 연인은 순수한 알몸의 아이들처럼 웃음을 터뜨렸다. 처음으로 수영을 하고 논 뒤 실베르는 자신들이 나쁜 짓을 하고 있을지도 모른다고 생각한 것을 자책했다. 미예트는 재빨리 옷을 갈아입었고, 그의 품 안에서 너무도 경쾌했고, 너무도 낭랑하게 웃었다!

보름이 지나자 미예트는 혼자 헤엄을 칠 수 있었다. 물살에 몸을 내맡긴 채 팔다리를 자유롭게 움직이면서 실베르와 장난치는 것을 즐겼다. 그러면서 강물의 부드러운 흐름과 하늘의 침묵, 우울한 강둑에서의 몽상에 빠져들었다.

둘 다 조용히 헤엄을 칠 때면 미예트는 더욱 무성해진 양쪽 강가의 나뭇잎들이 그들을 굽어보며 그들의 은신처 위로 거대한 커튼을 드리우는 것을 느낄 수 있었다. 달빛이 비치는 날에는 나무 몸통들 사이로 달빛이 스며들었고, 새하얀 옷을 입은 희미한 유령들이 강가를 따라 거닐었다. 하지만 미예트는 조금도 두렵지 않았다. 그녀는 그림자들의 놀이를 지켜보는 데서 형언할 수 없는 감정의 동요를 느꼈다. 그녀가 조용히 앞으로 나아갈 때마다 달빛이 투명한 거울로 변화시킨 잔잔한 강물에 은박으로 장식된 천처럼 잔주름이 잡히곤 했다. 그리고 강물이 일으킨 소용돌이가 점점 커지다가는 신비한 찰랑거림과 함께 버들가지가 늘어진 강가의 어둠 속으로 잦아들었다. 그녀가 팔을 내저을 때마다 생기는 빈 구멍은 목소리들로 가득했고, 그녀는 어두운 공동(空洞) 앞을 서둘러 지나갔다. 그녀 주위의 작은 숲과 늘어선 나무들의 짙은 그림자들은 강둑 높은 곳에서부터 그녀를 따라오듯 그 형태와 크기가 시시각각 달라졌다. 물속에서 하늘을 향해 반듯이 누우면 밤하늘의 끝 모르는 깊이가 그녀를 더욱 감동시켰다. 그럴 때면 밤의 모든 한숨으로 이루어진 나직한 목소리가 오랫동안 들리는 듯했다.

미예트는 본래 몽상적인 기질과는 거리가 멀었다. 그녀는 자신의 온몸과 모든 감각으로 하늘과 강과 그림자와 빛을 즐겼다. 무엇보다 강물은, 움직이는 대지인 이 물은 그녀를 끊임없이 어루만지며 어딘가로 데리고 갔다. 물살을 거슬러 올라갈 때면 그녀는 물이 자신의 가슴과 다리에 부딪혀 더 빨리 흐르는 느낌을 만끽했다. 마치 그녀가 웃음을 터뜨리지 않을 만큼 물결이 아주 부드럽게 오랫동안 그녀를 간질이는 것 같았다. 미예트는 물속으로 더 깊이 들어갔다. 입술에 물이 닿을 만큼 들어가자 강물이 그녀의 어깨 위를 스치며 턱부터 발까지 순간적인 키스로 단번에 그녀를 감쌌다. 나른해진 그녀가 물 위에 가만히 떠 있자 그녀의 수영복과 피부 사이로 잔물결들이 살며시 미끄러져 들어와 수영복을 부풀게 했다. 미예트는 카펫 위에서 뒹구는 고양이처럼 고요한 물속을 뒹굴었다. 그리고 달빛이 잠긴 빛나는 물에서 나뭇잎들이 그림자를 드리운 어두운 물로 나아갔다. 그러자 마치 햇빛이 비치는 들판을 벗어나 느닷없이 목덜미에 와 닿는 나뭇가지의 차가움을 느끼듯 몸이 떨려 왔다.

이제 미예트는 다른 곳으로 가 몸을 숨긴 채 옷을 갈아입었다. 물속에 있을 때면 아무 말이 없었다. 그녀는 더 이상 실베르가 자신을 스치는 것을 좋아하지 않았다. 단지 그의 옆에서, 잡목림을 가로질러 나는 새처럼 조그만 소리로 가만히 물속을 오갈 뿐이었다. 때로 그녀는 스스로 설명할 수 없는 모호한 두려움에 사로잡힌 채 그의 주위를 맴돌았다. 실베르 역시 그녀의 팔다리를 스칠 때마다 얼른 다시 멀어졌다. 강은 이제 그들에게 더 이상 지극한 황홀감을 느끼게 하지 못했고, 그들을 기이하게 혼란스럽게 하는 관능적인 나른함만을 안겨줄 뿐이었다. 수영을 마치고 나면 그들은 무엇보다 현기증이 일면서 잠이 쏟아졌다. 온몸에서 기운이 빠져나가는 듯했다. 미예트는 다시 옷을 입는 데 한 시간은 족히 걸렸다. 그녀는 우선 셔츠와 페티코트만 입은 채 풀밭에 누워 피로감을 호소하며 실베르를 불렀다. 몇 걸음 떨어진 곳에 있던 실베르는 이상하게 팔다리가 축 늘어지면서 무아지경에 빠진 기분이었다. 집으로 돌아올 때면 그들은 평소보다 더 힘주어 서로를 껴안았고, 옷 너머로 수영으로 더욱 부드러워진 서로의 몸을 느낄 수 있었다. 그럴 때마다 그들은 큰 소리로 한숨을 내쉬면서 걸음을 멈추었다. 아직 물기가 남아 있는 미예트의 커다랗게 틀어 올린 머리, 그녀의 목덜미와 어깨에서 풍기는 상큼하고 순수한 향기가 실베르의 머리를 어지럽혔다. 다행히 미예트는 어느 날 저녁 더 이상 수영을 하지 않겠노라고 선언했다. 차가운 물이 그녀의 머릿속으로 피가 몰리게 하기 때문이었다. 아마도 미예트는 지극히 솔직하고도 순수하게 그 이유를 설명했을 터였다.

그들은 다시 예전처럼 긴 대화를 하기 시작했다. 그들의 무지한 사랑이 처했던 위험에서 실베르의 머릿속에 남은 것은 미예트의 강인한 체력뿐이었다. 그녀는 보름 만에 헤엄치는 법을 배웠고, 그들이 달리기 시합을 할 때면 종종 한 팔로 바람을 가르며 그보다 앞서 나아갔다. 힘과 육체 운동을 숭배하는 실베르는 그토록 강인하면서도 유연하게 몸을 움직이는 그녀를 보면서 감탄을 금치 못했다. 그의 마음속에는 그녀의 튼튼한 팔에 대한 야릇한 존경심이 생겨났다. 수영을 하기 시작한 지 얼마 되지 않은 어느 날 저녁, 기분이 좋아진 그들은 모래밭에서 서로의 허리를 붙잡고 뒹굴었다. 한참 드잡이를 했지만 실베르는 미예트를 넘어뜨릴 수 없었다. 마침내 그는 균형을 잃고 넘어졌고, 미예트는 서서 그를 내려다보았다. 실베르는 그녀를 사내아이처럼 취급했다. 그토록 오랫동안 불순한 생각으로부터 그들의 순수한 사랑을 지켜준 것은 오랜 산책과 들판을 가로지르는 미친 듯한 달리기, 나무 꼭대기의 새집 찾기, 격렬한 놀이와 시합 등이었다. 또한 실베르의 사랑에는 연인의 대담함에 대한 감탄 외에 불행한 이들에게 느끼는 것 같은 연민이 자리하고 있었다. 평소 그는 버림받은 존재나 불쌍한 사람, 맨발로 흙길을 걷는 어린아이를 볼 때마다 가슴이 미어지는 아픔을 느끼곤 했다. 그가 미예트를 사랑하는 이유 중 하나는, 그녀가 누구에게서도 사랑받지 못하고 따돌림까지 당하는 힘든 삶을 살고 있기 때문이었다. 그는 그녀가 웃는 것을 볼 때마다 자신이 그녀를 웃게 했다는 기쁨에 가슴 벅차했다. 게다가 미예트 역시 그처럼 이방인으로 살아가는 터라 교외 부인네들의 험담을 극도로 싫어했다. 실베르는 낮에 주인의 작업장에서 망치를 두드려 수레바퀴의 쇠를 씌우는 일을 할 때마다 엉뚱하고 관대한 몽상에 빠지곤 했다. 그는 마치 자신이 구세주라도 되는 양 미예트를 떠올렸다. 지금까지 그가 읽었던 것들이 한꺼번에 머릿속으로 밀려들었다. 그가 언젠가 미예트와 결혼하려고 하는 것은 세상 사람들의 눈에 그녀가 고귀한 존재가 되게 하기 위해서였다. 그는 스스로에게 도형수 딸의 대속과 구원이라는 신성한 사명을 부여했다. 하지만 머릿속이 다양한 이론들과 항변들로 가득하다 보니 스스로도 그런 것들을 간단히 설명할 수 없었다. 그는 사회적 신비주의에 빠져 헤맸고, 신격화에 의한 복권(復權)과 쿠르 소베르 끝자락의 왕좌에 앉은 미예트를 떠올렸다. 온 도시가 그녀에게 고개를 숙이며 용서를 구하고 그녀를 찬양하는 노래를 불렀다. 다행스럽게도, 미예트가 담장에서 뛰어내려 대로에서 이렇게 말하는 즉시 그는 이 위대한 생각들을 잊었다.

"달리기할까, 우리? 넌 나를 절대 따라잡지 못하겠지만."

실베르는 연인의 신격화라는 불가능한 꿈을 꾸는 한편, 정의에 대한 열망으로 인해 미예트에게 그녀의 아버지 이야기를 함으로써 종종 그녀를 울렸다. 미예트는 실베르의 다정함에 깊은 감동을 받으면서도 때때로 힘든 시간을 떠올리며 불쑥불쑥 화를 냈다. 그럴 때마다 타고난 고집스러움과 반항적 기질 탓에 몸이 뻣뻣해지고 시선이 굳어지면서 입술을 꼭 다물었다. 그녀는 자기 아버지가 헌병을 죽인 것은 정당했고, 땅은 모두에게 속한 것이며, 누구나 언제 어디서든 총을 쏠 권리가 있다고 주장했다. 그러면 실베르는 엄숙한 목소리로 자신이 아는 대로의 법에 대해 설명하면서 플라상의 법관들을 경악하게 할 이상한 코멘트들을 덧붙이곤 했다. 이런 토론은 주로 생트클레르 초원의 인적이 드문 곳에서 행해졌다. 나무 한 그루 보이지 않는 짙푸른 풀밭이 끝없이 이어졌고, 둥글게 굽은 지평선을 별들로 가득 수놓은 하늘은 너무나 광활해 보였다. 초록빛 바다의 물결이 출렁거리며 두 연인의 몸을 가만히 흔드는 듯했다. 미예트는 한참 동안 자신의 주장을 꺾지 않았다. 그녀는 실베르에게 자기 아버지가 헌병에게 죽임을 당하게 놔두었어야 했는지를 물었고, 실베르는 잠시 아무 말도 하지 않았다. 그리고 그런 경우에는 살인자가 되느니 차라리 희생자가 되는 게 나으며, 아무리 정당방위였다고 할지라도 같은 인간을 죽이는 것은 커다란 불행이라고 대답했다. 그에게 법은 신성한 것이며, 판사들이 샹트그레유를 도형장에 보낸 것은 옳은 일이라는 것이었다. 미예트는 벌컥 화를 냈고, 그도 다른 사람들하고 똑같이 나쁘다고 소리치면서 하마터면 그를 때릴 뻔했다. 하지만 실베르가 정의에 관한 그의 생각을 단호하게 옹호하자 그녀는 끝내 울음을 터뜨리며 그가 자신을 부끄럽게 생각하는 게 틀림없다고 얘기했다. 그가 자꾸만 그녀의 아버지의 죄를 떠올리게 하기 때문이었다. 이러한 언쟁은 언제나 눈물 바람과 서로의 마음의 동요로 끝나곤 했다. 그러나 미예트가 아무리 울면서 어쩌면 자신이 잘못 생각하는 건지도 모른다고 인정하더라도 그녀의 마음속 깊은 곳에는 여전히 거칠고 발끈하는 기질이 남아 있었다. 언젠가는 그녀 앞에 있던 헌병 하나가 어떻게 말에서 떨어져 다리가 부러졌는지를 들려주면서 깔깔거린 적도 있었다. 게다가 이제 미예트는 실베르만을 생각하며 살았다. 그가 그녀의 고모부 레뷔파와 사촌 쥐스탱에 관해 물으면 그녀는 "아무것도 모른다."라고 대답할 뿐이었다. 자메프랑에서 그녀가 너무 힘들게 지낼 것을 염려하며 그가 자꾸 물으면, 자신은 여전히 일을 많이 하고 아무것도 달라진 게 없다고 대답했다. 하지만 미예트는 자신이 다정한 눈빛으로 아침마다 노래를 흥얼거리는 이유를 쥐스탱이 알아차렸을 거라고 믿었다. 그녀는 덧붙여 말했다.

"알게 뭐야? 쥐스탱이 우리를 방해하면 다시는 우리 일에 참견하지 못하게 혼을 내주면 되지 뭐, 안 그래?"

때로 그들은 들판과 신선한 공기 속에서의 오랜 산책이 지루하게 느껴졌다. 그럴 때마다 언제나 에르 생미트르로 다시 돌아오곤 했다. 떠들썩한 여름날 저녁, 발밑 풀들의 강렬한 내음 그리고 뜨겁고 혼란스러운 삶의 숨결이 그들을 몰아냈던 그곳, 좁다란 오솔길로. 어떤 날 저녁에는 오솔길이 좀 더 시원하고 상쾌한 바람마저 불어서 현기증을 느끼지 않고도 그곳에서 머물 수 있었다. 그런 날이면 그들은 달콤한 휴식을 즐겼다. 묘석 위에 걸터앉아 집시 아이들의 소란에는 귀를 닫은 채 또다시 자신들만의 안식처에서 시간을 보냈다. 여러 차례 뼛조각과 두개골 파편을 주운 적이 있는 실베르는 과거의 묘지에 대해 이야기하는 것을 좋아했다. 그들은 생생한 상상력을 발휘해, 죽음으로 비옥해진 이 구석진 땅의 무성하고 기름진 아름다운 초목처럼 자신들의 사랑이 싹튼 것 같다며 이야기를 주고받았다. 그들의 사랑은 거친 잡초처럼 자라났고, 미풍에도 이리저리 흔들리는, 붉은 피를 흘리는 심장을 닮은 개양귀비처럼 활짝 피어났다. 그들은 또한 자신들의 이마를 스치는 미지근한 숨결, 어둠 속에서 들려오는 속삭임, 오솔길을 뒤흔드는 오랜 떨림 등에 대해서도 상상을 이어갔다. 그것들은 분명 오래전에 죽은 이들이 사그라진 그들의 열정을 자신들의 얼굴에 불어넣는 것이고, 자신들에게 그들의 첫날밤에 대해 들려주는 것이며, 다시 사랑하고픈 맹렬한 욕구에 사로잡힌 채 땅속으로 되돌아가는 것일 터였다. 그들은 이 뼛조각들이 자신들에 대한 애정으로 가득함을 느낄 수 있었다. 부서진 두개골은 젊은이들의 열정으로 온기를 되찾았고, 아주 작은 뼛조각들이 황홀한 속삭임과 애정 어린 염려와 끓어오르는 질투심으로 그들을 에워쌌다. 그들이 멀어져가면 오래된 묘지가 한꺼번에 흐느끼는 듯했다. 뜨거운 밤이면 발밑의 무성한 풀들이 그들의 발을 묶어 비틀거리게 했고, 무덤 속의 삶으로 인해 더욱 가늘어진 채 땅 위로 솟아난 손가락들이 그들을 붙잡아 서로의 품속으로 던져 넣으려고 애썼다. 부러진 줄기들이 내뿜는 자극적이고 예리한 내음은, 관에서 서서히 배어 나와 오솔길의 고독 속에서 헤매는 연인들을 욕망으로 취하게 하는, 삶의 강렬한 정수이자 생명을 잉태시키는 향기였다. 죽은 이들, 오래된 죽음들이 미예트와 실베르의 혼인을 갈망하고 있었다.

  그러나 이런 것들은 두 연인을 조금도 두렵게 하지 못했다. 그들 주위를 떠도는 애정 어린 기운은 그들로 하여금 벅찬 마음으로 눈에 보이지 않는 존재들을 사랑하게 했다. 그들은 영령들이 종종 가벼운 날갯짓을 하듯 자신들을 스치고 지나간다고 믿었다. 하지만 죽은 이들이 자신들에게 무엇을 원하는지 알지 못했고, 때로는 왠지 모를 슬픔이 느껴지기도 했다. 미예트와 실베르는 기름진 땅이 생명을 잉태하고 그들의 결합을 절대적으로 요구하는 이 버려진 묘지의 한 모퉁이에서, 수액이 흘러넘치는 가운데, 그들의 무지한 사랑을 계속 이어나갔다. 그들은 자신들의 귓전에 윙윙거리는 목소리나 그들의 얼굴로 피를 몰리게 하는 갑작스러운 열기에 대해서도 아무것도 알지 못했다. 어떤 날에는 죽은 이들의 목소리가 너무 크게 들려와, 열이 나고 나른해진 미예트가 묘석에 기댄 채 촉촉한 눈으로 실베르를 바라보면서 이렇게 말하는 듯했다. "저들이 왜 저러는 걸까? 왜 자꾸만 내 핏속에 뜨거운 입김을 불어넣는 거야?" 그럴 때마다 실베르는 어질어질하고 정신이 아득해져 그녀에게 무슨 말을 해야 할지 몰랐다. 그는 차마, 대기 속에서 언뜻 들은 것 같은 열렬한 말들, 키 큰 풀들이 그에게 들려주는 듯한 터무니없는 충고들, 두 연인의 사랑에 침상이 되어주고 싶어 하는 무덤들과 오솔길 전체의 간절한 애원을 그녀에게 전해줄 엄두를 내지 못했다.

그들은 종종 자신들이 발견한 뼛조각들에 대해 궁금해하곤 했다. 미예트는 대개의 여성들처럼 음산한 주제에 관해 이야기하기를 즐겼다. 새로운 뼛조각이 발견될 때마다 온갖 추측이 꼬리에 꼬리를 물고 이어졌다. 뼈가 작으면, 미예트는 폐병에 걸렸거나 결혼식 전날 열병으로 죽은 아름다운 소녀를 떠올렸다. 뼈가 크면, 키 큰 노인이나 군인, 판사 혹은 무시무시한 남자를 상상했다. 무엇보다 오랫동안 그들의 관심을 끈 것은 묘석이었다. 달빛이 비치던 어느 날 밤, 미예트는 묘석의 한 면에서 반쯤 지워진 글씨를 발견했다. 실베르는 주머니칼로 그 위의 이끼를 긁어냈다. 그러자 훼손된 비명(碑銘)이 드러났다. '여기… 마리가… 잠들어 있다….' 미예트는 묘석 위에서 자신의 이름을 발견하고는 충격을 받았다. 실베르는 그런 그녀를 '순진한 아이' 같다며 놀렸다. 하지만 미예트는 눈물을 참을 수가 없었다. 그녀는 가슴을 망치로 한 대 얻어맞은 기분이며, 자신은 곧 죽을 것이고, 이 묘석은 자신을 위한 것이라고 했다. 이번에는 실베르도 얼어붙은 듯 아무런 대꾸도 하지 못했다. 그러나 이내 그는 그런 생각은 부끄러운 것이라며 그녀를 설득할 수 있었다. 뭐라고! 그토록 용감한 그녀가 그따위 유치한 생각을 하다니! 마침내 그들은 한바탕 웃음을 터뜨렸다. 그런 뒤에는 다시 그 이야기를 꺼내는 것을 애써 피했다. 하지만 우울함이 찾아오거나 흐린 하늘이 오솔길을 어둡게 할 때마다 미예트는 죽은 소녀를, 묘석 아래 잠들어 있는 미지의 마리를 떠올리곤 했다. 그 묘석이 얼마나 오랫동안 자신들의 만남을 수월하게 해주었는지를 생각하면서. 어쩌면 가엾은 소녀의 유해는 아직 그곳에 남아 있을지도 몰랐다. 어느 날 저녁 미예트는 실베르를 시켜 묘석을 뒤집게 해서 그 아래 있는 것을 보고 싶다는 엉뚱한 생각에 사로잡혔다. 실베르는 신성모독과 같은 일을 할 수는 없다며 거절했고, 그의 거절에 미예트는 자신과 이름이 같은 소중한 유령에 대한 몽상에 더욱 빠져들었다. 그녀는 그 소녀가 자신과 똑같은 나이인 열세 살에, 자신처럼 한창 사랑을 하던 중에 죽었기를 간절히 바랐다. 미예트는 심지어 묘석에까지 연민을 느꼈다. 그녀가 그토록 민첩하게 걸터앉았던 묘석. 그들이 그토록 자주 앉아 있던 묘석. 죽음으로 차가워졌고, 그들의 사랑으로 다시 덥혀졌던 묘석. 미예트는 이렇게 덧붙여 말했다.

"두고 봐, 이 묘석은 우리에게 불행을 가져다줄 거야…. 만약 네가 죽으면 난 이곳에 와서 죽을 거야. 그래서 사람들이 내 몸 위에 이 묘석을 덮어줬으면 좋겠어."

목이 멘 실베르는 그런 슬픈 생각을 왜 하냐면서 그녀를 나무랐다.

그렇게 2년 가까이 그들은 좁은 오솔길과 광활한 들판을 오가며 사랑을 나누었다. 그들의 목가적인 사랑은 결코 그 순수함을 잃지 않은 채 12월의 으슬으슬한 비와 7월의 뜨거운 햇빛을 견뎌냈다. 그들의 사랑은 고대 그리스의 사랑 이야기 같은 특별한 매력, 열렬한 순수함, 욕망하면서도 스스로의 욕망을 깨닫지 못하는 육체의 순진한 머뭇거림을 간직하고 있었다. 그사이 때때로 죽음들, 오래된 죽음들이 그들의 귀에 무슨 말인가를 헛되이 속삭이곤 했다. 두 연인은 옛 묘지에서 왠지 모를 우울함과 짧은 생에 대한 막연한 예감만을 느낄 수 있었다. 어떤 목소리가, 그들이 서로 하나가 되기를 원하는 날, 그들의 혼인날이 되기 전에, 여전히 순결한 사랑과 함께 죽음을 맞이하게 되리라고 그들에게 속삭이는 듯했다. 어쩌면 그들은 바로 그곳, 묘석 위에서, 무성한 풀들 아래 감춰진 뼛조각들 가운데서 처음으로 죽음에 대한 열망을 느꼈는지도 모른다. 두 개의 종이 처연한 소리로 서로를 부르는 동안, 그들로 하여금 차가운 12월의 밤에, 오르셰르의 길가에서, 서로에게 더듬더듬 말하게 한 것은 바로 이런 열망, 함께 땅속에서 잠들고 싶다는 강렬한 욕망이었는지도 모른다.

실베르가 자신들의 지난 만남과 마냥 행복했던 아름다운 시간들을 떠올리는 동안 미예트는 그의 가슴에 얼굴을 파묻은 채 평온하게 잠들어 있었다. 동이 틀 무렵 미예트는 잠에서 깨어났다. 그들 앞으로는 밝아오는 하늘 아래 선명하게 계곡이 펼쳐져 있었다. 해는 아직 언덕 뒤에 머물고 있었고, 희미한 지평선으로부터 크리스털처럼 투명하고 샘물처럼 맑고 차가운 빛이 쏟아져 내렸다. 멀리 새하얀 새틴 리본을 닮은 비오른 계곡이 불그레하고 누런 땅 가운데로 잦아드는 게 보였다. 끝없이 펼쳐진 대지, 회색빛 바다를 이룬 올리브나무, 거대한 줄무늬 천 조각들을 닮은 포도밭 등의 시골 풍경이 대기의 명징함과 추위가 느끼게 하는 평온함으로 인해 더욱더 커 보였다. 그사이 간간이 불어오는 차가운 바람이 두 연인의 얼굴을 얼어붙게 했다. 다시 기운을 차린 그들은 날이 밝은 것에 기뻐하며 벌떡 일어섰다. 밤이 불길한 예감과 우울함을 거두어 가버린 덕분에 그들은 환한 얼굴로 둥그스름한 너른 들판을 바라보았고, 경쾌하게 축제일의 아침을 알리는 소리인 양 두 개의 종에서 전해져 오는 종소리에 귀를 기울였다.

"아, 너무 잘 잤네!" 미예트가 소리쳤다. "근데 네가 나를 껴안는 꿈을 꿨어…. 혹시 정말로 그런 거 아냐, 응?"

"그런지도 모르지." 실베르는 웃으며 대답했다. "밤에 추웠거든. 얼마나 추웠는지 몰라."

"나는 발만 추웠는데."

"그러니까 이제 달리자…. 아직 한참을 더 가야 해. 몸이 따뜻해질 거야."

그들은 언덕을 내려와 다시 대로에 이를 때까지 달려갔다. 그리고 언덕 아래에 이른 그들은 자신들이 앉아 있던 바위에 작별을 고하듯 위를 올려다보았다. 그곳에서 그들은 흐느끼면서 키스로 서로의 입술을 달아오르게 했었다. 그러나 그들은 차마 입 밖으로 꺼내지 못한, 그들의 사랑에 아직은 모호한 새로운 욕구가 더해진 열렬한 포옹에 대해서는 다시 이야기하지 않았다. 그들은 더 빨리 달려야 한다는 핑계로 팔짱조차 끼지 않았다. 그들은 신나게 걸었고, 왜 그런지는 모르지만 서로를 바라볼 때면 약간 당황하기도 했다. 그들 주위로 날이 점점 밝아오고 있었다. 가끔씩 주인 심부름으로 오르셰르를 다녀오곤 했던 실베르는 망설임 없이 가장 빠른 오솔길을 택했다. 그들은 이런 식으로 움푹 팬 길을 지나고, 산울타리와 길고 긴 담장을 따라 8킬로미터 넘게 걸어갔다. 미예트는 길을 헤매게 한다고 실베르를 나무랐다. 그들은 종종 15분 넘게 아무런 주변 풍경을 보지 못할 때도 있었다. 오직 길게 이어진 담장들과 산울타리들 너머로, 희뿌연 하늘을 배경으로 가느다란 가지들이 두드러지는 아몬드나무의 긴 줄을 볼 수 있었을 뿐이다.

그러다 불쑥 오르셰르가 그들의 눈앞에 나타났다. 커다랗게 외치는 기쁨의 환성과 군중의 웅성거림이 투명한 대기 속에서 또렷이 들려왔다. 봉기군이 마을에 막 들어선 차였다. 미예트와 실베르는 뒤에 처진 이들과 함께 마을로 들어갔다. 그들은 사람들이 그토록 열광하는 것을 본 적이 없었다. 거리는 성체행렬의 이동식 닫집이 지나갈 때를 위해 가장 좋은 커튼으로 창문을 장식하는 성체축일을 연상시켰다. 마을 주민들은 해방군을 맞이하듯 두 팔 벌려 봉기군을 환영했다. 남자들은 그들을 포옹했고, 여자들은 먹을 것을 가져다주었다. 문간에서 눈물 흘리는 노인들도 보였다. 사람들은 요란한 소리와 몸짓으로 노래하고 춤추는 남프랑스 방식으로 기쁨을 나타냈다. 군중 사이를 지나던 미예트는 마을 광장에서 커다랗게 빙빙 돌며 파랑돌 춤[3]을 추는 무리에 휩쓸렸다. 실베르는 그녀를 따라갔다. 그 순간만큼은 평소의 죽음과 절망에 대한 생각에서 멀리 떨어져 있었다. 그는 싸우고 싶었다. 적어도 자신의 목숨을 비싸게 팔고 싶었다. 투쟁에 대한 생각이 또다시 그를 취하게 했다. 그는 승리를 꿈꾸었다. 만인을 위한 공화국의 평온함 속에서 미예트와 행복한 삶

---

3 프로방스를 비롯한 남프랑스에서 유행하던 전통 춤.

을 살고 싶었다.

형제들을 맞이하는 듯한 오르셰르 주민들의 환대는 봉기군의 마지막 기쁨이었다. 그들은 빛나는 믿음과 무한한 희망 가운데서 하루를 보냈다. 봉기군의 포로가 된 시카르도 소령, 가르소네 시장, 무슈 페로트 그리고 또 다른 이들은 시청의 한 방에 갇혀 있었다. 그들은 마을 광장 쪽으로 난 창문을 통해 파랑돌 춤과 그들 앞을 지나가는 거친 열광의 물결을 경악하는 눈빛으로 바라보았다.

"천하의 못된 폭도들 같으니라고!" 시카르도 소령은 마치 극장 칸막이 좌석의 벨벳 난간에 기대듯 창문 난간에 몸을 기댄 채 중얼거렸다. "이런데도 내 눈앞에서 저 망할 놈들을 쓸어버릴 부대가 하나도 오지 않다니!"

그는 미예트를 알아보고는 가르소네 시장을 향해 말했다.

"저기 온통 시뻘겋고 키가 멀대같이 큰 계집애를 좀 보세요. 이건 수치라고요. 저 못된 놈들이 아주 해괴망측한 여자애를 데려왔어요. 이대로 간다면 별 희한한 꼴을 다 보게 될 겁니다."

가르소네 시장은 고개를 끄덕이고는 '광포한 열기'와 '우리 역사상 가장 불행한 날들'에 대해 이야기했다. 얼굴이 백지장처럼 하얘진 무슈 페로트는 아무 말이 없었다. 계속해서 욕설을 퍼붓는 시카르도 소령에게 말하느라 딱 한 번 입을 열었을 뿐이었다.

"제발 목소리를 좀 낮추세요! 우릴 다 죽게 할 작정입니까?"

사실 봉기군은 이 신사들을 더없이 정중하게 대했다. 심지어 근사한 저녁 식사를 제공하기까지 했다. 그러나 징세관 페로트처럼 겁이 많은 사람들에게는 그런 배려가 더욱 무섭게 느껴졌다. 봉기군이 그들에게 잘해주는 데에는 그들을 살찌게 하고 더 연하게 만들어 잡아먹으려는 속셈이 있는 게 분명했다.

해가 질 무렵 실베르는 그의 사촌인 의사 파스칼과 우연히 만났다. 의사는 봉기군 무리를 따라가면서 그를 존경하는 노동자들과 이야기를 나누었다. 그는 처음에는 그들의 마음을 돌려 싸움을 그만두게 하려고 애썼다. 그러다 그들의 말에 설득된 듯 무심하면서도 다정한 이의 미소를 지으며 말했다.

"어쩌면 그대들이 옳을지도 모르겠소, 친구들. 싸우시오, 내가 그대들의 팔다리를 치료해주리다."

그는 아침마다 길가를 따라 걸으며 돌멩이들과 식물들을 주워 모으면서 지질학자용 망치와 식물채집용 상자를 갖고 오지 않은 것을 몹시 아쉬워했다. 그럴 때마다 그의 주머니는 돌멩이들로 터져 나갈 듯했고, 그가 겨드랑이에 낀 왕진용 케이스에서는 기다란 풀들이 삐져나오곤 했다.

"아니 이게 누구야, 여기서 널 만나다니!" 그는 실베르를 알아보고는 소리쳤다. "여기 우리 가족은 나뿐인 줄 알았는데."

그는 자기 아버지와 앙투안 삼촌의 음모를 은근히 비웃듯 마지막 말에 약간의 아이러니를 곁들였다. 실베르는 자기 사촌을 만난 것이 무척 반가웠다. 파스칼은 길에서 그와 악수를 하고 진심 어린 애정을 표현하는, 루공가의 유일한 사람이었다. 따라서 그가 여전히 길가의 흙먼지를 뒤집어쓴 것을 보고 공화국의 대의에 동조한다고 믿은 실베르는 뛸 듯이 기뻐했다. 실베르는 그에게 민중의 권리, 신성한 대의, 공화국의 확실한 승리에 대해 젊은이다운 과장을 섞어 이야기했다. 파스칼은 입가에 미소를 띤 채 실베르의 말에 귀 기울였다. 넘치는 열기의 저변에 무엇이 있는지를 알기 위해 대상을 연구하고 열정을 해부하는 사람처럼 의사는 청년의 몸짓과 그의 활기찬 얼굴 표정을 살피면서 재미있어 했다.

"굉장하구나! 굉장해! 오, 역시 넌 네 할머니 손자가 맞구나!"

그러고는 메모를 적는 화학자 같은 어조로 나직이 덧붙여 말했다.

"히스테리건 열정이건, 부끄러운 광기건 숭고한 광기건, 모두 무시무시한 신경증인 건 분명해!"

그는 자신의 생각을 요약하며 큰 소리로 결론짓듯 말했다.

"이제 완벽한 가족이 된 거야. 영웅을 가지게 되었으니 말이지."

그의 말을 듣지 못한 실베르는 자신의 소중한 공화국에 대해 계속 이야기했다. 미예트는 여전히 커다란 붉은색 망토를 걸친 채 몇 걸음 떨어진 곳에 서 있었다. 그녀는 더 이상 실베르 곁을 떠나지 않았다. 두 연인은 서로의 팔짱을 꼭 낀 채 도시를 가로질러 왔다. 이 커다란 붉은 소녀는 마침내 파스칼의 호기심을 자극했다. 그는 자기 사촌의 말을 중단시키며 불쑥 물었다.

"저 아이는 누구지?"

"내 아내예요." 실베르는 엄숙하게 대답했다.

의사는 눈을 크게 떴다. 무슨 말인지 이해가 되지 않았다. 여자들 앞에서 소심한 편인 그는 그 자리를 떠나면서 미예트를 향해 모자를 높이 들어 올려 보였다.

불안한 밤이었다. 불행의 기운이 봉기군 무리를 휩쓸고 지나갔다. 간밤의 열기와 확신은 어둠 속으로 사라져버린 듯했다. 아침이 되자 여기저기서 어두운 얼굴들이 보였다. 그들은 서로 슬픈 눈빛을 주고받았고, 절망이 느껴지는 오랜 침묵이 이어졌다. 무시무시한 소문이 떠돌고 있었다. 전날부터 봉기군의 우두머리들이 애써 감추려고 했던, 아무도 소리 내어 말한 적 없는 나쁜 소식들이 야금야금 퍼져나갔다. 마치 군중 속에 공포를 퍼뜨리는 보이지 않는 입이 그들 사이로 고약한 숨결을 불어넣는 듯했다. 들리는 소식에 의하면, 파리는 점령당했고 지방은 스스로 항복했다. 게다가 마르세유를 출발한 많은 군대가 봉기군 무리를 처부수기 위해 마송 대령과 블레리오 도지사의 지휘 아래 강행군을 하고 있다는 것이었다. 이런 소식은 그들에게 엄청난 타격을 가하면서 분노와 절망을 불러일으켰다. 전날까지만 해도 애국적인 열기로 불타올랐던 이들은 수치스럽게 무릎 꿇고 굴복한 프랑스로 인해 추위에 떨며 전율했다. 그러니까 자신의 의무에 충실한 영웅들은 그들뿐이란 말인가! 이 시각 그들은 하나같이 두려움에 사로잡힌 채 도시의 죽음 같은 침묵 속에서 헤매고 있었다. 그들은 이제 역도(逆徒)가 된 것이었다. 저들은 야생동물을 사냥하듯 총으로 그들을 쏘아 죽이고 말 터였다. 그들은 위대한 전쟁, 민중의 봉기, 권리의 영광스러운 쟁취를 꿈꾸었다! 그런데 이제는 이 같은 패배와 체념 가운데서 몇몇 소수만이 죽어버린 신념, 꺼져버린 정의에 대한 열망을 슬퍼하며 눈물 흘렸다. 그들 중에는 프랑스 전체의 비겁함을 욕하며 무기를 내던지고 길가로 가서 주저앉는 이들도 있었다. 공화파가 어떻게 죽는지를 보여주기 위해 거기서 군대의 총알을 기다리겠다는 것이었다.

그러나 이제 이들에게 주어진 선택은 망명이 아니면 죽음뿐이었음에도 탈영병은 찾아보기 힘들었다. 놀라운 연대감이 이들 무리를 하나로 묶어주었던 것이다. 봉기군은 자신들의 통솔자들을 향해 분노를 쏟아냈다. 그들은 너무도 무능했다. 돌이킬 수 없는 잘못을 저지른 것이다. 이제 우유부단한 지휘자들의 통솔하에 몇몇 보초들만이 지키는 봉기군은 규율도 따르지 않고 제멋대로 행동하면서 곧 나타날 첫 번째 군인들에게 자신들의 목숨을 내놓으려 하고 있었다.

그들은 화요일과 수요일 이틀간 오르셰르에 더 머물면서 시간을 허비하고 상황을 악화시켰다. 허리에 군도를 찬 봉기군의 총대장은 그를 짓누르는 엄청난 책임감으로 힘겨워했다. 실베르는 예전에 플라상으로 향하는 길에서 미예트에게 그가 누구인지 말해준 적이 있었다. 목요일이 되자 그는 마침내 오르셰르에 머무는 것이 위험하다는 판단을 내렸다. 새벽 1시경 그는 출발 명령을 내렸다. 그는 자신이 지휘하는 작은 군대를 생트루르 고원으로 이끌었다. 그곳은 수호하는 방법을 아는 이들에게는 난공불락의 장소였다. 생트루르의 집들은 언덕의 측면으로 층층이 지어져 있었다. 마을 뒤로는 거대한 바윗덩어리들이 지평선을 가로막고 있었다. 일종의 요새인 이곳으로 올라가려면 고원 아래에 펼쳐진 레 노르 평야를 통과해야만 했다. 그곳 생트루르에는 무성한 느릅나무들이 늘어서 있었고, 평야를 굽어보는 광장은 마을의 산책로 역할을 했다. 봉기군은 이 광장에 진을 쳤다. 함께 데리고 온 인질들은 광장 한 가운데 있는 라 뮐블랑슈라는 식당 겸 여인숙에 가둬두었다. 무겁고 어두운 밤이 지나갔다. 배신을 이야기하는 사람들도 있었다. 아침이 되자 그동안 아주 단순한 주의를 주는 것조차 게을리했던 총대장이 사열에 나섰다. 부대원들은 평야를 등진 채 일렬로 죽 늘어섰고, 갈색 재킷, 짤막한 짙은 색 외투, 붉은 허리띠로 질끈 묶은 파란색 작업복 등의 다채로운 의상은 기이한 패션쇼를 방불케 했다. 햇빛을 받아 빛나는 그들의 무기 또한 뒤죽박죽인 것은 마찬가지였다. 새로 날을 간 낫, 토목공의 커다란 삽, 총신이 반들반들한 사냥총 등등. 자칭 총대장이라는 이가 말을 타고 작은 군대 앞을 지나는 순간, 있는 줄도 몰랐던 보초가 올리브나무 밭에서 허둥지둥 달려오면서 소리쳤다.

"군대요! 군인들이 오고 있어요!"

그러자 대혼란이 일어났다. 다들 처음에는 잘못된 경보일 거라고 믿었다. 봉기군은 모든 규율을 잊은 채 군인들을 보기 위해 광장 끝을 향해 앞으로 달려 나갔다. 대열은 흩어졌다. 올리브나무의 회색빛 커튼 뒤로 군대가 이루는 짙고 곧은 선이 총검의 번뜩이는 빛과 함께 모습을 드러내자, 봉기군이 서둘러 뒤로 물러나고 혼란이 이는 것과 동시에 고원의 끝에서 끝으로 공포와 전율이 퍼져나갔다.

그사이 광장 가운데서는 라 팔로와 생마르탱드보의 부대가 다시 전열을 정비하고 맹렬한 기세로 서 있었다. 동료들보다 머리 하나가 더 큰 커다란 몸집의 나무꾼은 그의 붉은 목도리를 흔들며 소리쳤다. "전투 준비, 샤바노, 그라유, 푸졸, 생퇴트롭! 전투 준비, 레 튈레트! 전투 준비, 플라상!"

그들은 커다란 물결처럼 광장을 가로질러 갔다. 군도를 찬 총대장은 파브롤 출신의 부대원들에게 둘러싸인 채 베르누, 코르비에르, 마르산, 프뤼나 등지에서 온 몇몇 부대와 함께 빙 돌아 측면에서 적을 공격하러 떠났다. 발케이라, 나제르, 카스텔르비외, 레 로슈누아르, 뮈르다랑의 부대원들은 저격병으로 레 노르 평야 곳곳으로 흩어졌다.

광장이 비기 시작하자 나무꾼이 이웃 마을들과 도시들에서 소집한 이들이 느릅나무들 아래로 모여들었다. 시커먼 바윗덩어리처럼 아무렇게나 무리를 지은 그들은 전략 따위에는 아랑곳없이 군대의 길을 가로막거나 죽기 위해 그곳에 온 것이었다. 플라상 부대는 이 영웅적인 군대의 중심에 있었다. 작업복들과 재킷들의 회색빛과 무기들의 반짝이는 푸른빛 가운데서 두 손으로 깃발을 들고 서 있는 미예트의 붉은색 망토는 마치 막 생긴 상처에서 흐르는 커다란 핏자국처럼 도드라져 보였다.

그러다 갑자기 사방이 조용해졌다. 라 뮐블랑슈 여인숙의 창문에 무슈 페로트의 창백한 얼굴이 보였다. 그는 거친 몸짓과 함께 무슨 말을 하는 듯했다.

"얼른 들어가세요, 덧창을 닫아요." 봉기군이 큰 소리로 외쳤다. "그러다 죽는다고요."

서둘러 덧창이 닫히자 다가오는 군인들의 규칙적인 발소리만이 들려왔다.

길고 긴 1분이 흘러갔다. 군대는 더 이상 보이지 않았다. 땅이 움푹 팬 곳에 모습을 감추었던 것이다. 봉기군은 이내 평야 쪽 지면에서 마치 밀밭의 강철 이삭처럼 아침 햇살 아래 자라나면서 점점 커지고 흔들리는 총검의 끝을 알아볼 수 있었다. 그 순간 흥분의 열기에 사로잡힌 실베르는 자기 손에 그 피가 튀었던 헌병이 눈앞으로 지나가는 것을 언뜻 본 것 같았다. 동료들의 이야기에 따르면 랑가드는 죽지 않았고 한쪽 눈을 잃었을 뿐이었다. 실베르는 텅 빈 눈구멍에서 피가 흐르는 그의 끔찍한 모습을 또렷이 기억하고 있었다. 플라상을 떠난 이후로 잊고 있었던 남자가 자꾸만 생각나자 실베르는 미쳐버릴 것 같았다. 스스로의 두려움에 겁이 난 그는 소총을 세게 움켜쥐었다. 안개로 눈앞이 흐려졌지만 서둘러 총을 쏘아 외눈박이 남자의 환영을 떨쳐버리고픈 열망으로 불타올랐다. 그사이 군인들의 총검이 계속해서 서서히 위로 모습을 드러내고 있었다.

마침내 평야 가장자리에 군인들의 머리가 보이기 시작하자 실베르는 본능적으로 미예트를 돌아보았다. 그녀는 달아오른 얼굴로 붉은 깃발의 주름에 파묻혀 더 커보였다. 그녀는 군인들을 보기 위해 발꿈치를 들어 올렸다. 신경질적인 기대로 인해 콧구멍이 벌렁거렸고, 붉은 입술 사이로 젊은 늑대의 그것 같은 새하얀 이가 드러나 보였다. 실베르는 그녀에게 미소를 지어 보였다. 그리고 미처 고개를 다시 돌리기도 전에 총소리가 들려왔다. 아직 어깨밖에 보이지 않는 군인들이 처음으로 발포를 했던 것이다. 마치 그의 머리 위로 강력한 바람이 지나간 듯했고, 총알이 스쳐 지나간 느릅나무들에서 나뭇잎들이 우수수 떨어져 내렸다. 메마른 나뭇가지가 부러지는 것 같은 둔탁한 소리에 실베르는 자신의 오른쪽을 돌아보았다. 남보다 머리 하나가 더 큰 나무꾼이 이마 한가운데 검고 작은 구멍이 뚫린 채 쓰러져 있었다. 실베르는 겨냥도 하지 않고 앞을 향해 총을 쏜 뒤 총알을 재장전해 다시 쏘았다. 아무것도 생각지 않고 단지 죽이는 데 혈안이 된 미치광이나 사나운 야수처럼. 이젠 군인들의 모습이 또렷이 보이지도 않았다. 느릅나무들 아래에는 회색 모슬린 조각을 연상시키는 연기들이 떠다녔다. 군인들이 너무 높이 총을 쏘는 탓에 봉기군의 머리 위로 나뭇잎들이 비 오듯 계속 떨어져 내렸다. 때때로 귀를 먹먹하게 하는 총소리 가운데서 한숨 소리와 나직한 신음 소리가 들려왔다. 삼삼오오 모인 이들은 옆 동료의 어깨에 매달리며 쓰러지는 불행한 이에게 자리를 내주듯 움찔하며 옆으로 비켜나기도 했다. 총격은 10여 분간 지속되었다.

그러다 발포가 잠깐 멈춘 사이에 한 남자가 공포에 질린 목소리로 소리쳤다. "도망쳐!" 그러자 분노의 외침과 욕설이 여기저기서 터져 나왔다. "비겁한 놈들! 도망갈 생각을 하다니!" 게다가 불길한 말들이 나돌았다. 총대장은 달아났고, 기병들이 레 노르 평야에 흩어진 저격병들을 칼로 베어 죽인다는 것이었다. 계속되는 발포로 인해 때로 자욱한 연기에 갑작스러운 불꽃의 줄무늬가 생겨나곤 했다. 누군가가 거친 목소리로 여기서 죽어야 한다고 거듭 외쳤다. 그러나 겁에 질린 목소리는 더욱 크게 소리쳤다. "도망쳐! 도망치라고!" 어떤 이들은 무기를 내던지고 죽은 사람들을 뛰어넘어 달아나기 바빴다. 또 다른 이들은 대열을 더욱더 좁혔다. 봉기군 중 열 명만이 자리를 지켰다. 그중에서 둘이 다시 도망갔고, 남은 여덟 명 중에서 셋이 총격으로 죽었다.

실베르와 미예트는 무슨 영문인지 몰라 그냥 그 자리에 서 있었다. 부대원의 수가 줄어들수록 미예트는 깃발을 더 높이 치켜들었다. 마치 커다란 촛대를 들듯 두 손으로 깃대를 움켜잡았다. 깃발에는 총알구멍이 여러 개 나 있었다. 실베르는 주머니에 있던 총알이 모두 떨어지자 멍한 얼굴로 자신의 소총을 바라보았다. 그때 어떤 그림자가 그의 얼굴 위로 지나갔다. 마치 거대한 새가 날갯짓으로 그의 이마를 스치고 지나간 것 같았다. 그가 눈을 들자 미예트의 손에서 깃발이 떨어지는 것이 보였다. 가슴에 두 주먹을 꼭 붙인 소녀는 머리를 뒤로 젖힌 채 고통스러워하는 얼굴로 제자리에서 빙그르르 돌았다. 그리고 한마디 비명도 지르지 않고 뒤로 넘어져 붉은 깃발 위로 쓰러졌다.

"일어나, 얼른." 실베르는 넋 나간 얼굴로 그녀에게 손을 내밀며 말했다.

그러나 쓰러진 미예트는 두 눈을 크게 뜬 채 아무 말이 없었다. 그제야 이해한 실베르는 무릎을 꿇고 털썩 주저앉으며 말했다.

"어디 다친 거야? 말해봐, 어딜 다친 거야?"

미예트는 여전히 아무 말 없이 숨을 헐떡였다. 그리고 커다랗게 뜬 눈으로 그를 바라보며 잠깐씩 몸을 떨었다. 그는 그녀의 꽉 쥔 두 손을 벌렸다.

"여기지, 그렇지? 여길 다친 걸 거야."

그는 미예트의 보디스를 찢어 그녀의 가슴이 드러나게 했다. 상처를 찾아보았지만 아무것도 보이지 않았다. 실베르의 눈에 눈물이 가득 차올랐다. 그는 미예트의 왼쪽 가슴 아래 조그만 분홍빛 구멍이 나 있는 것을 발견했다. 단 한 방울의 피가 상처를 발갛게 물들였다.

"별일 아닐 거야." 실베르는 더듬거리며 말했다. "파스칼을 찾아올게. 그가 널 치료해줄 거야. 혹시 몸을 일으킬 수 있으면…. 일어나기 힘든 거야?"

이제 군인들은 총격을 멈추고 왼쪽으로 방향을 틀어 군도를 찬 총대장이 이끄는 부대를 뒤쫓았다. 오직 실베르만이 남아 텅 빈 광장 한가운데서 미예트 앞에 꿇어앉아 있었다. 그는 집요한 절망감에 휩싸인 채 그녀를 품에 꼭 안았다. 미예트를 일으키려고 했지만 고통으로 몸을 떠는 바람에 다시 눕혀야 했다. 그는 그녀에게 간청하듯 말했다.

"제발 무슨 말 좀 해봐. 왜 아무 말도 안 하는 거야?"

미예트는 아무 말도 할 수가 없었다. 그의 잘못이 아니라고 말하듯 가만히 느릿하게 두 손을 흔들었을 뿐이었다. 꼭 다문 그녀의 입술은 죽음의 손길로 인해 벌써부터 오므라들어 있었다. 머리칼이 풀어 헤쳐진 채 깃발의 핏빛 주름 속에 머리를 파묻은 그녀에게서 살아 있는 것이라고는 새하얀 얼굴에서 반짝이는 검은 두 눈뿐이었다. 실베르는 흐느끼기 시작했다. 자신을 바라보는 미예트의 커다란 눈에서 느껴지는 슬픔에 마음이 찢어지는 것 같았다. 그는 그녀의 눈에서 미처 살아보지 못한 삶에 대한 지극한 아쉬움을 읽을 수 있었다. 그녀는 혼인을 하여 그의 아내가 되지 못한 채 먼저 홀로 떠난다고 말하고 있었다. 또한 이런 것을 원한 것은 실베르 자신이며, 그는 다른 사내아이들이 여자아이들을 좋아하듯 그녀를 사랑했어야 했다고 말하고 있었다. 생의 마지막 순간에, 그녀의 활달한 기질이 죽음과 벌이는 힘겨운 싸움 가운데서 그녀는 자신의 동정(童貞)을 슬퍼했다. 그녀를 굽어보던 실베르는 이 열렬한 소녀의 쓸쓸한 눈물을 이해했다. 멀리서 옛 묘지의 영령들의 염원이 들려오는 듯했다. 실베르는 한밤중에 길가에서 그들의 입술을 달아오르게 했던 사랑의 몸짓들을 떠올렸다. 그녀는 그의 목에 매달려 사랑을 갈구했지만 그는 어찌 해야 할지를 몰랐었다. 그는 그녀가 삶의 지고한 기쁨을 알지 못한 채 절망하며 떠나게 놔두었던 것이다. 미예트가 자신에게서 놀이 친구와 좋은 동료로서의 기억만을 가져가는 데 절망한 그는 자신이 처음으로 본 그녀의 순결한 가슴에 키스를 했다. 지금까지 그는 이토록 떨리는 가슴, 이토록 아름다운 순결함을 본 적이 없었다. 그의 눈물이 그녀의 입술을 적셨다. 그는 소녀의 살갗에 자신의 흐느끼는 입술을 갖다 댔다. 연인의 뜨거운 키스는 미예트의 눈을 마지막 기쁨으로 빛나게 했다. 실베르와 미예트는 서로 사랑했고, 그들의 순결한 사랑은 죽음으로 끝을 맺으려 하고 있었다.

하지만 실베르는 그녀가 죽는다는 것을 믿을 수 없었다. 그는 계속 말했다.

"안 돼, 날 믿어, 괜찮을 거야…. 힘들면 아무 말 하지 마…. 잠깐만, 네 머리 좀 올리고. 내가 몸을 덥혀줄게. 손이 얼음장처럼 차갑잖아."

그때 왼편에 있는 올리브나무 밭에서 총격이 다시 시작되었다. 레 노르 평야에서는 기병의 둔탁한 말발굽 소리가 들려왔다. 그사이 때때로 학살당하는 이들의 비명 소리가 허공을 갈랐고, 아래쪽에서 올라온 자욱한 연기가 광장의 느릅나무들 아래로 퍼져나갔다. 하지만 실베르에게는 아무 말도 들리지 않았고, 아무것도 보이지 않았다. 평야를 향해 달려 내려가던 파스칼은 땅바닥에 엎드린 실베르를 언뜻 보고는 그가 다친 줄 알고 다가갔다. 파스칼을 알아본 실베르는 그에게 매달리며 미예트를 가리켰다.

"미예트가 다쳤어요, 여기, 가슴 아래…. 아! 와줘서 정말 고마워요. 당신이라면 그녀를 구할 수 있을 거예요."

그 순간 죽어가던 소녀가 가벼운 경련을 일으켰다. 고통의 그림자가 그녀의 얼굴을 스치자 살짝 벌어진 입술에서 희미한 숨결이 새어 나왔다. 소녀는 여전히 커다랗게 뜬 두 눈으로 실베르를 응시했다.

몸을 숙여 그녀를 살펴보던 파스칼은 다시 몸을 일으켜 나직이 말했다.

"죽었어."

죽었다고! 그 말에 실베르는 비틀거렸다. 그는 또다시 땅바닥에 꿇어앉았다가는 미예트의 가느다란 숨결에 의해 뒤로 젖혀진 듯 털썩 주저앉았다.

"죽었다고! 죽었다고!" 그는 반복해 말했다. "그럴 리가 없어요, 이렇게 날 쳐다보고 있는데…. 봐요, 이렇게 날 빤히 보고 있잖아요."

실베르는 의사의 옷자락을 잡고는 가지 말라고 간청했다. 그가 착각한 것이고, 그녀는 죽지 않았으며, 그가 원한다면 그녀를 살릴 수 있을 거라고 간곡히 말했다. 파스칼은 그의 손을 부드럽게 뿌리치면서 다정한 목소리로 말했다.

"내가 할 수 있는 건 아무것도 없어. 다른 사람들도 돌봐야 하고…. 이제 날 놔줘, 실베르. 저 아인 죽은 게 확실해."

실베르는 손을 놓고는 다시 땅바닥에 주저앉았다. 죽었어! 죽었다고! 이 말이 그의 텅 비어버린 머릿속에서 조종처럼 울려 퍼졌다! 혼자 있게 되자 실베르는 미예트의 시신 곁으로 기어갔다. 그녀는 여전히 그를 응시하고 있었다. 그는 그녀에게 달려들어 그녀의 새하얀 가슴팍에 얼굴을 파묻고는 뜨거운 눈물을 펑펑 쏟아냈다. 헤어나기 힘든 슬픔이 그를 사로잡았다. 실베르는 그녀를 되살리려는 듯 봉긋하게 솟아오르기 시작한 그녀의 가슴에 입술을 댄 채 뜨거운 숨결과 생명의 기운을 힘껏 불어넣었다. 그러나 그럴수록 그녀는 점점 더 차갑게 식어갔다. 생기 없는 그녀의 몸이 그의 품 안에서 점점 더 무겁게 느껴졌다. 그는 갑작스러운 두려움에 사로잡혀 그 자리에 쭈그려 앉았다. 그리고 당혹감이 역력한 얼굴로 두 팔을 늘어뜨린 채 멍하니 똑같은 말을 반복했다.

"미예트는 죽었어. 그런데도 날 계속 쳐다보고 있어. 눈을 감지 못하고 날 계속 보고 있어."

그런 생각이 들자 그는 마음이 한결 편안해지는 것을 느꼈다. 그는 그 자리를 떠나지 않고 한참 동안 미예트와 눈길을 주고받았다. 실베르는 죽음으로 인해 더욱 깊어진 그녀의 눈빛 속에서 이루지 못한 순수한 사랑에 대한 지극한 아쉬움을 읽을 수 있었다.

그사이 기병은 여전히 레 노르 평야에서 도망자들을 추격해 칼로 베어 죽이고 있었다. 말발굽 소리, 죽어가는 이들의 비명 소리가 투명한 대기에 실려오는 아득한 음악처럼 멀리서 조그맣게 들려왔다. 실베르는 이제 사람들이 싸우고 있다는 것도 알지 못했다. 다시 언덕을 올라와 광장을 가로지르는 자신의 사촌도 눈에 보이지 않았다. 그의 옆을 지나던 파스칼은 실베르가 던져 놓은 마카르의 기총을 집어 들었다. 그는 탕트 디드의 벽난로 선반 위에 걸린 기총을 본 적이 있었다. 승리한 군인들이 그것을 가져가게 놔둘 수는 없었다. 그가 다수의 부상자들이 있는 라 뮐블랑슈 여인숙에 들어서기가 무섭게 짐승처럼 군인들에게 쫓겨 온 봉기군의 무리가 광장을 가득 메웠다. 군도를 찬 총대장은 도망을 쳤고, 군인들이 쫓는 것은 농촌의 마지막 부대들이었다. 끔찍한 학살이 자행되었다. 봉기군에게 연민을 느낀 마송 대령과 블레리오 도지사가 군인들에게 퇴각을 명령했지만 허사였다. 격앙된 군인들은 봉기군을 향해 마구 총격을 가했고, 도망자들을 담벼락으로 몰아붙여 총검으로 찔러 죽였다. 더 이상 죽일 적들이 남아 있지 않자 그들은 라 뮐블랑슈 여인숙을 향해 총을 난사했다. 덧창이 부서져 나갔고, 반쯤 열려 있던 창문 하나가 유리창이 깨지는 요란한 소리와 함께 떨어져 나갔다. 건물 내부에서 애처롭게 외치는 소리가 들려왔다. "우린 포로들이오! 포로들이란 말이오!" 그러나 군인들은 그 소리를 듣지 못하고 계속 총질을 해댔다. 그러자 흥분한 시카르도 소령이 문간에 나타나 두 팔을 흔드는 게 보였다. 그의 옆에는 가냘픈 몸매의 징세관 무슈 페로트가 겁에 질린 얼굴로 서 있었다. 또다시 총격이 시작되었고, 무슈 페로트가 얼굴을 앞으로 내밀면서 쿵 소리와 함께 바닥으로 엎어졌다.

실베르와 미예트는 여전히 서로를 바라보고 있었다. 쏟아지는 총알과 끔찍한 비명 소리 가운데서도 실베르는 고개조차 돌리지 않은 채 죽은 연인을 내려다보고 있었다. 그러다 자기 주위로 사람들이 오가는 것을 느낀 그는 일종의 수치심에서 붉은 깃발 자락을 끌어당겨 미예트의 드러난 가슴을 덮었다. 그리고 그들은 서로를 계속 바라보았다.

그사이 전투는 끝이 났다. 징세관의 죽음은 군인들의 흥분을 가라앉혀주었다. 그들은 한 사람의 봉기군도 빠져나가지 못하도록 미친 듯이 뛰어다니면서 광장의 구석구석을 뒤졌다. 그중 한 헌병이 나무 아래 있는 실베르를 발견하고는 달려왔다. 헌병은 그가 아직 어린 소년인 것을 보고는 그에게 물었다.

"얘야, 거기서 뭐 하는 거니?"

여전히 미예트의 눈을 응시하고 있던 실베르는 아무 대답도 하지 않았다.

"오, 이런! 화약으로 손이 온통 시커멓잖아." 몸을 숙인 남자가 소리쳤다. "자, 얼른 일어나라고, 이제 다 끝났어."

실베르가 희미하게 미소를 띤 채 꼼짝하지 않자 그제야 남자는 거기 시신이 놓여 있음을 깨달았다. 깃발에 싸인 것은 어린 소녀의 시신이었다.

"참 어여쁜 아이인데, 안됐구나!" 그는 나직이 중얼거렸다. "애인? 엥?"

그리고 헌병다운 웃음을 터뜨리고는 덧붙였다.

"자자, 얼른 일어나라고!… 네 애인은 죽었어. 설마 여기 같이 눕고 싶은 건 아니겠지?"

남자는 실베르를 세게 끌어당겨 일으켜 세우고는 한 발을 질질 끄는 개를 끌고 가듯 그를 데리고 갔다. 실베르는 아이다운 순종심으로 아무 말 없이 끌려갔다. 그러다 다시 뒤를 돌아 미예트를 바라보았다. 그는 그녀를 나무 아래 홀로 두는 것에 절망감을 느꼈다. 그리고 마지막으로 멀리서 그녀를 바라보았다. 순결의 화신처럼 붉은 깃발에 싸인 미예트는 여전히 그곳에서, 고개를 뒤로 살짝 젖힌 채 커다란 눈으로 하늘을 응시하고 있었다.

제6장

 피에르 루공은 마침내 새벽 5시경 자기 어머니 집에서 조심스럽게 밖으로 나왔다. 노파는 의자 위에서 잠들어 있었다. 그는 앵파스 생미트르 끝까지 살금살금 걸어갔다. 아무 소리도 나지 않았고, 그림자 하나 보이지 않았다. 그는 포르트 드 롬까지 가보기로 했다. 활짝 열린 성문들 사이의 구멍이 잠든 도시의 어둠 속에 잠겨 있었다. 플라상은 이처럼 성문을 열어놓고 잠든 것이 얼마나 엄청난 실수였는지 전혀 알지 못하는 듯 깊은 잠 속에 빠져 있었다. 마치 죽어버린 도시 같았다. 그제야 마음이 놓인 루공은 니스로로 접어들었다. 그는 멀리서부터 골목길 구석구석을 살폈다. 집들의 문 앞을 지날 때마다 봉기군 무리가 달려들까 두려워 몸을 떨었다. 하지만 별다른 사고 없이 쿠르 소베르에 이르렀다. 봉기군은 마치 악몽처럼 어둠 속으로 사라져버렸음이 분명했다.
 그러자 피에르는 황량한 보도에서 잠시 멈춰 섰다. 그는 안도와 승리의 깊은 한숨을 내쉬었다. 그러니까 그 망할 공화파 놈들이 그에게 플라상을 버려두고 떠난 것이었다. 이 시각, 그의 것이나 다름없는 도시는 아무 생각 없는 사람처럼 잠들어 있었다. 어둠 속에서 평화롭게, 아무런 걱정 없이 조용히 잠에 빠져 있었다. 그가 손을 뻗기만 하면 도시를 차지할 수 있을 것 같았다. 이 짧은 멈춤과 깊이 잠든 도청을 향한 오만한 시선은 그에게 형언할 수 없는 희열을 느끼게 했다. 그는 어둠 속에서 홀로 팔짱을 끼고 선 채 승리를 앞둔 장군 같은 자세를 취했다. 주위에서는 아무 소리도 나지 않았고, 멀리서 광장 분수의 가느다란 물줄기가 저수반으로 떨어지는 소리가 희미하게 들려올 뿐이었다.

그는 문득 불안한 생각이 들었다. 만약 불운하게도 그가 없는 새에 제정이 세워졌다면! 시카르도, 가르소네, 페로트가 봉기군들에게 붙잡혀 끌려가지 않고 그 반대로 그들을 모두 플라상의 감옥에 처넣었다면! 그런 생각만으로도 식은땀이 흘렀다. 그는 펠리시테가 자세한 이야기를 들려줄 거라고 기대하며 걸음을 재촉했다. 반가의 집들을 따라 더 빠르게 걷던 그는 어느 순간 고개를 들어 기이한 광경을 발견하고는 걸음을 멈췄다. 노란 살롱의 창문 하나가 환히 밝혀져 있었던 것이다. 그리고 불빛 속에서 그의 아내로 보이는 검은 형체가 창밖으로 몸을 숙여 필사적으로 두 팔을 흔들었다. 그녀의 행동이 이해되지 않아 의아해하던 그는 불길한 예감에 휩싸였다. 그때 단단한 물체 하나가 보도 위, 그의 발밑으로 떨어졌다가 튀어 올랐다. 펠리시테가 던진 것은 예전에 그가 여분의 소총을 숨겨두었던 창고의 열쇠였다. 이 열쇠는 그가 무기를 들어야 한다는 것을 분명히 말하고 있었다. 그는 어째서 자기 아내가 자신을 못 올라가게 했는지 의아해하고 끔찍한 일들을 상상하면서 왔던 길로 되돌아갔다.

그는 곧장 루디에의 집으로 향했다. 루디에는 잠에서 깨어 밖으로 나갈 준비가 된 상태였지만 간밤에 무슨 일이 일어났는지는 전혀 모르고 있었다. 루디에는 새 동네의 맨 끝에 살고 있었다. 마치 봉기군이 플라상을 지나갔다는 소식이 전혀 가닿지 않은 외딴곳에 사는 듯했다. 피에르는 루디에에게 함께 그라누를 찾으러 가자고 제안했다. 그라누의 집은 레 레콜레 광장 모퉁이에 있는 터라 봉기군이 그 집의 창문 아래로 지나갔을 게 분명했다. 시의원의 하녀는 그들과 한참 이야기를 나눈 뒤에야 그들을 안으로 들였다. 2층에서 소리치는 가엾은 남자의 떨리는 목소리가 들려왔다.

"문 열어주지 마, 카트린! 거리에 불한당들이 득실거리니까."

불도 켜지 않은 침실에 있던 그라누는 두 친한 친구의 목소리를 알아듣고는 안도의 숨을 내쉬었다. 하지만 불빛 때문에 총을 맞을까 봐 겁이 나 하녀가 등잔불을 가져다주는 것도 마다했다. 아직도 도시에 봉기군이 가득하다고 믿는 그는 팬티 바람으로 머리를 머플러로 감싼 채 창가의 안락의자에 누워 앓는 소리를 했다.

"오, 친구들! 말도 말아요!… 어찌나 시끄러운지 도무지 잠을 잘 수가 있어야지! 그래서 여기서 이러고 있는 거라오. 난 다 봤어요, 다 봤다니까. 무시무시한 인간들, 도망쳐 나온 도형수 무리를 말이오. 그들은 여기를 다시 지나가서는 시카르도 소령과 가르소네 시장과 우체국장을 모두 끌고 갔소. 마치 야만인 같은 소리를 지르면서 말이오!…"

피에르는 전율이 느껴질 만큼 기뻤다. 그의 요청으로 그라누는 그 불한당들 사이에서 시장과 다른 사람들을 분명히 봤다고 거듭 말했다.

"정말이라니까요, 글쎄!" 그라누는 울먹거렸다. "내가 덧창 뒤에서 다 봤다고요…. 그들이 무슈 페로트를 데려갈 때 그가 내 창문 아래를 지나면서 '여러분, 제발 날 해치지 말아주시오.'라고 말하는 걸 들었다니까요. 그 불한당들이 그를 함부로 대한 게 분명해요…. 이런 수치가 없어요, 이건 정말 부끄러운 일이란 말입니다."

루디에는 도시는 점령되지 않았다고 힘주어 말하면서 그라누를 진정시켰다. 게다가 피에르가 플라상을 구하기 위해 그를 찾으러 왔음을 알리자 품위 있는 신사 그라누는 전사의 용맹함에 사로잡혔다. 그리하여 세 구세주는 자신들이 할 일에 대해 논의했다. 그들은 각자 자기 친구들을 깨우러 가서는 반동파의 비밀 병기창인 창고에서 만나기로 결정했다. 피에르는 어딘가에 도사리고 있는 위험을 느끼면서 다시금 펠리시테가 두 팔을 흔들던 모습을 떠올렸다. 그때 셋 중에 제일 머리가 나쁜 그라누가 플라상에 아직 공화파가 분명 남아 있을 거라고 처음으로 주장했다. 그러자 번쩍 불이 켜진 듯했고, 피에르는 언제나 적중하는 예감과 함께 생각했다.

'이 일에 앙투안이 연루된 게 분명해.'

한 시간 뒤 그들은 한적한 동네 구석에 있는 창고에서 다시 모였다. 그들은 은밀히 이 집 저 집으로 옮겨 다녔고, 초인종과 문고리 소리를 작게 내면서 되도록 많은 이들을 끌어모았다. 하지만 그들이 모은 사람은 40명도 채 되지 않았다. 아직 잠에서 덜 깬 남자들은 겁먹은 부르주아의 창백한 얼굴로 넥타이도 매지 못한 채 어둠 속에서 속속 도착했다. 어떤 통 제작자에게 빌린 창고의 구석에는 오래된 둥근 금속 테들과 부서진 통들이 쌓여 있었다. 그리고 창고 한가운데 놓인 기다란 세 개의 궤짝 속에 소총들이 보관돼 있었다. 나무토막 위에 놓인 휴대용 촛대의 희미하게 흔들리는 불빛이 이 기이한 장면을 비추었다. 피에르가 궤짝 세 개의 뚜껑을 열자 음산하고 기괴한 광경이 연출되었다. 총신이 푸르스름하게 빛나는 소총들 위로 목들이 길게 늘어졌고, 은밀한 두려움이 깃든 얼굴들이 그것들을 내려다보았다. 창고의 벽에는 야등의 노란 불빛이 그리는 거대한 코들과 경직된 머리카락들의 그림자가 어른거렸다.

이 반동파 무리는 자신들의 수를 세어보고는 얼마 안 되는 숫자 앞에서 머뭇거렸다. 그들은 모두 합쳐 서른아홉 명밖에 되지 않았고, 이대로 싸웠다가는 몰살을 당할 게 뻔했다. 한 가장은 자기 아이들 이야기를 했다. 또 다른 이들은 애써 핑계를 대지 않고 문으로 향했다. 그런데 두 명의 가담자가 더 나타났다. 시청 광장 부근에 살고 있는 그들은 시청에는 기껏해야 스무 명 정도의 공화파들만 남아 있다고 전해주었다. 모인 이들은 다시 논의를 했다. 41 대

20은 해볼 만한 숫자인 것 같았다. 그들은 떨리는 마음으로 무기의 분배를 지켜보았다. 피에르가 궤짝에서 총을 꺼내 나눠주었고, 그것을 받아 든 이들은 12월의 밤기운으로 차가워진 총신에 오싹함을 느꼈다. 모두들 몸 깊숙이 파고드는 으스스한 한기에 오장육부까지 얼어붙는 것 같았다. 창고의 벽에는 당혹스러운 듯 열 손가락을 벌린 이들의 기이한 그림자가 비쳤다. 피에르는 아쉬워하며 궤짝들을 다시 닫았다. 그는 기꺼이 나눠주었을 109자루의 소총을 그곳에 남겨둔 채 그들에게 탄알을 분배했다. 창고 구석에 놓인 두 개의 커다란 통 안에는 탄알이 가득 담겨 있었다. 봉기군에 대항하여 플라상 전체를 충분히 지킬 수 있는 양이었다. 구석이 어두컴컴한 탓에 누군가가 야등을 가져와 비추자, 그들 중 주먹이 커다란 뚱뚱한 돼지고기 장수가 그렇게 불을 갖다 대는 건 신중하지 못한 행동이라며 화를 냈다. 그러자 모두들 그의 말이 옳다고 소리쳤다. 탄알은 완전한 어둠 속에서 배분되었다. 그들은 주머니에 탄알을 가득가득 채워 넣었다. 그리고 모든 준비가 끝나자 매우 조심스럽게 총에 탄환을 장전한 뒤 잠시 더 그곳에 머물렀다. 그들은 수상쩍은 표정으로 어리석음 가운데서 비겁한 잔인함이 번득이는 시선을 주고받았다.

거리로 나선 그들은 마치 전쟁터로 떠나는 야만인들처럼 한 줄로 조용히 나아갔다. 피에르는 선두에 서서 나아가는 것을 영광스럽게 생각했다. 그의 계획이 성공하기를 바란다면 위험을 무릅써야 할 때가 왔던 것이다. 추운 날씨에도 그의 이마에는 땀방울이 맺혔다. 그러나 그는 용감한 전사다운 태도를 유지했다. 루디에와 그라누가 바짝 붙어서 그를 뒤따랐다. 가는 도중에 대열은 두 번이나 갑자기 멈춰 섰다. 멀리서 싸우는 소리가 들려오는 것 같았기 때문이었다. 그러나 그것은 남프랑스의 이발사들이 간판처럼 사용하는, 작은 사슬에 매달린 조그만 면도용 구리 접시가 바람에 흔들리는 소리였다. 플라상의 구세주들은 잠시 걸음을 멈췄다가는 겁먹은 영웅들처럼 어둠 속에서 조심스레 다시 나아가곤 했다. 그렇게 그들은 시청 광장에 도착했다. 거기서 그들은 피에르 주위에 모여 또다시 논의를 했다. 그들 맞은편 시청의 어두운 정면에는 단 하나의 창문에만 불이 켜져 있었다. 오전 7시가 다 되었고, 곧 날이 밝을 터였다.

10여 분간 논의를 거친 뒤 그들은 불안한 어둠과 침묵이 무엇을 의미하는지 알기 위해 시청 문 앞까지 가보기로 했다. 문은 반쯤 열려 있었다. 그들 중 한 사람이 고개를 들이밀었다가 재빨리 뒤로 물러나면서, 한 남자가 다리 사이에 소총을 놔둔 채 현관 벽에 기대어 자고 있다고 전했다. 피에르는 영웅적인 행동으로 첫발을 내딛을 수 있으리라 생각하면서 제일 먼저 들어가 남자를 붙잡았고, 루디에가 그에게 재갈을 물리는 동안 그를 붙들고 있었다. 침묵 속에서 거둔 이 첫 번째 승리는 치명적인 전투를 상상했던 이 작은 무리의 사기를 한껏 북돋아주었다. 피에르는 무리의 기쁨이 너무 요란하게 터져 나오지 않도록 엄격한 신호를 보냈다.

그들은 살금살금 앞으로 계속 나아갔다. 그러다 왼쪽에 위치한 경찰서에서 열다섯 명 정도의 남자들이 야전침대에서 코를 골며 자고 있는 것을 발견했다. 경찰서 벽에 걸린 초롱의 희미한 빛이 그들을 비추고 있었다. 마치 대단한 장군이라도 된 듯 피에르는 경찰서 앞에 무리의 반을 남겨두고는, 자고 있는 이들을 절대 깨우지 말 것이며, 그들이 일어나면 힘으로 제압하여 포로로 삼을 것을 지시했다. 그를 불안하게 하는 것은 광장에서 보았던 불 켜진 창문이었다. 그는 이 일에 앙투안이 연루돼 있음을 직감적으로 느꼈다. 그리고 우선 저 위에서 밤샘한 이들을 포로로 붙잡아야 한다고 느낀 터라 싸움 소리에 그들이 방어 태세를 갖추기 전에 서둘러 기습하고자 했다. 그는 그가 이끄는 스무 명의 영웅들이 뒤따르는 가운데 조용히 위층으로 올라갔다. 루디에는 광장에 남아 있는 이들을 지휘했다.

과연 앙투안은 위층의 시장 집무실에 편안히 자리를 잡고 있었다. 그는 시장의 안락의자에 앉아 시장의 책상에 팔꿈치를 기대고 있었다. 봉기군이 떠난 후 그는 거친 정신의 소유자답게 자신만의 생각과 자신만의 승리에 도취된 채 자신이 플라상의 주인이며 앞으로 승리자로 군림하게 되리라는 굳건한 확신을 드러내 보였다. 얼마 전 도시를 가로질러 간 3,000명의 봉기군 무리는 그에겐 무적의 군대였다. 그들과 가까이 있다는 사실만으로도 그의 손안에 있는 부르주아들을 얼마든지 공손하고 유순하게 만들 수 있었다. 봉기군은 헌병들을 그들의 병영에 가두었고, 국민군은 무기를 빼앗겼으며, 귀족들 구역의 주민들은 두려움에 떨었을 것이고, 새 동네의 연금 생활자들은 평생 소총을 만져본 적이 한 번도 없었을 터였다. 게다가 군인뿐만 아니라 무기도 자취를 감추었다. 이제 그는 문을 닫는 주의조차 기울이지 않았다. 그의 동료들이 지나친 자신감으로 깊이 잠들어 있는 동안 그는 날이 밝아 주변 지역의 모든 공화파가 자기 주위로 모여들기를 차분히 기다렸다.

앙투안은 벌써부터 혁명적인 위대한 조치들을 구상하고 있었다. 그가 수장이 될 혁명 자치 정부의 임명과 비애국적인 이들 및 무엇보다 그의 마음에 들지 않는 사람들의 투옥 등등을. 패배한 루공 부부와 황량해진 노란 살롱 그리고 그에게 자비를 구하는 모든 패거리들에 대한 생각은 그를 감미로운 기쁨에 젖게 했다. 그런 순간이 올 때를 기다리며 그는 플라상의 주민들에게 성명서를 발표하기로 마음먹었다. 성명서를 작성하기 위해서는 네 사람이 머리를 싸매야 했다. 성명서 작성이 끝나자 앙투안은 시장의 안락의자에서 위엄 있는 자세를 취하며 그것을 읽게 했다. 그런 뒤에 그 애국심을 믿고 있는 《랭데팡당》의 인쇄소로 그것을 보낼 생각이었다. 글을 쓴 이들 중 하나가 과장된 목소리로 성명서를 읽기 시작했다. "플라상의 주민들이여, 자유의 시간이 도래하고 정의가 지배하는 시대가 왔습니다…." 그때 집무실 문 앞에서 어떤 소리가 들리더니 서서히 문이 열렸다.

"카수트 자넨가?" 읽기를 중단시킨 앙투안이 물었다.

아무 대답이 없었다. 여전히 문이 조금씩 열렸다.

"들어오라니까!" 앙투안이 짜증스레 말했다. "그래, 망할 놈의 내 형은 집에 있던가?"

그러자 양 문짝이 거세게 열리면서 벽에 쾅 부딪치더니 무기를 든 한 무리의 남자들이 안으로 들어섰다. 그들 가운데 얼굴이 벌겋게 상기되고 금방이라도 눈알이 튀어나올 듯한 피에르가 보였다. 그들은 소총을 몽둥이처럼 휘두르며 집무실로 몰려들었다.

"오, 저 망할 놈들이 무기를 가지고 있어!" 앙투안이 소리쳤다.

그는 책상 위에 놓인 두 자루의 권총을 집어 들려고 했지만 이미 다섯 남자에게 에워싸여 움직일 수가 없었다. 성명서를 작성한 네 사람은 잠시 그들과 맞서 싸웠다. 그들은 서로를 밀치고 발을 쿵쿵 구르고 쿵 넘어지기도 했다. 반동파 전투원들은 자신들이 들고 있는 소총을 어찌해야 할지 몰랐다. 그들은 사실상 아무 소용이 없는 것을 절대 놓지 않으려고 했다. 서로 뒤엉켜 싸우던 중에 봉기군 하나가 빼앗으려던 피에르의 총이 저절로 발사되었다. 동시에 엄청나게 큰 소리가 나면서 집무실이 연기로 가득 찼다. 벽난로에서 천장으로 튀어 오른 탄알은 플라상에서 가장 아름다운 거울 중 하나로 알려진 근사한 거울을 박살 냈다. 어떻게 시작되었는지 모르는 발포는 모두를 놀라게 하면서 싸움에 종지부를 찍었다.

모두가 숨을 몰아쉬고 있을 때 광장 쪽에서 세 번의 총성이 울렸다. 그라누는 집무실 창문 중 하나로 달려갔다. 그러자 모두 몸을 숙이고 목을 길게 뺀 채 초조하게 바깥의 소식을 기다렸다. 승리에 도취된 그들은 경찰서를 지키는 이들과 싸움을 재개할 마음이 없어 보였다. 밖에서 모든 게 잘되어가고 있다고 외치는 루디에의 목소리가 들려왔다. 그라누는 환해진 얼굴로 창문을 다시 닫았다. 사실인즉 피에르의 총성이 잠든 이들을 깨웠고, 모든 저항이 불가능함을 깨달은 그들이 항복을 한 것이었다. 다만 서둘러 이 상황을 끝내고 싶었던 루디에의 부하 셋이 허공에 총을 발사했다. 자신들이 뭘 하는지도 잘 알지 못한 채 위에서 들려오는 총성에 응답하기 위한 것처럼. 비겁자들의 손에서는 소총이 저절로 발사되는 경우가 종종 있다.

그사이 피에르는 집무실의 커다란 초록 커튼의 줄로 앙투안의 두 손을 꽁꽁 묶었다. 앙투안은 분노에 차 눈물 흘리며 이죽거렸다.

"그래 좋아, 어디 마음껏 해보라고⋯." 그는 혼잣말처럼 웅얼거렸다. "오늘 저녁이나 내일쯤 떠난 이들이 돌아오면 반드시 이 치욕을 되갚아줄 테니까!"

그가 봉기군 무리를 언급하자 승리자들의 등골에 전율이 스쳤다. 특히 피에르는 순간 숨이 멎을 뻔했다. 앙투안은 이 겁먹은 부르주아들에게 아이처럼 급습당한 데 격분했다. 전직 군인이었던 그는 그들을 한심한 민간인들로 취급하곤 했다. 그런 그가 증오로 반짝이는 눈으로 피에르를 똑바로 쳐다보며 맞서고 있었다.

"오, 난 알지, 다 알고 있다고!" 그는 피에르에게서 눈길을 떼지 않은 채 열을 올리며 말했다. "어디 나를 중죄 재판소로 보내보라고. 판사들이 좋아할 만한 이야기들을 들려줄 테니까."

그 말에 피에르의 얼굴에서 핏기가 가셨다. 그는 앙투안이 입을 열어, 자신이 플라상을 구하는 데 도움을 준 인사들의 신망을 잃게 될까 봐 겁이 났다. 두 형제의 극적인 만남에 겁을 집어먹은 사람들은 집무실 한구석으로 몸을 피한 터였다. 곧 격렬한 대화가 오갈 것임을 느꼈기 때문이었다. 피에르는 영웅적인 결심을 했다. 그는 피해 있는 무리에게 다가가 고귀함이 느껴지는 어조로 말했다.

"이 친구는 여기서 데리고 있도록 하겠소. 자신의 상황이 어떤지를 깨닫게 되면 우리에게 유용한 정보를 줄 수도 있을 테니 말이오."

그런 다음 더욱더 품격 있는 목소리로 덧붙였다.

"나는 내 의무를 다할 것입니다, 여러분. 나는 이 도시를 무정부 상태로부터 구할 거라고 맹세했고 반드시 그리할 것입니다. 나의 가장 가까운 이를 희생시키는 한이 있더라도 말입니다."

그는 조국의 제단에 자기 가족을 바치는 원로 로마인을 떠올리게 했다. 감동한 그라누는 그와 악수를 하면서 이렇게 말하듯 눈물을 글썽거렸다. '이해합니다. 훌륭하십니다!' 한술 더 떠 그는 피에르를 위한 배려심을 발휘해, 그곳에 있던 네 명의 포로를 시청 광장으로 데려간다는 핑계로 모두 그곳에서 나가게 했다.

마침내 동생과 둘만 있게 된 피에르는 자신감이 되돌아오는 것을 느끼고는 앙투안을 향해 말했다.

"내가 쳐들어올 거라고는 생각 못 했겠지, 안 그래? 이제야 알 것 같군. 네가 우리 집에 사람들을 매복시켜놓았다는 걸. 한심한 놈 같으니! 너의 악덕과 방탕함이 자신을 어디로 이끌었는지 보라고!"

앙투안은 어깨를 으쓱하고는 말했다.

"날 더 이상 귀찮게 하지 마시오. 당신은 늙은 악당일 뿐이오. 최후의 승자는 마지막에 웃는 자라는 걸 명심하길."

앙투안에 관해 특별한 계획을 세우지 않았던 피에르는 그를 세면장 겸 휴게실로 밀어 넣었다. 가르소네 시장은 그곳에서 가끔씩 휴식을 취하곤 했다. 높은 창으로 빛이 들어오는 휴게실에는 출입문 외에 또 다른 출구는 없었고, 안락의자 몇 개와 긴 의자 그리고 대리석 세면대가 설치돼 있었다. 피에르는 앙투안의 손을 묶은 줄을 반쯤 풀어준 뒤 문을 이중으로 잠갔다. 긴 의자에 털썩 누운 앙투안이 마음을 진정시키려는 듯 큰 소리로 「어떻게든 되겠지!」를 부르는 소리가 들려왔다.

마침내 혼자 있게 된 피에르는 시장의 안락의자에 앉아 한숨을 쉬며 이마의 땀을 훔쳤다. 행운과 명예를 쟁취한다는 것은 얼마나 어려운 일인지! 이제 자신의 목표에 근접한 그는 푹신한 안락의자에 몸이 파묻히는 느낌이었다. 그는 기계적인 손짓으로 마호가니 책상을 어루만졌다. 책상이 마치 아름다운 여인의 피부처럼 섬세하고 매끄럽게 느껴졌다. 그는 안락의자에 더 깊게 몸을 파묻고는 조금 전 앙투안이 성명서 읽는 것을 들을 때 그랬듯 위엄 있는 포즈를 취했다. 그에게는 그를 둘러싼 집무실의 정적이 그의 영혼을 신성한 쾌락에 빠지게 하는 종교적인 진중함을 띤 듯 보였다. 심지어 구석에서 나뒹구는 낡은 서류들과 먼지의 냄새까지도 팽창된 그의 콧구멍으로 올라오는 향(香)처럼 느껴졌다. 퇴색한 벽지로 둘러싸인 방에서는 삼류 시의회의 보잘것없는 행정과 하찮은 관심사들이 악취처럼 풍겨 나왔다. 그러나 그에게는 그 방이 자신이 신으로 추앙받는 일종의 신전처럼 여겨졌다. 그는 신성한 무언가의 안으로 들어간 듯했다. 사실 사제들을 좋아하지 않았던 그는 자신의 첫 번째 영성체에서의 감미로운 느낌을 떠올렸다. 그때 그는 자신이 예수의 살을 삼키는 거라고 믿었다.

그런데 그가 일종의 희열을 느끼던 중에 가끔씩 들려오는 앙투안의 커다란 목소리는 그를 신경질적으로 놀라게 했다. 귀족, 가로등,[1] 교수형의 위협 등의 말이 격렬한 숨결처럼 문틈으로 새어 나오면서 승리에 도취된 그의 꿈을 불쾌하게 중단시켰다. 언제나 저놈이 문제였다! 플라상을 그의 발아래 두는 꿈은, 그에 관한 앙투안의 수치스러운 폭로로 5만 프랑 이야기와 또 다른 일들에 관해 알게 되는 중죄 재판소, 판사들, 배심원 그리고 대중의 갑작스러운 환영(幻影)으로 끝났다. 어떤 때는 가르소네 시장의 안락의자의 푹신함을 음미하다가 느닷없이 반가의 가로등에 목매달린 자신을 보기도 했다. 하지만 대체 누가 저 망할 놈을 그에게서 떼어내줄 수 있을는지? 마침내 앙투안은 잠이 들었다. 그제야 피에르는 순수한 황홀경을 10분가량 맛볼 수 있었다.

잠시 후 루디에와 그라누가 와서 그를 이 커다란 행복감에서 깨어나게 했

---

[1] 프랑스 혁명 당시 유행가의 후렴에 나오는 '귀족들을 가로등에 매달아라!'라는 표현을 빗댄 말이다.

다. 그들은 감옥에 봉기군들을 넘겨주고 돌아오는 길이었다. 날이 밝아오고 있었고, 도시가 잠에서 깨어나려 하고 있었다. 이제는 어떤 결심을 해야만 했다. 루디에는 무엇보다 주민들에게 성명서를 발표하는 게 좋겠다고 주장했다. 마침 피에르는 봉기군들이 탁자 위에 놓고 간 성명서를 읽던 참이었다.

"오, 마침 잘됐군, 우리한테 꼭 맞는 게 있거든요. 여기서 단어만 몇 개 바꾸면 될 겁니다."

그리하여 그라누가 떨리는 목소리로 성명서를 읽는 데는 15분밖에 걸리지 않았다.

"플라상의 주민들이여, 반동의 시간이 도래하고 질서가 지배하는 시대가 왔습니다…."

그들은 그것을 《라 가제트》의 인쇄소에서 찍어 거리 구석구석마다 게시하기로 결정했다.

"이제 내 말을 잘 들으시오." 피에르가 말했다. "함께 우리 집으로 갑시다. 그사이 그라누 의원은 붙잡히지 않은 시의원들을 이곳으로 소집해 오늘 밤에 일어난 끔찍한 일들에 대해 이야기해주십시오."

그는 위엄 있게 덧붙여 말했다.

"나는 내 행동의 책임을 질 모든 준비가 돼 있습니다. 지금까지 내가 한 일들이 질서에 대한 나의 사랑을 충분히 보여주었다면 나는 새로운 공권력이 자리를 잡을 때까지 임시 위원회의 위원장직을 맡을 의사가 있습니다. 하지만 혹시라도 야망이 있는 사람으로 비난받지 않기 위해 시민들의 간절한 요청이 있기 전까지는 시청에 들어가지 않을 것입니다."

그라누와 루디에는 소리를 지르며 열광했다. 플라상은 결코 배은망덕하지 않을 것이었다. 마침내 그들의 친구가 도시를 구했기 때문이었다. 사람들은 그가 도시의 질서를 수호하기 위해 했던 모든 일을 떠올릴 터였다. 권력의 친구들에게 언제나 열려 있는 그의 노란 살롱, 플라상의 세 구역에서 들려준 그의 명연설, 그의 제안으로 무기를 감춰둔 것, 그리고 무엇보다 이 밤을 잊지 못할 것이었다. 신중함과 영웅심이 돋보인 이 밤의 기억 속에서 그는 영원히 빛날 터였다. 그라누는 시의원들이 그에게 감탄하고 고마워할 것임을 벌써부터 확신한다고 덧붙였다. 그리고 결론짓듯 이렇게 말했다.

"집에서 꼼짝 말고 계십시오. 내가 승리의 환호와 함께 당신을 다시 데리러 올 때까지."

루디에는 자신들의 친구인 피에르의 지략과 겸손함을 이해하고 인정한다고 덧붙여 말했다. 물론 아무도 그가 야망이 있다고 비난하려 하지 않을 것이며, 시민들의 동의가 없이는 아무런 직책도 맡지 않겠다는 그의 신중함을 모두가 이해할 터였다. 이는 매우 위엄 있고 매우 고귀하며 더없이 위대한 태도였다.

쏟아지는 찬사에 피에르는 겸손하게 고개를 숙였다. "아니, 아닙니다, 과찬의 말씀입니다." 그를 관능적으로 자극하는 말들에 정신이 아득해진 피에르가 나직이 대답했다. 그의 양옆에 선 전직 의류 잡화상과 전직 아몬드 장수의 말 한마디 한마디가 감미롭게 그의 얼굴을 스쳐 갔다. 시장의 안락의자에 몸을 뒤로 젖히고 앉은 그는 집무실의 관료적인 냄새에 취한 채 왼쪽 오른쪽으로 번갈아 인사했다. 마치 쿠데타로 황제 자리에 오르게 될 후계 왕자 같은 몸짓으로.

자찬하기가 지루해진 그들은 아래층으로 내려갔다. 그라누는 시의원을 찾으러 떠났다. 루디에는 피에르에게 먼저 가라고 했다. 그는 시청 수비대에게 필요한 지시를 내린 뒤 피에르의 집으로 갈 것이었다. 날이 밝아오고 있었다. 피에르는 반가로 걸음을 옮겼다. 아직 인적이 드문 보도에 그의 발소리가 군인의 그것처럼 힘차게 울렸다. 매서운 추위에도 그는 모자를 손에 들고 있었다. 폭발하는 자부심이 온몸의 피를 그의 얼굴로 모이게 했다.

그는 집 계단 아래에서 카수트를 만났다. 그가 들어오는 걸 보지 못한 토목공은 그 자리에서 움직이지 않았다. 그는 맨 아래 층계에서 커다란 얼굴을 두 손으로 감싼 채 충실한 개의 말 없는 집요함과 공허한 눈길로 자기 앞을 응시하고 있었다.

"나를 기다리고 있었나 보군요. 그렇지 않소?" 그를 알아본 즉시 상황을 이해한 피에르가 물었다. "그렇다면 무슈 마카르에게 가서 내가 집에 돌아왔다고 전하시오. 시청에 가서 말하면 그를 만나게 해줄 거요."

카수트는 자리에서 일어나 서툴게 인사하고는 그곳을 떠났다. 그는 시청으로 가 순한 양처럼 스스로 포로가 될 것이었다. 기분이 한껏 좋아진 피에르는 계단을 오르며 웃음을 터뜨렸다. 그리고 그런 자신에게 놀라며 막연히 생각했다.

'난 분명 용기가 있어. 하지만 과연 머리도 좋은 걸까?'

펠리시테는 자고 있지 않았다. 그녀는 마치 방문객들을 기다리는 사람처럼 나들이옷 차림에 레몬색 리본이 달린 보닛을 쓰고 있었다. 그렇게 창가에서 하염없이 기다렸지만 아무 소리도 들리지 않아 궁금해 죽을 지경이었다.

"어떻게 됐어요?" 그녀는 남편에게 달려가며 물었다.

피에르는 숨을 헐떡거리며 노란 살롱으로 들어섰다. 펠리시테는 그를 따라가서는 조심스럽게 문을 닫았다. 그는 안락의자에 털썩 주저앉으며 목멘 소리로 말했다.

"이제 됐어. 난 징세관이 될 거야."

그녀는 그의 목에 매달리며 그의 뺨에 키스했다.

"정말로? 정말이에요?" 그녀가 소리쳤다. "하지만 난 아무 말도 듣지 못했어요. 당신은 역시 내 남편이에요. 얼른 이야기해봐요, 모두 다."

그녀는 마치 열다섯 살 소녀인 양 애교를 부리면서 빛과 열기에 이끌린 매미처럼 그의 주위를 빙빙 돌았다. 승리감에 도취된 피에르는 자신의 속내를 모두 내보이면서 세세한 것까지 모두 이야기했다. 심지어 그는 자신의 장래 계획까지도 설명했다. 여자는 아무짝에도 쓸모없으며, 자신이 진정한 주인으로 남아 있으려면 가족은 아무것도 몰라야 한다는 평소의 지론마저 잊은 채, 펠리시테는 그를 향해 몸을 숙인 채 그의 말을 빨아들였다. 그의 이야기 중 자신이 잘 듣지 못한 부분은 반복하게 하기도 했다. 그녀는 넘치는 기쁨으로 머릿속이 윙윙거려 때로 그의 말이 들리지 않았고 정신마저 잃을 지경이었다. 피에르가 시청에서의 일을 들려주자 그녀는 큰 소리로 웃음을 터뜨렸다. 그러고는 흥분을 주체하지 못한 채 의자를 세 번씩이나 바꿔 앉고 가구를 옮기며 법석을 떨었다. 40년간의 끈질긴 노력 끝에 마침내 행운이 그들에게 손짓하고 있었다. 지나치게 흥분한 나머지 그녀는 평소의 신중함을 잃고 소리쳤다.

"명심해요! 이게 다 내 덕분이라는 걸!" 그녀는 의기양양해하며 소리쳤다. "당신 마음대로 하게 놔뒀다면 당신은 바보같이 봉기군에게 붙잡혔을 거예요. 어리석은 양반 같으니, 가르소나 시카르도 같은 치들을 저 포악한 짐승들에게 줘버렸어야 한다고요."

늙어서 흔들리는 이들을 드러내며 펠리시테는 천진한 웃음과 함께 덧붙여 말했다.

"어쨌거나 공화국 만만세예요! 공화국이 당신에게 탄탄대로를 열어준 거라고요."

하지만 피에르는 뚱한 표정을 지었다.

"당신은, 당신은 말이야," 그가 중얼거리듯 말했다. "언제나 자신이 모든 걸 예측했다고 생각하지. 하지만 숨을 생각을 했던 건 바로 나라고. 여자들이 어째서 마치 정치가 뭔지 아는 것처럼 구는지, 원! 이 여편네야, 분명히 말하지만 당신이 나섰더라면 이 모든 걸 망치고 말았을 거야."

펠리시테는 입술을 깨물었다. 너무 지나치게 앞서 나가다 보니 평소의 말 없고 조신한 여성으로서의 역할을 잊었던 것이다. 그러나 남편이 우위를 주장하며 자신을 짓누르려 할 때마다 느끼는 은밀한 분노가 치밀어 올랐다. 그녀는 다시금 다짐했다. 때가 되면 감미로운 복수로 남편을 꼼짝 못 하게 하겠노라고.

"참, 깜빡할 뻔했군." 피에르가 다시 말했다. "그들이 페로트를 끌고 갔어. 봉기군에게 잡혀가지 않으려고 발버둥치는 걸 그 누가 봤다더군."

펠리시테는 전율했다. 때마침 창가에서 동경하듯 징세관의 십자형 유리창들을 바라보고 있었던 것이다. 그런데 이제 그것들을 다시 봐야겠다는 생각이 들었다. 승리에 대한 생각과 오래전부터 그녀가 눈으로 가구들을 닳게 만든 저 근사한 아파트에 대한 부러움이 그녀 안에서 뒤섞였다.

펠리시테는 뒤를 돌아보며 목멘 소리로 물었다.

"무슈 페로트가 체포된 거예요?"

그녀는 만족스럽다는 듯 미소를 지었다. 뒤이어 그녀의 얼굴이 벌겋게 달아올랐다. 그녀가 마음속으로 과격한 소원 하나를 빈 탓이었다. '부디 봉기군이 그를 죽여버리길!' 아마도 피에르는 그녀의 눈빛에서 이런 생각을 읽은 듯했다.

"음, 그가 혹시 유탄이라도 맞는다면 일이 훨씬 수월해질 텐데…." 그가 나직이 말했다. "그를 경질할 필요도 없고, 안 그래? 게다가 그건 우리 잘못도 아니고 말이지."

그러나 펠리시테는 신경이 더욱 날카로워진 듯 몸을 부르르 떨었다. 자신이 마치 한 남자에게 사형선고를 내린 것 같았기 때문이었다. 이제 혹시라도 무슈 페로트가 죽임을 당한다면, 밤마다 그가 그녀의 꿈에 나타나 그녀의 발을 잡아당길 것만 같았다. 그녀는 맞은편 창문들을 두려움과 쾌감이 동반된 은밀한 눈길로만 흘끗거렸다. 그때부터 그녀가 느끼는 기쁨에는 그것을 더욱 강렬하게 만드는 일말의 죄의식과 두려움이 따라왔다.

게다가 속내를 털어놓은 피에르는 이제 자신이 처한 상황의 어두운 측면을 보고 있었다. 그는 앙투안에 대해 이야기했다. 이 망할 놈을 어떻게 처리한담? 그때 또다시 성공에 대한 열기에 사로잡힌 펠리시테가 소리쳤다.

"모든 걸 한꺼번에 할 수는 없어요. 그의 입을 다물게 하면 되잖아요! 그런 다음 무슨 방법을 찾으면 돼요….”

그녀는 살롱을 오가면서 안락의자들을 정돈하고 등받이들의 먼지를 털었다. 그러다가 갑자기 살롱 한가운데 멈춰 서서는 빛바랜 가구를 한참 동안 바라보았다.

"맙소사! 이렇게 흉할 수가!" 그녀가 말했다. "사람들이 죄다 여기로 모여들 텐데!"

"뭐가 걱정이야!" 피에르가 무심한 듯 오만하게 대꾸했다. "다 바꾸면 되지."

전날만 해도 안락의자들과 소파에 경건한 존중심을 느꼈던 그였지만 이젠 망설임 없이 그 위에 털썩 앉을 수 있었다. 펠리시테 역시 그것들을 경멸하듯 바퀴 하나가 빠져서 잘 움직이지 않는 안락의자를 휙 밀쳐버렸다.

그때 루디에가 안으로 들어왔다. 펠리시테는 그가 평소보다 훨씬 예의 바른 것을 느꼈다. 그의 입에서 '무슈'와 '마담'이라는 호칭이 감미로운 음악처럼 흘러나왔다. 곧이어 노란 살롱을 드나들던 이들이 줄줄이 도착하여 살롱을 가득 채웠다. 그들 중 간밤의 일들을 자세히 아는 사람은 아직 아무도 없었다. 모두들 도시에 떠돌기 시작한 소문에 눈알을 이리저리 굴리고 입가에 미소를 띠면서 황급히 달려왔다. 전날 저녁만 해도 봉기군이 다가온다는 소식에 서둘러 노란 살롱을 떠났던 그들이 궁금증을 참지 못하고 마치 돌풍에 흩어질 파리 떼처럼 성가시고 소란스럽게 되돌아온 것이다. 심지어 그중 몇몇은 멜빵을 멜 시간조차 없었다. 그들은 매우 궁금해했지만 피에르는 말을 하기 위해 누군가를 기다리는 눈치였다. 그는 초조한 눈빛으로 자꾸만 문 쪽을 돌아보았다. 한 시간 동안 의미심장한 악수, 모호한 축하, 감탄 어린 속삭임, 억눌린 기쁨 등만이 오갔다. 이 모든 것은 분명한 이유도 모른 채 행해졌고, 단 한마디 해명만으로 열광으로 변할 터였다.

마침내 그라누가 모습을 드러냈다. 그는 잠시 문간에 멈춰 선 채 단추를 채운 프록코트에 오른손을 갖다 댔다. 그는 커다랗고 희부연 얼굴에 희색이 만면한 채 짐짓 위엄 있는 태도로 자신의 흥분을 감추고자 애썼다. 그가 나타나자 좌중에 침묵이 흘렀다. 모두가 아주 놀라운 일이 일어나려 한다는 것을 느꼈다. 두 줄로 늘어선 사람들 사이를 통과한 그라누는 곧장 피에르에게 가서 손을 내밀었다.

"친구, 시의회를 대신해 경의를 표합니다." 그가 말했다. "시의회는 시장님이 돌아오기 전까지 그대가 시장직을 맡아주기를 청합니다. 당신은 플라상을 구했습니다. 지금 우리가 겪고 있는 위기의 시기에는 당신처럼 지략과 용기를 지닌 사람들이 필요합니다. 그러니 이제…."

시청에서 반가까지 오는 동안 힘겹게 준비한 짧은 연설문을 외우던 그라누는 기억력이 희미해지는 것을 느꼈다. 그러나 그에게 감동한 피에르는 그의 말을 중단시키고 악수를 청하며 거듭 말했다.

"고맙소, 친애하는 무슈 그라누, 정말 고맙습니다."

그는 달리 할 말을 찾지 못했다. 그러자 귀를 먹먹하게 하는 목소리들이 한꺼번에 터져 나왔다. 모두들 그에게 달려들어 손을 내밀고 찬사와 칭찬을 쏟아내며 격렬히 질문을 해댔다. 그러나 그는 벌써부터 마치 법관처럼 위엄 있게 잠시 그라누와 루디에하고 상의할 시간을 요구했다. 무엇보다 앞으로의 일에 관해 이야기해야 했다. 도시는 지금 심각한 위기 상황에 직면해 있었다! 세 사람은 살롱 구석으로 가서 나직한 소리로 권력을 나누어 가지는 데 합의했다. 몇 걸음 떨어진 데서 기다리던 또 다른 이들은 신중하게 구는 척하면서 슬쩍슬쩍 감탄과 호기심이 뒤섞인 눈길을 던졌다. 피에르는 임시 위원회의 위원장직을, 그라누는 보좌관직을 맡기로 했다. 루디에는 재편성되는 국민군의 대장이 될 터였다. 세 남자는 무슨 일이 있어도 변치 않고 서로를 지지하기로 맹세했다.

그때 그들에게 다가간 펠리시테가 불쑥 물었다.

"뷔예는 어떻게 됐어요?"

그들은 서로를 쳐다보았다. 아무도 뷔예를 보지 못했던 것이다. 피에르는 걱정스럽다는 듯 얼굴을 살짝 찡그렸다.

"아마도 그들이 다른 사람들하고 같이 끌고 간 게 아닐까 싶은데…." 그는 스스로를 안심시키듯 말했다.

하지만 펠리시테는 고개를 저었다. 뷔예는 절대 순순히 붙잡힐 사람이 아니었다. 아무도 그를 본 사람이 없고 그의 소식을 모르는 것으로 보아 그가 무슨 나쁜 짓을 꾸미는 게 분명했다.

그때 문이 열리면서 뷔예가 안으로 들어왔다. 그는 우매한 독신자(篤信者) 같은 어색한 미소와 함께 눈을 깜빡이면서 공손하게 인사했다. 그리고 다가와 축축한 손을 피에르와 다른 두 사람에게 내밀었다. 뷔예는 홀로 작은 일을 꾸몄다. 펠리시테가 즐겨 쓰는 표현대로 스스로 자기 몫을 챙겼던 것이다. 그는 지하 저장고의 환기창으로 봉기군이 우체국장을 체포하는 것을 목격했다. 우체국이 그의 서점 바로 옆이었기 때문이었다. 그리하여 그는 아침 일찍, 피에르가 시장의 안락의자에 앉아 있던 그 시각에 차분히 우체국장의 집무실에 자리를 잡았다. 그는 직원들을 잘 알고 있었다. 그는 출근하는 그들을 맞이하면서 우체국장이 돌아올 때까지 자신이 직을 대신하겠으니 아무것도 염려할 게 없다며 안심시켰다. 그러고는 노골적인 호기심을 드러내며 아침에 도착한 우편물을 뒤졌다. 그는 킁킁거리며 편지들의 냄새를 맡았다. 어떤 특정한 편지를 찾고 있는 듯했다. 어쩌면 그의 새로운 상황이 그의 비밀 계획들과 부합하는지도 몰랐다. 그는 몹시 만족스러워하면서 자기 직원 중 하나에게 피롱[2]의 『익살맞고 경박한 작품들』 한 부를 건네기까지 했다. 뷔예는 커다란 서랍

---

[2] 알렉시 피롱(1689~1773): 프랑스의 극작가이자 시인. 그의 작품 『익살맞고 경박한 작품들』은 외설스러운 삽화가 곁들여진 에로틱한 시 모음집이다.

속 묵주들과 신성한 그림들 아래 감춰둔 외설 서적들의 다양한 컬렉션을 보유하고 있었다. 그는 플라상에 남부끄러운 사진들과 판화들을 넘쳐나게 했지만 그 사실이 기도서의 판매에 어떤 영향을 끼치지는 않았다. 그러나 그는 오전 내내 자신이 우체국을 차지한 거친 방식에 대해 불안감을 느꼈다. 그리하여 자신의 침해 행위를 공인받아야겠다는 생각을 했다. 강력한 유력 인사로 등극한 피에르의 집으로 그가 달려온 것은 바로 그 때문이었다.

"대체 어디 있었던 거예요?" 펠리시테가 의심스러운 눈초리로 물었다.

그러자 뷔예는 적당히 꾸며낸 이야기를 들려주었다. 그의 말에 의하면 우체국이 약탈당할 뻔한 것을 그가 막았던 것이다.

"아, 그랬군요! 그렇다면 거기 계속 있으시오!" 피에르가 잠시 생각한 뒤 말했다. "거기서 유용한 일을 하길 바라오."

사실 마지막 문장은 루공 부부의 커다란 두려움을 드러내는 것이었다. 그들은 누군가가 지나치게 유용하거나 도시를 구하는 데 자신들보다 많은 일을 하는 것을 두려워했다. 하지만 피에르는 뷔예를 임시 우체국장으로 삼는 데 어떤 커다란 위험이 있다고 생각지 않았다. 그것은 오히려 그를 치워버리는 좋은 방법이 될 수 있었다. 그러나 펠리시테는 몹시 못마땅해 보이는 몸짓을 했다.

대책 회의가 끝나자 세 남자는 다시 돌아와 살롱을 가득 메우고 있는 무리와 합류했다. 그들은 아침나절에 있었던 일들을 자세히 들려줌으로써 전반적인 호기심을 충족해주어야 했다. 피에르는 그 일에 굉장한 역량을 발휘했다. 그는 자기 아내에게 말한 것보다 훨씬 더 부풀리고 윤색하고 극적으로 묘사한 이야기를 들려주었다. 소총과 탄알을 나눠준 이야기는 모두의 숨을 헐떡이게 했다. 무엇보다 이 점잖은 부르주아들을 경악게 한 것은 텅 빈 거리에서의 행진과 시청 장악에 관한 이야기였다. 하지만 피에르가 상세하게 설명을 하려고 할 때마다 누군가가 말을 중단시키곤 했다.

"그런데 당신들은 고작 마흔한 명밖에 안 되었단 말입니까? 정말 놀라운 일이에요!"

"세상에, 솔직히 나라면 절대 그렇게 못 했을 겁니다!"

"그러니까 이렇게, 단번에 그를 붙잡았다는 겁니까?"

"그래서 그 봉기군들은, 그치들은 뭐라고 하던가요?"

이 짧은 문장들은 피에르의 달변을 더욱더 부추겼다. 그는 모두를 향해 답하며 당시의 행동을 흉내 냈다. 스스로의 무훈에 감탄한 이 뚱뚱한 사내는 어린 학생의 유연함으로 했던 말을 하고 또 하는 와중에 세세한 내용을 더 잘 설명하기 위해 불쑥불쑥 놀람의 외침과 특정한 대화 등을 반복해 끼워 넣었다. 그는 서사적(敍事的) 숨결에 휩쓸려 스스로를 점점 더 커 보이게 했다. 게다가 함께 있던 그라누와 루디에가 그가 놓친 아주 작은 일들까지도 그에게 귀띔해주었다. 두 사람 역시 한마디라도 거들고 에피소드 하나라도 이야기하고 싶어 몸이 근질근질했다. 그래서 가끔씩 그의 말을 가로채곤 했다. 혹은 세 사람이 동시에 떠들기도 했다. 그러다가 피에르가 대미를 장식하는 이야기로 거울을 박살 낸 굉장한 에피소드를 남겨두기 위해 광장에서 초병을 체포했던 일을 먼저 말하려 하자 루디에는 그가 사건의 순서를 바꿈으로써 이야기를 망친다고 나무랐다. 그 때문에 그들은 잠시 격렬하게 다투었다. 그러다 루디에는 상황이 자신에게 유리한 것을 보고 재빨리 소리쳤다.

"그렇다면 할 수 없지! 당신은 그 자리에 있지도 않았잖소…. 그러니 내가 이야기하게 놔둬요…."

그리하여 그는 봉기군들이 잠에서 깨어났을 때 자신들이 어떻게 그들에게 총을 겨누어 무력화했는지를 한참 동안 설명했다. 다행히 유혈 사태는 일어나지 않았음도 덧붙여 말했다. 그의 마지막 말은 시체가 등장하기를 기대했던 청중을 실망시켰다.

"하지만 누군가가 총을 쏜 걸로 아는데요." 이야기에 극적인 면이 부족하다고 생각한 펠리시테가 끼어들었다.

"그래요, 그래, 세 발 쏘았지요." 전직 모자 장수가 다시 말했다. "돼지고기 장수 뒤브리엘, 무슈 리에뱅 그리고 무슈 마시코가 적절하지 못하게 성급히 총을 쏘았습니다."

그의 말에 웅성거림이 일었다.

"다시 말하지만, 적절하지 못하게 말입니다." 그가 이어 말했다. "불필요한 피를 흘리지 않아도 전쟁에는 이미 어쩔 수 없는 잔인함이 넘칩니다. 여러분이 내 입장이었다면 어떻게 했을지 궁금하군요…. 게다가 저분들은 그것이 자신들의 잘못이 아니었다고 내게 맹세했습니다. 어떻게 총알이 발사되었는지 설명하지도 않으면서 말이죠…. 하지만 분명 유탄 하나가 튀어 한 봉기군의 뺨에 시퍼런 멍이 들게 했음을 알고 있습니다…."

이 멍, 뜻하지 않은 이 상처는 청중의 호기심을 충족했다. 어느 쪽 뺨에 멍이 들었는지? 아무리 유탄이라고 해도 어떻게 뺨에 구멍을 내지 않고 맞힐 수가 있을까? 그들은 한참 동안 이에 관해 쑥덕공론을 벌였다.

"위에서는…" 피에르는 소란이 채 가라앉기도 전에 커다란 목소리로 이야기를 이어갔다. "위에서는 할 일이 아주 많았소. 게다가 거센 격투까지…."

그는 자기 동생과 또 다른 봉기군 네 사람의 체포에 관해 설명했다. 앙투안을 마카르라고 부르지 않고 단지 '우두머리'라고만 지칭하면서 아주 대략적으로만 이야기했다. '시장의 집무실, 안락의자, 시장의 책상' 같은 말들이 매 순간 그의 입에서 반복되면서 이 끔찍한 장면에 놀라운 권위를 부여했다. 그들이 싸운 것은 초병의 초소가 아닌 도시에서 가장 높은 인물의 집무실에서였다. 루디에의 주장은 묻혀버렸다. 피에르는 마침내 처음부터 준비해온, 그를 결정적으로 영웅으로 추앙받게 할 에피소드에 이르렀다.

"그때 봉기군 하나가 나에게 달려들었습니다. 난 시장의 안락의자를 밀치고 그의 멱살을 잡았지요. 숨도 못 쉴 정도로 그를 꽉 움켜잡은 겁니다! 그런데 내 소총이 걸리적거리더군요. 하지만 난 그걸 놓칠 수 없었지요. 손에서 총을 내려놓아서는 안 되니까요. 그래서 이렇게 왼쪽 겨드랑이에 끼고 있었는데 갑자기 총알이 탕 하고 발사되어서는….”

모두가 숨죽인 채 피에르의 다음 말을 기다렸다. 입이 근질근질해 크게 벌리고 있던 그라누가 재빨리 소리쳤다.

“아니, 아니, 그렇게 된 게 아니죠…. 당신은 제대로 볼 수가 없었을 거요, 친구. 당신은 마치 사자처럼 격렬하게 싸웠으니까…. 하지만 난 그들 중 한 사람을 포박하는 걸 돕느라 모든 걸 볼 수 있었어요…. 그 남자는 당신을 죽이려고 했소. 총알을 발사시킨 것도 그 남자였어요. 그가 당신 팔 아래로 시커먼 손가락을 끼워 넣는 걸 분명히 봤단 말입니다….”

“그게 정말입니까?” 피에르의 얼굴에서 핏기가 가셨다.

자신이 그런 위험을 무릅썼다는 것을 알지 못했던 그는 전직 아몬드 장수의 이야기에 온몸이 얼어붙는 듯했다. 그라누는 평소 거짓말을 하는 편이 아니었다. 하지만 전투가 벌어지는 날에는 사건들을 극적으로 바라보는 게 어느 정도 허용되는 법이다.

“틀림없다니까요, 그치가 당신을 죽이려고 했어요.” 그라누는 확신에 차 거듭 말했다.

“그래서 총알이 내 귀에 스치는 소리가 들렸던 거로군.” 피에르가 착 가라앉은 목소리로 혼잣말을 했다.

청중이 동요하며 웅성거렸다. 그들은 이 영웅에 대해 강렬한 존경심을 느꼈다. 과연 그곳에 있던 부르주아 중 누구도 그처럼 이야기할 수 없을 터였다. 펠리시테는 좌중이 최대한 감동받게 하기 위해 남편의 품속으로 뛰어들고자 했다. 그러나 피에르는 단호하게 옆으로 몸을 비키고는 플라상에서 유명해진 다음의 영웅적 문장으로 이야기를 끝맺었다.

“발사된 총알이 내 귀에 스치는 소리가 들린 뒤 와장창! 시장의 거울이 박살 난 겁니다."

모두들 그의 말에 경악했다. 그토록 아름다운 거울이 박살 나다니! 믿을 수 없었다, 정말로! 거울에 닥친 불행은 부르주아들의 공감에서 피에르의 영웅담을 지워버렸다. 그들은 예의 그 거울이 사람인 양 15분간 감탄사와 연민과 애석함을 곁들여 그것에 관해 이야기했다. 마치 거울이 심장이라도 다친 듯했다. 이 경이로운 모험담의 결말로 피에르가 남겨두었던 것이 바로 이런 클라이맥스였다. 커다란 웅성거림이 노란 살롱을 가득 메웠다. 사람들은 방금 들은 이야기를 자기들끼리 다시 반복했고, 때때로 그중 한 사람이 세 영웅에게 와서 논란이 있는 사실의 정확한 내용을 묻곤 했다. 영웅들은 신중하고 꼼꼼하게 잘못된 부분을 정정해주었다. 그들은 자신들이 역사를 위해 말하고 있다고 느꼈다.

마침내 피에르와 두 보좌관이 시청으로 가봐야 한다고 하자 존경심이 느껴지는 침묵이 흘렀다. 모두들 서로에게 엄숙한 미소를 지어 보였다. 그라누는 점점 더 중요한 인물로 부각되었다. 오직 그만이 예의 그 봉기군이 방아쇠를 당겨 거울을 박살 내는 것을 목격했다. 이 사실은 피부가 터져 나갈 정도로 그를 점점 커지게 했다. 살롱을 떠나면서 그는 루디에의 팔짱을 낀 채 피로에 지친 장수 같은 몸짓으로 중얼거렸다.

"무려 서른여섯 시간이나 잠을 자지 못했어요. 대체 언제나 잠자리에 들 수 있을는지."

피에르는 집을 나서기 전에 뷔예를 따로 불러서는 질서당이 그 어느 때보다 그와 《라 가제트》를 믿고 있다고 말했다. 그가 멋진 기사를 발표해, 대중을 안심시키고, 플라상을 가로질러 간 흉악한 무리를 단죄해야만 했다.

"걱정 마세요!" 뷔예가 대답했다. "《라 가제트》는 내일 아침에 나오기로 돼 있지만 오늘 저녁부터 배포할 테니까요."

그들이 떠나자 노란 살롱의 단골 방문객들은 잠시 더 머물면서, 날아가버린 카나리아 때문에 길가에 모인 아낙네들처럼 수다를 떨었다. 은퇴한 도매상인, 기름 장수, 모자 장수 들은 마치 누군가가 꾸며낸 이야기를 듣는 듯했다. 지금까지 이런 마음의 동요를 느낀 적이 없었다. 그들은 자신들 중에 피에르와 그라누, 루디에 같은 영웅들이 있었다는 것을 믿을 수 없었다. 답답한 살롱에서 자기들끼리 똑같은 이야기를 반복하는 데 지친 그들은 이 엄청난 소식을 널리 퍼뜨리고 싶어 몸이 근질근질했다. 그들은 모든 걸 알고 모든 걸 말할 수 있는 첫 번째 사람이 되고 싶어 안달하며 하나둘씩 자리를 떴다. 홀로 남은 펠리시테는 창가에서 몸을 숙인 채 반가로 흩어지는 그들을 지켜보았다. 놀라움을 감추지 못한 그들은 커다랗고 마른 새들처럼 두 팔을 휘저으며 도시의 사방에 자신들의 흥분을 퍼뜨리러 갔다.

　시각은 오전 10시를 가리키고 있었다. 잠에서 깨어난 플라상의 주민들은 점점 퍼지는 소문에 경악하며 거리를 뛰어다녔다. 봉기군 무리를 보거나 그들의 소리를 들은 이들은 황당무계한 이야기를 하거나 서로를 반박하거나 끔찍한 예상들을 내놓곤 했다. 하지만 대부분의 사람들은 무슨 일이 일어났는지 알지 못했다. 주로 도시 끝자락에 사는 그들은, 아이들이 유모가 들려주는 이야기에 귀 기울이듯, 유령 군대처럼 한밤중에 거리를 가득 메웠다가 해가 뜨기 전에 사라져버린 수천 명의 강도들에 관한 이야기를 입을 헤벌린 채 듣곤 했다. 가장 회의적인 이들은 "다 헛소리!"라며 소문을 일축했다. 그러나 그러기에는 너무나 상세한 사실들이 있었다. 플라상 주민들은 마침내 자신들이 잠자는 동안 도시를 해치지 않은 채 무시무시한 불행이 그곳을 지나갔다는 사실을 믿기에 이르렀다. 실체가 불분명한 재앙은 밤의 어둠과 다양한 정보들의 모순으로 인해 가장 용감한 이들까지도 떨게 만드는 모호하고 거대한 공포를 야기했다. 대체 누가 벼락의 방향을 바꾼 걸까? 이는 기적에 가까운 일이었다. 주민들은 믿기 어려운 일에 관해 이야기하듯, 상세한 내용은 생략한 채 미지의 구세주들과 히드라의 머리를 자른 몇몇 사람들에 관해 이야기했다. 노란 살롱의 단골들이 거리 이곳저곳으로 소식을 퍼뜨리면서 어느 문 앞에서든 똑같은 이야기를 반복하기 전까지는.

마치 먼지가 띠처럼 길게 이어진 듯, 몇 분 사이에 도시의 끝에서 끝까지 소식이 퍼져나갔다. 피에르 루공의 이름은 새 동네의 감탄사와 오래된 동네의 찬사와 더불어 입에서 입으로 전해졌다. 무엇보다 자신들이 도지사, 시장, 우체국장, 징세관을 포함한 어떤 책임자도 없는 시간을 보냈다는 사실에 주민들은 경악을 금치 못했다. 그들은 놀랍게도 어떤 공식적인 정부도 없는 상태에서 평소처럼 잠을 자고 깨어날 수 있었던 것이다. 처음 순간의 놀라움이 지나가자 그들은 해방자들의 품속으로 너도나도 뛰어들었다. 몇몇 공화파들은 어깨를 으쓱해 보였다. 그러나 소규모 소매상들과 소박한 연금 생활자들, 온갖 종류의 보수파들은 어둠에 그 무훈이 가려졌던 이 겸손한 영웅들을 축복했다. 게다가 피에르가 자기 동생을 체포했다는 사실이 알려지자 끝없는 찬사가 이어졌다. 심지어 그를 브루투스[3]에 빗대는 사람들도 있었다. 그가 걱정했던 스스로의 경솔함이 오히려 그를 영광으로 이끈 것이다. 아직 모든 두려움이 채 가시지 않은 이때에 모두들 한마음으로 그에게 감사하면서, 아무런 이의 없이 피에르를 자신들의 구세주로 인정했다.

"놀랍지 않나요!" 겁쟁이들이 소리쳤다. "겨우 마흔 명으로 그 많은 사람들을 물리치다니!"

이 마흔하나라는 숫자는 온 도시를 놀라게 했다. 이렇게 해서 플라상에는 3,000명의 봉기군에게 패배를 안겨준 마흔한 명의 부르주아에 관한 전설이 생겨났다. 새 동네의 시기심 많은 사람들, 인기 없는 변호사, 전직 군인 같은 몇몇 이들만이 그날 밤 잠들어 있었다는 사실을 수치스럽게 여기며 약간의

---

[3] 로마 공화정 말기의 정치가로, 왕이 되고자 하는 카이사르의 야심을 알아채고 그를 암살했다. 카이사르가 죽으면서 "브루투스, 너마저?"라고 외친 것으로 유명하다.

의문을 제기했을 뿐이었다. 어쩌면 봉기군은 스스로 도시를 떠났는지도 몰랐다. 전투의 흔적도, 시신들도, 핏자국도 하나 없는 게 그 증거였다. 저들은 사실 거저먹은 거나 다름없었다.

"하지만 거울, 거울이 있잖소!" 누군가가 광적으로 외쳤다. "시장님의 거울이 깨진 걸 부인할 수는 없을 거요. 가서 직접 확인해봐요."

과연 피에르가 문을 활짝 열어둔 시장 집무실을 한밤중까지 이런저런 핑계로 방문하는 사람들이 줄을 이었다. 그들은 문제의 거울 앞에 서서 총알이 뚫어놓은 둥근 구멍과 사방으로 퍼져나간 금들을 자세히 살폈다. 그리고 모두 나직하게 똑같은 말을 뱉어냈다.

"이럴 수가! 총알이 이렇게 힘이 셌단 말인가!"

그런 다음 그들은 납득한 듯 그곳을 떠났다.

펠리시테는 창가에 선 채 도시에서 올라오는 이러한 소음 및 찬사와 감사를 담은 목소리들을 감미롭게 들이마셨다. 이 시각 온 플라상이 그녀의 남편을 주시하고 있었다. 펠리시테는 두 동네가 자신의 발아래에서 전율하며 그녀에게 임박한 승리에 대한 기대를 보내고 있음을 느꼈다. 아! 이제야 비로소 자신의 발아래에 두게 된 이 도시를 어떻게 짓밟아줄 것인가! 그동안의 모든 불만이 떠오르면서, 과거의 씁쓸함이 즉각적인 기쁨에 대한 갈망을 더욱 커지게 했다.

그녀는 창가를 떠나 천천히 살롱을 한 바퀴 돌았다. 바로 거기서, 조금 전에 모두가 그들 부부에게 악수를 청했던 것이다. 그들은 승리했고, 부르주아들은 그들의 발아래에 있었다. 노란 살롱이 마치 성소라도 된 것 같았다. 삐걱거리는 가구들, 해진 벨벳, 파리똥으로 얼룩진 시커먼 샹들리에. 이 모든 낡은 것들이 그녀의 눈에는 마치 전장에 널브러진 영광스러운 파편들처럼 보였다. 아우스터리츠 전쟁터[4]도 이보다 깊은 감동을 불러일으키지는 못할 터였다.

다시 창가로 간 그녀는 고개를 치켜든 채 도청 광장을 배회하는 아리스티드를 알아보고는 그에게 올라오라고 손짓을 했다. 그는 그녀가 불러주기를 기다리고 있던 듯했다.

"들어와." 그가 층계참에서 머뭇거리는 것을 본 펠리시테가 말했다. "네 아버지는 지금 안 계셔."

아리스티드는 집에 돌아온 탕아처럼 어색하게 굴었다. 지난 4년간 그는 노란 살롱에 발을 들여놓은 적이 없었다. 그는 여전히 팔에 붕대를 감고 있었다.

"아직도 팔이 아픈 거야?" 펠리시테가 빈정대듯 그에게 물었다.

그는 얼굴을 붉히면서 더듬더듬 대답했다.

"아니에요, 이젠 많이 좋아졌어요. 거의 다 나았어요."

아리스티드는 무슨 말을 해야 할지 몰라 제자리에서 빙빙 돌았다. 펠리시테가 그를 구해주듯 물었다.

"네 아버지가 어떤 훌륭한 일을 하셨는지 들었니?"

그는 온 도시가 그 이야기로 떠들썩하다고 했다. 하지만 그는 이내 냉정을 되찾고 자기 어머니에게 똑같이 빈정댔다. 그리고 그녀를 똑바로 바라보면서 덧붙여 말했다.

"난 아버지가 다치진 않으셨는지 걱정돼서 온 거예요."

"하! 웃기는 소리 하지 마!" 펠리시테가 열을 올리며 대꾸했다. "내가 너라면 딱 부러지게 행동할 거다. 네가 틀렸다고 솔직하게 인정하란 말이야. 네 공화파 패거리하고 잘못 어울렸다고. 이제 넌 그들을 버리고 더 강한 우리 편에 서는 걸 망설이지 않겠지. 얼마든지 그러려무나. 문은 언제나 열려 있으니까!"

하지만 아리스티드는 항변했다. 공화국은 위대한 사상이었다. 게다가 봉기군이 승리할 수도 있었다.

---

4 1805년 12월 2일 나폴레옹 1세가 체코 동부 모라바의 아우스터리츠에서 오스트리아와 러시아의 동맹군을 격파한 싸움을 빗댄 것이다.

"그런 헛소리 좀 그만할 수 없니!" 짜증이 난 펠리시테가 소리쳤다. "넌 아버지한테 안 좋은 소리를 들을까 봐 겁이 나는 거야. 내가 다 알아서 할게…. 내 말 잘 들어. 이 길로 네 신문사로 가서 지금부터 내일까지 쿠데타에 아주 유리한 기사를 쓰는 거야. 그걸 내일 저녁호에 실은 다음 다시 집에 오면 넌 대환영을 받을 거야."

아리스티드가 아무 말이 없자 그녀는 더 나직하고 더 열렬한 목소리로 이어 말했다.

"내 말 알겠니? 이건 우리 운명과 네 운명이 걸린 일이야. 다시는 그렇게 어리석게 굴지 마라. 이번에 잘못한 것만으로도 충분하니까."

아리스티드는 루비콘 강을 건너는 카이사르를 흉내 낸 몸짓을 했다. 이런 식으로 그는 구두 약속을 하는 것을 피했다. 그가 떠나려 하자 펠리시테가 그의 붕대에서 매듭을 찾으며 말했다.

"일단 이 천 쪼가리 좀 벗겨버려 제발. 지금 네 꼴이 얼마나 우스운지 아니!"

아리스티드는 그녀가 하는 대로 놔두었다. 붕대가 풀리자 그는 재빨리 그것을 접어 주머니에 넣었다. 그리고 자기 어머니에게 키스하고는 말했다.

"내일 봐요!"

그사이 피에르는 공식적으로 시청을 차지했다. 시의원은 여덟 명밖에 남아 있지 않았다. 나머지는 시장과 두 보좌관과 마찬가지로 봉기군에게 포로로 잡혀 있었다. 그 누구 못지않게 강건한 여덟 명의 시의원은 피에르에게서 도시가 처한 위기 상황에 관해 듣고는 두려움에 식은땀을 흘렸다. 그들이 얼마나 겁에 질린 채 피에르의 품속으로 뛰어들었는지를 알려면 먼저 프랑스 소도시의 시의원들이 어떤 사람들인지를 알아야 할 터다. 플라상의 시장은 믿을 수 없을 만큼 멍청한 바보들, 고분고분 순종하는 꼭두각시나 다름없는 이들을 수하에 두고 있었다. 따라서 가르소네 시장이 자리에 없는 지금 시청의 조직은 무너져 누구라도 그것을 다시 작동시킬 수 있는 이의 차지가 될 수밖에 없었다. 도지사가 플라상을 떠난 지금 피에르 루공은 어쩔 수 없는 상황에 따라 자연스레 도시의 유일하고도 절대적인 주인으로 등극했다. 이는 매우 커다란 위기였다. 전날까지만 해도 동향인 누구도 100프랑도 빌려주지 않으려 했을 사악한 자의 손에 모든 권력을 맡기는 셈이기 때문이었다.

피에르가 취한 첫 번째 조치는 임시 위원회를 영구적인 것으로 선포하는 것이었다. 그런 다음 그는 국민군의 재편성을 단행해 300명의 자원자들을 모으는 데 성공했다. 창고에 남아 있던 109자루의 소총이 그들에게 지급되었고, 반동적인 조치로 무장을 한 이의 수가 150명에 이르게 되었다. 나머지 국민군은 기꺼이 자원한 부르주아들과 시카르도의 병사들이었다. 시청 광장에서 작은 군대를 사열하던 루디에 대장은 채소 장수들이 히죽거리는 것을 보고 언짢아했다. 그들 중 일부만이 군복을 입고 있었고, 검은 모자와 프록코트 차림의 몇몇은 우스꽝스러운 자세로 소총을 들고 있었다. 그러나 그들은 매우 진지했다. 시청에는 보초 한 명이 남았고, 나머지는 소대로 나뉘어 도시의 여러 성문에 배치되었다. 루디에는 스스로 가장 위협을 받는 그랑포르트 초소의 대장이 되었다.

이 무렵 자신이 매우 강하다고 느낀 피에르는 직접 캉쿠앵가로 가서는 헌병들에게 집에 머물면서 어떤 일에도 개입하지 말 것을 부탁했다. 게다가 그는 봉기군이 열쇠를 가져가버린 헌병대의 문들을 열어놓게 했다. 사실 그는 승리의 영광을 홀로 차지하고 싶어 했다. 헌병들이 그에게서 영광의 일부를 훔쳐 가는 것을 원치 않았다. 그들이 정말로 필요해지면 그가 그들을 부를 터였다. 그는 그들의 존재가 노동자들을 자극해 상황을 더욱 악화시킬 수 있음을 그들에게 설명했다. 헌병대장은 그런 그의 신중함을 크게 칭찬했다. 병영에 다친 사람이 있다는 것을 알게 된 피에르는 이 기회에 유명해지고 싶은 마음에 그를 만나게 해달라고 했다. 그는 한쪽 눈에 붕대를 감은 채 누워 있는 랑가드를 발견했다. 랑가드의 커다란 콧수염이 침대 시트 아래로 나와 있었다. 피에르는 욕을 하면서 숨을 몰아쉬는 외눈박이 병사를 의무에 관한 그럴 싸한 말로 위로했다. 랑가드는 다친 상처로 인해 군대를 떠나야 한다는 사실에 격노했다. 피에르는 그에게 의사를 보내주겠노라고 약속했다.

"감사드립니다, 무슈." 랑가드가 대답했다. "하지만 어떤 치료보다 내가 더 바라는 것은 내 눈을 이렇게 만든 놈을 잡아서 목을 비트는 겁니다. 오! 난 그놈을 단번에 알아볼 수 있어요. 마르고 얼굴이 허연 아주 어린 놈이었어요…."

피에르는 온통 피로 뒤덮인 실베르의 손을 떠올렸다. 그는 잠시 뒤로 멈칫했다. 랑가드가 그의 목을 조르면서 이렇게 말할 것 같았기 때문이었다. '나를 애꾸로 만든 것은 네 조카 놈이야. 그러니 네가 대신 그 대가를 치러야만 해!' 그는 마음속으로 자신의 수치스러운 가족을 저주하면서, 죄인을 찾게 되면 법에 따라 엄격하게 처벌하겠다고 엄숙히 맹세했다.

"아니, 그럴 필요 없습니다." 랑가드가 대꾸했다. "내가 직접 목을 비틀어버릴 거니까요."

피에르는 서둘러 시청으로 돌아갔다. 그는 오후 내내 다양한 조치를 취하느라 바빴다. 오후 1시경에 발표한 성명서는 사람들에게 깊은 감명을 주었다. 성명서는 시민의 양식에 호소하는 것으로 마무리하면서 더 이상 질서가 어지럽혀지지 않을 거라는 굳은 확신을 안겨주었다. 실제로 해 질 무렵 거리들은 전반적인 안도와 완전한 믿음의 풍경을 보여주었다. 보도에 삼삼오오 모인 사람들은 성명서를 읽으며 말했다.

"이제 다 끝났어. 군인들이 곧 봉기군을 잡으러 갈 거라고."

군인들이 오고 있다고 굳게 믿은 쿠르 소베르의 한가한 사람들은 군악대의 음악을 먼저 듣기 위해 니스로 달려갔다. 그러나 밤중까지 아무것도 보지 못하고 실망한 채 돌아와야 했다. 그러자 은근한 불안감이 도시로 퍼져나갔다.

시청의 임시 위원회 위원들은 한참을 이야기한 끝에 아무 결론에도 이르지 못했다. 아무것도 먹지 못한 위원들은 스스로의 이야기에 겁먹어 다시금 두려움이 몰려오는 것을 느꼈다. 피에르는 그들을 내보내면서, 저녁을 먹은 뒤 저녁 9시에 다시 만나자고 했다. 그도 집무실을 나서려 할 때 잠에서 깬 앙투안이 갇힌 곳의 문을 세게 두드렸다. 그는 배가 고프다면서 시간을 물었다. 그의 형이 5시라고 하자 그는 깜짝 놀라는 척했다. 그리고 악감정을 잔뜩 담아 봉기군이 더 빨리 돌아와 그를 구해주기로 약속했다고 중얼거렸다. 피에르는 그에게 먹을 것을 갖다 주게 한 뒤 아래로 내려왔다. 그는 앙투안이 자꾸만 봉기군의 회군에 대해 이야기하는 데 몹시 짜증이 났다.

거리로 나선 피에르는 왠지 모를 불편한 느낌이 들었다. 도시의 무언가가 달라져 보였다. 도시 전체에서 기이한 분위기가 느껴졌다. 보도를 따라 그림자들이 재빨리 지나갔고, 텅 빈 거리에는 침묵이 흘렀다. 석양이 질 무렵이면 음울한 집들 위로 회색빛 두려움이 마치 가느다란 빗줄기처럼 서서히 끈질기게 내리는 듯 보였다. 대낮의 수다스러운 확신은 어둠이 내리기 시작하면 어김없이 왠지 모를 공포와 두려움으로 변했다. 승리에 취하고 지켜워진 주민들은 봉기군의 끔찍한 복수를 꿈꿀 힘밖에 남아 있지 않았다. 피에르는 불어오는 공포의 바람에 몸을 떨었다. 그는 목이 멘 채 걸음을 재촉했다. 방금 등불을 켠, 레 레콜레 광장의 한 카페 앞을 지나던 그의 귀에 겁에 질린 대화의 한 자락이 들려왔다. 그곳에는 새 동네의 소박한 연금 생활자들이 모여 있었다.

"저기 말입니다, 무슈 피쿠." 누군가가 걸죽한 목소리로 물었다. "소식 들으셨소? 기다리던 군대가 오지 않았다던데요."

"어차피 군대가 오리라고 생각한 사람은 아무도 없을걸요, 무슈 투슈." 누군가가 날카로운 목소리로 대꾸했다.

"그럴 리가요. 성명서를 읽어보지 않으셨나요?"

"읽어봤죠. 성명서는 필요하다면 무력으로 질서를 유지할 거라고 약속했지요."

"그것 봐요. 무력이라고 했잖아요. 그게 군대를 의미하는 게 아니고 뭐겠어요."

"그래서요?"

"그래서라니요. 당연히 무서울 수밖에 없지요. 온다던 군인들이 오지 않는 건 자연스러운 일이 아니니까요. 어쩌면 봉기군이 그들을 학살했을 수도 있고 말이죠."

카페에서 공포의 외침이 터져 나왔다. 피에르는 안으로 들어가 그 부르주아들에게 해명을 하고 싶었다. 성명서는 군대의 도착을 예고한 적이 없으며, 그 내용을 그렇게까지 곡해하거나 그러한 낭설을 퍼뜨리는 일은 하지 말아야 한다고 말하고 싶었다. 그러나 점차 혼란에 빠진 그 역시 군대가 와주기를 기대한 적이 없는지 자신 있게 말할 수 없었다. 그리하여 이러한 와중에 단 한 명의 군인도 나타나지 않은 사실이 놀랍게 느껴졌다. 그는 몹시 불안해하며 집으로 돌아왔다. 여전히 활기가 넘치고 용감무쌍한 펠리시테는 그런 하찮은 말들에 혼란스러워하는 남편을 보며 역정을 냈다. 그녀는 디저트를 먹으며 그를 달랬다.

"이 바보 같은 양반아! 오히려 잘된 거라고요. 도지사가 우릴 잊어버리다니! 이제 우리끼리 도시를 구하면 되는 거예요. 난 차라리 봉기군이 다시 왔으면 좋겠어요. 그들에게 총을 갈겨서 우리가 그 영광을 차지할 수 있을 테니까요…. 내 말 잘 들어요. 가서 도시의 성문을 모두 닫아요. 그리고 잠을 자지 말고 밤새 엄청 바쁜 척을 하는 거예요. 그럼 훗날 그 모든 게 보상으로 돌아올 거라고요."

조금 활력을 되찾은 피에르는 다시 시청으로 돌아갔다. 동료들의 푸념 가운데서 꿋꿋하게 버티려면 용기가 필요했다. 임시 위원회 위원들은 폭풍우가

치는 날 비 냄새를 묻혀 오듯 옷에 공포를 묻혀 왔다. 그리고 하나같이 군대의 파견을 기대했다고 주장했고, 용감한 시민들을 이런 식으로 우민들의 분노에 내던질 수는 없다며 목소리를 높였다. 그들을 진정시키기 위해 피에르는 다음 날 군인들이 올 것이라고 약속하다시피 했다. 그리고 자신이 도시의 성문들을 닫을 것이라고 엄숙하게 공포했다. 그러자 비로소 모두 안도의 한숨을 내쉬었다. 이중으로 자물쇠를 잠그라는 지시를 받은 국민군이 즉각 각 성문으로 갈 터였다. 집으로 돌아가던 몇몇 위원들은 마음이 한결 편안해졌음을 고백했다. 도시의 위기 상황에서는 모두가 각자의 자리를 지켜야 할 의무가 있다고 피에르가 이야기하자 안락의자에서 밤을 지새우는 이들도 생겨났다. 그라뉴는 혹시 몰라 가지고 온 검은 실크 빵모자를 썼다. 밤 11시경 그들 중 반은 가르소네 시장의 책상 주위에서 잠들었다. 아직 잠들지 못한 이들은 꿈을 꾸었다. 자신들이 용맹한 이들로 뽑혀 시청 안뜰에 국민군의 규칙적인 발소리가 울려 퍼지는 가운데 훈장을 받는 꿈이었다. 책상 위에 놓인 커다란 등불이 무기와 함께하는 기이한 철야를 밝히고 있었다. 졸고 있는 듯 보이던 피에르는 벌떡 일어나 뷔예를 찾아 오게 했다. 아직《라 가제트》를 받지 못한 게 방금 생각났기 때문이었다.

서적상은 매우 언짢은 듯 거만하게 굴었다.

"어떻게 된 거요?" 피에르는 그를 따로 불러 물었다. "나한테 약속했던 기사 말이오. 아직 신문이 나오지 않은 것 같아서."

"그것 때문에 나를 부른 겁니까?" 뷔예는 역정을 내며 쏘아붙였다. "그래요, 오늘 자《라 가제트》는 발행되지 않았습니다. 난 내일 되돌아올지도 모를 봉기군한테 죽임을 당하고 싶은 마음이 추호도 없단 말입니다."

피에르는 애써 미소를 지으면서 그들이 누군가를 죽이는 일은 결코 없을 것이라고 말했다. 그리고 모두를 불안하게 하는 거짓 소문이 나도는 것뿐이며, 문제의 기사는 대의를 위해 큰 역할을 할 것이라는 설명을 덧붙였다.

"그럴 수도 있겠죠." 뷔예가 다시 말했다. "하지만 지금 가장 중요한 대의는 내 머리를 온전히 보존하는 것 아닐까요?"

그는 사악함이 느껴지는 어조로 덧붙여 말했다.

"나는 당신이 봉기군을 모두 죽인 줄 알았어요. 그런데 아직도 그렇게 많이 남겨두어서 내 목숨을 위태롭게 하다니."

다시 혼자 있게 된 피에르는 평소에는 그토록 점잖고 공손한 남자가 분노를 표출하는 것이 놀랍다고 생각했다. 뷔예의 행동은 아무래도 수상쩍어 보였다. 하지만 그는 그 이유를 찾을 시간이 없었다. 그가 또다시 안락의자에 몸을 누이려고 할 때 허리춤에 매단 커다란 칼을 허벅지에 요란하게 울리면서 루디에가 안으로 들어왔다. 잠자던 이들이 화들짝 놀라서 일어났다. 그라누는 전투 준비를 하라는 것으로 생각했다.

"뭐요? 무슨 일입니까?" 그는 주머니에 넣어두었던 검은 실크 빵모자를 서둘러 다시 쓰면서 물었다.

"동지들…," 숨을 헐떡이던 루디에는 그럴듯한 말로 포장하려 하지 않고 다짜고짜 말했다. "어떤 봉기군 무리가 플라상으로 다가오고 있는 것 같소."

그러자 겁에 질린 침묵이 흘렀다. 피에르만이 간신히 입을 열어 물었다.

"그들을 직접 본 겁니까?"

"그건 아닙니다." 루디에가 말했다. "하지만 외곽에서 들려오는 이상한 소리들을 들었어요. 동료 하나가 가리그 언덕을 가로지르는 불빛을 봤다고 했고요."

그 자리에 있던 사람들이 하얗게 질린 얼굴로 말없이 서로를 쳐다보는 사이 그가 이어 말했다.

"나는 내 자리로 돌아갑니다. 공격이 있을 것 같아 걱정이 돼서요. 여러분도 조심하는 게 좋을 겁니다."

피에르는 그를 따라가 또 다른 정보를 얻고 싶었다. 하지만 그는 이미 멀리

간 터였다. 물론 시의원들은 다시 잠들 생각이 없었다. 이상한 소리들이라니! 총 쏘는 소리가 아닌가! 공격이 개시된 것이다! 그것도 한밤중에! 조심하라고? 말하긴 쉽지만 뭘 어찌 하라는 것인가? 그라누는 전날 밤 자신들이 성공시켰던 전략을 다시 쓰라고 조언하고 싶은 마음이 굴뚝같았다. 몸을 숨긴 채 봉기군이 플라샹을 지나가기를 기다린 다음 텅 빈 거리에서 승리를 뽐내면 될 터였다. 마침 아내의 충고를 떠올린 피에르는 루디에가 잘못 안 것일 수도 있으니 일단 가서 확인하는 게 좋겠다고 말했다. 몇몇 위원들은 얼굴을 찌푸렸다. 그러나 무장한 호위대가 함께 가기로 합의가 되자 모두 큰 용기를 내어 아래로 내려갔다. 그들은 몇 사람만 그곳에 남겨놓은 뒤 30여 명의 국민군으로 하여금 자신들을 호위하게 했다. 그리고 위험을 무릅쓰고 잠든 도시로 길을 나섰다. 오직 지붕 위를 미끄러지듯 비추는 달빛만이 느릿한 그림자를 길게 늘이고 있었다. 그들은 성벽들을 따라 걷고, 성문들을 오가고, 그들을 담처럼 둘러싼 지평선까지 살펴보았지만 허사였다. 아무것도 보이지 않았고, 아무것도 들리지 않았다. 여러 초소의 국민군이 그들에게 분명 닫힌 성문을 넘어 도시 외곽으로부터 특별한 숨결들이 전해져 왔다고 말한 터였다. 그들은 귀를 쫑긋 세워봤지만 아득하고 희미한 속삭임을 들을 수 있었을 뿐이었다. 그라누는 그것이 비오른 강의 물결 소리라고 주장했다.

하지만 그들은 여전히 불안해했고, 여전히 우려를 떨치지 못한 채 시청으로 돌아갈 참이었다. 그들은 아무렇지 않은 척 어깨를 으쓱해 보이고는 루디에를 겁쟁이나 망상가로 취급했다. 무엇보다 동료들을 안심시키고 싶었던 피에르는 멀리 떨어진 들판을 구경시켜줘야겠다는 생각이 들었다. 그는 작은 무리를 카르티에 생마르크로 데리고 가 발케이라 저택의 문을 두드렸다.

발케이라 백작은 처음 혼란이 일자마자 그의 코르비에르 성으로 떠나버려서 카르나방 후작만이 저택을 지키고 있었다. 카르나방 후작은 전날부터 조심스레 사람들과 거리를 두고 있었다. 두려워서가 아니라 결정적인 순간에 루공 부부와 술수를 부리는 모습을 보이는 게 무엇보다 싫었기 때문이었다. 하지만 그는 마음속으로는 궁금해 미칠 지경이었다. 그는 노란 살롱에서 무슨 일이 일어나는지를 보러 달려가지 않기 위해 스스로를 가둬야만 했다. 그러다 한밤중에 하인이 와서 아래층에서 어떤 신사들이 그를 만나고 싶어 한다고 전하자 더 이상 얌전하게 있을 수가 없었다. 그는 자리에서 일어나 서둘러 아래로 내려갔다.

"그간 안녕하셨는지요, 후작님." 피에르는 임시 위원회 위원들을 그에게 소개하며 말했다. "청이 하나 있어서 이렇게 찾아뵈었습니다. 우리를 저택 정원으로 데려가주실 수 있는지요?"

"물론이오, 내가 직접 안내하리다." 놀란 후작이 대답했다.

정원으로 가는 길에 그는 자초지종을 전해 들었다. 정원 끝에는 들판을 굽어보는 테라스가 있었다. 그곳에서는 한 군데가 커다랗게 무너져 내린 성벽 사이로 끝없이 펼쳐진 지평선을 볼 수 있었다. 피에르는 그곳이 감시하기에 더없이 좋은 장소임을 깨달았다. 국민군은 성문에 머물렀다. 임시 위원회 위원들은 잡담을 나누면서 테라스 난간으로 가 팔을 기댔다. 그들은 자신들 앞에 펼쳐진 신비한 광경에 말문이 막혔다. 멀리 비오른 계곡, 해 질 무렵이면 가리그 산맥과 세유의 산들 사이로 잠겨드는 거대한 계곡 사이로 달빛이 마치 희끄무레한 빛의 강물처럼 흐르고 있었다. 군데군데 보이는 잡목 숲과 짙은 바위들은 환한 바다 위로 솟아난 작은 섬들과 곶들처럼 보였다. 그들은, 비오른 강의 굽이에 따라, 하늘에서 내리는 은빛 가루 속에서 갑옷처럼 반짝이는 강물의 일부와 자락들을 알아볼 수 있었다. 그것은 밤과 추위와 은밀한 두려움이 무한히 확장하는 하나의 대양, 하나의 세계였다. 그들은 처음에는 아무것도 듣지 못했고 아무것도 보지 못했다. 하늘에서 전해져 오는 빛의 떨림과 아득한 목소리가 그들을 눈멀게 하고 귀먹게 했던 것이다. 시인과는 거리가 먼 성정의 그라누조차 이 겨울밤의 고요한 평온함에 매료돼 중얼거렸다.

"아름다운 밤입니다, 동지들!"

"그렇고말고요. 루디에가 꿈을 꾼 모양이오." 피에르가 경멸이 느껴지는 목소리로 말했다.

그러나 후작은 그의 섬세한 귀로 무언가를 듣고 있었다.

"어, 이건 조종 소리가 분명한데." 그는 또렷한 목소리로 말했다.

그러자 모두 숨을 죽인 채 난간에 몸을 기댔다. 과연 멀리 들판으로부터 크리스털처럼 맑고 경쾌한 종소리가 들려왔다. 그들은 그 사실을 부인할 수 없었다. 피에르는 그것이 플라상에서 4킬로미터 정도 떨어진 마을 르 베아주에서 들려오는 것이라고 주장했다. 자신의 동료들을 안심시키기 위한 말이었다.

"들어봐요, 잘 들어봐요." 후작이 그의 말을 가로막았다. "이번에는 생모르에서 나는 종소리 같은데요."

그는 그들에게 지평선의 또 다른 지점을 가리켰다. 과연 투명한 어둠 속에서 두 번째 종이 구슬프게 흐느꼈다. 그리고 이내 열 개의 종, 스무 개의 종이 연이어 울렸다. 어둠의 커다란 떨림에 익숙해진 그들의 귀에 절망적인 종소리들이 와 닿았다. 죽어가는 사람의 헐떡거림을 닮은 음울한 부름들이 사방에서 어렴풋이 들려왔다. 그리고 이내 들판 전체가 흐느꼈다. 남자들은 더 이상 루디에를 두고 농담을 하지 않았다. 그들을 겁주는 데 사악한 즐거움을 느낀 후작은 그들에게 그 모든 종소리의 이유를 설명하고자 했다.

"이건 동이 트면 플라상을 공격하러 모이게 될 인근 마을들의 신호요."

그라누는 두 눈을 크게 뜨고 느닷없이 물었다.

"여러분은 저 아래에 뭐가 보입니까?"

하지만 아무도 그곳을 바라보지 않았다. 그들은 더 잘 듣기 위해 눈을 감고 있었다.

"아, 저길 봐요!" 잠시 침묵을 지키던 그라누가 다시 말했다. "비오른 강 너머, 시커먼 덩어리 근처 말입니다."

"그래요, 보입니다." 피에르가 절망하듯 말했다. "누군가가 불을 밝히고 있어요."

그리고 곧이어 첫 번째 불 맞은편에 두 번째 불이 켜졌고, 세 번째 네 번째 불이 더 켜졌다. 그리하여 계곡을 따라 길게, 마치 거대한 대로변을 밝히는 초롱불처럼 거의 동일한 간격으로 붉은 점들이 연이어 모습을 드러냈다. 달빛에 흐려진 붉은 점들이 피바다처럼 길게 펼쳐져 있었다. 이 불길한 조명은 위원들을 경악하게 했다.

"틀림없어요!" 후작은 더욱 신랄하게 비아냥거리듯 나직이 말했다. "저 망할 도적놈들이 서로 신호를 보내는 거요."

그는 장난스럽게 불빛이 몇 개인지 세어보았다. 그의 말에 의하면, '플라상의 용맹한 국민군'이 상대할 봉기군이 얼마나 되는지를 알아보기 위해서였다. 피에르는 그의 말에 의문을 제기하면서, 마을들은 플라상을 공격하려는 게 아니라 봉기군에 합류하려고 무기를 드는 것이라고 말했다. 그러나 위원들은 당혹한 침묵으로 자신들은 다르게 생각하고 있으며 어떤 위로의 말도 소용없음을 명백히 보여주었다.

"이번에는 「라 마르세예즈」가 들리는 것 같은데요." 그누군가가 조그만 소리로 말했다.

그것 또한 사실이었다. 비오른 강을 지나온 한 무리가 지금 막 도시 아래쪽을 지나고 있었다. "무기를 들라, 시민들이여! 대열을 갖추라!"라는 노랫소리가 간간이, 떨리면서도 분명하게 그들의 귀에까지 전해져 왔다. 끔찍한 밤이었다. 임시 위원회 위원들은 살을 에는 추위에 꽁꽁 얼고 테라스의 난간에 팔꿈치를 괸 채 이 밤을 보냈다. 그들은 종소리와 「라 마르세예즈」에 동요하면서도 신호의 불빛으로 불타오르는 들판의 장관에서 눈을 떼지 못했다. 핏빛 불길이 점점이 박힌 빛의 바다가 그들의 눈을 가득 채웠다. 바짝 긴장한 그들의 귀에 희미한 함성이 울려 퍼졌고, 왜곡된 감각으로 인해 그들은 무시무시한 것들을 보고 듣기에 이르렀다. 하지만 무슨 일이 있어도 그들은 그 자리를 떠나지 않을 것이었다. 그들이 뒤돌아서자마자 군대가 자신들을 뒤쫓아 오는 상상에 시달리게 될 것이기 때문이었다. 그들은 어떤 유형의 비겁자들처럼 어쩌면 적절한 순간에 달아나기 위해 위험이 가까이 오기를 기다리는 것인지도 몰랐다. 그리하여 달이 잠자리에 들고 아침이 밝아올 무렵 그들은 눈앞에 새까만 심연만을 볼 수 있었고, 무시무시한 두려움만을 느낄 수 있었다. 그리고 눈에 보이지 않는 적들이 어둠 속에서 기어올라 자신들에게 덤벼드는 상상을 했다. 조금만 소리가 나도 그들은 테라스 아래에서 적들이 기어오르기 전에 서로 궁리를 하는 것으로 믿었다. 그들은 오직 어둠만을 뚫어져라 바라보았다. 후작은 그들을 위로하기라도 하듯 냉소적인 목소리로 말했다.

"너무 걱정들 말아요! 그들은 날이 밝기 전엔 오지 않을 테니까."

피에르는 욕설을 퍼부었다. 또다시 두려움이 몰려오는 것 같았다. 그사이 그라누의 머리는 하얗게 세었다. 마침내 감질나도록 느릿하게 새벽이 밝아오기 시작했다. 첫 번째 햇살이 비치자마자 위원들은 전투 대형으로 도시 앞에 늘어선 군대를 보게 되리라 예상했다. 그런데 그날따라 날이 더디게 밝으면서 지평선 부근에서 머뭇거렸다. 그들은 목을 길게 빼고 시선을 고정한 채 희미한 빛 속을 자세히 살폈다. 그러자 불분명한 그림자들 가운데서 무시무시한 실루엣들이 언뜻 보였고, 들판은 피의 호수로, 바위들은 그 표면에 떠다니는 시신들로, 작은 숲들은 여전히 전투태세를 갖춘 위협적인 부대들로 변했다. 그러다 점점 확산되는 빛에 마침내 환영들이 사라지면서 희뿌옇고 쓸쓸하고 우울하게 날이 밝자 후작조차도 가슴이 조여드는 것 같았다. 어디에도 봉기군은 보이지 않았고 도로는 텅 비어 있었다. 온통 회색빛인 계곡은 으스스하게 황량하고 음울해 보였다. 게다가 불빛은 더 이상 보이지 않았지만 종들은 여전히 울리고 있었다. 아침 8시경 피에르는 비오른 강을 따라 멀어져가는 몇몇 사람들의 무리를 알아보았을 뿐이었다.

위원들은 극심한 추위와 피로로 죽을 것만 같았다. 어떤 즉각적인 위험도 발견하지 못한 그들은 몇 시간 동안 휴식을 취하러 가기로 했다. 그러면서 테라스에서 보초를 서도록 국민군 한 명을 남겨놓고 멀리서 어떤 무리를 발견하는 즉시 달려와 루디에게 알리도록 했다. 간밤의 마음의 동요로 기진맥진한 그라누와 피에르는 서로를 위로하면서 이웃한 각자의 집으로 돌아갔다.

펠리시테는 더없이 다정하게 남편을 잠자리에 들게 했다. 그녀는 그에게 '딱한 양반'이라고 하면서, 그렇게 상상으로 자신을 괴롭혀서는 안 되며 모두 잘될 것이라고 거듭 말했다. 그러나 그는 심각한 걱정거리가 있다면서 고개를 저었다. 펠리시테는 그가 11시까지 자게 놔두었다. 그리고 그가 식사를 마치기를 기다린 뒤 일을 마저 끝내야 한다면서 그를 조용히 밖으로 내쫓았. 시청에 간 피에르는 네 명의 위원만을 만날 수 있었다. 또 다른 이들은 참석하지 못한다며 양해를 구했다. 그들은 정말로 몸이 아팠다. 아침부터 번지기 시작한 공포가 점점 더 거세게 도시를 휩쓸었다. 임시 위원회 위원들은 발케이라 저택의 테라스에서 보낸 잊지 못할 밤의 이야기를 자기들끼리만 간직할 수 없었다. 소식을 퍼뜨리기 바빴던 그들의 하녀들은 극적인 디테일들로 이야기를 과장하고 미화했다. 이제 다음과 같은 이야기는 하나의 역사적인 사실로 굳어졌다. 도시 외곽의 들판과 플라상의 언덕마다, 사로잡은 포로들을 먹어치우는 식인종들의 춤과, 아이들이 끓고 있는 냄비 주위를 맴도는 마녀들의 원무가 이어지고 있으며, 도적들이 달빛에 무기를 번쩍이며 끝없이 행진하고 있다는 것이었다. 또한 황량한 대기 속에 스스로 경보를 울리는 종들에 관해 이야기하는 사람들이 있는가 하면, 또 어떤 이들은 봉기군이 주변 숲들에 불을 놓아 농촌 전체가 불타고 있다고 확언하기도 했다.

때는 화요일, 플라상의 장날이었다. 루디에는 도시의 성문들을 활짝 열어 채소와 버터와 계란을 가져오는 일부 농부들을 들어오게 해야 한다고 생각했다. 그러나 즉각 소집된 임시 위원회(위원장을 포함해 다섯 명밖에 되지 않는)는 그것은 용인할 수 없는 경솔한 행동이라며 즉각 반박했다. 발케이라 저택에 남겨둔 보초가 아무것도 발견하진 못했지만 도시는 여전히 폐쇄되어 있어야 했다. 그러자 피에르는 공공 포고인(布告人)이 거리마다 북을 치고 다니면서, 도시에는 계엄령이 선포되었으며 누구라도 도시를 벗어나는 자는 다시 들어오지 못한다고 주민들에게 알릴 것임을 결정했다. 성문들은 대낮에, 공식적으로 닫혔다. 주민들을 안심시키기 위해 취해진 이 조치는 공포를 절정으로 치닫게 했다. 19세기 중반에, 그것도 벌건 대낮에 스스로를 자물쇠로 걸어 잠그고 빗장을 거는 도시만큼 기이한 광경도 없을 터였다.

플라상이 주위에 성벽의 낡은 허리띠를 죄어 스스로를 가두고, 공격이 임박한 포위된 요새처럼 빗장을 걸어 잠그자 적막한 집들 위로 죽음의 공포가 스치고 지나갔다. 도심에서는 매 시간 교외에서 발사된 총소리가 들려오는 듯했다. 사람들은 더 이상 아무것도 알지 못했다. 그들은 지하 저장고나 벽으로 둘러싸인 은신처에서 해방이나 최후의 일격을 초조하게 기다리는 형국이었다. 들판을 누비던 봉기군 무리는 이틀 전부터 일체의 소통을 가로막았다. 막다른 골목에 몰린 듯한 지형의 플라상은 프랑스의 다른 지역과 단절되고 말았다. 마치 온통 반란 상태에 있는 나라의 한가운데에 있는 듯했다. 도시 주위로 경종이 울려 퍼졌고, 넘쳐흐르는 강물처럼 「라 마르세예즈」가 요란하게 퍼져나갔다. 버려진 채 전율하는 도시는 승리자들에게 약속된 노획품과도 같았다. 쿠르 소베르의 산책자들은 그랑포르트에서 때로는 봉기군의 작업복을, 또 때로는 군인들의 군복을 봤다고 믿으며 매 순간 두려움과 희망 사이를 오갔다. 어떤 도시도 무너져가는 담벼락의 감옥에 갇힌 플라상보다 고통스러운 종말을 맞이한 적은 없었을 터였다.

오후 2시경부터 쿠데타가 실패했다는 소문이 퍼지기 시작했다. 왕자 대통령이 뱅센 성의 탑에 갇혀 있다는 것이었다. 파리는 이제 더 지독한 선동가들의 수중에 있었다. 마르세유, 툴롱, 드라기냥 그리고 모든 남부 지방은 승리한 봉기군에게 점령당했다. 이제 저녁이 되면 봉기군이 와서 플라상 주민들을 학살할 것이었다.

그러자 주민 대표단이 시청에 와서 임시 위원회 위원들에게 성문을 닫은 것에 대해 항의했다. 오히려 봉기군을 자극하기만 했을 뿐이라는 것이었다. 당황한 피에르는 마지막 힘을 짜내 자신의 지시를 옹호했다. 성문을 이중으로 잠근 것이 그가 취한 행정 조치 중 가장 현명한 것이었다. 그것을 정당화하기 위해 그는 설득력 있는 말을 찾고자 했다. 하지만 그가 약속했던 군인들과 연대가 어디 있는지를 묻는 질문에 당혹감을 감추지 못했다. 그는 거짓말을 하면서 자신은 아무것도 약속하지 않았다고 단호하게 말했다. 주민들이 너무나 간절하게 기다린 전설적인 군대의 부재는 공포의 가장 큰 원인이었다. 소식통으로 자처하는 이들은 군인들이 어느 길에서 학살을 당했는지 정확한 위치까지 이야기했다.

오후 4시가 되자 피에르는 그라누와 함께 발케이라 저택으로 향했다. 오르셰르에서 봉기군과 합류한 작은 무리들은 여전히 멀리서 비오른 계곡을 지나고 있었다. 아이들은 온종일 성벽 위로 기어올라갔고, 부르주아들은 그곳으로 와 총안(銃眼)으로 바깥을 내다보았다. 겁먹은 주민들은 성벽의 총안을 통해 대학살의 준비 과정을 지켜볼 수 있다고 믿었다. 해가 지자 공포가 전날보다 더 차갑게 휩쓸고 지나갔다.

항상 그림자처럼 붙어 다니는 그라누와 함께 시청으로 돌아온 피에르는 자신들이 일촉즉발의 위기에 처했음을 깨달았다. 그들이 자리를 비운 사이 임시 위원회의 새로운 위원 하나가 가버려 이제 넷밖에 남지 않았다. 그들은 몇 시간이고 아무 말 없이 핏기 없는 얼굴로 서로를 바라보는 것이 우스꽝스럽다고 생각했다. 게다가 발케이라 저택의 테라스에서 두 번째 밤을 보내야 한다는 게 너무나 두려웠다.

피에르는 상황이 달라진 게 없으므로 계속 지키고 있을 필요가 없다고 진지하게 말했다. 만약 심각한 일이 발생하면 초병이 그들에게 알릴 것이었다. 그는 위원들과의 협의를 거쳐 루디에에게 자신의 모든 업무를 위임하기로 결정했다. 루이필리프 1세 치하에서 파리의 국민군이었던 기억을 간직하고 있던 가엾은 루디에는 굳건하게 그랑포르트를 지키는 중이었다.

 의기소침해진 피에르는 집들의 그림자 속으로 숨어들듯 집으로 돌아왔다. 그는 플라상 전체가 그에게 적대적으로 변했다고 느꼈다. 사람들 사이에서 오가는 분노와 경멸이 뒤섞인 말들 중에 그의 이름이 거론되는 것을 들었던 것이다. 그는 얼굴에 식은땀을 흘리고 비틀거리면서 계단을 올라갔다. 펠리시테는 일그러진 얼굴로 아무 말 없이 그를 맞이했다. 그녀 역시 절망감을 느끼던 차였다. 그들 부부의 모든 꿈이 무너져 내리고 있었다. 그들은 노란 살롱에서 서로를 마주 보았다. 어둠이 내리고 있었다. 커다란 꽃가지 무늬의 오렌지색 벽지가 진흙빛으로 보이는 흐릿한 겨울날이었다. 노란 살롱이 이보다 빛이 바래고 이보다 더럽고 수치스러워 보인 적이 없었다. 그리고 이 시각 그들은 단둘뿐이었다. 전날 그들에게 축하를 건네던 아첨꾼들은 더 이상 보이지 않았다. 소리 높여 승리를 외치던 그들을 쓰러뜨리는 데는 하루면 충분했던 것이다. 다음 날도 상황이 달라지지 않는다면 그들의 패배는 확실했다. 전날만 해도 군색한 모습의 노란 살롱을 보면서 아우스터리츠 들판을 떠올렸던 펠리시테는 이제 이토록 음울하고 텅 빈 살롱을 보며 워털루의 저주받은 전쟁터를 떠올렸다.

 남편이 계속 아무 말이 없자 그녀는 무심하게 창가로 향했다. 얼마 전 그녀가 온 도시의 찬양을 감미롭게 음미했던 창가로. 아래 광장에 많은 사람들이 모여 있는 것이 보였다. 펠리시테는 사람들이 자기들 집을 돌아보는 것을 보고는 얼른 덧창을 닫았다. 야유를 당할 것이 두려웠기 때문이었다. 그녀는 사람들이 자신들에 관해 이야기하고 있음을 직감적으로 알 수 있었다.

 어스름한 석양 속에서 목소리들이 들려왔다. 한 변호사가 자신감 넘치는 변호를 연상시키는 어조로 떠들어대고 있었다.

"그러게 내가 뭐라고 했습니까. 봉기군은 스스로 떠난 게 분명해요. 게다가 다시 돌아오겠다고 마흔한 명의 허락을 구할 것도 아니고 말이죠. 마흔하나라니! 웃기는 소리 말라고 해요! 장담하건대 적어도 200명은 되었을 거라고요."

"아니, 아니에요." 기름 장수이자 정치에 열을 올리는 건장한 도매상이 이어 말했다. "아마 다 합쳐도 열 명도 안 됐을 겁니다. 왜냐하면 그들은 애초에 싸우지도 않았거든요. 정말 싸웠다면 아침에 여기저기 핏자국이 남아 있었을 테니까요. 그걸 확인하려고 내가 시청까지 갔다 왔다니까요. 그런데 앞마당이 티끌 하나 없이 깨끗했다는 거 아닙니까."

그러자 무리 사이로 소심하게 끼어든 한 노동자가 덧붙여 말했다.

"게다가 시청을 점령하는 건 땅 짚고 헤엄치기나 마찬가지였을 겁니다. 문이 닫혀 있지도 않았다니까요."

그의 말에 여기저기서 웃음이 터져 나왔고, 용기를 얻은 그가 다시 말했다.

"루공 부부, 그 사람들 평판도 별로던데요, 뭐."

이처럼 모욕적인 말은 비수처럼 펠리시테의 심장을 찔렀다. 그녀는 사람들의 배은망덕에 절망했다. 그녀 역시 자신들 부부의 사명을 믿게 되었던 것이다. 펠리시테는 남편을 불렀다. 그녀는 그가 군중의 변덕스러움에서 교훈을 얻기를 바랐다.

"그 사람들, 그들이 말하는 거울이랑 똑같아요." 변호사가 이어 말했다. "그 깨진 거울 이야기로 얼마나 수선을 떨었습니까! 그런데 말이죠, 그 사람 루공은 거기다 스스로 총을 쏘고도 남을 위인이라고요. 싸움이 있었다고 믿게 하려고 말이죠."

피에르는 고통스러운 비명이 터져 나오려는 것을 간신히 억눌렀다. 사람들은 이제 그의 거울 이야기조차도 믿지 않았던 것이다. 거기다가 그의 귀에 총알이 스치는 소리를 들었다는 이야기도 거짓이라고 할 판이었다. 그리하여 루공 부부의 전설은 사라지고, 그들의 영광에서는 아무것도 남지 않을 터였다. 게다가 그의 시련은 여기서 끝나지 않았다. 모인 사람들은 전날 그들에게 박수를 보냈을 때만큼이나 악착같이 그들을 공격했다. 예전에 교외에서 모자 제작소를 운영했던 일흔 살의 한 노인은 루공 부부의 과거를 끄집어냈다. 그는 희미해져가는 기억력으로 푸크가의 땅과 아델라이드, 그녀와 한 밀수꾼의 사랑에 관해 더듬더듬 이야기했다. 사람들의 숙덕공론에 박차를 가하기에 충분한 이야기였다. 사람들은 한데 모여 떠들어댔다. 비열한 인간, 도둑놈, 수치스러운 음모 등등의 말이 덧창 뒤에서 두려움과 분노로 식은땀을 흘리는 피에르와 펠리시테의 귀에까지 들려왔다. 광장에 모인 사람들은 앙투안 마카르를 동정하기까지 했다. 그것은 결정적인 타격이었다. 어제 피에르는 브루투스였다. 조국을 위해 개인적인 애정을 희생하는 의연한 영혼이었다. 그러나 오늘 그는 불쌍한 동생의 배를 밟고 지나가는, 비열한 야심으로 가득한 인간, 자신의 행운을 쟁취하기 위해 동생을 발판으로 이용하는 못된 인간일 뿐이었다.

"들었지, 당신도 들었지." 피에르는 목멘 소리로 중얼거렸다. "나쁜 인간들 같으니라고, 우릴 죽일 작정인 거야. 우린 이제 다시는 일어서지 못할 거야."

분노한 펠리시테는 꽉 쥔 주먹으로 덧창을 두드리면서 말했다.

"저들이 뭐라고 지껄이든 신경 쓰지 말아요. 우리가 다시 잘되면, 내가 어떤 사람인지 알게 해줄 테니까. 난 누가 저런 말들을 퍼뜨리는지 알아요. 새 동네 사람들이 우릴 싫어해서 그러는 거라고요."

펠리시테의 추측은 정확했다. 루공 부부의 인기가 갑작스레 떨어진 것은 일단의 변호사들의 작품이었다. 그들은 파산할 뻔했던 무식한 전직 기름 장수가 갑자기 중요한 인물이 된 사실에 몹시 분노했다. 카르티에 생마르크는 이틀 전부터 쥐 죽은 듯 조용했다. 오래된 동네와 새 동네의 사람들만이 모습을 드러냈다. 새 동네 사람들은 사람들의 두려움을 이용해 상인과 노동자의 머릿속에서 노란 살롱의 평판을 떨어뜨리고자 했다. 루디에와 그라누는 훌륭하고 명예로운 시민인데 모사꾼인 루공 부부에게 속았던 것이다. 그러니 이제 그들이 바로 볼 수 있게 해줄 것이었다. 저 뚱뚱하고 알거지나 다름없는 사람 대신 무슈 이시도르 그라누가 시장 자리에 앉았어야 하는 것 아닌가? 시샘하는 이들은 그 사실에서 시작해 고작 전날에 행했던 피에르의 모든 행정 조치들을 싸잡아 비난하고 나섰다. 그는 전직 시의원들을 그대로 두지 말았어야 했다. 도시의 성문들을 닫게 한 것은 그의 심각한 실수였다. 그의 어리석음 때문에 임시 위원회 위원들 다섯이 발케이라 저택의 테라스에서 폐렴에 걸리기까지 했다. 사람들의 비방은 끝없이 이어졌다. 교외의 노동자들이 시청을 급습할지도 모른다는 이야기도 나돌았다. 반동파는 마지막 숨을 몰아쉬고 있었다.

모든 희망이 무너져 내리는 가운데 피에르는 필요할 때 누구에게 도움을 받을 수 있을지를 곰곰 생각했다.

"오늘 저녁에 아리스티드가 온다고 하지 않았나, 나랑 화해하려고?" 그가 물었다.

"그랬죠." 펠리시테가 말했다. "유리한 기사를 써주겠다고 약속했고요. 하지만 《랭데팡당》은 아직 나오지 않았….'"

그때 피에르가 그녀의 말을 가로막으면서 말했다.

"저길 봐! 저거 아리스티드 아니야? 도청에서 나오는 사람?"

펠리시테가 흘끗 보더니 소리쳤다.

"팔에 붕대를 다시 했네요!"

과연 아리스티드는 또다시 팔걸이 붕대로 손을 감추고 있었다. 제국은 무너지고 있었지만 아직 공화국이 승리를 거둔 것은 아니었다. 따라서 그는 다시 부상자 노릇을 하는 게 신중하다고 판단했다. 그는 고개를 숙인 채 조용히 광장을 가로질러 갔다. 그리고 필시 모여 있는 사람들의 위험하고 위협적인 말들을 들은 듯 반가의 모퉁이를 돌아 서둘러 가버렸다.

"거봐요, 쟤는 오지 않을 거라고요." 펠리시테가 씁쓸하게 말했다. "이제 다 끝났어요…. 자식들까지도 우릴 버린 거라고요!"

그녀는 더 이상 보지 않고 듣지 않으려고 세차게 창문을 닫았다. 그런 뒤 그녀는 등불을 켰고, 낙담한 그들은 식욕도 없이 저녁 식사를 하면서 음식을 남겼다. 그 후 그들이 어떤 결심을 하는 데는 몇 시간밖에 걸리지 않았다. 날이 밝는 대로 플라상을 그들의 발아래에 두어야 했다. 그리하여 사람들이 자신들에게 살려달라고 애원하게 해야 했다. 그러지 않으면 그들 부부는 오랫동안 꿈꿔온 행운을 포기해야 할 터였다. 그러나 그들이 불안해하며 결심을 하지 못하는 유일한 이유는 이 모든 것에 대한 확실한 소식을 알 길이 없기 때문이었다. 예리한 안목을 지닌 펠리시테는 그 사실을 재빨리 깨달았다. 그들이 쿠데타의 결과를 알 수 있었더라면 플라상의 구세주 역할을 대담하게 밀고 나갈 수 있었을 터였다. 또는 서둘러 사람들의 불행한 싸움을 그만두게 할 수도 있었을 것이었다. 그러나 그들은 아무것도 정확히 알지 못하는 터라 답답해서 머리가 돌 지경이었다. 그리하여 사건의 추이를 전혀 알지 못하는 상태에서 마치 주사위를 던지듯 자신들의 운명을 걸어야 한다는 사실에 식은땀이 났다.

"어째서 외젠 이 망할 놈은 나한테 편지를 쓰지 않는 거야!" 피에르는 절망감에 빠져 소리쳤다. 그럼으로써 아들의 편지에 관한 비밀을 아내에게 발설하고 있다는 것도 생각지 못한 채.

펠리시테는 아무 말도 못 들은 척했지만 남편의 외침은 그녀에게 충격으로 다가왔다. 그랬다. 어째서 외젠은 아버지에게 편지를 쓰지 않는 것일까? 그동안 그는 나폴레옹파의 대의가 성공을 향해 전진하고 있음을 그토록 충실하게 전해 오지 않았던가. 그러니 이제 적어도 루이 왕자의 승리나 패배에 대해 신속히 알려줘야 하는 것 아닌가 말이다. 아마도 극도로 조심하느라 그 소식을 전하지 않은 것이 아닐까. 외젠이 침묵하는 것은 승리한 공화국이 그를 뱅센의 지하 감옥에 있는 루이 왕자 곁으로 보냈기 때문인지도 몰랐다. 펠리시테는 몸이 얼어붙는 것 같았다. 아들의 침묵이 그녀의 마지막 희망을 죽여버렸던 것이다.

그때 누군가가 막 나온《라 가제트》를 가져다주었다.

"뭐야!" 피에르가 놀라 소리쳤다. "뷔예가 신문을 발행한 거야?"

그는 종이 띠를 찢고 머리기사를 읽더니 얼굴이 새하얗게 질려 의자에 털썩 주저앉았다.

"자, 읽어봐." 그는 신문을 펠리시테에게 건넸다.

그것은 전례 없는 격렬함으로 봉기군을 비판하는 훌륭한 기사였다. 지금까지 어느 펜 끝에서도 이토록 깊은 원한과 많은 거짓말과 경건한 쓰레기 같은 말이 흘러나온 적이 없었다. 뷔예는 봉기군 무리가 플라상에 입성한 이야기부터 시작했다. 한마디로 굉장한 걸작이었다. 그의 기사에는 '도적놈들, 흉악한 얼굴들, 도형장의 인간쓰레기들'이 '화주(火酒)와 음탕함과 약탈 행위에 취해' 도시를 침략했다는 이야기가 실려 있었다. 그는 봉기군이 '거리에서 그들의 파렴치함을 과시하고 야만적인 외침으로 주민들을 두려움에 떨게 하며 강간과 살해에 열을 올리는' 모습을 묘사하고 있었다. 좀 더 아래에서는 시청에 관한 장면과 행정 관리들의 체포가 끔찍한 비극처럼 그려져 있었다. '그리하여 그들은 더없이 존경스러운 이들에게 심각한 위해를 가했다. 천하의 도적놈들은 마치 예수에게 하듯 시장과 국민군의 용감한 사령관과 우체국장 등과 같은 친절한 관리들의 머리에 가시면류관을 씌웠으며, 그들의 얼굴에 침을 뱉었다.' 미예트와 그녀의 붉은 망토를 묘사하는 문단은 서정성의 절정으로 치달았다. 뷔예는 피투성이가 된 열 명, 스무 명의 소녀들을 목격했다. '그 괴물들 가운데서, 도적들이 길을 따라오면서 살해한 순교자들의 핏속에서 뒹굴었을 붉은색 옷차림의 사악한 존재들을 알아보지 못한 사람이 있을까? 그들은 대로에서 깃발을 흔들면서 도적떼의 역겨운 유혹에 스스로를 내맡겼다.' 뷔예는 성서의 과장법을 곁들여 다음과 같이 덧붙였다. '공화국은 언제나 음탕함과 살인 사이를 오가며 행진한다.' 게다가 이것은 기사의 첫 부분일 뿐이었다. 격렬한 결론으로 이야기를 마무리한 서적상은 주민들이 '재산도 사람도 존중하지 않는 야만적인 짐승들의 수치스러운 짓거리'를 더 오래 두고 볼 것인지를 물었다. 그는 더 이상 오래 참는 것은 머지않아 이곳을 공격해 '어머니의 품에서 딸을, 남편의 품에서 아내를 빼앗아 갈' 봉기군을 부추기는 일이 될 것이라며 모든 용기 있는 시민들이 들고일어날 것을 호소했다. 그리고 신이 사악한 자들의 절멸을 원한다는 경건한 문장 뒤에 다음과 같이 싸움을 부추기는 말로 기사를 끝맺었다. '저 비열한 자들이 또다시 우리 성문으로 몰려올 것이라고 한다. 그러니 이제 우리 각자가 총을 들고 가차 없이 그들을 쓰러뜨려야 할 것이다. 그때 나는 맨 앞줄에 서서 그런 버러지들을 이 땅에서 없애버리는 것을 기쁘게 여기리라.'

지방 저널리즘의 투박함과 외설적인 우언법(寓言法)이 뒤죽박죽으로 합쳐진 기사에 피에르는 경악했다. 그리고 펠리시테가 《라 가제트》를 다시 테이블 위에 올려놓자 혼잣말처럼 중얼거렸다.

"미친놈, 정신 나간 놈! 이자가 우릴 끝장내고야 말았어. 사람들은 이런 독설을 쓰게 한 게 나라고 생각할 거라고."

"그런데…" 펠리시테가 생각에 잠긴 듯 말했다. "오늘 아침에 당신이 나한테 그랬잖아요, 뷔예가 공화파를 공격하는 걸 단호히 거부했다고요. 봉기군이 쳐들어온다는 소식에 잔뜩 겁을 집어먹어서 그의 얼굴이 새하얗게 질렸다고 말이죠."

"그랬다니까 분명! 그래서 더 이해가 안 간다는 거야. 내가 계속 기사를 쓰라고 요구하니까 봉기군을 몽땅 죽이지 않았다고 날 원망하기까지 했다고…. 게다가 이런 기사는 어제 썼어야지, 어쩌자고 오늘 이런 걸 써서 우릴 죽이려고 하느냔 말이지."

펠리시테의 의혹은 점점 커져갔다. 어째서 뷔예가 마음을 바꾼 것일까? 성직자 흉내를 내는 남자가 플라상의 성벽 위에서 총을 쏘는 모습은 상상하기조차 어려운 우스꽝스러운 것 중 하나였다. 이 모든 일 뒤에는 그녀가 알지 못하는 어떤 결정적인 이유가 있는 게 분명했다. 봉기군 무리가 정말로 성문들 가까이 와 있다고 믿기에는 뷔예의 욕설이 너무 거칠고 대담했고, 그의 용기도 너무 쉬워 보였다.

"나쁜 놈이라고 내가 늘 말했었지." 기사를 다시 읽은 피에르가 말했다. "이자는 우릴 죽일 생각밖에 안 하는 것 같아. 그런 놈한테 우체국장 자리를 맡기다니 내가 너무나 어리석었어."

그의 마지막 말은 마치 한 줄기 빛과도 같았다. 펠리시테는 갑자기 무슨 생각이 난 듯 자리에서 벌떡 일어났다. 그녀는 보닛을 쓰고 어깨에 숄을 둘렀다.

"어딜 가려는 거야?" 피에르가 놀라 물었다. "벌써 9시가 지났는데."

"당신은 가서 자요." 펠리시테가 다소 퉁명스럽게 말했다. "힘들었을 텐데 잘 쉬어야죠. 내가 올 때까지 자고 있어요. 돌아와서 필요하면 깨울게요. 그때 우리 다시 이야기해요."

밖으로 나간 그녀는 평소처럼 날렵하게 우체국으로 달려갔다. 그리고 뷔예가 아직 일하고 있는 집무실로 불쑥 들어갔다. 그는 펠리시테를 보고 당황한 듯 몸을 움찔했다.

요즘처럼 뷔예가 신이 났던 적은 없었다. 우편물들 사이로 가느다란 손가락을 집어넣을 수 있게 된 이후로 그는 호기심 많은 신부(神父)의 진한 쾌락과 즐거움을 맛보곤 했다. 마치 고해자의 고해성사를 음미할 준비가 된 신부 같았다. 은밀하게 함부로 내뱉는 말들, 제의실에서의 어렴풋한 잡담들이 그의 귓전에 울려 퍼졌다. 그는 허옇고 긴 코를 글자들 가까이 갖다 댄 채, 수상쩍은 눈으로 사랑스럽게 주소를 바라보거나, 젊은 사제가 처녀의 영혼을 탐색하듯 봉투를 자세히 살폈다. 그러면서 끝없는 쾌락을 맛보았고, 자극으로 가득한 유혹을 느꼈다. 플라상의 수많은 비밀들이 거기 있었던 것이다. 여인들의 명예와 사람들의 운명이 그의 손안에 있었고, 그는 봉인을 뜯기만 하면 도시 부자들의 속내 이야기를 들어주는 대성당의 총대리(總代理)만큼이나 많은 것을 알 수 있었다. 뷔예는 모르는 게 없으면서 사람들로 하여금 모든 것을 말하게 하는 재주를 지닌, 냉정하고 예리한 소문난 수다꾼이었다. 그는 소문들을 퍼뜨리는 것만으로 사람들을 죽일 수도 있었다. 그리하여 그는 어깨까지 깊숙이 우편함에 손을 집어넣는 상상을 종종 하곤 했다. 이제 전날부터 우체국장의 집무실은 그에게는 그림자와 종교적인 신비로 가득한 커다란 고해실이나 다름없었다. 그 안에서 그는 편지들로부터 새어 나오는 희미한 속삭임들과 전율케 하는 고백들을 들이마시며 황홀경에 빠지곤 했다. 한술 더 떠서 서적상은 극도로 뻔뻔하게 작업을 수행했다. 플라상이 겪고 있는 위기가 그에게 완전한 면책 특권을 부여했던 것이다. 혹시라도 편지가 조금 늦어지거나 도중에 분실되기라도 하면, 그것은 도시 주변을 누비고 다니면서 모든 소통을 차단한 빌어먹을 공화파의 잘못으로 치부되었다. 그는 성문의 폐쇄 결정에 잠시 언짢았지만, 우편물이 시청을 거치지 않고 곧바로 그에게 전달되도록 루디에와 합의했다.

사실 그는 성당 관리인 같은 그의 직감이 가리키는 쓸모 있는 몇몇 편지들, 말하자면 다른 사람보다 먼저 알아두면 유용할 소식들을 포함한 편지들만을 뜯어보곤 했다. 그런 다음 사람들에게 경각심을 일깨워줄 편지들이 나중에 전달되도록 서랍 속에 넣어두었다. 그래야 온 도시가 아무것도 모르면서 두려움에 떨 때 그가 먼저 나서서 용기를 발휘할 수 있을 터였다. 충실한 가톨릭인 그는 우체국장의 자리를 선택함으로써 누구보다 빨리 상황을 이해할 수 있었던 것이다.

루공 부인이 안으로 들어왔을 때 뷔예는 분류 작업을 핑계로 수많은 편지와 신문 더미 중에서 무언가를 고르고 있었다. 그는 공손하게 미소를 지으며 자리에서 일어나 그녀에게 의자를 건넸다. 그의 벌게진 눈꺼풀이 불안하게 떨렸다. 펠리시테는 선 채로 다짜고짜 말했다.

"편지 당장 내놔요."

뷔예는 무슨 말인지 모르겠다는 듯 두 눈을 크게 떴다.

"무슨 편지를 말씀하시는 건지요, 부인?" 그가 물었다.

"오늘 아침 내 남편 앞으로 온 편지 말이에요…. 얼른요, 무슈 뷔예, 시간이 없다고요."

뷔예가 자신은 아무것도 알지 못하고, 아무것도 보지 못했으며, 그녀의 말이 이해되지 않는다고 더듬거리자 펠리시테는 은근히 위협적인 어조로 다시 말했다.

"파리에서, 내 아들 외젠에게서 온 편지. 내 말 무슨 말인지 알죠?… 내가 직접 찾을 수도 있어요."

그녀는 책상에 수북이 쌓인 다양한 꾸러미를 집는 척했다. 그제야 그는 허둥거리며 찾아보겠노라고 했다. 어쩔 수 없이 모든 게 엉망이었다! 어쩌면 정말로 편지 하나가 와 있는지도 몰랐다. 그렇다면 그것을 찾을 수 있을 터였다. 하지만 그는 맹세코 그것을 보지 못했다고 했다. 이야기를 하면서 집무실로 돌아간 그는 모든 편지들을 뒤집어엎었다. 그리고 서랍들과 상자들을 열어보았다. 펠리시테는 차분히 기다렸다.

"이런, 부인 말이 맞았네요. 여기 말씀하신 편지가 와 있네요." 마침내 그는 한 상자에서 몇몇 편지들을 꺼내며 소리쳤다. "오, 이런 망할 것들! 상황이 이렇다 보니 직원들이 아주 제멋대로라니까요, 글쎄!"

펠리시테는 예의 그 편지를 받아 봉인을 유심히 살폈다. 자신의 그런 행동이 뷔예의 심기를 거스를지도 모른다는 생각은 조금도 하지 않는 듯했다. 그녀는 그가 봉투를 열어봤다는 것을 분명히 알 수 있었다. 아직 서툰 서적상은 봉인을 다시 붙이기 위해 더 짙은 색의 봉랍(封蠟)을 사용했다. 펠리시테는 필요하면 증거가 될 수도 있는 봉인을 건드리지 않은 채 조심스레 봉투를 찢었다. 외젠은 몇 마디로 쿠데타의 완전한 성공을 알리면서 승리를 찬양하고 있었다. 파리는 정복당했고, 지방은 아무 반응도 보이지 않았다. 그는 자기 부모에게 프랑스 남부를 요동치게 하는 부분적인 봉기에 맞서 매우 단호한 태도를 취할 것을 충고했다. 마지막으로 그는 그들이 마음을 약하게 먹지만 않는다면 그들의 행운은 따놓은 당상이라고 자신했다.

루공 부인은 편지를 주머니에 넣고는 천천히 자리에 앉아 뷔예를 똑바로 응시했다. 그는 아주 바쁜 것처럼 정신없이 우편물 분류를 다시 시작했다.

"내 말 잘 들으세요, 무슈 뷔예." 그녀가 말했다.

그리고 그가 고개를 들자 이야기를 계속했다.

"우리 한번 서로 솔직하게 말해보죠. 그게 좋지 않겠어요? 우릴 배신하는 실수를 저지르지 마세요. 그랬다간 아주 안 좋은 일이 닥칠지도 모르니까. 혹시라도 우리 편지를 뜯어보는 것 말고도…."

뷔예는 항변하면서 화를 내는 척했다. 그러나 펠리시테는 차분히 말했다.

"난 당신 같은 사람을 잘 알아요. 자신이 한 일을 절대 솔직히 말하지 않겠죠…. 이봐요, 우리 불필요한 말은 하지 말자고요. 쿠데타를 돕는 대가로 바라는 게 뭐예요?"

그가 또다시 자신이 정직한 사람이라는 것을 강조하자 펠리시테는 더 이상 참지 못하고 소리쳤다.

"내가 천치 바보인 줄 알아요? 당신이 쓴 기사를 읽었다고요…. 충고하는데 우리하고 손잡는 게 좋을 거예요."

그러자 그는 아무것도 인정하지 않으면서 대학의 고객들에게 물건을 납품하고 싶다고 솔직하게 이야기했다. 과거에 대학에 고전 서적들을 공급한 것도 그였다. 그러나 사람들은 그가 학생들에게 몰래 음란물을 팔아서 학생들의 책상이 음탕한 판화와 서적으로 넘친다는 것을 알게 되었다. 그 일로 그는 하마터면 경범 재판소에 회부될 뻔했다. 그런 일이 있은 뒤부터 그는 대학 당국의 호의를 되찾기를 간절히 바라고 있었다.

펠리시테는 그의 야망이 몹시 소박한 것에 놀랐다. 심지어 그에게 그렇게 말하기까지 했다. 그깟 사전 몇 권 팔려고 남의 편지를 훔쳐보고 도형장에 갈 위험을 무릅쓰다니!

"그게 말이죠….' 그는 날카로운 목소리로 말했다. "1년에 4,000~5,000프랑 수입은 거뜬하거든요. 난 누구처럼 허황된 꿈은 꾸지 않아요."

펠리시테는 아무 대꾸도 하지 않았다. 뜯어본 편지 따위는 이제 더 이상 문제가 되지 않았다. 그들은 일종의 협정을 맺었다. 뷔예는 어떤 소식도 발설하지 않고, 절대 앞에 나서지 않기로 약속했다. 그 대가로 루공 부부는 그가 대학의 고객들을 확보할 수 있게 해주기로 했다. 그와 헤어지면서 펠리시테는 그가 더 이상 이 일에 끼어드는 일이 없도록 다짐을 받았다. 편지들을 보관하고 있다가 이틀 후에 배분하는 것으로 그의 역할은 충분했다.

"빌어먹을 사기꾼 같으니라고!" 거리로 나선 그녀는 자신이 방금 우편물 배송을 금지한 것은 생각지 않고 중얼거렸다.

펠리시테는 생각에 잠긴 채 느릿한 걸음으로 집으로 돌아갔다. 심지어 더 오래 더 편하게 생각하기 위해서인 듯 쿠르 소베르로 돌아서 가기까지 했다. 산책로의 나무 아래에서 그녀는 우연히 카르나방 후작을 만났다. 그는 사람들 눈에 띄지 않기 위해 밤에 도시를 살살이 살펴보고자 했다. 싸움이라면 진저리를 치는 플라상의 성직자들은 쿠데타 소식을 들은 뒤로 철저하게 중립을 지키고 있었다. 그들에게 제정은 기정사실이나 마찬가지였다. 그들은 새로운 지도자와 함께 자신들의 오랜 술책을 재개할 때를 기다리고 있었다. 이제 아무런 쓸모가 없어진 후작은 단 한 가지만을 궁금해했다. 이 싸움이 어떻게 끝날 것이며, 루공 부부가 어떤 식으로 끝까지 자신들의 역할을 해낼까 하는 것이었다.

"오, 펠리시테 너로구나." 그는 펠리시테를 알아보고 반색했다. "안 그래도 널 보러 가려던 참이었다. 너희 부부 일이 엄청 꼬였다고 하던데."

"아, 아니에요, 아무 문제 없어요." 그녀는 무심한 듯 대답했다.

"그렇다면 다행이다. 나중에 다 이야기해줄 거지? 솔직히 말하면 간밤에 나 때문에 네 남편과 동료들이 엄청나게 겁을 집어먹었었다. 내가 계곡의 작은 숲마다 봉기군 무리가 숨어 있다고 알려줄 때마다 테라스에 있던 이들이 어찌나 이상야릇한 얼굴을 하던지. 네가 그걸 봤어야 하는데…. 어쨌거나 날 용서해줄 거지?"

"오히려 감사할 일인걸요." 펠리시테가 경쾌하게 말했다. "그 사람들을 죽도록 더 무섭게 하셨어야 했어요. 하지만 제 남편은 아주 음흉한 사람이에요. 조만간 아침에 제가 혼자 있을 때 집에 들러주세요."

그녀는 그 자리에서 도망치듯 잰걸음으로 사라졌다. 마치 후작과의 만남이 그녀로 하여금 무언가를 결심하게 한 것 같았다. 그녀의 작은 몸 전체가 가차 없는 어떤 의지를 보여주고 있었다. 그녀는 마침내 피에르가 자기 몰래 한 짓거리들에 복수하고 그를 자기 발아래에 두면서 집안의 모든 것을 자기 마음대로 할 수 있게 된 것이었다. 그녀는 연극을 하듯 자신에게 꼭 필요한 장면을 연출하기로 마음먹었다. 펠리시테는 상처받은 아내의 섬세함으로 오랫동안 이를 궁리해왔으며, 그 속에 담긴 심오한 비웃음을 미리부터 음미하고 있었다.

그녀가 집에 돌아왔을 때 피에르는 깊이 잠들어 있었다. 그녀는 촛불을 가까이 대고 잠시 안됐다는 듯 그의 두툼한 얼굴을 바라보았다. 그의 얼굴에 언뜻언뜻 가벼운 전율이 스쳐 갔다. 그녀는 침대 머리맡에 앉아 보닛을 벗고 머리를 헝클어뜨렸다. 그리고 절망한 여인네 같은 얼굴로 큰 소리로 흐느끼기 시작했다.

"엥, 무슨 일이야, 왜 울어 당신?" 느닷없이 잠에서 깨어난 피에르가 물었다.

펠리시테는 아무 대답도 하지 않고 더욱더 비통하게 울었다.

"제발 말 좀 해봐." 침묵하는 절망에 겁을 집어먹은 남편이 다시 말했다.

"어딜 갔다 온 거야? 혹시 봉기군을 본 거야?"

그녀는 아니라는 고갯짓을 하고는 착 가라앉은 목소리로 말했다.

"방금 발케이라 저택에서 오는 길이에요. 카르나방 후작님께 조언을 구하려고 갔었지요. 그런데… 우린 이제 끝났어요."

피에르는 하얘진 얼굴로 자세를 고쳐 앉았다. 풀어 헤친 셔츠 사이로 드러난, 황소처럼 굵은 그의 목과 물렁한 살이 두려움으로 부풀어 올랐다. 핏기 없이 울상이 된 그는 흐트러진 침대 한가운데로 못생긴 중국 도자기 인형처럼 주저앉았다.

"후작님이 그러는데 루이 왕자가 진 게 분명하대요." 펠리시테는 이야기를 계속했다. "우린 이제 망했어요, 한 푼도 못 건질 거라고요."

그러자 겁쟁이들이 종종 그러듯 피에르는 벌컥 화를 냈다. 이것은 후작의 잘못이고, 자기 아내의 잘못이며, 온 가족의 잘못 때문이었다. 카르나방 후작과 펠리시테가 그를 이 어리석은 짓거리 속으로 던져 넣기 전까지 그가 정치에 관심이나 있었던가 말이다!

"분명히 말하지만 난 이 일에서 빠질 거야." 그가 소리쳤다. "이 멍청한 짓거리를 벌인 건 당신들 두 사람이니까. 얼마 안 되는 우리 연금으로라도 마음 편히 지내는 게 훨씬 현명하지 않았겠냐고? 하지만 당신은 항상 모든 걸 당신 마음대로 하길 원했지. 그래서 지금 우리가 어떻게 되었는지 잘 보라고."

제정신이 아닌 피에르는 자신이 아내만큼이나 쿠데타를 지지하는 일에 열을 올렸었음을 기억하지 못했다. 그는 지금 자신의 패배를 다른 사람들의 탓으로 돌리면서 자신의 분노를 쏟아낼 수 있기를 바랄 뿐이었다.

"어쨌거나 우리 아이들 같은 자식들 때문에라도 우리가 성공할 수 있었을 것 같아?" 그는 계속 열변을 토했다. "외젠은 결정적인 순간에 우릴 버렸어. 아리스티드는 우릴 진흙탕 속에 처박았고. 심지어 엄청나게 순수한 척하는 파스칼마저 봉기군을 흉내 내 인류애를 실천하기에 바빴지…. 말하자면 우린 아무짝에도 쓸모없는 자식들 교육 때문에 파산한 거나 마찬가지라고!"

그는 평소에는 거의 쓰지 않던 단어까지 사용해가며 분노를 토해냈다. 펠리시테는 그가 숨을 고르는 틈을 이용해 부드럽게 말했다.

"앙투안도 있잖아요."

"그래, 맞아! 그놈을 깜빡했군!" 그는 더욱더 흥분하며 이어 말했다. "그놈 생각만 해도 돌아버릴 것 같다니까!… 게다가 그게 다가 아니야. 그 실베르라는 애새끼 말이야. 요전 날 어머니 집에서 그 아일 봤는데 글쎄 손에 피 칠갑을 하고 있더라니까. 헌병의 눈 하나를 구멍 내놨다는 거야. 당신이 놀랄까 봐 그 이야기를 하진 않았지만. 그 때문에 명색이 내 조카라는 놈이 중죄 재판소엘 가야 한다면? 참, 이렇게 기막힌 가족이 세상에 또 있을까!… 앙투안 그놈이 우릴 괴롭힌 걸 생각하면… 언젠가 총이 있었을 때 그놈 머리통을 박살 내고 싶었다니까. 뭐, 지금도 여전히 그런 생각이지만…."

펠리시테는 파도가 지나가게 놔두었다. 그녀는 남편의 비난을 천사처럼 온화하게 받아들였다. 자신이 마치 죄인이나 된 양 고개를 숙인 채 홀로 회심의 미소를 지으면서. 그녀의 그런 태도는 피에르를 더욱더 자극하면서 미치게 했다. 그의 목소리가 잦아들자 펠리시테는 후회하는 척하면서 깊은 한숨을 내쉬었다. 그리고 절망적인 목소리로 거듭 말했다.

"맙소사, 이제 어떡하죠? 어떡하면 좋으냐고요!… 우린 빚에 깔려 죽고 말 거예요."

"이게 다 당신 때문이야!" 피에르는 마지막 힘을 짜내 소리쳤다.

실제로 루공 부부는 사방에 빚을 지고 있었다. 임박한 성공에 대한 기대에 그들은 모든 신중함을 잃었던 것이다. 1851년 초부터 그들은 매일 저녁 노란 살롱의 단골들에게 시럽 음료와 펀치,[5] 조그만 케이크를 비롯한 완벽한 간식

---

5 럼주에 레몬·향신료 따위로 향을 넣어 만든 음료.

거리를 제공하기까지 했다. 이 모두가 공화국의 죽음을 축하하기 위한 것이었다. 한술 더 떠서 피에르는 소총과 탄약 구매에 보태기 위해 재산의 4분의 1을 반동파가 자유로이 사용하게 했다.

"제과점에 갚아야 할 외상값이 적어도 1,000프랑은 될 거예요." 펠리시테는 또다시 부드러운 목소리로 말했다. "술집 외상값은 아마도 그 두 배는 될 거고요. 거기다 푸줏간, 빵집, 과일 가게까지 합하면…."

피에르는 숨이 넘어가기 일보 직전이었다. 펠리시테는 다음과 같이 덧붙임으로써 그에게 마지막 일격을 가했다.

"무기 값으로 당신이 준 1만 프랑은 치지도 않았고요…."

"난 억울해! 억울하다고!" 피에르는 더듬거리며 말했다. "그자들이 날 속인 거야. 내 돈을 훔쳐 간 거라고! 그 멍청한 시카르도가 나폴레옹파가 이길 거라고 장담하면서 날 끌어들인 거야. 난 그자들에게 돈을 빌려주는 거라고 생각했어. 그러니까 그 늙은이가 내 돈을 돌려줘야 하는 거야."

"하! 그들은 당신한테 아무것도 돌려주지 않을 거예요." 그의 아내는 어깨를 으쓱하며 말했다. "우린 전쟁의 운명을 겪을 거예요. 빚을 다 갚고 나면 빵 한 조각 살 돈도 남아 있지 않을 거라고요. 정말 기막힌 전쟁을 치른 셈이네요!… 괜찮아요, 오래된 동네의 두더지 굴 같은 집에서 살면 되죠 뭐."

이 마지막 문장이 그들의 삶의 조종(弔鐘)처럼 음울하게 울려 퍼졌다. 피에르는 아내가 상기시킨 오래된 동네의 허름한 집을 머릿속에 그려보았다. 평생 풍요롭고 안락한 즐거움을 추구하며 살아온 끝에 그곳에서, 허름한 침대에서 죽어가게 생긴 것이었다. 그의 어머니 재산을 훔친 것도, 추악한 음모에 발을 담근 것도, 수년간 거짓된 삶을 살았던 것도 모두가 허사가 되어버렸다. 제국은 그의 빚을 갚아주지 않을 터였다. 제국만이 유일하게 그를 파산에서 구할 수 있었는데 말이다. 그는 셔츠 바람으로 침대에서 뛰어내리며 외쳤다.

"그래, 차라리 총을 들겠어. 그렇게 사느니 봉기군한테 죽는 게 나아."

"그건, 내일이나 모레면 할 수 있어요." 펠리시테는 매우 침착하게 대꾸했다. "공화파들이 가까이 와 있으니까요. 그것도 이 모든 걸 끝낼 수 있는 또 하나의 방법이겠죠."

피에르는 온몸이 얼어붙었다. 갑자기 누군가가 그의 어깨 위에 차가운 물 한 양동이를 들이부은 것 같았다. 그는 천천히 다시 누웠다. 그리고 시트의 온기가 느껴지자 울음을 터뜨렸다. 이 뚱뚱한 남자는 아주 쉽게 눈물을 흘렸다. 애쓰지 않아도 끊임없이 흘러내리는 눈물이 부드럽게 그의 뺨을 적셨다. 그의 안에서 치명적인 반응이 생겨났다. 모든 분노를 쏟아낸 그는 어린아이처럼 무기력하게 슬피 울었다. 그의 위기를 기다려온 펠리시테는 자기 앞에서 그토록 낙담하고 허무해하는 초라한 남편을 보면서 속으로 쾌재를 불렀다. 하지만 여전히 아무 말 없이 침통한 모습을 고수했다. 그녀가 체념과 절망을 드러내듯 한참 동안 아무 말이 없자 피에르는 더 많은 눈물을 쏟아냈다.

"제발 아무 말이라도 해보라고!" 그는 애원하듯 말했다. "같이 대책을 강구하잔 말이야. 정말 살아날 길이 없을까?"

"없어요, 당신도 잘 알잖아요." 펠리시테가 말했다. "조금 전에 당신이 설명한 그대로예요. 우릴 도와줄 사람은 아무도 없다고요. 자식들조차 우릴 버린 마당에 누가 우릴 돕겠어요."

"그럼… 도망가지, 뭐. 오늘 밤 플라상을 떠나는 건 어때? 지금 당장 말이야."

"도망을 가자니! 그랬다가는 내일 우린 사람들의 웃음거리가 되고 말 거예요…. 게다가 당신이 성문들을 닫게 한 걸 잊었어요?"

피에르는 머리를 최대로 굴리면서 발버둥을 치고 있었다. 그러다 포기한 듯 애원하는 목소리로 나직이 말했다.

"제발 무슨 궁리를 좀 해봐. 당신 아직 아무 말도 안 했잖아."

펠리시테는 놀라는 척하면서 고개를 들고는 깊은 무력감을 드러내는 몸짓으로 말했다.

"내가 뭘 알겠어요. 난 정치에는 문외한이라고요. 당신이 수없이 말한 것처럼 말이에요."

당황한 남편이 아무 대꾸도 못 한 채 눈을 내리깔자 그녀는 담담한 어조로 천천히 말했다.

"당신은 당신이 하는 일을 나한테 이야기해준 적이 없죠, 안 그래요? 그러니 아무것도 모르는 내가 무슨 말을 할 수 있겠어요? 하물며 조언이라니…. 사실 당신이 잘한 거예요. 여자들은 때로 말이 많아지니까 남자들이 혼자 다 알아서 하는 게 백번 나은 거라고요."

펠리시테가 아주 미묘한 아이러니를 곁들여 말한 터라 피에르는 아내의 빈정거림에 깃든 잔인함을 깨닫지 못한 채 크게 후회했을 뿐이었다. 그리고 느닷없이 모든 것을 털어놓았다. 피에르는 깊이 반성하면서, 자신의 구세주에게 애원하는 사람처럼 외젠의 편지들에 대해 상세히 이야기하고 자신의 계획과 행동에 대해 설명했다. 그러는 동안 수시로 말을 중단하면서 물었다. "당신이 나였다면 어떻게 했을 것 같아, 엉?" 또는 이렇게 소리치기도 했다. "안 그래? 난 옳았어, 그러지 않을 수가 없었다고." 하지만 펠리시테는 아무런 반응도 보이지 않았다. 단지 근엄한 판사처럼 그의 말을 듣고 있었을 뿐이었다. 사실 마음속으로 그녀는 더할 나위 없는 즐거움을 음미하고 있었다. 마침내 이 엉큼한 남자를 자기 손아귀에 쥐게 되었던 것이다. 그녀는 마치 종이 공을 가지고 노는 고양이처럼 그를 가지고 놀았고, 그는 그녀가 수갑을 채운다고 해도 기꺼이 두 손을 내밀었을 터였다.

"잠깐만 기다려봐." 그는 침대에서 재빨리 뛰어내리며 말했다. "내가 외젠의 편지를 읽어줄게. 당신이 상황 판단을 더 잘할 수 있도록 말이지."

펠리시테가 그의 셔츠 자락을 잡고 그를 저지하려고 했지만 소용이 없었다. 그는 침대 옆 탁자에 편지들을 펼쳐놓고는 다시 자리에 누워 하나하나 다

읽은 뒤 그녀가 다시 읽게 했다. 억지로 웃음을 참고 있던 펠리시테는 남편이 불쌍하다는 생각이 들기 시작했다.

"자, 당신도 이제 다 알았으니 우리를 파산에서 구할 방법을 생각해볼 수 있겠지?" 편지를 다 읽은 그가 초조한 얼굴로 말했다.

펠리시테는 여전히 아무런 대꾸도 하지 않았다. 무언가를 깊이 생각하는 듯 보였다.

"당신은 똑똑한 여자잖아." 피에르는 그녀의 비위를 맞추려고 애썼다. "그동안 당신한테 말하지 않은 건 내 잘못이야. 나도 알아…."

"그런 얘긴 더 이상 하지 말자고요." 그녀가 말했다. "내 생각에는, 당신이 그럴 용기가 있다면….

그가 대답을 기다리면서 뚫어져라 쳐다보자 펠리시테는 하려던 말을 멈추고 미소를 지으며 물었다.

"앞으로는 나를 무시하지 않겠다고 약속할 수 있어요? 모든 걸 이야기하겠다고, 내 의견을 묻지 않고는 아무것도 하지 않겠다고 말이에요."

그는 맹세를 한 뒤 더없이 까다로운 조건들을 받아들였다. 그러자 이번에는 펠리시테가 자리에 누웠다. 한기를 느낀 그녀는 그에게 바싹 다가갔다. 그리고 누가 들을세라 나직하게 자신의 계략을 상세히 설명했다. 그녀의 생각으로는 공포가 더욱더 거세게 도시를 휩쓸어야 하며, 그로 인해 겁먹은 주민들 가운데서 피에르가 영웅적인 태도를 견지해야만 할 것이었다. 그녀의 은밀한 예감이 봉기군이 아직 멀리 있다고 알려주고 있었다. 게다가 조만간 질서당이 승리할 것이고 루공 부부는 보상을 받을 것이었다. 구세주 역할을 한 뒤 희생자 역할을 하는 것 또한 중요했다. 펠리시테는 강한 확신을 가지고 너무나 조리 있게 이야기를 해나갔다. 처음에는 그녀의 계획이 지극히 단순한 데 놀란 피에르는 그 속에 훌륭한 전략이 숨겨져 있음을 알고는 모든 용기를 짜내 그녀의 말대로 하기로 약속했다.

"당신을 구한 게 나라는 걸 잊으면 안 돼요." 그녀는 상냥한 목소리로 속삭였다. "이제 내 말 잘 들을 거죠?"

그들은 키스를 한 뒤 잘 자라고 인사했다. 이는 탐욕으로 불타는 두 노인의 새로운 출발을 의미했다. 하지만 둘 중 누구도 잠을 이루지 못했다. 15분 뒤, 천장에 비친 야등의 둥근 빛을 응시하던 피에르는 몸을 돌려 방금 머릿속에 떠오른 생각을 아내에게 조그맣게 말했다.

"아! 안 돼요, 그건." 펠리시테는 몸을 떨며 중얼거렸다. "그건 너무 잔인하잖아요."

"제길, 대체 왜 안 된다는 거야!" 그가 다시 말했다. "주민들을 겁먹게 해야 한다고 당신이 그랬잖아!⋯ 내가 말한 게 실제로 일어나면 사람들이 나를 더 진지하게 여길 거라고⋯."

그는 자신의 계획을 완성하듯 소리쳤다.

"그래, 앙투안을 이용하는 거야⋯. 그러면서 그놈을 치워버릴 수도 있고 말이지."

펠리시테는 남편의 생각에 충격을 받은 듯했다. 잠시 생각에 잠긴 그녀는 혼란스러운 목소리로 머뭇머뭇 말했다.

"어쩌면 당신 말이 맞는지도 모르겠어요. 한번 생각해봐야겠네요. 어쨌거나 머뭇거리는 건 바보 같은 짓일 거예요. 우리한테는 사느냐 죽느냐 하는 문제니까⋯. 이 일은 나한테 맡겨줘요. 내가 내일 앙투안을 만나러 가서 서로 합의가 될지 알아볼 테니까요. 당신이 가면 다툴 게 뻔하고, 그럼 모든 걸 망칠 거예요⋯. 잘 자요, 딱한 양반⋯. 아무 걱정 말아요, 이 고통도 곧 다 끝날 테니까요."

그들은 또다시 키스를 한 뒤 잠들었다. 천장에 비친 빛이 겁에 질린 눈처럼 둥글게 커지면서, 희부연 얼굴로 시트에 죄악을 뿜어내며 잠든 두 부르주아를 뚫어져라 응시하는 듯했다. 루공 부부는 그들의 방에 핏빛 비가 쏟아지는 꿈을 꾸었다. 그중 커다란 방울들이 바닥에 닿자마자 금화들로 변하는 꿈이었다.

다음 날 펠리시테는 날이 밝기도 전에 시청으로 향했다. 앙투안 가까이 갈 수 있도록 피에르가 정보를 알려준 터였다. 그녀는 남편의 국민군 유니폼을 수건에 싸 가지고 갔다. 초소에는 깊이 잠든 몇몇 남자들밖에 없었다. 포로의 식사 담당인 경비가 올라와 감옥으로 사용 중인 세면장의 문을 열어준 뒤 조용히 내려갔다.

앙투안은 이틀 밤낮을 세면장에 갇혀 있었다. 거기서 그는 오랫동안 생각에 잠길 수 있었다. 첫날 잠들 때는 무력감을 동반한 격렬한 분노에 휩싸이곤 했다. 자기 형이 옆방에서 편안히 있을 거라는 생각에 문을 부수고 싶었다. 그는 봉기군이 돌아와 그를 구해내자마자 두 손으로 형을 목 졸라 죽이겠다고 거듭 다짐했다. 하지만 저녁에 해가 지면 차분해지면서 비좁은 세면장에서 씩씩대며 빙빙 도는 것을 멈췄다. 그는 긴장을 풀어주는 그곳의 부드러운 내음과 편안함을 호흡했다. 대단한 부자에 섬세하고 세련된 무슈 가르소네는 이 작은 공간을 매우 우아하게 꾸며놓았다. 긴 의자는 푹신하고 포근했으며, 대리석 세면대에는 향수, 머릿기름, 비누 등이 놓여 있었다. 점차 옅어지는 햇빛은 마치 규방에 매달린 등불의 빛처럼 부드러운 관능을 발하며 천장에서 떨어져 내렸다. 희미한 사향 냄새와 함께 나른해지게 하는 공기가 세면장에 감도는 가운데 잠이 들 때마다 '이 망할 부자들은 정말 좋긴 하겠군.'이라는 생각이 그의 머릿속을 스쳐 갔다. 그는 누군가가 가져다준 담요를 덮고 자면서 머리, 등, 두 팔을 쿠션에 기댄 채 아침까지 뒹굴뒹굴했다. 아침에 눈을 뜨면 천장의 채광창으로 한 줄기 햇빛이 새어 들어왔다. 하지만 그는 긴 의자에서 일어날 생각을 하지 않았다. 그가 앞으로 이런 곳에서 세수를 할 일은 결코 없을 터였다. 특히 세면대가 그의 관심을 끌었다. 이렇게 많은 용기(容器)와 작은 유리병들이 있다면 스스로를 깨끗하게 유지하는 일은 어렵지 않을 것이었다. 이런 것들을 보면서 그는 씁쓸한 마음으로 실패한 자신의 삶을 떠올렸다. 자신이 어쩌면 잘못된 길을 걸어왔는지도 모른다는 생각이 들었다. 못사는 이들과 어울려서는 아무것도 얻을 게 없었다. 너무 고약하게 굴지 않고 루공 부부와 잘 지냈더라면 좋지 않았을까. 하지만 그는 곧 이런 생각을 떨쳐버렸다. 루공 부부는 그의 돈을 훔쳐 간 악당들이었다. 그러나 그는 긴 의자의 온기와 부드러움에 자꾸만 마음이 약해지면서 어렴풋한 후회를 느꼈다. 사실 봉기군은 그를 버린 셈이었고, 그들은 멍청하게 패배했던 것이다. 마침내 그는 공화국은 사기에 불과하다고 결론지었다. 저 루공 부부는 운이 좋았다. 앙투안은 무익한 자신의 사악함과 혼자만의 은밀한 전쟁을 떠올렸다. 가족 중 그를 지지하는 사람은 아무도 없었다. 게다가 어리석게도 공화파에게 열광한 아리스티드, 실베르의 형,[6] 실베르 모두 아무것도 이루지 못했다. 이제 그의 아내도 죽고 자식들은 그를 떠났다. 그는 돈 한 푼 없이 초라한 곳에서 쓸쓸하게 홀로 죽게 될 것이었다. 아무래도 그는 자신을 반동파에게 팔았어야 하지 않았나 싶었다. 그런 생각을 하면서 그는 세면대를 흘끔거렸다. 크리스털 병에 든 가루비누로 손을 씻고 싶다는 생각이 간절했다. 아내나 자식들이 먹여 살리는 게으른 남자들이 대개 그렇듯 앙투안은 멋 부리는 데 관심이 많았다. 여기저기 기운 바지를 입고 다니면서도 아로마 오일을 듬뿍 바르는 것을 좋아했다. 그는 이발소에서 몇 시간이고 죽치면서 정치에 관해 떠들다가 이야기가 잠시 끊긴 사이에 머리 손질을 받곤 했다. 자꾸만 커지는 유혹을 못 이긴 앙투안은 세면대 앞으로 가서 앉았다. 그리고 손과 얼굴을 씻고 머리를 매만지고 향수를 뿌리면서 완벽하게 치장을 했다. 그는 작은 유리병에 든 것과 비누, 가루를 종류별로 모두 써보았다. 무엇보다 그의 가장 큰 즐거움은 시장의 수건으로 얼굴을 닦는 것이었다. 수건은 보드랍고 도톰했다. 그는 젖은 얼

---

6 프랑수아 무레를 가리킨다. 루공마카르 총서 제4권 『플라상의 정복』에 등장한다.

굴을 수건에 파묻은 채 부의 향기를 행복하게 한껏 들이마셨다. 그리고 머릿기름까지 바른 뒤 머리부터 발끝까지 좋은 냄새가 나자 다시 긴 의자로 가서 누웠다. 자신이 젊어졌다고 느낀 그는 타협적인 생각을 하게 되었다. 무슈 가르소네의 작은 유리병들의 냄새를 맡은 뒤로 공화국에 대해 더 큰 경멸감이 느껴졌다. 어쩌면 자신의 형과 화해를 하기에 아직 늦지 않았는지도 모른다는 생각이 모락모락 피어올랐다. 그는 자신이 배신하는 대가로 무엇을 요구할 수 있을지를 곰곰 생각했다. 루공 부부에 대한 원한이 여전히 그를 괴롭히는 터였다. 그러나 그는 조용한 가운데 편안히 누워 뼈아픈 진실을 곱씹는 중이었다. 그는 자신의 뿌리 깊은 원한을 버려서라도 비겁한 자신의 몸과 영혼이 편히 쉴 수 있는 근사한 집 한 채 마련하지 못한 것을 후회했다. 그리하여 저녁 무렵 그는 다음 날 자기 형을 부르리라 마음먹었다. 그런데 다음 날 아침 펠리시테가 들어오는 것을 본 순간 그는 그들이 자신을 필요로 한다는 것을 깨달았다. 그는 또다시 경계 태세로 돌입했다.

협상은 길었고 곡절이 많았으며 매우 교묘한 기술과 함께 행해졌다. 그들은 먼저 모호한 불평들을 서로 늘어놓았다. 일요일 저녁 자신의 집에서 무례하게 굴었던 앙투안이 예의 바르게 변한 데 놀란 펠리시테는 부드럽게 꾸짖는 투로 말했다. 그녀는 증오로 인해 가족이 서로 멀어지는 것을 통탄했다. 하지만 앙투안이 자기 형을 중상모략하고 끈질기게 괴롭히는 통에 가엾은 피에르가 열받은 것도 사실이었다.

"나 참, 어이가 없어서! 내 형은 한 번도 나를 동생 취급 한 적이 없어요." 앙투안은 화를 억누르며 말했다. "말이야 바른말이지, 그치가 언제 나를 한 번이라도 도와준 적이 있소? 아마 내가 허름한 집에서 죽어 나자빠져도 나 몰라라 했을 거라고요…. 200프랑 시절 기억해요? 그때처럼 형이 나한테 친절하게 굴었을 때는 나도 나쁜 말 같은 건 하지 않았어요. 오히려 여기저기에 형이 너무 좋은 사람이라고 떠들고 다녔지."

이 말은 분명하게 다음과 같은 것을 의미했다.

'당신들이 나한테 계속 돈을 주었더라면 난 당신들과 잘 지냈을 거고, 맞서 싸우는 대신 당신들을 도왔을 거요. 그러니 이 모든 건 당신들 잘못이오. 당신들은 나를 매수했어야 했소.'

그의 말뜻을 명확하게 이해한 펠리시테는 다음과 같이 대답했다.

"알아요, 우리가 가혹하게 굴었다고 원망한다는 걸. 우리가 부자라고 생각했을 테니까요. 하지만 사실은 그렇지가 않아요. 우리도 그쪽만큼 가난하다고요. 그래서 우리 마음만큼 당신에게 잘해줄 수 없었던 거예요."

그녀는 잠시 머뭇거리다가 이어 말했다.

"정말로 심각한 상황에서 꼭 필요하다면 우리가 희생을 할 수도 있었겠지요. 하지만 그러기엔 우린 너무 가난해요, 너무 가난하다고요!"

앙투안은 귀를 쫑긋 세웠다. '됐어, 드디어 나한테 넘어온 거야!' 그는 속으로 생각했다. 그리고 형수의 간접적인 제안을 못 들은 척하며 하소연하듯 자신의 불행을, 아내의 죽음과 아이들이 도망간 일 등을 늘어놓기 시작했다. 반면 펠리시테는 온 나라를 휩쓰는 위기에 관해 이야기했다. 그녀는 공화국이 결정적으로 그들을 파산하게 했다고 주장했다. 그리고 말끝마다 형이 동생을 가두게 만드는 시대를 증오한다고 덧붙였다. 만약 정의가 그 희생자를 풀어주게 하지 않는다면 그들은 얼마나 더 피를 흘릴 것인가! 마침내 그녀는 '가혹한 형벌'이라는 표현을 사용하기에 이르렀다.

"하지만 난 당신 말을 믿을 수 없소." 앙투안이 차분히 말했다.

펠리시테는 항변하듯 소리쳤다.

"가족의 명예를 되찾을 수만 있다면 난 죽어도 상관없어요. 이런 얘기를 하는 건 우리가 당신을 포기하지 않는다는 걸 보여주기 위해서예요…. 난 당신에게 도망갈 방법을 알려주러 왔어요, 앙투안."

그들은 싸움을 시작하기 전에 눈으로 상대를 탐색하듯 잠시 서로를 응시했다.

"아무 조건 없이?" 마침내 그가 물었다.

"아무 조건 없이." 그녀가 대답했다.

펠리시테는 그의 옆 긴 의자에 앉아 단호한 목소리로 이야기를 계속했다.

"심지어 국경을 넘기 전에 1,000프랑을 벌고 싶으면 그 방법도 알려줄 수 있어요."

또다시 침묵이 흘렀다.

"불법만 아니라면 좋소." 잠시 생각에 잠겼던 앙투안이 나직이 말했다. "당신들 잔꾀에 놀아나고 싶지는 않으니까."

"잔꾀라니, 절대 그런 것 아니에요." 펠리시테는 늙은 악당의 조심성에 미소를 지으며 말했다. "엄청 간단한 일이에요. 조금 이따가 집무실에서 나가 곧장 어머니 집으로 가서 숨어요. 그리고 오늘 저녁 동료들을 모아서 다시 시청을 점령하러 오면 되는 거예요."

앙투안은 경악을 금할 수 없었다. 그는 이해가 되지 않았다.

"난 당신들이 이긴 줄 알았는데." 그가 말했다.

"아, 지금은 자세히 설명할 시간이 없어요." 펠리시테는 초조함을 드러내며 말했다. "할 거예요, 말 거예요?"

"아니! 난 싫소, 안 할 거요…. 더 생각해봐야겠소. 바보같이 그깟 1,000프랑 때문에 어쩌면 떼돈을 벌 수 있는 기회를 놓칠 수는 없으니까."

펠리시테는 자리에서 일어나며 차갑게 말했다.

"좋을 대로 해요. 당신은 자신이 어떤 상황에 처해 있는지를 모르는 것 같군요. 언제는 내 집에 쳐들어와서 날 나쁜 년 취급 하더니만, 이제 미련하게 구덩이에 빠진 걸 꺼내주려고 친절하게 손을 내밀었더니 그걸 거절한다? 아마도 자신을 구해주는 게 싫은가 보네요. 좋아요! 여기 그냥 있어요, 행정 당국이 돌아올 때까지. 난 상관하지 않을 테니까."

그녀는 문으로 향했다.

"잠깐만." 앙투안이 애원하듯 말했다. "무슨 설명이라도 좀 해봐요. 아무것도 모르는 채 그쪽하고 거래를 할 수는 없잖소. 이틀 전부터 무슨 일이 일어나고 있는지 도무지 알 길이 없으니, 원. 당신들이 나를 속이려고 하는 건지 내가 어떻게 알겠냔 말이오."

"아이고, 당신은 정말 바보군요." 앙투안의 진심 어린 외침에 펠리시테는 걸음을 되돌렸다. "무조건 우리 편에 서지 않는 건 큰 실수예요. 1,000프랑이 적은 돈이에요? 이미 다 이긴 일에만 그런 돈을 걸 수 있는 거라고요. 그러니 날 믿고, 하겠다고 해요."

앙투안은 여전히 망설였다.

"하지만 시청을 점령하려고 할 때 그들이 우릴 그냥 들어가게 놔두겠소?"

"그거야 나도 모르죠." 펠리시테는 미소를 지으며 말했다. "어쩌면 총질을 몇 번 해댈지도."

앙투안은 그녀를 쏘아보며 거칠게 말했다.

"이런! 이봐요, 형수, 당신들 혹시 내가 머리에 총을 맞고 죽게 하려는 건 아니오?"

펠리시테는 얼굴이 화끈거렸다. 그러지 않아도 시청을 공격할 때 총알이 앙투안을 제거해준다면 정말 좋겠다는 생각을 하던 차였기 때문이었다. 그렇게만 된다면 약속한 1,000프랑도 절약할 수 있을 터였다. 그녀는 발끈하며 말했다.

"어떻게 그런 생각을!… 그런 생각을 하다니 정말 끔찍하네요."

그리고 갑자기 차분해진 어조로 물었다.

"할 거죠?… 이제 내 말을 이해한 거죠? 그렇죠?"

앙투안은 완벽하게 이해했다. 그들이 그에게 제안하는 것은 시청을 기습 공격하는 것이었다. 그러는 이유도 그 결과도 알지 못하는 앙투안은 바로 그

때문에 협상을 하기로 마음먹었다. 마치 더 이상 사랑할 수 없어 절망하게 만드는 연인처럼 공화국에 대해 이야기한 뒤 그는 자신이 겪게 될 위험을 내세우며 2,000프랑을 요구했다. 그러나 펠리시테는 끝까지 물러서지 않았다. 두 사람은 실랑이를 계속했고, 마침내 펠리시테는 그가 프랑스에 다시 돌아오면 놀고먹으면서 좋은 수입이 보장되는 자리를 마련해주기로 약속했다. 이제 협상은 타결되었다. 그녀는 자신이 가져온 국민군 유니폼을 그에게 입게 했다. 앙투안은 탕트 디드의 집으로 가 조용히 숨어 있다가 자정쯤 그가 만나게 될 모든 공화파들을 시청 광장으로 데리고 오면 되는 것이었다. 그들에게는 시청이 비어 있으니 문만 밀고 들어가면 점령할 수 있다고 말하는 것으로 충분할 터였다. 앙투안은 선금을 요구하여 200프랑을 받았다. 펠리시테는 다음 날 나머지 800프랑을 주기로 약속했다. 루공 부부는 자신들이 가지고 있는 마지막 돈을 모두 건 셈이었다.

먼저 아래로 내려온 펠리시테는 앙투안이 나오는 것을 보려고 광장에서 잠시 기다렸다. 그는 코를 풀면서 태연하게 초소 앞을 지나갔다. 세면장을 나오기 전 그는 주먹으로 천장의 채광창을 깨부수었다. 그곳으로 탈출한 것처럼 믿게 하기 위해서였다.

"이제 됐어요." 집으로 돌아온 펠리시테가 남편에게 말했다. "자정에 시작할 거예요…. 난 이제 무슨 일이 일어나든 아무 상관 없어요. 아니, 그 사람들 모두 총 맞아 죽었으면 좋겠어요. 어제 길바닥에서 그들이 우릴 난도질했던 걸 생각하면…."

"그런 일에 머뭇거리는 걸 보면 당신도 너무 착해빠진 것 같아." 면도를 하던 피에르가 대꾸했다. "우리 입장이었다면 누구라도 우리처럼 했을 거라고."

그날 아침(수요일이었다.) 그는 특별히 신경 써서 몸단장을 했다. 펠리시테는 그의 머리를 빗겨주고 넥타이를 매주면서 남편을 마치 상을 받으러 가는 어린아이처럼 다루었다. 그녀는 단장을 끝낸 그를 바라보면서 앞으로 일어날 중대한 사건 가운데서 그가 우뚝 돋보일 것이라고 자신했다. 과연 그의 허옇고 커다란 얼굴에서는 대단한 위엄과 영웅적인 뚝심이 엿보였다. 펠리시테는 남편을 2층까지 배웅하면서 마지막 당부들을 잊지 않았다. 사람들이 아무리 공포에 질려 있어도 담대한 태도를 유지해야 하며, 그 어느 때보다 성문들을 굳게 닫아걸어서 성채로 둘러싸인 도시가 두려움에 떨게 해야 한다는 것이었다. 그런 와중에 그가 유일하게 질서당의 대의를 위해 죽기를 원한다면 그는 단연 돋보이는 인물이 될 터였다.

굉장한 날이었다! 루공 부부는 지금도 여전히 그날의 일을 영광스럽고 결정적인 전투처럼 이야기하곤 한다. 피에르는 곧장 시청으로 향했다. 그는 가는 길에 만난 사람들의 시선이나 들려오는 말 따위에는 조금도 신경 쓰지 않았다. 그는 더 이상 자기 자리를 떠나지 않기로 마음먹은 사람처럼 당당하게 자리에 앉았다. 그리고 루디에게 자신이 시장직을 다시 맡을 것임을 알리는 짧은 편지를 보냈다. '성문을 잘 지키십시오.' 그는 자신의 말이 공개될 수 있음을 알면서 말했다. '나는 도시 안을 지킬 것입니다. 그리하여 사람들이 다른 이들과 그 재산들을 존중할 수 있게 할 것입니다. 사악한 힘들이 다시 고개를 들어 승리를 거두려고 할 때에는 선한 시민들이 목숨을 바쳐서라도 그것들을 저지해야 합니다.' 예스럽게 간결한 그의 편지는 그 문체와 철자의 오류 때문에 더욱 영웅적으로 보였다. 임시 위원회 위원들은 코빼기도 보이지 않았다. 충실했던 마지막 두 사람과 그라누조차도 신중하게 자기 집에서 머무는 편을 택했다. 공포가 더욱 확산됨에 따라 위원들이 뿔뿔이 흩어진 임시 위원회에서 피에르 루공만이 유일하게 위원장인 자기 자리를 지키며 안락의자에 앉아 있었다. 심지어 그는 위원들에게 소환장을 보낼 생각조차 하지 않았다. 그 혼자 있는 것만으로도 충분하기 때문이었다. 훗날 지역 신문이 '용기가 의무와 손잡다.'라는 말로 묘사하게 될 숭고한 광경이었다.

피에르는 오전 내내 시청의 이곳저곳을 오가며 시간을 보냈다. 그는 이 텅 빈 커다란 건물에서 철저하게 혼자였다. 그의 발꿈치 소리가 높다란 천장 아래에서 오랫동안 울려 퍼졌다. 모든 문은 열려 있었다. 이 텅 빈 공간에서 그는 자신의 임무에 대해 확신에 찬 태도로 위원회 없는 위원장직을 과시했고, 복도에서 두세 번 그를 만난 관리인은 놀라움과 존경심이 뒤섞인 태도로 그에게 인사했다. 그는 십자형 창문들 뒤에서 자주 보였고, 매서운 추위에도 불구하고, 중요한 연락들을 기다리는 분주한 사람처럼 손에 서류 뭉치를 든 채 여러 차례 발코니에 모습을 드러냈다.

그리고 정오 무렵에는 도시를 누비고 다녔다. 그는 초소마다 방문하여 봉기군이 가까이 와 있음을 암시하면서 공격이 있을지도 모른다고 예고했다. 하지만 용맹한 국민군의 용기를 기대하고 있음을 강조했다. 필요하다면 대의를 수호하기 위해 마지막 한 사람까지 싸우다 죽을 것을 각오해야 할 터였다. 순회를 마친 그는 나라의 혼란을 수습한 뒤 죽음만을 기다리는 영웅 같은 태도로 느릿하고 엄숙하게 돌아오다가 사람들이 경악하고 있음을 확인할 수 있었다. 쿠르를 산책하던 사람들, 어떤 재앙이 닥쳐도 정해진 시간에 햇볕 쬐기를 포기할 수 없는 소박한 연금 생활자들은 지나가는 그를 아연한 표정으로 바라보았다. 그들은 너무도 달라진 그를 보면서 자신들 중 하나인 전직 기름장수가 홀로 전 병력과 맞서 싸울 용기를 냈다는 사실을 믿을 수가 없었다.

플라상에서는 공포가 극에 달했다. 주민들은 이제나저제나 봉기군 무리가 쳐들어오지 않을까 두려워했다. 앙투안의 탈출 소식은 소름 끼치게 부풀려져 전해졌다. 그를 탈출시킨 것은 그의 붉은 동료들이며, 그는 주민들을 공격하고 도시 사방을 불태우려고 으슥한 곳에서 밤이 되길 기다리고 있다는 것이었다. 고립되고 겁에 질린 플라상은 성벽으로 둘러싸인 감옥에서 스스로를 잡아먹었고, 이제 더 이상 무슨 이야기를 지어내야 계속 두려움에 떨 수 있을지를 알지 못했다. 공화파는 피에르 루공의 당당한 태도 앞에서 잠시 의혹을 품었다. 예전에 노란 살롱을 비난했던 새 동네의 변호사들과 은퇴한 상인들도 몹시 놀라며 그런 용기를 가진 사람을 더 이상 공공연하게 공격할 엄두를 내지 못했다. 다만 승리한 봉기군에게 그런 식으로 맞서는 것은 미친 짓이며, 공연한 영웅주의가 플라상에 커다란 불행을 가져올 것이라고 말했을 뿐이었다. 그리고 오후 3시경 그들은 대표단을 구성했다. 동향인들 앞에서 자신의 헌신을 과시하고 싶어 몸이 달았던 피에르도 그토록 멋진 기회가 오리라고는 예상하지 못했다.

그는 감동적인 연설을 해 보였다. 임시 위원회의 위원장인 피에르는 시장의 집무실에서 새 동네의 대표단을 맞이했다. 대표단은 그의 애국심에 경의를 표한 뒤 저항할 생각을 하지 말 것을 간청했다. 그러나 그는 큰 소리로 의무와 조국과 질서와 자유 그리고 또 다른 것들에 대해 일장 연설을 했다. 게다가 그는 누구에게도 자신을 따라 할 것을 강요하지 않았다. 단지 자신의 양심과 마음이 시키는 것을 행했을 뿐이었다.

"여러분이 보시다시피 나는 혼자요." 그는 결론짓듯 말했다. "나 아닌 다른 누구도 위험에 처하는 일이 없도록 내가 모든 책임을 질 것입니다. 또한 희생자가 필요하다면 기꺼이 나를 바칠 것입니다. 내 목숨을 바쳐서라도 다른 주민들의 목숨을 구할 수 있기를 바라기 때문입니다."

그러자 무리의 대표 격인 한 공증인이 그는 분명 죽게 될 것임을 상기시켰다.

"알고 있어요." 그가 엄숙하게 말했다. "각오가 되어 있습니다!"

신사들은 서로를 쳐다보았다. 그의 "각오가 되어 있습니다!"라는 말에 감탄한 그들은 더 이상 할 말을 찾지 못했다. 이 남자는 용자임이 분명했다. 공증인은 그에게 헌병들을 불러 그를 돕도록 하라고 간청했다. 하지만 그는 군인들의 피는 소중하니 최악의 경우에만 흘리게 할 것이라고 대답했다. 그의 말에 깊이 감동한 대표단은 천천히 그 자리에서 물러났다. 그로부터 한 시간 뒤 플라상은 피에르 루공을 영웅으로 칭송했다. 오직 비겁한 자들만이 그를

'늙은 미치광이'라고 불렀다.

저녁이 되자 피에르는 그라누가 달려온 것을 보고 놀랐다. 전직 아몬드 장수는 그를 '위대한 영웅'이라고 칭하며 그의 품으로 달려들어 그와 함께 죽겠노라고 했다. 그라누의 하녀가 과일 가게에서 듣고 전해준 "각오가 되어 있습니다!"라는 말은 그를 진정으로 열광하게 했다. 이 겁 많고 우스꽝스러운 남자의 내면에는 매력적인 순진함이 감춰져 있었다. 피에르는 그가 아무런 해가 되지 않을 거라고 믿으면서 그를 자기 곁에 있게 했다. 심지어 그라누의 충성스러움에 감동받기까지 한 피에르는 훗날 도지사가 그에게 공개적인 찬사를 보내게 하리라 다짐했다. 그리하여 비겁하게 자신을 버리고 도망간 또 다른 부르주아들이 배 아파 죽는 꼴을 보고 싶었다. 두 사람은 텅 빈 시청에서 밤이 오기를 기다렸다.

같은 시각 아리스티드는 몹시 불안한 얼굴로 집 안을 오가고 있었다. 뷔예의 기사는 그를 놀라게 했고, 그의 아버지의 태도는 그를 경악하게 했다. 창문으로 흰색 넥타이에 검은색 프록코트를 입은 피에르가 지나가는 게 보였다. 위험이 다가오는데도 그토록 침착한 그의 모습에 아리스티드의 빈약한 머릿속에서 온갖 생각들이 뒤엉켰다. 하지만 온 도시가 봉기군이 승리하여 돌아온다고 믿고 있는 터였다. 그럼에도 그의 마음속에서는 하나둘씩 의문이 생겨나기 시작했다. 뭔가 불길한 연극이 진행되는 게 느껴졌다. 직접 부모 집으로 갈 엄두가 나지 않았던 그는 자기 아내를 대신 보냈다. 그리고 돌아온 앙젤은 예의 그 느릿한 목소리로 말했다.

"어머니가 당신을 기다리고 있어요. 화는 전혀 안 내셨지만 은근히 당신을 비웃으시더라고요. 그리고 붕대는 다시 주머니에 넣어도 된다고 여러 번 말씀하셨어요."

아리스티드는 몹시 기분이 언짢았다. 하지만 최대한 순종하리라 생각하며 반가로 달려갔다. 그의 어머니는 더 이상의 질책은 없이 경멸적인 웃음으로 그를 맞이했다.

"딱한 녀석 같으니라고!" 나타난 그를 보고 펠리시테가 말했다. "아무래도 넌 별로 영리한 사람은 못 되는 것 같구나."

"젠장, 감옥 같은 플라상에서 뭘 기대할 수 있겠어요!" 그는 원통하다는 듯 소리쳤다. "여긴 나도 모르게 바보가 되는 곳이라고요. 무슨 소식 하나 들을 수 없고 사람들은 두려움에 떨죠. 저 빌어먹을 성벽으로 둘러싸인 채 갇혀 있는 기분이란…. 나도 외젠 형을 따라 파리로 갔어야 했다고요."

그는 계속 웃고 있는 펠리시테를 보며 씁쓸하게 말했다.

"어머넌 지금까지 날 다정하게 대하신 적이 없었어요. 나도 지금 무슨 일이 일어나는지 다 알고 있다고요…. 형이 파리에서 계속 소식을 전해 오지만 어머넌 내게 쓸모 있는 정보를 귀띔조차 안 해주셨죠."

"네가 그걸 알고 있었다고, 네가?" 펠리시테가 믿지 못하겠다는 듯 진지한 얼굴로 물었다. "그렇다면 넌 내가 생각했던 것만큼 어리석진 않은가 보구나. 혹시 너도 내가 아는 누구처럼 편지들을 미리 뜯어본 거니?"

"아뇨, 하지만 문 뒤에서 다 엿듣죠." 아리스티드는 당당하고 태연하게 대답했다.

펠리시테는 아들의 이런 솔직함이 마음에 들었다. 그녀는 다시 미소를 지으며 좀 더 다정하게 물었다.

"이 멍청한 녀석, 그런데 어째서 좀 더 일찍 우리 편에 서지 않은 거지?"

"아, 그게 말이죠…." 아리스티드는 당황하며 말했다. "어머니를 별로 믿을 수가 없었거든요. 내 장인이나 그라누 그리고 다른 치들까지 온통 무식한 자들을 집으로 불러들이시니!… 그리고 솔직히 말하면 이 일에 너무 깊이 관여하고 싶지 않아서…."

말을 잇기를 머뭇거리던 그는 걱정스러운 목소리로 물었다.

"어쨌거나 이젠 적어도 쿠데타가 성공했다고 확신하시는 거죠?"

"내가?" 아들이 자신을 믿지 못한다는 사실에 기분이 상한 펠리시테가 소리쳤다. "난 아무것도 자신하지 못한다."

"하지만 붕대를 풀라고 집사람한테 말씀하셨잖아요?"

"그래, 다른 신사들이 모두 너를 비웃으니까."

아리스티드는 꼼짝 않고 선 채 멍한 눈빛으로 오렌지색 벽지의 꽃가지 하나를 응시하는 듯했다. 펠리시테는 아들이 그처럼 머뭇거리는 데 짜증이 나 소리쳤다.

"아무래도 내 처음 생각이 맞는 것 같구나. 넌 역시 영리하질 못해. 네게 외젠의 편지들을 보여줬어야 한다고 생각하다니! 너는 이렇게 끝없이 머뭇거리기만 하다가 모든 걸 망치고 말았을 거라고. 넌 결코 어떤 결심을 하지 못할 테니까…."

"내가, 머뭇거린다고요?" 아리스티드는 펠리시테의 말을 가로막고는 그녀를 차갑게 쏘아보았다. "어머니는 나를 잘 모르시는 것 같군요. 나는 내 발을 덥히려고 온 도시를 불태울 수도 있는 사람이라고요. 하지만 나 역시 잘못된 길로 가고 싶지는 않다는 걸 알아주세요! 딱딱한 빵만 먹는 것도 지긋지긋하고, 이젠 내 운명을 바꾸고 싶단 말입니다. 그래서 확실한 데에만 나를 걸 생각이에요."

그는 격한 말들을 쏟아냈고, 펠리시테는 성공에 대한 그의 강렬한 욕구 속에서 자기 자신의 외침을 듣는 듯했다.

"네 아버지는 아주 용감한 분이시다." 그녀가 나직이 말했다.

"알아요, 나도 봤어요." 그가 조소하듯 말했다. "아주 인상적이었어요. 마치 테르모필레의 레오니다스[7]를 보는 것 같았다니까요…. 혹시 아버지를 그렇게

---

7 기원전 480년 테르모필레 지역에서 벌어졌던 페르시아군과 그리스 연합군 사이의 전쟁인 테르모필레 전투에서 레오니다스 왕을 비롯한 그리스 연합군 대부분이 크세르크세스 왕이 이끈 페르시아군에게 전멸당하였다.

멋져 보이게 한 게 어머니이신가요?"

그는 경쾌하고 단호한 몸짓으로 외쳤다.

"어쨌거나 잘됐어요! 나는 루이 왕자를 지지하니까요!… 아버지는 큰 이득이 없는 일에 목숨을 걸 분이 아니죠."

"네 말이 맞다." 펠리시테가 맞장구를 쳤다. "지금은 아무 말도 못 해주지만, 내일이면 너도 알게 될 거다."

그는 더 이상 묻지 않고 머지않아 그녀가 자신을 자랑스럽게 여기게 될 거라고 힘주어 말한 뒤 그 자리를 떠났다. 예전에 아리스티드를 선호했던 기억이 되살아난 펠리시테는 창가에 서서 멀어져가는 그를 보며 생각했다. 아리스티드는 반짝이는 재기를 지닌 아들이었다. 그녀로서는 그런 그를 마침내 올바른 길로 이끌지 않고는 결코 그냥 떠나게 놔두지 못했을 터였다.

세 번째 밤, 플라상에 두려움으로 가득한 밤이 찾아왔다. 죽어가던 도시는 이제 마지막 숨을 몰아쉬고 있었다. 부르주아들은 서둘러 귀가했고, 문들은 나사와 쇠막대가 내는 요란한 소리와 함께 굳게 닫혔다. 주민들 대부분이 내일이면 플라상이 땅으로 꺼지든지 하늘로 증발해버려 더 이상 존재하지 않을 것이라고 믿고 있는 듯했다. 저녁을 먹기 위해 집으로 돌아가던 피에르는 거리가 텅 비어 있음을 확인할 수 있었다. 그런 황량함은 그를 슬프고 우울하게 했다. 그리하여 식사가 끝날 무렵 마음이 약해진 그는 앙투안이 준비하는 봉기를 꼭 진행해야겠는지를 아내에게 물었다.

"이제 아무도 우릴 욕하지 않아." 그가 이어 말했다. "당신이 봤어야 하는데, 새 동네의 신사들이 나한테 어떻게 인사를 하는지! 그런데 이제 와서 굳이 사람을 죽일 필요가 있느냔 말이지. 안 그래? 당신 생각은 어때? 그러지 않고도 얼마든지 우리가 원하는 대로 할 수 있잖아."

"제발 마음 약한 소리 좀 하지 말아요!" 펠리시테는 벌컥 화를 내며 소리쳤다. "당신이 이야기를 먼저 꺼내놓고 이제 와서 그만두겠다고요? 분명히 말하지만 당신은 나 없이 절대 아무것도 못 할 거예요!… 어디 마음대로 해봐요, 당신 하고 싶은 대로 해보라고요. 공화파가 당신을 잡으면 순순히 살려줄 것 같아요?"

피에르는 시청으로 돌아가자마자 매복을 준비했다. 그라누는 그에게 큰 도움이 되었다. 그는 성벽을 지키는 여러 초소에 그라누를 보내 자신의 지시를 전하게 했다. 국민군은 조금씩 무리를 지어 되도록 은밀히 시청으로 집결해야 했다. 지방에서 맥을 못 추는 파리 출신의 부르주아 루디에게는 소식조차 전하지 않았다. 혹시라도 그가 인류애를 내세워 일을 망칠까 염려한 때문이었다. 밤 11시경 시청 광장은 국민군으로 가득 찼다. 피에르는 그들에게 잔뜩 겁을 주었다. 플라상에 남아 있는 공화파가 절망감에 마지막 일격을 가해올 것이라고 하면서, 자신이 수하의 비밀경찰을 통해 이 사실을 적시에 알게 되었다며 생색을 냈다. 그는 악당들이 권력을 잡게 된 뒤 도시가 피로 물드는 광경을 생생하게 묘사하고는 모든 불을 끄고 더 이상 어떤 소리도 내지 말 것을 지시했다. 그 자신은 소총을 집어 들었다. 아침부터 그는 마치 꿈속을 걷는 기분이었다. 더 이상 예전의 자신이 아닌 것 같았다. 그는 자기 뒤에 펠리시테가 버티고 있음을 느꼈다. 간밤의 위기가 그를 그녀의 손안으로 던져 넣은 것이었다. 그녀 덕분에 그는 사람들이 그의 목을 매단다 해도 이렇게 말할 수 있었다. '괜찮아, 내 아내가 와서 나를 구해줄 거야.' 그는 소란을 키우고, 잠든 도시를 더 오래가는 두려움으로 뒤흔들기 위해 그라누에게 성당으로 가 첫 번째 총소리에 경종을 울리라고 지시했다. 후작 이름을 대면 관리인이 문을 열어주게 돼 있었다. 이제 국민군은 두려움에 떨면서 광장의 어둠과 무거운 침묵 속에서 기다렸다. 마치 늑대의 무리가 나타나기를 기다리듯 시청 현관에 시선을 고정하고 언제라도 총을 쏠 준비가 된 채로.

그사이 앙투안은 탕트 디드의 집에서 낮 시간을 보냈다. 그는 낡은 궤짝 위에 누워 가르소네 시장의 긴 의자를 그리워했다. 수차례 그는 가까운 카페에서 자신이 가진 200프랑을 써버리고 싶어 몸살이 날 지경이었다. 조끼 주머니에 넣어놓은 200프랑이 그의 옆구리를 계속 간질이면서 그를 부추겼다. 그는 돈을 쓰는 상상을 하며 시간을 보냈다. 그의 어머니는 꼭두각시처럼 뻣뻣하게 그의 주위를 맴돌면서도 그가 있다는 것조차 알지 못하는 듯했다. 얼마 전부터 그녀의 자식들은 넋이 나간 듯 창백한 얼굴로 그녀에게 달려왔다. 그러나 그 사실은 예의 그 침묵에서 그녀를 끌어내지도, 그녀의 얼굴에서 죽음 같은 부동성(不動性)을 걷어내지도 못했다. 그녀는 폐쇄된 도시를 혼란스럽게 만든 두려움에 대해 아무것도 알지 못했다. 그녀는 텅 비어 보이는 두 눈을 뜨고 변함없는 한 가지 생각에 사로잡힌 채 플라상에서 아득히 멀리 떨어진 곳에서 살아가고 있었다. 그러나 이 시각에는 한 가지 불안감과 인간적인 걱정이 때로 그녀의 눈꺼풀을 떨리게 했다. 맛있는 음식을 먹고 싶어 미칠 지경이었던 앙투안은 그녀를 시켜 교외의 식품점에서 통닭구이를 사 오게 했다. 식탁에 앉은 그는 그녀에게 말했다.

"어머니는 이런 닭고기를 자주 먹지 못하죠, 그렇죠? 이런 건 일하는 사람들, 그것도 제대로 자기 일을 꾸려가는 사람들만 먹을 수 있는 거라고요. 그런데 어머닌 언제나 모든 걸 탕진하기만 했죠…. 장담하건대 어머닌 그동안 모아놓은 돈을 그 고고한 척하는 실베르 놈에게 줘버렸을 게 분명해요. 그런데 그 녀석한테 엉큼한 애인이 있는 거 아세요? 만약 어머니에게 어딘가에 꿍쳐둔 돈이 있다면 언젠가는 그놈이 그걸 다 날려먹고 말 거라고요."

그는 동물적인 즐거움으로 불타오르며 이죽거렸다. 주머니에 든 돈, 그가 준비하고 있는 배신, 스스로를 좋은 값에 팔았다는 확신 등이 악행을 행할 때마다 자연스레 신나고 짓궂어지는 악인들의 만족감으로 그를 가득 채웠다. 탕트 디드는 그의 말 가운데서 실베르의 이름만을 들었을 뿐이었다.

"그 아이를 봤니?" 그녀는 마침내 입을 열어 물었다.

"누구요? 실베르요?" 앙투안이 말했다. "그놈은 시뻘건 껑다리 계집애랑 팔짱 끼고 봉기군 한가운데서 의기양양해하고 있어요. 그러다 무슨 문제라도 생기면 꼴좋게 되는 거죠."

노파는 그를 쏘아보며 나직하게 물었다.

"문제라니?"

"그러니까 내 말은 개처럼 멍청하게 굴면 안 된다는 거예요." 그는 당황하며 이어 말했다. "고작 사상 따위에 목숨을 걸어요? 난 말이죠, 이미 모든 계획을 세워놓았다고요. 난 바보가 아니니까요."

탕트 디드는 더 이상 그의 말을 듣지 않은 채 나직이 혼잣말을 했다.

"그 아인 이미 손에 피를 가득 묻혔어. 사람들은 그 아일 내게서 빼앗고 말 거야, 예전의 그이처럼. 삼촌들이 아이를 죽이러 헌병을 보낼 거라고."

"지금 뭐라고 중얼거리시는 거예요?" 닭고기를 다 먹은 앙투안이 말했다. "난 누가 대놓고 나를 욕하는 걸 좋아한다고요. 내가 가끔씩 실베르하고 공화국 이야길 한 이유는 그 아이가 좀 더 이성적인 생각을 하길 바라서였어요. 그 녀석은 미쳤어요. 자유? 나도 자유 그딴 거 좋아해요. 하지만 그게 제멋대로 굴라는 의미는 아니잖아요…. 그래도 피에르 형은 존경해요. 용감하고 의지가 강한 사람이거든요."

"그 아이는 총을 가지고 있었어, 그렇지?" 마음속에서 멀리 길 위의 실베르를 쫓고 있는 듯했던 탕트 디드가 그의 말을 가로막고 물었다.

"총이요? 오, 맞아요, 마카르의 기총이 있었죠." 앙투안은 총이 늘 걸려 있던 벽난로 선반 위를 흘끗 보고는 대답했다. "그 녀석이 그걸 들고 있는 걸 본 적이 있는 것 같아요. 계집애랑 팔짱 끼고 들판을 쏘다닐 때 자랑삼아 갖고 다니기 좋은 총이죠. 멍청한 녀석 같으니라고!"

그는 좀 걸쭉한 농담이 필요하다고 생각했다. 그러나 탕트 디드는 더 이상 아무 말도 하지 않고 또다시 방 안을 빙빙 돌기 시작했다. 저녁 무렵 앙투안은 작업복 차림에 그의 어머니가 사준 커다란 챙 모자를 눌러쓴 채 그곳을 떠났다. 그는 플라상을 떠날 때처럼 포르트 드 롬을 지키는 국민군에게 꾸며낸 이야기를 둘러대고 성문을 통과했다. 그런 다음 오래된 동네로 향해 은밀히 집집을 돌아다녔다. 봉기군 무리를 따라가지 않은 공화파들과 골수 공화파들이 저녁 9시경 앙투안이 지정한 수상쩍은 카페에서 모였다. 50명가량이 모이자 그는 갚아야 할 개인적 원한과 쟁취해야 할 승리, 벗어나야 할 속박에 대해 장황하게 이야기했다. 그리고 10분 내로 그들에게 시청을 넘겨줄 수 있음을 자신하면서 연설을 끝냈다. 그가 방금 시청에서 나왔는데, 그곳은 텅 비어 있었다. 따라서 그들이 원한다면 오늘밤 당장이라도 그곳에 붉은 깃발이 펄럭이게 할 수 있었다. 노동자들은 어떻게 해야 할지를 논의했다. 지금 이 시각 반동파는 빈사 상태에 이르렀고, 봉기군은 성문 앞에 와 있었다. 따라서 그들이 오기 전에 먼저 권력을 되찾는 것은 명예로운 일이 될 터였다. 그리하면 자신들이 성문들을 활짝 열고 거리와 광장마다 깃발들을 내건 채 형제로서 그들을 맞이할 수 있을 것이었다. 게다가 아무도 앙투안 마카르를 의심하지 않았다. 루공 부부에 대한 그의 증오심과 그가 말하던 개인적 복수가 그의 충성심을 보증해주었기 때문이었다. 그리하여 전직 사냥꾼이면서 집에 소총을 보유한 이들은 그것을 가지고 자정에 시청 광장에서 모이기로 합의가 이루어졌다. 다만 한 가지 작은 문제가 그들의 발목을 잡을 뻔했다. 그들은 총알이 없었고, 논의 끝에 산탄을 사용하기로 결정했다. 그런데 사실 이조차도 필요가 없었다. 그들은 어떤 저항도 맞닥뜨리지 않을 것이기 때문이었다.

또다시 플라상은 거리를 비추는 말 없는 달빛 아래 무장한 남자들이 집들을 따라 행진하는 것을 지켜보았다. 무리가 시청 앞에 모두 모이자 앙투안은 주위를 살피면서 대담하게 앞으로 나아갔다. 그가 시청 문을 두드리자 사전에 지시를 받은 관리인이 무슨 일이냐고 물었다. 그리고 앙투안이 무시무시한 협박을 하자 깜짝 놀라는 척하며 서둘러 문을 열었다. 두 개의 문짝이 서서히 열리자 아무도 없는 텅 빈 현관이 보였다.

그러자 앙투안이 커다란 소리로 외쳤다.

"오시오, 동지들!"

그것이 신호였다. 그는 재빨리 옆으로 몸을 피했다. 그리고 공화파들이 서둘러 나아가는 동안 시청 뜰의 어둠 속에서 무수한 불꽃과 총알이 한꺼번에 튀어나와 천둥 같은 소리와 함께 텅 빈 현관을 향해 날아갔다. 이제 시청 문은 죽음을 토해내고 있었다. 기다림으로 격앙된 채 음울한 뜰에서 그들을 짓누르는 악몽에서 속히 벗어나고 싶었던 국민군은 열띤 조급함으로 일제히 총을 발사했다. 그 빛이 어찌나 강렬했던지 앙투안은 누렇게 뿌연 화약 속에서도 총을 겨누는 피에르를 알아볼 수 있었다. 그는 총신이 자신을 향하는 듯하자 펠리시테의 얼굴이 벌게졌던 것을 떠올리고는 재빨리 도망가면서 중얼거렸다.

"내가 어리석었어! 저 망할 놈이 나를 죽이고 말 거야. 내 돈 800프랑을 안 주기만 해봐라."

그사이 비명 소리가 어둠을 가르고 솟구쳤다. 급습당한 공화파는 속았다고 외치며 똑같이 총으로 맞섰다. 현관에서 국민군 하나가 쓰러지는 게 보였다. 하지만 그들 중에서는 세 명의 사망자가 나왔다. 달아나던 공화파들은 시신들과 부딪히자 경악하며 조용한 골목길에서 거듭 외쳤다. "저들이 우리 동료를 죽이고 있소!" 하지만 절망적인 목소리에 응답하는 사람은 아무도 없었다. 질서의 수호자들은 그사이 총을 재장전하고 이미 텅 비어 있는 광장으로 내달았다. 그들은 미친 듯이 거리 곳곳을 향해 총을 난사했다. 문 앞의 어둠, 초롱의 그림자, 튀어나온 경계석 등이 모두 숨어 있는 봉기군으로 보였다. 그렇게 그들은 10여 분간 허공에 마구 총을 쏘아댔다.

국민군의 매복과 기습은 잠들어 있는 도시에서 청천벽력처럼 이루어졌다. 이웃한 거리의 주민들은 요란한 총격전에 잠이 깨어 침대에 앉은 채로 두려움에 덜덜 떨었다. 그들은 절대 창밖을 내다보지 않을 것이었다. 곧이어 총성이 가른 대기 속에서 성당의 종이 매우 불규칙하고 기이한 리듬으로 느릿하게 경종을 울리기 시작했다. 마치 모루를 두드리는 망치질 소리 혹은 화가 난 아이가 팔로 내리치는 거대한 솥에서 나는 소리 같았다. 그것이 무슨 소리인지 알지 못한 부르주아들은 총소리보다 더 무서워했고, 어떤 이들은 포석 위를 줄지어 지나가는 기다란 대포들이 내는 소리를 들었다고 믿기도 했다. 그들은 다시 침대에 누워 시트 속으로 길게 몸을 숨겼다. 문을 꼭 닫은 침실에서 침대 위에 앉아 있는 것이 위험하다고 생각하는 듯했다. 그들은 턱까지 시트를 끌어 올리고 숨을 멈춘 채 몸을 작게 움츠렸다. 그들이 쓴 나이트캡은 눈까지 흘러내렸고, 그들의 아내들은 기절할 듯 베개에 머리를 파묻었다.

성벽을 지키던 국민군도 총성을 들었다. 대여섯 명씩 무리 지어 우르르 달려간 그들은 봉기군이 어떤 지하 통로를 통해 도시 안으로 들어왔을 거라 생각했다. 넋 나간 듯 뛰어다니는 그들의 소란스러움에 고요한 거리가 침묵에서 깨어났다. 가장 먼저 시청에 도착한 이들 중에 루디에가 있었다. 하지만 피에르는 그들을 모두 다시 각자의 초소로 돌려보냈다. 그는 도시의 성문을 이렇게 방치해서는 안 된다고 엄격하게 이야기했다. 그의 꾸짖음에(그들은 놀라 달려오느라 성문에 보초 하나 남겨두지 않았다.) 당황한 그들은 그길로 걸음을 되돌려 더욱더 요란하게 거리를 질주했다. 한 시간 동안 플라상의 주민들은 광적인 군대가 사방으로 도시를 가로지른다고 믿었다. 총격전, 경종, 국민군의 전진과 역진, 그들이 몽둥이처럼 끌고 다니는 총, 어둠 속에서의 겁에 질린 부르짖음 등은 습격받아 약탈당하는 도시의 엄청난 소란을 떠올리게 했다. 이는 봉기군이 도시로 들어왔다고 믿는 불행한 주민들에게는 최후의 일격과도 같은 것이었다. 사람들은 이 밤이 자신들의 최후의 밤이 될 것이며, 플라상은 날이 밝기 전에 땅 밑으로 가라앉거나 연기처럼 공중으로 사라져버릴 것이라고 수군거렸다. 그렇게 그들은 침대 속에서 파국이 닥치기를 기다렸다. 시시각각 자신들의 집이 벌써부터 흔들린다고 상상하며 잔뜩 겁에 질린 채로.

그라누는 여전히 경종을 울리고 있었다. 또다시 무거운 정적에 잠긴 도시에 종소리가 애처로이 울려 퍼졌다. 열기로 불타오르던 피에르는 멀리서 들려오는 흐느낌이 신경에 몹시 거슬렸다. 성당으로 달려간 그는 작은 문이 열려 있는 것을 발견했다. 문간에 성당 관리인이 서 있었다.

"이봐요, 당장 그만두지 못하겠소!" 피에르가 소리쳤다. "누가 우는 것 같아서 짜증 나 죽겠단 말이오."

"하지만 내가 그러는 게 아닌뎁쇼, 무슈." 관리인이 곤혹스러운 얼굴로 말했다. "무슈 그라누가 종탑에 올라가서는…. 분명히 말씀드리지만 난 신부님의 지시로 추를 떼어냈는걸요. 이렇게 경종을 울리지 못하도록 말이지요. 그런데도 무슈 그라누는 내 말을 들으려고 하지 않고 기어이 위로 올라가더군요. 대체 뭘 가지고 이런 이상한 소리를 내는지, 원!"

피에르는 서둘러 종탑으로 향하는 계단을 올라가며 소리쳤다.

"그만! 그만! 제발 좀 그만두란 말이오!"

위로 올라간 그는 첨두아치의 틈새로 비치는 달빛 아래 맨머리의 그라누가 성난 얼굴로 커다란 망치를 앞으로 내리치고 있는 것을 발견했다. 게다가 그라누는 진심을 다하고 있었다! 몸을 뒤로 젖혔다가는 다시 힘차게 낭랑한 종으로 달려드는 품새가 마치 종을 쪼개버리려는 듯 보였다. 퉁퉁한 그의 온몸이 둥글게 움츠러들었다. 그러다 커다란 종을 향해 망치를 휘두르면 그 진동으로 또다시 몸이 뒤로 젖혀졌고, 그럴 때마다 그는 다시 세차게 달려들곤 했다. 마치 뜨거운 쇠를 두드리는 대장장이 같았다. 하지만 프록코트 차림에 키가 작고 대머리인 데다 서툴고 화를 잘 내는 대장장이였다.

피에르는 신들린 듯 달빛 아래에서 종과 싸우는 남자 앞에서 잠시 멈춰 섰다. 그제야 그는 온 도시를 뒤흔드는 기이한 냄비 소리가 어디서 온 것인지를 알게 되었다. 피에르는 그라누에게 멈추라고 다시 소리쳤다. 하지만 그가 듣지 못해 그의 코트 자락을 잡아당겨야 했다. 비로소 피에르를 알아본 그라누는 의기양양하게 외쳤다.

"아, 당신도 들었죠! 처음에는 주먹으로 종을 치려고 했는데 아프더라고요. 다행히 이 망치를 발견해서…. 좀 더 치는 게 좋겠죠?"

피에르는 그를 데리고 나왔다. 그라뉴는 몹시 흡족해했다. 그는 이마의 땀을 훔치면서, 다음 날 자신이 단순한 망치로 그런 소리를 냈음을 알릴 것을 피에르에게 다짐받았다. 이 광적인 종소리가 모두에게 얼마나 대단한 그의 위업으로 기억될 것인지!

동이 틀 무렵 피에르는 펠리시테를 안심시켜야겠다고 생각했다. 그의 지시에 따라 국민군은 시청에 몸을 숨기고 있었다. 그는 시신들을 치우는 것을 금했다. 오래된 동네의 주민들에게 본보기가 필요하다는 이유에서였다. 그리고 반가로 달려가기 위해 달빛이 사라진 광장을 통과하던 그는 보도 가에서 한 시신의 오므린 손에 발이 걸려 넘어질 뻔했다. 그의 발밑에서 짓눌리는 물컹한 손은 형언할 수 없는 역겨움과 공포를 불러일으켰다. 그는 성큼성큼 황량한 거리를 걸어갔다. 그러는 동안 등 뒤에서 피 묻은 주먹이 그를 쫓아오는 것 같았다.

"오는 길에 죽은 사람을 넷이나 봤어." 그가 안으로 들어서며 말했다.

그들은 자신들의 죄악에 스스로도 놀란 듯 서로를 바라보았다. 등잔불로 인해 그들의 창백한 얼굴이 누런 밀랍처럼 보였다.

"거기 그대로 놔둔 거죠?" 펠리시테가 물었다. "사람들이 그 시신들을 봐야 해요."

"당연하지! 그걸 어떻게 치워. 땅바닥에 나자빠져 있는데…. 물컹한 뭔가를 밟기까지 했다고…."

그는 자기 구두를 내려다보았다. 뒤꿈치가 피로 범벅이 돼 있었다. 그가 다른 구두로 갈아 신는 동안 펠리시테가 다시 말했다.

"잘했어요! 이제 다 끝난 거예요…. 사람들이 더 이상 당신이 거울에 총질을 해댔다고 수군거리지 못할 거라고요."
 루공 부부가 결정적으로 플라상의 구세주로 인정받고자 꾸몄던 총격전으로 겁에 질린 주민들은 그들의 발아래에 무릎을 꿇었다. 그사이 겨울날 아침의 잿빛 우울함과 함께 우중충한 아침이 밝아왔다. 시트 속에서 떠는 데 지친 주민들은 더 이상 아무 소리도 들리지 않자 조심스레 밖으로 나왔다. 처음에는 열 명에서 열다섯 명가량이 모습을 드러냈다. 그러다 봉기군이 개울마다 시신들을 버려둔 채 달아났다는 소문에 모든 주민이 일어나 시청 광장으로 모여들었다. 오전 내내 호기심 많은 이들이 줄지어 네 구의 시신을 구경했다. 시신들은 흉측하게 훼손돼 있었고, 특히 머리에 세 발의 총알을 맞은 이는 더욱 그러했다. 뚜껑처럼 위로 열린 두개골 사이로 골이 적나라하게 보였다. 그중에서 가장 끔찍한 것은 시청 현관에 쓰러져 있는 국민군의 시신이었다. 그는 공화파가 총알 대신 사용한 산탄을 얼굴에 무더기로 맞았다. 그 바람에 벌집처럼 구멍이 뚫린 그의 얼굴에서 피가 계속 흐르고 있었다. 구경꾼들은 역겨운 광경에 열광하는 비겁자들처럼 이 끔찍한 모습을 오랫동안 눈에 담았다. 사람들은 예의 그 국민군이 누구인지를 알아볼 수 있었다. 그는 돼지고기 장수 뒤브뤼엘이었다. 월요일 아침 루디에는 그가 지나치게 성급하게 총을 쏜다고 비난했다. 나머지 셋 중 둘은 모자 장수들이었고, 또 다른 하나는 누구인지 알 수 없었다. 도로를 흥건히 적신 피 웅덩이 앞에서 사람들은 전율하며 입을 다물지 못했다. 그들은 어둠 속에서 총으로 질서를 바로잡은 약식 정의가 자신들을 감시하며 자신들의 몸짓들과 말들을 낱낱이 살피기라도 하듯 경계하는 눈빛으로 등 뒤를 흘끗거렸다. 폭도들로부터 자신들을 구한 손에 열렬히 키스하지 않으면 자신들도 총알 세례를 받을지 모른다고 생각하듯.
 아침에 네 구의 시신을 목격한 주민들은 간밤의 두려움보다 훨씬 커다란 공포를 느꼈다. 예의 그 총격전의 진짜 이야기는 아무도 알지 못했다. 전투원들의 발포, 그라누의 망치질, 봉기군이 거리에서 지리멸렬하게 도망친 일 등이 무시무시하게 부풀려져 입에서 입으로 전해졌다. 그리하여 대부분의 주민이 수많은 적들과 국민군 사이에 대규모 전투가 벌어진 것으로 상상하곤 했다. 승리한 군대가 본능적인 허풍으로 적들의 수를 부풀려 500명쯤 된다고 하자 모두 탄성을 질렀다. 몇몇 부르주아는 한 시간 넘게 창가에서 패배한 봉기군의 물결이 지나가는 것을 보았다고 주장했다. 게다가 모두들 십자형 유리창 아래에서 도적들이 뛰어다니는 소리를 들은 터였다. 500명밖에 안 되는 오합지졸이 그런 식으로 도시 전체를 놀라게 할 수는 없었다. 플라상의 용맹한 민병대가 땅속에 파묻은 것은 엄연한 군대, 그것도 아주 규모가 큰 당당한 군대가 분명했다. "그들은 땅속으로 되돌아갔다."라는 피에르의 말은 아주 정확한 표현인 듯했다. 성벽을 지키는 임무를 맡은 초병들이 여전히 개미 새끼 한 마리 안으로 들어오지도 나가지도 않았노라고 신에게 맹세했기 때문이었다. 이는 군대 이야기에 일말의 신비스러움을 더해, 뿔 달린 악마가 불 속에서 타버리는 식의 왜곡된 상상력을 부추기기까지 했다. 초병들은 물론 자신들이 미친 듯이 달아났다는 사실은 이야기하지 않았다. 그리하여 가장 합리적인 축에 속하는 사람들은 봉기군 무리가 성벽의 어떤 틈새나 구멍을 통해 안으로 들어왔을 거라고 생각하기로 했다. 좀 더 시간이 지나자 배신에 관한 소문이 퍼지면서 매복 이야기를 하는 사람도 생겨났다. 아마도 앙투안이 죽음으로 내몬 이들이 잔인한 진실을 혼자만 간직할 수 없었기 때문일 터였다. 그러나 여전히 커다란 두려움이 지배했고, 피로 얼룩진 광경이 상당수의 비겁자들을 반동파로 돌아서게 한 터라 이런 소문은 패배한 공화파가 분노하여 퍼뜨린 것으로 간주되었다. 거기에 더하여 피에르 루공이 자기 포로였던 앙투안 마카르를 음습한 지하 독방에 가두어 서서히 굶어 죽게 했다고 주장하는 이들마저 생겨났다. 이 끔찍한 이야기는 사람들로 하여금 피에르에게 허리 굽혀 정중히 인사하게 했다.

얼굴이 허옇고 배가 나오고 우스꽝스러운 이 부르주아 사내는 이렇게 해서 하룻밤 새 더 이상 아무도 감히 비웃지 못하는 무시무시한 무슈가 되었다. 그는 피바다에 한 발을 담근 형국이었다. 오래된 동네의 주민들은 주검들 앞에서 두려움에 아무 말도 하지 못했다. 하지만 오전 10시경 새 동네의 점잖은 이들이 모여들기 시작하자 광장은 은밀한 대화와 숨죽인 탄식으로 웅성거렸다. 그들은 또 다른 공격, 거울 하나만 박살 났던 시청의 점령에 대해서도 이야기했다. 그리고 이번에는 더 이상 피에르 루공을 두고 농담을 하지 않았다. 사람들은 겁먹은 존경심으로 그를 진정한 영웅이자 구원자로 칭했다. 시신들이, 크게 뜬 눈들이 변호사와 연금 생활자로 이루어진 신사들을 응시하고 있었다. 모두들 전율하면서 내전은 매우 슬프지만 피할 수 없는 것이라고 중얼거렸다. 전날 시청을 찾아갔던 대표단의 우두머리인 공증인은 모인 사람들 사이를 오가며 "각오가 되어 있습니다!"라는 피에르의 말을 상기시켰고, 플라상의 주민들은 이 열정적인 영웅이 도시를 구했음을 잊지 말아야 한다고 역설했다. 그리하여 주민 모두가 그에게 고개를 숙였다. 그중에서도 마흔한 명이라는 숫자를 가장 혹독하게 비웃었던 사람들, 무엇보다 루공 부부를 허공에 총을 발사한 모사꾼들이자 비겁자들로 취급했던 이들이 가장 먼저 '플라상이 영원히 자랑스럽게 여길 위대한 시민에게' 월계관을 수여할 것을 주장하고 나섰다. 이제 도로 위의 피 웅덩이가 말라붙었기 때문이었다. 주검들은 그 상처들을 통해 무질서와 약탈, 살인을 일삼은 봉기군이 어떤 흉악무도한 짓을 자행했는지, 그런 그들을 진압하기 위해 얼마나 강력한 강철 손이 필요했는지를 잘 보여주고 있었다.

모여든 주민들은 그라누에게 찬사를 보내면서 너도나도 악수를 청했다. 그들 모두가 망치에 관한 이야기를 알고 있었다. 거기에 악의 없는 거짓말을 더한 그라누는 자신이 과장을 한다는 사실조차 의식하지 못했다. 공격해 오는 봉기군을 처음 발견한 그는 위험을 알리기 위해 종을 치기 시작했고, 그가 없었더라면 국민군은 전멸하고 말았을 터였다. 이 이야기는 그의 중요성을 더욱 커지게 했다. 그의 무훈은 경이로운 것으로 칭송받았다. 사람들은 이제 그에 대해 이런 식으로 이야기하곤 했다. "무슈 이시도르가 누군지 알아요? 망치로 경종을 울린 분이죠!" 문장이 다소 길긴 하지만 그라누는 그것을 마치 귀족적인 호칭처럼 여겼다. 그 후로 그는 누군가가 자기 앞에서 '망치'라는 말만 꺼내도 미묘하게 우쭐해지곤 했다.

아리스티드는 사람들이 시신들을 치울 때 나타나 쿵쿵거리며 냄새를 맡기 시작했다. 그는 시신들을 여러 각도에서 살피면서 주변 공기를 들이마시고 얼굴들을 유심히 들여다보았다. 그의 무표정한 얼굴에서 눈빛이 반짝거렸다. 그는 전날에 붕대를 감았다가 지금은 자유로워진 손으로 한 주검의 작업복을 들어 올렸다. 상처를 좀 더 자세히 보기 위해서였다. 상처를 눈으로 확인한 다음에야 그는 의심을 거두고 납득할 수 있었다. 그는 입술을 깨문 채 아무 말 없이 그곳에 잠시 머물렀다. 그리고 자신이 장황한 기사를 써놓은 《랭데팡당》의 배포를 재촉하러 갔다. 집들을 따라 걷는 동안 그는 자기 어머니가 "내일이면 너도 알게 될 거다."라고 한 말을 떠올렸다. 이제 그는 보았다. 그것은 참으로 엄청났고, 그를 두렵게까지 했다.

그사이 피에르는 자신의 승리에 대해 난감한 생각이 들기 시작했다. 가르소네 시장의 집무실에 홀로 있으면서 군중이 웅성이는 소리에 귀 기울이던 그는 발코니에 나서는 것을 가로막는 기이한 감정에 사로잡혔다. 밟고 지나온 피 웅덩이가 그의 두 다리를 얼어붙게 했던 것이다. 그는 저녁이 될 때까지 자신이 무엇을 해야 할지를 자문했다. 간밤의 극적인 사건으로 인해 삐걱거리는 그의 빈약한 머리는 그의 주의를 다른 데로 돌리게 할 어떤 일, 내려야 할 지시, 취해야 할 조치 등을 필사적으로 찾았다. 그러나 그는 더 이상 무엇을 어떻게 해야 할지 몰랐다. 펠리시테는 대체 자신을 어디로 이끈 것일까? 이제 모두 끝난 건가, 아니면 아직도 사람들을 더 죽여야 하나? 또다시 두려움이 엄습하면서 무서운 의혹이 일기 시작했다. 그는 복수를 꿈꾸는 공화파

군대가 성벽 곳곳에 구멍을 뚫고 침입하는 광경을 떠올렸다. 그때 시청 창문 아래쪽에서 "봉기군! 봉기군이다!"라고 커다랗게 외치는 소리가 들려왔다. 그는 얼른 일어나 커튼을 걷어 올렸다. 광장에서 정신없이 이리저리 뛰어다니는 사람들이 보였다. 1초도 안 되는 짧은 순간에 그는 파산하고 약탈당하고 살해당하는 자신이 눈앞에 보이는 듯했다. 그는 자기 아내와 도시 전체를 저주했다. 그리고 탈출구를 찾으려는 듯 미심쩍은 눈길로 자기 뒤쪽을 살피고 있을 때 사람들이 기쁨의 함성을 터뜨리면서 유리창이 흔들릴 정도로 요란하게 박수를 치는 소리가 들려왔다. 그는 다시 창가로 달려갔다. 여인들은 손수건을 흔들고 남자들은 서로 얼싸안고 있었다. 서로 손을 잡고 춤을 추는 사람들도 있었다. 그는 영문을 모른 채 멍하니 서 있었다. 머리가 빙빙 도는 것 같았다. 그를 둘러싼 텅 비고 적막한 커다란 시청이 너무나 두렵게 느껴졌다.

펠리시테에게 이 사실을 털어놓았을 때 피에르는 이렇게 고통스러운 상태가 얼마나 이어졌는지 말할 수 없었다. 그는 다만 어떤 발소리가 커다란 방들의 메아리를 깨우며 그를 혼미함에서 끌어냈다는 것만 기억해냈다. 그는 작업복 차림에 낫과 몽둥이로 무장한 남자들이 나타날 것으로 생각했다. 그러나 안으로 들어온 것은 검은 의복을 단정하게 차려입고 환한 얼굴을 한 임시위원회 위원들이었다. 그들 중 빠진 사람은 아무도 없었다. 기쁜 소식이 이들의 병을 한꺼번에 낫게 했던 것이다. 그라누는 그의 소중한 위원장의 품으로 달려들면서 더듬거렸다.

"군인들이에요! 군인들이 왔다고요!"

과연 마송 대령과 블레리오 도지사가 이끄는 한 연대의 군인들이 도착해 있었다. 성벽을 지키던 군인들이 멀리 들판의 소총들을 보고 봉기군이 다가오고 있다고 착각한 것이었다. 감격에 겨운 피에르의 두 뺨에 굵은 눈물이 흘러내렸다. 위대한 시민인 그가 눈물을 흘리고 있었다! 위원들은 존중 어린 감탄과 함께 그의 눈물이 흘러내리는 것을 바라보았다. 그라누는 또다시 자기 친구의 목에 매달리며 소리쳤다.

"오, 이렇게 기쁠 데가!… 내가 솔직한 사람이라는 것 당신도 잘 아시죠. 솔직히 우린 모두 무서워서 벌벌 떨었어요, 안 그래요, 여러분? 그런데 오직 당신만이 용감하고 당당했어요. 대단한 열정이 있는 사람이 아니면 절대 그렇게 못 하죠! 조금 전에 난 아내에게 이렇게 말했어요. '무슈 루공은 위대한 영웅이니 훈장을 받아 마땅하다.'라고 말입니다."

그러자 그들은 너도나도 도지사를 만나러 가야 한다고 주장했다. 피에르는 어리둥절하다 못해 숨이 막힐 지경이었다. 이처럼 갑작스러운 승리를 믿을 수 없었던 그는 어린아이처럼 말을 더듬었다. 다시 호흡을 가다듬은 그는 이 엄숙한 의식에 요구되는 위엄을 갖추고 침착하게 아래로 내려갔다. 하지만 시청 광장에서 임시 위원회와 그 위원장을 맞이하는 뜨거운 환영에 또다시 행정관으로서의 엄숙함을 잃을 뻔했다. 이번에는 더없이 열렬한 찬사를 동반한 피에르 루공의 이름이 군중 사이로 퍼져나갔다. 플라상의 모든 주민이 그라누의 고백을 반복하면서, 공포가 만연한 가운데서도 흔들림 없이 우뚝 선 영웅으로 그를 칭송하는 소리가 피에르의 귓전을 울렸다. 임시 위원회가 도지사를 만나러 간 도청 광장에서도 그는 마침내 사랑의 욕구가 충족된 여인처럼 은밀한 황홀감과 함께 자신의 인기와 영광을 마음껏 들이마셨다.

블레리오 도지사와 마송 대령은 리옹로에 부대를 주둔시켜둔 채 플라상에 둘이서만 들어왔다. 그들은 봉기군의 행진 방향을 잘못 파악한 탓에 상당한 시간을 허비한 터였다. 게다가 그들은 지금 봉기군이 오르셰르에 머물고 있음을 알고 있었다. 따라서 플라상에는 기껏해야 한 시간 정도 머물 예정이었다. 주민들을 안심시키고, 봉기군의 모든 재산을 몰수하며, 무기를 든 채 발각되는 모든 사람을 사형에 처한다는 가혹한 결정을 공표하는 데 필요한 시간이었다. 국민군의 대장이 포르트 드 롬의 빗장을 풀고 엄청나게 시끄러운 소리와 함께 녹슨 쇠문을 열게 하자 마송 대령은 만면에 미소를 띠었다. 초병은 마치 의장대처럼 도지사와 대령을 따라다녔다. 그들이 쿠르 소베르를 지나는 동안 루디에는 피에르 루공의 영웅적 무훈과 사흘간의 공포 그리고 간밤의 찬란한 승리에 관해 들려주었다. 그리하여 두 행렬이 마주했을 때 블레리오 도지사는 임시 위원회의 위원장에게 재빨리 나아가 열렬히 악수하고 그를 추켜세우면서 행정 당국이 다시 돌아올 때까지 플라상을 지켜줄 것을 부탁했다. 피에르는 경의를 표했고, 도청 문 앞에 다다른 도지사는 잠시 숨을 돌린 뒤 자신의 보고서에 그의 훌륭하고 용맹한 행위를 잊지 않고 기록하겠노라고 큰 소리로 말했다.

그사이 매서운 추위에도 불구하고 주민 모두가 창가로 향해 있었다. 너무나 기쁜 나머지 얼굴이 새하얘진 펠리시테 역시 아래로 떨어질 것처럼 창가에서 몸을 숙이고 있었다. 때마침 아리스티드가 《랭데팡당》 한 부를 가지고 그곳에 나타났다. 신문에 실린 기사에서 그는 쿠데타에 대한 자신의 지지를 분명히 밝히면서 '질서 가운데서의 자유와 자유 가운데서의 질서를 알리는 서광'으로서의 거사를 열렬히 환영했다. 또한 노란 살롱을 은근슬쩍 언급하면서 자신의 잘못을 인정하고, '젊음은 오만하며', '훌륭한 시민은 침묵하고, 조용히 숙고하며, 자신에 대한 모욕에도 흔들림 없이 투쟁의 날에 영웅으로 우뚝 서기를 기다리는 법이다.'라고 열변을 토했다. 그는 무엇보다 이 마지막 문장을 마음에 들어 했다. 그의 어머니는 기사가 매우 훌륭하다며 칭찬을 아끼지 않았다. 그리고 자신의 소중한 아들에게 키스한 뒤 자기 오른쪽에 서게 했다. 거처에 틀어박혀 있는 데 싫증이 나 그녀를 보러 온 카르나방 후작 역시 호기심을 못 이기고 그녀의 왼쪽 창문 난간에 팔꿈치를 괸 채 밖을 내다보았다.

광장에서 블레리오 도지사가 피에르에게 손을 내밀자 펠리시테는 울음을 터뜨렸다.

"오! 저길 봐, 저길 보렴." 그녀는 아리스티드에게 소리쳤다. "도지사가 네 아버지하고 악수를 하고 있어. 세상에, 다시 또 악수를 하네!"

그리고 사람들이 앞다투어 고개를 내미는 창문들을 흘끗거렸다.

"다들 배가 아파 죽을 지경일 거야! 저기 페로트 부인을 좀 보렴. 손수건을 씹고 있잖니. 저쪽 공증인의 딸들은 또 어떻고. 마시코 부인과 브뤼네 가족들 얼굴도 참 가관이지, 안 그래? 얼마나 약이 오르겠느냐고!… 아! 이제 드디어 우리 차례가 온 거야."

황홀경에 빠진 펠리시테는 도청 정문 앞에서 벌어지는 광경을 눈으로 좇으며 요란한 매미처럼 몸을 부르르 떨었다. 그녀는 사람들의 몸짓 하나하나를 해석했고, 자신이 이해할 수 없는 말들을 지어냈으며, 피에르가 인사를 아주 잘한다며 기뻐했다. 다만 찬사를 구하듯 주위를 맴도는 불쌍한 그라누에게 도지사가 무슨 말인가를 건넸을 때는 잠시 언짢은 기색을 비쳤다. 블레리오 도지사도 망치에 관한 이야기를 들어서 알고 있는 듯했다. 전직 아몬드 장수가 소녀처럼 얼굴을 붉히면서 자신은 자기 의무를 다했을 뿐이라고 말하는 듯 보였기 때문이다. 그런데 그녀를 더욱 화나게 한 것은 뷔예를 그 자리의 신사들에게 소개한 남편의 지나친 관대함이었다. 뷔예가 그들 사이에 끼어들자 피에르는 어쩔 수 없이 그를 호명해야 했다.

"음흉한 모사꾼 같으니라고!" 펠리시테가 나직이 말했다. "안 끼어드는 데가 없다니까…. 착한 내 남편이 얼마나 당황했을까!… 이번에는 대령이 그에게 무슨 말을 하네. 대체 무슨 말을 한 걸까?"

"아마도 얘야, 네 남편이 신중하게 미리 성문을 닫은 것을 칭찬하는 듯하구나." 후작이 일말의 아이러니를 곁들여 대꾸했다.

"제 아버지가 플라상을 구하신 거죠." 아리스티드가 퉁명스레 말했다. "혹시 시신들을 보셨나요, 무슈?"

카르나방 후작은 아무런 대꾸도 하지 않았다. 그리고 창가에서 물러나 안락의자에 앉은 채 다소 역겹다는 표정으로 고개를 끄덕였다. 그때, 도지사가 광장을 떠나고 난 뒤, 피에르가 달려와 자기 아내를 얼싸안았다.

"이게 다 당신 덕분이오!" 그가 더듬거리며 말했다.

그는 더 이상 아무 말도 할 수 없었다. 펠리시테는 아리스티드가 쓴 《랭데팡당》의 굉장한 기사에 대해 이야기하면서 남편보고 아들한테 키스하라고 했다. 감격에 겨운 피에르는 후작의 두 뺨에까지 키스할 기세였다. 하지만 펠리시테는 그를 옆으로 데리고 가 그녀가 다시 봉투에 넣어둔 외젠의 편지를 건네주었다. 그녀는 누군가가 막 그것을 가져왔다고 말했다. 의기양양해진 피에르는 편지를 읽은 뒤 그녀에게 건네주었다.

"당신은 마법사가 분명해." 그는 웃으며 말했다. "이 모든 일을 다 예견하다니. 당신이 없었다면 난 모든 걸 망치고 말았을 거야! 이제 우린 모든 걸 같이 하는 거야. 키스해줘, 당신은 정말 멋진 여자야."

그는 아내를 품에 꼭 안았고, 그 사이 그녀는 후작과 은밀한 미소를 주고받았다.

제7장

생트루르의 학살이 자행된 다음다음 날, 일요일에야 군대는 플라상을 다시 통과했다. 가르소네 시장이 저녁 식사에 초대한 도지사와 마송 대령은 둘이서만 도시로 들어왔다. 군인들은 성벽을 한 바퀴 돌아본 뒤 야영을 하러 니스로의 교외로 향했다. 어둠이 내리고 있었다. 아침부터 흐렸던 하늘의 오묘한 누런색 반영이 폭풍우가 칠 때의 구릿빛 하늘을 닮은 부연 빛으로 도시를 밝히고 있었다. 주민들은 잔뜩 겁먹은 얼굴로 군인들을 맞이했다. 우중충한 석양빛 아래 여전히 피를 흘리는 군인들이 지친 모습으로 조용히 지나가자 쿠르의 말끔한 프티부르주아들은 노골적으로 역겨움을 드러내며 뒷걸음질 쳤다. 그리고 주변 모든 지역이 기억하는 총격전과 맹렬한 보복 등의 끔찍한 이야기들을 서로의 귀에 대고 속삭였다. 쿠데타의 공포가 시작된 것이었다. 끈질기고 압도적인 두려움이 긴 몇 달간 남프랑스를 전율하게 했다. 봉기군에 대한 두려움과 증오로 치를 떨던 플라상 주민들은 국민군 부대가 처음 그곳을 지나갈 때는 그들을 열렬히 환영했다. 그러나 지금 이 시각에는, 대장의 말한마디에 총을 쏘던 험악한 군대의 모습에 새 동네의 연금 생활자와 공증인

377

에 이르기까지 모두가 불안한 마음으로 스스로를 되돌아보았다. 그리고 자신들이 총살형을 받아 마땅한 어떤 정치적 범죄를 저지른 것은 아닌지 거듭 자문했다.

전날 밤에는, 플라상을 떠났던 행정 당국이 생트루르에서 빌린 두 대의 짐수레를 끌고 되돌아왔다. 예상치 못했던 그들의 입성은 명예로움과는 거리가 멀었다. 피에르는 별다른 아쉬움 없이 안락의자를 시장에게 돌려주었다. 계획된 거사는 성공적으로 끝났다. 그는 파리로부터 자신의 애국심에 대한 보상이 당도하기를 초조하게 기다렸다. 드디어 일요일, 그다음 날이나 올 것으로 예상했던 외젠의 편지가 도착했다. 펠리시테는 일찌감치 목요일에 아들에게 《라 가제트》와 《랭데팡당》을 한 부씩 보내놓는 치밀함을 보였다. 두 신문은 재판(再版)을 발행하면서 간밤의 전투와 도지사의 도착에 관한 기사를 실었다. 외젠은 답장에서 자기 아버지의 징세관 임명이 곧 확정될 것이라고 알려주면서 또 다른 좋은 소식을 즉시 전하고 싶어 했다. 자신이 힘을 써 아버지가 레지옹 도뇌르 훈장[1]을 받게 되었다는 것이었다. 펠리시테는 눈물을 흘렸다. 남편이 훈장을 받다니! 그녀의 야심은 절대 그 정도까지는 아니었다. 너무 기뻐서 얼굴이 새하얘진 피에르는 그날 저녁에 당장 축하 파티를 열어야 한다고 했다. 이제 그는 더 이상 돈을 계산하지 않았다. 이 영광스러운 날을 기념하기 위해서라면 마지막 남은 100수 동전들까지 노란 살롱의 두 개의 창문 밖으로, 사람들을 향해 기꺼이 던질 수 있을 것 같았다.

"혹시나 해서 하는 얘긴데 시카르도는 반드시 초대해야 해." 피에르는 아내에게 다짐하듯 말했다. "허구한 날 그치가 자기 훈장 자랑하는 걸 들어주느라

---

[1] 1802년 나폴레옹 보나파르트가 처음 만든 프랑스 최고 훈장으로 1~5등급(그랑크루아, 그랑도피시에, 코망되르, 오피시에, 슈발리에)으로 나뉜다. 처음에는 공적을 세운 군인들을 포상하려는 목적으로 제정되었으나, 그 후 계속 유지되어 내외국인을 막론하고 프랑스의 정치, 경제, 사회, 문화 등 각계 전반에 걸쳐 공로가 인정되는 인물에게 수여한다.

어찌나 짜증이 났던지! 그라누하고 루디에한테는 자기들처럼 돈이 많다고 훈장을 받을 수 있는 게 아니라는 걸 알게 해주고 싶어. 뷔예는 자린고비지만 그 친구도 불러. 승리의 축하는 완벽해야 하니까. 별로 중요하지 않은 다른 사람들도 부르고…. 아, 깜빡 잊을 뻔했네. 후작님은 당신이 직접 가서 모셔 와. 식탁에서 그분이 당신 오른쪽에 앉으면 자리가 아주 돋보일 거야. 당신도 들었겠지만 무슈 가르소네는 대령과 도지사를 접대한대. 이젠 내가 더 이상 쓸모가 없다는 걸 보여주려는 거지. 나도 뭐 그깟 시장 자리 따위에는 관심도 없지만 말이지. 어차피 돈도 안 되는 자리잖아! 시장이 나를 초대했지만 나도 내 손님들을 초대했다고 말할 참이야. 그 사람들 아마 내일이면 쓴웃음을 짓게 될걸…. 요리는 최고급으로 준비해. 프로방스 호텔에 주문하라고. 시장이 베푸는 만찬보다 훨씬 훌륭해야 하니까.”

펠리시테는 행동을 개시했다. 피에르는 날아오를 듯 기분이 좋은 가운데서도 여전히 왠지 모를 불안감을 떨칠 수 없었다. 쿠데타는 그의 빚을 갚게 해줄 것이고, 그의 아들 아리스티드는 자신의 잘못을 후회하고 있으며, 그는 마침내 앙투안 마카르를 치워버릴 수 있게 되었다. 그러나 그는 자기 아들 파스칼이 어떤 어리석은 짓을 저지를까 두려웠다. 그리고 무엇보다 실베르에게 무슨 일이 닥칠지 몹시 불안해했다. 그를 조금이라도 걱정해서가 아니었다. 피에르는 단지 헌병과 관련된 일로 인해 그가 중죄 재판소에 출두하게 될 것을 염려하고 있었던 것이다. 아! 단 한 발의 똑똑한 총알이 그 망할 애새끼한테서 자신을 자유롭게 해주었더라면 얼마나 좋았을까! 그날 아침 그의 아내가 지적했듯이 이제 그를 가로막았던 장애물이 모두 사라진 터였다. 그에게 수치를 안겨주었던 가족이 마지막 순간에 그의 지위를 향상시켰던 것이다. 재산을 축내기 바빴던 그의 아들 외젠과 아리스티드, 대학에 보낸 것을 몹시 후회하게 만들었던 아들들이 마침내 자신들의 교육에 쓴 돈의 이자를 갚은 셈이었다. 그런데 저 빌어먹을 실베르에 대한 걱정으로 이러한 승리의 순간을 망쳐야 하다니!

 펠리시테가 만찬 준비를 위해 분주히 뛰어다니는 동안 피에르는 군대가 도착했음을 알고 직접 가서 자세한 정보를 얻고자 했다. 포로로 잡혔다가 돌아온 시카르도는 아는 게 아무것도 없었다. 파스칼은 부상자들을 치료하느라 그곳에 남아 있는 게 분명했다. 실베르에 관해서는, 소령은 그를 잘 알지도 못했고 보지도 못했다. 피에르는 교외로 향하면서 그 참에 앙투안에게 약속했던 돈, 그가 아주 힘겹게 마련한 나머지 800프랑을 주어야겠다고 다짐했다. 하지만 어수선한 야영지에 도착해 멀리서 포로들을 본 그는 자신이 위태로워질까 봐 겁이 났다. 포로들은 에르 생미트르의 통나무들 위에 길게 줄지어 앉아 있었고, 손에 총을 든 군인들이 그들을 지키고 있었다. 그는 자기 어머니로 하여금 소식을 알아 오게 해야겠다고 생각하고 슬그머니 그녀의 집으로 향했다.

 그가 누옥으로 들어설 때는 이미 날이 어두워진 뒤였다. 먼저 그의 눈에 들어온 것은 담배를 피우면서 술을 홀짝거리는 앙투안이었다.

 "형이오? 이렇게 말하니 좋군." 앙투안은 피에르에게 예전처럼 친근한 말투로 투덜거렸다. "내가 여기서 얼마나 오래 기다린 줄 알아요? 돈은 가지고 왔어요?"

 하지만 피에르는 아무 대답도 하지 않았다. 자기 아들 파스칼이 침대 위에서 몸을 숙이고 있는 것을 발견했기 때문이었다. 피에르는 그에게 많은 질문을 퍼부었다. 자기 아버지의 커다란 염려를 아버지로서의 애정으로 여긴 파스칼은 차분히 그의 질문에 답했다. 파스칼은 군인들에게 붙잡혀 총살을 당할 뻔했지만 그가 전혀 알지 못하는 어떤 용감한 사람의 개입으로 살아남았다. 게다가 의사라는 그의 직업 덕분에 군대와 함께 무사히 돌아올 수 있었다. 그의 설명에 피에르는 크게 안도했다. 그에게 위협이 되지 않는 사람이 하나 더 있었던 것이다. 그가 파스칼의 손을 잡고 흔들면서 기쁨을 표현하자 파스칼은 슬픈 목소리로 이야기를 끝맺었다.

"그렇게 좋아할 때가 아니에요. 가엾은 할머니의 상태가 아주 안 좋아요. 난 할머니가 몹시 아끼시는 기총을 가져다드리려고 온 거예요. 보세요, 여기 이렇게 꼼짝도 하지 않고 계세요."

피에르의 눈이 차츰 어둠에 익숙해지면서, 남아 있는 희미한 빛 속에서 죽은 듯 뻣뻣하게 침대에 누워 있는 탕트 디드가 보였다. 태어난 이래로 점차 신경증으로 망가져온 가엾은 육체가 최후의 발작에 굴복하고 만 것이었다. 마치 그녀의 신경이 온몸의 피를 모두 빨아들인 것 같았다. 이 열정적인 육체, 노년의 순결함 속에서 스스로를 고갈시키며 진이 빠진 육체의 은밀한 작동은 이 불행한 여인을 오직 강렬한 발작만이 아직 살아 있음을 느끼게 하는 시체로 만들면서 끝나가고 있었다. 이제 더없이 끔찍한 고통이 그녀의 존재의 느릿한 해체를 앞당긴 듯 보였다. 은둔하는 어두운 삶의 체념으로 약해진 여인의, 수녀를 닮은 창백한 얼굴에는 군데군데 붉은 자국들이 생겨나 있었다. 얼굴이 일그러진 탕트 디드는 두 눈을 무섭게 부릅뜨고 두 손은 뒤집어지고 뒤틀린 채 스커트 바깥으로 바싹 마른 다리의 앙상한 윤곽을 그대로 드러내며 침대에 길게 누워 있었다. 그리고 입술을 꼭 다문 채 어두운 방의 구석을 말없는 단말마의 두려움으로 가득 채웠다.

피에르는 얼굴을 찌푸렸다. 이 가슴 아픈 광경이 그에게는 몹시 불쾌하게 다가왔다. 저녁에 손님들을 접대해야 하는 그로서는 슬픈 기색을 보여서는 안 되었다. 그의 어머니는 언제나 그를 곤란하게 하는 일을 만들곤 했다. 다른 날을 택했을 수도 있지 않은가 말이다. 그는 별로 대수로운 일이 아니라는 듯 말했다.

"괜찮아! 별일 아니야. 어머니가 이러는 게 어디 한두 번이어야지. 좀 쉬시게 놔두면 돼. 그게 제일 좋은 약이라고."

하지만 파스칼은 고개를 저으며 나직이 말했다.

"아니에요, 이번 발작은 예전 것과는 달라요. 할머니를 종종 살펴봤지만 이

번 같은 경우는 본 적이 없어요. 할머니 눈을 좀 보세요. 눈이 이상하게 촉촉하고 희뿌연 눈빛도 몹시 불안해 보이잖아요. 얼굴은 또 어떻고요! 근육이 무섭게 뒤틀려 있잖아요!"

그는 몸을 더 숙여 탕트 디드의 얼굴을 좀 더 세밀히 살핀 뒤 혼잣말처럼 조그맣게 말했다.

"이런 얼굴은 살해된 사람들에게서나 보던 것인데…. 공포 속에서 죽어간 사람들…. 아무래도 뭔가 엄청난 충격을 받으신 것 같아요."

"그러니까 대체 무슨 충격을 받은 건데?" 피에르는 어떤 식으로 방을 나서야 할지 몰라 짜증스레 물었다.

파스칼도 그것을 알지 못했다. 앙투안은 또다시 술을 따르면서, 코냑을 좀 마시고 싶어서 그녀에게 한 병을 사 오라고 시켰다고 이야기했다. 그녀는 얼마 지나지 않아 돌아왔고, 집 안에 들어오면서 아무 말 없이 그대로 뻣뻣하게 쓰러졌다. 앙투안은 그녀를 들어 침대로 옮겨야 했다.

"놀라운 건…," 그는 결론짓듯 말했다. "어머니가 술병을 깨뜨리지 않았다는 거야."

파스칼은 잠시 생각에 잠겼다가 다시 말했다.

"여기 오는 길에 두 발의 총성을 들었어요. 어쩌면 그 잔인한 군인들이 포로 몇 명을 총살한 것인지도 몰라요. 만약 할머니가 그 순간에 군인들 사이를 지나왔다면 피를 보고 발작을 일으킨 것인지도…. 어쨌거나 엄청나게 고통을 받으신 건 분명해요."

다행히 그는 봉기군이 떠난 이후부터 조그만 구급상자를 늘 가지고 다니던 터였다. 그는 탕트 디드의 앙다문 입술 사이로 분홍빛이 나는 물약을 몇 방울 떨어뜨리고자 했다. 그사이 앙투안은 자기 형에게 다시 물었다.

"돈은 가져왔어요?"

"그렇소, 가져왔소. 그러니 이제 정말 끝냅시다." 피에르는 다른 이야기를 할 수 있음에 반색하며 얼른 대답했다.

그러자 나머지 돈을 받게 된 앙투안이 끙 하고 신음 소리를 냈다. 그는 자신의 배신이 어떤 결과를 가져오는지를 너무 늦게 깨달았다. 그러지 않았다면 그는 두세 배 더 많은 돈을 요구했을 터였다. 그는 불평을 늘어놓았다. 아무리 생각해도 1,000프랑은 너무 적은 돈이었다. 그의 자식들은 그를 버렸고, 그는 세상에 혼자인 데다 프랑스를 떠나야 하는 처지였다. 마지막 이야기를 할 때 그는 하마터면 눈물을 흘릴 뻔했다.

"이제 와서 왜 이래요, 나 원 참. 800프랑을 원한 게 아니었소?" 서둘러 떠나려던 피에르가 말했다.

"아니, 아무래도 안 되겠어요. 돈을 두 배로 줘요. 형수가 나를 가지고 놀았다고요. 나한테 뭘 기대한 건지 솔직하게 말해주었더라면 고작 그 돈을 받고 나 자신을 위태롭게 하진 않았을 거란 말입니다."

피에르는 탁자 위에 가져온 800프랑을 늘어놓고 말했다.

"맹세코 더 이상은 없소. 나중에 더 생각해보리다. 하지만 제발 부탁인데 오늘 밤 당장 이곳을 떠나주시오."

앙투안은 조그맣게 투덜거리면서 탄식을 거듭했다. 그리고 탁자를 창가로 가져가 희미한 석양빛 아래에서 금화를 세기 시작했다. 그가 위에서 하나씩 떨어뜨리는 동전들이 그의 손가락 끝을 감미롭게 간질였고, 동전들이 서로 부딪히는 소리가 어둠을 맑은 음악 소리로 가득 채웠다. 그는 잠시 동작을 멈추고는 말했다.

"나한테 한자리 주겠다고 약속한 거 잊지 말아요. 난 프랑스로 돌아올 거니까…. 농장 관리인 자리도 괜찮을 듯싶은데. 내 마음에 드는 경치 좋은 시골에서 말이죠."

"알았어요, 알았어, 그렇게 합시다." 피에르가 대답했다. "800프랑 다 확인한 거요?"

앙투안은 돈을 다시 세기 시작했다. 그리고 마지막 남은 금화들이 쨍그랑 소리를 낼 때 어디선가 들려오는 날카로운 웃음소리에 뒤를 돌아보았다. 탕트 디드가 침대 앞에 서 있었다. 윗옷과 새하얀 머리를 풀어 헤친 그녀의 창백한 얼굴에 붉은 얼룩이 생겨나 있었다. 파스칼이 그녀를 붙잡으려고 했지만 허사였다. 그녀는 두 팔을 앞으로 뻗은 채 심하게 몸을 떨고 고개를 가로저으며 헛소리를 하기 시작했다.

"핏값을 치르는 거야, 핏값을!" 그녀는 반복해 중얼거렸다. "금화 소리를 들었어…. 그들이야, 그들이 그를 팔아넘긴 거야. 간악한 살인자들! 음흉한 늑대들!"

그녀는 머리카락을 헤치고는 마치 스스로를 읽듯 이마에 두 손을 갖다 댔다. 그리고 계속 중얼거렸다.

"나는 오래전부터 보고 있었어, 이마에 총구멍이 뚫린 그를. 내 머릿속에는 언제나 총을 든 채 그를 노리는 남자들이 있었지. 그들은 내게 곧 총을 쏠 거라고 신호를 보내곤 했어…. 너무나 끔찍해. 그들이 내 뼈를 부수고 내 골수를 빨아 먹었어. 오, 제발 살려주세요, 부디 자비를!… 그 남자는 그 여자를 더 이상 만나지 않을 거예요, 더 이상 사랑하지도 않을 거예요, 절대로, 절대로! 내가 그를 가둬놓고 그 여자를 만나러 가지 못하게 할게요. 그러니 제발 쏘지 마세요…. 그건 제 잘못이 아니에요…. 정말이에요…."

그녀는 무릎을 꿇다시피 한 채 어둠 속에 보이는 어떤 처연한 환영을 향해 메마르고 떨리는 두 손을 뻗으며 흐느끼고 간청했다. 그러다 갑자기 몸을 일으킨 그녀의 두 눈이 커지더니 경련이 이는 그녀의 목에서 무시무시한 비명이 터져 나왔다. 마치 그녀 혼자만이 볼 수 있는 어떤 광경이 그녀를 극심한 공포로 가득 채운 듯했다.

"오, 그 헌병이야!" 그녀는 목멘 소리로 외치고는 뒷걸음질 쳐서 다시 침대 위에 털썩 주저앉았다. 그리고 커다랗게 오랫동안 울려 퍼지는 미친 듯한 웃음소리와 함께 침대에서 뒹굴었다.

파스칼은 그녀의 발작을 세심한 눈으로 관찰했다. 두서없는 말밖에 알아듣지 못한 피에르와 앙투안은 겁에 질려 방구석으로 도망갔다. 그러다 헌병이라는 말을 들은 피에르는 그제야 이해가 되는 듯했다. 국경에서 애인이 살해당한 이후 탕트 디드는 헌병들과 세관원들에게 깊은 증오심을 품고 있었다. 복수심에 불타던 그녀에게는 그 둘이 하나로 뒤섞이곤 했다.

"그래 그거야, 어머닌 지금 밀렵꾼 이야기를 하고 있는 거야." 피에르가 나직이 말했다.

파스칼은 그에게 아무 말도 하지 말라고 손짓했다. 다 죽어가던 여인은 힘겹게 다시 몸을 일으키더니 정신이 혼미한 상태에서 주위를 두리번거렸다. 그리고 마치 낯선 곳에 와 있는 듯 잠시 말없이 주위의 사물들을 하나씩 둘러보았다. 그러다가 느닷없이 걱정스럽게 물었다.

"총은 어디 있는 거야?"

파스칼은 탕트 디드의 손에 기총을 쥐여주었다. 그녀는 조그맣게 기쁨의 비명을 지르고는 한참 동안 총을 들여다보더니 마치 노래를 부르는 어린 소녀 같은 목소리로 나직이 말했다.

"맞아, 그래, 이거였어…. 온통 피가 묻어 있었지. 아직도 핏자국이 남아 있다니까. 피 묻은 그의 손이 개머리판에 자국을 남긴 거야…. 오! 가엾은 여인, 불쌍한 탕트 디드여!"

병든 정신이 또다시 혼미해진 탕트 디드는 잠시 생각에 잠긴 듯 보였다.

"그 헌병은 죽었어." 그녀는 혼잣말을 했다. "하지만 내가 봤어, 그가 돌아왔다고…. 악당들은 결코 죽지 않아, 절대로!"

또다시 음울한 분노에 사로잡힌 그녀가 기총을 흔들며 두 아들에게 다가가는 동안 피에르와 앙투안은 두려움에 떨며 말없이 벽에 등을 기대고 서 있었다. 헐렁해진 그녀의 스커트는 땅에 질질 끌렸고, 반쯤 맨살이 드러난 채 뒤틀린 그녀의 육체는 노화로 흉하게 주름져 있었다.

"너희가 총을 쏜 거지!" 그녀가 소리쳤다. "금화가 부딪히는 소리를 들었어…. 오, 불행한 여자여! 내가 늑대 새끼들을 낳았어…. 온 가족이 모두 늑대야…. 단 하나 가엾은 아이가 있었는데, 그마저 그들이 먹어치웠지. 모두가 함께 한 입씩 물어뜯은 거야. 그들 입가에는 아직도 피가 묻어 있어…. 오, 저주받은 자들이여! 저들은 도적질하고 살인을 했어. 그러면서 신사들처럼 살아가지. 그들은 저주를 받았어! 저주를, 저주를 받은 거야!"

그녀는 날카로운 총소리를 닮은 기이한 음악적 문장으로 노래 부르고 웃음을 터뜨리고 소리치며 반복해 말했다. "저주받은 자들이여! 저주받은 자들이여!" 파스칼은 눈에 눈물이 그렁그렁한 채 그녀를 품에 안아 다시 자리에 눕혔다. 그녀는 어린아이처럼 그가 하는 대로 놔두었다. 그리고 침대 시트 위에서 앙상한 두 손으로 박수를 치며 더욱 빠른 리듬으로 노래를 계속했다.

"내가 걱정했던 게 이겁니다." 의사 파스칼이 말했다. "할머니는 미쳤어요. 할머니처럼 극심한 신경증을 타고난 사람한테 충격이 너무 컸던 겁니다. 할머니는 아마도 자신의 아버지처럼 정신병원에서 돌아가시게 될 겁니다."

"하지만 대체 뭘 보셨길래 저러시는 거냐." 몸을 숨겼던 구석에서 나온 피에르가 물었다.

"짐작 가는 데가 있어요." 파스칼이 대답했다. "아버지가 들어오셨을 때 실베르 이야기를 하려고 했었어요. 그 아인 지금 포로로 붙잡혀 있어요. 도지사에게 말해서 그 아이를 구해야 해요. 너무 늦기 전에 말이에요."

피에르는 창백한 얼굴로 자기 아들을 바라보더니 재빨리 말했다.

"내 말 잘 들어라. 네가 할머니를 잘 살펴야겠다. 나는 오늘 저녁 너무 바빠서 말이지. 내일 할머니를 레 튈레트 정신병원으로 옮길지 어쩔지를 이야기해보자고. 마카르 당신은 오늘 밤 무조건 떠나야 하오. 그러겠다고 맹세해요! 난 이제 블레리오 도지사를 찾으러 가야 하니까."

그는 얼른 밖으로 나가 거리의 차가운 공기를 호흡하고 싶은 마음에 말까지 더듬었다. 파스칼은 예리한 눈빛으로 미쳐버린 여인과 자기 아버지와 삼촌을 차례로 바라보았다. 학자로서의 직업적 본능이 발동한 그는 마치 곤충의 변태(變態)를 우연히 포착한 박물학자처럼 세심하게 어머니와 그 아들들을 관찰했다. 그는 한 가족의 성장과, 하나의 몸통에서 다양한 가지가 뻗어 나오는 광경을 떠올렸다. 나무의 씁쓸한 수액은, 어둠과 빛의 다양한 여건에 따라, 제각각 다르게 휘어지는 줄기들과 멀리 있는 줄기들에도 똑같은 씨앗들을 운반한다. 그는 짧은 순간 번쩍이는 빛 속에서 루공마카르가의 미래, 금과 피가 난무하는 사냥터에서 맹렬한 욕구를 충족하려는 한 무리의 사냥개를 언뜻 본 것 같았다.

그사이 실베르의 이름이 들리자 탕트 디드는 노래를 멈추었다. 그리고 잠시 불안한 얼굴로 이야기에 귀를 기울이던 그녀는 끔찍하게 울부짖기 시작했다. 어느새 캄캄한 밤이 되었고, 칠흑같이 어두운 방은 처연하기 그지없었다. 더 이상 눈에 보이지 않는 미친 여인의 비명이 마치 폐쇄된 무덤에서 솟아나듯 어둠을 뚫고 퍼져나갔다. 겁에 질린 피에르가 정신없이 도망치는 동안 어둠으로 인해 더욱 구슬프게 들리는 흐느낌과 비웃음 소리가 그를 쫓아오는 듯했다.

앵파스 생미트르를 벗어난 피에르는 잠시 걸음을 멈추고 도지사에게 실베르의 석방을 간청하는 게 위험하지 않을는지 자문했다. 그때 통나무 더미 주위를 배회하는 아리스티드가 보였다. 자기 아버지를 알아본 아리스티드는 걱정스러운 얼굴로 달려와 그의 귀에 무언가를 속삭였다. 그러자 얼굴이 하얘진 피에르는 겁먹은 눈빛으로 에르 생미트르의 한구석, 오직 집시들이 피우는 모닥불만이 붉은빛으로 밝히던 캄캄한 어둠 속을 흘끗 쳐다보았다. 두 사람은 걸음을 재촉하며 롬가로 사라져갔다. 마치 살인이라도 저지른 양 눈에 띄지 않기 위해 외투의 옷깃을 세운 채로.

"일거리를 덜어줬군." 피에르가 중얼거렸다. "얼른 만찬에 참석하러 가자고. 손님들이 우릴 기다릴 거야."

그들이 도착했을 때 노란 살롱은 환히 빛나고 있었다. 펠리시테는 손님 접대로 몹시 분주했다. 모두가 와 있었다. 시카르도, 그라누, 루디에, 뷔예, 기름 장수와 아몬드 장수까지 그들의 무리가 빠짐없이 참석했다. 오직 카르나방 후작만이 류머티즘을 핑계로 오지 않았다. 게다가 그는 짧은 여행을 떠난 터였다. 피로 얼룩진 부르주아들이 그의 비위를 상하게 한 데다, 그의 인척인 발케라 백작이 잠시 세인들의 기억에서 잊히도록 자신의 코르비에르 성으로 떠나기를 권했음이 분명했다. 카르나방 후작의 참석 거절은 루공 부부를 몹시 언짢게 했다. 하지만 펠리시테는 그럴수록 더욱 성대한 파티를 열어 보이리라 다짐하며 스스로를 달랬다. 그녀는 커다란 촛대 두 개를 빌렸고, 후작의 부재를 대신하듯 앙트레와 디저트를 각각 두 개씩 더 주문했다. 좀 더 위엄 있게 보이기 위해 식탁은 노란 살롱에 차려졌다. 은 식기와 자기와 크리스털 그릇은 프로방스 호텔에서 제공받았다. 펠리시테는 오후 5시부터 미리 식탁을 차려놓아 초대 손님들이 도착하는 대로 눈으로 먼저 즐길 수 있게 했다. 새하얀 식탁보가 깔린 식탁의 양 끝에는 꽃무늬의 금빛 자기 화병들에 인조 장미 다발을 꽂아놓았다.

살롱에 모인 단골 참석자들은 이러한 광경에 감탄사를 연발했다. 이들은 당혹스러운 표정으로 미소 지으며 다음과 같이 말하듯 서로 은밀한 눈빛을 주고받았다. '이 루공 부부는 미친 게 분명해. 창밖으로 돈을 마구 내던지고 있잖아.' 사실인즉슨 펠리시테가 그들을 초대하러 가서는 혀를 가만히 두지 못했던 것이다. 따라서 피에르가 훈장을 받게 되었으며 머지않아 어떤 요직에 임명될 거라는 사실을 모두가 알게 되었다. 늙은 여인의 표현에 따르면, 그 때문에 그들의 심기가 몹시 불편했다. 루디에는 "저 시커먼 노파는 허풍이 너무 심해."라며 구시렁거렸다. 죽어가는 공화국에 달려든 이 부르주아 무리, 서로를 훔쳐보면서 옆 사람보다 더 요란하게 물어뜯어 더 큰 공을 세우고자 했던 이들 모두는 논공행상을 하는 그날, 루공 부부가 투쟁의 모든 영광을 독차지하는 것이 옳지 않다고 여겼다. 새로 태어나는 제국에 아무것도 바라지 않고 순수하게 본능적으로 투쟁에 나섰던 이들조차 불쾌한 마음을 감출 수 없었다. 자신들 덕분에 자기들 중 가장 가난하고 가장 결함이 많은 사람이 단춧구멍에 약장(略章)을 달게 되다니! 당연히 노란 살롱 전체가 받아야 할 훈장이 아닌가 말이다!

"내가 그깟 훈장이 받고 싶어서 이러는 게 아닙니다." 루디에는 그라누를 창가로 데리고 가 말했다. "나는 루이필리프 시절에도 훈장을 거절한 사람이에요. 궁에 물품을 공급했을 때 말이죠. 정말이지 루이필리프는 훌륭한 왕이었어요. 프랑스는 그런 왕을 결코 다시 만나지 못할 겁니다!"

루디에는 다시 오를레앙파가 되어 있었다. 그는 생토노레가의 전직 모자 장수다운 엉큼한 위선을 드러내며 덧붙여 말했다.

"하지만 말입니다, 무슈 그라누. 약장은 그대의 단춧구멍에 더 잘 어울린다고 생각지 않으십니까? 어쨌거나 루공 못지않게 당신도 이 도시를 구한 것이니까요. 어제만 해도 아주 높으신 분들을 만날 기회가 있었는데, 다들 망치 하나로 그렇게 큰 소리를 냈다는 걸 믿기 어렵다고들 하더라고요."

그라누는 더듬거리며 감사를 표했고, 마치 사랑을 처음 고백하는 젊은 여성처럼 얼굴이 달아올랐다. 그리고 루디에의 귀에 대고 속삭였다.

"혼자만 알고 계세요. 어쩌면 루공이 내게도 훈장을 수여하도록 요청할지 몰라요. 좋은 사람이니까요."

그 말에 전직 모자 장수는 얼굴이 굳어지더니 그때부터 깍듯이 예의를 갖추었다. 그리고 뷔예가 와서 그에게 자신들의 친구가 받은 보상이 정당하다고 말하자, 그는 가까이 앉아 있던 펠리시테에게 들리도록 큰 소리로 무슈 루공 같은 이는 "레지옹 도뇌르 훈장을 받아 마땅하다."라고 응답했다. 서적상

뷔예는 맞장구를 치면서, 그날 아침 무슈 루공에게서 성직자들에게 다시 서적을 공급할 수 있다는 공식적인 확약을 받았노라고 이야기했다. 시카르도 소령으로 말하자면, 그는 처음에는 그들 무리 중에서 더 이상 유일한 수훈자(受動者)가 아니라는 사실에 살짝 기분이 상했다. 그에 따르면 군인들만이 훈장을 받을 권리가 있었다. 하지만 그 역시 피에르 루공의 용맹함에 놀란 것은 사실이었다. 본래 심성이 착한 시카르도는 뒤늦게 열을 올리면서 나폴레옹 가문은 용기와 추진력을 지닌 이들을 알아본다고 소리쳤다.

그리하여 피에르와 아리스티드는 모두에게 열렬한 환영을 받았다. 모두들 앞다투어 그들에게 악수를 청했다. 심지어 그들을 포옹하는 이들도 있었다. 앙젤은 자기 시어머니 옆의 소파에 앉아 행복한 표정으로 식탁을 바라보고 있었다. 그녀는 지금까지 이렇게 많은 요리를 한꺼번에 본 적이 없는 대식가처럼 놀라움을 감추지 못했다. 아리스티드가 다가가자 시카르도는 자기 사위가 쓴 《랭데팡당》의 멋진 기사에 대해 칭찬을 늘어놓았다. 아리스티드도 자신의 애정을 담아 화답했다. 시카르도가 아버지다운 질문들을 퍼붓자 그는 형 외젠이 자신을 밀어줄 것을 기대하며 가족과 함께 파리로 떠날 것이라고 대답했다. 하지만 그러기에는 500프랑이 부족했다. 시카르도는 그 돈을 주기로 약속했다. 벌써부터 그는 나폴레옹 3세가 자기 딸을 튈르리 궁으로 부르는 광경을 떠올리고 있었다.

그사이 펠리시테는 남편을 불렀다. 사람들에게 둘러싸인 피에르는 그의 창백한 낯빛에 대한 애정 어린 질문 공세에 시달리느라 잠깐밖에 시간을 낼 수 없었다. 그는 아내의 귀에 대고 파스칼을 다시 만났으며 앙투안은 간밤에 떠났다고 속삭였다. 그리고 목소리를 더욱 낮춰 자신의 어머니가 미쳐버렸다고 이야기하면서 '절대 아무 말 하지 마, 우리 파티를 망칠 순 없으니까.'라고 말하듯 손가락을 입에 갖다 댔다. 펠리시테는 입을 꼭 다물었다. 두 사람은 자신들의 공통된 생각을 읽는 듯한 눈빛을 주고받았다. 이제 노파는 더 이상 그들에게 장애가 되지 못했다. 그들은 과거에 사람들이 푸크가 땅의 담장을 허문 것처럼 밀렵꾼의 누옥을 밀어버릴 수 있게 된 것이었다. 그리하면 플라상 주민들의 존경과 존중을 한 몸에 받을 수 있을 터였다.

그사이 손님들은 식탁을 바라보고 있었다. 펠리시테는 신사들을 자리에 앉게 했다. 더없이 황홀한 순간이었다. 식탁에서 각자 숟가락을 들자 시카르도가 손짓으로 잠시 기다려달라고 청했다. 그는 자리에서 일어나 엄숙하게 말했다.

"여러분, 이런 자리를 마련해주신 피에르 루공에게 여기 모인 모든 분들의 이름으로 한마디 하고자 합니다. 그의 용기와 애국심이 가져다준 보상에 대해 우리가 얼마나 기뻐하는지를 말입니다. 우리 모두가 폭도들에게 속아 대로로 향했을 때 그는 기막힌 영감으로 플라상에 머물렀습니다. 따라서 나는 정부의 결정에 힘껏 박수를 보냅니다…. 잠깐만요, 아직 할 말이 남았습니다…. 우리 친구에게 축하 인사를 하는 것은 그다음에 하시기를…. 우리 친구 피에르 루공이 레지옹 도뇌르 슈발리에 훈장을 받게 되었으며, 곧 징세관에 임명될 것임을 알려드리는 바입니다."

그의 발표에 모두 놀라며 소리를 질렀다. 피에르 루공이 그보다 하찮은 자리에 임명될 거라고 예상했기 때문이었다. 몇몇은 억지 미소를 지어 보였다. 그러나 잘 차려진 식탁을 보고 나자 그들은 더욱더 요란한 찬사를 쏟아내기 시작했다.

시카르도는 또다시 조용히 해달라고 요구했다.

"기다려요, 다들, 아직 내 말이 다 안 끝났으니까…. 한마디만 더 하면 됩니다. 우리 친구는 우리 곁에 계속 머물 수 있을 것 같습니다. 무슈 페로트가 죽었거든요."

참석자들이 환호하는 동안 펠리시테는 가슴에 따끔한 통증을 느꼈다. 시카르도는 이미 그녀에게 징세관의 죽음에 대해 이야기한 바 있었다. 하지만 승리를 축하하는 만찬의 시작에 언급된 갑작스럽고 끔찍한 죽음은 그녀의 얼굴 위로 서늘한 숨결을 지나가게 했다. 펠리시테는 자신의 바람을 떠올렸다. 자신이 그를 죽게 한 것이나 다름없다는 생각이 들었다. 은 식기의 영롱한 음악 소리가 울리는 가운데 좌중은 식탁 가득 차려진 음식에 감탄사를 연발하고 있었다. 지방 사람들은 음식을 많이, 요란하게 먹는 편이다. 수프 다음에 간단한 요리가 나오자마자 신사들은 동시에 떠들기 시작했다. 그들은 패배한 봉기군을 조롱하면서 승리한 자신들에게 서로서로 찬사를 보냈고, 카르나방 후작의 불참을 깎아내렸다. 한마디로 귀족들은 상종할 만한 사람들이 못 되었다. 심지어 루디에는 후작이 봉기군에 대한 두려움 때문에 황달에 걸려 참석할 수 없었던 거라고 넌지시 말하기까지 했다. 두 번째로 음식이 나오자 마치 사냥한 짐승의 고기를 기다린 무리처럼 모두가 침을 흘렸다. 기름 장수와 아몬드 장수가 프랑스를 구하다니! 모두가 루공가의 영광을 위해 건배했다. 얼굴이 벌게진 그라누는 말을 더듬었고, 얼굴이 새하얘진 뷔예는 잔뜩 취해 있었다. 반면 시카르도는 술잔에 계속 술을 따랐고, 이미 너무 많이 먹은 앙젤은 설탕물을 마셨다. 위험에서 벗어나 더 이상 떨지 않아도 된다는 기쁨과, 이 노란 살롱에서 두 개의 커다란 촛대와 샹들리에(새까만 파리똥으로 얼룩진 덮개 없이 처음 보는)의 환한 불빛 아래 풍성한 식탁을 앞에 두고 있다는 즐거움은 이 신사들로 하여금 어리석음을 마음껏 펼치게 했고, 더없이 깊고 충만한 쾌락을 느끼게 했다. 훈훈한 공기 속으로 그들의 목소리가 걸쭉하게 울려 퍼졌고, 요리가 하나씩 새로 나올 때마다 더 큰 찬사가 이어졌다. 때로 그들은 어떻게 새로운 찬사를 지어내야 할지 몰라 당황하기도 했고, 은퇴한 전직 무두장이가 기막히게 떠올린 것처럼 루공 부부의 만찬이 '루쿨루스[2]가 베푸는 진정한

---

2 루키우스 루쿨루스(기원전 118~기원전 56): 로마 공화정의 군인이자 정치가로 아주 사치스러운 생활을 즐긴 것으로 유명하다. 영어의 'lucullan'('음식이 호화로운, 사치스러운'이라는 뜻)은 그의 이름에서 유래한 것이다.

연회'와도 같다는 말까지 등장하기에 이르렀다.

피에르는 환히 빛났고, 그의 커다랗고 허연 얼굴에서는 승리의 기쁨이 땀처럼 배어 나왔다. 그사이 자신의 새로운 역할에 익숙해진 펠리시테는 어쩌면 자신들이 불쌍한 무슈 페로트의 아파트를 세낼지도 모르겠다고 말했다. 물론 새 동네에 작은 집을 마련할 때까지만이었다. 그녀는 벌써부터 징세관 아파트의 방들에 자신의 미래의 가구를 배치하고 있었다. 튈르리 궁에 입성하는 것은 물론이었다. 그러다 어느 순간 시끄러운 목소리들로 인해 귀가 먹먹해지면서 갑자기 무언가가 생각난 듯했다. 자리에서 일어난 그녀는 아리스티드에게 가 몸을 숙여 그의 귀에 대고 물었다.

"실베르 그 아인 어떻게 됐어?"

그녀의 질문에 놀란 아리스티드는 몸을 떨었다.

"그 아인 죽었어요." 그가 나직이 대답했다. "헌병이 권총으로 그 아이 머리를 박살 내는 걸 내가 봤어요."

이번에는 펠리시테가 살짝 몸을 떨었다. 그녀는 자기 아들에게 왜 그런 살인을 막지 못했는지, 어째서 그 아이를 내달라고 요구하지 않았는지 물으려고 했다. 하지만 그녀는 아무 말도 하지 않고 멍하니 서 있었다. 그녀의 떨리는 입술에서 질문을 읽은 아리스티드는 조그맣게 속삭였다.

"있잖아요, 난 아무 말도 안 했어요…. 그 아이한테는 안됐지만, 뭐 어쩌겠어요! 난 옳은 일을 한 거라고요. 그렇게 치워버릴 수 있어서 잘된 거죠, 뭐."

펠리시테는 아들의 노골적인 솔직함이 마음에 들지 않았다. 그 역시 자기 부모처럼 평생 동안 시신을 달고 다니게 생긴 것이었다. 물론 그는 평소 같았으면 자신이 교외에서 어슬렁거렸고, 자기 사촌이 머리가 박살 나 죽게 내버려두었음을 그렇게까지 솔직히 고백하진 않았을 터였다. 하지만 프로방스 호텔의 포도주와 임박한 파리 입성에 대한 꿈이 그로 하여금 평소의 음흉함을 벗어던지게 했다. 말을 내뱉은 그는 의자에 앉은 채 몸을 좌우로 흔들었다. 멀리서 자기 아내와 아들의 대화를 눈으로 좇던 피에르는 그들에게 입을 다물라고 애원하는 듯한 공모자의 눈길을 보냈다. 루공 부부는 만찬의 화려함과 희열 가운데 마지막 두려움의 숨결 같은 것이 자신들을 스치고 지나가는 것을 느꼈다. 다시 자기 자리로 돌아온 펠리시테의 눈에 길 건너편의 창문 너머로 양초 하나가 밝혀진 것이 언뜻 보였다. 무슈 페로트의 가족이 그날 아침 생트루르에서 옮겨 온 그의 시신을 밤새워 지키는 중이었던 것이다. 자리에 앉은 펠리시테는 예의 그 초로 인해 자신의 등 뒤가 뜨거워지는 것 같았다. 그러나 주위에서는 웃음소리가 울려 퍼졌고, 디저트가 나오자 노란 살롱은 황홀감에 사로잡힌 이들의 탄성으로 가득 찼다.

그리고 이 시각, 교외는 에르 생미트르를 피로 물들인 비극으로 인해 여전히 전율하고 있었다. 레 노르 평야의 학살 이후 다시 돌아온 군대는 잔인한 보복에 나섰다. 사람들은 담벼락 뒤에서 개머리판에 맞아 죽거나 깊은 골짜기에서 헌병이 쏜 총에 머리가 박살 나기도 했다. 두려움으로 사람들을 침묵시키기 위해 군인들은 거리에 죽음을 뿌리고 다녔다. 그들이 남기고 가는 붉은 흔적으로 그들을 따라갈 수도 있을 정도였다. 살육 행위는 오랫동안 이어졌다. 군인들은 걸음을 멈추는 곳에서마다 봉기군을 몇 명씩 학살했다. 생트루르에서는 둘, 오르셰르에서는 셋, 르 베아주에서는 하나를 죽였다. 플라상의 니스로에 진을 친 부대는 가장 죄질이 무거운 포로 한 명을 더 총살하기로 결정했다. 승리자들은 주민들에게 새로 탄생한 제국에 대한 존중을 심어주기 위해 이 새로운 시신을 두고 가는 것이 좋겠다고 판단했다. 하지만 군인들은 이제 죽이는 데 진저리가 났다. 아무도 그런 사악한 일에 나서려고 하지 않았다. 야전침대 위에 눕히듯 두 손이 묶인 채 두 사람씩 작업장 통나무들 위에 내던져진 포로들은 체념한 듯 몽롱한 두려움 속에서 그들의 말을 들으며 기다렸다.

그때 헌병 랑가드가 호기심 어린 구경꾼들을 헤치고 불쑥 나타났다. 그는 부대가 수백 명의 봉기군과 함께 돌아왔다는 소식을 듣자마자 12월의 차가운 밤에 고열로 몸을 떨면서도 죽음을 무릅쓰고 자리에서 일어났다. 밖으로 나오자 상처가 벌어지면서 그의 텅 빈 눈구멍을 가렸던 붕대가 피로 물들었다. 그의 뺨과 콧수염 위로 시뻘건 피가 가늘게 흘러내렸다. 그는 붉게 물든 천으로 감싼 창백한 얼굴과 말 없는 분노로 사람들을 겁주면서 각 포로들의 얼굴을 한참 동안 살펴보았다. 몸을 숙인 채 통나무 더미를 따라 오가는 그의 갑작스러운 출현에 가장 의연한 이들마저도 소스라쳤다.

그러다 그가 갑자기 "잡았다, 이 죽일 놈!"이라고 소리쳤다.

그는 실베르의 어깨를 움켜쥐었다. 청년은 희부연 석양이 비추는 통나무 위에 쪼그려 앉은 채 순하고 멍한 얼굴로 죽은 듯이 멀리 앞쪽을 바라보고 있었다. 생트루르를 떠난 후로 그는 줄곧 이처럼 공허한 눈빛을 하고 있었다. 도로를 따라 수 킬로미터를 걸어오는 동안, 군인들이 개머리판으로 때리면서 행렬의 걸음을 재촉할 때도 그는 어린아이처럼 순순히 그들의 말을 따랐다. 먼지로 뒤덮이고 갈증과 피로로 다 죽어가면서도 아무 말 없이, 소몰이꾼의 채찍에 무리 지어 가는 유순한 소처럼 계속 걸어갔다. 그는 미예트를 떠올렸다. 그녀가 나무 아래에서 깃발에 감싸인 채 허공을 응시하며 누워 있었다. 그는 사흘 전부터 그녀만을 보고 있었다. 이 시각 점점 깊어지는 어둠 속에서도 여전히 그녀가 보였다.

랑가드는 군인들 중에서 처형에 나설 사람을 찾지 못하고 있는 장교를 돌아보았다.

"이 불한당이 내 눈을 파놓았어요." 그가 실베르를 가리키며 말했다. "이놈을 내게 주시오…. 그러는 게 당신한테도 편할 겁니다."

장교는 아무 대꾸 없이 무심한 듯 모호한 손짓을 하며 물러섰다. 랑가드는 그가 실베르를 자기한테 주는 것으로 이해했다.

"일어나지 못해, 얼른!" 랑가드는 실베르를 흔들며 말했다.

실베르는 다른 포로들처럼 다른 한 동료와 함께 묶여 있었다. 그의 팔 하나는 푸졸 출신의 농부인 무르그의 팔에 밧줄로 묶인 터였다. 쉰 살쯤 된 무르그는 뜨거운 햇빛과 힘든 농사일로 몹시 거칠어 보였다. 벌써 등이 굽었고 손은 뻣뻣했으며 얼굴은 투박했다. 혹사당한 가축처럼 완강하고 경계심 많은 표정의 그는 얼이 빠진 듯 두 눈을 껌뻑였다. 그는 쇠스랑으로 무장하고 길을 떠났다. 온 마을 사람들이 떠났기 때문이었다. 하지만 그는 자신이 이렇게 길바닥에 내팽개쳐진 이유를 설명할 수 없었다. 포로로 잡힌 뒤에는 더 이해가 되지 않았다. 다만 그들이 자신을 집으로 돌려보내줄 거라고 막연히 믿고 있을 뿐이었다. 그러면서 자신이 묶인 것에 놀라고, 사람들이 자신을 구경하는 광경에 당황하고 얼떨떨해했다. 그는 자기 지방 사투리만을 할 줄 알았기 때문에 헌병이 무슨 말을 하는지 이해하지 못했다. 농부는 투박한 얼굴을 힘겹게 들어 헌병을 쳐다보았다. 그리고 그가 자신의 고향을 묻는 것으로 생각하고는 거친 목소리로 말했다.

"나는 푸졸에서 왔습니다."

그러자 구경꾼들 사이에서 웃음이 터져 나오면서 몇몇이 소리쳤다.

"농부는 풀어주시오."

"그럴 순 없지!" 랑가드가 말했다. "이 해충 같은 놈들을 더 많이 없애버릴수록 더 좋은 거 아니겠냐. 이 둘이 함께 묶여 있으니 함께 처리하는 게 맞는 거지."

군중 사이에서 웅성거리는 소리가 들려왔다.

피로 얼룩진 무서운 얼굴을 한 헌병이 돌아보자 구경꾼들은 슬금슬금 뒷걸음질을 쳤다. 말끔하게 차려입은 어떤 프티부르주아는 더 있다가는 저녁 시간에 늦겠다고 하면서 자리를 떴다. 실베르를 알아본 아이들은 붉은 소녀에 대해 이야기했다. 그러자 떠났던 프티부르주아가 다시 돌아와 《라 가제트》가 말하던 깃발 소녀의 애인이 누구인지 제대로 보고자 했다.

실베르는 아무것도 보지도 듣지도 못해 랑가드가 그의 옷깃을 잡아 일으켜야 했다. 실베르는 몸을 일으키면서 무르그를 함께 일어나게 했다.

"이리 와. 금방 끝날 거야." 헌병이 말했다.

그제야 실베르는 외눈박이 헌병을 알아보았다. 청년은 미소를 지었다. 어떤 상황인지 이해를 한 것이었다. 그는 고개를 돌렸다. 랑가드의 외눈과 굳은 피로 인해 음산한 서리처럼 뻣뻣해진 콧수염을 보자 실베르는 엄청난 회한에 사로잡혔다. 그는 무한히 감미로운 죽음을 맞이하고 싶었다. 그리하여 새하얀 붕대 아래에서 빛나는 랑가드의 외눈과 마주치는 것을 애써 피하고자 했다. 청년은 스스로 에르 생미트르 안쪽의, 판자 더미로 가려진 좁은 오솔길로 들어갔다. 무르그도 그를 따라갔다.

누런 하늘 아래 황량한 공터가 너르게 펼쳐져 있었고, 구릿빛 구름들이 군데군데 흐릿한 빛의 반영을 생겨나게 했다. 추위로 뻣뻣해진 통나무들이 잠든 작업장과 텅 빈 땅이 이토록 느릿하고 이토록 비통한 석양의 우울을 느끼게 한 적은 없었다. 길가에 있던 포로와 군인과 구경꾼 들은 하나둘씩 나무 그늘의 어둠 속으로 사라져갔다. 공터와 통나무들과 판자 더미들은 점차 사그라지는 빛 속에서 바짝 마른 하천 바닥 같은 진흙빛을 띤 채 점점 희미해졌다. 구석에서 빈약한 골격을 드러낸 제재공의 기다란 가대는 교수대의 모서리와 단두대의 수직 기둥을 떠올리게 했다. 주위에 살아 있는 것이라고는 이동식 주택의 문으로 겁에 질린 얼굴을 내밀고 있는 세 명의 집시들뿐이었다. 한 쌍의 늙은 남녀와 숱이 많고 곱슬곱슬한 머리에 키가 큰 소녀의 눈들이 마치 늑대의 그것들처럼 반짝였다.

오솔길로 접어들기 전 실베르는 주위를 둘러보았다. 문득 어느 아득한 일요일, 달빛이 환히 비치던 밤에 작업장을 가로지르던 기억이 떠올랐다. 참으로 감미롭고 평온한 순간이었는데! 판자 더미를 따라 희부연 달빛이 느릿하게 흘러내렸었지! 하지만 지금은 얼어붙은 하늘에서 더없이 무거운 침묵만이 떨어져 내리고 있었다. 그리고 그 침묵 속에서 곱슬곱슬한 머리의 집시 소녀가 미지의 언어로 나직이 노래를 읊조렸다. 실베르는 그 아득한 일요일이 고작 일주일 전이었음을 깨달았다. 일주일 전 그는 미예트에게 작별 인사를 하기 위해 이곳에 왔었다. 그런데 이토록 아득한 옛날처럼 느껴지다니! 마치 몇 년 만에 작업장에 처음 와보는 것 같았다. 실베르는 좁은 오솔길로 들어서 자마자 심장이 멎을 뻔했다. 예전에 알던 풀들의 내음과 판자들의 그림자들과 담장의 구멍들을 알아볼 수 있었기 때문이었다. 이 모든 것들로부터 구슬픈 목소리가 새어 나왔다. 길게 뻗은 오솔길은 처량하고 쓸쓸했고 예전보다 길어 보였다. 실베르는 그곳에 차가운 바람이 부는 것을 느꼈다. 그가 알던 그곳, 그들의 은신처가 그새 몰라보게 황폐해져 있었다. 담장은 이끼로 뒤덮였고, 풀들은 서리로 말라 죽었고, 판자 더미는 습기로 썩어가고 있었다. 황량하기 그지없는 광경이었다. 미세한 진흙 같은 누런 석양이 그에게 너무도 소중한 것들의 폐허 위를 비추고 있었다. 예전과 같은 초록 오솔길을 다시 보기 위해서는 눈을 감아야 했다. 그러자 그곳에서 보낸 행복한 순간들이 머릿속을 차례로 지나갔다. 날은 따뜻했고, 그는 더운 대기 속을 미예트와 함께 뛰어다녔다. 그리고 12월의 사나운 겨울비가 끝없이 내렸다. 그럼에도 그들은 하루도 빠짐없이 이곳에 왔다. 그리고 판자 더미 깊숙한 곳에 몸을 숨긴 채 황홀한 기분으로 폭우가 쏟아지는 소리에 귀 기울이곤 했다. 그의 모든 삶과 모든 기쁨이 마치 번개처럼 순식간에 눈앞을 지나가는 것 같았다. 미예트는 담장을 뛰어넘어 낭랑한 웃음과 함께 그에게 달려왔다. 그녀가 거기 있었다. 살아 있는 투구 같은 머리와 칠흑같이 검은 머리카락을 지닌 그녀가 어둠 속에서 환히 빛나고 있었다. 그녀는 손이 잘 닿지 않는 까치집에 관해 이야기하면서 그곳으로 그를 데리고 갔다. 그러자 멀리서 비오른 강의 속삭이는 물소리와 때늦은 매미 울음소리, 생트클레르 초원의 포플러나무에 불어오는 바람 소리가 들려왔다. 그들은 얼마나 많은 곳을 달려갔었던가! 그는 이 모든 것을 또렷이 기억하고 있었다. 그녀는 보름 만에 헤엄치는 법을 배웠다. 미예트는 용감한 소녀였다. 딱 하나 커다란 결점을 제외하고는. 그녀는 도벽이 있었다. 하지만 그는 그것을 고쳐주었을 터였다. 그들의 첫 키스의 기억이 그를 좁은 오솔길로 이끌었다. 그들은 언제나 이곳, 자신들의 은신처로 되돌아오곤 했다. 집시 소녀의 잦아드는 노랫소리와 마지막 덧창들의 삐걱거림, 진중하게 울리는 괘종시계 소리가 실베르의 귓전에 들려오는 듯했다. 그리고 그들이 헤어질 시간이 되자 미예트는 다시 담장을 기어올라 그에게 작별 키스를 보냈다. 이제 그는 더 이상 그녀를 볼 수 없었다. 실베르는 가슴이 미어지는 것 같았다. 이제 미예트를 영영 다시는 볼 수 없을 터였다, 영영.

"편하게 마음먹으라고." 외눈박이 헌병이 이죽거렸다. "자, 이제 네놈이 죽을 장소를 골라보시지."

실베르는 몇 걸음을 더 나아갔다. 오솔길 안쪽으로 좀 더 들어가자 녹(綠)빛의 석양이 사그라지는 하늘의 한 자락만이 보였다. 그곳에서 그는 삶의 마지막 2년을 보냈다. 그렇게 오랫동안 그의 마음이 노닐었던 오솔길에서 서서히 맞이하는 죽음은 그에게 형언할 수 없는 달콤함을 안겨주었다. 그는 걸음을 지체하면서 자신이 사랑했던 모든 것에 천천히 오래도록 작별 인사를 했다. 풀들과 나무토막들, 낡은 담장의 돌들. 미예트는 이 모든 것에 생생한 숨결을 불어넣곤 했다. 실베르의 생각은 또다시 길을 잃고 헤매었다. 그는 결혼할 수 있는 나이가 되기를 기다려왔다. 탕트 디드는 그들과 함께 살 것이었다. 아! 그녀와 함께 멀리, 아주 멀리 어느 낯선 마을 깊숙한 곳으로 달아났더라면! 그랬다면 교외의 불한당들이 아버지의 죄를 들먹이며 샹트그레유의 딸이라고 미예트를 괴롭히지 못했을 텐데! 그랬다면 그들은 얼마든지 행복하고 평온한 삶을 살 수 있었을 텐데! 그는 대로변 어딘가에 수레를 만드는 작업장을 열 수 있었을 터였다. 사실 수레 제작자로서의 그의 야심은 조금도 중요하지 않았다. 그는 커다란 외관이 반짝반짝 거울처럼 빛나는 사륜마차도 더 이상 부럽지 않았다. 깊은 절망감에 사로잡힌 그는 행복을 바라는 자신의 꿈이 어째서 결코 이루어질 수 없는지 기억조차 나지 않았다. 어째서 미예트와 탕트 디드와 함께 멀리 떠나지 않았을까? 그 순간 기억이 되살아나면서 날카로운 총소리가 들리고 그의 앞에 붉은 깃발이 쓰러지는 게 보였다. 깃대가 부러진 채 펄럭이는 깃발의 모습이 총을 맞고 떨어진 새의 날갯짓을 떠올리게 했다. 붉은 깃발 자락에 덮인 채 미예트와 함께 잠들어 있는 것은 공화국이었다. 아, 이런 비극이 또 있을까! 그들은 모두 죽었다! 가슴에 난 구멍에서 피를 철철 흘리는 채로. 그가 가장 사랑하는 두 존재의 시신들이 지금 그의 앞길을 가로막고 있었다. 더 이상 그에게 남은 것은 아무것도 없으니 이제 그는 죽을 수 있었다. 생트루르에서 이곳까지 오는 동안 내내 그를 아무 생각 없는 어린아이처럼 유순하고 순종적이 되게 한 것은 바로 그런 생각이었다. 누가 그를 늘씬 두들겨 팬다고 해도 그는 아무것도 느끼지 못할 터였다. 이제 자신의 육체를 떠난 그는 매큼한 화약 연기가 자욱한 나무들 아래에서, 자신이 가장 사랑했던 이들의 주검 앞에 무릎을 꿇고 있었다.

그사이 초조해진 외눈박이 헌병은 뒤에 처진 무르그를 떠밀면서 웅얼거렸다.

"빨리 걷지 못해, 난 여기서 밤새울 생각 없다고."

더 나아가던 실베르가 비틀거렸다. 그는 발밑을 내려다보았다. 풀들 사이로 새하얘진 두개골 조각이 보였다. 좁은 오솔길을 따라 목소리들이 속삭이는 소리가 들리는 듯했다. 죽은 이들이 그를 부르고 있었다. 7월의 밤마다 뜨거운 숨결로 그와 그의 연인을 기이하게 혼란스럽게 했던 오래된 죽음들이. 실베르는 그들의 은밀한 웅얼거림을 알아들을 수 있었다. 그들은 경쾌한 목소리로 그에게 어서 오라고 속삭였다. 이 오솔길 구석보다 더 은밀한 땅속의 은신처에서 그에게 미예트를 돌려주겠다고 약속하면서. 묘지는 관능적인 냄새, 짙은 초목, 거친 욕망과 함께 잡초들의 침상을 선심 쓰듯 펼쳐 보이면서 연인들의 마음을 흔들어놓았었지만 그들을 서로의 품속으로 뛰어들게 하지는 못했다. 그 묘지가 이젠 실베르의 뜨거운 피를 마시기를 원하고 있었다. 두 번의 여름을 지나는 동안 묘지는 내내 젊은 연인들을 기다리고 있었던 것이다.

"여긴가?" 외눈박이 헌병이 물었다.

청년은 자기 앞을 바라보았다. 그는 오솔길 끝에 이르러 있었다. 예의 그 묘석을 알아본 그는 전율했다. 미예트의 말이 옳았다. 이 묘석은 그녀를 위한 것이었다. "여기… 마리가… 잠들어 있다…." 그녀는 죽었고, 무거운 돌덩어리가 그녀의 주검을 덮고 있었다. 그런 생각이 들자 실베르는 차가운 묘석에 쓰러질 듯 몸을 기댔다. 예전의 그녀는 얼마나 따뜻했던가! 그들은 오솔길 구석에 앉아 긴긴 저녁 내내 끝없이 재잘댔었다! 미예트가 그곳으로 올 때마다 담장에서 내려와 발을 디딘 묘석 한 귀퉁이가 닳아 있는 듯했다. 실베르는 이곳의 흔적 속에 그녀의 유연한 육체의 일부가 남아 있음을 느낄 수 있었다. 그는 이 모두가 숙명적인 것이며, 이 묘석은 그가 그곳에서 사랑을 한 뒤 죽으러 오기 위해 그곳에 있었던 것이라는 생각이 들었다.

외눈박이 헌병은 권총을 겨누었다.

죽다, 죽다, 죽음에 관한 생각은 실베르에게 황홀감을 안겨주었다. 그러니까 생트루르에서 플라상에 이르는 길고 새하얀 내리막길을 지나 그들이 그를 데리고 온 곳이 바로 이곳이었단 말인가. 그 사실을 진작 알았더라면 그는 걸음을 더욱 재촉했을 것이었다. 이 묘석 위에서 죽는 것, 좁은 오솔길 안쪽에서 죽는 것, 이 공터에서 죽는 것. 아직도 미예트의 숨결이 느껴지는 것 같은 이곳에서 죽는 것은 그의 슬픔 속에서 만난 너무나 뜻밖의 커다란 위안이었다. 하늘은 맑았고, 그는 엷은 미소를 띤 채 기다렸다.

그사이 무르그는 헌병의 권총을 알아보았다. 지금까지 그는 영문을 모른 채 끌려오기만 했다. 이제야 두려움을 느낀 그는 절망적인 목소리로 거듭 외쳤다.

"나는 푸졸에서 왔어요, 나는 푸졸에서 왔다고요!"

무르그는 땅바닥에 엎어져 헌병의 발밑에서 뒹굴면서 살려달라고 애원했다. 아마도 그가 자신을 다른 사람으로 착각한 것이라고 생각하는 듯했다.

"네놈이 푸졸에서 온 게 나랑 무슨 상관이지?" 랑가드가 중얼거렸다.

두려움에 떠는 가엾은 남자는 자신이 왜 죽어야 하는지를 알지 못했다. 그는 노동자의 굳어지고 변형된 두 손을 앞으로 내민 채 덜덜 떨었다. 그리고 그의 지방 사투리로 자신은 아무 짓도 안 했으며 자기를 용서해주어야 한다고 이야기했다. 랑가드는 그가 계속 버둥거리는 바람에 그의 관자놀이에 권총을 정확히 갖다 댈 수 없자 짜증을 냈다.

"입 닥치지 못해!" 그가 소리쳤다.

그러자 죽고 싶지 않았던 무르그는 두려움에 미칠 지경이 되어 마치 짐승처럼, 돼지 먹따는 소리로 울부짖기 시작했다.

"입 닥치라고 했지, 이 돼지 같은 놈!" 헌병이 다시 소리쳤다.

그는 총을 쏘아 무르그의 머리를 박살 냈다. 농부는 마치 커다란 덩어리처럼 몸을 웅크린 채로 쓰러졌다. 그의 주검은 그 모습 그대로 판자 더미 아래로 굴러갔다. 총격의 충격으로 그와 동료를 묶어놓았던 밧줄이 끊어졌다. 실베르는 묘석 앞에 털썩 꿇어앉았다.

랑가드는 복수를 더욱 달콤하게 하기 위해 무르그를 먼저 죽였다. 그는 또다시 권총을 만지작거리다가 실베르의 임박한 죽음을 음미하면서 서서히 그것을 위로 올렸다. 실베르는 차분하게 랑가드를 응시했다. 매서운 눈으로 그를 태워버릴 듯 노려보는 외눈박이 헌병의 모습은 그를 몹시 불편하게 했다. 실베르는 시선을 돌렸다. 피 묻은 붕대를 감은 피투성이 콧수염의 남자가 복수심의 열기로 전율하는 모습을 계속 보노라면 비굴하게 죽게 될까 두려웠기 때문이었다. 그러다 고개를 들자 미예트가 뛰어내리던 담장의 그 자리에 쥐스탱의 머리가 보였다.

헌병이 두 포로를 끌고 갈 때 쥐스탱은 포르트 드 롬의 군중 속에 있었다. 그는 처형 광경을 놓치지 않으려고 자메프랑을 통과해 전속력으로 달리기 시작했다. 교외의 악동들 중에서 오직 자신만이 발코니에서 내려다보듯 비극적인 장면을 여유롭게 지켜볼 수 있을 거라는 생각에 서두르다가 도중에 두 번이나 넘어지기도 했다. 그러나 미친 듯이 달려왔음에도 그는 너무 늦게 도착해 첫 번째 처형을 보지 못하고 말았다. 낙담한 그는 뽕나무 위로 기어올랐다. 그리고 실베르가 아직 살아 있는 것을 보고는 미소를 지었다. 군인들이 그의 사촌 미예트의 죽음을 알려주었고, 실베르의 처형 소식은 그를 떨 듯이 기쁘게 했다. 그는 다른 이들의 고통에서 느끼는 쾌감과 함께 그의 처형을 기다렸다. 그 광경이 끔찍할수록 감미로운 공포와 뒤섞인 쾌감이 더욱 커질 터였다.

이마 위로 뾰족 솟은 머리에 부연 낯빛의 비열한 불량아는 미소를 띤 채 담장 위로 홀로 얼굴을 내밀고 있었다. 그의 얼굴을 알아본 실베르는 마음속에서 끓어오르는 분노와 함께 갑자기 살고 싶다는 생각이 들었다. 이는 1초간의 반항, 그의 피가 외치는 마지막 저항이었다. 그는 또다시 무릎을 꿇고 앉아 자기 앞을 똑바로 응시했다. 쓸쓸한 석양빛 가운데서 최후의 환영이 그의 눈앞을 지나갔다. 실베르는 오솔길의 끝, 앵파스 생미트르의 입구에서 마치 돌로 된 성녀처럼 새하얗고 뻣뻣하게 서 있는 탕트 디드를 본 것 같았다. 그녀가 멀리서 그가 죽어가는 모습을 지켜보고 있었다.

그 순간 그는 관자놀이에서 권총의 차가운 기운을 느꼈다. 그와 동시에 쥐스탱의 허연 얼굴에 미소가 번졌다. 눈을 감은 실베르의 귀에 오래된 죽음들이 맹렬하게 그를 부르는 소리가 들려왔다. 어둠 속에서 보이는 것이라고는 깃발로 덮인 채 나무 아래 누워 크게 뜬 두 눈으로 하늘을 응시하는 미예트의 모습뿐이었다. 그리고 외눈박이 헌병이 총을 쏘았고, 그게 다였다. 청년의 두개골은 잘 익은 석류처럼 산산조각으로 부서졌다. 그리고 그의 얼굴이 묘석 위로 엎어지면서 평소 미예트의 발이 닿아 마모된 곳에 그의 입술이 가 닿았다. 그의 연인이 자기 육체의 흔적을 남겨둔 미지근한 그곳에.

루공 부부의 집에 모인 이들은 저녁 식사를 마친 뒤 한창 디저트를 즐기는 중이었다. 먹고 남은 음식으로 인해 여전히 온기가 느껴지는 식탁에서는 부옇게 서린 김 속에서 끊임없이 웃음이 터져 나왔다. 마침내 그들도 부자들의 즐거움을 누릴 수 있게 된 것이었다! 30년간 억눌려왔던 욕망으로 인해 더욱 강렬해진 그들의 식욕은 날카로운 이빨을 드러내고 있었다. 만족할 줄 모르는 끝없는 욕망을 지닌 자들, 이제야 겨우 쾌락의 맛을 느끼기 시작한 굶주린 짐승들이 새로 탄생한 제국에 갈채를 보내며 그것이 던져주는 전리품을 향해 맹렬히 질주하고 있었다. 보나파르트 가문으로 하여금 행운을 다시 쟁취하게 한 쿠데타가 루공가에게도 행운을 가져다주었던 것이다.

피에르는 자리에서 일어나 술잔을 들어 올리며 외쳤다.

"루이 왕자를 위하여, 황제 만세!"

자신들의 질투심을 샴페인 속에 빠뜨린 신사들은 모두 일어나 귀를 먹먹하게 하는 큰 소리로 건배를 했다. 참으로 멋진 광경이었다. 루디에, 그라누, 뷔예와 또 다른 이들을 비롯한 플라상의 부르주아들은 아직 채 식지도 않은 공화국의 시신을 밟고 눈물 흘리며 서로를 부둥켜안았다. 그중에서도 시카르도는 기막힌 아이디어를 생각해냈다. 그는 펠리시테가 승리를 기념하는 의미로 오른쪽 귀 뒤에 꽂은 분홍색 새틴 리본을 떼어 자신의 디저트 나이프로 그 끝을 조금 잘랐다. 그리고 엄숙한 몸짓으로 그것을 피에르 루공의 단춧구멍에 꽂았다. 그러자 피에르는 겸손을 가장하며 환한 얼굴로 나직이 사양의 뜻을 표했다.

"아니, 이러지 마십시오, 아직 너무 이릅니다. 칙령이 발표되기를 기다려야 합니다."

"어허, 무슨 겸양의 말씀을!" 시카르도가 외쳤다. "제발 그대로 계세요! 이건 나폴레옹의 옛 수하가 바치는 훈장이란 말입니다!"

노란 살롱의 모든 참석자들은 우레와 같은 박수갈채를 보냈다. 펠리시테는 정신이 아득해졌다. 평소 말이 없던 그라누도 흥분을 못 이기고 의자 위로 올라갔다. 그는 자신의 냅킨을 흔들고 무슨 말인가를 했지만 이내 요란한 소리 속으로 묻혀버리고 말았다. 승리에 도취된 노란 살롱은 열광의 도가니에 빠졌다.

그러나 피에르의 단춧구멍에 꽂힌 분홍색 새틴 리본은 루공 부부의 승리 가운데서 유일한 붉은빛 흔적이 아니었다. 옆방 침대 아래에는 뒤꿈치가 피범벅이 된 구두 한 짝이 그들의 기억에서 잊힌 채 덩그러니 놓여 있었다. 길 건너편의 무슈 페로트 시신 옆에서 타고 있는 양초는 마치 벌어진 상처처럼 어둠 속에서 붉게 빛났다. 그리고 멀리 에르 생미트르 깊은 구석의 묘석 위에서는 흥건한 피가 서서히 엉겨 붙고 있었다.

옮긴이의 말

소설의 기원, 기원의 소설
『루공가의 행운』

> "한 줄이라도 쓰지 않는 날은 없다
> (Nulla Dies Sine Linea)."
> ─ 에밀 졸라

> "루공 부부는 그들의 방에 핏빛 비가 쏟아지는 꿈을 꾸었다.
> 그중 커다란 방울들이 바닥에 닿자마자 금화들로 변하는 꿈이었다."
> (『루공가의 행운』, 6장)

『루공가의 행운』은 에밀 졸라가 1871년, 스무 권으로 이루어진 루공마카르 총서의 첫 권으로 펴낸 소설이다. 소설의 서문에서 밝히고 있듯이 총서에서 졸라는 기질과 환경이라는 이중의 문제를 분석함으로써, 유전이라는 생리학적 법칙(기질)이 제2제정기라는 시대(환경) 속에서 한 사회의 구성원들에게 어떻게 작동하고 그들에게 어떤 영향을 끼치는지를 보여주고자 했다. 루공마카르 총서의 부제인 '제2제정기 한 가문의 자연사와 사회사'는 "루공마카르는 한 시대, 즉 제정 시대를 구현하게 될 것이다."라는 졸라의 야심을 상기시킨다. 이를 위해 졸라는 루공가와 마카르가라는 집단(가족)을 총서의 주 구성원으로 하여 "쾌락을 향해 질주하는 우리 시대의 엄청난 탐욕과 광범위한 봉기라는 특징"을 스무 권에 걸쳐 그려나간다. 루공마카르 총서는 졸라의 표현대로 "광기와 수치로 점철된 기이한 시대", 역동적이지만 부패한 시대인 제2제정의 탄생 전후부터 몰락 이후까지(1851~1874)를 그 배경으로 하고 있다. 아이러니하게도 루공마카르 총서는 프로이센·프랑스 전쟁의 패배로 제2제정이 무너진 직후인 1871년에 출간되기 시작해(1870년부터 잡지에 연재되기 시작함) 1893년에 출간된 『의사 파스칼』을 끝으로 완결되었다. 총서에는 가문의 시조인 아델라이드 푸크로부터 파스칼 루공과 그의 조카인 클로틸드의 근친상간적 관계에서 태어나는 아이(『의사 파스칼』)에 이르기까지 5세대에 걸친 인물들이 등장한다.

에밀 졸라는 어떻게 '루공마카르 총서'를 구상하게 되었나

1865년경 이폴리트 텐[1]이 주창한 실증주의의 영향 아래 오노레 드 발자크의 총서 '인간극'에 깊이 매료된 졸라는 발자크와 다른 색깔을 지닌 방대한 총서를 구상하게 된다. 졸라는 루공마카르 총서의 집필을 시작하기 전인 1869년에 쓴 「발자크와 나의 차이점」이라는 글에서 다음과 같이 기술한 바 있다.

'인간극'은 가톨릭 사상과 교단(敎團)에 의한 교육, 왕정주의 등에 바탕을 두고 있다. (…) 내 작품은 사회적이라기보다는 과학에 더 가까운 것이 될 것

---

[1] Hippolyte Taine(1828~1893) 프랑스의 실증주의 철학자, 사상가, 비평가, 역사가로 인간성 연구에 과학적 방법을 적용했다. 오귀스트 콩트의 실증주의적 방법을 응용하여 과학적으로 문학을 연구했으며, 이를 위해 중요한 세 가지 요소로 인종, 환경, 시대를 꼽은 바 있다.

이다. 발자크는 3,000여 명의 인물을 등장시켜 종교와 왕정에 기반을 둔 사회의 풍속도를 그리고자 했다. (…) 한마디로 그는 자신의 작품이 현대 사회의 거울이기를 원했다.

내 작품은 그의 것과는 전혀 다른 것이 될 것이다. 그 배경 또한 더 제한적일 것이다. 나는 현대 사회가 아닌 한 가문에 관한 이야기를 하려고 한다. 타고난 유전적 기질이 환경에 의해 어떻게 변해가는지를 보여주기 위해 역사적 배경과 직업, 거주 공간 등을 작품의 환경으로 선택할 것이다. 나는 순수한 자연주의자이자 순수한 생리학자이고 싶다. 원칙(왕정, 가톨릭 사상)보다는 법칙(유전, 격세유전)에 근거한 글쓰기를 지향하고자 하는 것이다.[2]

'한 가문의 자연사와 사회사'라는 다소 소박해 보이는 부제가 붙어 있긴 하지만, 치밀한 현장 답사와 방대한 양의 자료 수집에 근거해 쓰인 루공마카르 총서는 그 규모의 방대함과 소재와 배경의 다양함, 사실보다 더 사실적인 글쓰기로 인해 19세기 후반 프랑스 사회의 벽화라고 해도 지나치지 않을 것이다. 따라서 당시 프랑스 사회와 풍속을 연구하고자 하는 민속학자와 사회학자 등을 포함한 많은 이들이 졸라에게 빚을 지고 있음을 부인할 수 없다.[3] 특히 졸라는 오스만의 파리 개조 사업, 산업자본주의의 발흥, 기계 문명의 시작, 백화점의 탄생, 철도의 발달, 부동산 투기, 증권거래소, 정치적 사건과 전쟁, 예술 세계, 노동자의 삶과 현대적 노동조합의 탄생 등 그 시대의 커다란 변혁에 많은 부분을 할애하며 단순한 배경을 넘어 소설의 또 다른 주인공으로 기능하게 하는 놀라운 작품들을 꾸준히 써나갔다. 자연주의 작가로 구분되기

---

2 발자크의 인간극과 루공마카르 총서의 무엇보다 커다란 차이점은 다음과 같다. 인간극은 발자크가 훗날 자신의 작품 전체에 붙인 총서명인 데 반해, 루공마카르 총서는 졸라가 총서의 집필을 시작하기 전에 그 큰 틀과 내용을 결정한 뒤 붙인 이름이라는 것이다.
3 옮긴이가 문학동네에서 출간한 『목로주점』 해설에서 일부 인용했다.

이전에 리얼리즘(사실주의) 소설의 전통을 충실히 따르던 졸라는 현실을 반영하는 자료로서의 역할과 가치를 소설에 부여하고 있다. 숱한 직접적인 관찰을 바탕으로 한 치밀한 묘사와 작가의 상상력이 합쳐져 하나의 작품이 탄생하는 것이다. 하지만 여기서 반드시 짚고 넘어가야 할 것은, 과학적인 정신(유전법칙)에 기반을 두고 한 시대의 증인이 되고자 했던 작가에게 있어서 자료적인 가치가 차지하는 중요성이 예술가로서의 창조와 상상력을 반드시 앞서는 것은 아니라는 사실이다. "내가 세상을 바라보고 관찰하는 것은 새로운 창조를 위한 것이지 그대로 모방하기 위한 것이 아니다."라는 그의 말을 되새겨 볼 필요가 있는 것이다.

졸라는 총서의 첫 번째 작품을 쓰기 전인 1868년과 1869년 사이에 루공가와 마카르가의 혈연관계를 보여주는 계통수(l'arbre généalogique)를 작성했다. 그 후 1878년과 1889년에 두 번의 수정을 거친 뒤 1893년, 총서의 마지막 작품인 『의사 파스칼』을 출간하면서 계통수의 최종본을 발표했다.(이 책 436~437쪽에 수록) 졸라는 본격적인 작가의 길로 들어서기 전 저널리스트로 일하면서 일상적인 글쓰기 습관을 몸에 익혀나갔다. 그리고 "한 줄이라도 쓰지 않는 날은 없다."라는 모토가 말해주듯, 루공마카르 총서를 집필하는 동안에도 그러한 습관을 철저히 유지해나갔다. 매일 기사를 하나씩 써내듯 어김없이 서너 페이지씩 써나감으로써 아홉 달 만에 장편소설 하나씩을, 그리고 20여 년 만에 방대한 그만의 세계를 탄생시켰던 것이다. 루공마카르 총서는 처음에는 '한 가문의 역사'라는 잠정적인 제목 아래 열 권으로 계획되었으나 시간이 감에 따라 점차 대중의 뜨거운 반응에 힘입어 스무 권으로 분량이 늘어났다. 그렇게 해서 탄생한 루공마카르 총서는 서로 다른 두 갈래의 운명으로 갈리는 루공가와 마카르가의 이야기를 담고 있다. 이른바 적법한 가족인 루공가는 지방 출신의 소상인과 프티부르주아로 이루어져 있다. 그들은 부와 사

루공마카르 총서 목록

	출간 연도	제목	소설의 배경 연도	주인공으로 등장하는 루공가와 마카르가 인물
1	1871	루공가의 행운	1851	피에르 루공
2	1872	쟁탈전	1852~1858	아리스티드 루공(아리스티드 사카르)
3	1873	파리의 배 속	1857~1858	리자 마카르(리자 크뉘)
4	1874	플라상의 정복	1858~1864	프랑수아 무레, 마르트 루공(마르트 무레)
5	1875	무레 신부의 과오	1866	세르주 무레
6	1876	외젠 루공 각하	1858~1861	외젠 루공
7	1877	목로주점	1850~1869	제르베즈 마카르
8	1878	사랑의 한 페이지	1854	엘렌 무레(엘렌 그랑장)
9	1880	나나	1865~1870	안나 쿠포
10	1882	집구석들	1862~1863	옥타브 무레
11	1883	여인들의 행복 백화점	1864~1869	옥타브 무레
12	1884	삶의 기쁨	1862~1869	폴린 크뉘
13	1885	제르미날	1866~1867	에티엔 랑티에
14	1886	작품	1867~1869	클로드 랑티에
15	1887	대지	1860~1869	장 마카르
16	1888	꿈	1860~1869	앙젤리크 루공
17	1890	인간 짐승	1870	자크 랑티에
18	1891	돈	1864~1867	아리스티드 사카르
19	1892	패주	1870~1871	장 마카르
20	1893	의사 파스칼	1872~1874	파스칼 루공, 클로틸드 루공(클로틸드 사카르)

회적 지위를 추구하면서 정계와 재계에서 힘과 영향력을 발휘하며 살아간다. 반면 그 계보가 사생(私生)으로 얼룩진 마카르가는 대부분 농부와 밀렵꾼, 밀수업자, 노동자들로 빈곤과 알코올 중독에 찌들어 살아간다. 총서의 첫 권인 이 책 『루공가의 행운』에서는 루공가(피에르와 펠리시테 루공 부부)가 루이나폴레옹 보나파르트가 일으킨 1851년 12월 2일[4]의 쿠데타에 편승해 신분 상승

---

[4] 루이나폴레옹(훗날의 나폴레옹 3세)은 나폴레옹 1세의 조카이자 외손자이다. 나폴레옹 1세의 동생 루이 보나파르트가 나폴레옹의 의붓딸 오르탕스와 결혼하여 1808년에 태어난 아들인 것이다. 그가 쿠데타를 일으킨 12월 2일은 여러모로 상징적인 날짜이다. 나폴레옹 보나파르트는

을 하면서 마카르가 가진 것을 빼앗고 그들을 역사의 가장자리로 밀어내는 이야기가 나온다.

총서에 속한 스무 권의 소설들은 출간 순서대로 읽는 게 가장 좋겠지만 각각 독립된 방식으로 읽어도 무방하다. 더구나 아직 국내에서 루공마카르 총서가 모두 번역되지 않은 터라 현재로서는 출간 순서대로 읽는 게 불가능하다. 이는 옮긴이를 비롯해 에밀 졸라를 사랑하는 독자들에게는 몹시 아쉬운 일이 아닐 수 없다. 번역가이자 한 사람의 독자로서 앞으로 루공마카르 총서의 좀 더 많은 작품들이 번역되어 독자들을 만날 수 있기를 바라는 마음이다.

기원의 소설로서의 『루공가의 행운』

총서의 첫 권인 『루공가의 행운』은 루공마카르 총서의 문을 열 뿐만 아니라 모든 의미에서 총서의 토대가 되는 작품이다. 졸라 자신이 서문에서 말한 것처럼 그 과학적 이름인 '기원들(*les Origines*)'로 불리는 게 마땅한 소설인 것이다. 좀 더 살펴보기 전에 소설의 우리말 제목에 관해 잠깐 짚고 넘어가야 할 것 같다. 『루공가의 행운』의 원제는 'La Fortune des Rougon'으로, 여기서 우리말 번역에 종종 문제가 되는 것은 'Fortune'이라는 단어이다. 프랑스어의 'fortune'은 우리말로는 '운명, 행운, 불운, 재산' 등으로 옮길 수 있다. 이 때문에 이 소설은 지금까지 대개 '루공가의 운명'이라는 제목으로 불렸고, 때로는 '루공가의 재산'이라는 엉뚱한 제목으로 언급되기도 했다. 하지만 이상하게

1804년 12월 2일 노트르담 성당에서 대관식을 거행해 나폴레옹 1세 황제가 되었고, 1805년 12월 2일 아우스터리츠 전투에서 승리를 거둠으로써 프랑스 제국에 대항하여 결성된 제3차 대프랑스 동맹을 효과적으로 분쇄한 바 있다.

도 제목을 '루공가의 행운'으로 옮긴 것은 거의 보지 못했다. 옮긴이 또한 이 작품을 번역하기 전까지는 '루공가의 운명'으로 이해하고 있던 터였다.[5] 물론 행운도 넓은 의미의 운명에 속하는 것이지만, 여기서는 무엇보다 특정한 한 가문, 즉 루공가에 일어난 행운에 관해 이야기하고 있으므로, '루공가의 운명'보다는 '루공가의 행운'으로 옮기는 게 더 정확할 것이다.

루공마카르 총서의 초기 소설들(『루공가의 행운』,『쟁탈전』,『파리의 배 속』,『플라상의 정복』,『외젠 루공 각하』 등)은 반(反)제국주의적인 풍자를 통해 대단히 정치적인 면을 띠고 있다. 졸라는 피로 얼룩진 쿠데타로 출발한 제국(제2제정)의 맨얼굴을 드러내면서 이 시대에 행해지는 다양한 종류의 쾌락과 욕망의 광적인 추구를 그려 보인다. 정치적 음모와 배신과 살육이 등장하는 소설 『루공가의 행운』은 피에르와 펠리시테 루공 부부가 루이나폴레옹의 쿠데타를 자신들에게 유리하게 이용하는 과정을 통해 제2제정의 거친 출발을 그리고 있다. 1851년 12월 2일, 프랑스의 초대 대통령(제2공화정)이었던 루이나폴레옹 보나파르트가 황제가 되기 위해 일으킨 쿠데타는『루공가의 행운』의 중심 사건이긴 하지만 소설에서 직접적으로 그려지지는 않는다.『루공가의 행운』은 그것을 중심 테마로 하여 그 전후 약 일주일간에 걸쳐 펼쳐지는 이야기이다. 소설은 2장(루공 부부의 과거)과 4장(마카르가의 과거)에서 설명적인 플래시백 기법을 통해 총서를 위한 계보학적 기반을 마련한다. 루공가와 마카르가의 시작점인 아델라이드 푸크(탕트 디드라는 애칭으로 불림)는 1768년에 태어났다. 그녀는 정원사인 루공과 결혼해 피에르 루공이라는 아들을 낳는다. 남편이 죽자 마카르라는 밀렵꾼과 동거를 시작했고 위르쉴 마카르라는 딸과

---

[5] 이 작품을 번역하면서 옮긴이가 예전에 번역한 에밀 졸라의 작품들에서 제목을 '루공가의 운명'에서 '루공가의 행운'으로 수정했다.

앙투안 마카르라는 아들을 낳는다. 그러다 마카르가 세관원의 총에 맞아 죽자 아델라이드는 세상과 단절하고 고독 속으로 숨어들어 사람들에게 잊힌 삶을 살아간다. 그녀의 세 자녀에게서는 다음과 같은 세 가문이 생겨난다. 탐욕과 힘에 대한 욕망이 두드러지는 루공가, 위르쉴이 무레라는 모자 제조공과 결혼함으로써 시작된 무레가, 그리고 아델라이드의 신경증(광기)과 연인 마카르의 주벽과 난폭함이 종종 발현되는 마카르가가 그들이다. 이 세 가문의 후손들은 총서의 다양한 소설들에 등장한다. 루공 부부는 이 쿠데타를 기회로 삼아 플라상의 정치권력을 장악하게 된다. 아델라이드 푸크는 손자(위르쉴의 아들)인 실베르를 유일한 위안 삼아 살아가다가 그가 헌병에게 살해당하는 광경을 목격한 뒤 완전히 미쳐버려 정신병원에 수용된다. 당시 나이가 83세였던 그녀는 총서의 마지막 권인 『의사 파스칼』에서까지 살아남았다가 105세로 사망한다.

소설 속 공간의 변주곡: 플라상, 노란 살롱, 에르 생미트르

『루공가의 행운』은 뚜렷하게 규정된 공간, 프랑스 남동쪽의 작은 도시 플라상을 주 무대로 펼쳐지는 소설이다. 가상의 도시 플라상은 졸라가 유년기와 청년기를 보낸 프랑스 남부의 도시 엑상프로방스를 떠올리게 한다. 그와 더불어 졸라는 1851년 12월 2일 루이나폴레옹의 쿠데타 당시 가장 격렬하게 봉기를 일으켰다가 군대에 의해 잔인하게 진압된 르 바르(le Var) 지방의 마을, 로르그(Lorgues)의 실제 역사를 주 소재로 삼아 소설에 반영하고 있다. 지방의 소도시를 소설의 배경으로 하여 제2제정과 루공가의 행운의 기원이 핏빛으로 얼룩져 있음을 이야기하고 있는 것이다. 루공가의 행운은 한 특정한 지역으로 축소된 보나파르트가의 행운인 셈이다. 졸라가 묘사하는 플라상의 특징

은 그 극단적인 지방성(地方性)과 엄격한 사회적 계층 구분이다. 자연적인 지리적 특성으로 인해 주위의 다른 지역들과 단절된 도시는 오래된 성문들을 굳게 닫아걺으로써 더욱더 고립을 자초한다. 이처럼 스스로를 가둔 폐쇄적인 도시는 더 나아가 뚜렷하게 구분된 도시의 세 구역에 사는 세 그룹의 사람들(귀족, 부르주아, 노동자), 즉 세 개의 또 다른 닫힌 세계를 포함하고 있다. 말하자면 하나의 작은 세계인 플라상은 희화된 19세기 프랑스의 축소판이라고 해도 무방할 것이다.

플라상에서는 생마르크 카르티에, 새 동네, 오래된 동네의 세 구역에 사는 사람들이 각자의 이해관계에 따른 다양한 집단을 구성함으로써 서로 간의 경쟁심과 질투심을 더욱 부추긴다. 서로 적대적인 사회 계층들을 뚜렷하게 구분 짓는 공간, '플라상에서 가장 아름다운 거리'인 반가(街)는 전략적이고 상징적인 위치에 자리하고 있다. 군청과 인접해 있으면서 오래된 동네와 새 동네를 구분하고 있기 때문이다. 루공 부부가 자리 잡기로 선택한 곳은 바로 이 거리였다. "그들 집의 창문에서는 몇 걸음 떨어진 곳에 있는 부자들의 동네가 보였다. 말하자면 그들은 약속의 땅의 문간에 살고 있는 셈이었다."(2장, 90쪽) 이제 펠리시테는 그녀의 질투심과 야망의 배경 역할을 하는 창문을 통해 부자들의 동네를 관찰할 수 있게 된 것이다. 루공 부부의 새 아파트를 섬세하게 묘사하는 제2장에서 전체를 지배하면서 상징적인 의미를 띠는 색깔은 노란색이다. 안주인인 펠리시테는 노란색을 사용해 자신들의 살롱을 "지낼 만한 곳"으로 만든다. '노란 살롱'은 플라상의 사회적, 정치적, 사교적 모임이 이루어지는 곳이자, 루공 부부가 꾸미는 정치적 모략의 진원지가 된다. 작가는 노란 살롱을 그곳의 주인과 그곳에 드나드는 이들의 꿈과 현실, 야심과 수치심이 교차하는 복합적인 공간으로 그리고 있다. 펠리시테가 추함을 감추고 싶어 하는 노란 살롱은 끊임없이 징세관 페로트 집의 거실과 대조된다. 노란 살롱의 창문에서 내다보이는 페로트의 집은 멋진 커튼과 고급 가구들로 장식되어 펠리시테로 하여금 화려한 연회가 열리는 지방의 튈르리 궁전을 떠올리게 한다. 또한 작품 속에서 내내 노란색은 혁명을 상징하는 붉은색(미예트가 든 깃발, 붉은 핏자국 등)에 대비되는데, 이러한 대조법은 졸라의 대부분의 작품에서 발견되는 기본적인 구성 원칙으로 소설의 많은 부분에 리듬과 힘을 부여한다. 과거에 공동묘지였던 플라상 근교의 에르 생미트르 또한 플라상과 노란 살롱과 더불어 상징적인 의미가 강한 장소이며 소설의 주 무대 중 하나로 기능한다. 다음에서 보듯 에르 생미트르는 미예트와 실베르의 목가적인 순수한 사랑이 싹튼 곳이자, 나탈리 알부의 표현대로 "역사에 맞선 젊음과 사랑의 불가능한 승리"를 말하듯 그들의 비극적인 모험을 예고하는 곳이기도 하다.

신화로 남은 사랑과 죽음:
목가적인 순수한 사랑에서 집단적인 이상향으로

『루공가의 행운』은 루공가가 아닌 어린 두 연인의 사랑으로 시작하여 그들의 죽음으로 끝이 난다. 아델라이드와 밀렵꾼(마카르)의 손자인 실베르와 도형수의 딸인 미예트는 태생적으로 하층 계급에 속한다. 어린 시절부터 도시의 변두리에서 소외된 삶을 살아온 청년과 소녀는 모든 면에서 주로 루공가의 인물들이 추구하는 힘(권력)의 대척점에 있다. 미예트와 실베르를 하나로 이어주는 사랑은 다양한 공간을 그 배경으로 펼쳐진다. 담의 갈라진 틈새로 사랑을 속삭였던 바빌로니아의 연인들 피라무스와 티스베[6]처럼, 어린 연인들인 실베르와 미예트는 자메프랑과 앵파스 생미트르를 갈라놓는 담장을 사

---

[6] 오비디우스의 『변신 이야기』에 나오는 이야기로, 두 집안의 사이가 좋지 않아 부모 몰래 사랑을 속삭이던 두 연인은 야반도주를 하려다가 비극적인 최후를 맞는다. 이 이야기는 훗날 셰익스피어의 『로미오와 줄리엣』의 모티브가 된다.

이에 두고 또는 우물 속에서 사랑을 속삭인다. 그러다 서로의 그림자만을 봐야 하는 데 싫증을 느낀 그들은 "실재하는 것에 대한 욕구를 느끼면서, 서로의 얼굴을 마주 보고, 함께 들판을 달린 뒤 숨을 헐떡이며 돌아올 수 있기를, 서로를 꼭 껴안고 서로의 애정을 더 잘 느낄 수 있기를 바랐다."(5장, 240쪽) 그리하여 실베르는 담장에 난 오래된 문을 떠올렸고 그 열쇠를 찾아 문을 열기에 이른다. 아델라이드(탕트 디드)의 연인 마카르가 만들었고, 그가 죽은 뒤 40년간 굳게 닫혀 있던 문이 어느 날 그녀의 손자 실베르에 의해 다시 활짝 열린 것이다. 마치 아가리를 떡 벌린 무덤처럼. 그리고 우연히 그 문이 열린 것을 발견한 아델라이드는 큰 충격을 받고 모든 것을 이해하게 된다. "그녀는 마지막까지, 햇살이 환한 아침에 그곳에서 마카르와 함께 있도록, 그의 품에 안겨 있도록 운명 지어졌음을."(5장, 244쪽) 이처럼 아델라이드의 집 담장에 난 문은 선형적(線形的) 시간과 순환적 시간을 오가는 장소의 역할을 하고 있다. 그 문턱을 넘어서는 순간 아델라이드는 현재에서 과거로 옮겨지면서 그와 동시에 미래를 볼 수 있게 된 것이다. "예의 그 문이 또다시 사랑의 공모자가 되어, 과거에 사랑이 지나다녔던 곳으로 또 다른 사랑이 오갔던 것이다. 이것은 현재의 기쁨과 미래의 눈물이 함께하는 영원한 되풀이였다. 그러나 탕트 디드의 눈에는 눈물밖에 보이지 않았고, 언뜻 스쳐 가는 예감 속에서 가슴에 총을 맞고 피 흘리며 죽어가는 두 아이들이 보였다."(5장, 244쪽) 아델라이드는 자신의 손자에게 사랑의 위험에 대해 경고하고, 그녀의 예언은 마지막에 실베르의 죽음으로 실현된다.

더 이상 우물가와 담장 너머에서 사랑을 속삭일 수 없게 된 미예트와 실베르는 만남의 은밀한 장소로 에르 생미트르의 한구석, 과거의 묘지였던 곳을 떠올렸고, 그곳에서 "숨 막힐 듯한 흥분과 함께 끝없는 놀라움을 안겨주는 야릇한 달콤함"(5장, 251쪽)을 맛본다. 하지만 그들은 자꾸만 자신들에게 왠지 모를 나른함을 안기면서 숨 막히게 하는 비좁은 은신처를 탓하면서 너르고 탁 트인 들판으로 나서게 된다. 그런 와중에 나오는 두 연인의 키스와 강물에서의 수영 에피소드는 고대의 목가적인 사랑의 장면을 연상시킨다. 그리고 그들의 천진한 감정들을 닮은 순수하고 무구한 자연 속에서 두 사람의 사랑은 점점 무르익어간다. 그러나 젊은 연인들은 묘지라는 공간에 의해 일찌감치 예고된 비극적 종말을 피해 갈 수 없었다. 졸라는 미예트와 실베르를 통해 기원의 신화를 이야기하고 있는 것이다. 죽음의 기운이 떠도는 에르 생미트르의 음산한 역사는 루공마카르가의 유전적 숙명성을 배가하면서 두 연인의 역사로 하여금 가족적 신화의 성격을 띠게 한다. 실베르가 미예트와 함께 자기 할머니와 밀수꾼 마카르의 은밀한 사랑의 역사를 되풀이하는 것은 그 때문이다.

하찮은 밑바닥 노동자로 살아가던 실베르는 밤새워 루소의 책을 읽으면서 자유와 평등, 보편적 정의와 평화를 누리는 이상적인 공화국의 삶을 꿈꾸었지만, 그의 이러한 열망은 불완전한 인간 세상에서는 결코 이루어질 수 없었다. 실베르는 자신의 이상을 미예트에게도 전수하려 했고, 그에게서 영향을 받은 미예트는 들라크루아의 그림 「민중을 이끄는 자유의 여신」에서처럼 붉은 깃발을 든 봉기의 상징이 된다. 미예트가 두른 망토의 붉은색(핏빛)은 봉기와 더불어 삶과 죽음을 상징한다. 소녀에서 여인이 되어가는 중인 미예트는 어린 소녀의 연약함과 깃발을 들 수 있는 어른의 강인함을 동시에 지녔고, 단번에 자유를 상징하는 알레고리가 된다. 봉기군으로부터 신화적인 의미를 부여받은 미예트는 반사 효과로 봉기군을 더욱 커 보이게 하며 그들의 봉기가 구원의 의미를 띠게 한다. 어린 연인들의 사랑은 이렇게 집단적인 이상향의 추구로 이어진다. 도시 변두리의 외롭고 빈곤한 삶 속에서 태어난 사랑이 자유를 위한 투쟁 속에서 활짝 꽃을 피운 것이다. 여기서 미예트의 본명이 성모 마리아처럼 마리(Marie)라는 사실을 떠올릴 필요가 있다. 마리는 프랑스어로 '사랑하다(aimer)'라는 동사의 아나그람(anagramme)[7]이다. 미예트는 봉기군의 성모 마리아이자, 실베르에게 진정한 여인이 되고 싶다는 어렴풋한 욕망을 이루지 못한 채 어린 소녀로 죽음을 맞이하는 인물이다. 소설의 마지막에서 죽음을 앞둔 실베르는 에르 생미트르의 묘석에서 예전에 함께 보았던 비문을 다시 보면서 이렇게 되뇐다. "여기… 마리가… 잠들어 있다…." 그리고 이 묘석은 미예트의 바람대로("그녀는 그 소녀가 자신과 똑같은 나이인 열세 살에, 자신처럼 한창 사랑을 하던 중에 죽었기를 간절히 바랐다.")(5장, 267쪽) 그녀를 위한 것이었음을 깨닫는다.

루공마카르 총서의 등장인물들

『루공가의 행운』에는 4세대에 걸친 루공가와 마카르가의 인물들이 등장한다. 그중 대부분은 루공마카르 총서의 다른 작품들에 다시 나온다. 이들을 포함해 총서 전체에 등장하는, 각 세대에 속한 루공마카르가의 인물들을 간략하게 살펴보면 다음과 같다.

1세대

아델라이드 푸크

부유한 채소 재배업자의 딸로 1768년에 태어남. '탕트 디드'라는 애칭으로 불리고, 오랫동안 신경증을 앓으면서 외부 세계와 단절된 삶을 살아간다. 1786년 집안의 정원사인 루공과 결혼해 아들 피에르를 낳는다. 루공과 일찍 사별하고 1789년부터 밀수꾼이자 술꾼인 마카르와 동거하면서 앙투안과 위르쥘을 낳는다. 마카르가 세관원의 총에 맞아 죽자 그때부터 종종 광기와 발

---

7 aimer → Marie처럼 철자 바꾸기 또는 철자를 바꿔 만든 말을 가리킨다.

작 증세를 보인다. 훗날 레 튈레트 정신병원에서 105세의 나이로 죽음을 맞이한다.

2세대
피에르 루공
아델라이드와 루공의 아들로 1787년에 태어남. 루공가의 인물들이 대개 그렇듯 야망과 탐욕으로 똘똘 뭉쳐 부르주아가 되는 신분 상승을 꿈꾼다. 모사를 꾸며 신경증을 앓는 어머니의 재산을 독차지하고 이부형제인 앙투안을 멀리하려 애쓴다. 기름 장수의 딸인 펠리시테 퓌에슈와 결혼해 3남 2녀(외젠, 파스칼, 아리스티드, 시도니, 마르트)를 둔다. 파리의 정계에서 활약하는 맏아들 외젠이 귀띔해준 정보로 1851년 12월 2일의 쿠데타를 이용해 플라상의 징세관 자리에 오르고 레지옹 도뇌르 훈장을 받는다. 『플라상의 정복』과 『의사 파스칼』에 다시 등장한다.

앙투안 마카르
아델라이드와 마카르의 아들로 1789년에 태어남. 제비뽑기로 군대에 갔다가 1815년 플라상으로 돌아온다. 형 피에르가 독차지한 어머니의 재산을 나눠줄 것을 요구했으나 거절당하고 루공 부부에게 악감정을 가지게 된다. 아버지 마카르를 닮아 술꾼 기질이 다분하고, 조제핀 가보당과 결혼해 1남 2녀(리자, 제르베즈, 장)를 둔다. 『플라상의 정복』과 『의사 파스칼』에 재등장한다.

위르쉴 마카르(무레와 결혼함)
아델라이드와 마카르의 딸로 1791년에 태어남. 1810년 모자 제조공인 무레와 결혼해 플라상을 떠난다. 마르세유에 정착한 무레 부부는 2남 1녀(프랑수아, 엘렌, 실베르)를 둔다. 위르쉴은 1840년 폐결핵으로 사망한다. 아내의 죽음을 비관한 무레는 1년 뒤 스스로 목숨을 끊는다.

펠리시테 퓌에슈(피에르 루공과 결혼함)

남편인 피에르와 마찬가지로 병적인 탐욕으로 부르주아 계층으로의 신분 상승을 꿈꾼다. 매우 영리하며 교묘한 계략으로 남편을 조종해 자신들의 목적을 이루는 데 큰 역할을 한다.

조제핀 가보당(앙투안 마카르와 결혼함)

'핀'이라는 애칭으로 불리며, 남편인 앙투안처럼 술을 좋아하지만 그와는 다르게 부지런히 많은 일을 해 가정을 꾸려나간다. 오랫동안 남편에게 맞고 살면서도 백수인 그를 먹여 살린다. 1850년 폐렴으로 세상을 떠난다.

3세대

외젠 루공

피에르와 펠리시테 루공 부부의 장남으로 1811년에 태어남. 대학에서 법학을 공부하고 파리로 올라가 정계에 입문한다. 자신의 부모에게 1851년 12월 2일의 쿠데타를 미리 귀띔해주어 그들이 플라상에서 입지를 굳히게 한다. 『루공가의 행운』에서는 파리에서의 그의 지위에 대해 자세히 알려진 바 없이 훗날의 나폴레옹 3세의 측근인 것만 미루어 짐작할 수 있을 뿐이다. 베로니크 빌랭 도르셰르와 결혼했고 자녀는 없다. 총서의 『쟁탈전』, 『돈』, 『의사 파스칼』 및 『외젠 루공 각하』의 주인공으로 재등장한다.

파스칼 루공

루공 부부의 차남으로 1813년에 태어남. 루공마카르가의 다른 가족들과는 달리 특별한 유전적 결함을 보이지 않으며, 의사로서 단순하고 탐욕 없는 삶을 살아간다. 루공마카르 총서의 마지막 권인 『의사 파스칼』의 주인공이다. 『쟁탈전』과 『무레 신부의 과오』에 재등장하며, 조카 클로틸드 루공과의 사이에 이름이 밝혀지지 않은 유복자 아들(1874년 출생) 하나를 둔다.

아리스티드 루공

루공 부부의 삼남으로 1815년에 태어남. 2권 『쟁탈전』부터 아리스티드 사카르라는 개명된 이름으로 나온다. 형인 외젠이 권력에 이끌리는 반면 그는 돈에 이끌린다. 기회주의자 성향이 다분하며, 『루공가의 행운』에서도 루이 나폴레옹의 쿠데타에 대한 입장을 여러 번 바꾼다. 첫 아내 앙젤 시카르도와의 사이에서 1남 1녀(막심, 클로틸드)를 두었으며, 두 번째 아내인 르네 베로와의 사이에서는 자식이 없다. 그 외에 강간으로 낳은 사생아(빅토르 사카르)가 하나 있다. 총서의 『쟁탈전』과 『돈』의 중심인물로 재등장하며, 『삶의 기쁨』과 『의사 파스칼』에도 나온다.

시도니 루공

루공 부부의 장녀로 1818년에 태어남. 인정받는 서기와 결혼해 파리로 떠난다. 루공가의 다른 사람들처럼 욕망과 탐욕이 넘치며, 남편이 죽은 뒤 다른 남자와의 사이에서 딸 하나를 얻는다. 총서의 『쟁탈전』과 『작품』, 『꿈』, 『의사 파스칼』에 다시 등장한다.

마르트 루공(프랑수아 무레와 결혼함)

루공 부부의 차녀로 1820년에 태어남. 1840년 사촌인 프랑수아 무레와 결혼해 2남 1녀(옥타브, 세르주, 데지레)를 둔다. 『플라상의 정복』에 재등장한다.

프랑수아 무레

위르쉴 마카르와 무레의 장남으로 1817년에 태어남. 아내의 죽음에 상심한 무레가 스스로 목숨을 끊자 외삼촌인 피에르 루공에게 의탁한다. 피에르의 가게에서 일하던 중 그의 딸 마르트와 사랑에 빠져 결혼한다. 『플라상의 정복』에 재등장한다.

엘렌 무레

위르쉴과 무레의 딸로 1822년에 태어남. 『사랑의 한 페이지』와 『의사 파스칼』에 재등장하며, 그랑장과 결혼해 잔이라는 딸을 낳고 젊은 나이에 과부가 된다.

실베르 무레

위르쉴과 무레의 차남으로 1834년에 태어남. 부모의 죽음으로 고아가 되어 할머니 아델라이드의 손에 자라난다. 확고한 공화파로 미예트라는 소녀와 사랑에 빠진다. 1851년 12월 2일의 쿠데타 당시 실수로 헌병의 눈을 다치게 하고 그 때문에 그에게 죽임을 당한다. 신경증을 앓던 아델라이드는 실베르의 죽음에 충격을 받아 미쳐버리고 만다.

리자 마카르(크뉘와 결혼함)

앙투안과 조제핀 마카르 부부의 장녀로 1827년에 태어남. 열두 살 때 우체국장 부인을 따라 파리로 떠난다. 『파리의 배 속』의 주요 등장인물 중 하나로, 『삶의 기쁨』의 주인공 폴린 크뉘의 어머니이다.

제르베즈 마카르

앙투안과 조제핀 마카르 부부의 차녀로 1828년에 태어남. 태어날 때부터 허약했고 다리를 약간 전다. 자신의 어머니처럼 부지런히 일하는 노동자의 삶을 익혀나간다. 주벽이 있는 어머니를 따라 이른 나이부터 술을 마셨다. 오귀스트 랑티에와 연인이 되어 이른 나이에 클로드와 에티엔 두 아들을 낳는다. 어머니가 죽자 아버지로부터 벗어나기 위해 랑티에와 파리로 떠난다. 랑티에가 그녀를 떠난 뒤 쿠포와 결혼하여 '나나'라는 딸을 낳는다. 총서의 『인간 짐승』에서는 이전에는 언급되지 않은 자크 랑티에라는 아들이 등장한다. 제르베즈는 졸라의 대표작인 『목로주점』의 주인공으로 루공마카르 총서에서 가장 널리 알려진 인물이며, 자식들도 모두 각기 다른 작품(『나나』, 『제르미날』, 『작품』, 『인간 짐승』)의 주인공으로 등장한다.

장 마카르

앙투안과 조제핀 마카르 부부의 아들로 1831년에 태어남. 아버지 앙투안의 횡포에서 벗어나기 위해 누나인 제르베즈와 마찬가지로 플라상을 떠난다. 『대지』와 『패주』, 『의사 파스칼』에 재등장한다.

4세대

막심 루공

아리스티드 루공과 그의 첫 번째 부인인 앙젤 시카르도의 아들로 1840년에 태어남. 쥐스틴 메고와 결혼해 샤를이라는 아들을 낳는다. 총서의 『쟁탈전』과 『돈』, 『의사 파스칼』에 재등장한다.

클로틸드 루공

아리스티드와 앙젤의 딸로 1847년에 태어남. 어머니 앙젤이 죽자 플라상에서 큰아버지인 파스칼의 손에 자라난다. 『쟁탈전』에 처음 등장하며, 총서의 마지막 권인 『의사 파스칼』에서 파스칼 루공과 함께 주인공으로 등장해 유복자를 낳는다.

빅토르 루공(사카르)

아리스티드와 로잘리 샤바유의 사생아로 1853년에 태어남. 총서의 『돈』과 『의사 파스칼』에 등장한다.

앙젤리크 루공

시도니 루공과 어떤 남자 사이에서 1851년에 태어남. 총서의 『꿈』의 주인공으로 등장한다.

옥타브 무레

프랑수아 무레와 마르트 루공의 장남으로 1840년에 태어남. 『플라상의 정복』, 『무레 신부의 과오』, 『집구석들』, 『여인들의 행복 백화점』, 『삶의 기쁨』, 『작품』, 『의사 파스칼』 등에 등장한다. 총서의 열한 번째 작품 『여인들의 행복 백화점』의 주인공이다.

세르주 무레

프랑수아와 마르트의 차남으로 1841년에 태어남. 사제가 되어 『플라상의 정복』과 『무레 신부의 과오』(주인공), 『의사 파스칼』에 등장한다.

데지레 무레

프랑수아와 마르트의 딸로 1844년에 태어남. 『플라상의 정복』과 『무레 신부의 과오』, 『의사 파스칼』에 등장한다.

잔 그랑장

엘렌 무레와 그랑장의 딸로 1842년에 태어남.『사랑의 한 페이지』에 등장하며 열세 살에 세상을 떠난다.

폴린 크뉘

리자 마카르와 크뉘의 딸로 1852년에 태어남.『파리의 배 속』과『삶의 기쁨』(주인공),『의사 파스칼』에 등장한다.

클로드 랑티에

제르베즈 마카르와 오귀스트 랑티에의 장남으로 1842년에 태어남. 어릴 때 부모와 함께 파리로 떠났다가 플라상으로 다시 돌아와 화가가 된다. 크리스틴 알그랭과 결혼해 자크루이라는 아들을 낳는다.『파리의 배 속』,『목로주점』,『삶의 기쁨』,『작품』(주인공) 등에 재등장한다.

자크 랑티에

제르베즈와 랑티에의 차남으로 1844년에 태어남. 후에 졸라가 필요에 의해 만들어낸 아들이다. 랑티에의 사촌인 대모의 손에서 자랐으며, 여섯 살 때 그를 남겨둔 채 부모가 파리로 떠났다. 총서의『인간 짐승』의 주인공으로 등장한다.

에티엔 랑티에

『루공가의 행운』에서는 제르베즈와 랑티에의 차남으로 나오지만, 이후 삼남으로 1846년에 태어난 것으로 바뀐다.『목로주점』과『제르미날』(주인공),『의사 파스칼』에 재등장한다.

안나 쿠포(나나)

제르베즈와 쿠포의 딸로 1852년에 태어남. '나나'라는 애칭으로 불리며 『목로주점』에 처음 등장한다. 총서의 아홉 번째 작품 『나나』의 주인공이다. 미상의 친척과의 사이에서 아들 하나를 낳는다.

5세대

샤를 루공

막심 루공의 아들로 1857년에 태어남. 『쟁탈전』과 『의사 파스칼』에 등장한다.

자크루이 랑티에

클로드 랑티에의 아들로 1860년에 태어남. 『작품』에만 등장한다.

루이 쿠포

안나 쿠포의 아들로 1867년에 태어남. 『나나』에만 등장한다.

루공마카르 총서의 기원을 이야기하는 첫 권인 『루공가의 행운』을 번역한 것은 작가 에밀 졸라를 존경하고 그의 열렬한 팬임을 자처하는 옮긴이에게도 커다란 행운이었다. 그간 옮긴이가 번역한 졸라의 『목로주점』, 『제르미날』, 『여인들의 행복 백화점』, 『전진하는 진실』 모두가 각별한 애정으로 작업한 작품들이었지만, 무엇보다 스무 권으로 이루어진 총서의 시작을 알리는 첫 소설 『루공가의 행운』을 꼭 내 손으로 번역하고 싶었기 때문이다. 많은 독자들이 공감하듯, 루공마카르 총서에 속하는 각각의 작품은 연결성과 독립성을 동시에 지니고 있어 다른 작품들을 모르고 읽어도 아무 문제가 없다. 하지만 "에밀 졸라를 한 번도 안 읽은 사람은 있어도 한 번만 읽은 독자는 없다."라는 말처럼, 루공마카르 총서의 한 작품을 읽게 되면 다른 작품들을 자꾸만 찾아보게 되는 것, 그것이 졸라라는 작가의 매력이자 마력이 아닐까 생각한다. 옮긴이로서는 2014년 루공마카르 총서의 일곱 번째 작품 『제르미날』을 출간한 후 10년 만에 펴내는 총서의 작품이라 더욱더 설레고 기대가 되었다. 이 책 『루공가의 행운』은 이미 루공마카르 총서의 작품을 읽어본 독자들에게는 후속작들의 기원이자 일종의 프리퀄(Prequel)로 읽힐 수 있고, 아직 에밀 졸라라는 작가를 만나보지 못한 이들에게는 그의 방대하고도 치밀한 세계로 이끄는 중요한 출발점이 되어주리라 믿는다. 이처럼 흥미롭고 의미가 큰 작품을 처음으로 국내 독자들에게 선보일 수 있게 믿고 맡겨주신 도서출판 길에 깊은 감사를 드린다.

2024년 에밀 졸라와 함께하는 가을에
박명숙

에밀 졸라 연보

1840년   4월 2일 파리에서 베네치아 출신 이탈리아인 토목기사 프랑수아 졸라와 보스 출신 직공의 딸 에밀리 졸라(결혼 전 성은 오베르) 사이에서 출생.
1843년   가족과 함께 엑상프로방스로 이사. 아버지가 댐과 도수로 건설 공사를 맡음.
1847년   아버지가 폐렴으로 사망. 극심한 생활고에 처함.
1848년   기숙사에서 마리우스 루, 필리프 솔라리(훗날 각각 저널리스트와 조각가가 됨)와 친구가 됨. 2월혁명으로 루이필리프의 7월왕정이 종식되고, 제2공화국이 수립됨. 루이나폴레옹 보나파르트가 프랑스 최초의 대통령으로 선출됨.
1851년   12월 2일 루이나폴레옹 보나파르트가 황제가 되기 위해 쿠데타를 일으킴.
1852년   엑상프로방스의 부르봉 중학교에서 장바티스탱 바유와 폴 세잔을 알게 됨. 빅토르 위고와 알프레드 드 뮈세에 심취함. 12월 2일 제2제정이 선포되고 루이나폴레옹 보나파르트가 나폴레옹 3세 황제로 즉위함.
1853년   1853년부터 1869년까지 파리 지사(知事) 오스만이 오늘날 파리 모습의 근간을 이룬 대대적인 도시 정비 사업을 단행함.
1858년   어머니와 함께 프로방스를 떠나 파리에 정착. 생루이 고등중학교에서 학업을 계속함. 가난으로 어려운 시절을 보냄. 바유, 세잔과 편지를 주고받음.

1859년	8월과 11월 연이어 바칼로레아(대학입학자격시험)에 실패한 후 학업을 포기.
1860~61년	일거리를 찾지 못해 어렵게 생활함. 세잔과 함께 화가들과 친분을 쌓음. 몰리에르, 몽테뉴, 셰익스피어, 상드, 미슐레 등을 탐독함. 1861년 프랑스 출생 외국인 자녀 자격으로 프랑스 국적을 취득함.
1862년	아셰트 출판사의 발송 부서에 취직함.
1863년	신문에 처음으로 콩트(단편소설)와 기사를 발표. 저널리스트로서 활동하기 시작함.
1864년	아셰트 출판사의 홍보 책임자가 되면서 출판사와 관련된 신문사 사람들, 작가들과 다양한 친분을 쌓게 됨. 스탕달과 플로베르에 심취함. 사실주의 작가들, 화가들과 가깝게 지냄. 『니농에게 주는 이야기』(*Contes à Ninon*) 발표. 런던에서 최초로 '국제노동자협회'가 결성됨.
1865년	리옹의 《르 프티 주르날》과 《르 살뤼 퓌블릭》에 정기적으로 사설을 기고함. 첫 소설이자 자전적 중편소설 『클로드의 고백』(*La Confession de Claude*) 발표. 희곡 습작을 함. 훗날 아내가 된 가브리엘 알렉상드린 멜레를 처음 만남.
1866년	아셰트 출판사를 그만두고 전업 작가로 살아가기로 함. 시사평론가, 수필가, 평론가로 활발히 활동하며 미학적 신념을 펼침. 《레벤망》의 사설에서 화가 마네의 예술을 열렬히 옹호함. 평론집 『나의 증오』(*Mes Haines*)와 예술평론집 『나의 살롱』(*Mon Salon*), 소설 『죽은 여인의 소원』(*Le Voeu d'une morte*) 발표. 세잔을 비롯한 화가들과 벤쿠르에서 머무름.
1867년	최초의 자연주의 소설 『테레즈 라캥』(*Thérèse Raquin*)과 연재소설 『마르세유의 신비』(*Les Mystères de Marseille*) 발표. 센 강 좌안의 바티뇰에 정착함.
1868년	서문이 추가된 『테레즈 라캥』의 재판 출간. 소설 『마들렌 페라』(*Madeleine Férat*) 발표. 공화파 신문 《라 트리뷘》에 기고. 샤를 르투르노의 『정념의 생리학』과 프로스페르 뤼카 박사의 『자연 유전의 철학적·생리학적 개론』을 읽고 훗날 '루공마카르 총서'의 마지막 권으로 집필할 『의사 파스칼』의 영감을 얻음. '루공마카르 총서' 집필 계획을 세움. 라크루아 출판사와 열 권짜리 루공마카르 총서에 대한 계약을 맺음. 발자크의 작품을 다시 읽고 다양한 과학서를 탐독하면서 총서 집필 준비를 해나감. 마네가 자신의 예술

	을 옹호해준 답례로 졸라의 초상을 그려줌.
1869년	루공마카르 총서의 첫 번째 권 『루공가의 행운』(La Fortune des Rougon) 집필 시작. 플로베르와 친교를 맺음.
1870년	가브리엘 알렉상드린 멜레와 결혼. 여러 공화파 신문에 사설을 기고함. 프로이센·프랑스 전쟁의 발발과 스당 전투의 참패로 제2제정이 무너짐. 제3공화국이 선포되고 국민방위군 정부 성립. 신문 창간과 행정 참여 등의 뜻을 품고 마르세유와 보르도로 떠남. 『루공가의 행운』이 《르 시에클》에 연재되기 시작함.
1871년	파리 코뮌(3월 18일~5월 28일). '피의 일주일'이라고 불린 시가전 끝에 코뮌이 붕괴됨. 파리로 돌아와 여러 신문에 파리 코뮌에 관한 글을 기고함. **총서의 첫 권 『루공가의 행운』 출간.** 《라 클로슈》에 총서의 두 번째 작품 『쟁탈전』(La Curée)을 연재하던 중 검열 당국에 의해 중단됨.
1872년	공화파 신문들에 왕정주의를 반대하는 기사를 기고함. 루공마카르 총서를 샤르팡티에 출판사와 새로운 조건으로 다시 계약함. 총서의 내용이 추가됨. 투르게네프, 알퐁스 도데와 친분을 맺음. **루공마카르 총서 2권 『쟁탈전』 출간.**
1873년	총서 3권 『파리의 배 속』(Le Ventre de Paris) 발표. 『테레즈 라캥』을 각색한 연극이 실패함.
1874년	총서 4권 『플라상의 정복』(La Conquête de Plassans)과 『니농에게 주는 새로운 이야기』(Les Nouveaux Contes à Ninon) 발표. 희곡 「라부르댕가의 상속자들」(Les Héritiers Rabourdin)이 실패함. 마네 덕분에 알게 된 말라르메, 모파상과 가까이 지냄.
1875년	총서 5권 『무레 신부의 과오』(La Faute de l'abbé Mouret) 발표. 투르게네프의 소개로 상트페테르부르크의 잡지 《유럽의 메신저》에도 시사평론을 기고함.
1876년	총서 6권 『외젠 루공 각하』(Son Excellence Eugène Rougon) 발표. 과격한 성향의 공화파 신문 《르 비앵 퓌블릭》에 『목로주점』(L'Assommoir)의 연재가 시작되나 6개월 후 중단됨. 문학잡지 《라 레퓌블리크 데 레트르》에 다시 연재 시작함.
1877년	총서 7권 『목로주점』 출간. 출간 즉시 큰 화제를 불러일으키며 엄청난 상업

	적 성공을 거둠(3년 만에 100쇄 돌파). 4월 16일 폴 알렉시, 레옹 에니크, 앙리 세아르, 모파상, 위스망스가 트라프 레스토랑에 졸라와 에드몽 드 공쿠르, 플로베르를 초대함으로써 자연주의 학파의 탄생을 알림.
1878년	『목로주점』의 대성공으로 파리 근교의 메당에 저택을 구입. 그때부터 파리와 메당을 오가며 대부분의 작품을 그곳에서 집필함.(현재 메당 저택은 에밀 졸라 박물관이 됨). 총서 8권 『사랑의 한 페이지』(Une Page d'amour) 출간.
1879년	『목로주점』을 각색해 랑비귀 극장에서 상연, 대성공을 거둠.《르 볼테르》에 『나나』(Nana) 연재 시작.
1880년	『실험소설론』(Le Roman expérimental), 총서 9권 『나나』 출간. 졸라와 알렉시, 에니크, 세아르, 모파상, 위스망스 등 자연주의 작가들의 소설 모음집 『메당 야화』(Les Soirées de Medan) 출간. 절친한 친구였던 뒤랑티와 플로베르 그리고 어머니가 연이어 세상을 떠나 깊은 상실감에 빠짐.
1881년	평론 모음집 『자연주의 소설가들』(Les Romanciers naturalistes), 『연극에서의 자연주의』(Le Naturalisme au théâtre), 『문학 자료들』(Documents littéraires) 발표. 소설 집필에 전념하기 위해 더 이상 신문 사설 등을 쓰지 않기로 함.
1882년	총서 10권 『집구석들』(Pot-Bouille) 발표.《르 피가로》에 발표한 시사평론을 모은 『캠페인』(Une Campagne), 단편집 『뷔를 대위』(Le Captaine Burle) 발표. 친구인 알렉시가 졸라의 전기를 출간하여 더욱 유명해지고 작품들이 외국에까지 점점 더 널리 알려짐. 이에 따라 작가의 권리를 보호하기 위해 애쓰며 번역 조건 등을 협상함.
1883년	총서 11권 『여인들의 행복 백화점』(Au Bonheur des Dames)이《질 블라》에 연재, 출간됨. 연극으로 각색된 『집구석들』이 초연되어 대성공을 거둠. 졸라와 각별한 사이였던 마네 사망.
1884년	총서 12권 『삶의 기쁨』(La Joie de vivre)과 단편집 『나이스 미쿨랭』(Naïs Micoulin) 발표. 광산 노동자들에 관한 소설(『제르미날』)을 쓰기 위해 앙쟁 광산(1878년 광산 노동자들이 파업을 했던 곳)에서 자료를 수집함.《질 블라》에 『제르미날』(Germinal) 연재 시작.
1885년	총서 13권 『제르미날』 출간. 평단으로부터 걸작이라는 찬사를 받았으나 검열 당국은 소설의 연극 상연을 금지함.
1886년	총서 14권 『작품』(L'Oeuvre) 발표. 소설의 주인공이 자신을 모델로 한 것이

	라고 생각한 세잔이 졸라와의 절교를 선언함. 다음 작품 『대지』(*La Terre*)를 준비하기 위해 어머니의 고향 보스 지방을 여행함.
1887년	총서 15권 『대지』 발표. 도데와 공쿠르 형제의 은밀한 부추김을 받은 자연주의 성향의 젊은 작가 다섯 명이 《르 피가로》에 졸라에 반대하는 공개서한 '5인 선언서'를 발표함. 본탱, 로스니, 데카브, 마그리트, 기슈 등 5인은 졸라의 작품이 저속하고 진지함이 결여돼 있으며, 졸라가 돈벌이를 위해 똑같은 것을 계속 우려먹는다고 비난함. 졸라는 대응하지 않았고, 언론은 대부분 그를 옹호함. 이 일로 졸라는 공쿠르 형제, 도데와 소원해짐. 『쟁탈전』을 각색한 5막짜리 연극 「르네」(*Renée*)가 초연됨.
1888년	총서 16권 『꿈』(*Le Rêve*) 발표. 『제르미날』을 연극화한 작품이 검열 때문에 순화되어 무대에 오르고 이에 기분이 상한 졸라는 초연에 참석을 거부함. 레지옹 도뇌르 슈발리에(5등급) 훈장을 받음. 집에 침모로 들어온 스물한 살의 잔 로즈로와 연인 사이가 됨. 이 무렵부터 사진에 관심을 갖기 시작해, 1900년 파리 만국박람회를 찍은 르포르타주를 비롯해 19세기 후반의 귀중한 기록이 되는 사진들을 남김.
1889년	잔 로즈로가 졸라의 딸 드니즈를 낳음.
1890년	총서 17권 『인간 짐승』(*La Bête humaine*) 발표. 아카데미프랑세즈 회원으로 처음 입후보함. 그 후 1897년까지 여러 차례에 걸쳐 입후보를 거듭하지만 끝내 회원으로 받아들여지지 못함.
1891년	총서 18권 『돈』(*L'Argent*) 발표. 문인협회 회장에 만장일치로 선출됨. 그 후 1900년까지 거듭 피선되며 저작권 보호를 위해 힘씀. 『꿈』이 알프레드 브뤼노 작곡의 오페라로 각색돼 성황리에 초연됨. 잔 로즈로가 아들 자크를 낳음. 아내 알렉상드린이 졸라의 이중생활을 알게 돼 불화가 심해짐. 하지만 절대 가정을 버리지 않겠다는 졸라의 말에 상황을 받아들이고, 훗날 졸라 사후에 두 자녀를 졸라의 호적에 올림(알렉상드린과 졸라 사이엔 자녀가 없었음).
1892년	총서 19권 『패주(敗走)』(*La Débâcle*) 출간. 엄청난 판매 부수를 기록함. 8월과 9월에 루르드와 프로방스, 이탈리아를 여행함.
1893년	총서 마지막 작품 『의사 파스칼』(*Le Docteur Pascal*) 출간. 루공마카르 총서의 완간을 축하하는 성대한 연회가 불로뉴 숲에서 열림. 당시 문교부 장관

	이던 레몽 푸앵카레에 의해 레지옹 도뇌르 오피시에(4등급)로 격상됨. 단편소설 「물방앗간의 공격」(L'Attaque du Moulin)이 브뤼노의 음악으로 오페라로 초연됨.
1894년	3부작 소설 '세 도시 이야기'(Les Trois Villes) 중 첫 번째 권 『루르드』(Lourdes) 발표. 프랑스 육군 대위였던 유대인 알프레드 드레퓌스가 간첩이라는 누명을 쓰고 종신유형을 선고받음. 이듬해 드레퓌스는 강제로 불명예 전역된 뒤, 프랑스령 기아나의 '악마의 섬'으로 유배당함.
1896년	'세 도시 이야기' 2권 『로마』(Rome) 발표. 소설 집필에 전념하기 위해 사설 등을 기고하지 않겠다는 다짐을 깨고 당시 사회에 팽배했던 반유대주의에 반대하는 「유대인들을 위하여」(Pour les Juifs)를 비롯한 글들을 차례로 《르 피가로》에 기고함. 피카르 대령이 드레퓌스가 무죄이며, 에스테라지 소령이 진범임을 알아냄.
1897년	드레퓌스의 무죄를 확신함. 사법 당국의 잘못을 밝히고 드레퓌스 사건의 재심을 요구하는 언론 캠페인을 벌임.
1898년	진범 에스테라지가 형식적인 재판을 거쳐 무죄로 풀려나자 1월 13일 《로로르》에 당시 대통령이던 펠릭스 포르에게 보내는 공개서한 「나는 고발한다」(J'Accuse…!)를 발표함. 이로 인해 대중이 사건의 전모를 알게 되고 프랑스 전역이 정치적·이데올로기적 논쟁에 휘말림. 국방부로부터 명예훼손죄로 고발당함. 여러 차례 재판을 거쳐 베르사유의 최고법원으로부터 1년형과 벌금형을 선고받고, 수훈자 자격을 박탈당함.(1900년 12월 27일 사면법이 발효됨에 따라 자동 복권됨.) 런던으로 망명함. '세 도시 이야기' 3권 『파리』(Paris) 출간.
1899년	드레퓌스 사건의 재판이 재개됨. 졸라는 11개월의 망명 생활을 끝내고 프랑스로 돌아옴. 드레퓌스는 또다시 유죄 선고를 받지만 사면됨. 4부작으로 계획된 소설 '네 복음서'(Quatre Évangiles)의 첫 번째 권 『풍요』(Fécondité) 발표.
1900년	드레퓌스 사건과 관련된 모든 사실에 대한 사면법이 공포됨.
1901년	드레퓌스 사건과 관련된 팸플릿과 기고문 열세 편을 모은 졸라의 『전진하는 진실』(La Vérité en marche)이 파스켈 출판사에서 출간됨. '네 복음서'의 2권 『노동』(Travail) 출간. 좌파와 프랑스 사회당의 장 조레스를 비롯해 평

	단의 열렬한 찬사를 받았으며, 여러 노동자 단체들이 『노동』의 출간을 기념하는 연회를 베풂. 오랜 친구 알렉시 사망.
1902년	메당에서 여름을 보내고 9월 28일에 파리로 돌아와 29일 아침에 가스 중독으로 사망함. 졸라의 아내는 살아남음. 반(反)드레퓌스파에 의한 암살이라는 설이 분분함. 10월 5일에 거행된 그의 장례식에서 아나톨 프랑스가 아카데미프랑세즈의 대표로 "그는 인간적 양심의 위대한 한 순간이었습니다."라는 조사를 읽음.
1903년	드레퓌스 사건에서 영감을 받은 '네 복음서'의 세 번째 권 『진실』(*Vérité*)이 사후 출간됨. '네 복음서'의 마지막 권 『정의』(*Justice*)는 초안 상태로 남음.
1906년	드레퓌스가 무죄 선고를 받고, 복권되어 육군에 복직함.
1908년	6월 4일 졸라의 유해가 국립묘지 팡테옹으로 이장됨.

루공마카르 가문의 계통수

졸라가 1893년 총서 마지막 권을 출간하면서 발표한 계통수를 바탕으로 알기 쉽게 정리한 것이다.
인명 아래 고딕체 숫자들은 해당 인물이 등장하는 작품의 권번이다.

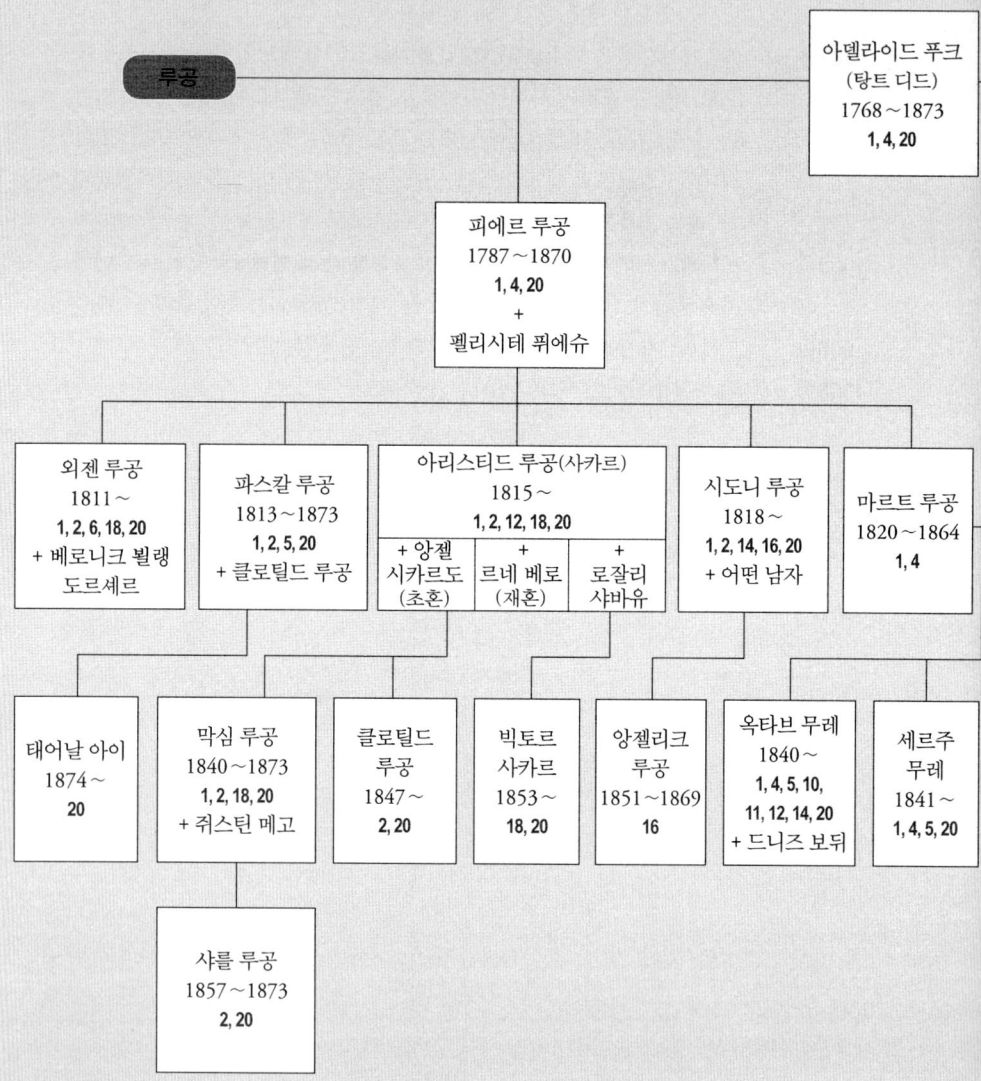

루공마카르 총서

1 『루공가의 행운』(La Fortune des Rougon) 1871
2 『쟁탈전』(La Curée) 1872
3 『파리의 배 속』(Le Ventre de Paris) 1873
4 『플라상의 정복』(La Conquête de Plassans) 1874
5 『무레 신부의 과오』(La Faute de l'abbé Mouret) 1875
6 『외젠 루공 각하』(Son Excellence Eugène Rougon) 1876
7 『목로주점』(L'Assommoir) 1877
8 『사랑의 한 페이지』(Une Page d'amour) 1878
9 『나나』(Nana) 1880
10 『집구석들』(Pot-Bouille) 1882

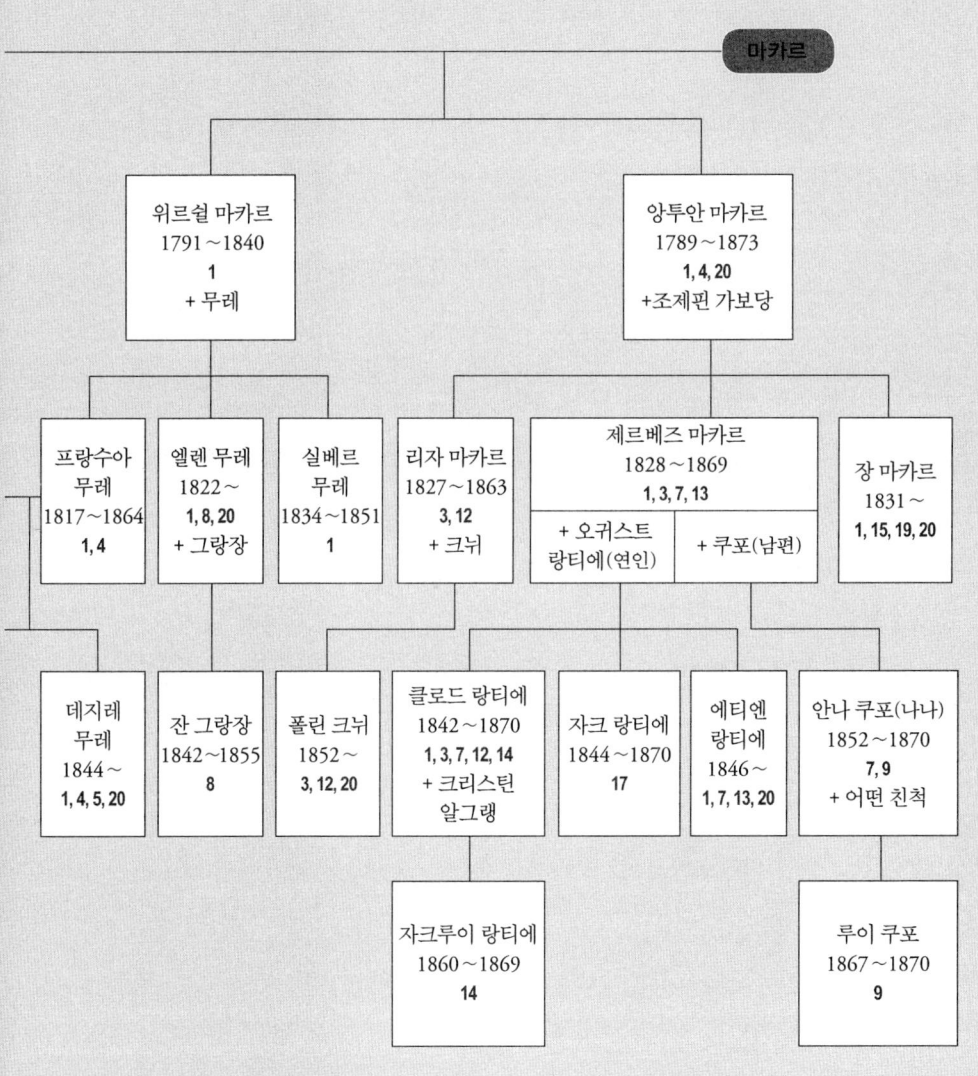

11 『여인들의 행복 백화점』(*Au Bonheur des Dames*) 1883
12 『삶의 기쁨』(*La Joie de vivre*) 1884
13 『제르미날』(*Germinal*) 1885
14 『작품』(*L'Oeuvre*) 1886
15 『대지』(*La Terre*) 1887
16 『꿈』(*Le Rêve*) 1888
17 『인간 짐승』(*La Bête humaine*) 1890
18 『돈』(*L'Argent*) 1891
19 『패주(敗走)』(*La Débâcle*) 1892
20 『의사 파스칼』(*Le Docteur Pascal*) 1893